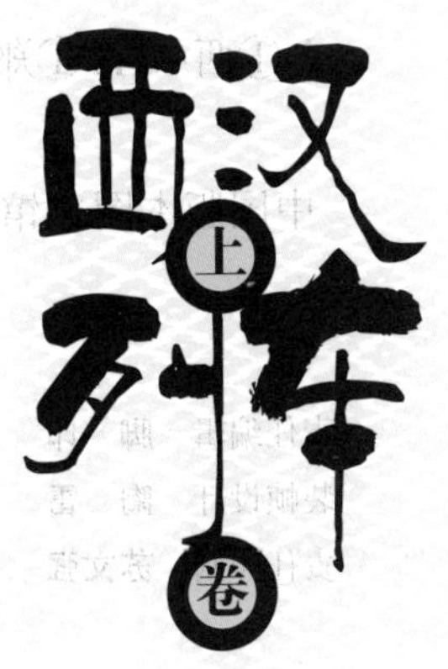

公元前209年／公元前141年

郑健 著

人民文学出版社

图书在版编目（CIP）数据

西汉列车/郑健著. —北京：人民文学出版社，2016
ISBN 978-7-02-011532-7

Ⅰ.①西… Ⅱ.①郑… Ⅲ.①长篇历史小说—中国—当代 Ⅳ.①I247.5

中国版本图书馆 CIP 数据核字(2016)第 070353 号

责任编辑 脚 印
装帧设计 陶 雷
责任印制 苏文强

出版发行 人民文学出版社
社 址 北京市朝内大街 166 号
邮政编码 100705
网 址 http://www.rw-cn.com

印 刷 三河市宏盛印务有限公司
经 销 全国新华书店等

字 数 670 千字
开 本 680 毫米×1000 毫米 1/16
印 张 46.5 插页 2
印 数 1—10000
版 次 2016 年 8 月北京第 1 版
印 次 2016 年 8 月第 1 次印刷

书 号 978-7-02-011532-7
定 价 78.00 元(全两册)

如有印装质量问题,请与本社图书销售中心调换。电话:010-65233595

目录（上）

01 车厢：秦末烟云

02 车厢：楚汉争霸

03 车厢：大风歌

04 车厢：母子冤家

05 车厢：黄金时代

06 车厢：棋局人生

07 车厢：淘宝专家

01 车厢
秦 末 烟 云

1. 英雄所见：凡人不凡

一个士卒在宰杀一条鱼，这条鱼体型很大，他一手按鱼头，一脚踏鱼尾，用刀剖开鱼腹，发现里面有东西，取出一看，乃是一张帛书，忙呼同伴来看，只见帛书上写着三个字：陈胜王。其他士兵闻声聚集，争相传阅。

华夏史上一次大地震就将从这张鱼腹藏书中孕育而成，一批名垂千古的英雄也应运而生。

英雄本凡人。成为英雄的凡人，身上具有许多非凡的品质，充满自信、敢为人先、有勇有谋、善于等待、相时而动，终于干出一番轰轰烈烈的功业。现在我们搭上历史的列车，驶到两千两百年前，就从秦末几位挟雷藏电的凡人说起。

大泽揭竿

秦统一六国后，秦始皇及其子秦二世急政暴虐，穷奢极欲，凭借封建中央集权的国家机器，大兴徭役，全国常年有七十万人修造陵墓、宫室，四十万人北筑长城，五十万人南戍五岭；重收赋税，滥施刑罚，以致天下人心怨恨，社会状况恶化。大批平民逃亡，结伙为盗，失去权势的六国旧贵族也伺机复仇，秦朝统治面临严重危机。

公元前209年（秦二世元年）七月，赶往渔阳（今北京密云县西南）戍边的九百余人，日夜兼程，偏偏天公不作美，队伍到达蕲县大泽乡（今安徽省宿州东南）一带，遭遇连天暴雨，阻住队伍行进。几日后，雨渐小了，队伍准备饱餐一顿继续赶路，于是便有士卒去集市买鱼，接着便发生了开头的怪事。士卒们马上去报告屯长陈胜，陈胜却喝道："鱼腹中怎会有书，你们敢来乱说，可知朝廷大法吗？"士卒不敢多言，只得退下，但私下却在议论猜测。

异事接连发生。夜里，大家都已睡着，朦胧间听得远方传来狐嗥，一声接着一声，时断时续，似乎还掺杂着人语，士卒们都醒了，侧耳细听，模糊辨得狐嗥声中反反复复"大楚兴""陈胜王"几个字。一些好奇心强的士卒，起身出去想看个明白，营外都是荒野，那声音是从西北角几间古祠里发出的，那里还有几团火光四处飘忽，兵士们尽皆骇然。几个胆大的想去探察，但夜半天色阴黑，雨后路滑泥烂，再加营中有令，不准夜间私出，惊恐疑虑半晌，那狐嗥声和火光也消失了，大家只好作罢，回去再睡。

其实这一切都是队伍里两位屯长作怪，自己人吓唬自己人。这两位屯长一个叫陈胜，阳城人，一个叫吴广，阳夏（今河南太康县）人，都是贫苦农民，两人之前并不相识，因为高大精干，被选为屯长（相当于现在的班长），叫他们协助将尉管理其他人。行军途中两人意气相投，感情日好，经常互相坦露心迹。

陈胜、吴广骨子里毕竟不同于普通农夫，不像其他人走一步算一步，听天由命，还是有些见识的。从前陈胜给人当耕佣时，就是个有志青年。一天耕田回来，他放下犁耙，坐在田埂上看着天空发出吁叹，同伴们看他一副怅然若失的样子，便问其故。

陈胜说："别问了，要是我富贵了，一定不会忘了你们。"

同伴们听了嘲笑他："你和我一样都是耕佣，还想什么富贵啊？"

陈胜听了叹道："唉，燕雀怎知鸿鹄之志！"

在大泽乡驻扎的日子，陈吴两人便私下密议："这里距渔阳还有数千里地，等到了早过限期，按秦法当斩，难道我们就这样甘心受死吗？”

吴广说：“不如我们逃走吧？”

陈胜摇头说：“逃不是上策，一旦被抓住就要处斩。走是死，不走也是死，不如另图大事，或许还能死中求生。”

吴广忙问就凭两人怎么能举大事？陈胜分析道：“天下人都吃够了大秦的苦头，我听说秦二世是始皇少子，例不当立，公子扶苏是长子，又很贤仁，只是触怒了始皇，把他调去监领北边的军队。二世篡位杀兄，很多人还不知道。还有楚将项燕，立有战功，爱护士卒，楚人都很挂念他，现在也不知生死，我们就借扶苏和项燕的名义起事，号召天下。这里是楚国地域，人心深恨秦国，一定会闻风响应，我们大事可成了。”吴广听了陈胜的话，很是赞成。

为让众人拥护，陈胜和吴广利用人们迷信鬼神的心理，设计行事，分头行动。不两日，满营都在窃窃私语，争传异事，谈神说鬼。陈胜吴广相视而笑，暗幸计谋得逞。

两人知道，光靠这骗人的小伎俩还不足以成事，还要采取进一步行动。只有两个随军监督的将尉蒙在鼓里，这也尽在陈胜吴广计划中，他们一面把两人伺候得很好，每日奉上好酒，两人举觞对饮，不亦乐乎；一面把队伍管理得很好，少叫两人操心，同时趁机笼络人心，和部卒吃住相同，毫不克扣，让部卒心悦诚服。

前面的事需要一步一步慢慢做，不能有丝毫急躁；而这一切做好之后，便要果断出手，刻不容缓。这日，两名将尉饮酒至半醉时分，陈吴两人闯入营帐。吴广朗声道：“天天下雨，看来不能去渔阳了，与其逾期处死，不如先期远走，我特来禀报，今天就准备走了。”

两名将尉没想到两人径自闯入，更没想到吴广说出这样无理的话，怒道：“你敢违法？要走就斩！”

吴广本是要激怒二人，因此并不惊慌，更添一把火道：“你二人负责路上监督，责任很大，一旦误期，你俩还想活吗？不如让大家都散伙吧！”

其中一个将尉听了这话大怒，要拿军棍责打吴广，另一个将尉索性拔出佩剑，吓唬吴广。吴广早就做好准备，一脚将剑踢起，抢过宝剑，顺势一剑斫去，鲜血飞溅，那将尉已经倒地。

另一个将尉酒已吓醒，拔出剑向吴广刺去，吴广举剑格挡，两人一来一往斗了几个回合，忽然一缕鲜血从他盔甲上滴下，接着一口鲜血喷出，便倒地而亡，原来陈胜在身后赏了他一刀。

两人把士卒召集起来，和大家分析面临的形势：去渔阳必定死路一条，即使不死，北方天寒地冻，也经受不起，何况还有匈奴肆虐。一席话说得人人自危，哀叹不绝。

陈胜见时机已熟，便用竹竿悬着二将尉首级示众，他朗声说道："大丈夫不死便罢，死也要死得有名望。现在我们不如冒死举事，也算不虚此生。王侯将相宁有种乎！"

一番话慷慨激昂，说得士卒们看到了生机，不觉热血沸腾。其实大家都对暴秦统治不满，但苦于没人挑头起事，现在一经陈胜提议，自然齐声应和，俯首听命。大伙在营外空地搭起高坛，竖起写着"楚"字的大旗，用二将尉头颅做祭，公推陈胜、吴广为首领。陈胜便自称将军，吴广为都尉，定国号为"张楚"。

军中即刻发出檄文，诈称公子扶苏及楚将项燕担任主帅。九百士卒士气高涨，很快把大泽乡占领，作为起事地。楚军把居民家中的锄头铁耙拿到军中，充作兵器，附近许多贫苦农民听到消息，纷纷加入队伍，兵卒越来越多，苦于器械不足，于是到山林中截木为棍，削杆为旗，组成了史上第一支"揭竿而起"的农民起义军。

沛县烽火

在大泽乡风起云涌之时，几百里外的沛县（今江苏沛县），也有一队人马缓缓西行，这支队伍由各郡县刑犯组成——秦廷诏令各郡县刑犯到骊山（今陕西省临潼区城南）修筑秦始皇陵墓。

一出县境，队伍里便有人逃跑，走了不到半天，又跑了好几个，第二天陆续有人逃离。押送队伍的尉官也不去追赶，他看上去比较温和，人跑了也不责怪众人。又走了一段路，看到前面有一个亭，里面有人卖酒，索性停下队伍让大家休息，他也找了一块空地坐下，叫酒来喝。

日影偏西，他还在喝酒，并没有动身的意思。忽然他站起身，“嘭”的一声把碗摔在地下，七倒八歪的人们都静了下来，想着这两天一直有人出逃，他一直没有发作，现在定是要诘责逃众，立威肃律了。只听他大声对大家说：“你们到骊山去服苦役，终究难免一死，很难再回家乡，现在我一律释放，你们逃生去吧！”

众人都不敢相信自己的耳朵，有的以为尉官在做试探，有的只当这是醉话，一时不敢应声。他见众人沉默，便俯下身去一一解开绳索，那些人忙跪下磕头致谢，尉官也不答话，只是挥手叫他们自去。有几个人走了几步，又回头问道：“你把我们放走，怎么回去交差呢？”

尉官大笑道：“放了你们我也不会回去寻死，只好也去逃命了。”众人都感激涕零，其中一个壮士说：“我们已是无家可归，情愿跟随你！”又有十几个壮士也争相附和，尉官不忍推辞，便带着他们从小路逃走，躲进了芒砀山（今河南省商丘境内）。

众人得知这名尉官名叫刘邦，家住沛县丰乡阳里，是泗水亭长（秦朝十里是一亭，亭长是管理十里以内的小官）。家有二老和两个哥哥，他排行老三，因此名季，娶县里吕公的女儿吕雉为妻，有一男一女两个孩子。

《史记·高祖本纪》还记载刘邦带着犯人们逃跑时，在夜里走到了一片大泽中，忽然有人报告说有一条大蛇挡路，刘邦说:“壮士行路，怕什么？”说完便拔剑上前把大蛇砍成两段。现在徐州丰县还有斩蛇沟这个地方。

后来有人看到一个老妇人在刘邦斩蛇的地方哭，便问她为什么要哭。老妇人说：“有人杀了我的儿子。”

那人又问老妇人：“怎么见得你儿子被杀了？”

老妇人说：“白帝的儿子化成了蛇，挡在道中，被赤帝的儿子杀了。”那人以为老妇人骗人，拿起棍子要打她，老妇人便不见了。后来有人把这事告诉刘邦，刘邦“乃心独喜，自负”。

真有这事吗？古人都认为这是真的，因为伟人都有神奇的历史。

我猜测这事也可能是真的，首先刘邦在荒野中行进遇到一条蛇，并把它杀了，这个可以有。然后刘邦便利用这件事进行了“炒作”，这和陈胜、吴广的“鱼书狐嗥”有异曲同工之妙，那时要让别人拥护，也不是一件容易的事，必须借助天意，否则就是造反，要族诛的，那时的人也不是傻子，不会白白跟着你去送死。刘邦这样做给起事找了理由，让别人服他，他编的这个故事也很有水平，因为秦襄公住在西戎，主少昊之神，所以秦朝祭祀白帝，而赤帝就是尧，尧的后代杀了白帝的儿子，就是刘邦要灭秦的意思。

他的高明之处还表现在不是自己对大家说这件事，而是当了一回导演，让一个老妇人去哭，再让一个人去问，然后回报他，可想而知他听到这件事的时候，表情一定是“既惊讶又无辜”，其他人在叹为奇事的同时，对他更是死心塌地地拥护了。所以他表现出了两个反应：一是“独喜”，一个人高兴；一是自负，自负不是骄傲的意思，负是“恃”的意思，就是“依赖，仗着”，意思就是找到了理由，自己有了依靠。

这次炒作的效果很明显，《史记》上记载：“诸从者日益畏之。”跟随刘邦的人日益怕他，自然对他很畏服。陈胜、吴广后来就是有越来越多的人不服他们。从这件事可见，刘邦的政治头脑要比陈胜、吴广高明得多。

过了几个月，妻子吕雉带着一对儿女找到了山里。一家团聚，其乐融融，刘邦问及家中情况，吕氏含泪说：“你走以后，我苦也吃够了。”

原来，县令等刘邦回来复报，很久都无消息，忙派人查探，得知刘邦纵放罪犯逃跑。当下便派役吏到刘邦家中搜查，刘邦早已分家，因此父母免受牵连。只有吕氏因夫坐罪，被抓走关进县狱。在狱中，吕氏没钱送礼打点，因此屡遭狱吏凌辱调戏。好在有个叫任敖的狱吏和刘邦相识，关系不错，便留心照顾吕氏。只是吕氏不归他看管，因此常常有心无力。一日他去探视吕氏，老远就听到牢房里有女人哭声，走去一看，一个狱吏正在对吕氏动手动脚吆喝戏辱，任敖顿时大怒，跑进去就抡了狱吏几拳，两人扭打在一起，好容易才被其他狱吏拉开。

两人都到县令那里告状，各说各的理。县令一直也判不出谁是谁非，便召入功曹萧何公断。萧何说狱吏知法犯法，应该惩罚，任敖虽然粗鲁，但情有可原。县令平时最为信任倚重萧何，因此按律处罚狱吏。不久萧何又替吕氏解脱，设法运作，将她释放回家。

萧何袒护任敖就是袒护吕氏，萧何和刘邦是老乡，两人非常要好。当初刘邦不喜耕稼，专好游荡，交游广泛，后被选为泗水亭长，和县里一班县吏交往颇多，因此结识了萧何、曹参、夏侯婴等人，其中和萧何关系最好，刘邦去咸阳出差，几个朋友为他饯行，萧何赠他的钱最多。到了都城咸阳，刘邦可算是大开眼界，尤其恰巧碰到始皇巡行的车队，气势恢宏，威武煊赫。御驾过去了，刘邦还在徘徊观望，羡慕自叹道："啊呀，大丈夫原当如此！"

陈胜在蕲县大泽乡起义，传檄四方，东南各郡县纷纷响应，很多县令都被杀死，沛县和蕲县很近，沛县县令自然十分忧虑，召入萧何、曹参商量是否举城投降事宜。两人献议说："你是大秦官员，怎能向强盗投降，现在只有召集数百人的队伍来守城。"县令采纳两人的意见，四处招人。萧何趁机进告县令说刘邦为人豪气，又有能力，如果把他赦罪召回辅助，一定会感激图报。县令正需用人，也想起刘邦的好处，只是苦于不知下落，无从寻访。萧何便建议让县里那个五大三粗的狗肉贩子樊哙去找刘邦，樊哙娶吕雉的妹妹吕媭为妻，是刘邦的连襟。

樊哙自然知道刘邦藏身处，很快来到芒砀山，这时刘邦已在山中住了八九个月，手下也扩充到百十人。听说县令召他回去做官，忙收拾行囊，带领徒众向沛县出发。

走到半路，便遇到萧何、曹参风尘仆仆地赶来。两人告诉刘邦，县令后来又反悔了，并且怀疑两人要召刘邦回来谋变，因此要杀他俩，二人得到消息便逃了出来，他们劝刘邦不要回去了。刘邦深谢二人屡次关照，但毕竟自己现在有百余人的队伍，胆子壮了，还是决定回去看看。

萧、曹二人和刘邦的队伍一起返回，到了沛县城下，只见城门紧闭，一时进不去。他们知道城里许多百姓都不服县令，便决定投书城里，鼓动百姓造反。于是萧何写了一封书，陈述当前形势利害，告诉百姓只有起来反抗，才能免遭屠戮，保全家室。刘邦把书绑在箭上射至城头，这书便由守卒传到城里，百姓们看了都觉有理，果然造起反来，攻入县属，杀了县令，然后打开城门，迎接刘邦。

进城后大家集会商量善后事宜，众人都推刘邦为首领，刘邦谦说自己德薄能浅而推辞了，众人便又推萧、曹二人，萧、曹二人职务本来高于刘邦，但也推辞，两人心存顾虑，怕将来造反不成祸及宗族，因此推说自己文吏出身，不谙武事，愿推刘邦为首，自己为辅。大家因此一致推刘邦为首，刘邦只好答应就任。大家便共立刘邦为沛公，萧何为丞，曹参为中涓，樊哙为舍人，夏侯婴为太仆，任敖等为门客。祭祀已毕，便部署出兵。此时是二世元年九月，刘邦已四十八岁了。

江东惊变

一辆马车行至会稽郡守府前，车里走下一个四十多岁的中年汉子，即有府吏前来引进府中，穿过院子，进入正堂，郡守殷通忙下座相迎，并把他带到里面密室中，这才小声说话："陈胜发难，东南很多郡都反了，看来是天要亡秦啊。我们也要抢占先机分一杯羹，现在正是起事的大好机会，你看呢？"中年汉子笑着连连点头称是。

殷通又道："领兵先选将，我看你是个将才，还有勇士桓楚，也是一条好汉，可惜他犯罪逃跑了。"

中年汉子接道："桓楚的下落，只有我侄儿项籍知道。"

"那太好了，不如叫令侄把桓楚招来，有你二人相助，事无不成呢！"殷通大喜过望。

"那我明天就让我侄儿来见大人，听你命令！"

中年汉子名叫项梁，郡守与他相熟，但却不知他来历。项梁本是下相（今江苏宿迁西南）人，上文提到，陈胜吴广用公子扶苏和楚将项燕的名义起事，这项梁便是项燕之子。楚国被秦国大将王翦攻灭的时候，项燕兵败自杀。项梁的侄儿项籍，小时候父亲死了，便依靠他在栎阳县（在今陕西临潼）过活。

项梁让项籍读书，几天学不下去，便改让他学剑，学了几天还是不成，项梁十分生气，便责骂侄儿。项籍却振振有词地说 ：“读书有什么用？不过记自己的姓名。练剑虽然稍足护身，但也只能杀几个人。‘一人敌’和‘万人敌’相比如何？要学我就学‘万人敌’！”

项梁听了侄儿这番话很觉欣慰，怒气自然消了，对项籍说 ：“你有这个志向很好，我就教你学兵法吧。”项家几代都当楚将，家里藏有许多兵书。项梁把祖传兵书拿出来教他，项羽虽然生性粗莽，但却很有悟性，一听就懂。不过时间一长，便又倦怠了，只懂大意，而不愿深入钻研下去。从后来的情况来看，项羽学的不单是“万人敌”，更多的是“万人坑”。

不久项梁被仇家陷害，被抓到栎阳县监狱中，幸好与蕲县狱吏曹无咎认识，便通过他找到栎阳县狱吏司马欣，帮忙把项梁放了出来。出狱后项梁找到那个仇人，将人打死，便带着项籍避到会稽郡吴中。项梁隐姓埋名，伪造氏族，广泛结交吴中的士大夫，每遇土木工程、豪门葬礼等大事，他都主动帮忙办理，像行军打仗一般井然有序，大家看他豪爽义气，都愿和他交往，也很佩服他的才识。秦始皇东巡至会稽郡，项梁带着项籍也随众人去看热闹，御驾经过时，天子威仪，壮观无比，项籍指着御驾对叔父说:“彼可取而代也！”项梁闻言大惊,急忙捂住项籍嘴巴，制止道 ：“休得胡言，被人听到，罪及三族！”

项梁一直不忘国难家仇，养了十几个死士，私铸兵器，蓄势待发。到了陈胜起义，会稽郡守殷通见他有才干，便来请他共图大业，无事不巧，正中他心怀。翌日一早，项梁便带着项籍来到郡守府，由项梁先入见郡守报称侄儿已到。

殷通忙令召见，项籍大步走了进来，殷通第一次见项籍，但见他相貌伟岸，甚为喜欢，对项梁赞道 ：“好一位壮士，不愧为令侄！”接着便谈及召回桓楚的事，只听项梁目视侄儿说了声“动手”，项籍便拔出怀中藏剑，猛向殷通砍去，可怜殷通还不知怎么回事，便已身首异处，做了“糊涂鬼”。

项梁从尸体取下印绶，悬在腰间，又把殷通人头提在手上，和项籍走出来。只见数百名士卒手持兵器围拢过来，项籍冷笑一声，剑已挥出，他根本就没把这些士卒放在眼里。剑光如银，血溅似雨，瞬间前面的十几个士卒纷纷倒地 ；一声叱咤，如雷如霆，好多人都吓破了胆，不敢再靠近项籍，纷纷后退。

叔侄俩就这样占了郡守府，项梁自任将军，兼会稽郡守，项籍为偏将。继而诏告全城百姓，申大意，贴文告，募兵勇，不到几天，拉起了一支八千人的队伍。因为这支队伍里大都是当地的青年，所以称为“子弟兵”。项籍字羽，这一年（秦二世元年）他二十四岁。

2. 从“第一桶金”看成败

上节讲到，三方起兵有很多相似之处，陈胜、吴广，刘邦，项梁叔侄三方依靠才智，抓住时机，都拥有了属于自己的原始资本。那这三方势力到底谁强谁弱呢？从他们各自的“第一桶金”我们可以找到答案，并且通过“第一桶金”的挖掘过程我们还可以看出他们下一步的发展趋势。

从兵力上来比较，陈胜吴广最强，次之项梁叔侄，再次刘邦。陈胜吴广揭竿而起后攻下蕲县，麾下已有车六七百乘，骑兵千余人，步兵数万人；项梁叔侄拥有八千子弟兵；刘邦做了沛公后，召集沛县子弟二三千人。

从各自势力范围来比较，项梁叔侄势力范围最大，项梁取代殷通为会稽郡守，相当于省长。公元前222年，秦始皇统一六国，把天下分为36郡，会稽郡即为其中一郡，是始皇把春秋时期的吴国、越国地域合并而成（今江苏苏州为中心的江浙地区），以吴县（今苏州）为治所。其次陈胜占据蕲县，后来又攻下陈县，但他的后续影响比较广泛深远，直接导致了东南各郡相继起事。再次刘邦，只占沛县一地。原来拿下沛县后，樊哙和夏侯婴正准备进攻胡陵（今山东鱼台东南）、方与（今山东鱼台西），忽然接到刘邦休战令，原因是刘邦母亲刘媪（意为刘老太，刘母无名）去世，古时风俗，办理丧葬期间不宜打仗。

以上是硬件比较，刘邦最弱；但若论软件，却是刘邦最强，他的智识要高于陈胜、吴广和项梁叔侄。先看陈胜、吴广，从“鱼书狐嗥”到“激将杀尉”，玩的都是小伎俩、小聪明，若碰到稍有智识的人，仅靠这些招数都不能成事。

再看项梁叔侄，郡守殷通邀项梁密谋大事，至少是很有诚意的，即使不以真心相对，利用郡守势力成事也行，但项家叔侄和殷通无冤无仇，却无端将之杀害，可见其贪诈狂暴。杀了殷通，项梁叔侄还发文告说“郡守贪横”，因此“除暴安良”，这些污词难道能骗过大众吗？只不过大众惧怕他们凶残而不敢说话罢了。

刘邦虽然也是杀县令而起事，但是县令反悔在先，如果召回刘邦，委以任用，县令不一定会死，更何况动手杀县令的也不是刘邦，而是沛县百姓。我们再看刘邦押送刑徒的路上，刑徒逃跑，其实他是很焦急忧心的，跑了这么多人他要负责，“看管不力，放纵刑徒”的罪名，必会受到秦律严惩，而且他孑然一身不便追赶，若是威胁众人，跑的人只会越来越多，再说秦二世大兴土木，重征工役，不得人心，去的人九死一生，逃跑在那时是很普遍的现象，阻止逃跑或告发官府才会受到众人不满。因此当时最佳的做法就是暂时保持沉默，不能激化矛盾，否则很可能会落得大泽乡二将尉的下场，刘邦的队伍中也会出现陈胜、吴广之流，那后来的历史就要改写了。当然，历史不能假设，还是让我们看看英雄们自己写出的历史进程吧。

函谷传警报

一队大军进入陈县，虽然衣衫破旧，兵器粗杂，还有许多扛着耙子、锄头和木棍的，但每个人都挺着胸脯，表情严正，士气高昂。尤其是队伍前面的两员将军骑着高头大马，并辔而行，威风抖擞。陈胜、吴广攻下蕲县后，令部将葛婴向东进攻，连续攻下铚、酂、苦、柘及谯县，声势大震，沿路征集兵士和车马，都送到蕲县，归陈胜调遣。陈胜随后便攻下陈县（今河南淮阳县），沿途招兵收马，张贴文告，申令部队严禁扰民，因此百姓并不惊慌，争相出来一睹大军风采，啧啧称叹。从社会最底层的佣夫、贫农一夜之间成为万人拥戴的将军，真像做梦一样，人生得意，莫过于此。

在县府，陈胜、吴广招来三老豪杰议事（秦朝沿袭周朝制度，十里为一亭，十亭为一乡，乡官有三老、啬夫和游徼，三老掌教化，啬夫判诉讼，游徼治盗贼，相当于现在的教师、法官和警察）。众人自然揣摩意思，纷纷称颂二将军恢复楚国社稷，功高盖世，理应称王。二将军心中甚喜，口中却说着推让的话。这时兵士进来报告：有两位名士前来求见。陈胜问了姓名，忙起身出迎。

来人一个叫张耳，一个叫陈余，都是大梁人（魏都，今河南开封），家住得不远，非常要好，张耳比陈余年长，两人情同父子，誓同生死，时人都说他们是刎颈之交。张耳做过魏公子的门客，还做过外黄（今河南兰考东南）县令，后来秦灭魏，秦朝悬赏捉拿两人，布告上写着："获张耳赏千金，获陈余赏五百金。"两人便改名换姓，逃到陈县避难。现在特来投奔，行礼过后，便和陈胜谈论军情。陈胜问两人关于称王的意见，两人都不以为然，认为不应该操之过急。

张耳提出了两点意见：一是引兵向西，进攻秦都咸阳，抓住时机，推翻秦帝。二是立六国后人，培植党羽，扩充势力。六国后人当了诸侯，自然感恩戴德，到时拥护陈胜为帝，还要称什么王呢？

陈胜一心想称王，听了张耳的话，一时沉默起来。陈余接口说："将军才得了两个县就要称王，怕天下都会怀疑你有私心，到时失去人心，后悔都来不及了。"

陈胜皱眉沉思，半晌淡淡地说了一句："那等等再说吧。"

两人见陈胜不高兴，话不投机，本想告辞，但想想也没有好的去处，便决定先留在陈胜军中，做了参谋。过了两天，陈胜自称为王，国号张楚，取张大楚国的意思。陈胜立吴广为假王，命他领兵向西进发，攻打荥阳（今河南荥阳）。

张耳、陈余也想趁机离开陈县，于是便向陈胜献计道："大王向西征讨，但不能顾及黄河以北，我以前在赵地待过，那里地势好，豪杰多，我请命带兵去赵地，一方面牵制秦军，有利西线战事；另一方面可以安抚赵民，一举两得。”

陈胜赞同陈余的话，诏准执行，但因为他刚来投奔，还不是很信任他，于是选派部将武臣为将军，邵骚为护军，张耳、陈余为左右校尉，协助武臣，领兵三千渡河北去。

刚送走北路军，陈胜就接到东路军密报，说是前时他在蕲县派出东征的将军葛婴立了楚国后裔襄疆为楚王，陈胜万分恼怒，立即发书命令葛婴带队伍回来。葛婴也是不久前接到陈胜文书，才知道陈胜称王的事，很是后悔自己的鲁莽，为了免责，竟将襄疆杀死，持首级回来向陈胜报告。陈胜并不原谅他，历数他的罪状，然后叫左右把他推出去斩首。其他部将见葛婴惨死，都十分寒心。陈胜却认为自己正法肃纪，警示部下，接着又派部将邓宗东征九江，部将周市北征魏地，部将召平攻取广陵（今江苏扬州市）。

紧接着又接到西路军吴广军报，说是荥阳由秦三川郡守李由坚守，一时攻不下来，请求增派兵力。陈胜便召集一班谋士商议，其中一个叫蔡赐的人建议选派将领，攻打函谷关，直捣咸阳。陈胜采纳，封蔡赐为上柱国，让他去挑选大将，蔡赐推荐了陈县人周文。

周文曾在春申公黄歇手下干事，还当过项燕军中参谋，熟悉军事。陈胜大喜，忙给周文将军印信，让他西征。于是周文沿途征集了十万大军，浩浩荡荡向函谷关进发。

函谷关烽火燃起，守兵飞书入报秦廷，请搬救兵，但几天都没有回复，朝廷里平静得像什么事都没有发生一样。原来二世恣意淫乐，朝政都由太监赵高一人把持，赵高把所有奏报一律搁置，不让二世知道，只说天下太平，即使出一两路逆贼小丑，各郡县也会立即荡平。陈胜造反都几个月了，二世却全然不知，几个大臣进去报告，请派大将讨平，二世反而说他们妄言欺君，蛊惑人心，把大臣们抓进监狱关了起来，结果再没有人敢去奏事了。

所以周文一路进兵十分顺利，长驱直入，没有阻碍，陈胜几次得到捷报，十分高兴，对秦军不觉轻视起来，许多防备措施也不设了，任谁劝说都不听。

函谷关警报，既是给二世敲响了警钟，也同样是给陈胜敲响了警钟。这也告诉我们，人在得势的时候，一定要保持清醒的头脑，检讨自己的过失，放低自己的位置；人在得意的时候，一定要保持谨慎的态度，听得进别人的批评，不断修正完善自我，这样才能长久。

王府来旧客

张楚王府，兵丁守护，威严气派。

几个农夫模样的人在门口探头探脑，指指画画："嚯呀，就这儿吗？别弄错了。"

"应该是，我认得那个'王'字。"

"现在的王比我们那儿的牛粪还多嘞。"

"别胡说，你才长得跟牛粪似的。"

守门的兵士见他们面庞黝黑，衣衫褴褛，厌恶得很，便喝问道："你们几个在此何事？"

那几个农夫不禁吓了一跳，其中一个胆子稍大的说："官爷，我们是来找人的。"

"找人？"那兵士疑惑地看着他道，"你们到王府找什么人？"

另一个人愣头愣脑地说："找小涉子。"

兵士想了想，没好气地说："我们这儿没这个人，快走开！"

其中一个中年汉子讨好地笑道："这里是王府就找对了一半啦，他说的小涉子大名叫陈胜……"

那个兵士还没等这个中年汉子说完，就怒叱道："大胆乡愚，敢呼我们大王姓名，想造反？"

说着就和左右要抓几个人，几个人从没见过这种阵势，吓得大呼小叫，语无伦次地声辩："你们大王和我是故交。"

那些士兵根本不信："故交？我看你们活腻啦！"说罢又来抓他们。

"千真万确，小人、小人是和大王从小一起长大的。放了我吧！"

"大王和我一起犁过地。别抓我啊。"

"大王犁地是我教的，饶了我这把老骨头吧！"

"大王说过富贵了不会相忘，我们才来的。"两个胆小的竟然呜呜咽咽哭将起来，瘫在地上，拖也拖不起来。兵士们也只是吓唬吓唬这几个农夫，见几个人哀求，便不抓他们，叱令他们不得胡言，将他们撵开了。

几个人走得远远的，还不死心，在王府附近候着，留心出入王府的每一乘车马，眼睛都看穿了。过了好半天，终于有一队车出来，隐约看见第一乘车里坐着一个熟脸，正是陈胜，几个人忙激动地大喊着"小涉子"跑了过去。跟从的兵丁迅速围拢过来，准备缉拿几人。

车停了，陈胜出来低头一看，认得都是贫贱时的父老亲友，忙止住兵丁，让几个人坐在后面的车上，带众人回王府去了。其中一个少年经过府门时还朝先前抓他的兵士吐舌头做鬼脸，兵士们都很惊讶。

进了王宫，一般乡下穷人，看什么都稀罕得很，吵吵嚷嚷，大惊小怪的。一个惊呼："嚯呀，宫殿这么高大，比我们那一百个牛圈还宽敞哩！"

另一个惊叹："嚯呀，帏帐好华丽，好像是用皇后娘娘的袍子做的！"

宫中役吏都不觉皱眉苦笑，实在瞧不过去。陈胜让手下用好酒好菜招待他们。一帮人吃得高兴，忘乎所以，在王宫也如在乡间一般粗豪，拍着桌子喧呼："真想不到，陈涉这小子也有今天！"

旁边的人感叹道："那时他和我们一起种田，衣食不周，吃了不少苦，今天算是走大运啦！还记得吗……"说着说着，便不觉把陈胜从前贫穷时的故事，拿出来做谈资，其中叙述了许多琐屑糗事，引得众人哈哈大笑。

乡人大大咧咧，有口无心，恣意谈笑，他们不知道，他们的话语早就被人传到陈胜耳中，并建议诛杀这几个愚夫，免得威信受损。陈胜不觉羞愤难当，下令把两个乱说话的人绑起来，拖出去砍头。

乡人不知招此奇祸，都吓得魂飞魄散，连连磕头要走，情愿回乡吃苦，剩下的几人你扶我拽，跌跌撞撞跑出王府大门。门口兵士认得几人是陈王客人，忙肃立行礼，几人更是吓得腿脚发软，几欲跌倒，一溜烟跑向远方，搞得那兵士倒是一头雾水。

陈胜的岳丈妻兄还不知道情况，也来投奔，陈胜虽然把他们留在皇宫，但怕他们再胡言乱语，派人把他们看得很紧，像家奴一般对待。岳丈怒道："得势就狂妄，长久不了，我不愿在这里受气。"和妻兄一道不辞而别。

这些事情传出去，人们都知道陈胜薄情寡义。陈胜满不在乎，又命和自己关系好的朱房为中正，胡武为司过主司，专门查探部将隐私，有点小问题就抓起来，滥施严刑，有的将吏根本没有过错，只因为和朱房、胡武关系不好，也被关了起来，打击报复，任意刑戮。他的手下也相继灰心，不肯为他效力。

张楚化烟云

乡中父老走后，四面八方的警报陆续传来。其中两路警报来自北路军，两路警报来自西路军。下面就逐一述来。

第一路警报，是从征赵地的北路军传来。将军武臣从白马津（旧黄河渡口，今河南滑县东北）渡河，所过郡县纷纷响应起事，接连得了十座城池，兵力从渡河时的三千人发展到数万人，于是部下推武臣为武信君，也有几个郡县据守，都被他逐一击破，不到一个月已平定了三十余座城池，趁势进入邯郸县（赵都，今河北省邯郸市）。武臣实力倍增，已经不把陈胜放在眼里，这时传来陈胜杀死葛婴的消息，很多部将都因谗言获罪，他心中也对陈胜有了顾忌。

张耳、陈余因陈胜不重用自己，前次进言只得了左右校尉的小官，对陈胜很是不满。这时便怂恿武臣道："陈胜刚得了两个县就自称为王，而不愿立六国后裔，居心可知。现在将军你攻下数十座城池，比陈胜厉害多了，更应该称王。再说陈胜爱听谗言，又嫉妒功臣，将军功劳这么大，一定会招致忌恨，只有称王才能脱离他的羁绊，免除祸患，机不可失，请将军不要犹豫。”

武臣见两人推他称王，自然乐意，当下召集手下诸将，自称赵王，封陈余为大将军，张耳为右丞相，邵骚为左丞相。

陈胜得知消息，恨得牙痒痒，准备将武臣家属都杀了，再发兵征讨。蔡赐进言道：“现在秦还没灭，如果大王这么做，只会又增出一秦。多树一个敌人，就会牵制我们的力量，阻碍我们的大业。我看不如承认武臣为赵王，派人前去道贺，让他安心，并叫他向西讨秦，援助周文，等灭了秦国再来对付他也不迟。”

陈胜点头称善，依计而行，先把武臣家属接入王宫软禁，再封张耳之子为成都君，并派使者去赵国道贺。张耳、陈余见了使者，早就窥破陈胜的意思，表面上热情接待，私下却对武臣说：“陈胜心里一定很忌恨大王，今天派使者来道贺，明明怀着阴谋，想先联合我们灭秦，再灭我们，大王不如就和他周旋到底，先答应他，再向北攻燕代，向南取河内，扩大势力，到时即使陈胜灭了秦国，也不敢来犯大王，一定会来修和，大王可稳坐中原了！”

武臣闻言大喜，连称好计，于是盛情款待来使，让他回报陈胜。待使者走后，即发出三路大军，令部将韩广征燕地，李良征常山（今河北正定），张黡征上党（今山西长治），单单不向西派一兵一卒。

第二路警报，是从征魏地的北路军传来的。

将军周市一路顺利，到了狄城（今山东高青东南）遭到齐人阻击。狄城内有个守城的将尉叫田儋，是故齐王的后人，他知道周市要来攻城，便和两个弟弟田荣、田横一起密谋，杀了县令，自立为齐王，招募兵士数千人，主动出城进击周市军队。周市见齐兵气势汹汹，不敢轻敌，率兵退回魏地。周市是魏地人，魏人便想推他为魏王，周市不同意，认为立魏王后人才算忠臣。他得知魏公子咎在陈胜手下，便派使者去迎接，陈胜起先不同意，直到使者往返请了五次，才同意把公子咎放回，公子咎于是被立为魏王，周市当了魏相。

第三路警报，是从周文率领的西路军传来的。

周文攻入函谷关，警信像雪片一样飞入咸阳，赵高见时事紧迫，不得不据实奏报。二世慌得不知所措，急召文武百官入朝议事，百官面面相觑，不敢说话。二世不禁焦急万分，这时只见一个相貌魁梧的官员出班启奏，此人是少府章邯，他请缨道："臣愿统兵前去征剿，请陛下赦免骊山刑徒，发给兵器，臣当誓死退贼！"

二世闻言大喜，连声褒奖，颁诏释放刑徒，命章邯为将军，挑选壮丁，编制成军。章邯整兵束甲，集合大军发出临战动员：誓死奋战，有进无退，进即重赏，退即斩首！这些刑徒本来已是九死一生，现在成了兵士，不但有了生还的希望，还能立功受赏，自然士气高涨。

二世二年十一月，秦军出关反攻。

周文军队自东向西都没有吃过败仗，因此都说秦人无用，有了轻敌之心。一上战场胜负很快显现，章邯军队排山倒海地杀过来，拼命厮杀，周文军队如遇着狂风的落叶般飘零，东逃西散。周文见局面失控，慌忙领着残兵退出函谷关，章邯乘胜追击。周文退到曹阳（今河南灵宝东北），章邯紧追不舍，周文只好回头再战，再次失利，退至渑池（今河南渑池西），兵败自杀。

第四路警报，是从吴广率领的西路军传来的。

章邯击败周文，捷报传给二世，二世又命长史司马欣，都尉董翳率大军万余人，援助章邯。章邯便率军向东，径向荥阳行进。

荥阳被假王吴广围困，数月未能攻下，已是二世二年了。听到章邯来攻，吴广仍旧屯兵城下。他的两个部将田臧、李归几次建议吴广改变围城计划，都不被采纳。两人只好私下谋议，准备除去吴广，自己行事。

这一天，田臧、李归两人大步走进吴广营帐，说是陈王有诏令，吴广忙下座接令，只听田臧厉声道："陈王有谕，假王吴广，逗留荥阳，暗蓄异谋，应即处死！"话音刚落，李归手中已亮出一把大刀向吴广砍去，吴广猝不及防，应声倒地。两人割了吴广首级示众，说是奉陈王命令行事。

田臧随后又起草一篇呈文，悉数吴广"顿兵"、"谋变"的经过，说得活灵活现，并吴广首级一起送达陈胜。陈胜因为与吴广资格相当，早就心中疑忌，见到吴广头颅，十分快意，都不派人调查，就让使者持着印信赐给田臧，封他为上将军。田臧歪打正着做了一桩好买卖，也非常得意，留李归围困荥阳，亲自率精兵向西迎敌。

地平线上，无数黑盔黑甲像汹涌的潮水翻涌而来，压得人喘不过气，使得四周山川的分量都变轻了，这是秦国大军。山坡上，一个将军骑在一匹黑骏马上，棱角分明的脸上，一双鹰眼冷峻地看着远方，此人正是秦将章邯。他目光所及之处，田臧率领着衣衫不整的楚军也看到了浩浩荡荡的秦军，一时为秦军的气势所慑，未战先怯，田臧把先前的战斗激情抛到了九霄云外，没奈何硬着头皮指挥军队进击。几轮下来，楚军阵形就被冲破，秦军像插入面团的黑手，左右蹂躏，所向披靡。田臧见不是秦军对手，便想带着部队跑，这时一匹黑马已经旋风般突了过来，章邯在马上挥舞着一柄大刀向田臧砍去，一刀便把田臧劈死马下，也算是为吴广报了仇。楚军失去主帅，如大堤决口，立时溃散。

李归听说田臧战死，不由惊慌失措。怎料章邯已率兵扑来，忙匆匆开营对阵。秦军人人长枪大戟，章邯一柄大刀横扫沙场，李归挺枪迎战，只几个回合，枪杆便被砍断，继而一颗头颅也滚落在地。

章邯解了荥阳之围，又分兵攻郯（今山东郯城），赶走守将邓说，自己则率兵进击许城（今河南许昌），许城守将伍徐也即战败，两人先后逃到陈县，觐见陈胜。陈胜查问两人败状，伍徐寡不敌众，赦免问罪，邓说不战而逃，当即问斩。

陈胜命蔡赐率兵抵御章邯，任命武平君畔为将军，督率郯城下的各路军马。这时陈人秦嘉、符离人（今安徽宿州北）朱鸡石等杀了东海郡守，起兵反秦。武平君畔派使者到郯，用楚将名义招抚各军，秦嘉拒不接受这个命令，自立为大司马，并对他人说："武平君年轻，不懂军事，我们难道还要受他控制吗？"接着便派兵将武平君畔杀死了。

不久又有传来败报，蔡赐战死，章邯长驱直入，很快到了陈县以西，楚将张贺守不住，派人飞马请派援兵。陈胜这才惊慌，再想调兵遣将，手下已经杀的杀，走的走，剩下的个个都冷眼相看，不愿为陈胜拼死效命。陈胜只好亲自出击，队伍行进到汝阴（今安徽阜阳），遇到许多逃兵，一问才知张贺阵亡，全军覆没。

陈胜自思去了也是白白送死，不如退回城中再做计较。陈胜的车夫名叫庄贾，得令后马上掉头返奔，陈胜还是嫌慢，不停催促，略一迟缓，便破口大骂，庄贾心中越发憎恨，行到下城父（今安徽涡阳东南），索性把车停了下来，走到后面与跟随的兵卒附耳密谈。陈胜焦急异常，连叫几声，庄贾竟然反唇相讥，然后便恶狠狠地仇视着陈胜，忽然拔剑向陈胜砍去，一顿乱劈，陈胜被砍死。庄贾把陈胜的尸体扔在路上，驾车绝尘而去。

庄贾驰入陈县，起草降书，投入秦营。可惜陈胜只当了六个月张楚王，便被自己的“司机”给杀了。当然庄贾也没有得到好下场，去秦营送降书的使者还没有回来，楚将吕臣就从新阳（今安徽界首市北境尹城子）赶到陈县，杀死庄贾，为陈胜收尸，礼葬于砀山。吕臣随后在陈县自称楚王。

章邯得知陈胜被杀，便转兵向南阳（今河南沁阳）攻去。原来陈胜前时命陈县县令宋留攻占南阳，此时正在进攻武关（今陕西丹凤东南）一带，秦军到了南阳刚好截断宋留退路。宋留进退受敌，逃到新蔡（今河南新蔡县）又遭到秦军攻击，最后只好投降。章邯因为宋留本来是陈县县令，没有为国尽忠，反而投降陈胜攻打秦国，罪不可赦，便把他押送进京。秦二世对他施以车裂极刑（民间称五马分尸，秦国的商鞅及嫪毐皆曾受此刑）。陈胜、吴广起义的最后一支队伍也即覆灭。

在开往咸阳的这趟列车上，陈胜、吴广已经提前下了车。

3. 海纳百川 有容乃大

陈胜乃亡秦第一人。司马迁在《史记》中把陈胜归入世家类，与孔子齐平，可见评价之高。陈胜、吴广领导的农民起义，积极意义至少有两点，一是具有首创精神，是中国历史上第一次大规模的农民起义，在此之前从未发生过这样的事；二是从根本上动摇了秦王朝统治，为以后项羽、刘邦灭秦创造了有利条件。

我认为其实陈胜和秦二世倒有几分相似：两人都见识不高，缺乏经验。一个深宫长大，不谙世事；一个佣夫起家，没有文化。因此处理事情的方法就很简单，也很极端。两人都亲信小人，疑忌心重。二世信任赵高，是加速秦朝灭亡的重要原因，陈胜信任朱房、胡武，两人其实都重用奸臣，结果被奸人利用了，自己还蒙在鼓里。

最主要的是两人都气量狭小，不能容人。二世车裂宋留，天下各郡县叛降的县令都万分惊慌，引为大戒，不得不誓死将抵抗进行到底。陈胜枉杀葛婴，诛杀故交，取得的效果和二世一样。葛婴在不知情的情况下立襄疆为王，而且得知陈胜称王后马上杀了襄疆，主动汇报，俗话说：不知者不罪，即使葛婴鲁莽，但罪不至死。几个乡下故交前来投奔陈胜，因为不懂规矩乱说话，揭了陈胜的短，让他很没面子，就被他杀了。而田臧杀了吴广，陈胜非但不治田臧罪，还加封为上将军。俗话说：宰相肚里能撑船。这样的人怎能得到群众拥护呢？可以想象，若陈胜取代秦二世，当上皇帝，那么无论在专制方面还是在残暴方面，都会比秦有过之而无不及。

赵宫争王

陈胜部将武臣称了赵王，心情大好，派出扩充地盘的三路大军，也进展顺利。不过这天他见到部将韩广从燕地派来的使者，立即像喉咙里卡了一根刺——原来韩广也向他学习，在燕地称了王。

他忙召智囊团张耳、陈余商量。大骂韩广不识抬举，胆敢称王，他就不怕我杀了他老母亲吗？你们一定要想个办法，替我出这口气。

张耳、陈余听了不觉暗暗好笑：你骂韩广不就等于骂你自己吗？韩广早就考虑过这个问题了，楚王当初没有杀赵王家人，赵王自然也不敢杀燕王母亲。但两人嘴上还是劝武臣息怒。

“大王杀一个老太太有什么用呢？”陈余献计说，“我看不如把韩广的母亲和妻子都给他送去，以示恩惠，然后趁其不备，派兵攻打燕国。”武臣一时也想不出更好的法子，把桌子一拍说，就这么办。

武臣送走了韩广家人，就迅速向赵、燕交界的地方集结兵力。燕国的探马把情况报告韩广，韩广早就防着武臣这一招，忙增兵防守边境。张耳、陈余见燕国防守严密，攻打也讨不了什么好处，说不定偷鸡不成蚀把米，便劝武臣回兵，日后再算账。

武臣是个只能讨别人便宜而不能吃亏的人，他想：老子派你去扩大地盘，你连根毛都没给我带回来，还自立为王，白白把燕地给占了去，我还客客气气地把你家人都给你送过去。现在为了偷袭你，我集兵边界，花了多少财力、精力，你总不能叫我空手而回吧，哪有这么便宜的事，那我岂不是亏大了？一定要揍你小子一顿不可。

因此张耳、陈余劝说了几次，武臣就是不听，执意要攻燕国，驻扎了好些日子。这一天两人突然发现武臣不见了，只见盔甲孤悬帐内，找遍整个营地都没有找到武臣。

正焦急间，一个仆从跑了回来，气喘吁吁地说出了武臣的下落。原来武臣突发奇想，天还没亮就乔装改扮，带着几个随身仆从去燕国打探情况，不过刚进城就遭到燕兵盘查，刚好有几个兵认识武臣（以前都是老战友），结果武臣被抓走了。那个仆人见情况不妙，转身就跑了回来。

听到这个消息，所有人都大吃一惊，现在不是"偷鸡蚀米"的问题了，而是连偷鸡的大王都赔了。张耳、陈余忙设法营救，派使者见燕王，说是愿用重金赎回赵王。燕王当然不是省油的灯，天上掉下这么一块大肥肉，重金也不换哪。他开出的条件是：用赵国一半的土地来赎赵王。

张耳、陈余想这怎么能行呢，赵国本来也不算大，割去一半还算是国吗？两三天都想不出好法子，派了几次使者去谈判，都被燕王杀了。张耳、陈余又急又恨，拖又拖不下去，急得像干河沟里的泥鳅，有劲使不出来。

两人正抓耳挠腮间，军营里的一个伙夫却对同伴说："我要是去燕国，包管把大王救回来。"

同伴哑然失笑："别吹牛了，你想去送死啊，十几个使者都有去无回，就凭你能有什么本事，好好烧你的饭吧。"

大家以为他是玩笑话，都没当真，没想到伙夫竟然真的换了衣服去燕国了。

一个燕国的将军接见了伙夫，对他说："你是来做说客的吧。条件我们大王已经开了，说什么都没用的。"

伙夫不回答燕将，却问："将军认识张耳和陈余吗？"

"他俩不就是赵王的智囊？现在也束手无策啦。"燕将轻蔑地道。

"那你知道他们两人现在的想法吗？"伙夫继续问。

"这还要问，"燕将白了伙夫一眼道，"当然想救赵王。"

听了燕将的话，伙夫却扑哧一下笑出声来。燕将鼓着眼睛，生气地说："你笑什么？"

伙夫笑道："我笑将军到现在还不知敌情。"

燕将哼了一声，伙夫顿了顿继续道："张耳、陈余和武臣一起北伐，攻下数十座城池，两人功劳很大，难道他们不想称王吗？只不过因为年龄资历，不好相争，所以暂时辅助武臣。可巧现在武臣被燕王抓起来，这真是天赐良机，两人都高兴坏了，假假地派使者来谈判救赵王，心里巴不得燕王动手把赵王杀死，他俩好当赵王，再借口报仇攻打燕国，到时人心所向，还能打不赢吗？将军如果再不醒悟，中了两人的诡计，燕国不久就要遭祸了。”

伙夫一番话说得燕将频频点头，他反问伙夫：“据你这么说，我们还是放了赵王为妙？”

伙夫无所谓地说：“放不放是你们燕国的事，问我干什么？我只是替燕国着想，如果放了赵王，一来可以打破张耳、陈余的诡计，二来赵王一定感激燕王，就是张耳、陈余从中作梗，赵王也能从中牵制，燕国也就安全了。”

燕将不置可否，但却把伙夫的话禀报韩广。韩广想想，也觉得很有道理，于是干脆做起好人来，以礼相待，把赵王放了回去。

这边赵王退兵回邯郸城，那边沙尘起处，一队人马也向邯郸城驰来——正是武臣派去征常山的部将李良，前来觐见赵王。他心里藏着一桩心事，原来他讨下常山后，赵王又让他去征太原，行军到井陉（今河北井陉西北），井陉是著名险关，秦军有重兵把守。李良来到关下，正准备攻打，这时接到秦使送来的书信。这书信是二世写给他的劝降书，答应封他高官厚爵——其实这封书并不是二世写给他的，而是守关秦将假托二世之名编造的伪书，诱惑李良，而且故意把书泄露给赵王，使反间计，李良却不知道。左右思量，他决定向赵王申请添兵，再做计较。

正想着，忽然远远地看见一队气派的车马驰来，当中拥着銮舆，前后有羽扇遮蔽，男女仆从随侍前后，一派王者气象。李良以为是赵王驾到，忙令队伍停下，自己跃下马来，俯伏道旁。很快那马车疾驰而至，李良不敢抬头，口中说：“臣李良见驾！”更加恭敬地俯伏行礼。但闻车中一个女子声音道：“免礼！”

李良抬头一看，车中并不是赵王，而是一个身穿华服的贵妇，眼睛并没有看他，随后马车一阵风似的向前驰去。

李良心中很是不快，起身问身边随从："刚才车中那妇人是谁？"

有人认得那是赵王姊，便据实回答。

李良又羞又愤，道："王姊竟敢如此吗？"

旁边一个从吏接口道："现在天下谁是英雄谁说了算，将军你比赵王厉害，赵王都不敢怠慢你。王姊一个女流，就敢昂然自大，不为将军下车。将军倒为她屈身，真是耻辱！"

李良被这几句话一激，更有一把无名火燃起，翻身上马，喝道："快追上去，把她拖下来！"

一队人马跟着李良加鞭疾追，很快便赶上王姊车驾，众人大喊："大胆妇人，快下车来！"

王姊的侍从里没什么骁勇之士，只不过摆个场面而已，这时看到一班气势汹汹的武夫追来，知道不怀好意，都吓得战战兢兢。有几个人以为对方不认识王姊，便壮着胆子，放声道："王姊在此，你们是什么人？胆敢拦截！"

李良喝道："什么王姊不王姊，就是赵王在此，难道敢对大将无理么？"一边说，一边拔剑砍去，好几个人被砍下车驾，余人见此情形，都吓得四散逃命，顷刻之间只剩王姊一人在车里，惊慌失措。李良跃下马，一只粗壮的铁臂伸进车中，一把便将她从车中拖出，摔在地上。王姊头发散乱，满脸灰尘，浑身剧痛，泪水也不觉流了下来，她从没受过这等欺辱，边哭边痛骂李良。李良本就为了找她出气，又怎能忍受辱骂，把剑一挥，鲜血四溅，便将王姊送入黄泉。

王姊已死，李良自知闯了大祸，索性一不做二不休，乘着赵王还不知道，一口气跑到邯郸城下。守城士兵见是李良回来，自然放他进城。李良带着一众随从直接驰入赵王宫，寻找赵王。武臣见李良带着一帮人进来，不知道什么事，正要相问，李良已经拔剑开了杀戒，赵王被劈倒在血泊中，立时毙命。

李良随众有备而来，也见人就杀，宫中遽遭突变，众人毫无防备，活着的卫兵宫女都四散逃命。李良大搜王宫，把武臣家眷一并杀死。再分兵捕杀诸大臣，左丞相邵骚也死于非命。李良占据邯郸城，胁迫百姓奉他为主，并且招募了一两万兵士。

张耳、陈余及时逃出城外，幸免于难。两人准备为赵王报仇，一边召集兵马，一边访立故赵后裔赵歇为赵王。张耳、陈余素有名声，城内逃出来的兵民都来投奔，又立了赵后，更得赵人拥护，因此很快陈余便带着两万人攻打邯郸。

李良本为赵臣，无端生变，弑杀赵王全家，这在当时是大逆不道的行为，因此人人视为乱贼，两军一对垒，李良麾下人马便四散叛离。李良抵挡不住，想到秦二世的来书，当下带着余众，投入章邯营中。

项梁招将

章邯收了李良，势力大增，他亲自去攻邯郸，迁徙赵民到河内（今河南省黄河北岸），无暇顾及二楚。只派左右校尉领兵进攻陈县，吕臣战败，带兵向东逃去。

途中，吕臣遇到一路人马，都用青布包头。为首的是一员猛将，提着一把长槊，脸上有青色的刺纹，生得威风凛凛。吕臣忙停下马来，拱手打招呼，来将倒也知礼，在马上欠身相答。彼此互通姓名，吕臣得知他叫黥布，看他英姿豪爽，便有意和他结交。黥布看吕臣热情，也不拒绝，两人便谈起心来。

吕臣得知黥布是六县人（今安徽六安），本来姓英，因犯法遭黥刑（在犯人脸上刺刻涂墨的刑罚），人称他黥布。他被发配到骊山秦始皇陵工地后，联络一些人逃亡出来当了强盗。听说陈胜起义，也想响应，可是手下只有三五十人，人少干不成大事。吕臣听了他的话十分高兴，也讲了自己的情况，并请他帮助自己，反攻秦军，黥布当即就答应下来。

于是吕臣整肃队伍，几天后再返回与秦军交战。秦军战无不胜，攻无不克，没想到遇到了黥布，此人勇猛异常，冲在最前面挥着一柄长槊，所向披靡，打得秦军不敢靠近，黥布手下虽少，却也个个强悍，奋不顾身，东冲西突，杀人如麻，吕臣也挥军奋进，竟然将秦阵攻破。秦军左右校尉见势不妙，忙带兵窜去。吕臣于是又收回了陈县，置酒高贺，欢饮了好几天。黥布长时间在一个地方待不住，便向吕臣告辞，带着徒众向东而去，听说项梁叔侄叱咤江东，声威远播，便投去跟随。项梁正在招揽天下英雄，见黥布来投奔，当然很高兴，拜为属将。

陈胜部将召平奉命攻取广陵（今江苏扬州市），好几个月都没能攻下来，忽然接到陈胜死讯，知道自己势单力薄，难以支撑，便向东撤去。在江东他见到项梁，谎称陈王拜项梁为上柱国，让他向西攻秦。项梁信以为真，便率兵西行，沿途看到许多难民向前方涌去，便命手下去问明原因。难民回答说："听说东阳（今浙江金华）县令被人杀了，大家推陈婴当县令，陈公向来宽仁，体恤百姓疾苦，现在天下这么乱，小民这是要去金华，求他保护呢。"

项梁听了回报，不禁惊讶地说："东阳真有这样的贤令吗？"于是写了一封书，派人去招纳陈婴。

陈婴本是东阳县的一个小吏，平时为人老实谨慎，大家都很敬重他。东阳起乱事，县令被杀死，乡人都推陈婴为主，陈婴推辞了几次都没推掉，没办法只好到县属办事，一边约束众人，一边把县令的尸体埋葬了。远近得知陈婴到县属主事，都来投奔，几天内就聚集了二万人，大家都要推陈婴为王，陈婴不敢急着答应，回去告诉母亲。

陈母听了摇头说："自从我嫁给你爹，从没听说你家出过一个贵人，我们家一直很寒微，你也不过是一个小吏，一没好家世，二没富家底，三没大能耐，单靠着为人忠厚才得到别人的认可。这'忠厚'二字，只够你自保，而不能兴众，如果你贪图那些不属于你的虚名，不但没这个福分消受，恐怕还要招来祸患，现在天下这么乱，我看你还是择主行事，不要自己去冒险，免得后悔！"陈婴听了母亲的话豁然开朗，决定辞受王号。刚好这时项梁的使者送书给他，便召集部属说："项梁写书招纳我们，项家世为楚将，项梁叔侄英武绝伦，威震天下，我们要举大事，只有和他联合，那就不怕不成功了。"众人听了陈婴的话，也觉很有道理，都没有不同意见，于是陈婴便率部众投附到项梁军中。这时项梁的军力已经增加到四五万人。接着又有一位蒲将军带着一二万人前来投奔。秦二世二年（公元前208年）三月，项梁带着六七万人的队伍会集到下邳（今江苏睢宁西北）。

这时探卒来报，秦嘉驻兵彭城（今江苏徐州），阻住大军通行。项梁马上把队伍召集起来，语气激昂地说："秦嘉背叛陈王，杀了武平君畔，擅立景驹为楚王，这便是大逆不道，现在我们替天行道，往讨此贼！"话音刚落，下面将士齐声呼应，声震四野，便向彭城冲去。

项梁大军像一把铁扫帚一般杀入彭城，扫向秦嘉营垒，锐不可当。秦嘉弃营而逃，项梁遣兵紧逼，一直追到胡陵（今山东鱼台东南），又是一场大战，秦嘉无路可逃，兵败身亡。景驹逃到梁地后也即自杀。

项梁打败秦嘉军后，引军西向。恰好章邯率秦军也来到了栗（今河南夏邑西）。项梁得了这个消息，便派别将朱鸡石、余樊君率兵去攻打秦军，结果余樊君战死，朱鸡石逃回。项梁一怒之下杀了朱鸡石，随后撤军到薛（今山东藤县南），刚驻扎下来，就接到报告，说是沛县刘邦求见。

沛公借兵

项梁和刘邦素未谋面，双方都是豪杰之士，志同道合，意气相投，因此对双方都有好感。只是项梁在当时实力比刘邦大，名气自然也比刘邦大，就像一个大公司和一个小店铺，刘邦态度上自然要更加恭敬一些。没想到刘邦一番客气之后就直截了当地说明来意，提出向项梁借兵，项梁倒也大方，爽快地答应借兵五千，将吏十人。

就像小企业资金不足，找关系好的大企业借笔钱，临时周转一下，也无可厚非。但是有前提条件，那就是关系比较好比较熟，否则只能碰一鼻子灰。刘邦在和项梁都不熟悉的情况下敢贸然来借兵，是需要一定自信和胆量的，要敢想敢干，虽说两人革命目的相同，有共同语言，但当时天下起义的豪杰多如牛毛，项梁公司再大，也不可能四处借兵。同时也说明刘邦是个有野心的人，没有把项梁放在眼里。

我相信刘邦不是抱着试试看的心理来借兵的，而是志在必成，因为他当时的情况也很危急，可谓刻不容缓（这在下面要讲到），所以他不会浪费时间和精力，他来借兵是很有把握的。首先刘邦用低姿态来向项梁借兵，就表示他欣赏甚至仰慕项梁，他一定是先说了自己的发展状况，表明自己这个小公司生意做得还不错，事实证明他在当时也小有名气。项梁从感情上认同他，见天下英雄都来归附，自然高兴。项梁喜欢别人谀颂，刘邦一定说了不少讨好他的话，拍了不少马屁，哄得项梁飘飘然。最重要的是项梁也具有慧眼，通过一番交谈，他看出刘邦是个“潜力股”，想着下一步如果能为自己所用，一定会帮自己做更大的买卖。

刘邦为何向项梁借兵呢？原来刘邦回去给母亲办理丧事期间，秦泗川（即泗水，今江苏沛县东）监平乘机进攻丰乡，刘邦忙调兵反攻，打败了秦兵。刘邦让里人雍齿守住丰乡，他则领兵向泗川方向攻去。泗川监和泗川守逃往薛地，又被刘邦追击，转逃到戚县（今河南濮阳东北）。刘邦手下的左司马曹无伤从后面截击秦军，泗川守被杀，泗川监落荒而逃。秦二世二年十月（即公元前209年十月，因秦以十月为岁首），刘邦败泗水监平。

就在这时，刘邦得报，他和秦军交战的日子里，魏相周市派人到丰乡招诱雍齿，答应给他封侯，雍齿以前就对刘邦不满，因此竟然背叛刘邦，举丰乡投降魏国。丰乡是刘邦故里，是他的大本营，好多父老乡亲都被雍齿胁迫着与他为敌，他怎能不气愤？刘邦急忙率兵回头进攻雍齿，不克，次年三月又攻丰乡，仍不克。他想向秦嘉处借兵，便去下邳，并遇到了一直蛰伏在那里伺机复仇的张良。

张良本是韩人，字子房，爷爷名叫张开地，父亲名叫张平，当过韩国宰相，两代人辅佐过五任国君，所以张家人的故国情结是很重的。秦灭韩时，张良还是一个少年，有家僮三百人，弟弟死了都没有安葬，成天心里想的就是为韩国报仇。据说他当时还谋划了一起暗杀行动。秦始皇东巡到博浪沙（今河南原阳），遭到横空飞来的大铁锥袭击，可惜准头差了点，只砸中了后面随驾的副车。刺秦没能成功。那个投大铁锥的力士是张良聘请的，事败后秦廷四处派人缉查，张良则隐姓埋名，逃匿到下邳。后来召集了一百多人，准备跟从楚王景驹。刚巧遇到刘邦带着队伍经过。

两人一见如故，刘邦和他谈论军事和兵机，他都能应对自如。尤其让大家惊奇的是，张良还和刘邦大谈他的《太公兵法》，别人都听不懂，只有刘邦大为称赞，当即收为厩将（管理军马的部将）。张良也打消了跟从景驹的念头。

就在两人促膝谈论的时候，传来了项梁攻杀秦嘉、景驹逃死的消息，刘邦索性直接登造项营借兵了。

刘邦借到兵，三打丰乡，很顺利拿下，雍齿逃到魏国去了。刘邦率军进了城，把父老子弟召集起来，训责了一番，众人都连声谢罪，刘邦便不再计较。把丰乡改为丰邑，构筑城堡，派兵扼守，再去薛城向项梁报捷，送还项军。

刚回到丰邑，又接到项梁来书，邀他去商议另立楚王的事情。刘邦带着张良马上动身去薛城，刚到项梁营中，就见许多将士都往中间一个空场地跑去，似乎要围观什么，而且一些人在圈里齐声呐喊着。好奇心使刘邦和张良走上前去观看，只见一个虎背熊腰的年轻将领，正在空地上的一个大鼎前摩拳擦掌，那个青铜鼎比一人还高，鼎身要四人才能环抱。但见那个将士蹲下身，双手抓住鼎的一足，然后大吼一声，真是声震山川，气贯长虹，那个大鼎竟然被他缓缓地举了起来。下面呼声如潮，那员虎将举鼎走了一圈才放下，面不改色，气不粗喘。下面的无数粉丝一遍又一遍地疯狂呼喊着："将军威武，将军威武……"

刘邦也不禁肃然起敬，顿生好感，忙上前和那将领打招呼，一问之下才知道，此人就是有百夫不当之勇的项羽。刘邦也做了自我介绍，项羽也是久闻他大名，两人惺惺相惜，一见如故。项羽告诉刘邦，他刚拔下襄城（今河南襄城县），把敌兵全部活埋了才赶回来。

列车在薛城站发出了一声响彻天空的汽笛声，用流行的话说是"两位巨人的大手在这一刻紧紧握在一起"，两人的交集由此而始。

闻名史上的刘项故事才开头，却已可洞见结果，项梁叔侄兵力强盛，但他们缺少了至关重要的东西：宽容。攻打秦军的朱鸡石战败逃回，就被项梁怒杀，胜败乃兵家常事，照此下去，有多少部将可杀呢?

上一节中陈胜杀逃将邓说，也许为了严肃军纪，无可厚非，但当时形势危急，大军压境，最重要的是稳定军心，鼓舞士气，应该把“惩罚逃将”的事往后放一放，或者让他戴罪立功，他的短浅见识使得他最终众叛亲离。逃返途中，还是一味辱骂车夫，至死都执迷不悟。

赵王武臣只讨便宜而不吃亏，结果偷鸡不成蚀把米。伙夫救了他，史上也没有记载姓名，说明赵王不懂得用人，也可以看出他的吝啬，胸襟狭隘。蔡东藩说伙夫立下救主大功，而不得超擢，此赵王所以终亡也。

赵将李良明明是自己心里跟自己过不去，却怒杀无辜的王姊，无端生变，完全是无理取闹，进而弑杀赵王全家，其心胸狭窄可见一斑，最终因人心向背而战败。

难民争相归附陈婴，全因为“宽仁”二字。项羽不知道宽容是比“万人敌”更厉害的东西，刘邦也不见得懂关于宽容的道理，但他以一颗宽容之心，躬身去做，打下丰乡后，只是责备了一下父老，便不去计较，这和项羽拔下襄城后，尽坑降卒形成了鲜明的对比。也许他根本就没听懂张良讲的《太公兵法》，但他仍旧仔细倾听，以示尊重，张良于是决定不从景驹，却愿意给刘邦当一个管理马厩的部下，刘邦胸襟开阔而终得人才。

宽容了别人其实就是宽容了自己，学会宽容才能无敌于天下，唯不争者而天下莫能与之争也。

4. 比敌人更可怕的敌人

又是一场大雨要来临了，这场雨一连下了一个月，战争的各方都停了下来，等待着雨停，再进行下一轮厮杀。许多人以为历史的列车也会停下来，或者要减速慢行，但事实并非如此，就像之前那一场在大泽乡的连绵雨一样，阻止了去渔阳戍边的队伍，却没有让列车停下，甚至还让历史加速行进。

项梁在薛城和诸将经过一番讨论，决定立楚国后裔为王，于是派人四处寻访，终于找到一个放羊的牧童，说是楚怀王的孙子，便把他迎进薛城立为楚王，复号为楚怀王，定盱眙为国都，封陈婴为上柱国，项梁为武信君，英布为当阳君（黥布升了官，又恢复了原姓，叫作英布）。张良也乘机复国，向项梁禀报："齐赵燕魏都已复国，只有韩国还无主，将军不如立了韩国后裔，让韩人感恩，拥护楚国，否则被别人抢先拥立，说不定又多出一个敌人来。"项梁听了很有道理，便同意张良的意见。张良遂立韩国后裔韩城为韩王，辞别了项梁和刘邦，去韩地辅佐韩城。六国又恢复了，秦国的号令再也不能远及了。

凄风苦雨 悍将受挫

一骑快马跑入城中，章邯收到二世来书，说了很多严厉责怪的话，令他尽快平盗。章邯眉头紧锁，很是着急，他每日派人出城侦察，探听项梁军情，至今还没有什么有价值的情报。他站在濮阳（今河南濮阳）城头，看着远处黑压压的营帐，这些营帐就像天空涌来的乌云一般压得他喘不过气——他似乎看到整个大秦帝国都在风雨中飘摇。

城墙上的风呜呜地刮着，却没有吹去章邯心中的忧虑。忽然他感到额头一凉，是一滴雨水，接着又是一滴。下雨了，并且越下越大，似在为战争中的冤魂哭泣，闪电撕破乌云，似乎要揭开那沉沉黑幕后面隐藏着的玄机。

有士卒让他到城下避雨，他摇手拒绝了。云端中无数雨滴砸下，在章邯眼里像无数士兵一般冲了过来——他引兵攻魏，魏国自然不敌。魏相周市急向齐、楚求救，齐王田儋亲自督兵援魏，项梁则派部将项它领兵援魏。齐国援军先到魏国，齐魏联军便联手御秦，在临济（今河南封丘东）交战一场，双方死伤相当。见讨不了便宜，章邯便命收兵，齐魏也不再战，安营休息。半夜，齐魏军营忽然一声怪响，接着便杀声震天，火光四起，原来章邯指挥秦军夜袭得手，直捣营地，砍瓜切菜一般杀伤无数兵卒，田儋、周市死于乱军之中。他则率军直压魏城，魏王咎派使者到秦营谈判，只有一个条件，让他不要屠戮人民，便开城出降，他答应魏王请求并和使者定了约章，魏王咎看了约文，纵火自焚。王弟魏豹从城墙缒绳出逃，半路上，被项它军队救回楚营。

攻下魏国，章邯得到齐国内乱的消息，正是进攻良机，便又移师齐国。原来田儋战死后，齐人立故齐王建的弟弟田假为王，田角为相，田间为将，齐将田荣不服，便召集田儋手下剩余的兵士自守东阿（今山东阳谷县东北）。章邯便率秦军攻打齐国，围困东阿城。

正在攻打亢父的项梁听项它禀报魏国国破君亡的消息，田荣的使者也来求他派救兵。项梁愤然道："我不救齐，何人救齐？"便停止进攻亢父，带着齐国使者进赴东阿。

就在章邯步步为营的时候，听说楚军来救齐国，便分兵围攻，自己则带精兵去敌楚军，前面的作战使他以为很快就会结束战斗。一经交锋，才觉得楚军兵力和各国大不相同，如同硬拳砸在铁锤上，遇上了强中强。当下抖擞精神，率兵苦战。楚军人人奋勇拼命，毫不畏惧，杀得秦军连连退却。章邯忙挥刀出阵，自恃勇力，横扫楚军，忽然听得一声震天吼声，只听“当”的一声，大刀已被荡开，险些脱出手去，只震得虎口隐隐作痛，定睛看去，只见面前一员猛将奋髯如戟、目光如炬，手持一把大槊，带着一股凌厉的势头向他袭来。斗了几个回合，章邯浑身是汗，心中暗惊：楚军中竟有这般人物？

此人正是力能扛鼎的项羽。章邯生平从未遇过敌手，此次与项羽交锋，强弱悬殊立时显现。章邯用尽全力举刀砍向项羽，项羽见章邯急了，正合他意，忙卖个破绽引他上当，想乘机取他人头。没想到章邯这一招也是虚招，使到一半，忽然收手，便策马回奔。他把项羽甩开，便率秦兵向东阿城逃去，继而汇合攻城人马向西撤退。这时，田荣也引兵出城，会合楚军，追了十几里地。见秦军远去，田荣说有要事，便带兵返回东阿城。

章邯一路向西，项梁也率楚军一路紧追。半路上章邯回身反击楚军，再次战败，于是逃进濮阳城固守。项梁一时攻不下来，便移师攻打定陶，也不能克，便在定陶城下驻扎下来，另命项羽、刘邦向西征伐。

一个兵强势盛，志在必得；一个兵疲力竭，死守城门，本来胜负可定，但天有不测风云，一片云团飘到两军上空，又一场扭转战局、改变命运的大雨下了起来。

血雨腥风 骄兵必败

在这大雨中，各节车厢中的人们都有着不同的状态：秦二世正和一帮宦官宫妾寻欢作乐，一切政事都交给赵高处理，他乐得享受安逸；赵高正洋洋得意地和一帮战战兢兢的官员议事，他刚扳倒李斯，当上了中丞相，一人包揽军国大事；项羽和刘邦也因雨在外黄城外驻扎下来，他们刚从雍邱（今河南开封市）回师攻打外黄，一时未下；项梁仍旧驻扎在定陶城外，他解了盔甲，命人备了酒馔，正饮酒自乐。

项梁喝了好些时候，他心里十分得意，踌躇满志，什么秦军、什么章邯他都不放在眼里。他还记得，田荣撤军回东阿，在他追赶章邯的路上，田假从后面追了上来——原来田荣回去把他驱逐出来，田角、田间逃往赵地去了，他向项梁乞师讨伐田荣，项梁不答应，但派使者催促田荣和他合兵攻秦。田荣逐走了田假，立田儋的儿子田市为齐王，自为齐相，弟弟田横为将，平定齐国，无暇发兵攻打秦军，便开出条件：楚国杀了田假，赵国杀了田角、田间，就领兵攻秦。使者把田荣的话回报项梁，项梁说："田假势穷力尽，现在投靠我，怎么忍心杀他？田荣不肯来会合，由他去吧。"于是命项羽、刘邦一起攻打城阳。项羽冒着矢石首先登上城墙，城阳很快被楚军攻下来。进城后，项羽将兵民全部屠杀才回军告捷。

到这定陶城下，项梁驻扎围城，另命项羽、刘邦向西征伐。刚刚又得捷报，两人行军到雍邱，秦三川守李由领兵进袭，竟然不知好歹，持剑迎斗项羽，结果被一槊挑下马去，毙命阵前。秦军见主将阵亡，自然阵脚大乱，一溃千里。

楚国只要有他项梁叔侄在，就算是天塌下来也不用怕。想到这里，项梁不由一仰头，又是一杯酒下肚。

这时有人进见，项梁把酒杯放在案几上，醉眼斜看，但见来人是麾下谋士宋义。宋义行过礼，对项梁说道："将军渡江到这里，屡败秦军，威名日盛，现在形势十分喜人，却也十分可怕。打了胜仗，将易骄，卒易惰，一骄一惰就会导致失败，还不如不胜。我看各营将士，已有些骄傲怠惰了。秦兵虽然吃了败仗，但章邯身经百战，不能小看了他，我得知他最近几次添兵，必然要与我们决一死战，如果我们不预先戒备，一旦他攻过来，怎么抵挡？所以我日夜为将军担忧啊！"

"你也太多心啦！"项梁坐起身，对宋义说，"章邯屡次败退，哪里还敢再来？他一再添兵，都是为了能守住濮阳城，这几天连日下雨，道路泥泞得很，他怎么会进攻？等天一晴，我就攻打濮阳城，看他往哪里逃！”说罢不由得意地抚髯大笑起来。

宋义皱了皱眉头，正要说话，又听项梁说：“上次我让田荣和我会师攻打秦军，他竟然拒绝了，明明是怀着私心，真是忘恩负义，现在刚好章邯增兵，我要再召田荣来与我会合增援，他要是再不来，我可要移兵攻打齐国了。”

宋义听项梁这么说，看来再劝也听不进去，于是眼珠一转，便对项梁说：“将军要召田荣，我愿意前去。”项梁欣然答应。宋义于是立即起身辞行，出营向东去了。

走到半路上，遇到齐国使者高陵君显，双方停车打招呼，宋义问：“你是去见武信君吗？”显回答是。

“我也是受武信君差遣，出使贵国，一是为两国修和，二是为自己避祸。”宋义说，“我看你也不要走得太快，免得受祸。”

显听了这话十分惊讶，追问原因。宋义说：“武信君屡战屡胜，骄气日盛，士兵们也多懈怠，恐怕难以再战。我听说章邯连日增兵，志在报复，武信君小看秦军，又不听劝谏，一定会为秦军所乘，我劝你还是走得慢点，免得受累。我估计这几天之内，武信君就要败了。”显将信将疑，谢过宋义，便拱手作别，路上嘱咐车夫慢速前行。

一骑快马跑入城中，章邯派出打探楚营的侦骑回报，楚营戒备松弛，将尉兵士们喝酒的喝酒，睡觉的睡觉，都在逍遥快活，连哨兵也不见了。章邯得报，连忙召集兵将进行部署。

深夜，雨声哗啦哗啦，好似马蹄声响。楚军睡得正酣，濮阳城门却悄悄地打开了，成千上万的黑影鱼贯而出，像是黑色幽灵一般直扑楚军大营。等楚军惊醒的时候，已是火光冲天，秦军个个金盔铁甲，见人便砍，楚营中头颅残肢乱飞，惨叫不绝，血染军帐。武信君项梁穿着一身单衣，执着一把短剑，在乱兵中冲出营地，正想往外跑，一个敌将骑马将他拦住，挥舞长刀，两下争锋，长刀对短剑，项梁奋力难支，连连后退，几个兵士一齐用枪刺来，鲜血飞溅，随即又是一刀砍到，项梁立时身首两分。一代骁将于定陶站提前下了列车。

骄风傲雪 卿子不测

楚营中几个死里逃生的士兵，跑到外黄报告。项羽听说叔父阵亡，当下放声痛哭。刘邦也陪着流泪，等项羽平静下来，才与他商议："武信君已死，军心不免动摇，这里不能再待了，我们还是先回去保护怀王吧！"项羽也同意这个意见，两人便引兵东撤。经过陈县，又邀上吕臣，一起去了彭城。

吕臣驻扎在城东，项羽驻扎在城西，刘邦驻扎在砀郡，三方呈品字形便于互相声援。又怕怀王在盱眙遭到秦军攻击，便请他移都彭城。楚怀王到彭城后，把吕臣和项羽两军合在一处，自己担任统帅。刘邦不动，授为砀郡长，封武安侯，项羽为鲁公，封长安侯；晋升吕臣为司徒，还让吕臣父亲担任令尹。等着秦军来进攻，但章邯没来攻打楚国，反而攻打赵国去了——章邯认为项梁已死，楚国没什么用了。

怀王听说秦军北去，料到魏地必然空虚，便令魏豹率兵攻打，果然，魏豹带着几千人，一下子就平定了二十几座城池。怀王便命魏豹为魏王，魏地便成了楚国的屏风。

再说齐使高陵君显，在路上缓缓行进，几天后果然得到项梁战死的消息，十分佩服宋义的先见，但使命尚未完成，不好回去，便沿途打探楚国消息，听说楚怀王迁都彭城，刘项同心辅佐，兵威复盛，便转道向彭城驰去，觐见怀王。怀王依礼接见了他，显传达了使命，又谈到途中遇到宋义的事，怀王也大为赞叹宋义的先见之明，所以宋义出使齐国回来之后，怀王便把他留在身边，有什么事都和他商量。

项梁死后，楚军士气低弱，一些楚将还对秦军产生了恐惧心理。楚怀王为了鼓励诸将继续向西征伐，振奋军心，便召集诸将，定下约定："不管是谁，只要能挥兵向西，首先入关，便立他为秦王。"

项羽信誓旦旦地说要为叔父报仇，不破秦关，誓不罢休。项梁虽死，但项家军力仍旧最强，所以怀王的话对项羽是十分有利的，项羽也认为攻破秦关的人非他莫属。

事后，有几个老将向怀王进言："项羽为人剽悍残忍，上次攻襄城，一个多月才打下来，他因为时间长而怀恨在心，竟然把襄城百姓杀了个精光。陈胜以暴制暴，不能服人，所以最终败亡。现在攻打秦国，不应该单靠武力解决问题，应该派一个忠厚的人，沿途约束军士，安抚百姓，不到万不得已不能杀人，秦地百姓受够了秦国的苦，如果有义师前去除暴救民，他们一定会打开城门欢迎的。"

怀王道："我知道了。"老将们告辞而去，怀王心里也不禁忧虑起来。

第二天议事的时候，刘邦、项羽询问出兵的日期，怀王便让项羽暂时留守彭城，项羽不禁暴躁起来。正要与怀王争论，这时有人报告，说是赵国派使臣求见，怀王忙召见。赵使神色慌张地跑进来，行过礼，便将国书呈上。怀王看了书，才知道赵使是向楚国求援来的。

原来章邯进攻赵国，赵王歇让将军陈余出兵抵敌，吃了败仗，赵相张耳保护赵王进了巨鹿城（今河北平乡），令陈余屯兵城北守护城池。章邯在城南驻扎，筑了甬道，运送粮食，自己则督兵攻城，昼夜不停。城中万分危急，于是便派使者到各国求援。

怀王把来书给诸将传阅，项羽当下请命，要求攻杀章邯，替叔父报仇。怀王于是下诏，命宋义为上将，加号卿子冠军（卿子是当时的赞美语，冠为统率的意思），作为统帅，项羽为次将，范增为末将，率领数万兵力前去救赵。

援赵大军行进到安阳，宋义却下令停兵不前。怀王深信宋义，由他自定行止，另派刘邦率军向西进发。刘邦一路上收了陈胜、项梁的散兵约有万余人，连破秦军二戍，击退秦将王离，向昌邑（今山东巨野东南）进发。这时已是秦二世三年了。

王离投奔了章邯，章邯令他助攻巨鹿，因此巨鹿守势更加严峻。赵国使者接二连三地来催促，可是宋义却逗留安阳，不肯进兵，一连住了四十六天，部将们都莫名其妙。项羽更是忍耐不住，找到他要求立即出兵。

宋义却一点也不着急，笑道："项将军，不要急嘛！我们应从大处下手，才能得大功。现在秦军攻赵，如果胜了，兵也疲了，我们刚好乘机进攻，不担心不破；如果秦兵被打败了更好，我们就直接向西进兵，直攻秦关。所以说驻扎在这里是最好的办法。"

看项羽瞪视着他，他还半开玩笑地说："总之，冲锋陷阵，我不如你；运筹决策，你是不如我啊！"项羽愤愤地出来。

不一会儿，又有军令传出：猛如虎，狠如羊，贪如狼，强不可使，俱应处斩。项羽听了这话，越发怀疑宋义是暗指自己，恨得咬牙切齿。

当晚，大雪纷飞，宋义置了酒宴请诸将聚会——为儿子宋襄去齐国任丞相送行。宋义春风得意地坐在上席，和诸将谈笑风生；项羽虽然列席，心里却很郁闷，一人独坐一杯接一杯地喝闷酒。酒宴散后，宋襄向齐国驶去，宋义回营就睡下了。

这时正是夜餐时分，项羽出来巡查，听到兵士们边吃边发牢骚，抱怨队伍停止不前，却在这里忍饥受冻之类的话。

项羽听了，激起一腔愤怒，走到兵士中间大声道："兄弟们，我们冒严寒前来，是为了攻秦救赵，为什么让我们留在这里？现在岁寒民贫，军营没有现粮，大家都吃不饱，有人还有心思宴客喝酒？不愿意引兵渡河，去吃赵国的粮食，和赵军并肩作战，反而说什么乘秦军疲敝再去攻打的鬼话。试想秦军那么强悍，攻打一个新立的赵国势如破竹，赵国灭了，秦国只会更强大，哪里有'敝'可乘？何况我军刚遭遇失败，主上坐卧不宁，把楚国的精兵强将托付给上将军，国家安危，就在此一举，现在上将军却不体恤士兵，只想着自己的私事，这还算是社稷之臣吗？"大家听了项羽慷慨激昂的一番话，都不敢应声，但心里却十分赞同。项羽看兵士们的表情，知道大家都默认了，便回营帐就寝。

翌日一早，宋义正在洗漱，只见项羽大踏步地走进来，刚要问什么事，项羽已经拔出宝剑砍了过来，宋义毫无防备，溅血倒地。

项羽枭了宋义首级，提出帐外示众，朗声道："宋义私通齐国，谋叛楚国，我奉楚王命令，已把他斩首了。"楚军将士对宋义早有怨言，因此都没有异议，又迫于项羽凶横，便推他为上将军。为了斩草除根，项羽又派心腹追上宋襄，一刀结果了他。然后让部将桓楚去报告怀王，说是宋义父子谋反，已由大众公决诛杀。怀王得知消息，十分痛心，明知项羽夺权，但又没办法制他，只好将错就错，派使者传去命令，封项羽为上将军。

本章讲的两个人项梁和宋义都是很聪明厉害的人物，自认为看人看事很清楚。项梁被胜利冲昏了头脑，宋义被自信迷失了方向，从某种意义上说，害死项梁的不是章邯，杀死宋义的也不是项羽，他们的同一个凶手，是一个比敌人更可怕的敌人：骄傲。

项梁打败了常胜将军章邯，便目空一切，自信地认为秦军不堪一击，章邯不敢出战，说章邯添兵是为了守城，因荒于戒备而被秦军雨夜袭击，不但自己死了，还让无数楚军跟着他白白丧了命。宋义能够预先看出项梁的败征，可以说很有先见之明，为此受到楚怀王的赏识，职务提拔后，却逐渐膨胀起来，看不起项羽，认不清形势，体察不了下情，最终导致灾难性的结局，所以蔡东藩说他“能知项梁而不识项羽”，可悲可叹。

5. 勇者可无畏　仁者方无敌

本章讲一讲“勇”与“仁”的关系。

勇敢是一支军队在战场上克敌制胜的最强武器，勇是对一个士兵的根本要求。勇敢也是一种积极的处事态度，跌倒了再爬起来的也是勇者，面对挫折，逃避不是办法，逃无可逃时，你总得面对。天下有大勇者，猝然临危而不惊，无故加罪而不怒，此其所挟持者甚大，而其志甚远也。真正的勇者是像能够忍受胯下之辱的韩信那样，不逞一时之勇，不图一时之快，在宽广的胸怀和高远的志向中保持一种从容镇定的理性心态。

“仁”是儒家伦理思想的核心。孔子提倡“仁者爱人”，认为“仁爱”是人我关系的准则，“爱人者人恒爱之，敬人者人恒敬之”，仁者才能得人心，所以“仁者必有勇”，可以无敌于天下。勇者却不一定有仁，勇者把握不住度，就会走向残暴的一方。就像项羽，虽然强大凶悍，在战场上是赢家，但由于他的“不仁”，导致最终失尽人心，把先前在战场上取得的胜利全部丧失。所以勇敢只是停留在战术层面，仁义才属于战略层面。

决战巨鹿显神勇

万里沙场，两军对垒。那甲仗整齐、兵强马壮的军队是秦军，那粗布陋服、步伐粗疏的是楚军。

两军渐渐地接近，仿佛浩浩荡荡的甲虫对阵成群出动的蚂蚁，实力悬殊。各国援军远远地驻扎，伸长了脖子观望。大家看着楚军三三两两，稀稀拉拉，再加上装备不行，人数只有秦军的一半，虽未接战，却早已断定楚军必败无疑。观战的诸国，本也是赵使三番五次、口干舌燥、涕泪俱下才请来的援军，但他们自思实力与秦军相差太远，都不敢上前挑战，看着楚军竟敢和秦军较量，很佩服他们的勇气，甚至笑话他们不自量力，更多的是替他们可怜，哀叹他们连个收尸的都没有。

忽然楚军阵中一声怒吼，将士们都呐喊着冲了上去，像是一头头发怒的斗牛，挥着手中刀剑向秦军砍杀，完全不顾自己的性命，以一当十，以十敌百，个个杀红了眼，脸上青筋暴露，仿佛享受着秦军喷出的鲜血。秦军竟然挡不住这股势头，吓得胆战心惊，连连后退……

章邯吃了项羽几个败仗，这次看楚军气势更盛，愈加厉害，料到难以抵抗，连忙引兵退还，十成中已经死伤三五成。项羽见章邯退去，也不穷追，下令部众回营休整。四面观望的各国将士，但见蚂蚁掀翻嗜杀的甲虫，不由都瞠目结舌，不寒而栗。

此时赵将陈余也在关注着战局，他被章邯打败，不敢再战，退到巨鹿城北。章邯又得到秦将王离的加强，实力更加强大，攻势愈加猛烈，巨鹿城里粮食渐少，快支持不住了。赵相张耳急得像热油锅上的蚂蚁，派人夜里出城去催促陈余进攻，陈余不听。张耳于是又派张黡、陈泽两个部将去让陈余作战，并转达自己的话："我和你是刎颈之交，生死兄弟，现在大王和我被敌军围困，危在旦夕，就指望你了！你拥兵数万却不肯相救，不是有负我们的盟约吗？如果你真心对兄弟，就和秦军拼一把，或许还有生存的希望，请你好好想想！"

陈余听了叹道："不是我不想救他们，只是兵力不足，冒昧进攻只能有去无回，而且我不敢轻死，就是准备为了大王、张耳去攻秦报仇。现在如果去拼死，好比拿肉去喂老虎，有什么用？”

张黡、陈泽说：“现在万分危急，只有誓死报国，保全忠信，哪里还想那么多？”

陈余又说：“我看一起去送死真的没必要，你们一定要尽忠，自己怎么不去？”

两人齐声道：“你只要拨兵给我们，我们万死不辞！”

陈余于是拨兵五千人，两人嫌兵太少，但也不好再要，就领着五千兵士径向秦营杀去，在秦军千军万马面前，如同杯水车薪。秦军像捻一只虱子一般就将赵军打败了，张黡、陈泽也战死沙场，为国捐躯。

项羽自担任上将军后，立即准备攻秦，先派英布和蒲将军率二万人渡河，自己殿后。等将士们过了河，项羽便下令把船都凿沉，把吃饭喝水的器具都打烂，把岸边的屋舍都烧毁，每个兵士只准带三天的粮食，准备与秦军决一死战，不求生还。

半路上，英布和蒲将军赶过来报告说：先头部队已与秦军交过手，双方不分胜负，但秦军兵多气盛，又有粮食补给，最好先断秦军粮道，才能制秦。项羽点头道：“你们的想法秦军早就做好防备了，不如让我先杀他个出其不意！”说罢，带兵直向巨鹿城扑去。

沿途遇到小队秦军阻挡，一路横扫过去，秦兵丢盔弃甲，慌忙逃命。楚军兵临城下，远远地看到秦营密密麻麻，好像布下的围棋一般。项羽毫不畏缩，仍然策马向前，带着士兵向秦营冲去。秦将王离率军前来接战。一时间，两军胶着在一起，天地间只有刀光剑影。项羽持槊猛挥，百夫不当，一声怒吼，更叫秦兵丧胆。很快王离败下阵来。旋即章邯又领兵前来增援，又是大败。

第二天一早，将士们吃完干粮，项羽下令道：“今日再不杀尽秦兵，粮就绝了，你死我活，就在今日，大家务必努力！”楚军齐称得令，就向秦军营垒攻去。

章邯率军再来接仗，只感到楚军来势比昨日还要凶猛，虽然他也不停地给兵士鼓劲，但就是不敌楚军。项羽早就交代士卒各自为战，不要拘泥什么阵法队形，不要管什么互相应和，如果按照一对一的打法，秦军人多，必然不敌。因此楚军像一只只饥饿的野狼进入羊群看到美味一般，争先恐后地砍杀敌人。秦军步步后退，章邯大声喝令队伍前进，结果秦军进一步退两步，最终一溃千里，章邯也逃回城南大营。

不一会儿，项羽忽见秦军大营着起火来，火势乘风蔓延，浓烟遮天，他不由吃了一惊，忙令兵士后退。他则策马查探，但见火光中一骑马跑了出来，马上一人正是王离，忙大喝一声，上前截击，王离慌忙举枪招架，被项羽一拨，那枪便脱手而出，王离回头要跑，却被冲上来的士兵团团围住生擒活捉了。

接着有人禀报，这火正是王离营中燃起，原来英布和蒲将军攻打秦将王离和涉间的守营部队得胜，王离逃跑，涉间放火烧营，自己也被烧死。

项羽得意扬扬地返回营地，手下报告各国军将陆续来进见，项羽狞笑道："这时才来见我吗？"

项羽升帐上坐，这才召见各国军将。各军将正要入营，忽然有一彪人马，拥着两员大将气势昂扬地进了项羽营帐，其中一个将领手持长枪，枪尖上还挑着一个血淋淋的人头，让人触目惊心。不一会儿，有士兵提着刚才的人头出来，挂到营门上悬示，各国军将问明情况，才知道先前那两位大将就是英布和蒲将军，那人头是英布的战利品——秦将苏角。

各国军将越发惶恐，争先恐后走进营帐跪拜项羽，齐声道："上将神威，古今罕有，末将愿听指挥！"

项羽也不推让，淡淡地答："嗯，知道了。你们先回营吧，等有战事，自会通知各位。"各军将这才唯唯告退。既而又有赵王歇带着赵相张耳来道谢。

张耳对陈余见死不救很是怨恨，从项羽那里回来，也不回城，直接到陈余营中质问他。陈余说："张黡、陈泽劝我和秦军决一死战，我认为白白送死没什么用处，拒绝了他们，是他俩自己一定要去和秦军作战，我便拨了五千人给他们，果然全军覆没，两个人也都送了命，真可惜啊！"

张耳黑着脸说："恐怕不是这样！"

陈余辩道："我和他们无冤无仇，总不至于暗中害他们吧？何况他俩要出兵，大家都看到了，这不是我一个人在捏造事实，请你不要瞎怀疑！”

陈余这么解释，张耳根本不相信，喋喋不休地数落着陈余，说得陈余气恼起来，对他说：“你怎么这样怪我？我情愿交出将印算了！”说着，便解下将印递到张耳面前，张耳不想和陈余决裂，因此并不伸手去接。陈余见张耳不接，一时也不好收回，便将印绶放在案上，出去如厕去了。

这时跟张耳一起来的官员对张耳耳语道：“古人说：天予不取，反受其咎，现在陈余自己把印绶给你，你如果不要，恐怕不是好事，又何必推辞呢？”张耳想了想，终于将印绶拿了过来，挂在自己身上。一会儿陈余进来了，见自己的印绶竟然真的被张耳挂在腰间，不觉变了脸色，一句话也不说，转身出去，带亲兵数百人走了。

接下来，各国都随项羽一起攻秦。章邯在棘原固守，手下还有二十余万人，老将范增主张围城，等到城中粮尽，便可不战而下。项羽于是便驻扎在城下与章邯对峙，章邯也不敢出战，只有派人去咸阳奏报。

巨鹿之战是一场典型的以少胜多的战役，是秦亡楚兴的第一战。项羽以破釜沉舟的决心，所向披靡，擒王离，杀苏角，焚涉间，最终使能征善战的章邯一败涂地。陈余的胆小怯战和各国军将的顾虑旁观更加显示了项羽的神勇，充分说明了勇气对于战斗的重要影响，能够发挥参战官兵最大的潜能，形成过硬的战斗精神，使对手心生畏惧，为之折服，使楚军做到狭路相逢勇者胜，创造了奇迹。

巨鹿之战也使陈余和张耳关系决裂。所谓时穷节乃现，危机是考验人性的一面镜子，张黡、陈泽的忠义，陈余的胆怯退缩都在危难关头一览无余。

坑尽降卒施暴行

很快章邯接到二世的诏书，一时忧愤交加，原来二世竟给他扣上了“纵盗玩寇”的罪名。他于是派长史司马欣去咸阳面奏，没几天司马欣就跑了回来，说是赵高独揽大权，暗中构陷他，根本见不到二世，要不是跑得快，小命就没了，并说“赵高疑忌将军，将军有功亦诛，无功亦诛”，让他自己想办法。章邯正忧虑万分的时候，接到陈余的书信，书中分析了白起、马服、蒙恬等秦将惨死的原因，都是由于功高遭忌，劝他和各国联合攻秦，这样才能保全身家性命。

章邯考虑了一夜，第二天便派人到项羽营中求和。项羽拍案大怒道：“章邯杀了我叔父，我还没报仇，用他的头颅祭奠我叔父，他倒敢来求和了？”说完驱逐来使，下令攻城。章邯于是派司马欣再去求和，司马欣当栎阳狱吏时曾经救过项梁，百般劝说，又有范增在旁劝解，项羽才同意收降章邯，并定了约，决不杀章邯。

于是章邯与司马欣、董翳等人卸了盔甲，到洹水南岸向项羽投降。项羽也不向怀王报告，便自主决定封司马欣为上将军，让他带领二十万秦军作为前驱；立章邯为雍王，留在营中。自己率领楚军和各国将士，约四十万人，浩浩荡荡西向关中进发。

楚军到了新安（今河南义马），项羽命部队停下休息，密召英布、蒲将军到帐中商议，会议内容为绝密。会议结束后，英布、蒲将军形色匆忙地走出帐，各自回去召集亲信部将部署起来。

夜半时分，天狗噬月，影影绰绰的兵士络绎不绝地向新安城南涌去，兵士们脚步很轻，唯恐发出声响，城南是新招降的二十万秦军驻扎的营地。这里三面环山，是宿营的好地方，挡住了寒风侵袭，秦军便依山安营。此时他们都已进入了梦乡——很快就要回到秦地，常年在外的秦军将士在睡梦中都是在和家人相聚。但他们没料到一只邪恶的黑手正向他们袭来，他们即将进入噩梦……

此时，蒲将军率着大军正在攀登山岩，秦军作为屏障的三面山上被楚军布满。等蒲将军的兵士都上山就位，英布则率着大队人马扑向秦营，仿佛屠夫进了屠宰场，见人就杀，不留一个活口，迷迷糊糊的秦兵闻变跑出帐外，很快被看似自己人的兵士杀死，他们到死都不知道这是从哪里杀出来的敌人。

秦军统帅司马欣毫不知情，慌慌张张地跑出营帐，刚好碰见英布，英布对他大声喊道："你营里的士兵谋变了，你是统帅，还睡得这么安稳？幸亏我的士兵侦察到了，正在绞杀叛兵，你现在赶快去项将军那里说明情况吧，免得受牵连。"司马欣不知是计，急忙找了一匹马跨上去，挥鞭向远处驰去。英布放出司马欣，便将唯一的出口堵死，秦兵逃出来一个就杀死一个。秦兵见前无去路，只得向后逃生，后面都是险峻山崖，秦军慌不择路，只得向上攀去。

忽见山头火把燃起，照得山谷通明，接着便有千万支箭和密密麻麻的石块向山谷中飞射过来。山里的逃兵在雨箭飞石中辗转，他们一个个不是被射死，就是被砸死，或是从半山上摔下去，惨叫声不绝，持续了一夜。到天色渐明的时候，四周渐渐安静下来，山谷竟然被石块填平了，每一块石头上都血迹斑斑，无数手臂稀稀疏疏地从石块的掩埋中伸出来，像是要抓住他们再也不能看见的曙光……

可怜二十万生命，一夜之间烟消云散。

英布和蒲将军坑尽降兵，带兵返回向项羽报告。项羽早已接见了司马欣，向他说明了原委，并好言劝慰他。司马欣才知道这是一场有预谋的大屠杀，原因只是项羽在行军途中听到的一些闲话：原来秦朝强盛的时候，各国的兵士征调入都，经常被秦兵虐待，这次秦军却成了别人的俘虏，因此一路上受到了报复，被各国兵士凌辱，于是秦兵私下议论纷纷："章将军投降楚国，我们被他哄骗一同投降，这次如果楚军能够得胜入关，我们还能见到自己的亲人，如果楚军失败了入不了关，各国掳掠我们东去，秦国一定会杀死我们的父母妻子，怎么办啊？"

项羽对司马欣说：秦兵虽然投降了，但心里却很不服气，如果我军到了秦关，降兵不听号令，突然生变，作为内应，那岂不是要酿成大祸？所以只有先下手为强，宁可错杀一千，不能放过一个。

最终二十万秦兵只留下了章邯、司马欣和董翳三人。

项羽率军继续西进，关中又要有一番大折腾了。

踏平险途随仁者

一个穿着长袍的儒生老头，走进高阳县（今河南杞县）的一家驿馆，向把门的兵士通了姓名，说是刘邦要召见他。兵士知道他是约好的，便让他进去。

老头走进屋，看到刘邦正坐在床头，两个女子在给他洗脚。老头放慢了脚步，走到刘邦面前，只是作揖，但却不拜。老半天刘邦都没正眼瞧他，好像他不存在似的，老头憋不住大声说："请问，你带军队来这里，是为了帮助秦国攻打各国，还是和各国一起攻秦呢？"

"竖儒！"刘邦厌恶地看了他一眼，骂道，"读书把脑子读锈啦？你不知道天下人都受够了秦国的苦吗？难道我还帮暴秦不成？"

"你如果想打秦国，怎么见了长者这么傲慢？行军不可无谋士，你这么看不起人，还有谁来给你出谋划策呢？"老头不急不慢地说。

刘邦听了，觉得这人和其他儒生不一样，便叫两个女子退下，起来把衣服整好，再请老者上座。一番谈论，老头口若悬河，详细分析六国的成与败，刘邦佩服得竖起了大拇指，便又和他商议讨伐秦国的计策。

"你的兵力不超过万人，想直接入关攻打秦军，那等于是羊入虎口。据我看，不如先把陈留（今河南开封东南）给占了，别看陈留是个小县，那可是天下要冲啊。"老头摇头晃脑娓娓道来，"四通八达，进可战退可守，城中还有充足的粮食。我和那里的县令认识多年，愿意前去招安他，如果他不同意，你就引兵夜攻，我做内应，包管一举拿下。陈留到手后再召集人马进攻关中，这才是上策！"刘邦听了十分高兴，依计和老头分头行事。

老头见了陈留县令，但不管怎么说，县令就是不为所动，发誓要守城到底。老头见状，便转变了话锋，和他商议守城策略，果然很合县令的心意，县令便设宴招待他，老头天生是个酒桶，千杯不醉，很快就把县令放趴下。半夜时分，老头悄悄溜出去打开城门（估计守卒也被他用计遣开或灌醉了），把埋伏在城外等候的楚军放了进来，于是一切问题都在静悄悄的状态下搞定，县令也在睡梦中被结果了。天亮时，城门准时打开，迎接刘邦入城。楚军入城后秋毫无犯，纪律严明，百姓都十分服帖，毫无怨言。刘邦看到城里谷仓的粮食果然很多，对老头的智慧和贡献大为夸奖，封他为广野君。

说起这老头，名叫郦食其，身材高大，六十多岁了，是在高阳站上的车。上车时是个贫寒的老儒生，在高阳县里干过看门的小吏，平时说话大大咧咧，常说一些大话，别人都叫他“狂生”。听说刘邦的军队从邑县过来，便想投靠。刚好刘邦军队里有个骑兵是他老乡，便想让骑兵把他引荐给刘邦，骑兵看了看他半天不说话。

郦食其说：“你是嫌我年纪大不中用吗？别人都叫我狂生，我却不这么认为，我只是爱读书有学问罢了，这能帮助沛公成就大业呢！”

骑士摇头道：“沛公最不喜欢读书人，遇到带着儒生帽子的人来求见就会戏弄他们，让他们把帽子脱下来给他当尿壶。平时经常笑骂读书人迂腐，你怎么还要以读书人的名义去见他？”

“你试着帮我进去通报一下，我相信沛公不会拒绝我的。”郦食其淡定地说。听郦食其这么说，骑兵正好也想试试郦食其的智慧，便答应带他去见沛公。果然得到了沛公的重用。

郦食其又把弟弟郦商推荐给刘邦，刘邦把他召为裨将，让他招募了四千人，一起西进攻打开封。几天没能打下来，突然听说秦将杨熊带援兵打了过来，刘邦忙把围城的军队撤了，自己带人去截击杨熊。在白马城（今山西临汾境）和杨熊军队展开激战，杨熊被打了个措手不及，便退到曲遇东面，就地布阵，再和追上来的楚军交战。两军胶着在一起，一时不分胜负，忽然又有一支军队杀了进来，径向杨熊部队横插，把秦军截成两节，秦军首尾不顾，顿时大乱，杨熊夺路而逃，跑到荥阳去了。

这次楚军打胜仗，亏得有生力军加入，刘邦忙派人去道谢，这时一个将士骑马跑了过来，下鞍便拜。刘邦认得此人正是张良，忙下马相扶。老朋友相见甚是高兴，两人到营帐里交谈别后情形，张良说他一直在韩国当司徒辅佐韩王成，只是秦军几次攻打韩国，二十几个城池忽得忽失，只好在颍川(今河南禹县)一带打游击。这次听说沛公军队路过，特来相助，没想到来得正是时候。

刘邦说："你来帮我，我也应该帮你打下颍川，再攻荥阳。"于是便指挥军队攻打颍川。几天后打下颍川，便再去攻打荥阳，这时有人来报，说是杨熊已被秦廷诛杀了。刘邦高兴地对张良说："杨熊死了，这一片地方都没什么忧患了，我们可以把韩国领地都夺回来了！"

这时听说赵将司马卬也想渡河入关，刘邦生怕自己落后，便想加速进城，先向北攻打平阴（今河南孟津东北），没能得手，又转攻雒阳（今河南洛阳），又没打下来。于是便从轩辕山迂回，这里山路崎岖，地势险要，秦军防守不严，因此刘邦很容易就通过了，并且一连攻下韩地数十座城池。他令韩王成在阳翟（今河南禹县）守城，自己与张良去南边的阳城抢了一千多匹马，补充马队，让马队作为前驱，向南阳进发。

南阳郡守齮带兵拦截，结果被刘邦打败，逃进宛城（今河南南阳）。宛城驻守严密，刘邦不愿意在这白费力气，便率大军从城西走了。

张良骑马追上去建议说："你不想攻宛城，一定是急着入关，但前面还有很多险阻，如果不把宛城攻下，就会留下后患，到时候秦军前后夹击，我们进退失据，就很危险了。不如回头攻打宛城，乘他不备攻打下来，就不用担心了。"

刘邦同意张良的意见，两人又详细计划一番，便传令各军绕道回宛城，趁着夜色急行，悄无声息地来到了城下，把城围了三道。一切就绪，便放起号炮，炮声响彻大地。南阳郡守听到炮声，忙登上城墙查看，只见楚军像密密麻麻的蚂蚁一般把城围了个水泄不通，惊得合不拢嘴。

想了半天也想不出退敌之法，便拔出佩剑准备自杀，有人一把拉住他道："大人且住，我有办法。"郡守回头看这人却是舍人陈恢，便问他有什么办法。

陈恢道："沛公宽厚容人，你不如投顺他吧，既可免死，又可安定人民。"

郡守半晌才说："好吧，你说的也对，你肯帮我去做说客吗？"陈恢当下答应，便出城去见刘邦，请求刘邦不要攻城。

刘邦对他说："我也不想攻城，如果郡守出来纳降，我一定给他封爵，你去告诉他，让他放心吧。"

郡守于是开城投降，引导刘邦入城，刘邦封他为殷侯，陈恢为千户，仍然留守宛城。随后刘邦召集人马继续向西，沿途数十个郡县听说刘邦没有攻打宛城，而且还封了南阳郡守为王，且楚军军纪严明，严禁掳掠，都纷纷出城受降，于是经丹水，出胡阳，下析郦，直抵武关（今陕西丹凤县东南）。离咸阳不远了，咸阳百姓十分惊恐，很多人都动身逃亡，二世和赵高也不由得惊慌失措起来。

勇敢的军队都有一股无所畏惧的气势，毫无疑问，项羽率领的楚军英勇善战，个个都是勇者，他们打败了当时所向披靡的章邯军队，但是胜利却不能单靠勇敢去叠加。

章邯率二十万秦军投降，使得秦国从此翻不了身；而项羽坑杀秦兵却犯了弥天大罪，至少说明他不守信用，失去了人心，同时关中父老对他恨之入骨。项羽以暴制暴的做法，使他即使遇到的不是刘邦这样的对手，也不可能长久，即使他的军队比对手勇敢一百倍，也不能成为最终的赢家。有勇无仁，只算得上匹夫之勇。

刘邦实力虽然暂时不及项羽，但却得到手下和人民的拥护。刘邦不喜欢儒生，但他还是接纳了郦食其并听从了他的建议，让郦食其发挥了很大的作用；刘邦不杀南阳郡守齮，封他为侯，严禁军队掳掠百姓，让百姓感恩戴德，沿途郡县纷纷受降。刘邦进咸阳城中后（公元前206年），召集关中父老豪杰约法三章：杀人者死，伤人及盗抵罪，废除秦朝的一切苛法。他传令军中将士，不得骚扰居民，违令立斩，并派人会同秦国官吏，一起去各郡县安抚百姓。这一系列举措受到了关中百姓的欢迎和拥护，都衷心期盼着他能当上秦王。

仁，不是软弱者自我安慰的挡箭牌。刘邦对仁的理解入木三分，既要讲究仁义，也要讲究战力。仁是为“战胜”而服务的，是战前用来凝聚力量的一面旗帜，是战后用来安抚人心的一缕阳光，只有这样的仁才能主宰大局，才能增强政治实力与军事实力。仁中包含着勇，有仁有勇，这样的仁才是大智慧，这样的仁者方能无敌。

6. 用高像素眼睛看小人

章邯率二十万秦军向楚军投降，决定了秦朝在军事上已经没有抵抗之力了，项羽率领的楚军一路上都没有秦军阻击，如入无人之境，径向函谷关跑去。另一路，刘邦大军已进了关，正准备进攻，却听说二世胡亥被赵高给杀了，立公子婴为秦王，随后赵高又派人来议和，提出“分王关中”的要求。与其说是各路起义军打败了秦朝，不如说是秦朝自己把自己打败了，而搞垮秦朝的这个小人就是赵高。秦始皇杀人无数，却唯独一个小人没有杀掉；他希望自己的江山传于千秋万世，却只传了两世。大秦帝国最终被放在了一颗危卵之上，守护那颗卵的还是一条蛀虫。

对于小人，大多数人持厌恶或憎恨的态度，小人是放暗箭的高手，小人的拿手好戏是整人，小人最大的本事是造谣。也有一些人同情小人，说他们挺不容易的，做小人是一件“风险活”，而且别人在享受舒适美好的生活时，小人却琢磨着怎么去算计别人；也有人钦佩小人，认为小人能豁出一切，丢弃尊严，说小人具有巨大的勇气；也有人认可小人，认为他们有本事，总是比君子更容易让上司欣赏，小人善于看人，并会随时调整自己的状态，一发现这个人对自己有利，马上百般迎合奉承，毕恭毕敬，而一旦这个人不得势了或者对自己没利了，便远远跑开，甚至落井下石。对小人的看法可算是仁者见仁智者见智，今天我们就以赵高为小人代表，用高像素的眼睛对小人做一个全方位的解读。

小人成长条件

小人的存在需有适合其生存的土壤，而赵高的土壤则是秦始皇、李斯和二世提供的，就像试管里的一个魔种培养基，在秦朝精心培育下终于越长越大，最终不可控制。小人能成长，和他与生俱来的特性是不可分的，小人的特点有：见风使舵、阿谀奉承、搬弄是非、落井下石、为达到目的而不择手段。这些特点，赵高全都具备。

◎善于潜伏，生性刁猾

秦始皇每日批阅案牍，遇到刑律方面的疑难问题，一经赵高在旁提醒，总能按律解决。原来赵高十分善于察言观色，知道始皇喜欢法治，非常严苛，便把秦国律令背得烂熟于胸，几次下来自然博得始皇欢心，夸他明断是非，为人干练，有见识，有才华。结果捞到了两个好处：一是被提拔为中车府令；二是始皇让他教导二儿子胡亥判决讼狱。胡亥年少轻狂，自然静不下心来钻研枯燥的法律条文，于是一切审判都由他代办。赵高深知始皇脾气，遇到刑案，总是严词锻炼，将无罪判成有罪，小罪判成大罪。同时他还奉承胡亥，引导他寻欢作乐，所以秦家父子都说他是忠臣。

◎善于投机，自私自利

秦始皇巡游返至平原津（今山东平原县西南）得病，作书命长子扶苏送葬，并继嗣帝位，行至沙丘（今河北广宗西北），秦始皇病死（始皇三十七年七月，公元前210年，享年五十岁，从统一六国称帝算起为十二年）。李斯怕始皇死在半路引起政局动荡，于是秘不发丧，一边催促车驾回宫，一边催促赵高发出玺书，召公子扶苏回咸阳。这时赵高却打起自己的小算盘来，这正是夺权的好时机，他抓住了两个机遇：一是扶苏不在始皇身边，而诏书却在自己手上。扶苏因为对始皇“坑儒”看不过去，而去进谏，迁怒了始皇，被调到北方和将军蒙恬一起戍边。二是胡亥有野心，李斯有私心。所以胡亥可以怂恿，李斯可以利用。胡亥听说赵高要帮助他当二世皇帝自然心动，而李斯也怕扶苏当了皇帝后，立蒙恬为相，自己官位不保，甚至还要丢了性命，因为始皇“坑儒”的事就是李斯煽动的，扶苏在这件事上极力反对，以至于和父亲闹僵，自然不会对李斯有好感，说不定还记恨厌恶他。再加上赵高帮他分析其中利害，说胡亥上台后对他怎么有利，李斯贪恋利禄，不得不屈从赵高，和他一起密谋，立下矫召立胡亥为太子。并以始皇名义写了一封诏书，赐死扶苏和蒙恬，后来扶苏自杀，参谋大臣蒙毅被抓。在始皇车驾回咸阳的路上，由于盛夏时节，天气炎热，始皇尸体发出一股臭气，赵高怕被人窥破，便让人找了很多鲍鱼装到车上，鲍鱼本来就有臭味，这样就掩盖了尸臭，跟随的官员都捂着鼻子，但始皇平时专治惯了，也没人敢去过问。这一招也是小人惯用的伎俩，小人是很善于浑水摸鱼的，当局势不利于自己时，往往先把水搅浑，混淆视听。胡亥继位后，立即升赵高为中书令。

◎善于记仇，借刀杀人

小人一旦得势，那是要死一批人的，尤其是以前和他有过节的人。赵高得势后，立即做了两件事：一是报复前仇。始皇在位时，赵高由于渐渐得宠，于是做了许多横行不法、招权纳贿的事，被人告发了，始皇便令蒙毅审讯赵高。结果查明事实，蒙毅依律定赵高死罪。始皇念赵高平时勤奋敏捷（这就是一念之差），专门下诏书赦他不死，于是赵高对蒙毅记恨在心。二世继位后，他立即报复前仇，向二世进谗言，最终害死了为秦朝立下汗马功劳的蒙恬、蒙毅兄弟。二是排除异己。在赵高的指导下，二世严定刑法禁令，比始皇在位时还要严苛，于是下面发出了不满的声音，天下没有不透风的墙，一些人还在私下议论传说二世杀兄篡位的事情。二世得知后，非常担心，害怕有势力的大臣不服、诸公子想争位（秦始皇有二十几个儿子)，便与赵高密议。二世的忧虑正合赵高的想法，他正要铲平异己，乘机抓权，于是便建议道："现在很多大臣是累世的功勋贵族，而我出身微贱，承蒙陛下提拔，身居高位，大臣们貌似顺从，实际上心里很不服，甚至阴谋叛变。我们只有早做防备，把那些不听话的大臣设法捕杀，另用一班忠心的新人，陛下才能高枕无忧！"二世便委任赵高办理，这正是赵高的强项，没有几天，就构成无数大狱，抓捕了十二个公子、十个公主，严刑逼供，然后便推出市曹处斩。还有一批宗室勋旧也如法炮制，一体除去。

小人作恶实录

朝堂之上，百官肃立，新上任的丞相赵高启奏二世，要给陛下献一匹马。

二世喜道："丞相献的马一定是匹好马，快牵上来吧！"

赵高便令人把马牵上来，二世看着明明是一头鹿，头上还长着犄角，便笑着对赵高说："丞相说错了，怎么误称鹿为马呢？"

赵高一本正经地说这就是马。二世不信，问左右侍臣，大臣们面面相觑，不敢说话，二世一再追问，有几个胆大的说这是鹿，没想到赵高愤然离去。

几天后，那几个说是鹿的大臣都被抓了起来，定了死罪。从此宫里的侍卫、大臣都畏惧赵高，没有一个敢违背他了。

那么多高权势、高智商的人在小人面前纷纷倒下，或被小人玩弄于股掌之间，说明小人是有着特别本事的。没得势时，他们"夹尾巴做人"的功力超乎寻常，一旦得势，他们就会处心积虑地去整人，产生的危害却又大得惊人。

我归纳了一下，赵高的危害有三：

◎误国

赵高平日里恃宠专横，他知道很多人都恨他，怕大臣们揭发告状，为了保全自身，便蛊惑二世说："陛下贵为天子，可知道天子为什么称贵吗？"

二世从没想过这个问题，忙说不知道，又问赵高。赵高回答说："天子所以称贵，是因为他总是在高高的宫殿里，只让臣下听到声音，而不让臣下见面，从前先皇在位，大臣们无不敬畏，每次召见臣下，臣下都不敢胡言乱语，现在陛下刚登宝座，怎么能经常和大臣们议事？如果言语有失，处置不当，反而会让大臣们小看，私下里说陛下坏话，这不是玷污了神圣吗？我听说天子称朕，朕字就是'朕兆'的意思，朕兆就是有声无形，使人可望而不可即。希望陛下从今天开始，不要再视朝了，只要深居宫中，让我和几个懂得法令的吏员陪侍在你身旁，等有奏报，我们帮陛下谨慎妥当地裁决，这样不会误事，大臣们见陛下处事有方，必然不敢妄生议论，陛下就不愧为圣主了。"

一派忽悠，说得二世连称有理，从此以后便真的在深宫里杜门不出，与一班太监宫女寻欢作乐，所有命令都委托赵高办理，甚至陈胜、吴广都起兵几个月了，二世都不知道。赵高渐渐剥夺了二世的权力。

◎祸国

人才是国家栋梁，赵高借二世这把刀杀人无数，但对秦朝统治杀伤最大的莫过于设计杀害丞相李斯和逼走将军章邯向楚军投降，大秦帝国一内一外两根大柱子被抽掉了。为秦国冲锋杀敌的杨熊、李由等将领也纷纷被赵高构陷杀害。章邯投降事件在上一章讲过了，这里主要讲李斯被害经过，搞定李斯是赵高小人手段的代表作。

李斯知道赵高的秘密太多，赵高自然要处心积虑把他铲除。赵高自从忽悠二世不再视朝之后，便去拜访李斯，故意谈到关东乱事，见李斯眉头紧锁，摇头叹息，便说："现在群盗四起，警报频传，可皇上却在深宫作乐，不理朝政，还征调役夫修筑阿房宫，采办狗马等玩物，不知道自省，你是丞相，不比其他官吏，怎能坐视不管呢？"

李斯叹道："不是我不想管，实在是皇上深居宫中，连日不视朝，你叫我怎么面奏啊？"

赵高便说这个好办，让李斯听他通知去见二世。李斯还以为赵高是忠臣，当然爽快地答应了。

过了一两天，赵高果然派了一个小太监通知李斯进宫，李斯忙穿了朝服匆匆而去。二世正在宫中宴饮，左拥右抱地享受着，听说李斯这时候来求见，很是扫兴，便说明天再见。李斯只好回去。第二天又进宫求见，又叫回去，偏偏赵高又叫人催他，说是皇上此刻无事，正好觐见，不能再耽误了。李斯以为这次是真的，没想到再次吃了闭门羹，被赵高玩得团团转，白跑了几趟倒也罢了，没想到却把二世惹恼了。

赵高见势，忙展开下一步行动：乘机诬告。他对二世说沙丘矫召，李斯也参与了谋划，他本想裂土封王，结果没能如愿，现在正和他大儿子李由私下谋反呢。

二世乍一听，自然不敢相信，赵高神神秘秘地看了看左右，压低声音和二世咬耳朵爆出重料："陛下不知，楚盗陈胜是丞相旁边那个县的，他们可是老乡。"原来陈胜是阳城人（今山西晋城市下辖县），李斯是上蔡人（今河南上蔡县），两县相邻。

二世正疑惑间，赵高又说："为什么陈胜横行三川（今洛阳），李由都不去出击？这就是铁证啊！请陛下立即抓捕丞相，不能自留祸患！"李由任三川守将，刚刚战死沙场，总算是为秦朝尽忠，结果却被赵高诬为谋反，成了赵高把李斯扳倒的"理由"。二世沉吟多时，由于案情重大，不能草率行事，便派人去三川调查李由是否有通盗情形，再去问罪。赵高也不再催，暗中却买通了去调查的使臣，让他诬陷李斯父子。

这时李斯已知中计，又听说朝廷派人查办李由的消息，于是便上书劾奏赵高，历数赵高罪行，可惜李斯棋慢一着，而且聪明一世，糊涂一时，走了一步大大的错棋。看了李斯的举报信，二世反而越发相信赵高是忠臣，说李斯是自己心虚，诬陷赵高，将原奏掷还。

李斯还不甘心，又邀同右丞相冯去疾和将军冯劫联名上书，请求罢修阿房宫，减征四方徭役，其中自然又有隐斥赵高的意思，结果更糟，这封书惹得二世怒上加怒，认为这几个人简直是为非妄言，胆大包天，修阿房宫是先帝的工程："现在丞相不能平定强盗，反而要罢去先帝工程，真是上不能报先帝，下不能为朕尽忠。这样玩忽职守的大臣，要了还有什么用呢？"

赵高忙在旁火上浇油地奏请将三人一并罢官，下狱论罪，二世当即允许。结果是冯去疾和冯劫不甘在狱中受辱，愤然自杀。李斯受刑后被折磨得半死，但他不甘心就这么死去，写了一封书给二世，声泪俱下地叙述自己从前的功劳，恳请二世从轻发落，让狱吏呈上去，结果这事被赵高知道了，书自然被没收销毁。

赵高于是又心生一计：让心腹扮成御史和侍中等官员前去审判，李斯一说冤情，就遭笞杖毒打，一拨人走了又来一拨人，李斯再呼冤，又是一顿毒打，如此几次，都不准他翻供。李斯于是绝望了，等到二世派了真正来审讯的官员，李斯以为这次要是申冤还要受笞杖，竟然对诬陷自己的罪行直认不讳。复审官回报二世，二世高兴地说："要不是赵高，我差点被李斯给卖了！"实际上，赵高把他和大秦帝国给卖了。于是把李斯定成死罪，刚好这时到三川查办的官员也回来了，先到赵高那里汇报，说是李由阵亡，死无对证，正好捏造反词，构成大狱。赵高很高兴，后果很严重，汇报二世后，二世更加震怒，令李斯备受五刑（先刺字，次割鼻，次截左右趾，又次枭首，又次斩为肉泥），并诛三族。李斯和所有族党子弟推出市曹斩首时，李斯无比悲痛地对次子说："我想和你再牵着黄狗，走出上蔡东门打猎，已经再不能够了！"说罢和次子相对痛哭。

赵高害死李斯后，取代李斯中丞相的位置，凡是军国大事，由他一人包揽，二世却一点权力也没有，成了傀儡。赵高，实在是高！

◎盗国

刘邦率军攻下武关，派人转告赵高投降，二世也急得不知所措，这时却找不到赵高的人影。小人通常事到临头就逃避闪人。二世只好一面求神问卦，斋戒祭神，一面叫人责问赵高，叫他赶快调兵抵御。

小人最大的本事就是没本事，全靠刁猾过活，这回叫他调兵遣将，他哪有这个本事。看秦朝大势已去，想的就是怎么保全身家性命，哪怕把主子卖了也在所不惜，躲避几天后终于想到一个办法：卖主议和。当下召入弟弟赵成和女婿阎乐密谋定计。赵成是郎中令，阎乐是咸阳令，是赵高最亲的心腹，也是一帮小人。三人定下计谋后，分头行事，赵高怕阎乐变心，于是派家奴到阎乐家，绑架了阎乐母亲作为抵押。

阎乐召集了一千多名吏卒径向望夷宫冲去，守宫门的卫令仆射忽然见阎乐领兵到来，忙问怎么回事。

阎乐竟命左右将他反绑起来，责问道："宫里有贼，你还装作不知道吗？"

卫令道："这里有卫队昼夜巡逻，哪里来的贼敢擅自入宫？"

阎乐怒道："你还敢强辩？"说着，顺手一刀，结果了卫令，然后便带着吏卒大步走进宫去，并命令吏卒射箭，边走边射。宫里的侍卫郎官、太监仆役都吓得乱跑，有几个敢抵抗的卫士都被杀了。这时赵成从宫里走出来，接应阎乐，一起向内殿走去。

二世在坐帐中惊得站起来，大声疾呼左右护驾，左右反而弃他逃去，二世吓得跑入卧室，身边只有一个太监跟着他，便急躁地问道："你怎么不早告诉我？"那太监说："小人不敢说话，才能够偷生到今日，否则，早就死了！"

这时阎乐已经追了进来，厉声对二世道："你骄恣不道，滥杀无辜，天下都反你，请你自己做个了断吧！"

二世气急败坏地说："是谁派你来的？"阎乐回答"丞相"二字。

二世便问："寡人要见丞相。"阎乐说不行。

二世又说："根据丞相的意见，想必是要我退位，我愿意当一个郡王，不敢再称皇帝了，可好吗？"阎乐摇头。

二世想了想又说："既然不许我为王，那让我做个万户侯吧！"阎乐又不许。

二世哭丧着脸，呜咽道："请丞相放我一条生路，我和妻子一起做黔首吧。"

阎乐怒视着他道:“我奉丞相之命,为天下共诛你,多言无益!”说着,便带着兵士上前要杀二世。二世知道不免一死,于是拔出剑来,一横心肠,抹了脖子。二世总计在位三年,年仅二十三岁。

阎乐返报赵高,赵高马上进宫搜了玉玺挂在身上,他本想篡位,但乱事未平,他怕内外不服,便决定将子婴推上去,先做个挡箭牌,等与楚军议和之后再做打算。于是召集一班朝臣和宗室公子通告二世许多暴行,说他导致天下离心,已经自刎,并推立子婴继位,又说:“我秦国本来就是一个王国,自始皇统一天下,才称皇帝,现在六国复兴,海内分裂,秦地比以前小了,不应空沿帝号,只有仍然按以前称王为是!”众人听了这话,心中都反对,但都不敢反对赵高,只好勉强同意。于是赵高令子婴斋戒,准备择日登基,一边草草埋葬二世,一边派人出城找刘邦议和,和一帮小人密议他的盗国行动。

小人攻防策略

赵高的一套动作下来,可谓阴招险招迭出,各种奇门暗器齐发,搞得人眼花缭乱、目不暇接,但他使的花招都是小人招数,算不得大智慧,所有招数都脱不开谋私利、算计人。小人之所以能迷惑人、算计人,那是因为他掌握了一些人的弱点,迎合了一些人的心理,站在一定高度看,小人尽管可以害人于无形,但也并没有什么可怕的,他的每一招都脱不出“小”的范畴,终会天下大白,被人识破,并且小人的最后一招都是“飞蛾扑火”。小人计谋再高明,机关算尽终究误了自己性命。很多人对付小人的招数则是“远离小人”,“不招惹小人”,但小人就在身边,你不想惹他他会惹你,而且没有人脸上刻着“小人”二字。

对付小人,虽然是“无招胜有招”,但也不能坐以待毙,要根据具体情况见招拆招,提前化解,减小损失。这里讲一讲子婴对付赵高的几招,他给我们做了很好的示范。

◎比小人更清醒，看清小人给你小利背后的动机

子婴被推立，但他心里却一点也高兴不起来，再看看左右大臣，没有一个能掏心窝子的，只有自己的亲生骨肉可以相信，于是便叫自己的两个儿子来到身边，对他们说："赵高敢杀二世，还怕我吗？只不过还没安排好，暂时先用作个傀儡，再图废立，我要是不杀他，他一定会杀我。"两个儿子听了，不由担忧地哭起来。从子婴的话可以听出，他头脑十分清醒，没有被一时的利禄所迷惑。

正在这时，忽然一人急匆匆地跑了进来，对子婴说："不好了，赵高派人到楚营去求和，准备大杀秦国宗室，自立为王，与楚军平分关中了。"

子婴认得这人正是太监韩谈，他对韩谈说："我早料到他不怀好意，现在让我斋戒几天，入庙祭祖，明明是想在庙中杀我。"子婴平日仁厚，很得人心，许多人心里都支持他。他与韩谈密商，如此计议了一番，韩谈和二子领命而去。

◎比小人更镇定，不要让小人知道你看清了他的真面目

既然计谋玩不过小人，就和他比镇定，即使胸有激雷，也要心如平湖。赵高派人到刘邦那里议和，刘邦自然不答应分王关中，把使者撵了回来。赵高见计不得逞，便急着让子婴入庙祭祖，稳定人心。于是定了日子，派人报告子婴，子婴也不推辞，这样赵高自然不会对他产生怀疑和防备。子婴聪明——对付小人是不能着急的，否则只会打草惊蛇。

◎比小人更果断，在小人下手之前对小人下手

到了这一天，赵高先到庙中，等了很长时间还不见子婴来，一再派人催促，派去的人回报说子婴生病来不了了。

赵高气愤地说："今天是什么日子，他能不来吗？我亲自去请他！"说着，便匆匆赶去斋宫。进了斋宫大门，远远看见子婴趴在桌上，于是大声喊道："公子今天称王，赶快入庙告祖，怎么不走啊？"话音刚落，两边走出两三个人，手里拿着刀剑，大喝道："弑君乱贼，死到临头还敢胡言！”

赵高来不及答话，就被韩谈砍倒在地，子婴两个儿子也冲上来一顿猛砍，恶贯满盈的赵高终于向阎罗王报到去了。子婴召见群臣，将赵高尸体示众，历数赵高罪恶，群臣争颂子婴英明，又七嘴八舌地说赵高死不足惜，应夷三族，子婴点头同意，便令卫队搜捕赵高家属，连赵成、阎乐也一并捉拿，都处了死刑。

子婴这才入庙告祖，登基王位，接着便调兵守关，只是这一切对于挽救奄奄一息的大秦帝国来说，都为时已晚。

二世没想到赵高会成为他的掘墓人，赵高也没想到他一手推立的子婴却成了他的掘墓人，二世也没想到他根本没放在眼里的子婴会帮他报仇，每一个“没想到”背后都隐藏着无数个“必然”。子婴本比二世要强，可见战胜小人与权力、地位、身份不一定是成正比的。

为什么历朝历代小人不绝？有人说皇帝需要小人，否则都是忠臣，时时刻刻约束皇帝的言行，那是很难受的一件事。小人能让皇帝的日子更多彩，更舒服，到了乱世，杀了小人还能平民愤得民心。这也是说说玩笑话而已，历史证明，一个小人足以亡国。那些同情小人的人，说明他们不了解小人，小人把害人当成最大的快乐，在“风险”中享受刺激的快感，如果让他们去过常人一样的安逸生活，他们才会觉得累；钦佩小人的人，只是用常人的眼光去看小人，自然看不清小人的真实想法，其实他们心里根本就没把尊严当回事，他们看重的是实实在在的利益，为了利益可以牺牲一切，包括尊严；认为小人有本事的人，通过本篇的解读，也应该知道，小人的手段看似高深，其实都是肤浅的小伎俩。小人做的事最怕见光，小人心里真正怕的是光明磊落、堂堂正正、一身正气的人，小人的对立面就是“大写”的人，大气的人。

02 车厢

楚 汉 争 霸

7. 人才是最贵的财

秦二世重用小人，把人才弃之不用，忠于秦朝的军将或降或亡，剩下的也都心灰意冷，所以当秦王子婴派兵把守峣关（今陕西省商县西北）时也只剩下一个空架子。刘邦派郦食其用财物收买了守关秦将，峣关不攻自破，又派部将周勃乘其不备率兵攻打，峣关轻轻松松就被攻下，刘邦率军直抵灞上（今陕西西安东南），子婴被迫受降。于是，刘邦生平第一次走进了皇宫。一重重恢宏的宫殿，一座座精致的楼阁，数不尽的奇异珍宝让他目不暇接，虽然沿途他也进过几座王宫，但那里的规模档次和皇宫是不能比的，这可是秦朝两世皇帝动用了几十万人耗尽了大量财富修建起来的，每一处都是富丽堂皇、精雕细琢，还有一班弱柳扶风、楚楚可怜的后宫美人前来迎接。刘邦只觉得自己飘在云端，进了琼楼仙宫，眼睛都不够用了，嘴巴也变笨拙了，生硬地让美人们免礼，然后便被拥簇着进了寝宫。

突然一个大嗓门传了进来："沛公是想得天下呢，还是只要做个富家翁就足够了？"刘邦看清从外面走进来的这人是樊哙，一时不知如何回答，只是坐在那里不说话。

樊哙接着说："沛公一进宫难道就被迷惑了？看看秦宫这么奢华，就知道秦朝怎么能不灭亡，沛公还要这些吗？请马上回灞上，不要留在这里。"

沛公愣了半晌，才缓缓地道："我困倦了，今晚就在这里歇一宿吧！"

樊哙很气恼，但也不敢强劝，忽然想到沛公最听张良的话，于是便去找张良。张良便又去寝宫找到刘邦，对他说："秦朝因为无道，才会走到这一步，沛公为民除害，应该带头反对秦朝弊政，现在刚来到秦都，就住在宫里享乐，恐怕要蹈秦朝的覆辙啊，希望你能听樊哙的劝告！"沛公听了若有所悟，便起身出了宫，很快封府库，闭宫室，回军灞上了。

刘邦听从樊哙、张良建议，放弃享乐，说明他善于纳谏，更可以看出他重视人才，他放弃了宫中财宝，却得到了更加珍贵的财富。重视人才必然会拥有人才。陈胜和秦二世不重视人才，甚至滥杀人才，到了最后人心分离，无才可用，落得身死国亡的下场。本章讲的中国古史上最著名的饭局"鸿门宴"，其实是刘项之间一场没有硝烟的战争，而战争的双方，不单是刘邦和项羽二人，还有两帮斗智斗勇的人才，所以鸿门宴更是一场"人才 PK 赛"。

人才博弈布棋局

话说项羽大军一口气跑到函谷关，见关门紧闭，写着"刘"字的大旗随风飘扬，城墙上把守的也是楚兵，又听说刘邦早已入了关，进了咸阳，他心里十分慌乱，忙叫守卒开门，没想到守卒说出一句话差点没把他噎死："沛公有命，无论何军，不准放入！"

项羽大怒："刘季无礼，竟敢拒我吗？"便令英布架云梯攻城，守兵哪里是对手，很快便被杀散。英布打开城门迎进项羽，来到戏地（今陕西临潼境内），天色已黑，于是便在戏地西面的鸿门扎营，并安排了"会餐"，大宴士兵。项羽则和部将商议怎么对付刘邦，手下有的主张决裂，有的主张从缓，正议论间，有人来报，说是沛公左司马曹无伤有秘事传报，于是项羽便召见来使，使者对项羽说："沛公准备在关中称王，用秦王子婴为相，秦宫里的所有珍宝都想据为己有。"

项羽听了这事不禁急得跳了起来，拍案大骂刘邦。范增上前进言道：“沛公在山东的时候，贪财好色，现在入秦关，听说他不取财物，不近女色，前后判若两人，看来志气不小啊！我让术士看他营垒的气，形似龙虎，五彩变幻，这可是天子之气啊，得赶快把他除掉，不要失去机会！”

项羽说：“我灭一个小小刘邦，不费吹灰之力。明天吃了早饭就去打他。”说罢，又让来使回去报告曹无伤，让他明天做内应。

项羽的话并非狂言，当时两军实力相差巨大，项羽有四十万大军，号称百万，气焰高涨，刘邦只有兵十万人，从鸿门到灞上只相距四十里地，又没什么阻挡，项羽大军一发即至，很轻松就可把刘邦灭了。如果项羽决心不改，历史上也许就会有一场“灞上之战”。而刘邦却在一群人才的支持下，主动出击，打了一套太极，将项羽的杀气化解于无形。

巨鹿之战，项羽以少胜多打败了章邯的秦军，成为战史上的经典之作；鸿门之宴，刘邦以少敌多不败于项羽，也成了名垂千古的经典饭局。前者是武战，后者是文战；前者靠勇力，后者靠智慧；前者有将才，后者有谋士。

先来看看刘项两边人才阵型：

刘邦手下主要有萧何、张良、樊哙、曹参、夏侯婴、郦食其和周勃。

项羽手下主要有项伯、范增、英布、蒲将军、项它、陈婴，还有秦朝降将章邯、司马欣和董翳。

可以看出，项羽手下将才强于刘邦，刘邦手下谋士胜于项羽。一个张良就抵得上项羽手下全部的谋士总和。范增是在薛城投奔项梁的，已经七十多岁，鄛县人，楚怀王就是他建议寻访立的，他的水平和郦食其差不多，没有很大的才智。项伯虽然被项羽称为亚父，但智商平庸，从他把项羽要攻打刘邦的秘密泄露给张良就可见一斑，他的作用就是促成了鸿门宴。

萧何天生就是当丞相的料，扎实、细心，对待刘邦绝对忠心，对待工作高度负责：就在刘邦率军初入咸阳城的时候，各路将士都流连皇宫，打开府库取分财物的时候，萧何却独自去丞相府，把秦朝所有的地图和户籍资料都找出来收藏，以便日后熟悉国家形势派上大的用场。后面他还当了伯乐，为刘邦追回了军事天才韩信。

实力上目前自然是项羽唯我独尊。章邯、英布、蒲将军都是行军打仗的行家，再加上项羽本人也是一员猛将。项羽军中其实高手如云，陈平是可以和张良智慧比拼的唯一人选，现在项羽营中当都尉，军事天才韩信此时也在项羽营中，不过只当了一个小郎官。这两人也和所有的人才一样，都很有上进心很想表现自己，已经给项羽提了几次意见，献了好几次计策，但项羽并没有接受和听从，对他们也没有引起重视，因此这两人看自己在项羽手下发展前景暗淡，都处在郁闷期。

上文提到刘邦军中左司马曹无伤向项羽告密，使得项羽在刘邦营中有了一颗钉子，和项羽一方里应外合，刘邦一方可算是万分危急。世事变幻如云海一般难测，危急时刻项羽营中也有一人无意中成了帮助刘邦的钉子，此人便是项羽的叔父项伯，这一段可称为古代版无间道，这个小插曲直接影响了主旋律。

项伯在秦朝的时候，因为杀了人便逃到下邳避难，刚好遇到在此避难的张良，张良和他同病相怜，便帮他躲过了杀身之祸，因此一直记着张良的恩情，准备报答。刚好这次等到了机会，听项羽说翌日一早就要攻打刘邦，他为张良而担忧。项羽在鸿门带着攻打刘邦的梦想入梦，刘邦在灞上一切如常，毫不知情。这时项伯带着一颗救朋友于水火的热心肠，骑着一匹快马，挥鞭向灞上驰去。

项伯见了张良，便把事情都告诉他，想叫张良和他一起走，说："别跟着刘邦一起送死！"

张良说："我为韩王送沛公，沛公现在有难，我私自走了就不义，不能不和他说一声。"

于是张良便去找刘邦，把情况都告诉他，刘邦大惊失色地说："怎么办？"

张良问："是谁让大王守函谷关的？"

刘邦说："是鲰生对我说：'派兵守关，不要让任何人进来，可以在秦地称王了。'我听了他的话。"

张良又问："大王的军队能打过项羽吗？"

刘邦沉默了一会儿，说："打不过啊，现在怎么办呢？"

"看来只好请项伯到项羽那里替你解释，说你不敢违背项王。"张良说。

“你和他年龄谁大？”

“他比我大。”

“你请他过来，我把他当作兄长来对待。”

张良便去把项伯叫了进来，刘邦让他上座，敬了几杯酒，又和项伯结成了儿女亲家，接着说：“我入关后，秋毫都不敢取，封了府库，登记民籍，专等项将军到来，我所以派兵守关，是防止强盗出入图谋不轨，日夜都盼着项将军来，怎么敢叛他呢？希望你替我说说好话，我不敢忘了项王的恩德。”

“你受委屈了，如果能说上话，我一定向项王说明情况。”项伯点头应道，“你明天一定要早点去向他赔罪。”

“诺！”刘邦忙应道。

于是项伯连夜回到军中，并把刘邦说的话给项王报告，并对项羽说：“刘邦不先破关中，你怎么能这么顺利就入关？现在他有大功而你去打他，太不仗义了，不如因此而善待他。”项羽答应了。

鸿门宴上人才战

有一个问题：当海面上刮起龙卷风的时候，行驶的船只怎么才能躲过灾难？答案选项有三：一是绕过风区；二是向风的反方向逃跑；三是迎风而上，通过风眼。正确的答案是三。因为风面太宽绕过风区不可能，而且龙卷风的边缘，风最大最危险；向风的反方向逃跑没时间，因为风的速度肯定比船快。只有顶着风行驶才能顺利通过风区，这件事告诉我们当困难来临的时候不要逃避，敢于面对方能化解。刘邦就是这么做的，鸿门宴是刘邦一生中的大危机之一。

翌日，项羽营中的将士吃了早饭，正在等待军中号令前去攻打刘邦军队，没想到刘邦却带着一百多个随从乘车赶来了。

守卒进去通报，项羽即刻请刘邦进来，刘邦走进营门，只见两旁士兵执戈森严，笼罩着一股杀气，心里不禁有些忐忑。张良神色自若地走在前面引导刘邦，到了项羽营帐外，张良让樊哙在外面守候，他陪刘邦进去。只见项羽坐在军帐正中，左边站着项伯，右边站着范增，刘邦忙恭谦地上前行礼，向项羽下拜道:“邦不知将军入关，有失远迎，今特来登门谢罪！”

项羽冷笑道：“沛公也知道自己有罪吗？”

“刘邦与将军按照怀王的约定攻秦，将军在河北作战，我在河南，虽然兵分两路，但我却遥仗将军虎威，得以先入关。因为念及秦朝法律严酷，民不聊生，不得不约法三章，此外秋毫无犯，静待将军来主持，将军没有事先通知入关的日期，我怎能得知？只好派兵守关，严防盗贼，今天有幸见到将军，表明我的心迹，还有什么好抱怨的？只是听说有小人进谗言，制造将军和我之间的矛盾，这真是意想不到的事，还请将军明察。”一番话句句有理，娓娓动听，说得项羽很是感动。

项羽听他说的和项伯对他讲的话一样，反而觉得自己薄情，错怪了刘邦，于是起身走过来握住刘邦的手，语气温和地说：“这是沛公左司马曹无伤告诉我的，否则我何必这样！”说罢，请刘邦坐到客位，张良也拜见过项羽，站在沛公身旁，项羽在主位坐定，便传令上酒肴。在安排座次上，项羽做了精心的策划，他依照室内的座次规定，有意将自己安排在东向的座席上，而将刘邦安排在北向的座席上，以此表示与刘邦之间的尊卑关系，显示自己至尊的地位。

一时帐外军乐吹奏起来，帐内也觥筹交错，刘邦此时一颗心提到了嗓子眼，哪敢多喝。项羽则真情相劝，刘邦虚与应付，项羽喝了一杯又一杯。喝得正高兴，范增在一旁却想加害刘邦，几次举起身上佩戴的玉玦，用眼光示意项羽，一连三次，项羽却全然不理睬他，只顾喝酒。范增不禁着急起来，托故走出去找项羽的弟弟项庄，悄声对他说：“我们主子外表看着刚强，内心实际上软弱得很，刘邦自己来送死，他偏不忍心杀他，我举了三次玉玦暗示，他都不理我，这次机会失去了，后患无穷，你进去敬酒，借舞剑的名义刺杀刘邦，这样我们大家就都能安心了。”

项庄听了便大步走进帐中，先给刘邦斟酒，再向他敬酒道：“军营里没什么乐子，我舞剑为大家助兴吧。”项羽也不阻止，任凭项庄舞剑。项庄执剑在手，翻动手腕舞了起来，张良见项庄往来盘旋，剑锋总是指向刘邦，慌忙看着项伯向他示意，项伯也看出了张良的意思，便起身出席道："剑须对舞才好看！"说着拔剑和项庄一起舞了起来，两人一个要杀刘邦，一个要保刘邦，你来我往周旋了几个回合，项伯常用身体挡在刘邦前面，项庄始终不能靠近刘邦。刘邦表面平静地坐在那里，其实背上早就被冷汗湿透，脸上红一阵白一阵的，张良看着也很着急，于是便借故走出帐外对樊哙说："项庄在席间舞剑，看他的意思，是想加害沛公。"

樊哙急得跳起来："这么说，现在情况很危急了，我得赶快进去救沛公。"张良点了点头，樊哙便左手持盾，右手执剑闯了进去，帐前卫士看樊哙的样子，以为他要动武，忙上前阻拦，樊哙本来力气就大，再加上心里着急，管他什么厉害，拼命向里横冲直撞，格倒了好几名卫士，走到了席前，看着项羽，眼睛瞪得像要裂开似的，头发都向上竖起。项庄和项伯看有人突然闯了进来，都停住了剑，呆呆地看着他。项羽也吃了一惊，问道："你是谁？"

樊哙正要回答，张良已快步走了过来，替他回答道："这是给沛公驾车的樊哙。"

项羽便赞道："好一个壮士！快赐他一斗酒和一个生猪腿。"没想到粗鲁的樊哙很对项羽的口味。手下便取了一斗酒和一个生猪腿上来，樊哙接过酒，一口气就喝干了，又把生猪腿放在盾牌上，用刀切肉，边切边吃，很快竟将一只生猪腿吃光了。

项羽又问："还能再喝吗？"

"臣死都不回避，一斗酒怎么会推辞？"樊哙大声说。

"你为谁而死？"项羽问。

樊哙正色道："秦朝无道，诸侯都背叛了他，怀王与诸将定了约，谁先入秦关，便可称王。现在沛公先进了咸阳，没有封王，只在灞上驻扎，风餐露宿，等候将军到来，将军不知道这些，却听信小人的话，要杀大功臣，这与暴秦有什么区别，臣个人认为将军不能这么做。只是刚才臣没有奉宣进帐，为沛公申冤，实在是冒犯尊严，违反禁令，所以臣说死都不会回避，还请将军恕罪！"

项羽也不好说什么，让樊哙坐，樊哙坐了一会儿。张良用眼光示意刘邦，刘邦便起身说要上厕所，樊哙也跟着刘邦出来了，一会儿张良也走了出来。刘邦说："我们这就走，不告辞了？"

樊哙说："做大事不拘小节，现在我们是鱼肉，人家是刀具和砧板，还辞什么呢？"于是把给项羽和范增的礼物留下托张良转交，自己另骑了一匹马，与樊哙、夏侯婴、靳强、纪信四人持剑盾，翻过骊山，从芷阳的一条小路走了。

待刘邦等人走远了，张良才回到帐中，对项羽说："沛公不胜酒力喝醉了，不能告辞，让我替他奉上白璧一双献给将军，还有玉斗一双敬献范将军。"

项羽问："刘邦现在哪里？"

张良直说："沛公怕酒后失态，被将军督责，已回军中去了。"

项羽看着那对白璧，晶莹剔透，便收了下来，放到座上。范增却很气恼，当下把玉斗摔到地上，拔剑把它砍裂，恨恨地说："唉，竖子不足与谋，和项王争天下的一定是沛公，我们都要被他抓去了。"

刘邦回到灞上，召曹无伤责问，责他卖主求荣，罪在不赦，当下推出斩首。

曹无伤曾经为刘邦立下汗马功劳。沛公初起兵时，斩秦泗川守壮的功臣就是左司马曹无伤，他为什么在两军对峙的节骨眼上，会暗中向项羽一方搬弄是非呢？这是曹无伤的判断失误，他以为两军一定会打起来，于是想事后在项羽阵营为自己谋个有利地位，只不过是人算不如天算，到头来却栽在自己手上。

曹无伤做了两军将打起来的准备，但却没想到两军有可能打不起来。其实无论有没有曹无伤的密报，项羽都不会让刘邦王关中的野心得逞，只是有了这个密报，加大了项羽打击的决心与力度。曹无伤和项伯两人发挥的作用就是：曹无伤是项羽攻打刘邦的"助推器"，项伯让刘邦到项羽营中"软着陆"，结果曹无伤使的力气都被项伯给化解了。项羽的损失在于卖了曹无伤的连锁反应，其他人谁还敢再给他打小报告？所以只见项羽手下纷纷投奔刘邦，而很少见刘邦手下的人投奔项羽了。刘邦杀曹无伤也是为了严肃军纪，杀鸡儆猴。

项羽进了咸阳城，简直是闯进了一个“天魔星”：屠戮居民，杀死秦王子婴和秦室宗族，所有秦宫美女、财物都劫取出来，自己取一半，剩下的分给将士，并且放火烧了秦宫和阿房宫，咸阳城烟焰熏天，一直烧了三个月，皇宫化作一片灰烬。项羽又发动三十万士兵，到骊山挖掘秦始皇陵墓，墓中珍宝抢劫一空。咸阳作为秦都，本来是非常富庶的，项羽来了不久，这里就变得残破不堪，满目疮痍。项羽本就无意久居关中，只想灭了秦朝，就率军回江东，因此咸阳几乎成了一片废墟，他也毫不在意。

有个叫韩生的人求见项羽，劝他留在关中，说关中地势险要，地质肥沃，是天府雄国，如果在这里定都，就能成就霸业了。项羽摇头说：“富贵不回故乡，就好像穿着华丽的衣服在夜间行走，谁能看得见呢？回江东我意已决！”韩生本来也想博个功名，没想到碰了一鼻子灰，出来后便对别人说：“我听说有个谚语：楚人就像猴子戴帽子。今天见了项羽，才知道这话不错！”结果，韩生的话传到项羽耳朵里，项羽立即让人抓了韩生，将他扒光衣服，扔到油锅里炸了。

韩生这话倒是提醒了项羽，他忽然想到，他要是走了，按照怀王的约定，刘邦岂不是可以当上秦王了？这种好事绝不能便宜了他。于是派使者找怀王，秘嘱他改约，将刘邦调徙到远方，以除后患。没想到，他眼巴巴盼来的竟是怀王的两个字：如约！

项羽气得鼻孔冒烟，他召集诸将商议道：“怀王不过一个放羊的臭小子，由我叔父拥立，暂且挂个虚名，没有一点功业，怎么能自作主张，分封王侯？现在我不废了他，也算是很有道了。像大家这样征战了三年，怎么能不论功行赏、裂土分封呢？”

见众人十分认同他的话，他顿了顿又说：“话虽这么说，怀王终究是一国之主，应该尊他帝号，我们才能封王封侯。”众人齐声赞同，项羽于是决定称怀王为义帝，然后便分封诸将。别人都不难加封，只有刘邦让他大伤脑筋，他召范增进行了一番密议，最终决定封刘邦为蜀王，因为蜀地地势险要，易入难出，秦朝时的罪人都发配到蜀中，而且蜀地属于关中边缘，封刘邦为蜀王，也算践约了。章邯、司马欣和董翳三人则分王关中，使他阻住蜀道，防备并堵截刘邦。

刘邦听说自己被封到蜀地，不觉大怒，当即就要找项羽决一死战，樊哙、周勃、灌婴也都很冲动，摩拳擦掌要去厮杀。萧何把刘邦劝了下来，张良也来相劝，并让刘邦用重金贿赂项伯，让他转告项羽求他把汉中分给刘邦。项伯果然照做，暗中帮助刘邦要到了汉中，项羽又改刘邦为汉王。项羽自称西楚霸王，准备回彭城去，据有梁、楚九个郡。又派人胁迫义帝从彭城迁往长沙，定都于偏僻的郴地。

刘邦临行前，不忘张良的功劳，赐给他百镒（古代重量单位，合古代的二十两）金，二斗珠，张良收下后，又转赠给了项伯。各国将士听说汉王仁厚，都愿意跟随他，大约有数千人加入刘邦的队伍，刘邦一概不拒绝。张良为刘邦送行，一直送到褒中（今陕西褒城），便准备回韩地去，分别前两人都依依不舍。褒中这个地方群山环抱，沿途都是悬崖峭壁，人们便在悬崖峭壁上用木材架起来修成道路，叫作栈道。张良指着栈道对刘邦说："这条栈道的北面直通章邯封地的大门口，估计将来你还没有打进去，他就打过来了。"刘邦十分紧张，张良让刘邦屏退身边随从，又献上了一条密计，刘邦立即依从，张良便拜辞而去。

刘邦带着队伍继续前行，忽然后面队伍都喧嚷起来，原来是栈道被人烧毁了，一时烈焰冲天，刘邦也不回头，只催促队伍向西进发。不久有人传出烧栈道的事是张良干的，于是大家都咒骂起张良来，说他绝断了回乡路，让大家再也不能回去和父老亲人相见，这事做得太绝了。这正是张良给刘邦献的密计，也是绝计，一是做给项羽看，让他对刘邦放心，进而放松防备；二是做给各国看的，让各国知难而退，不敢进犯，同时也杜绝各国出入。刘邦也一心一意地驰赴都城南郑去了。

吹响人才集结号

刘邦是个好伯乐，能够懂人才、爱人才、识人才，大张旗鼓聘用良材，让他们受尊敬、有地位、得利益，所以才能使“进者悦，远者来”，让各类人才施展才华。同时，还能够宽容失败、允许试错，让各类人才有更多的机会，有更自由的空间。

让人才挑选人才，以求贤若渴的紧迫感招才引智

文武百官，齐集王宫，众人都翘首期盼着中间的将坛。

将坛前悬着的大旗迎风飞舞，将坛四周士兵环列。一轮红日缓缓升起，把整个将坛照耀得熠熠生辉，旌旄艳丽，甲仗生威。一驾马车驰到坛下，汉王刘邦从车里走了下来，缓步登上将坛，丞相萧何也跟在刘邦身后，他手里捧着符印斧钺，郑重地交给汉王。坛下一帮金盔铁甲的将官，都眼巴巴地看着，他们早就听说今天是良辰吉日，汉王要举行拜大将的盛大仪式。大家纷纷猜测汉王手中那颗斗大的金印将属于谁，其中的樊哙、周勃、灌婴等将领都身经百战，积功甚多，更是眼馋地看着金印，想着美事会不会降临到自己头上。

这时只听萧何朗声宣布：“请大将登坛行礼！”

台下队伍中有一人出列，从容地登上了将坛。大家目光都向他聚焦，这人衣装十分严整，面貌也似曾相识。忽然大家认出这人乃是治粟都尉(相当于现在军队里的军需助理员）韩信，人人都惊讶得合不拢嘴，那几个想着好事的将领心都寒了。

韩信登上将坛，只听乐声齐鸣，鼓声震天，威武激越，继而又换成管弦合奏，喜庆悠扬。赞礼官开始主持仪式，第一次授印，第二次授符，第三次授斧钺，韩信一一拜受，刘邦面谕道：“现在外面的军事，都归将军节制，将军应当体谅我的心意，与士卒同甘共苦，除暴安良，匡扶王业。”韩信连声答应，刘邦又向全军宣布道：“今后如有藐视将军，为令不从的，当由将军军法从事，先斩后奏。”

下面都很惊讶，虽然表面上不敢吭声，但私下却议论纷纷，刘邦到底是怎么看上韩信的呢？韩信到底厉害在哪里？一番打听，得知原来是萧何推荐的。

那是两个月前，刘邦到了南郑（今陕西汉中东），拜萧何为丞相，给手下将佐分别授予官职，然后便休兵养士一两个月。当时很多兵士都想回到东部家乡去，而不喜欢在西部居住。有一个韩故襄王的庶孙，名叫韩信（和前面那位同名异人），曾和刘邦一起入关，然后又一起来南郑，看到人心思归，自己也想回去，便找到刘邦说："项王分封诸将，都分诸将到家乡，唯独大王被分到西部，这和贬官发配有什么区别？军中将士也都是东部人，早晚都想着回去，大王为何不率兵向东，和项羽争天下？如果等到海内安定，人心安宁，恐怕就不好用兵了，只好老死在这里啦！"

刘邦说："我也很想念家乡，但现在回不去怎么办？"

正在议论着，忽然有人报告说丞相萧何出走一天了，也不知去向。刘邦感到十分吃惊，赶忙派人去找，一连两天过去了，杳无音讯，急得刘邦坐卧不宁，好像失去了左右手。正准备派得力干将再去追寻，只见一个人跌跌撞撞、气喘吁吁地走了进来，向他行礼，此人正是失踪两天的萧何。

刘邦又喜又怒，便假装生气骂道："你怎么背着我逃走？"

"臣不敢逃，而是去追回要逃走的人。"萧何答道。

刘邦问他追谁，萧何说是都尉韩信。刘邦一听又火了，骂道："我从关中出发，一路上来到这里，沿途逃走的人那么多，就是这两天也有人逃走，你一个都不追，单去追一个韩信，你这不是明摆着骗我吗？"

"以前逃跑的那些人都无关轻重，走留随他们的便。韩信可是栋梁之材，世上没有第二个，怎能放他走呢？"萧何笑着说，"大王要是想永远待在这里，那就不需要追他，如果想争得天下，除了韩信，再没有合适的人了。所以臣专门追他回来，大王应该马上任用韩信，否则他再要走，可就留不住啦。"

刘邦不相信地说："韩信有这本事？你既然认为他可用，我就让他当个将领吧，先试试优劣。"

萧何说："让他当个将领还不足以把他留下。"

刘邦很吃惊地看着萧何，叹了口气无奈地说："那我用他为大将好吧？"萧何连声说好。

刘邦随口道："你叫他过来，我就封他为大将。"

萧何认真地说："大王怎么能这么轻率地召他？本来大王用人就很简

慢随便，不讲究礼节，现在要拜大将还像叫小孩子一样，韩信怎肯留下，他说不定什么时候又逃走了。”

刘邦不解地问：“拜大将应当用什么礼？”

萧何掰着手指头如数家珍般地说：“须先择吉日，然后大王你要提前斋戒，再筑将坛，再登坛行礼，然后组织一场很隆重的仪式，这才是拜将的礼！”

刘邦的眼珠子随着萧何的手指移动，听萧何说完，不觉笑了起来：“拜一个大将要这么郑重啊？好，我就照你说的办，你为我按礼举行吧！”萧何这才退出照办，于是有了文章开头一幕。从这件事可以看出刘邦还有一个明显的优点，就是让人才挑选人才。萧何不但是人才，也是伯乐，刘邦知道伯乐也是人才，人才难得而易失，所以他很尊重伯乐的意见。

干事成才有沃土，人才方能落地生根

事实证明，哪里的体制活、环境优，哪里就能集聚人才。对于有缺点的人，要站在全局的高度，看他的缺点是否对整体有影响。不要用放大镜看一个人的缺点，而要用显微镜看他的闪光点，尽量宽容，这样才能最大限度地激发积极性，同时给他创造干事业的好环境，搭建成长进步的好平台。

本章中在鸿门宴上出现的那个都尉陈平，项羽叫他去追刘邦回来，结果他没找到刘邦，不过他和刘邦还是很有缘分的，后来他离开项羽投了刘邦。刘邦军中有他一个要好的朋友叫魏无知，把他推荐给刘邦。刘邦召见了他，因为每日因事觐见刘邦的人很多，他和刘邦行了礼，刘邦也没问他情况，就把他晾在一边。中午刘邦留他和六七个客人一起吃工作餐。吃完饭陈平想向刘邦汇报一下自己的情况，便请中涓石奋向刘邦报告，刚好刘邦喝了酒有点醉了，不想见他，叫他回到住处去。陈平不肯回去，坚决要石奋再去报告，说自己有急事求见，不能拖延。石奋没办法，又去替他禀报，刘邦终于叫他进见。陈平见了刘邦便献上自己的计策，果然得到刘邦的赏识，一番谈话后即被封为都尉，又使他参乘，兼掌护军。

陈平从楚营投汉，还没几天就得了贵官，许多将佐心里都不平衡起来，都说陈平刚来，还不知他是忠是奸，怎么能如此亲近？前不久刚把一个负责运粮的韩信给拜了大将，这会儿又重用一个投奔过来的陈平，这两人都来自楚军，难道汉军里就没人了吗？合着我们都是只吃饭不干活的饭桶？这些私下的议论传到刘邦耳朵里，刘邦却不以为意，反而更加厚待陈平，这正是刘邦的高明之处，用人是需要气量和胆魄的。

刘邦准备东征，正是用人之际，陈平见刘邦这样对他，就干得更加卖力了，加班加点帮助刘邦筹划准备，要求很严标准很高。这时一些人就故意试陈平，向陈平行贿，让他对自己宽松一点，陈平把礼金都收下了，一点也不推辞，于是有人便抓住了陈平的小辫子，推周勃、灌婴两人出头，去汉王那里打陈平的小报告，说："陈平徒有其表，实际不具真才，臣等听说他以前在老家盗嫂乱伦，现在掌管护军，又收受贿金，实在是不法之臣，请大王明察，不要被他给欺骗了。"

刘邦听了也不禁起了疑心，于是把魏无知招来，当面责问道："你推荐陈平让我用，现在听说他盗嫂受金，行为不端，你这不是举荐非人吗？"

魏无知听了忙辩解道："臣推举陈平，只看重他的才干，大王现在责怪他的品行，实在不是当前的要务，当前楚汉相争，全看谁谋略更胜一筹，而不拘于细节，就是像尾生那样守信用，像孝己那样贤德，又有什么用呢？大王应该看陈平的计策是否管用，如果陈平真没才干，臣甘愿受罚！"（《庄子》中讲尾生与相恋的女子在桥下约会，女子还没来，洪水先来了，他为了守信抱桥柱而死；《荀子》中说殷高宗的儿子对父母非常孝顺，但高宗听了后妻的话，把他放逐而死。）

刘邦听了没说话，等魏无知走后，又叫陈平过来责问，陈平直截了当地说："臣本为楚吏，项王不用我，所以投奔大王，一路走来受尽艰辛，一个人光溜溜地来归附，如果不受金，没钱怎么能够施展才能，出谋划策呢？大王现在如果认为我的意见可以用，不妨让我干下去，否则原先我收的礼金都在，尽可以充公，只要把这身骨头赐给我就行了！"

刘邦这时又变得和颜悦色起来，更加厚赐陈平，很快让陈平升任护军中尉，让他监督诸将，诸将便不敢再说陈平坏话了。

对于功利思想强的人，投其所好只利用不重用

英布背楚投汉的消息传到彭城，气得项羽须发尽竖，拍案大骂，立即命亲将项声和龙且进攻九江。英布出兵相持了一个多月，楚兵不断增加，九江兵越战越少，英布难以支持，便和随何弃城逃到荥阳刘邦那里。

刘邦传见英布，随何引导英布进了大厅，却不见刘邦身影，英布心里不由得一沉，听说刘邦在内室，于是又跟着随何从偏门进去，走了几道回廊才进了内室，只见一个人正坐在榻上，两个女子蹲在那里给他洗脚，此人正是刘邦。英布心里不禁十分不快，但人在屋檐下，不得不低头，只好上前通报姓名，躬身行礼。汉王欠了欠身，算是回了礼，简单慰问了几句再也没有其他话，气氛一时十分尴尬。刘邦仍旧很悠闲地享受洗脚，而忘了一旁英大将军的存在。英布见没趣便又惭愧又后悔，只好自己出来，随何也跟了出来，英布懊恼地说："真不该听你的话，贸然来这里，现在后悔都来不及，不如死了算了！"说着，拔出剑来就要自刎，随何忙拦住他问怎么回事。

英布说："我也算是个王，今天来与汉王相见，待我就像奴仆一样，我还有什么颜面做人？我不想活了。"

随何笑着劝道："汉王喝了一夜酒，还没醒呢，所以简慢了大王，待会儿肯定会隆重接待你的，别往心里去！"

正说着，已有人来请英布前往馆舍休息，非常殷勤讲礼，英布便把剑插入鞘中，跟来人去了馆舍。只见馆舍陈设非常华丽，里面的卫士、侍者都恭敬地站在两边，见了英布就像见了主人一般。

一会儿张良、陈平等人都来会见英布，让他坐上座，摆酒为他接风。桌上菜肴都非常精美，器皿整洁，真是很隆重周到，英布心中的不快被一扫而光。酒过数巡，更是来了一班袅娜的乐女，弹唱助兴，曲声悠扬，歌声悦耳，舞姿蹁跹，等到酒阑人散，又有几个美女伴着他，英布左拥右抱走进寝室，这温柔乡里的快活滋味，把英布之前那颗想死的心都融化了。

翌日，英布向刘邦道谢，刘邦这时也以礼相待，非常热情，与昨天截然不同。英布非常惬意，当即发誓愿为汉王效死。

英布是个把个人名利得失看得很重的人，一旦如愿以偿，便兴高采烈，一旦愿望落空，便牢骚满腹，萎靡不振。随何之前到九江游说他时

也是帮他分析祸福得失才让他背楚归汉。因此刘邦其实很看不起他，刘邦用洗脚的方法有意轻慢侮辱他，然而堂堂一个九江王，竟然要拔剑自杀，显得十分很轻浮急躁，用酒色美女就能让他欣喜若狂，心满意足，足见他没什么大的志趣。这样的人很容易就可以把他给控制住了。刘邦对待英布的态度和对待陈平截然不同，也体现刘邦高超的驭人手段。

8. 韩信的楚汉形势分析

韩信拜将之前，刘邦对他一点都不了解，更不知道他有什么能耐。所以他对韩信说："丞相几次说将军具有大材，将军究竟有什么策略可以指教寡人？"

韩信露出自信的笑容，没有直接回答，明知故问道："大王现在想向东扩展，难道是想与项王为敌吗？"刘邦点头说是。

韩信又问："大王自己觉得以你的勇猛强悍和项王相比怎么样？"

刘邦想了想说："这我恐怕不如项王。"

韩信的问题其实不用刘邦回答都能知道答案，他的问题正是刘邦的软肋，也是刘邦要面对的问题，为他下一步的分析做了铺垫，接着他便分析了项羽的弱点和刘邦的优势，看似谈个人，实质上就是对楚汉形势的分析。什么事经过详尽的分析就会化繁为简，千条线穿入一根针，再难的事也可迎刃而解。韩信帮刘邦分析了项羽的三点不足：匹夫之勇，妇人之仁；自失利地，有勇无谋；任性妄为，残暴无道。下面我们就逐条讲述。

匹夫之勇　妇人之仁

韩信说项羽叱咤疆场，有百夫不当之勇，但却不能任用良将，不足以和他谋划大事。

项羽军中流失的人才，使得他少一个助手，多一个对手；与故诸侯国的矛盾，使得他少一个朋友，多一个敌人。

先讲一讲军中流失的人才。从项羽手上流失的人才很多，主要有韩信、陈平、英布。

韩信就有切身体会，他先是投在项梁军中，项梁没有重视他，只是把他编到队伍中，发给很微薄的俸禄。后来项梁死了，又从属于项羽，项羽让他当郎中，他几次献策，就是不被采用，韩信一气之下弃楚归汉。项羽损失了一个军事天才他还不知道，等他知道并派使者武涉去说和的时候，韩信已经不理睬他了，最终他被这个出自于他手下的军事天才打败。

再说说本在项羽军中当都尉的陈平原先陈胜起兵时让部将周市征魏地，立魏咎为魏王，陈平便投奔了魏国当了太仆，没多久有人构陷他，陈平便投奔了项羽，在项羽军中当都尉。虽然没能得到项羽宠信，但项羽也还算没有亏待他，项羽手下的殷王司马卬曾经想图谋叛变，项羽便叫陈平去讨伐他。陈平不想劳兵，于是便和他说明利害，司马卬听了陈平的话，向项羽谢罪，项羽也不追究他，还赏赐了陈平二十镒金。后来司马卬和汉兵交锋，被韩信用计生擒，为了保全性命，便投降了刘邦。当时项羽派兵救应他，救兵听说司马卬已经投降了，便中途折回，报告项羽，项羽知道后勃然大怒，便要加罪于陈平，陈平忙封还金印，逃了出来，投奔到刘邦营中。项羽无端迁怒于陈平是很不应该的，更何况陈平是唯一能和张良抗衡的智囊，结果项羽又白白把一个人才送给刘邦，刘邦得了陈平，最终靠其六出奇计而成就了王业。其实，陈平投靠刘邦是早晚的事，即使项羽不为司马卬的事连坐他，也留不住他，以陈平的智慧，他应该在鸿门宴上就看出了项羽和刘邦的差距以及两人的发展前景（范增都说出“竖子不足与谋”的话，陈平比范增高明了好几倍，难道还看不出来吗？），所以那时候他可能就在心里把宝押在了刘邦身上，一有机会就逃离项营，目标明确地直奔汉营。

还有英布，一直是项羽手下最得力的干将，可算是他的臂膀，后来两人之间渐渐有了矛盾，刘邦趁机派使者前去游说招降英布，项羽知道了一点也不做怀柔工作，而是派军队攻打九江，英布支持不住，便去投顺了刘邦。后来楚将项伯率兵进入九江，竟然把英布全家诛戮了，这下英布大为悲愤，发誓要赴楚报仇，和项羽结成深仇大恨，再也没有转机。英布虽然比不上韩信，但也是有名的骁将，最终成了项羽的“催命鬼”之一。

项羽没有发现自己手下有这么多人才，在他手下没有得到重用的人才到了刘邦手下都被奉若至宝，项羽亲手把自己手中的人才变成了自己的劲敌，让自己的敌人变得更强大了。

再讲一讲项羽与诸侯国的结怨。项羽的有勇无谋还表现在私心太重，处事不公，专门把私人爱将分封到好的地方，结果各路诸侯也效仿他，把各国旧王放逐，据国称雄。这样导致山东诸国整天争夺地盘，不得消停，没有心思和精力去治理国家。

韩王成没有随项羽一起入关，项羽因此嫌他无功，已经很看不起他，鸿门宴后叮嘱他把张良召回，不让刘邦和张良接触，张良同意回到韩王身边，但要求为刘邦送行后再回去，韩王不好强求。结果项羽借口说他违抗命令，纵容部下张良，把韩王扣留下来，不让他回韩地，韩王不敢违抗，随着项羽军队东行到了彭城。项羽先是把韩王贬爵，过了几个月，索性把他给杀了。

项羽让燕王韩广迁徙到僻远的辽东，韩广不愿意，于是臧荼派兵驱逐他出封地，追到无终（今天津蓟县）竟把他杀死了。臧荼随后派人向项羽报告，项羽不但不责怪臧荼擅杀，反而说他讨伐韩广有功，让他兼辽东王。

齐王田市是由齐将拥立的，前面讲到田荣没有听从项梁的话一起攻秦，项羽便记恨他，于是把齐王田市徙封到胶东，改为胶东王，都城在即墨（今山东平度东南）；齐将田都跟从楚军救赵，又跟随项羽入关，被封为齐王，都城在临淄（今山东淄博东北）；故齐王田建的孙子田安，拥有济北数座城，投降了项羽，被封为济北王，都城在博阳（今山东泰安东南)。项羽就是把田荣搁在一边不封，田荣本来就性情倔强，哪里咽得下这口气，一怒之下便羁留田市，拒绝田都为王，等田都快到临淄时，发兵在中途袭击，田都逃到彭城。田市听说田都逃到彭城去了，怕他向项羽求救，再攻打齐国，所以田市私逃到了胶东，田荣痛恨他私逃，便派兵追杀，然后又向西袭击济北，杀了田安，自称齐王，拥有了三齐（胶东、齐故地、济北)。当时彭越还在巨野（今山东巨野)，带着一万多人的队伍没有归宿，田荣便封他为将军，让他去掠夺梁地，于是彭越为田荣效力，攻下了几座城。

赵王也被徙封到了偏远的代地，自然也对项羽有意见。赵将陈余和张耳齐名，项羽封张耳为常山王，因为陈余没有从军打仗，所以只封他南皮附近的三县，陈余十分恼火。他派手下张同和夏说去见田荣，对他说："项羽专怀私心，不讲公平，他手下的部将都封了好地方，唯独将旧王徙封到偏僻的地方，这样谁肯服他呢？现在大王统一三齐，首先反对项羽，威名远播，臣本是赵国旧将，恳请大王出兵相助攻打常山，如果将常山攻破，还迎接赵王回国，愿世代都为齐国的属国，永远不违背！"田荣听了，当场就答应了。于是齐赵联军攻打常山，张耳不及防备，战败而逃。陈余便迎接赵王歇回国，赵王封陈余为成安君，兼封为代王，陈余又命夏说为代相。

最后项羽还犯了用人不当的错误。

韩信说项羽封于三秦的几个王：章邯为雍王，得咸阳以西地，都城为废邱（今陕西兴平市)；司马欣为塞王，得咸阳以东地，都城为栎阳（今陕西西安市阎良区武屯镇)；董翳为翟王，得上郡地，都城为高奴（今陕西延安)，虽然好像是扼住了要塞，对刘邦封地形成犄角之势，防守严密，但应该看到他们都是秦朝旧将，带领秦军几年，手下死了不计其数的兵士，到了智尽能竭的时候，又胁迫手下投降项羽，结果项羽起了杀心，一下子欺骗坑杀了二十万降卒，只有他们三个活着回到秦关，秦地的父老恨不得将他们生吞活剥了，项羽今天反而立这三人为王，秦民当然不服，怎么肯诚信归附？

韩信最后对刘邦总结道："大王首先入武关，秋毫不犯，废除秦朝苛法，与民约法三章，秦民都希望大王当秦王，而且义帝的约定也是无人不知，大王被迫西行，秦民都十分怨恨项羽。大王如果东进三秦，只需发一封檄文就搞定了。三秦到手，就可以进一步图谋天下了。”

韩信说项羽有时也比较仁厚，待人尊重，言语温和，看到有人生了疾病，还会同情地掉眼泪，给他送吃的，看似很让人感动；但是看到部下有了功劳，应该封赏的时候，却把封印看得很死，摸旧了都舍不得给部下，只给一些小恩小惠，而不把部属最为看重的东西给他，部下心里都很郁闷。这样的人不足以成大事。

所以他的部属对他的忠心度远没有刘邦部属的忠心度高。

自失利地　有勇无谋

韩信说项羽现在虽然称霸天下，掌控诸侯，但不在关中定都，而是去彭城重新建都，这明明是把有利的地理位置丢弃了。

关中的重要性前面一章韩生已经分析过，不过项羽刚愎自用，根本不听，因此刘邦就毫不客气地出手了。刘邦拜韩信为大将后，经过韩信的一番整治操练，军事实力大大增强。于是选择汉王元年八月吉日（公元前 206 年）出师东征。与此同时，刘邦派了几百个兵去修筑栈道，自己则和韩信带着军队悄悄从南郑出发，让萧何留守，负责征税收粮，接济军饷。

雍王章邯驻守废邱，是项羽安插的堵住汉中的第一重门户，他的手下向他报告刘邦派了几百个人没日没夜在修栈道，他不由地笑话刘邦愚蠢，栈道那么长，派几百个人来修，要修到猴年马月才能修好？接着又听说刘邦又拜了一个叫韩信的治粟都尉为大将，派人打听韩信履历，回报的人说，韩信没做过什么大事，传说最多的就是早年贫穷的时候曾从一个市井无赖的胯下爬过去，一点骨气都没有。章邯轻蔑地大笑起来：“胯下庸夫还能当大将？汉王真是越来越糊涂了，难道他无人可用了吗？”

因此小看起刘邦来，放松了警惕。

当时时值中秋，秋高气爽，刘邦手下的将士们归心似箭，所以日夜兼程，很快便绕道到达陈仓（今陕西宝鸡东）。

这时章邯也接到大队汉兵集结陈仓的报告，他几乎不敢相信这是真的，难道汉兵长了翅膀？于是又派人前去打探，没多久有陈仓方向来的逃兵，报告说汉王亲率大军占领了陈仓，章邯这才有些着慌。于是引兵数万人直扑陈仓，拦截汉军。令他奇怪的是，一路走过去，只见逃兵不见难民，一问之下才知道，原来汉兵经过的地方，纪律严明，不准掠夺，所以百姓安定，没有发生流离失所的现象。

章邯把逃兵收集起来，火速赶到陈仓，和汉兵打了起来。汉兵在西部早就窝了一肚子火，想和楚军打一仗，因此一经对阵，都是奋不顾身如同猛虎下山般猛冲猛杀；而章邯的军队都对章邯不服气，甚至很多都怀恨在心，在他手下勉强度日，所以战场上自然不肯出死力丢了自己性命。打了没有多久，楚军就四散逃跑，章邯也只得撤退逃往好畤（今陕西乾县东南），汉兵则在后面紧追不放。

章邯作战经验很是丰富，半路上他收拾兵马回头再战，准备杀汉军一个出其不意，没想到韩信早有防备，叮嘱前锋部队小心前进，不要被章邯所乘，所以章邯反扑的时候，汉军前驱部队毫不慌乱，照旧厮杀，而且韩信居中调度，后面策应的两路部队忙又跟上，前锋樊哙、左翼灌婴、右翼周勃，三人夹攻章邯。章邯很快又支撑不住，让长子章平把守好畤，自己则率残兵逃回废邱。

汉兵随后攻打好畤，城上箭石如雨，汉军一时攻不上去，樊哙一时火起，左手拿盾，右手执刀，率先从云梯爬了上去，乘隙跃上城头，挥刀猛砍，其他汉兵也登了上来，大杀城头守卒，很快城门被攻破，章平落荒逃去。城中百姓没有一个反抗，都愿降汉，汉军也不杀一民，于是很快便被平定。樊哙立了首功，韩信向刘邦报告，刘邦封樊哙为临武侯，又加授郎中骑将。樊哙与周勃、灌婴乘胜出击，又攻下郿（今陕西眉县东）、槐里（今陕西兴平）、柳中（今新疆鄯善西）几个地方，再乘势攻入咸阳，守将赵贲败逃。只剩下废邱，章邯父子日夜加强防守，汉兵攻了几次都没有攻下。韩信便到废邱城外查看地形。

一天夜晚，城中军民忽然大声喧哗起来，章邯父子忙出来查看，只见城里变成了一片汪洋，原先的平地上已被几尺深的水淹没，而且水位还在上涨，水声轰鸣，像是千军万马到来一般，很快许多房子都被淹了，哭喊声、呼救声四起。章邯知道城守不住了，急忙和长子带着家小，率兵从北门水浅的地方冲出城，被汉兵紧追不舍，最终无路可逃，章平被擒，章邯自刎而亡。

原来废邱城两面环水，从西北流向东南，韩信令手下堵住下游，又挖开上游决口，来了个水淹废邱城，逼出了章邯，雍地被汉军占领。接着便移兵转攻翟塞二王，翟王董翳，塞王司马欣本是章邯手下属将，勇武都比不上章邯，听说章邯败死，都胆战心惊，得到汉兵进攻的消息，忙投降了汉王。三秦地方，不到一个月，便都归汉王。项霸王第一道门户，就这么被破解了。

赵相张耳也在这时投顺了刘邦，汉军的兵力更加强盛了。

项羽前面听说齐国和赵国都背叛了他，这时又失去了关中三秦，简直怒不可遏，很想把刘邦撕成碎片。他一面令故吴令郑昌为韩王，牵制汉兵，一面使萧角率兵数千，攻打彭越，结果萧角却被彭越打败了，项羽更是动怒。于是既想攻打齐国，又想攻打汉军，正在左右权衡之际，收到了张良的来书，帮他分析形势说刘邦只是想收复三秦，履行义帝的约定，不会再向东进犯。只有梁国、齐国连同赵国想要灭楚，所以其中利害，叫项羽自己决定。项羽有勇无谋，被张良一激，便真的先去攻打齐国了。张良于是又回到刘邦身边，替他出谋划策，被封为成信侯。

这边项羽攻入齐地，所向无敌。接着便进逼城阳，田荣不自量力，要和项羽争锋，结果连吃败仗，带了几百个残兵退到平原。平原的百姓没受过田荣一点好处，田荣却压着他们运粮纳刍，结果引起众怒，当地一万多百姓联合起来反抗田荣，最终把他给杀了，一方霸主田荣就这样被众人扔下了飞速奔驰的列车。

项羽乘势而入，仍旧故技重施，纵兵烧杀掳掠，坑杀降兵，一点仁义也不讲。然后便立田假为齐王，齐人不愿拥护田假，都愿拥戴田荣的弟弟田横，田横便率着数万人把田假赶走，占据了城阳。田假逃到楚营求助，项羽骂他无用，一气之下竟把他给杀了，自己领兵攻打城阳。从这一点看项羽确实是狂妄到“脑残”了,他搞“斩首行动”像是搞上了瘾。他想着田横是新立的王，很容易就会搞定，没想到田横很得人心，军民都和他协力据守，更何况齐人都知道项羽残暴，如果被他攻下城来，即使投降也难免一死，不如拼命死守。所以楚军虽然强盛，却总是攻不下城阳。

残暴无道　任性妄为

项羽本性凶残，从东到西一路走来，他的暴行也一路延续：前面讲的襄城大屠杀、坑尽秦二十万降兵、咸阳城大烧杀事件等都是其暴行的具体表现。韩信说项羽自兴兵以来，所经过的地方无不残酷灭绝，天下都怨恨他，百姓都不亲他，只不过他现在比较强大；而刘邦和项羽相反，能够遵道而行，任用天下的谋臣勇将，还有什么敌人不能战胜？所有得到的城邑土地都封给了功臣，谁还会不服从号令？刘邦率将士靠“义”字东征，有什么地方不能攻克？

最为严重的是项羽的任性妄为，韩信说了具体的两件事，一是违背义帝原先的约定；二是放逐义帝，把他赶到僻远的郴县（今湖南郴州）。

项羽把自己看得太重，不把义帝当回事，后来竟然很轻率地就把义帝给杀了。项羽攻打齐国，让英布和他联合作战，英布借口自己生病拒绝了，项羽也不责怪他，另外发了一道密函给他，让他执行。英布接了密函一看不由倒吸一口凉气——原来叫他在义帝去郴县的路上进行暗杀行动。他为了不受恶名，便叫手下心腹去办这件事，一帮手下乔装改扮，乘了快船向长江上游星夜出发，不久便赶上了义帝的船队，一班化装成强盗的九江兵跳上义帝的船，大开杀戒，不留一个活口，义帝穿着皇袍，自然是最重点的目标，就这样不明不白被杀害了。九江兵又将船里财物抢劫一空，满载而归。途中又遇到几拨人马乘船而来，彼此问讯，原来是衡山王吴芮、临江王共敖的手下，也是受了项羽的密令，前来行刺义帝，听说九江兵抢了先着，便都四散返回。

英布向项羽报告，项羽十分高兴计划得逞，却不知自己因此而被人抓住了话柄，从此背上了“乱臣贼子”的骂名，如同过街老鼠人人喊打，最终品尝到了自己种下的苦果。

项羽敢冒天下之大不韪，刘邦趁此而发起反攻。陈平投奔刘邦向他献策，让他趁项羽攻打齐国，楚地防备空虚，迅速东进直捣彭城老巢，截断项羽归路。这个建议被刘邦采纳，封了陈平官职后，便召集人马东征。队伍经过平阴津，进抵洛阳，有一个耄耋老人求见，自称是新城三老董公，已经八十二岁了，他得知刘邦要讨伐项羽，便来献策，他对刘邦说：“师出无名，不能服人。如果标明对手是贼，就能轻易打败他。项羽原先就不仁，最伤天害理的事莫过于弑杀义帝，大王之前与项羽共立义帝，都是义帝的臣子，现在义帝在江中被杀害，虽然江边居民把尸体捞上来简单埋葬了，但终究是凶手不明、死不瞑目，我看大王如果想讨伐项羽，必须先为义帝发丧，全军戴孝，再给各国诸侯传发檄文，让人人都知道项羽是凶手，这样师出有名，你就会得到天下人的支持！”刘邦听了觉得很有道理，奖赏了董公，便令全军为义帝举丧三天，又派人向各诸侯发出檄文，各国接到檄文，纷纷回复要求加入讨伐项羽的队伍。只有汉使到了赵国出了一点小插曲，赵相陈余要求刘邦杀了张耳，才肯从命。汉使回报刘邦，刘邦不忍心杀张耳，便想了一个办法，从士兵中找了一个和张耳像的，割下他的人头送给陈余，陈余看那颗血肉模糊的人头，大概像是张耳，就当了真，于是也发兵从汉。

汉军得到了塞、翟、韩、魏、殷、赵、河南各路大军，共计五十六万人，浩浩荡荡杀向彭城。刘邦为防止项羽乘虚袭击秦地，专门派韩信留驻河南扼守要塞。路过外黄（今河南兰考东南）时遇到彭越，彭越报告说他杀败了楚军，收复魏地十余座城，刘邦便让魏王豹复位，彭越为相。刘邦率兵到了彭城，彭城守备十分空虚，所有的精兵强将都跟着项羽攻打齐国去了，只留几千个老弱的兵卒守城，哪里是几十万大军的对手？当下闻风逃走了，汉军很顺利就占住了彭城。

残暴任性往往使人变得愚蠢。南阳有一支义军，将领叫王陵，也是沛县人，以前就和刘邦认识，比较有胆略，他年龄比刘邦大，刘邦便把他当作兄长看待。刘邦率军西征的时候，王陵在南阳已经拉起了一支几千人的队伍，刘邦派人招王陵加入他的西征军，王陵当时还不肯居于刘邦之下，便借口拒绝了。刘邦攻下三秦后，派部将薛欧、王吸一起来邀他，王陵听说刘邦已得了三秦，声威远播，便准备归附汉军。他的老母亲也在沛县，刚好一起接过来，三人带着队伍到了阳夏，却被楚兵拦住了，只好暂时停止前进，就地安营扎寨。

项羽得知刘邦占据彭城的消息后，很快反扑，又把彭城夺了回去。把王陵的母亲抓了去，胁迫她招降王陵，陵母不肯写书，于是项羽便叫人到阳夏假传陵母的话，让王陵弃汉归楚。王陵料到项羽有诈，便派使者前去看望母亲，以探虚实。项羽便让他和陵母相见，并对使者说，王陵如果来投降就放了陵母。陵母当着项羽的面不便多说，只好支吾应付，等到使者告辞的时候，陵母便要求去送使者，等使者在营门外登车的时候，陵母流着泪对使者说："请你转告陵儿，让他善事汉王，汉王宽厚得民心，将来必得天下，让陵儿不要挂念我！"说罢从袖中取出一把匕首，自杀身亡。项羽知道了这件事大怒，竟叫人把陵母的尸体扔到鼎镬中煮成肉泥以泄其忿。王陵得知此事，发誓忠心事汉，并为母报仇。项羽这样对待一具尸体只能让冤仇越结越深。

项羽的敌人越来越多，他仍旧一意孤行，成了列车上的一个恐怖分子，甚至想把持列车的行驶方向。但他忘了个人再强，不顺应历史潮流，最终只能让自己的人生偏离轨道，走上一条不归路。

9. 猫和老鼠的游戏

楚汉相争，所有事情都在强与弱的神奇转换中进行，你进我退，此消彼长，项羽和刘邦好像是在互相追逐的一对猫和老鼠。对于战争中的两位主人公来说，项羽自然更像是历尽艰辛却永远都抓不住老鼠的那只强悍而无奈的猫，刘邦则是那只机敏的老鼠。

猫捉老鼠

第一回合：猫的愤怒

公元前206年，刘邦用了张良“明修栈道，暗度陈仓”的计策，和韩信一起领军到了陈仓，逼得章邯自刎而亡，司马欣和董翳投降，三秦之地（陕西代称三秦）尽为汉王所有。刘邦这时的实力还不足以和项羽抗衡，所以继续扩充实力，他让韩庶子信领兵攻韩，答应平定韩地后封他为韩王，不久韩庶子信果然击败了韩王郑昌，刘邦便封他为韩王。

刘邦又派部将郦商去夺取上郡（今陕西榆林）北地，很快便得手了。

刘邦厉兵秣马，一心想要东征，听说项羽攻齐，相持不下，正好趁机出兵，与韩信率兵到了陕郡（今河南陕县一带）。关外的百姓听说刘邦来了，都争相迎接他，河南王申阳也来乞降，刘邦便改设河南郡，仍令申阳镇守。这时已进入冬季，大雪纷飞，天气严寒，刘邦便率兵回到关中，住在栎阳，采取了一系列休养生息的措施：把秦朝的田园都开放，让老百姓耕作，改秦社稷为汉社稷，赦免罪犯，减轻赋税，选拔三老，凡五十岁以上，具有善行的老人都可以参加三老选拔，每乡一人；然后再在乡三老中，选取一个作为县三老，辅助县令丞尉，兴教施仁，于是关中很快便稳定下来。

待到春回大地，天气转暖，刘邦又出师东征，从临晋关（古黄河渡口，今陕西大荔东）渡过黄河，直抵河内（今河南武陟西南）。河内由殷王司马卬居守，他听说汉军入境，便发兵迎敌，结果吃了败仗，退回城内。汉军随后进逼城下，司马卬一面守城一面派人飞报项羽请求援兵。项羽正在齐地城阳和齐军进行拉锯战，一时也顾不上他，只拨了一批人马去回援，没想到半路上接到司马卬支持不住，投降汉军的消息。陈平向刘邦献计：趁项羽攻齐，迅速东进，直捣项羽老巢彭城。果然项羽没有防备，彭城竟被刘邦顺利地占了。刘邦此刻真像一只偷油的老鼠。

刘邦由弱到强后，也遇到了比敌人更可怕的敌人：心生骄气。他带着一帮部下在项王宫中置酒高会，让王宫美人都出来伺候，拥香揽玉，享受温柔滋味。这时樊哙、张良也没有像初入咸阳城那样劝告刘邦，刘邦也忘了他之前能“暗度陈仓”，正是因为秦军大意轻敌。

项羽得知彭城失守，气得暴跳如雷，亲率三万精骑火速回援彭城。这回轮到刘邦措手不及，呜呼哀哉了。原先五十多万人的队伍，十多万人被杀，还有三四十万人马向南逃窜到山林里，又被楚军追杀了好几万，其余的人马跑到灵璧县东面，争着渡淮水，许多人被挤落水中，淹死了十几万。

第二回合：老鼠的踪迹

一个中年汉子骑着马缓缓行走在山道上，看上去很是狼狈，看他漫不经心的样子，似乎在思考着什么，又像有些迷茫和沮丧。忽然听得前方马蹄声响，他不由吓了一跳，忙策马转奔到一旁的树林里，在一棵大树后隐藏好。一队人马顺着山路跑了过来，渐渐近了，那个汉子从树叶中向外看去，不由眼中一亮，当先一匹马上的那名将士他认识，于是急忙跑出来大声呼唤"夏侯婴"三字。跑过去的一队人马听到呼声忙停了下来，纷纷下马，向这边跑来，那个名叫夏侯婴的汉子激动地拜见他，他正是夏侯婴苦寻的汉王刘邦。

刘邦独自一人骑马在乱军中逃了出来，等楚军走远，他想彭城离家不远，得赶快回家把老父和妻子接出来，防止被楚兵抓走。于是连夜驰到丰乡，但家里门扉紧闭，空无一人，踌躇了一会儿，他想兵荒马乱的，一时也找不到家人，便独自骑马去寻找队伍去了，几天后才碰到夏侯婴。

夏侯婴当时已被封为滕公，兼职太仆，主要负责管理王车。彭城战败后，刘邦仓皇走失，夏侯婴只好带着空车四处寻找，找了一夜总算遇到了刘邦，便请刘邦改马登车，夏侯婴则站在辕上随行。沿途看到许多难民奔走，夏侯婴眼尖，忽然看到难民中有一男一女两个小孩，好像是刘邦的子女，忙停车报告，刘邦一看果然是自己的孩子，又惊又喜，忙叫人领过来相见，问明家中情况。两个孩子说母亲带着祖父和他们去寻找父亲，已经离家两天了，夜里就到其他村庄借宿，路上被乱兵冲散，祖父和母亲都不见了。说完便哭了起来，刘邦也不禁湿了眼眶。

正谈着话，忽然有人报告楚将季布率兵从后面追上来了，夏侯婴忙让刘邦三口坐进车里，亲自驾车飞驰而去。后面楚军紧追不舍，远远地已能看到楚军旗帜，刘邦很是着急，怕车重走得慢，在半路上竟将两个孩子推下车去，夏侯婴见了，忙把两个孩子一手一个又提上了车。行了一程，刘邦还嫌车慢，又将两个孩子推下车，夏侯婴又把两个孩子拉了上来，刘邦冲夏侯婴发火道："我们万分危急，难道还要收管两个孩子自丧性命吗？"说着拔出剑来要杀夏侯婴，接着又将两个孩子踢下车。夏侯婴闪到一边答道："这是大王的亲生骨肉，怎么能丢弃呢？"索性让其他部将驾车，自己跃身上马，一左一右把两个孩子夹在腋下，跟着刘邦的车前行，又跑了一程，终于把追兵甩开了。

刘邦和夏侯婴商议，准备去下邑，那里有刘邦的大舅子吕泽驻扎，于是一队人马从小路去下邑。吕泽得知刘邦来了，马上迎驾。先前走散的各路汉军听说汉王落脚处，也陆续从四面八方赶来，汉军又渐渐恢复了势力。查探各路诸侯消息，殷王司马卬阵亡，塞王司马欣与翟王董翳又降了楚，韩、赵、河南各路兵马也都散的散，回的回。过了两天，才打听到刘邦父亲太公、妻吕氏，及舍人审食其都被楚军抓走了，项羽把他们视为奇货，扣留下来作抵押，想逼刘邦投降。

第三回合：老鼠的集结

过了几天接到王陵的哀报，原来他的老母亲也被楚军抓走，自杀身亡，临终前让他投奔刘邦。刘邦悲喜交加，当下回书劝慰。又率军西行，走到梁地得到楚军进攻的消息，非常愤怒，召集将领商议退敌的方法。将领们刚打了败仗，都不敢主张迎战，因此都不吭声，刘邦勃然道："我情愿把关东的土地分给破楚立功的人。"

张良向他推荐了当世能破项羽的三个人：九江王英布、彭越和韩信，让他把关东土地，分给这三人，如果这三个人肯出力，打败项羽就容易了。

刘邦连忙点头称善，并问诸将说："谁能去说降九江王？"

这时一个人挺身而出，原来是谒者随何，刘邦于是派了两千人和随何同行，随何领命而去。刘邦又派人向韩信和彭越求援，自己领兵去荥阳，荥阳是阻挡楚军西进的要冲，所以一定要扼守住。

很快韩信率兵来援，萧何也征集了关中守卒十几万人赶到了荥阳。刘邦大喜，于是让韩信统军，自己带着子女回栎阳去了。韩信善于用兵，与楚兵一连打了三次漂亮仗，楚军都不敢越过荥阳。韩信又令兵士沿河筑起甬道运粮，固守城池。刘邦在栎阳连得韩信捷报，放心了大半，于是立五岁的儿子刘盈为太子，让丞相萧何为辅，同时在关中负责征集运输军饷。一切布置妥当，刘邦又回到荥阳继续督兵东征。这时魏王豹叛汉投楚，于是刘邦便派韩信前去征讨，生擒魏王豹，平了魏地。

接着，刘邦接连收到喜讯，先是韩信派人报告平定了燕赵，又有随何说降了九江王英布，他便令英布扼守成皋（今河南荥阳汜水镇），又加派了一万多兵助守。

困鼠突围

第一回合：捐金反间计

过了几天，楚军前锋兵临荥阳城下，情势又危急起来。这时陈平来报告军情，刘邦便和他商议退敌之策。陈平说："项王手下就是范增、钟离昧这几个人最忠于他，我们想办法让项王对他们猜疑，再乘机进攻，就容易破除了。但要大王出巨金。"

刘邦忙说："只要能成事，又怎么会在乎钱？"当下命人取了四万金交给陈平。

陈平于是找来一帮心腹小将，给每人分了一部分金，让他们假扮成楚兵，混入楚营，用钱买通楚营将士，散布谣言诬陷钟离昧，说他功多赏少，因没有分封而心存不满，想要联汉灭楚等等。没两天楚营便议论纷纷，一传十，十传百，传到项羽耳中，项羽本来就好猜忌，于是便对钟离昧动了疑心，不信任他了。

第二回合：吃货离间计

刘邦怕守不住城，便派人与楚讲和，愿以荥阳为界，东面属楚，西面属汉。项羽没有立刻答应，也派了一个使者回话，并趁机探听城中虚实。陈平得知楚使到来，眉头一动，计上心来。

楚使进见汉王的时候，陈平让汉王装作喝醉了，迷迷糊糊地应付楚使几句。陈平便领着楚使到馆中吃午饭，楚使坐定，陈平便走了出去。这时便有一班仆人抬着鸡鸭牛羊、端着许多美酒佳肴进了厨房，楚使心想：难道汉王要用太牢盛宴招待我吗？

这时陈平走进来很关心地询问亚父范增的起居情况，楚使都一一作答。陈平唯独不提项王一个字，最后又问楚使有没有亚父的手书，楚使十分纳闷，道："我是奉项王使命来的，不是亚父派来的。"

陈平听了，故意失色说："原来是项王派来的！"说着便出去了，不一会儿有吏员进入厨房让仆人们把好酒好菜都抬走了，并听他对仆人私下说："他不是亚父派来的，怎么配享用太牢呢？"

楚使听了暗暗吃惊，过了好一阵，饭菜总算端了上来。楚使一看，全部是素菜素羹，连一星肉丝都不见，不由得怒气冲天，本来想拒绝不吃，但已是饥肠辘辘，只好端起碗来，将就扒了两口，没想到菜是臭的，饭是馊的，连酒也是酸的，不由都吐了出来，又饿又气，脸比盘中的烂菜叶还青，啪的一下放下碗筷，也不和陈平告辞，就气冲冲地出城去了。

楚使负气回到楚营，把汉营情形加油添醋对项王说了一番，并说亚父私通汉王，让项王提防。项羽怒道："前几天我就听到些传闻，亏我还相信他，这个老匹夫，我看他是活得不耐烦了！"

范增这时还蒙在鼓里，一心替项王设法灭汉，他见项王派使者和刘邦谈议和的事，不由地十分着急，于是又来找项羽，让他火速攻城。

项羽对范增起了疑心，只看着他不说话，范增着急地说："上次鸿门宴，臣就劝大王杀刘邦，大王不听臣的话，所以让刘邦有今日。现在又得了一个天赐的好机会，刘邦被困荥阳，如果再让他逃脱，那就等于放虎归山，后悔可就来不及了！"

项羽看范增把旧事翻出来怪他，便也忍不住，怒气冲冲地说："哼，恐怕荥阳还没攻下来，我的命先要葬送在你手里了！"

范增听出项羽话里有话，不由也看着项羽，忽然想到一定有人在项羽面前进他谗言了，他自思对项羽忠心不二，没想到项羽却怀疑起他来，一腔热血立刻结成冰凌，也不询问争辩，索性对项羽说："天下事已经大定，愿大王不要中了敌人诡计。臣已年老，请大王让臣的骨骸葬到家乡吧。"说完便退了出去，项羽没有一丝挽留的意思。范增至此已经绝望，于是把项羽封他的历阳侯的印绶，派人送还给项羽，自己草草整了行装，当天就踏上了回乡的路。

一路走，一路回想这几年跟着项羽南征北战，满望项羽能够统一天下，自己跟着安享荣华富贵，没想到却得了这个结果，越想越气，连茶饭都吃不下去，夜里也忧愁得不能合眼，终于承担不了这个巨大的精神打击，渐渐地寒热侵身，背上长了一个恶疮。路上也没有良医医治，快到彭城的时候，背疮越来越大，范增这时已经昏迷不醒了。又过了两日，背疮破裂，脓血不止，范增在痛苦的呻吟中去世，享寿七十一岁，时已为汉王三年四月（公元前204年）。

第三回合：真假替身计

项羽听说范增死了，也伤感起来，不觉又后悔了。这时才想到，前面的谣言也许是刘邦使的离间计，于是召入钟离昧，命他奋力攻城，钟离昧见项王又重用自己，也很感激，于是拼死攻城。

城内将士也竭力守城，但粮道断绝，存储的粮食也快吃完，眼看是坚持不下去了。刘邦焦躁异常，张良、陈平再有智慧，也是束手无策，只能用话语激励将士。

这时有一位忠心耿耿的将军进见汉王，此人就是纪信，他愿意当汉王的替身，让汉王设法脱围。刘邦摇头道："这怎么行，我虽突出重围，将军不是危险了吗？"

纪信慨然说："只要大王能够安全出去，汉就不会亡，许多将士就能活下来，用臣一人生命换千万人性命，算是值得了。"

刘邦抓住他的手，流着泪说："将军忠诚日月可照，愿皇天保佑你我都能平安。"

陈平在旁说："纪将军肯为大王替身自然是好，还须再添一计，才能确保万无一失。"于是和刘邦附耳密语，刘邦连连称好。于是陈平写了降书，派人送给项王，说是今夜就出城投降。

项王看了来书得意地对汉使说："今夜投降也好，不得有误，否则明日屠城。"汉使唯唯地去了，项王便令钟离昧率兵守在城外。

半夜时分，东门大开，许多人鱼贯走了出来，因为没有火炬，所以城外的楚军看不分明，但见这群人身上都穿着铠甲，楚兵怕其中有诈，便举起手中兵器上前阻拦，只听到娇滴滴的女子声音高叫道："各位军爷，我们都是女人，城里没吃的了，我们趁开门的时候，出城找点吃的，请各位将军们放我们一条生路！”接着其他女人也七嘴八舌地叫唤起来：

“是啊，求你们了！”

“好人一定会有好报的！”

“各位军爷将来福寿双全，公侯万代！”

楚兵仔细一看，果然都是妇人女子，有老有少，身上都穿着破旧的铠甲，扭扭捏捏，倒是新鲜好看。不待楚军询问，领头的女子说：“我们没衣服穿，才捡守兵弃甲来御寒，各位军爷不要见怪。”

楚兵这才释去疑团，分开道路让她们过去，个个眼馋地看着这些女人。更怪的是，这样的女人走了一批又出来一批，络绎不绝，楚军倒也愿意一饱眼福，甚至守卫其他地方的楚兵也赶过来看热闹，指指点点，嬉戏浪笑。

刘邦一行趁机从西门溜走了。只留御史大夫周苛、裨将枞公和前魏王豹守城。

东门走出来的女人大约有两三千人，等她们走完了，天色也快黎明了。城中便有汉军队伍出来，手里举着旌旗羽葆缓缓出城，后面来了一辆龙车，中间坐着一个王者，看不清面目。

早有人去报告项羽，项羽便亲自出来受降，边向龙车走去，边瞪着那双重瞳炬目盯着车内王者。一时间如潮般的喧呼声响起，楚军雀跃欢庆，高呼万岁，等项王走近了，车内人还不下车，项王发觉不对劲，好像面目与刘邦不同，便厉声喝道：“你是谁？敢冒充汉王？”

车内传出一个从容的声音：“我乃大汉将军纪信。”

项王气得浑身直颤，纪信哈哈大笑，道：“项羽逆贼听着，汉王岂会降你？他早就出城召集天下兵马，前来讨你！”

项羽咆哮大骂不止，接着把手一挥，便有千万支火箭如流星一般射入车中，霎时间龙车化作一团火球，随着一道忠魂飞向九霄。

项羽准备进城，没想到城门已经关闭，城上守兵早就准备好矢石，拉弓待发。项羽督兵攻城，周苛和枞公两人率兵死守，连番放箭掷石，不让楚军近城，项羽始终不能攻下，一再被击退。

周苛与枞公商议道：“我等奉王命守城，誓与城共存亡。仓中粮食还可以支持几天，就怕魏豹居心反复，万一和楚兵勾结，做了内应就坏了，不如杀了他，以绝后患。”枞公当即赞成。于是借口开会研究军情，请魏豹商量，乘他不备，把他杀了。周苛接着把魏豹的尸体晓示军中，说魏豹有异心，因此诛杀，如有怯战通敌者，就和魏豹一个下场。于是军吏都被慑服，拼死拒敌，不敢懈怠，竟然将一座危城给守住了。

猫的离歌

第一回合：众鼠戏猫

这时项羽接到侦骑报告，说是汉王向关中召集了兵马，驰出武关（今陕西丹凤东南），正向宛洛进发。项羽十分吃惊，生怕刘邦诡计多端，又去进攻彭城，于是立即传令各军，撤围南行。

原来汉王出城后跑到了成皋（今河南荥阳西北），听说纪信被焚，又悲又恨，于是向关中召集兵马，准备回救荥阳。这时有个辕生向刘邦建议不需要回荥阳，向南面的宛洛方向走，项王怕彭城再被袭击，一定会回兵阻拦，荥阳之围自然就会解了。刘邦采纳了这个建议，果然听说项王率兵来了，于是连忙命兵士挖壕立栅、构筑工事，准备战斗。

项王来了自然攻不进去，几次挑战，汉兵又不出战，像一窝躲在洞里的老鼠，惹得项羽这只老猫万分焦躁。这时又接到探马急报，说是魏相国彭越渡过淮水，打败了在下邳驻扎的楚军，杀了楚将薛公。彭越也是鼠族的一员，擅长偷袭，经常搞得项羽哭笑不得，这次又捣了项羽的后庭，项羽更是恼怒，当下拔军东进攻打彭越。彭越抵敌不过，又率军退回淮水以北去了。项羽这时准备再去攻打汉王，听说刘邦已经从宛城到了成皋，与英布合兵驻守。

项羽率军向西，顺道先攻打荥阳。周苛和枞公没想到楚军这么快又杀了回来，防备不及，荥阳城竟然被楚军攻破了，两人也被抓住。项羽进了城，还想招降二人，没想到周苛却对项羽说：“你不去降汉，反而劝我降你，真是可笑！”项羽大怒，把他扔到鼎里烹了，然后项羽让枞公看鼎镬，枞公平静地说："我与周苛同守荥阳，他死了，我也不愿独生！”项王便把枞公推出斩首。周苛和枞公在荥阳站下了列车。

项王于是率军进逼成皋，刘邦和夏侯婴从北门提前撤走，等到其他部将得知，刘邦已经走远了，于是诸将也陆续追出城去，英布料自己独木难支，也弃城向北逃去。成皋便被项羽夺了下来。项羽见追不上刘邦，索性在成皋驻扎下来休整部队。

刘邦跑出成皋，向北去了修武（今河南获嘉东），到了韩信、张耳军中。原来韩信本来想攻打齐国，只因赵地还没有平定，所以和张耳四处剿抚，驻扎在修武县中。汉王重新做了部署：让张耳速回赵都镇守，韩信招募兵马向东攻齐，修武的兵则交给汉王统领，前去攻楚。韩张二人不敢有违，分头行事。

汉王坐镇修武大营，成皋的兵将先后赶了过来，汉军声势又振了起来，于是准备再去攻打楚军。这时接到军报，说是项王从成皋发兵向西行进。

刘邦忙派得力将士前往巩县（今河南巩市），堵住楚军西进。与众人商议道："项王现在派兵西进，一定是想夺取关中，关中是我根本重地，千万不能丢失，我愿意将成皋东面的地方都舍弃，保卫巩洛，防止关中摇动，大家认为怎么样？”

郦食其忙说："臣意以为不可！现在楚军攻下荥阳，但没有占据敖仓，真是天意助汉，请大王迅速进兵收复荥阳，占据敖仓，依成皋之险，控制太行山，占据蜚狐口，守住白马津，凭借地势阻挡敌人，敌人怕后路断绝，一定不敢轻易向关中进攻，关中自然不必担心，何必要守巩洛呢？”汉王决定采纳郦食其的意见。

郎中郑忠这时献了一条绝粮的计策，刘邦马上照行。刘邦派汉将卢绾和刘贾率领步兵二万人，骑兵数百骑，渡过白马津，潜入楚地，和彭越会合，准备截楚军的粮草。彭越早就摸清了楚军屯粮的地方，和卢刘二将深夜出发，偷偷地在粮仓放起一把火来，粮食遇火就着，哔剥作响，烧红了半边天，等楚兵发觉，已是满天烟焰，救之不及。这时彭越、卢绾、刘贾率兵从三面杀入，闹得一塌糊涂，楚兵除被杀外，都四散而逃。所有辎重粮草，一半被焚，一半被汉军搬走。彭越乘势夺回了梁地十七座城。

项王还在成皋，没收到西征军的捷报，倒先接到燕西粮食被彭越等焚掠一空的消息，心里的怒火简直比彭越烧粮仓的火还要大，发誓要亲灭彭越。于是让大司马曹咎守住成皋，他则亲自去击彭越，嘱咐曹咎："不要出城接战，只要挡住刘邦，不让他向东边来，就算有功。我大概十五日之内可平定梁地，再来与将军相会。请将军千万记住我的话！"曹咎连声答应，项羽为了万无一失，又留司马欣助守，然后就率兵出发了。

彭越听说项羽来了，便进外黄城督兵拒守。项羽怒气勃发，恨不得把彭越撕成碎片，率领兵士猛攻，没日没夜攻打了好几天，城中十分危急。彭越知道难以坚持下去，便在一天深夜，从北门率兵冲了出去。随后城内百姓，立即开门投降。项王又领兵向东进发，彭越先前夺回的十七城又重新归附项王。

第二回合：老鼠的挑战

项王率大军行进到睢阳（今河南商丘），差不多快半个月了，这时适逢秦朝旧制新年，项王便停下队伍，准备过了元旦再走。项王坐在车上受诸将拜贺，诸将行过礼后，项王赐宴，众人便开怀畅饮。喝到一半，一骑快马飞驰而来，马上吏员跳下马来，踉跄跑去向项王报告，说是成皋失守，曹咎、司马欣阵亡。项羽大惊："我叫他们固守，怎么会出战呢？"

原来项羽率军前脚一走，汉军后脚就到了，在城下挑战了几次，但见城门紧闭，不见楚军出城迎战。于是刘邦便和张良、陈平商量，决定用激将法激曹咎出战，一边调遣各军在汜水岸边埋伏，一边让兵士到城下百般辱骂。曹咎听城下汉兵的每一句话都不堪入耳，万分气恼，但想到项羽临行前的嘱托，还是勉强忍耐。

汉兵骂了一天，收兵回营，第二天又到城下接着骂，而且人数增多了，叫骂声更大了，到了中午，甚至取出随身携带的干粮，就地用餐，解开衣服休息，精神养足了继续骂。一连三四天，一天比一天过分，后来还打出了白布幡，上面写着曹咎的名字，涂鸦着猪狗乌龟等牲畜。只见汉兵有的站着，有的坐着，有的躺着，还有的手舞足蹈，向城上投掷石块，仍然嬉笑怒骂不绝，甚至用土石垒出曹咎的样子，又砍又剁……

曹咎在城上看得肺都快气炸了，手下将官这时也踊跃请战，他再也忍不住，便召集兵马，一声号令杀出城去。司马欣阻拦不住，只好跟着曹咎一起出城。

汉兵见曹咎出城，早把手中的东西都扔了，衣服都来不及穿，纷纷向北逃去。曹咎在后面紧追，很快便追到汜水（今河南荥阳市境），只见汉兵都跳下水，向对岸游去，曹咎怒火中烧，已经失去理智，不管有没有埋伏，便带着军队下水渡河，渡到一半，只见两边岸上不知什么时候涌出了无数汉兵，摇旗呐喊。左岸统将为樊哙，右岸统将为靳歙，率着军队向楚兵杀来。楚兵队伍已乱，无法抵挡敌人，曹咎在水中不好指挥，司马欣在岸上也来不及救援，两人都顾不了彼此，正惶急间，只见对岸又有大军到来，前面拥着麾盖，竟然是汉王带领众将亲自来接应。

曹咎正准备带兵回岸，只听一阵鼓声响起，接着无数箭雨似飞蝗一般射来，楚军在水中毫无防备之力，纷纷做了活靶子。曹咎身中数箭，等爬到岸上已悔恨交加，自思没脸再见项王，于是拔出佩刀自刎而亡。司马欣也被大批汉兵包围堵截，看看手下还剩几十个残兵，难逃一死，干脆举枪刺喉而亡。汉军于是占领了成皋，安抚百姓，把项王遗下的财物搬取一空，又把楚军的存粮全部运到敖仓，然后便率兵出城，在地势险要的广武（今河南荥阳市北）屯兵设营，阻挡项王回军。一面等着韩信把齐地平定，再来一起抵御楚军。

项羽来不及吃完节日佳宴，便从梁地回兵，让钟离眛为先锋驰回荥阳。汉军也早有准备，在荥阳城东与钟离眛接仗。汉军仗着人多，把钟离眛困在核心，刚要“包饺子”，项羽已率军从后面杀到，汉兵慌忙退兵，钟离眛被救了出来，又和项羽一起进逼广武，与汉王夹涧对峙。

第三回合：猫鼠对峙

这广武是山名，东边连着荥泽，西边接着汜水，地势险要，广武山被一条断涧划开，两面山峰对峙，汉王就在西边修筑堡垒，依涧而守；项王则在东边修筑工事，准备攻汉。

为地势所阻，两军也打不起来，于是各自驻守。只是汉军有敖仓的粮食源源不断地接济，而楚军无粮接济，不能持久。项王十分着急，这时齐王派来的使者又向他求救兵，项王思索良久才同意发救兵，为的是牵制韩信，防止他来和刘邦会合。于是便让大将龙且、副将周兰领兵二十万前去援齐。

一面又向刘邦挑战，刘邦只是不理睬他。项羽于是把刘邦的父亲太公押到涧旁，大声向涧对面喊道："刘邦听着，你如果不投降，我就把你父亲烹食！"这几句话响震山谷，汉兵忙向汉王通报。刘邦听说自己父亲要被烹，不由大惊失色，但以此要挟他投降又怎么可能？想了想，刘邦也来到涧边大声回道："项羽听着，我和你同事义帝，结为兄弟，我父就是你父，一定想烹你父，请分我一杯羹！"

项羽听了刘邦答话，怒不可遏，就要叫手下把太公烹了，这时项伯进言说："杀了刘邦父亲，也没什么用处，别人还说大王闲话呢。"项王想了想便让人把太公带下去，继续软禁。

项王又对着涧对面大声道："现在天下战祸连年，无非是我们两人相持不下，今天我愿意和你比试一下，分个高低，我要是败了，马上退兵，何必为了我们两个人，搞得兵劳民疲呢？"

刘邦道："我只愿斗智，不愿斗力。"

项羽又大声道："刘邦，你敢与我斗三个回合吗？"

刘邦听了不觉一笑，大声回道："项羽休得逞强，你身负十大罪，还敢和我饶舌？你背义帝旧约，罪一；擅杀卿子冠军，罪二；强迫诸侯入关，罪三；烧秦宫室，发掘始皇坟墓，罪四；杀死秦降王子婴，罪五；诈坑秦降卒二十万人，罪六；私封爱将，徙逐各国故主，罪七；驱逐义帝，自都彭城，罪八；行弑义帝，大逆不道，罪九；为政不平，天地不容，罪十。我为天下起义，联合诸侯来诛你，难道你配和我打仗么？"项羽听了怒得说不出话来，用戟向前一挥，后面的弓箭手一齐放起箭来。

汉王见箭雨射来，马上回马，但胸口还是中了一箭。旁边的将士马上赶过来把汉王护了回去。手下部将都来问安，刘邦强忍疼痛，故意弓着腰摸摸脚，骂道："贼人射中我的脚趾了。"汉王被扶回营帐，由医官取出箭头，又敷了药，所幸箭头射得不深，不足以致命。

项王归营以后，派人探听汉营动静，准备等着汉王死了就乘机进攻。张良早就想到这一点，于是便劝刘邦起床巡视军队，刘邦伤势较重，但仍旧挣扎着起来，由手下扶上车，强忍着到军中巡行了一圈，镇抚人心。将士们也都在疑虑汉王伤势，忽然见汉王乘车巡行，神色自若，也都放下心来，安心守卫。刘邦巡行之后，便返回成皋养伤去了。

项羽接到探报，说是汉王没有死，还巡视了部队，不禁大叹可惜，想到在这里进退不得，十分为难。正踌躇间，又有手下慌忙进帐报告，说是大将龙且战败身亡，不禁悲愤不已。

第四回合：老鼠的反击

刘邦在成皋痊愈后便到栎阳视察城防，四天后又回到广武军营，并收到韩信来书，得知韩信打败龙且平定齐地的消息，要刘邦封他为齐王，刘邦虽然恼火，但形势紧急，也只得遂他的心愿。刘邦在广武等了几个月，韩信始终没有领兵来援。于是刘邦立英布为淮南王，让他再去九江截断楚军后路，又写书给彭越，让他再去梁地断绝楚军粮道。布置妥当，刘邦便派洛阳人侯公去楚营议和，议和结果是楚汉两国以鸿沟为界，同时刘邦迎回了太公吕后。

项王便拔营东归，汉王也准备向西回关中，张良和陈平进来阻止汉王道："大王与项羽和议只是为了救太公吕后，现在目的达到，就没什么顾虑了，刚好和他交战。现在天下大势，我们已经得了大半，四方诸侯大多归附，而项王兵疲食尽，众叛亲离，这正是天意亡楚，如果让他东归，那就是养虎为患。"汉王很信任两人，于是准备向东进攻。只是按照秦朝旧制，又要过年了，于是在军中备了酒宴，宴饮三军。

元旦这一天，列车就开到了汉王五年（公元前 202 年）。

过了年，汉王便派人分头去约韩信和彭越发兵攻楚，又把太公吕后送回关中。刘邦便亲自率领大汉军队，向东进发，马不停蹄一直行到固陵。前面侦骑报告，楚军离这里不远，刘邦便选择要地安营扎寨，等待韩信、彭越援军到来，左等右等都杳无音信，却把楚军等来了。

原来项羽也得到报告称汉军从后面追了过来。项羽痛恨刘邦负约，便率兵马攻了过来。楚兵来势凶猛，汉兵仓促接仗，忽然听得半空中一声叱咤，如同晴空霹雳，只见项王骑着乌骓马，眼似铜铃，须似铁帚，凶悍无比突入汉军阵中，挥舞大戟寻杀刘邦。汉军中也有许多勇将，但没一个是他对手，很快许多兵将便死伤于项王戟下，汉军纷纷后退。刘邦忙策马奔回，后面汉军也跟着撤退，项王杀一阵，直呼过瘾，然后也收兵回营。

刘邦狼狈地返回营中，清点士卒，损失了好几千兵马，还伤亡了几十名将佐，不觉心情郁闷地坐在帐中。这时张良进来说："楚军小胜了一回，没什么好怕的，韩信和彭越不来，才让人担忧。我想他二人现在观望不前，都是因为大王没有给他们封地。"

刘邦说："我封韩信为齐王，拜彭越为魏相国，怎么说没封地？"

张良答道："齐王虽然受封，但是他自己提出来的，不是大王本意，所以他感到不安。彭越曾经征讨了梁地，大王派他去辅佐魏豹，现在魏豹死了，他也想封王，但大王一直没有封他，不免失望。现在如果给他们封地，明天两人就会来了。"

刘邦依了张良，把睢阳（今河南商丘）北面边境直到谷城（今山东东阿南）封给彭越，又把陈（今河南淮阳）以东直到东海封给韩信，让人飞报两人，果然两人愿望得到满足，即日就发兵来援。淮南王英布和汉将刘贾也率军来接应，三路大军，陆续会合，大约有三十余万人，又用韩信为大将。

韩信用十面埋伏的计策，把楚营十万大军，杀毙了三四成，赶走了三四成，仅剩下两三万残兵跟着项羽驰回到垓下（今安徽灵璧县南沱河北岸）大营。

第五回合：猫的离歌

自从项羽起兵以来，从没经过这样的大败，他最宠爱的虞姬也从没见到过项王如此形容委顿的神情，项羽怅然若失地对她说："败啦！"

虞姬劝道："胜败乃兵家常事，大王不必忧劳。"便准备酒肴为项羽解闷。项羽本来无心饮酒，但为了虞姬的情意，便坐下喝了起来，刚喝了几杯，就有兵士进来报告，说是汉兵围营。项王令他传谕诸将小心坚守，明天再去决战。

项羽看着虞姬倾城之貌，想着今日的惨败，不觉越饮越愁，顿时困倦起来，虞姬便让项王卧榻休息，她则坐在榻旁守着，很快项王便鼾声如雷。帐外北风呼啸，很是凄凉，鬼哭一般。忽然虞姬又听到了远处传来一阵歌声，如泣如诉，时高时低，甚是悲凉，虞姬听了不觉盈盈泪下。

这歌声正是张良编的楚歌，让兵士在楚营四面围唱，歌声悲凉哀伤，楚营中的士兵听了楚歌，便陆续乘夜离去，甚至大将钟离昧、季布也离开了楚营，亚父项伯去汉营投靠了张良。以前都说，楚歌导致战士想念家乡挂念亲人，这种说法不全面，楚歌的作用相当于现在的宣传战和心理战，汉军围在敌营周围唱对方家乡的歌，更多的是起到很强的威慑作用，巨大哀伤的歌声比刀枪更加厉害，唱得人挂念亲人惧怕死亡，战斗意志消退。

只剩下亲兵八百骑没有叛离，正要进去报告，却见项羽走出帐来。原来他睡了一会儿猛然醒了，出帐查看，听到歌声是从营地外面传来，想起外面已被汉兵所围，不禁十分惊疑，诧异地问："汉已尽得楚地了吗？"

这时兵士报告说将士都逃走了，只剩下八百人。项王大惊道："有这样的急变吗？"当即返身入帐，只见虞姬已经哭成一个泪人，也不禁红了眼眶。斟满酒和虞姬对饮，喝了几杯，便对虞姬唱道："力拔山兮气盖世，时不利兮骓不逝，骓不逝兮可奈何，虞兮虞兮奈若何！"唱完抚摸着虞姬的脸庞，不禁呜咽落泪，虞姬投入项羽怀中，也簌簌流下泪水。这时听到营中更鼓响起，已是五更时分。项羽对虞姬说："天将明了，我当冒死突围，卿可自寻生路，我当与卿别了。"正是帐外楚歌，帐内离歌。

虞姬抬起头，一对明眸看着项羽吟道："汉兵已略地，四面楚歌声。大王意气尽，贱妾何聊生！"吟罢，对项羽说，"贱妾生随大王，死亦随大王，愿大王保重！"突然从项羽腰间拔出佩剑，向颈上一横，顿时血溅珠喉。项羽救之不及，抚尸大哭一场，掘地成坑将虞姬埋葬。然后勉强止住泪水，骑上乌骓，趁着天色未明，带着八百骑亲兵，偷偷出了楚营向南逃去。

天亮时分，韩信得知项王突围逃跑，忙令将军灌婴率领五千兵马火速追赶。

项王这时已经跑到淮水边，觅船东渡，一路上士卒又散去大半，只剩下一二百人。跑至阴陵（今安徽定远县西北），前面有一个岔路口，项羽不知哪条路通往彭城，正犹豫间，看到一个老农在地里干活，便上前问路，老农得知他是项王，心里恨他残暴，用手往西边一指道："走那边！"

项羽便策马西奔，跑了很长一段路，忽然觉得寒风扑面，水声潺潺，再往前一看，被一个大湖挡住去路，这时才知道被骗了，慌忙折回到原处，再向东行。

这一耽误，就被灌婴追了上来，一阵追击，又失去了百余骑。还是项王的乌骓马最先把汉军摆脱，到了东城，只剩下二十八骑跟上项羽。

后面的呐喊声也隐隐传来。项羽知道难以脱身，便带着部下跑到一个山冈上，围成一圈，说："我起兵至今已经八年，从没打过一次败仗，今天被困于此，想是天要亡我。我已决定一死，愿为诸君再战一场，定要三战三胜，为你们突围，使大家知道我善战，今天实在是天要亡我，与我无干，免得向我归罪了！"

一番话刚说完，汉兵已从四面赶来，把山冈围住，项羽便把二十八骑分为四队。东边有一个汉将，率兵登上山冈，想来活捉项羽。项羽对手下道："大家看我击杀此将！"说着纵辔要走，又回头道："大家可从四面冲出去，至东面山下聚齐，再作三处驻扎吧。"说完挺戟冲了过去，汉将被刺落下山。

汉兵见项羽过来，纷纷后退，项羽便纵马下山。山下的汉将仗着人多，团团围住项羽，围了几重都被项羽杀退，项羽乘隙冲了出去。

项王手下二十八骑也都突了出来，先与项王打个照面，然后向三个方向跑去。汉兵又从后面赶上来，不知项王往哪里跑，也分兵三路追了上去。项王左手持戟，右手仗剑，一路上又杀了汉兵数十人，又救出两处手下骑兵，重新聚到一处，检点人数，只少了两个骑兵。项羽笑问道："我打得怎样？"

骑兵拜伏道："如大王言！"

项羽于是跑到乌江（今安徽和县）边，正值乌江亭长把船泊到岸旁，请项羽渡江过去，并敦促道："江东虽小，但地方千里，还可以称王，请大王急渡！"

项羽听了笑道："天欲亡我，何必再渡！何况我与江东子弟八千人渡江西行，现在无一生还，我已无颜再见江东父老！"这时，后面尘土飞扬，汉兵又追了上来，亭长再三催促，项羽便把乌骓马送给他作为报答。又命骑兵都下马持刀，转身等着汉兵。汉兵一赶到，项羽又冲上去厮杀，一连砍杀了数百人，自身也受了十余处伤。

这时他忽然看到几个骑将过来，认得其中一人是吕马童，凄声对他道："你不是我的老朋友吗？"

吕马童不敢正视项羽，看着旁边的僚将王翳说："这位就是项王。"

项王又道："我听说汉王悬有重赏，得我首级，赐千金，封邑万户，我今日就卖个人情给你吧！"说完，便举剑自刎，终年三十一岁。

项羽自刎以后，汉将争夺项王尸骸，甚至自相残杀，死了好几十个人，结果是王翳得了头颅，吕马童与杨喜、吕胜、杨武四将，各得一截尸体，向汉王报功。汉王命将五体凑合，果然相符，立即分封五人：吕马童为中水侯，王翳为杜衍侯，杨喜为赤泉侯，杨武为吴防侯，吕胜为涅阳侯。

项羽已死，楚地纷纷投降，唯独鲁城（今山东曲阜）不肯投降。刘邦很是恼怒，率兵攻打，准备把城里的人都杀了。在城外他忽然听到里面弹琴朗诵的声音，非常悠扬悦耳，他的心情平静了下来，说："鲁国素来讲究礼义，现在为主守节也是应该的，我不如设法招抚。"于是将项羽首级挑在竹竿上，举给城上守兵看，并传谕降者免死。于是鲁城的百姓便开门迎降。楚怀王曾封项羽为鲁公，现在鲁国也是最后投降，刘邦便命用鲁公之礼埋葬项羽。随后，刘邦下令赦免项氏宗族，封项伯为射阳侯，赐姓刘氏，还有项襄、项佗等也是一样封赐，各诸侯纷纷发书道贺，只有临江王共敖的儿子共尉，嗣成他父亲的王位，纪念项羽前时的恩惠，不肯归汉，刘邦派刘贾去讨伐他，个把月后便把共尉抓回，江临也平定了。

项羽下车后，列车在鲁城转道径向咸阳驶去。

10. 辩士口才却敌锋

对于一个健康的人来说，说话是件很容易的事，把意思表达清楚也不难，但要把话说得人人爱听就比较难，要让说的话左右一国或几国的关系，决定战争形势和国家命运，那就更不是一件容易活了。

辩士兴起于春秋战国时期，激烈的学术之争，权利之争，造就出一大批善于高论雄辩的外交能手，纵横英雄，形成了中国最早、最精湛的公关外交语言艺术。所谓乱世出英雄，在交错复杂的楚汉战争中，也有一批辩士忙碌奔走于楚汉阵营，他们饱读诗书，见多识广，有敏锐的政治眼光，对君王卿相诸侯大夫们的心理了如指掌。他们纵横天下，时势就是他们的资本，策划就是他们的饭碗，他们用自己超群出众的史才、文才、辩才，从心理学、逻辑学、语言修辞学及辩证法的角度，或绵中藏针，或危言耸听，或肆意煽动，口吐莲花，阪上走丸，往往一席话便可左右一场战争或天下大势。炉火纯青的语言艺术让人感到说话都是一件技术含量很高的事，时过境迁，今天听他们说话则是一件很享受的事。

攻其软肋

随何奉刘邦之命说降九江王英布。他到了九江，英布让太宰招待他，三天过去了，也没有亲自和他见面。随何便对太宰说："我奉汉王命令来见大王，大王却托故不见我，我想大王的意思，无非是认为楚强汉弱，但又何妨与我见面呢？我说的话如果合他的意，他可以听，如果不合他的意，他可以把我的脑袋剁下来交给楚王，那不是更快？请你帮我转告大王。"

太宰于是把随何的话告诉英布，英布果然召见了随何，随何说："汉王让我来问候大王，并让我请教大王为什么单和楚亲近？"

英布说："我曾臣属于楚，自然不得不亲了。"

"大王和楚王都是诸侯，现在大王向楚国称臣，一定是看楚国强大，可以托付。但楚国上次伐齐，项王亲自率兵攻打，大王理应率军作为楚国的先驱，怎么只拨了四千人参加楚军作战，难道为臣的可以这样敷衍吗？而且汉王进占彭城，项王还在齐地，一时来不及回攻，大王靠得那么近，应该渡过淮河去救援，但听说连一兵一卒都没发，难道托身于楚国，还能这样袖手不管吗？大王名义上事楚，却没有实际行动，将来项王一定要归罪于大王，不知大王要怎么应对呢？"

英布听了默不作声。随何又说："大王认为楚强汉弱，其实楚兵虽强，但天下都很仇视他们，不愿臣服，你看项王背盟约、弑义帝，非常无道，现在汉王召集诸侯声讨他，以险固守，粮食充足，楚兵打过来就叫他陷入困境，汉军已经由强变弱，楚军有什么可怕的？退一步说，即使楚王胜了汉王，各诸侯也一定会联合起来对付楚国，楚国众怒难犯，怎么会不失败？由此可见，楚远远比不上汉，现在大王不肯联汉，反而向外强中干、危在旦夕的楚国称臣，这不是耽误自己吗？如果大王投奔汉朝，用九江兵牵制项王，汉王便很快能够取得天下，到时候还把九江分封给大王，大王就可以高枕无忧了。否则大王要受恶名，恐怕楚还没有亡，你就成了众矢之的，项王记着前嫌，也一定不会放过你！"

随何的话好像剥洋葱，层层进逼，英布不由得额头冒汗，愣了一会儿，起身到随何身边低声道："我当遵从来命，但这几天先不要声张，等几天再说。"

于是随何又在馆中等了几天，一直未见动静。经过打听得知原来是楚使来了，催促英布发兵攻汉。英布正在犹豫，随何便想出一个办法。

他留心楚使的行动，等到楚使去见英布的时候他也大步跟了进去，大大咧咧地坐到楚使上首，故作惊奇地对楚使说："九江王已经归了汉，你是楚使，怎么来这里征兵啊？"

楚使惊疑地看看随何，又看看英布，只见随何面带微笑，相当淡定，英布坐在那里却连脸色都变了。一时空气也凝固了，楚使看这情形，似乎真有其事，也不说话，哼了一声就拂袖而起，向外走去。随何忙对英布说："事机已露，不能让他走。"

英布看事情已经到了这一步，也不再犹豫，忙喝令左右把楚使抓住，当下便宣布投靠汉王，兴师伐楚，随何出使的任务便圆满完成。

点评：随何的话语运用了以下几个方面的技巧：一是直接点中要害。随何对形势做了分析，把英布心中的顾忌说出来。二是妙语解开心结，英布不愿亲汉，主要是考虑到楚强汉弱，随何便分析楚国的弱点和汉的优点。三是胡萝卜加大棒。大棒就是不降汉的后果很严重，会成为众矢之的，再者项王记着前嫌不会放过他，还有隐藏的一条，就是汉胜了，自然也不会放过他。英布为人比较势利，所以许他以利益是必不可少的。随何在语言上夸大煽动，在行动上推波助澜。就在英布犹豫的时候，随何果断劝说杀了楚使，把英布逼到绝地，让他不得不投汉反楚。

卖萌奉承

项羽从成皋怒气冲冲直攻外黄城（今河南兰考东南），攻了数日，城中越来越危急，彭越知道难以守住，便在半夜从北门领兵撤走。不久项羽破城而入，当即召集全城百姓进行大查点，凡是年龄十五岁以上的，全部到城东集合——这是项羽的老套路，他恨百姓帮助彭越守城，几天才攻下，因此要把十五岁以上的男子全部坑杀。这道号令传下去，全城顿时哀号声一片。

这时有一个十三岁的小孩跑到楚军中求见项王，他的父亲曾经当过县令舍人。项羽听说一个小孩求见他，也感到很诧异，便让兵士把他带进来。小孩从容地走了进来，向项羽跪拜行礼。只见他眉清目秀，很是可爱。项羽叫他站起来，和气地问："看你小小年纪，也敢来找我么？"

小孩说："大王是人民的父母，小臣就是大王的儿子，儿子爱慕依靠父母，难道父母不许我拜见吗？"

项羽本来就喜欢听奉承话，听小孩说得很动听，不觉高兴起来，又问："你来见我一定有事相求，说来听听。"

小孩说："外黄的百姓久仰大王威德，只因彭越突然来攻城，城中百姓没办法才向他投降。大家其实都盼着大王来救我们脱离困境，现在幸运的是大王把彭越赶走了，让百姓重见天日，大家都感激不尽大王的恩德！只是现在军中传出一个说法，要把十五岁以上的人都坑杀，小臣认为大王像尧舜一样有德，像汤武一样威武，一定不会杀死对你忠心的儿子，何况杀死他们对大王也没什么好处。小臣斗胆请大王下令抚慰人民，免得人人自危。"

项羽道："你说彭越胁迫百姓还算有理，但我已经领兵来了，为什么他们还帮助彭越进攻？所以我不肯罢休。再说我坑死百姓就算没什么好处，也没什么损失。你如果能说出理由，我就下令不坑杀他们。"

小孩不慌不忙地说："彭越听说大王亲征，怕百姓做内应，于是在四面城门都派亲兵把守，百姓斗不过他们，但心里却不服他，不执行他的命令，彭越于是在夜里弃城逃跑。要是百姓帮助彭越拼死守城的话，大王最快也要再过五到十日才能破城。现在彭越一去，大家就开城门迎接大王，可见百姓都愿意为大王效力，大王如果坑死百姓，谁还敢再为大王效力？投降是死，不投降也是死，还不如拼死守城，说不定还有一线生机呢。彭越一定要向汉求援，大王处处受敌，即使处处得胜，也要白费很多力气。这么看，不是有损无益吗？"

项羽一想，小孩说的话很有道理，何况与曹咎约好了半个月就返回成皋，现在已经过了好几天，如果前面十几座城真像小孩说的那样固守，多费点力气倒也罢了，就怕误了时日，成皋被汉兵夺去，可就糟了。想到这里，便答应了小孩的请求，然后又取了几两银子赏赐了小孩，让他回去。

项羽立即传出命令，赦免全城百姓，兵士不准侵扰。这个命令一下，百姓顿时变哭为笑，对项羽相率称颂，对小孩更是惊为神童，赞不绝口。

项羽继续领兵东进，果然沿途郡县都望风投诚，开门迎接，没有一个反抗的。

点评：连小孩也能做说客，可见说客文化在古时是多么风行，可惜小孩没留下姓名，就像列车上偶遇的好心人一般，搭把手，就消失在人海。小孩的游说方法很简单：先是卖萌，再是奉承，项羽见他可爱又嘴甜，因此愿意听他说下去。如果是一个大人来拍马屁就不会达到这个效果，说不定还会拍到马蹄子上。他从弱势群体的角度说百姓是被彭越胁迫才守城的；又从项羽的角度说明坑杀百姓没什么好处。尤其是第二点，他分析了如果项羽坑死外黄城的百姓，那么接下来十余座城的百姓一定会拼死反抗，虽然也能攻下，但费时费力，这说到了项羽的心坎上。可见，如果面对的是一个强势者，要想让自己的意见被他接受，最好的方法博取同情和好感，说话要说到点子上，从对方的角度出发分析利弊，让对方从心里信服。史上说一个小孩能够说动残暴的项羽，救了千万人性命，智商比范增还高。其实小孩虽然聪明，但未必真是他说动了项羽，只是项羽之前和曹咎有十五日的约定，回成皋晚了他放心不下，怕刘邦偷袭，小孩并不知道项羽心中的算盘，只是无意中提醒了他。即使这样，刘邦还是得手了。项羽要是能听从手下谋士的话，他的结局就不会那么悲惨了。

山外青山

汉军最大的困难是关中转运粮食艰难，不能随时接济前方的作战部队，全靠敖仓所储的粮食供给。敖仓在荥阳西北，是从秦朝遗留下来的，因为是在敖山上修建的粮仓，所以叫作敖仓。之前由韩信派兵据守，旁边修筑了甬道直通荥阳，是接济荥阳守兵的给养要道，也是汉军的生命补给线。后来韩信奉命北征，敖仓就交给周勃把守，又调曹参来助守。

汉王三年（公元前204年），项羽将刘邦包围在荥阳。项羽几次想进攻荥阳，都没能得手，这次又得知刘邦招降了英布，更是火冒三丈，准备再次攻打荥阳，范增便向项羽献计说先攻打敖仓，敖仓被打下来，荥阳断粮，便可一战而下。项羽当即派部将钟离眛率兵截击敖仓粮道，连续冲击，攻破了好几处甬道，抢了很多粮食，周勃前去对阵，也被钟离眛打败。项羽得报，率大军进逼荥阳。

汉军在很长的时间里无法解除项羽的围困，刘邦寝食不安，非常忧虑，召入郦食其商议，郦食其建议说："项羽倾国前来，锐气很盛，不能和他打，为大王计，只有分封诸侯，牵制楚军，才能消除祸患。从前商汤流放了夏桀，仍封夏朝后人，周武灭了商纣，也封了殷朝后人，等到暴秦兼并六国，却不让六国后裔生存，所以很快灭亡了，现在大王如果分封六国后人，六国君民必然感激大王厚德，合力拥戴大王，大王得道多助，就可以在南面称霸，楚国被孤立了，就会主动过来投降，而不敢再与大王抗衡。"刘邦乍一听，觉得郦食其的计策甚善，一时也没有其他更好的办法，便让郦食其通知有司刻印，准备分封六国后人。

午饭时刘邦把这事告诉张良，张良听了却连连摇头，苦笑道："此计若行，大事去了。"

刘邦听张良说得严重，不由吃了一惊，忙放下筷子问其故。张良随手拿起筷子说："从前汤武放伐桀纣，仍封他们后人于杞地，是因为随时可以杀他们，所以不妨示恩，现在大王自问，能要项羽的命吗？"刘邦无奈地撇撇嘴，没说话。

"这是一不可行。"张良继续道，"周武王征讨殷纣而封他的后代于宋国的原因，是因为自己能砍下殷纣的头。现在陛下能砍下项羽的头吗？这是二不可行。周武王进入殷商的都城，曾在商容居住的里门表彰他的德行，从监狱中释放出箕子，加高比干的坟墓（商容、箕子、比干为商朝忠臣，被纣王迫害)。现在大王能做到吗？这就是三不可行。武王把钜桥（纣王建的大粮仓）的粮食和鹿台（纣王建的藏宝库）的财宝分给穷人，现在大王能做到吗？这就是四不可行。讨伐殷商的战争结束后，周武王废弃战车改为乘车，倒放着干戈，用虎皮盖上，以告示天下不再使用兵器，现在放弃战事改修文治，把马放归华山，不再打仗，大王能做到吗？这就是五不可行。周武王把供军事运输用的牛放在桃林的北边，以示不再运输军需囤积，大王能做到吗？这就是六不可行。天下豪杰弃家舍业跟随大王，无非想成就大业后得到分封，现在立了六国后人，哪里还有土地封给他们？豪杰都失望了，不如回去侍奉以前的旧主，大王还靠谁去打天下？这就是七不可行。大王分封了六国后人，楚国依旧强大，六国新王一定都为楚国折服，大王怎么可能去命令他们称臣？这就是八不可行。有此八害，岂不是大事尽去吗？”

刘邦听张良分析到最后，差点把嘴里的饭都喷了出来，大骂道："无知的竖儒，差点误了我的大事！"忙传令把印销毁了，郦食其也白高兴一场，但是想想张良的话确实有理，自己也觉得很惭愧。

点评：郦食其和张良没有正面较量过，但通过这件事却可以看出二人才智的含金量。郦食其请封六国，亏他想得出来，刘邦此时还没有强大，更没有统一，先把地封出去，那就等于自己把自己逼上绝路。这件事要是做成了，就真如张良所说死定了。张良八问，问出了刘邦的觉醒，也问出了他的见识。郦食其、陈余等人根本算不上真正的智士，只有半瓶水却好显示自己，最终把自己玩完了。所以，人可以笨，但千万不可以装聪明。

辩士苦难

韩信奉刘邦的命令准备攻打齐国，在赵国招兵买马的时候，郦食其又自作聪明，向刘邦主动请命，说他愿意去齐国招降齐王，省得劳兵。

刘邦欣然答应。

现任齐王是田荣的儿子田广，由田横拥立，田横则为齐相。城阳之战后齐国严加防守，项王回攻彭城后便一直与汉作战，围攻城阳的楚将见占不了便宜，也都陆续撤退，所以齐地已经有一年多没有战事发生。这时听说韩信募兵攻齐，齐王便派部将田解和华无伤率重兵守城（齐都临淄城），这时郦食其前来求见，对齐王说："现在楚汉相争，战火连年，大王能料到楚汉最终谁是赢家吗？"

齐王说："这谁能料到。"

郦食其肯定地说："将来一定是汉赢。"

"先生怎么知道？"齐王问。

郦食其便和齐王分析起楚汉形势来，从项王负约弑义帝，到汉王讨逆定三秦，再到汉王任用贤才天下归心，出兵燕赵所向皆克，最后道："现在各地诸侯都已服汉，只有齐国还未归附，大王只有顺应形势，才能保全齐国，否则大兵将至，危亡就在眼前了。"

齐王见他说得头头是道，便问："寡人如果听你的话归汉，汉兵便不来攻打了吗？"

"我这次来不是私自出行，"郦食其自信地笑道，"汉王顾惜齐国百姓，不忍看到齐国生灵涂炭，所以专门派我来问明情况，如果大王诚心归汉，汉王一定不会出兵，尽请大王放心！"

田横在旁边道："这也要由先生修书给韩信，让他知道情况，打消他的顾虑。"

郦食其爽快地答应，写了一封书给韩信，说明情况让他不必出兵。韩信收到郦食其的来信，展阅后对来使说："郦大夫既说下齐国，还有什么好说的？我马上回师南下就是。"随即写书回复。郦食其把韩信来书拿给齐国君相传阅，大家都深信不疑，于是下令各军解除战备，并留下郦食其款待几日，郦食其自认为齐国立了功劳，也乐得留下。他号称"高阳酒徒"，素来喜好贪杯，于是天天沉浸在酒杯里，没想到美酒就要变成苦酒。

就在韩信准备移师南下的时候，有一个人却来阻止韩信，此人是韩信的谋士蒯彻，他对韩信说：“将军奉命攻齐，费了多少精力，现在汉王让郦食其说降齐国，还不知道可不可靠，何况汉王也没有下令让你停止攻打齐国，将军怎么能凭郦食其一纸书就仓促回师呢？还有郦食其是个儒生，仅凭三寸口舌就取下齐国七十几座城，将军率兵数万，苦战一年，才平下赵国五十余座城，将军数年的战功还比不上一个竖儒，这不是很惭愧吗？为将军计，不如乘着齐国现在防备不严，长驱直入，扫平齐境，那拿下齐国的功劳就都归将军了。”

韩信听了有点心动，但沉吟了好一会儿，才向蒯彻道：“郦食其还在齐国，我要是攻打齐国，齐国一定要杀了郦食其，那我不是把他害死了吗？”

蒯彻微笑道：“将军不负郦食其，郦食其早就负将军了。如果不是他想抢功劳，蛊惑汉王，汉王原来派将军攻齐的，怎么又会派他呢？”

韩信听了觉得有理，对郦食其不觉有了一层恨意，便顾不得他，即刻点兵出发。齐国忽然见汉军攻城，毫无防备，很快溃散。韩信挥兵追击，斩了田解，擒了华无伤，兵抵临淄城下。

齐王闻报大惊，责问郦食其道：“我误听了你的话，谁知你心怀鬼胎，假意劝我撤除边防，暗中却让韩信乘虚攻打我，你使的真是好计！现在你还有什么可说的？”

郦食其也慌了神，忙分辩道：“韩信不守信用，不但卖友而且欺君，请大王派一个使臣和我一起去责问韩信，让他退兵！”

齐王还没说话，田横在一旁冷笑道：“你这是想乘机逃跑吧？我们已经被你骗了一次，再不会上当了。”

郦食其愤然说：“既然你这么怀疑我，我就死在这里也不出城了。但我也要修书责问韩信，看他怎么答复！”

齐王说：“韩信如果退兵就算了，否则我们为你备好鼎镬，休怪我君臣无情了。”

郦食其答应着，便写书给韩信，韩信收到郦食其来书，只见话语不多，但字字是泪，非常凄恻，也不禁同情起他来，半晌不作声。蒯彻在旁边说：“将军遇过多少强敌都不动声色，怎么为了一个儒生而犹豫不决？请将军不要再迟疑！”

韩信道：“逼死郦食其还是小事，违抗王命岂不是大罪？”

蒯彻道：“那将军就更不能犹豫了。你本来就是奉王命来攻齐的，攻下齐国，有功无罪。假如现在退兵，郦食其到汉王那里去说将军坏话，构陷将军，那恐怕真的要构成大罪了。”

韩信本来贪功，又听蒯彻这么说，忙回绝来使道：“我奉命伐齐，没有收到汉王停止进攻的命令，就算齐王答应归降，谁知道这不是缓兵之计，今天投降，明天再叛？我既然率兵到此，就是要一劳永逸，请替我转告郦大夫，彼此为国效劳，不能兼顾彼此了。”

来使的回报让郦食其心灰意冷，面对齐王为他架起来的油鼎，他对齐王说：“韩信把我给卖了，我自愿被烹。但大王的国家也不会就这样被灭掉，韩信将来是要遭报应的，只恨我不能亲眼看到了！”说完，便投入油鼎。随着一阵汽笛声响，郦食其在临淄站下了历史的列车。

刘邦派郦食其去齐国，也没料到是这样的结果，这件事让刘邦心里第一次对韩信有了成见。

齐王随后亲自登上城门指挥守城，几天后临淄城被韩信攻下，齐王从东门逃了出去，田横留下断后，又与汉军激战了几个回合，也慌忙逃去。君臣二人便分开了，齐王逃到高密，田横逃到博阳。韩信攻入齐都后，又乘胜追击齐王，齐王只得派使者向项羽求救。

点评：我们看到的大都是辩士风光的一面，佩服辩士口若悬河，滔滔不绝，所谓“一怒而诸侯惧，安居而天下息”，但辩士也有艰辛的时候。郦食其本来说动了齐王，口才上没什么问题，主要齐王也不想打仗，但他思考问题总是不全面，前面“请封六国”也是这样，像鸵鸟一般顾头不顾尾，这次没有考虑到韩信的因素，真正的老虎不是齐王，而是韩信，蒯彻递刀子给韩信，但即使没有蒯彻，也会有其他人阻止韩信退军。更何况，郦食其说下了齐国应该赶快回刘邦那里复命，他却得意忘形地留在齐国喝酒享受，最终难逃一死。郦食其死得很揪心很可怜，但我觉得不能怪齐王和田横，也不能怪韩信和蒯彻，是他自己害死了自己。

辩 士 无 语

韩信受封为齐王后，大阅兵马，准备攻楚，这时楚国的使者武涉前来求见。武涉是盱眙人，项羽手下的谋士，项羽得知龙且兵败的消息，万分震惊，派武涉去游说韩信。韩信也不怕见他，便召他入见，武涉一见韩信，便下拜向他道贺，韩信忙起座答礼，笑道："你来祝贺我干什么？不是来做项王说客吗？有话请讲！"

武涉便说："天下吃够了秦朝的苦，所以楚汉联合起来灭了秦朝。秦亡之后便各自分封为王，现在正应该安国养民，但汉王却兴兵东掠，胁迫诸侯，与楚相争，可见他贪得无厌，想吞并天下，将军明智过人，难道还看不出吗？而且汉王以前曾在项王掌握之中，项王不忍心杀他，让他在蜀汉称王，对他算是有情有义，而他却不念旧情，还攻打项王，如此狡诈，还能相信他吗？将军自以为得到汉王信任，为他效力，我怕将军将来也会被他反咬一口。将军能有今天，实在是因为有项王存在，汉王不能不笼络将军。将军现在的处境，还是进退自如的时候，投靠汉王则汉胜，投靠项王则楚胜，汉胜就会危及将军，楚胜应该不至于有危险，项王与将军本来就有交情，时常挂念，一定不会相负！如果将军不相信，最好是和楚议和，三分天下，鼎足称王，楚汉两国都不敢为难将军，这可是万全之策了！"

韩信笑着回答说："我以前在项王手下，只当了个郎中小官，又不重用我，所以才投了汉。汉王把将军印绶给我，把数万精兵托付给我，给我穿好的，吃好的，我如果负德，一定会招致不祥。我已誓死从汉！请你替我谢过项王！"

武涉见他说得坚决，只好告辞了。

武涉刚走，帐下谋士蒯彻便对韩信说："我最近学会了相面，看你的脸不过封侯，看你的背却贵不可言！"

韩信听他语意深奥，便领他到密室说话。蒯彻说："秦亡以后，楚汉纷争不断，项王起兵彭城，打到荥阳，现在困在那里，再没有进展；汉王据有巩洛，征战无数次，却没有占到便宜，而且屡吃败仗。我看天下大势，只有圣贤才能停止纷争，将军现在刚好强大了，介于楚汉之间，助汉则汉胜，助楚则楚胜，楚汉二王的性命悬在你手里，如果你真能听从我的计策，不如两不相助，三分天下，静待时机。其实凭将军的大才，占据齐国，兼并燕赵，等机会再向西，谁敢不服？将来拥有天下，分封诸侯，这不是成就霸王盛业吗？我听说天予不取，必受其咎，时至不行，必遭其殃，请将军三思！”

韩信道："汉王待我非常宽厚，怎么能忘恩负义呢？"

蒯彻道："以前常山王张耳和成安君陈余约为刎颈之交，后来为了张黡、陈泽的事而互相猜疑，竟成了仇敌，陈余最终被张耳割了脑袋，将军自己想想你和汉王的交情比得过张耳与陈余当初吗？你和汉王之间形成的嫌隙和猜疑，只有像张黡、陈泽这样的一件事吗？你还想忠信两全，和汉王交好，这不是太失误了吗？越国大夫文种，把亡越保存下来，让勾践称霸，立下这么大的功劳，还被杀了。兽死了，猎狗就会被烹，已经成为至论。将军的忠信，我想也不过像文种一样，而且我听说勇略震主会有危险，功劳很大不会被赏赐，现在你已经走到这一步，归汉汉会畏惧你，归楚楚也不信任你，将军到底该归附谁呢？"

韩信听蒯彻辞情恳切，分析得很透彻，便对蒯彻说："让我仔细想想，再做决定！"

蒯彻听韩信这么说也不便多言，过了几天，见没什么动静，又去找韩信，韩信最终不忍心背汉，又仗着自己功高，认为刘邦不会变卦，最终还是将蒯彻谢绝了。

点评：辩士也有无奈的时候，本段是武涉和蒯彻两位辩士先后游说韩信，说的内容差不多，都是劝韩信三分天下，鼎足称王。武涉没有劝说成功，是因为他是项羽派来的，而韩信和项羽没什么交情，项羽曾经也没有重用过韩信，所以武涉说什么项王挂念将军的话，听起来很虚伪，再说此时刘邦答应了韩信的要求，封他为齐王，所以韩信不听从可以理解。蒯彻的意思相同，但却实在多了，以韩信的才干和功劳，投靠哪一方都会忌惮他，如果韩信听了蒯彻的话，对他个人来说，是得以消灾免祸的最佳选择。韩信优柔寡断的性格就在这时显现出来了，虽然在战场上能征善战，但玩起政治来却很稚嫩。蒯彻还算聪明，见劝说不成，看韩信这个态度，怕待久了惹祸，装疯走了。韩信听说蒯彻走了，也不挽留，只是心里还是犹豫不决，所以按兵不动，拖延了援助刘邦的时间，刘邦对他的意见更大了，真是两下里耽误。既然拒绝了蒯彻，就应该马上发兵攻楚，为什么犹豫不前呢？从这件事就可以看出，韩信见事迟慢，反应迟钝，又怎么是机敏狡诈、擅于权谋的刘邦的对手呢？

而蒯彻在这方面确实比韩信要聪明。后来，吕后杀了韩信，又把韩信自悔不用蒯彻计谋的话告诉刘邦，刘邦便派人把蒯彻捉了回来，亲自审问他有没有教韩信造反。

蒯彻坦白地说：“我原来是教他独立的，但那家伙不听我的，导致被族诛，他要是肯用我的计，陛下怎么能杀得了他呢？”

刘邦大怒，要烹他。蒯彻大呼冤枉。

刘邦说：“你教韩信造反，比韩信罪更大，理应受烹，还喊什么冤？”

蒯彻大声回答：“秦朝失去天下，天下豪杰都来争夺，有大才干的人才能得天下，那时有什么君臣之义？跖的狗冲着尧叫唤，尧就不仁了吗？狗只知道忠于主人。我当时也只知道忠于韩信，而不知道忠于陛下。就是今天四海平定，也保不住有人暗怀阴谋，难道陛下能把这些人烹尽吗？既然不能烹尽，只烹我一人，我当然要喊冤了。”

刘邦听了，不禁微笑道：“看在你能言善辩的分上，我便赦免你吧！”于是放了蒯彻，让他回齐国去了。

以退为进

楚汉两军在广武山涧对峙后，刘邦在广武等了几个月，韩信始终没有领兵来援。刘邦便和张良陈平商量救父的方法，两人都认为楚军缺粮，肯定要退兵，现在正是议和的好时候，刚好可以乘机救回太公和吕后。

刘邦认可两人的说法，但又担心项羽性情暴戾，一句话不中意就要发怒，很容易把事情谈僵，不但使者性命不保，就是父亲和妻子也有危险，所以想找一个妥帖的人出使楚营。

这时一个人站出来主动请缨，原来是洛阳人侯公，从军好几年了，很擅长应对，刘邦便同意让他去楚营议和，又交代他千万小心。

再说楚营那边，大将龙且壮烈牺牲，武涉回来报告，韩信不愿归楚，再加上军中粮食也快吃完了，又没有补给，项羽更是愁上加愁。这时听说汉营中派使臣来，忙传令召见。

侯公从容地走了进来，行了礼。项王对他说："你主人既不出战，又不退兵，今天差你过来有什么话要说？"

侯公反问道："大王是想继续打下去，还是想退兵呢？"

项羽蛮横地说："我愿一战。"

侯公道："打仗是危险的事，胜负也难以预料。再说打了那么久，兵都疲惫了，臣今天就是为了罢兵息争而来。"

项王不觉脱口道："这么说，你是来和我议和的？"

侯公说："汉王并不想和大王打仗，大王如果为保国安民起见，变战为和，我们一定从命！"

项羽想了想，便问议和条款，侯公道："臣奉汉王之命，只有两个条件，一是楚汉两国划定疆界，从此和平相处，互不相犯。二是请大王释放汉王父亲太公和妻室吕氏，让他们骨肉团聚。"

项王揽髯狞笑道："刘邦又来骗我，想让我放回他的家人，所以让你来用鬼话讲和。"

"大王知道汉王东行的意思吗？汉王久居西部，自然想念家乡亲人，上次到彭城去就是为了迎接家眷，后来听说家人被大王抓走了，急得没办法才和大王为敌，这都是人之常情。现在大王如果不想议和，那也就不必多说了，要是想议和，为什么不将汉王家眷释放呢？不但汉王感激大王恩德，发誓再不东行，就是天下诸侯，也争慕大王恩义，大王不杀人父，就是明孝，不侮辱人妻，就是明义，抓住了又放回，就是明仁，三德俱备，四海称颂；如果怕汉王负约，那也是错在汉王，理在大王这边。古人云：师直为壮，曲为老，大王直道而行，天下无敌，怎么还怕一个汉王呢？”

项王最喜欢别人奉承他，听了侯公一番话真是通身舒泰，于是又召入项伯，与侯公商议国界。项伯本来就偏袒汉王，所以也很赞成项王和议。很快划定界限，就以荥阳东南二十里外的鸿沟为界，东边属楚，西边属汉。侯公也迎回了太公吕后。汉王嘉奖侯公的功劳，封他为平国君。这时为汉王四年九月（公元前 203 年）。

点评：对于项羽的性格，即使要说和，也要放低自己的身段，而抬高他的位置，侯公深知这一点，于是把项羽忽悠得云里雾里，只要谈判目的达到，免费奉送多少甜言蜜语都行，如果此时和项羽分析利害形势，说项王围困刘邦，如何讨不到便宜，如何进退两难，如何粮食不足，一定会激怒永远不服输的项羽，让汉军蒙受损失，也不能顺利救回太公和吕后。但这也是楚汉之间最后一次谈判，很快项羽就会听到来自汉营的楚歌声。

挫气扬威

刘邦统一天下后，想到南越还没有平定。便派楚人陆贾带着印绶去封赵佗为南越王。赵佗以前曾当过龙川令，在南海郡尉任嚣管辖之下，任嚣见秦朝快灭亡了，也想独立，只是老病缠身，有心无力，临死前他把赵佗叫到身边，嘱咐他继承遗志乘势立国，赵佗唯唯答应了，任嚣便任命他为南海尉。

赵佗上任后，更换了各关的守将，阻断通向北方的道路，所有秦朝派来的县令，被他陆续派兵捕杀，另外安排亲信势力代替，接着又侵袭了桂林象郡，自称南越武王，严守边防。

汉使陆贾来到南海，赵佗虽然没有拒绝他，但却十分倨傲，头不戴冠，身不束带，伸开两腿慵懒地坐在堂上，陆贾走进来看他这个样子，也不向他行礼，朗声说："你本是中国人，父母兄弟的坟墓都在真定（今河北正定），反而一点不懂礼数，弃冠裂带的，想凭小小的南越与大汉抗衡，恐怕你要大祸临头了。你想秦朝无道，天下群雄并起，唯独现在的天子打败秦军最先入关，项羽再强也败亡了，这前后不过五年时间，天下就统一了，这不是天意吗？现在你统治南越，不助天下讨逆除暴，天朝的将相都要派兵来向你问罪，只是天子可怜人民劳苦，想让百姓休养生息，专门派我来这里册封你，你应该出郊迎接，北面称臣，没想到你倒昂然自大，还想着怎么违抗命令，天子要是知道了，一旦发怒，先挖了你的祖坟，再灭你的宗族，然后派十万大兵征讨南越，看你怎么支持下去？就是南越人民也要怨恨你，你的性命还能保得住吗？"

赵佗听了陆贾的话，心里打了几个哆嗦，忙站起身说："我失礼了，你不要见怪！"

陆贾说："你知过能改，还算是一位贤王。"

赵佗于是问道："我和萧何、曹参、韩信那些人比起来，究竟谁贤呢？"

"你好像比他们更加贤能。"

赵佗听了不觉喜上眉梢，又问道："那我和皇帝相比呢？"

"皇帝从沛县起兵，讨伐暴秦，诛灭强楚，统一了天下，治理着亿万人和数万里的地方，你现在不过拥有数万兵士，还居住在偏僻的蛮荒之地，只相当于大汉的一个郡，你自已想，你能比得过皇帝吗？"陆贾轻蔑地看着他反问道。

赵佗不以为然地笑道："只不过我在此地称王，要是我在中原起事，未必不如汉帝呢！"于是留陆贾在馆舍居住，一连几天和他喝酒谈论，陆贾滔滔不绝，对答如流，赵佗惊喜地说："这里缺少人才，没有什么人可以和我交谈，现在先生来这里，说了很多我闻所未闻的事，真是我的荣幸。"

陆贾和他声气相投，便留下住了一段时间，劝他诚心归汉。赵佗终于被感化，便自愿称臣，归附汉朝。

陆贾回朝复命，刘邦十分高兴，提升他为太中大夫。

点评：陆贾与其说是招降了赵佗，不如说是把他狠狠教训了一顿。主要用夸张的说法把汉朝和南海进行了对比，先恫吓了不知天高地厚的赵佗，晓以利害，挫其气，然后再和他讲道理，并且不忘适时奉承他一下，让他开心。赵佗还算是个实在厚道的人，陆贾用他的学识赢得了赵佗的钦佩，最终答应归附汉朝，这是很难得的。

陆贾当了太中大夫后，经常和刘邦谈论治理国家的事，动辄引用诗书上的话，刘邦很是讨厌，便骂道："我从马上得天下，要用什么诗书！"

陆贾说："马上得天下，还能马上治天下吗？臣听说汤武逆取顺守，才能治理好天下，秦吞并六国，任刑好杀，很快就亡了。如果秦朝施行仁政，陛下怎么能灭得了秦而当上皇帝呢？"

刘邦听了也觉得自己的话说过了，不觉有点惭愧。过了一会儿对陆贾说："你可以把秦为什么失天下，和我为什么得天下，分析研究一下，并引用古人成败的原因，按每件事进行论证，写出一本书来，也可以让后世作为借鉴。"

陆贾奉命行事，一段时间后，终于写成一部十二篇文章的书，刘邦每看一篇都说很好，便称陆贾的书为《新语》。

11. 将军亮剑飞寒芒

车马喧嚣，人来人往。一个年轻汉子彷徨街头，他身材高大魁梧，但衣衫破旧，一副落魄的样子，身上却挂着一把宝剑，不农不商的。正低头走路，忽然一个光着膀子的恶少拦在他面前。那个青年也不理他，准备绕过去，可他往左恶少往左，他往右恶少往右，挡在他面前，一双不怀好意的小眼戏谑地看着他。

他便停下了脚步，这时周围早有一圈看热闹的人围了过来，那个恶少更加来劲了，有意要戏弄羞辱他一番，便说："韩信，你每次出来都带着把剑，到底有什么用呢？你虽然长得高大，其实是个胆小鬼罢了。"围观的市人都朝他指指点点看他笑话，韩信咬了咬牙，没有说话。

恶少年是一个屠夫的儿子，他见韩信不说话，得意地对众人笑笑，又对韩信道："你要不怕死，就拿剑来刺我；如果怕死，就从我胯下爬过去。"说完把两腿叉开，韩信终于抬起头，看了他一会儿。这时四周忽然安静下来，人们都想看韩信怎么收场。大家以为这下一定会激怒了他，一场好戏就要开始了。

令所有人震惊的是，韩信竟然慢慢低下身来，撑开两臂，一步一步向那恶少胯下爬去。一时间，众人都哄笑起来，甚至轻蔑地骂他怯懦。

韩信在笑骂声中爬了过去，恶少得意扬扬地站到一边放过韩信，并向别人吹嘘这件事。韩信一个人灰溜溜地消失在市井，他的内心是痛苦的，没有人能懂他，其实他也不甘屈辱，恨不能一剑刺死恶少。

但他明白"亮剑"不在此时。他出身贫寒，父母先后死了。苦于生计无着，经常到熟人家里混饭吃，屡屡遭到别人的歧视和冷遇。他和南昌亭长相识，一次到他家吃饭，亭长的妻子很不高兴，便不拿餐具给他，他知道自己惹人厌恶，便掉头走了，再也不去亭长家。他独自到淮阴城下钓鱼，靠卖鱼的钱过活，有时钓不到鱼，便只好忍饥挨饿。有许多老妇人在河边洗丝絮，经常碰到韩信，其中一个老妇人见韩信饿得可怜，就给他饭吃，一连几十天都是这样。韩信非常感激，对这位老大娘说："等我将来有了出息，一定要报答您老人家。"老大娘听后很生气，斥责韩信道："我看你堂堂七尺男儿，像是一个王孙公子，才给你吃的。你一个大男人连自己都养活不了，难道我还指望你报答吗？"说着，提着丝絮走了。

韩信发誓一定要干出一番事业，他不甘心在自己远大志向没有实现的时候与这样的无名之辈纠缠，所以他选择了忍耐，忍人所不能忍。一段时间后他离开了家乡淮阴，带着宝剑投奔了项梁军队……

刘邦刚拜韩信为大将时，韩信对楚汉形势的一番分析让刘邦拨云见日，眼前立时一片光明通透，激动地说："寡人后悔早不用将军！今日承蒙指教，茅塞顿开，以后全靠将军指挥了。"并要韩信尽快东征，韩信却提出不宜躁进，而是先要把兵练好才能行动。刘邦此时对韩信十分信服，自然乐于听从他的意见。于是韩信便开始练起兵来，先制定了军规军律让部队执行，增强部队的命令意识；然后便亲自操练起来，怎么摆兵布阵、怎么首尾相应、怎么分合变化等等战术层出不穷，搞得樊哙、周勃、灌婴等人眼花缭乱，这些都是他们从未见过的，众人这才认为他不同寻常，并开始佩服他，听从他的命令。几个月操练下来，刘邦军队焕然一新，军容大振。

剑锋磨利，接着韩信才开始精彩"亮剑"，整体上来说，他善于跳出常规思维思考战局，出手大气，出奇制胜。作为一名优秀战将，他具备三大标签：冷静——从不被胜利冲昏头脑；睿智——从不轻易放弃稍纵即逝的战机；机警——从不放过敌人一丝一毫的弱点。在第七章讲过的陈仓大败章邯只是韩信小试牛刀，因为整个作战的策划者是张良，韩信只是执行者，换了其他战将也能打赢，还不能展示出韩信的军事天赋。下面我们就在列车上逐一赏析韩信所指挥的四大经典战例，领略韩信是怎么把仗打成“艺术杰作”的。

木罂渡军

河岸边的树林里，许多汉兵穿梭忙碌着。有的砍伐树木，有的截木成段，有的搬运瓦罂（大腹小口的瓦瓶）。他们用四段木头围成方格，夹住瓦罂底部，用绳子绑紧，这样一个木格里有一个瓦罂，就组成了一个木罂，如此这般做了无数个木罂，再把几十个木罂绑成一排，于是数千排木罂就这样做成了。

这是韩信交给曹参和灌婴的任务，瓦罂由灌婴去市集购买，但两个人都不知韩信葫芦里卖的什么药，要运兵渡河，已经收集了足够的船只，还要制作这些木罂干什么呢？韩信也不说明，单叫两人依令行事，日夜赶造。几天后，木罂都做好了，韩信亲自验收完毕，等到黄昏时分，让灌婴带着数千兵士上船摇旗呐喊，但不准擅自渡河。韩信则和曹参督令大军搬运木罂，连夜赶到上游的夏阳（今陕西韩城），将一排排巨大的木罂放到河中，每个木罂内坐进两三个士兵，士兵们用手中木桨划动木罂，木罂排像“赛龙舟”一般浩浩荡荡向对岸驶去。

韩信这一发明创造都是由魏王豹激发的。刘邦从栎阳回到荥阳，与韩信会师，准备进讨楚军，一洗前耻，诸将都踊跃从命，而魏王豹却谎称母亲有病要回家探望，刘邦自然同意，没想到他回到平阳（今山西临汾）后，竟然将河口截断，派兵扼守，叛汉投楚了。

刘邦本不想动兵，想着平日待魏王不薄，说不定派人劝劝他，就会悔悟。于是便派郦食其去说服他，可郦食其费尽口舌，魏王豹却全然不睬，对郦食其说：“汉王就爱侮辱人，对待诸侯群臣就像奴仆一样，天天骂人，一点不知君臣礼节，我不愿再见他了。”郦食其说不动他，只得回报。刘邦听说也真动了气，便命韩信为左丞相，率同曹参、灌婴二将讨伐魏国。

等韩信大军出发，刘邦又召入郦食其问：“魏豹竟敢背叛我，想必是有恃无恐，他究竟任谁当大将？”

郦食其答是柏直。刘邦抚须笑道：“柏直乳臭未干，怎能挡我韩信！那他命谁为骑将？”

郦食其又答是冯敬。刘邦又笑道：“冯敬是秦将冯无择之子，颇有贤名，可惜缺乏战略，也不能挡我灌婴，此外就只剩下步将了。”

郦食其再答说是项声。刘邦不禁大笑道：“他也挡不过我曹参，这下我没什么好担心的了。”

韩信一行到了临晋津，看到对岸都是魏兵，不能直接渡河，便择地安营，一边派人征集船只，一边派人去探察地形。不久探察地形的人回报对岸都有魏兵把守，只有上游夏阳守兵甚少，守备空虚，韩信听着，便计上心来，接着便召曹参、灌婴入帐分派开头一幕的任务。

魏将柏直率重兵把守临晋津，准备汉军一到，便杀他个人仰船翻，没想到对面又是敲锣，又是打鼓，喧嚣了半天都没有什么具体动静，他不知道汉军演的哪出戏。就在魏兵摸不着头脑的时候，汉军大队人马已用木罂在夏阳渡河，登陆集结后，由曹参率领径向魏营杀去，很快杀退魏将孙邀，生擒主将王襄，安邑城（今山西夏县西北）被汉军占领，转而又攻打魏都平阳，魏王惊慌失措，忙召柏直回兵，又自率亲兵出城堵截汉军。

魏豹既无韬略，又乏精兵，哪里是韩信的对手？汉军你追我赶，杀得魏军毫无还手之力，又将魏军团团围住，魏豹冲不出去，此时也顾不得面子，下马伏地受降。柏直派兵回援，走到半路听说魏王被擒，为求生路，也只得投降，魏地便被平定了。

韩信将魏豹全家押解到荥阳，听候刘邦发落。刘邦把魏豹骂了个一佛升天二佛出世，并要砍他脑袋，魏豹趴在地上磕头如捣蒜，这回他不怕刘邦骂他了，只求刘邦饶他一命。刘邦转怒为笑道：“量你这等鼠辈，有何能为？我今日不妨留你狗头，再有异心，族诛不迟！”于是命将魏豹家眷，除老母年迈不能充役外，一律充作官奴，魏豹有个名叫薄姬的妾，姿容美丽，发往织室做工，后来被刘邦看中，收入后宫。魏豹这下真是折了兵又赔了夫人。

点评：韩信在这次战役中的特点主要是灵活机动，具体做法就是绕过敌人重兵集结区域，直击核心魏营，核心既是软肋，也是死穴。整个作战有规律可循：一是侦察地形、敌情，知己知彼；二是战前做足功课，如花时间做好作战辅助工具，磨刀不误砍柴工，不盲目应战，能够做到有备无患；三是善于运用迂回战术，避开敌锋，从敌人虚弱的地方下手，一下就扼住敌人咽喉，让敌人毫无还手之力。

背水列阵

半夜，一队人马匆匆行走在崎岖险陡的山道上，他们在山脚下一条大河前停止前进。河流湍急，一轮如刀般的弯月从河对岸一个狭窄的山口缓缓升起，洒出浅淡的光，轻抹在山崖上，更显得那个山口仿佛一个噬人的巨口。他们的目的就是要通过那个仿佛被从中间切断的山口，直捣赵国都城，他们也知道，那里有二十万赵军把守，等待着他们往里钻。这里叫作井陉口（今河北井陉西北，太行山八大隘口之一），山口狭窄如井，战车不能布阵，骑马不能成列，横在山口外的滔滔大河叫泜水。

那队人马的将领便是韩信，他给每个将士发了只够果腹一顿的干粮，对他们说："今天就能破赵，等打胜了我们就喝庆功酒！"他说得这么轻松，好像是平时请客吃饭一般，说完便令兵士渡河。在对岸背对着河岸布下阵形待命，等天色微明的时候，韩信又笑着对一旁的张耳说："走，和我敲鼓去，通知赵兵汉军来了！"

虽然韩信善于出奇制胜，但张耳这次一点也不看好他，他认为韩信完全钻的是一条死胡同，背水列阵更是兵家大忌，韩信现在竟然还要去敲鼓通知赵兵，这不是活腻了吗？他见韩信叫他上车，不及多想，便登上车。韩信命车队前行，车上的将士们有的举旗摇动，有的敲起大鼓，一行人竟然大模大样地闯入被赵军视为天险的井陉口。

张耳随着韩信进了井陉口，但他这次一点把握都没有，他甚至怀疑自己和韩信会师是不是错了。他在韩信攻下平阳后，带兵来会合，两人合兵东行，进攻代郡（今河北蔚县）。攻打赵国是因为赵国不上路子，刚和刘邦一起攻打彭城，退兵回赵地后便与汉绝交。原来有人报告赵相陈余说张耳还活着，刘邦之前送来的人头是假的，陈余觉得自己被忽悠了，一气之下便与汉为敌，这刚好被韩信当成攻赵的理由。

汉军抵达阏与（赵国要地，今山西河川）时，代相夏说率兵迎敌，很快被曹参杀败，砍下头颅，汉军随后攻占了代城。这时曹参接到刘邦命令，调他去守敖仓，曹参赶赴的途中，遭到赵将戚将军的阻挡，一场恶战，又把戚将军杀死，这才向敖仓驰去。

曹参一走，兵力不足，韩信又招募了一批士兵补充队伍，在向赵国行进的路上得到消息，有二十万赵兵据守井陉口，于是停兵驻扎，再派细作去打探敌情。不久细作传来消息，陈余把他的谋士李左车辞退了。原来李左车向陈余献策说："韩信、张耳敢率兵远攻，一定是想速胜，幸亏我国门户有井陉口阻挡，他们要是从这里进兵，不能兼运粮草，所有辎重一定在队伍后面，请给我三万人，我从小路出发，悄悄绕到汉军后面去，截取他们的粮食，丞相只要据险守关，也不要和汉军交锋，让他们进不得，退不得，在这荒山野岭把他们困住，不出十日，就能取到二将人头了。"

陈余本是书生出身，见识迂腐，常以"义兵"自称，听到李左车这样的计谋，自然不悦，竟把他辞退了。韩信听了心中暗喜，先后叫来骑都尉靳歙、左骑将傅宽、常山太守张苍部署任务，令他们分头行动。自己则和张耳率兵进发井陉口。

陈余得报韩信带着锣鼓队前来挑衅，十分恼火，忙率着大队人马迎了过去，韩信一见赵兵开城迎敌，忙令手下扔了旗鼓，驾车返奔，一直跑到河岸边，陈余率部在后猛追，形势发展得甚至比韩信预料的还好——守城的士兵一看汉军败退，都想邀功，竟然把赵王歇也拥了出来，争先恐后地捡旗鼓，喧哗声不绝。

韩信一退到泜水边的阵营，便指挥汉军作战，汉军听说赵兵杀过来了，自己已经没有退路，只等赵兵一来便奋力拼杀，和赵将一决死战，从早上斗到中午都不分胜负，陈余下令收军，准备让部队回营吃了饭再战，走到半路上，猛然感觉不对劲，只见前面营中旗帜都变了颜色，随风飘动像是天边的红霞一般灿烂，但在陈余眼中更像炙烤他心的烈焰，不由得心胆俱丧。那正是汉军的红旗。正惊慌失措间，喊杀声传来，斜刺里一队汉军杀了过来，陈余连忙率军撤退，边走边战，从另一个方向又来了一队汉军堵截，赵军队形大乱，两路汉军并不急着扑杀，而是合力围赶，把赵军逼向泜水，那里有刚和他们交过手的汉军等着。

陈余没想到，本想让汉军钻口袋，却被汉军包了饺子，不屑于用“诈谋”对敌，却被敌人用“诈谋”算计了，现在后悔都来不及。这一切都是韩信一手策划的，他兵分三路，靳歙一路连夜出发，绕到赵营后面埋伏，等到赵兵从前面杀出，便乘虚劫营，插上汉旗；傅宽、张苍两路凌晨出发，埋伏在赵营附近，等到陈余回军，左右拦截，把赵兵逼向泜水，张耳率着军队从泜水包抄上来，陈余无路可逃，被追兵击下马来，一刀杀死，和张耳成了名副其实的刎颈之交。靳歙部下俘虏了赵王歇，由韩信喝令处斩，赵国便被平定。

在这场战役中，韩信发现了一个很令他欣赏的人才：李左车。于是便派人找到李左车，热情接待，并就下一步攻燕伐齐的出师行动向他问计，李左车分析说：“将军跋涉西河，生擒魏豹，东下井陉口，仅用半天就破了二十万赵兵，确实厉害，举世无双。但经过这么多阵仗，兵将疲惫了，不能再打了，如果再去进攻燕国和齐国，一定相持不下，这反而让将军陷于被动了。为将军计，不如休兵抚民，犒劳军将，暗中派人去说服燕王，燕王害怕将军的声威，不敢不从，等燕国归附了，齐国也孤立了，再向东攻打齐国，还怕灭不了它吗？这是先声后实的兵法，请将军采纳。”韩信听了赞叹不绝，于是把李左车留下，又派了一个说客到燕国去。燕王臧荼很快回书愿意乞降，便派人向刘邦报告，并请加封张耳为赵王。汉王听说赵燕都平定了，十分高兴，同意封张耳为赵王，另外命韩信率兵攻打齐国。

点评：韩信在这次战役中的特点主要是攻心夺气，具体做法就是引诱敌人上钩，调虎离山趁机拔营，然后再围歼敌人，赵军所依仗的井陉口天险成了摆设，真正的“天险”被韩信设在了敌军心里。整个作战有规律可循：在这场战役中韩信玩了很多心理战：一是提升自己军队“战必胜，战必速”的心理，令自己的士卒只备一顿粮，提高士兵绝地求生的战斗精神，并且让士兵知道要速战速决，在天险面前是拖不起的；二是利用赵军恃天险而骄傲大意、急于邀功的心理，从“敲鼓激敌”到“弃鼓诱敌”，让他们钻进自己设的埋伏圈；三是击溃敌人的心理防线，乘虚劫营后换掉旗帜，敌人视觉和心理都受到巨大冲击，可以用失魂丧胆来形容，从精神上就先被打败了。

布囊魔术

像是黑暗中迎来了曙光，龙且领着二十万大军意气风发地赶往齐地，齐王广见援军到来，心里踏实了很多，忙召集散兵出城迎接，两军在潍水（今山东潍河）东岸会合扎营。

韩信得知大楚悍将龙且率兵援齐，知道来了个劲敌，只能智取，不能力敌。于是调来了曹参、灌婴两军加强，在潍水西岸择险立寨，暂时按兵不动。

龙且见韩信不来进攻，反而驻扎在对岸，以为他怯战，便准备过河进攻，手下一些部将向他提出“坚壁自守，不主动进攻”的建议，并分析了两点原因，一是从齐兵方面看：齐兵刚败，不堪再用，而且齐兵都是本地人，顾念家室，容易溃散，这样打起来不免牵动楚军，而且齐国各城守兵都向齐背汉，听说齐王无恙，楚兵又大举来援，一定愿意归附齐王；二是从汉兵方面看：他们劳师袭远，无城可依，无粮可食，不能长久。所以守是上策，守而不攻，一个月后汉兵就会不攻自破。

龙且听了直摇头，说："区区韩信有什么可怕的？我奉项王之命来救齐国，如果一仗不打，就是他粮尽乞降，也没有战功。现在能一战得胜，威震齐国，让齐王分一半土地给我，那不是功利两得吗？"于是派使者去汉营投递战书，韩信在原书后面批了"来日决战"四个字，便遣回来使。

接着，韩信让手下收集了兵士们存放干粮的几万个布囊，对部将傅宽说："你负责带着这些布囊潜往潍水上游，把布囊装满泥沙，在水浅的地方把布囊放下去，堵住流水，等明天交战时，楚军一过河，我就放号炮，竖起红旗，你听到炮声，看到红旗，就迅速派兵把沙囊捞起来，这事至关重要，切记勿忘！"傅宽领命下去。

翌日一早起来，韩信让兵士们饱餐一顿，便传令出发，亲自带着汉兵渡过潍水，去楚营挑战，而曹参、灌婴则带领军队留守在西岸不过河。这时傅宽早已把上游的流水堵住了，因此水变浅了，汉兵蹚着水就到了对岸，韩信一到东岸，便摆开了阵势。

这时龙且也率大军杀了过来，韩信大声道："龙且快来受死！"

龙且也大声叱道："韩信，你原是楚臣，为何叛楚降汉？还不快快下马受缚！"

韩信笑答道："项羽背约弑主，大逆不道，你还甘心跟随逆贼自取灭亡，今日便是你的死期！"

龙且大怒，率兵向汉军冲去，韩信拍马退去，由其他军将上来和龙且相斗，龙且抖擞精神，斗了几十个回合，汉将渐渐退却，韩信已经领兵向潍水西岸撤退了，龙且大笑道："我早说过韩信无能，简直不堪一击！"

说着领兵追击，也不管水深水浅，跟在汉军后面追向西岸。后面副将周兰看着水浅，不觉有点动疑，见龙且已经渡河登岸，准备上前阻拦，便策马跑了过去。后面骑兵跟着过河，正渡到一半，猛听一声炮响，震动水面，原本平静的水面缓缓流动起来，继而越来越快，水面越涨越高，接着河水汹涌澎湃起来，好像是海水涨潮一般，很多楚兵被突如其来的激流冲走了，东岸未过河的楚兵只能眼睁睁地看着，跟着龙且、周兰登岸的骑兵只有二三千人。

只见汉军中红旗飘扬，曹参、灌婴从两边杀来，韩信也引兵回击，楚军一时竟都成了网中之鱼，一个也逃脱不了。结果龙且被斩，周兰受擒。东岸的楚兵见主将身死，也都纷纷溃散，齐王广如惊弓之鸟，吓得逃回高密城中，继而逃往城阳，结果在半路上被追兵抓住，押到韩信帐下，韩信怪他擅烹郦食其，责令推出斩首，总算是替郦食其报了仇。

韩信又命灌婴进攻博阳，曹参进攻胶东。博阳为田横所守，听说田广已死，便自封为齐王，驻扎在嬴下截住灌婴，却被灌婴打败，带了几十名亲兵逃到梁地投奔彭越去了，曹参也攻下了胶东，砍了守将田既的首级回来向韩信报功，齐地就这样被韩信荡平。

点评：在韩信手中，打仗就像变魔术，他可以把后方变成前方，强弱只用一线牵，成败只在一瞬间。整个作战有规律可循：一是巧妙利用地形，提前设置阵地；二是利用敌骄傲情绪，诱敌过河进入陷阱；三是实施合围“斩首行动”，让敌军大部不战自溃。战场上的任何“作弊”行为对作战双方来说都是公平的，正所谓“兵不厌诈”，胜者才能为王，胜利才是硬道理。况且龙且未胜先骄，失败也是迟早的事。龙且一死，又把项羽二十万大军的家底败完了，项羽也就快败亡了。

十面埋伏

汉王听从了张良的意见，给韩信和彭越两人封地，两人很快发兵来援。接着又得到淮南王英布和汉将刘贾率军来接应的消息，原来英布和刘贾进兵九江，招降了楚守将大司马周殷，不牢兵革就得了许多兵马。三路大军约有三十余万人，韩信为大将统领大军，刘邦这回可以放心大胆地进攻了。

项羽听说汉兵大至，军中粮食又快吃完了，也急着回军彭城，于是率兵撤退，为了防止汉军追上来，采用步步为营的方法，依次退兵，到了垓下，听说汉兵已经追了上来，项羽也不着慌，扎下营寨，准备对敌。

韩信不敢掉以轻心，把各军分作十队，各派统将分头埋伏，回环接应，请汉王守住大营，自己率三万人进兵。

项羽专靠勇力，不靠智谋。一听说汉兵逼近，马上派兵杀出，楚兵杀了一会儿便败退，如此好几个回合，韩信指挥军队边战边退，引诱项王上钩。

项羽靠着勇猛，从来不把任何人放在眼里，一直追了好几里，进了汉军埋伏圈，只听号炮一响，两路伏兵杀了过来，项王丝毫不惧，奋力鏖斗了很久，冲开汉军，又要上前追赶韩信。只听又是一声号炮响起，又有两路伏兵杀出，截住项王，厮杀了好一会儿，又被项羽冲破。项羽杀得性起，仍旧有进无退，炮声不断，伏兵迭起，项羽杀开一重，楚军又扑上去一重，杀到七八重的时候，楚军伤亡很多，项羽也杀累了，才准备撤退。

哪知这时韩信却令十面伏兵一起进攻，无数汉军像蚂蚁一般从四面八方向项王这边围拢过来。项王只得令钟离昧和季布断后，自己当先开路，率兵冲杀过去，终于杀出一条血路。韩信用十面埋伏的计策，把楚营十万大军，杀毙了三四成，赶走了三四成，还剩下两三万残兵，跟着项羽驰回到垓下大营。

点评：韩信在这次战役中的特点主要是十面埋伏，具体做法就是诱敌深入埋伏圈，各队伏兵分波杀敌。项羽纵有拔山之力，也玩不过“巨型车轮战”。整个作战有规律可循：一是兵分十队，分工明确；二是分头埋伏，回环接应；三是车轮战术，削弱强敌。项羽的硬拼硬打导致兵力不断减少，力量不断消耗，无异于自杀式战法，他就像一个赌红了眼的赌徒，越输越想赌，为了翻本，不惜把全部家当都搭上，结果自然是惨败而归。

刘邦统一天下，封韩信为楚王，韩信衣锦还乡，到了楚国都城下邳，便派人寻访洗丝絮的大娘和让他受辱的屠户。大娘先来了，他赐给她千金。恶少随后也战战兢兢地来了，跪下向他认罪，韩信让他起来，笑道：“我怎么会这么小气，你不必害怕，我授你为中尉。”

少年几乎不敢相信自己的耳朵，他本想着韩信一定会砍了他的脑袋，现在不怪罪他已经谢天谢地了，还要封他官职，当即磕头如捣蒜。

少年走后，韩信对手下人说 :“当时我要是和他以死相拼就不会有今天，能有今天我应该感谢他。”

03 车厢

大风歌

12. 刘邦管理艺术之“慢”逻辑

项羽下车，四海平定，刘邦掌控了列车行进的方向。

将佐功臣都联名上疏，尊汉王刘邦为皇帝，择定吉日登基，颁诏大赦天下，追尊刘媪为昭灵夫人，立王后吕雉为皇后，王太子盈为皇太子。接着又分封长沙和闽越二王，自此分封了八国诸侯王，分别是楚王韩信、韩王信、淮南王英布、梁王彭越、赵王张敖（这一年张耳病死，他的儿子张敖嗣爵）、燕王臧荼、长沙王吴芮（故衡山王）、闽越王无诸。此外各郡县设置守吏，和秦制相同，汉王让各诸侯王归国，部下士卒一部分按能力授予职位，其余的都让他们回家，免交赋税。

刘邦做了汉朝皇帝后，定都洛阳。这一天他在南宫大宴群臣，酒过数巡，他问群臣：“众爱卿辅佐朕得天下，可知道朕为什么能得天下？项羽为什么失天下？”

这时王陵起身说：“陛下平时待人虽然经常侮骂，不如项羽宽仁，但大家攻城略地，每攻下一城，陛下就封赏，能为天下人谋利，人人都愿意效命，所以能得天下。项羽忌妒贤能，喜好猜疑，打了胜仗也不赏功，得了地也不分利，人心离散，所以失天下。”

刘邦听了笑道：“你们只知其一，不知其二。我想得失的原因，要从用人上来解释：运筹帷幄，决胜千里，我不如子房；镇抚百姓，运输粮饷，我不如萧何；统兵百万，战无不胜，我不如韩信。这三人是当今的豪杰，但是都能为我所用，所以能得天下。项羽只有一个范增，还没用好，怪不得被我灭了。”群臣听了，都离座拜伏，高呼万岁，刘邦大悦。管理的艺术最根本的就是用人的艺术，自己不一定有某一方面的专才，但却能让这些专才为他所用。

刘邦便把管理变成了艺术，他的管理总体来说张弛有度，快慢有致，很好地把握了最难把握的一点：平衡。刘邦带领他的队伍前进，要保证这种“带领”的有效性，是需要讲究工作方法和工作艺术的。平衡不等同于稳定，不惜牺牲发展更不叫平衡。而且平衡是动态的，也是相对的，不平衡是绝对的。刘邦的高明就在于能够积极地利用不平衡，保持发展状态的稳定，有时他会有意制造不平衡，但已经预设了防止倾覆的措施。

这一章讲刘邦“慢”的逻辑，就是沉着、稳重、扎实，钉子一颗一颗地拔，棋一步一步地下，并且下一步看三步，在长远发展上未雨绸缪。

遗落的钉子

第一枚钉子——故齐王田横

皇帝刚当几天，就有人报告刘邦，说是从前的齐王田横带着五百人逃到海岛去了，刘邦十分担忧，便派人带着诏书去招安。田横被灌婴打败后投奔了彭越，后来彭越起兵从汉，他便逃到了海岛上去。这时看汉使来招安他，便对汉使说：“我以前烹郦食其，现在虽然天子赦了我的罪，但听说郦食其的弟弟郦商任将军，他怎么会不为兄弟报仇呢？所以我不敢奉诏。”

汉使回报刘邦，刘邦说：“这有什么，田横多虑了。”随后召入卫尉郦商叮嘱他田横来朝后，不许因为兄仇而私下报复，郦商答应下来。

刘邦又派使者去海岛召田横，叫他不必担忧，并传谕说：“田横来，大可封王，小能封侯，如果再不来，可就要发兵讨伐了。”田横听了这话只好动身。

手下五百多人都要求和他同行，田横说：“不是我不愿意带你们去，这么多人一起去会遭到疑忌，你们不如留在这里等我消息，我入都受了封，一定会召你们。”于是田横带着两个门客出发了。

一行人来到距洛阳三十里处的尸乡驿，田横要求到驿舍沐浴，见天子以示诚意。汉使便答应到驿舍休息。田横避开汉使，悄悄叫来两个门客说：“我和汉王都南面称王，本来不相干，现在汉王做了天子，我则成了亡国奴，要去朝见他，这不是耻辱吗？何况我烹杀人兄，还想和他共事，就是他惧于主上不敢害我，难道我就不惭愧吗？汉帝一定要召我，无非是想要见我一面，你们割下我的人头去洛阳吧。我已经国破家亡，死也无所谓了。”两个门客大惊，正准备劝阻，这时田横已经拔剑在手，自刎而死。

汉使只好让两个门客捧着田横首级去见刘邦，刘邦看着田横首级，叹息道：“我知道了，田横三兄弟从布衣起家称王，都是当世豪杰，现在慷慨就死不肯屈节，可惜了！”说完也流下眼泪。

他授两个门客为都尉，又派二千人为田横修造坟墓，将人头和尸身缝合，用王礼安葬。后来有人报告刘邦，说两个门客在田横墓前自杀了，刘邦十分惊叹，命人好生安葬。他仔细寻思起来，听说海岛上还有五百多人，如果都像这两个门客这样忠心，岂不是一大隐患？于是派人到海岛去，谎称田横已经受封，召五百多人入朝。岛上五百多人都信以为真，跟着汉使来到洛阳，才知道田横和两个门客的噩耗，于是到田横墓前哭拜，合编了一首《薤露歌》（比喻人生像薤叶上的露水，说没就没了）作悼词，唱完了便集体自杀了。刘邦听了很是惊讶，但更多的还是快慰，命人把他们安葬了。

田横不肯归汉，应诏入都，是为了保全他手下的五百人，在驿舍自刎，保全了他的名节，两个随从和五百人相继殉难，都留下了忠义之名。人都死了，自然是刘邦最希望看到的结果，但他很容易因此而背负骂名，他知道背负骂名的结果——项羽杀了义帝使他成了众矢之的，无论如何强大也翻不了身。因此他表情悲伤甚至流下泪水，帮助他们修造坟墓，善后工作做得很周全，不留尾巴就化解了一场危机。

第二枚钉子——项羽遗将季布

刘邦想到田横的门客尚且如此忠心，那项羽手下的遗将就更令人担心了，如果暗中勾结起来反抗朝廷可就糟了。尤其是季布和钟离昧二人，现在还没有下落，以前在睢水战败的时候，就是季布率军在后面追他，差点要了他的老命，现在一定要将他抓住。于是下令悬赏千金，捉拿季布，藏匿不报的诛三族。

季布此时正躲在与他交好多年的濮阳周家，周家听说朝廷悬赏缉拿季布，也很着慌，于是想了一个办法，让季布剃去头发，套上颈环，扮成髡钳刑犯（髡钳为奴，是秦朝的遗制），卖到鲁地的朱家做奴仆，朱家是有名的仗义豪侠，一直和周家相识，知道周家卖的不是奴仆，肯定是想保护这个人。周家走后，朱家就盘问季布，季布看朱家是一位义士，便半遮半掩地说起自己的遭遇，朱家已猜出他就是季布，便买了田舍，让他经营，自己扮成商人模样，去洛阳替他想办法。

朱家知道滕公夏侯婴比较讲义气，便去府上求见，夏侯婴也早就听说朱家大名，便请入相见。两人谈得很相投，朱家对时事的看法也让夏侯婴十分佩服。朱家趁机说："我听说朝廷抓捕季布，到底他犯了什么大罪，要这样严厉呢？"

夏侯婴说："季布以前帮着项羽，几次为难主上，所以主上一定要捕杀他。"

"那你觉得季布这人怎么样？"

"我听说他性格忠直，也算是一个豪杰。"

"人臣各为其主才算尽忠，季布以前身为楚将，自然应效忠于项王，现在项王被灭了，但他手下遗臣还很多，难道能够一一捕杀吗？"朱家看着夏侯婴，进一步分析道，"再说主上新得天下，就想着报私仇，好像心胸狭窄，不能容人了。季布没有容身之处，一定会远走，不是向北投胡，就是向南投越，带领手下将士加强了敌国。这正像从前伍子胥离开楚国，投奔吴国，然后带着军队入郢，倒行逆施去鞭打平阳侯尸体，你是朝廷心腹，应该进劝主上，为国进言！”

夏侯婴微笑着说：“你既然有此美意，我一定效劳。”两人都心照不宣，朱家便告辞回家了。

果然不久朝廷便宣布赦免季布，让他入朝见驾。季布拜谢了朱家，先见了夏侯婴，又跟着夏侯婴入朝，跪在殿前磕头谢罪，刘邦也不再追究他，授他为郎中，季布谢恩而退。朱家不求季布报答，终身不与季布相见。

季布得官的消息传出，季布同母异父的弟弟丁公也赶到洛阳求富贵。他原是楚将，曾在彭城战役中在追刘邦的时候放过了他，因此早就想入朝求见，只是怕刘邦不念旧情，所以犹豫不决。现在听说季布遇赦，并且还受了官，想到季布本来都和刘邦有仇，还能得到这样的结果，自己要是觐见，一定显贵无疑，于是他便满怀期待地到了都城。

在朝堂上，刘邦传召丁公，丁公快步趋入，俯伏称臣，本想听到刘邦的嘉勉，没想到刘邦却喝令卫士把他捆了起来，丁公连连求饶，带着哭腔说：“陛下不记得彭城的事了吗？”

刘邦怒道：“我正为了这事降罪于你，那时你身为楚将，怎么能放走敌人？这就是对主不忠。”说罢便让人把丁公牵出殿门，去军中示众，并让人在一边说：“丁公为项王之臣，不肯尽忠。使项王失天下，就是此人！”游示结束，便把丁公斩首了。事后刘邦对群臣说：“朕斩丁公，足为后世警示，免得效仿。”

刘邦很会算账：用季布的价值比杀季布的价值更大，杀丁公的价值比用丁公的价值更大。一用一杀，刘邦做了一桩好买卖。同时刘邦不按常理出牌，做事喜欢走诡谲路线，显示自己深不可测，让群臣慑服自己。

还有第三枚钉子——项羽遗将钟离昧，刘邦也想采取通缉捉拿的方法，不过没等他出手，这枚钉子就被韩信拔掉了，这在第十三章将要讲到。

新布的棋局

第一着棋——迁都长安

虞将军给刘邦引荐了陇西戍边的一个名叫娄敬的兵士，他向刘邦献策关于定都的问题，他建议定都关中，说关中地势险固，依山带河，四面可守，即使仓促生变，可抵挡百万人，所以秦地称为天府雄国，一旦山东有乱，秦地总可无患。

这使刘邦犹豫起来，他本来是要在洛阳定都的，于是召集群臣商讨。群臣大多是山东人，不愿背井离乡，于是都说周朝建都洛阳，传国数百年，而秦朝建都关中，只传了二世。再说洛阳东面有成皋，西面有崤山和渑池，北面有洛水，也是有险可恃，何必定都关中呢？

刘邦听群臣这么一说，越发没了主意，还是召张良商量。此时张良见天下已定，便要隐退辞职，专心学习引导吐纳之术，不食五谷，闭门修炼。刘邦自然不会让他卸职，只是准他修养，有事仍要入朝。现在为了都城问题，便派人宣召，张良对刘邦说："洛阳虽有险阻，但纵深狭小，容易四面受敌，而关中左有崤山函谷，右有陇蜀，三面据险，一面东临天下。诸侯安定，可以由河渭漕运粮食，补给京师；诸侯有变，顺流而下，便于征讨和运输，以前人们所说的金城千里，实在不是虚言。娄敬的建议很有见地，请陛下决议施行。"

刘邦点头说："子房以为可行，朕就依议而行！"于是决定移都，群臣虽然不愿意，但也只好遵旨。刘邦择了吉日便带着家眷和文武百官向西出发了。

娄敬把关中地理夸得很神，但用他的道理解释秦朝灭亡的原因却是自相矛盾。刘邦自然知道天下成败的根本原因并不在于都城。其实刘邦更喜欢住在洛阳，他把这个问题提出来让大家讨论，还让一个戍卒也参与进来，更是为了体现他喜欢招才纳士。建国之初国家需要人才，只有拥有人才，才能拥有最雄固的都城。

一段时日后到了栎阳，萧何前来接驾，刘邦和他谈迁都的事，萧何说："秦关雄固，地势最佳，只是项羽入关后，咸阳的宫殿都被毁了，只剩下几座残缺不全的屋宇，陛下只好暂住宫室，宫殿尽快竣工才好迁居呢！"刘邦于是先在栎阳住了下来，派萧何去咸阳监修宫殿。

后来咸阳宫殿竣工，萧何请他去巡视，一座座宫殿鳞次栉比，美轮美奂，武库和太仓分别建在宫殿附近，也是高敞壮观，气象巍峨。刘邦一圈还没看下来，就发怒道："天下还那么劳苦，成败未定，你修建的宫殿怎么能这么奢华呢？"

萧何不慌不忙地说："臣正因为天下未定，才不得不增高宫室，展示给天下人看。天子以四海为家，如果规模小气，怎么示威于天下！恐怕后世子孙还要改造，反而多费工役，不如现在建好了，一劳永逸，还更加节约呢。"

刘邦听了这才转怒为喜，变得和颜悦色起来。其实他心里是很满意的，只是假装生气说给别人听的，老搭档萧何自然懂他，为刘邦找了很好的借口，刘邦这才高兴起来。又命在未央宫周围建筑城墙，作为京都，称为长安，不久便带着文武百官和家眷迁了进来。此后刘邦便在咸阳和洛阳的宫殿间往返居住。

第二着棋——封赏功臣

刘邦用陈平的计谋到楚地抓了韩信回朝，降封他为淮阴侯。刘邦接着又对群臣按功封赏，具体封赏名单如下：

萧何封酂侯，曹参封平阳侯，周勃封绛侯，樊哙封舞阳侯，郦商封曲周侯，夏侯婴封汝阴侯，灌婴封颍阴侯，傅宽封阳陵侯，靳歙封建武侯，王吸封清阳侯，薛欧封广严侯，陈婴封堂邑侯，周緤封信武侯，吕泽封周吕侯，吕释之封建成侯，孔熙封蓼侯，陈贺封费侯，陈豨封阳夏侯，任敖封曲阿侯，周昌（即周苛从弟）封汾阴侯，王陵封安国侯，审食其封辟阳侯。

还有张良、陈平献策有功，刘邦自然要封赏他们。先专门召入张良，让他挑选齐地三万户，张良婉言谢绝，只要赐封留邑就足够了，于是刘邦封他为留侯。接着召入陈平，因陈平是户牖人，就封他为户牖侯，陈平推让了一番，又请刘邦封赏魏无知，说是没有魏无知推荐，就不会进事刘邦，刘邦很是高兴，便赏赐魏无知千金。

一些功臣看到张良、陈平都封了侯，认为两人有谋无勇，心里已经有些不服，后来又得知萧何被封为酂侯，食邑最多，更是不服，一齐向刘邦质问道："臣等披坚执锐，多的打过数百战，少的也有数十战，九死一生才得到封赏，而萧何安居关中，没有汗马功劳，单靠舞文弄墨就得到赏赐，在我们之上，这是什么道理？情陛下明示！"

刘邦点点头，笑着问："你们知道打猎吗？"群臣都说知道，但不知刘邦何意。

刘邦接着说："追捕野兽靠猎狗，但猎狗出动却要靠猎人发出指示。你们攻城克敌就和猎狗一样，只是捕获几只走兽罢了，萧何能够发出指示，让猎狗追逐野兽，这就像是猎人，由此看来，你们只不过是功狗，萧何却是功人，何况萧何在战时举族随我征战，你们有谁全家都跟随我的呢？"诸将这才不敢多说，但心里还是不服。

后来排列列侯位次，刘邦又推萧何为首，诸将又进言道："平阳侯曹参战功最多，应该排在首位。"刘邦正想着用什么话说服诸将，这时一旁有个谒者，名叫鄂千秋，出班发言说："平阳侯虽有战功，但终究不过是一时的战绩，细想主上与楚相争五年，打了多少败仗，还不是多亏了萧何居守关中，不断地征派兵力，运送粮饷，才转危为安，这可是万世之功啊，臣以为少百曹参，汉还无患，少一萧何，汉必无成。怎么能将一时的战绩掩盖万世的功劳呢？所以应以萧何第一，曹参第二。"

刘邦高兴地看着诸将道："就像鄂千秋说的才算公平嘛！"于是命萧何列第一位，特赐他可以带剑上殿，入朝不趋，又褒奖了鄂千秋，说他进贤应该重赏，加封他为安平侯，诸将自然不敢违拗。刘邦又想起他当泗水亭长时到咸阳出差，别人都送三百钱，而萧何送他五百钱，送得最多，所以一定要回报他，于是又加赏萧何食邑二千户，并封萧何父母兄弟十余人。

一番封赏下来，许多人得了官，也有许多随刘邦一起打仗的将士，没有得到封赏，因此心有怨言，私下里发牢骚。

一天刘邦在洛阳南宫里散步，看到远处有一群穿着武官服饰的人聚集在水边，三三两两坐在沙滩上，交头接耳谈论着什么。刘邦便问张良这些人在说什么，张良不假思索地说："他们在相聚谋反呢！"

刘邦吓了一跳，问："为什么要谋反？"

张良解释道："陛下起自布衣，与诸将一起打天下，可现在所封的都是亲属，所杀的都是和你以前有私怨的人，怎能不让人疑虑呢？一有疑虑，就会产生顾忌，害怕今天没得到封赏，明天可能被杀害，互相患得患失，急得无路可走，只好相聚谋反了。"

刘邦忙问怎么办。张良反问道："陛下平日最憎恨谁？"

刘邦想了想说："我最恨的就是雍齿，我起兵时，叫他留守封邑，他无故降魏，后来从魏国逃到赵国，又投降了张耳，张耳助我功楚，我因为天下未平，不得已将他收留，现在我也不便无故杀他，只是勉强容忍他，心里却是很恨他！"

张良忙说："请速封此人，便可没事了。"

刘邦很听张良的话，即使心里不愿意，也只好照办。第二天便在南宫宴会群臣，当面嘉奖群臣，散席后传诏封雍齿为什邡侯，雍齿喜出望外，忙疾趋入朝谢恩。其他没有受封的将吏也欣慰地说："雍齿都封侯了，我们还有什么顾虑呢？"于是诸将便安定下来。

第三着棋——制定礼仪

没有规矩，不成方圆。

刘邦发现他手下那帮和他一起打天下的功臣，原来就是一帮粗人。他原先因为秦朝法律严苛，便改为从简，没想到一帮大臣却随意得太过头了，每次到宫里宴会，总是吵吵嚷嚷，相互夸耀自己的功劳，甚至喝醉了手舞足蹈大呼小叫，拔出剑来砍殿里的柱子，闹得不成样子，朝廷简直成了菜市场。

这时有个薛人叔孙通找到了刘邦，他原是秦朝的博士，后来归了汉朝，仍为博士，号稷嗣君，他对刘邦说："现在天下已定，朝廷不能没有礼仪，我愿意去鲁地征集儒生和我的弟子一起到朝廷里规范礼仪！”

刘邦怀疑地说：“朝仪要改定，恐怕很难办到！”叔孙通拍拍胸脯保证一定能够办到，刘邦便让他先去试试。叔孙通受了命，便到鲁地召集了二三十个儒生，让他们入都一起制定朝仪，也有两个儒生不肯去，嘲笑叔孙通说：“你前事秦，又事楚，现在事汉，都是靠的曲意奉承，现在天下初定，死者还没葬完，伤者还没都康复，你就急着兴礼乐，谈何容易，你也不过是想借此讨好主上罢了，我们岂会像你一样，请你快走，不要玷污了我们。”

叔孙通勉强笑道：“你们两个不识时务，真是傻瓜！”于是随他们自便。他又召集了自己的百十个子弟，一同到栎阳，进行礼仪的演练，制定程序，排列次序，规范动作，再进行反复严格的训练，一段时间后，排练熟练了，叔孙通便入朝请刘邦阅视，刘邦看了彩排后说：“就按照你的办吧！”于是便宣召群臣，去现场观礼。

这时已是秋尽冬来，朝廷仍按照秦制改岁。恰好萧何也来奏报说长乐宫建好了。长乐宫就是秦朝的兴乐宫。刘邦便决定到长乐宫过年。

这是高祖七年元旦，各诸侯王和文武百官都到新宫朝贺。天色刚亮，就有谒者在殿前等候，把诸侯群臣依次引进殿去，排列东西两边，殿中陈列的各种仪仗非常森严，卫官举着旗帜，郎中执着戟，分左右站立，殿上还肃立着九个大行负责迎送宾客，等刘邦乘辇出来，卫官郎中立即高声宣报，刘邦缓缓下辇，坐到南面龙椅上，又由大行传呼列侯进见，于是百官按次序相继拜贺，刘邦一一欠身答礼，大行又叫平身，众人才敢起身趋退，仍然依次站立。于是按位次入宴，称为法酒，众人不敢擅自饮酒，而是按尊卑次序捧觞上前祝寿，然后才能各饮几杯，酒喝到九巡，谒者便宣布散席。有几个喝醉了还赖着不走，则被御吏扶了出去，不准再坐。因此朝廷里非常肃静，与前几次截然不同。宴席散后，刘邦退入内廷，满足地说：“我今天才知道皇帝的尊贵了！”于是特别加赏叔孙通，升他为奉常，赐五百金，随叔孙通一起排练的儒生和子弟也都授为郎官，赐了金。

叔孙通并没什么本事，只是善于揣摩上级意图，仿照秦朝的礼仪搞些花架子工程。

白马盟约

大风歌

刘邦打败英布返回时顺路来到他的老家沛县，自然是衣锦还乡——沛县官吏准备了行宫，出城跪迎，用最高规格接待刘邦，刘邦在马车上答礼，叫他起身引导车辆入城，百姓扶老携幼，争相欢迎刘邦，道路上都铺满了鲜花，街上到处是彩灯，刘邦看着非常高兴。一进行宫，就传见父老子弟，官吏们早就把筵席摆设好了，刘邦和父老乡亲共同饮酒，又选了二百二十个儿童，用乡音唱歌助兴。刘邦很是开心，也让手下取筑到自己面前，亲自击节，随口唱道："大风起兮云飞扬，威加海内兮归故乡，安得猛士兮守四方。"

刘邦在沛县住了十几日，受到了父老乡亲的盛情款待，临行前乡亲们都舍不得他走，他免除了沛县的赋役，父老乡亲们把他一直送出沛县才返回，并在行宫前修筑了一个高台，叫作"歌风台"。

白马盟

卢绾是刘邦最亲近的属臣，他的背叛让刘邦很生气，气急攻心导致箭疮发作，刘邦这次一病就是几个月，而且病情日渐加重。吕后遍访良医，终于找了一个名医，入宫为刘邦诊断，刘邦问他病还能治好吗？名医说能治好。刘邦便骂道："我从一个布衣，提三尺剑得天下，现在病成这样，命都在天，就是扁鹊重生也没用，还想什么痊愈呢！"说完，让侍卫给他取五十金，令他退下，不让他医治了。

随后刘邦便召集列侯和群臣入宫，宰杀了一匹白马，一起宣誓道："此后非刘氏不得封王，非有功不得封侯。如违此约，天下共击之！"

这就是著名的"白马为盟"，为刘氏的长久统治安上了"保险阀"。

接着刘邦又发诏书给陈平，令他从燕地回来，不必报告，直接去荥阳，和灌婴同心驻守，免得各国乘着丧事而叛乱。

这些事情布置妥当，又召入吕后，嘱咐后事。吕后问："将来萧相国百岁，谁能取代他的位置？"刘邦说是曹参。

吕后又问曹参之后谁能接替，刘邦说："王陵可用，但王陵有点愚直，不能单独任用，须用陈平辅助他；陈平才智过人，但厚重不足，最好再让周勃兼任；周勃为人朴实，没有水平，但要保全刘氏，非他莫属，就让他当太尉吧！"

吕后还要再问他们三人的接班人，刘邦说："后面的事恐怕就不是我能知道的了。"

又过了几天，已是初夏四月，刘邦在长乐宫中驾崩，享年五十三岁。从刘邦当汉王后改元，五年后称帝，当皇帝七年，总计十二年。他把列车的操纵杆交给了吕后。

13. 刘邦管理艺术之“快”节奏

刘邦决定迁都关中，让萧何负责监工，他则先在栎阳暂住。在栎阳住下不久，便接到从北方传来的警报，燕王臧荼造反了。他是诸侯中第一个造反的。刘邦大怒道：“臧荼本来没什么功绩，我看他见机投降，仍然让他当燕王，他不知感恩，反而敢背叛我，我要亲自征讨他！”于是部署兵马，星夜向燕地进发，凭着一股锐气将臧荼父子一举击败，结果是臧荼被擒，他的儿子臧衍向北逃到匈奴去了。刘邦遂将臧荼斩首，悬头示众，燕地被平定了。

刘邦准备另立一个燕王，让群臣公选。他暗中却在运动他的老乡兼世交、同学且同日生的卢绾当燕王。卢绾和刘邦的关系比萧何、曹参还要好，他才能平庸，参军几年也没立过什么功，只和刘贾攻打江陵，擒了共尉，加上这次跟随刘邦讨臧荼，算是积了两次战功。众人都知道卢绾不配封王，但有主上偏爱，谁也不敢有意见。所以刘邦封他为燕王，让他留守燕地，自己率兵回去了。

一波未平一波又起，降将颍川侯利几又谋反了，于是刘邦移师东征，直扑颍川。利几本是楚臣，为陈县令，项羽败亡后他便降了汉，封为颍川侯。颍川只是一座小城，怎能抵挡大军？所以汉军一到，利几就做了刀下鬼。历史对利几先降后叛的原因没有多着笔墨，只用“忽生叛志”四个字带过，让人们去猜测。这两个人的谋反让刘邦认识到功臣的不可靠，加倍警觉起来，他感到这些功臣让他位置坐不稳了，尤其是那些功高盖主而又有个性张扬的功臣，更是令他心生疑忌，想方设法要将他们铲除。

这一章讲刘邦“快”的节奏，就是敏感、多疑、迅捷、果断。外部的威胁就像钉子，可以慢慢拔，使慢劲、用柔劲，但内部的隐患就像定时炸弹，必须要快速排除，而且要斩草除根，不留遗憾，不留隐患。作为“拆弹专家”，刘邦做到了三点：观察细，出手快，招数狠。

第一颗定时炸弹

刘邦拜韩信为大将后，韩信平三秦、破代、灭赵、降燕、伐齐，直至垓下全歼楚军，无一败绩，立下了赫赫战功，但他性格和品质上的一些弱点，加之在政治上的严重失误，几次关键时刻都优柔寡断，最终没有逃脱“兔死狗烹”“鸟尽弓藏”的命运。

一夺兵符

韩信和刘邦的矛盾始于伐齐，韩信为了抢功，听从辩士蒯彻的谗言，导致齐王杀了刘邦派去说降的使者郦食其，没有给刘邦面子，还让刘邦背上了背信弃义的恶名。虽然韩信最终攻下了齐国，但君臣之间的关系却笼罩上了一层阴影。

项羽攻破荥阳城，又挥师进逼成皋，刘邦忙带着夏侯婴从北门悄悄跑了，诸将也随后追上去，成皋很快便被项王夺取。刘邦驰向北面的修武，韩信和张耳的军队驻扎在那里。

韩信本来想要伐齐，只是赵地还没完全平定，他便和张耳留在赵地继续剿抚，驻扎在修武县。刘邦星夜兼程来到修武，第二天一早就直接去韩信营中。

刘邦没有穿王服，营兵不认识他，便向他询问情况，刘邦谎称自己是汉使，奉汉王之命来这里，有急事要报告元帅。营兵要去通报，刘邦也不和他多说，自己快步闯了进去，这时一边有中军护卫认出刘邦，慌忙上前拜见，刘邦摆摆手，叫他们不要声张，让人引往韩信卧室。

韩信还在睡觉，一点都不知道有人进来了，刘邦轻轻走到榻旁，见案上放着将印兵符，便拿起来走出帐外。又命军吏召集诸将，诸将还以为是韩信点兵，等走近一看，原来竟是汉王，慌忙下拜。刘邦便直接发令，改换了诸将职位，一一让他们出帐。

韩信和张耳这时已被人叫醒，穿了衣服匆匆来见刘邦，下跪谢罪道："臣等不知大王驾到，有失远迎，罪该万死！"

刘邦微笑着说："这也没有什么死罪不死罪，不过军营里应该严加戒备，以防万一。何况天都大亮了，还不起床，连将印兵符都不顾了，假如敌人突然来了，怎么抵御？或者有刺客谎称汉使混进来，恐怕将军的脑袋也不保了，这不是很危险吗？"韩信和张耳听了都无言以对。

后来刘邦在广武山涧和项羽对峙，形势十分危急，刘邦中了一箭后便到成皋养伤，痊愈后到栎阳视察城防，四天后又回到广武军营，听到韩信打败龙且平定齐地的消息，十分高兴，满望着他尽快回援，却收到了韩信的来书，说是齐地初平，齐人反复无常，还有许多余逆要反叛，想让刘邦封他为假王，留在齐地平定。刘邦不由火起，愤愤地说："我困守在这里，日夜盼他回兵援助，他不来助我，还想做齐王吗？"

陈平坐在一边，忙俯下身轻捏刘邦的脚趾，又和他耳语说："现在形势对我们不利，怎能禁止韩信为王？今天不妨答应他，为我守着齐国，还可以做个声援，否则恐怕要生不测了。"

刘邦立即会意，忙趁势转了话风，对来使骂道："真没出息，大丈夫平定诸侯，要做就做真王，怎么还要称假王呢？"随即叫张良带着印绶去齐地册封韩信为齐王。

韩信的做法是一种乘人之危，对刘邦来说就是一种逼宫式的强迫，刘邦肯定怀恨在心，君臣之间的阴影已变成了裂痕，可惜的是韩信对于危险却没有足够的认识，在这之后，韩信不但没有去弥合裂痕，而是又一次加深了裂痕。张良趁机劝韩信早日回广武助汉攻楚，韩信满口答应。

刘邦在广武等了几个月，韩信打着自己的“小九九”始终没有领兵来援。

韩信在军事上是高手，在政治上却是低能。项羽想拉拢他，派武涉去游说韩信，最好谁也不帮，三分天下称王齐地，被韩信拒绝。蒯彻也来劝他，帮他分析了利弊，更指出了功高震主对他的威胁，说得韩信犹豫不决，既不和刘邦决裂，又不去援助刘邦，直到刘邦把封地给他，才心满意足出兵助汉。刘邦这时对他很是恼火，可以说已经失去了对他的信任，完全是在利用他。

二夺兵符

所以，刘邦在胜利之后，与张良、陈平二人密议，然后便到韩信营中，嘉慰了韩信一番，又说是天下已经平定，需要休养生息，不需要打仗了，让他把军符交还。刘邦和颜悦色地收了军符印信便高高兴兴地返回了，很快传出命令，说楚地已定，封韩信为楚王，定都下邳。韩信从齐王改为楚王，知道刘邦记着前嫌，但楚国是他的家乡，能够衣锦还乡，他也乐得接受了。

平心而论，刘邦为人还算厚道，依然将韩信封王，并没有深究韩信当年要官要地的旧账。可惜的是韩信不知收敛，终于招祸身亡。

眨眼间列车已驶入高祖六年，项氏遗臣中还有一条漏网大鱼钟离眛，让刘邦睡不着觉。这天有人报告说钟离眛被韩信收留了，刘邦非常意外震惊，他一直担心韩信反他，现在又听说他收留钟离眛，真如扎在心头的两根芒刺。于是派人带着诏书问韩信要人。钟离眛和韩信是老乡，韩信顾念旧情收留了他。这时接到诏书，不忍将钟离眛交出去，便谎称钟离眛不在他那里，如果发现钟离眛，一定派人捉拿。使臣返报，刘邦将信将疑，又派人去下邳密查，刚好遇到韩信出巡，车马喧嚣，前呼后拥，大约有三五千人，气势庞大。侦使于是抓住这个把柄密奏刘邦，说韩信已有叛意。

刘邦忙召集诸将商议对付韩信的办法，诸将都摩拳擦掌地建议刘邦立即捉拿韩信，刘邦一时没有表态，又向陈平问计。陈平知道韩信没有造反，只是不便替韩信辩解，便说这事要慢慢来，不宜操之过急。刘邦却着急地说："这事怎能从缓，你赶快替朕想办法。"

陈平问："除了有人上书外，有没有别人知道韩信谋反？"刘邦说没有。

陈平又问："韩信可知道有人举报他？"刘邦说不知道。

陈平想了一想说："古时天子巡游，必大会诸侯。臣听说南方有个叫云梦泽的地方，地势很好，陛下到那里去出游，召诸侯到陈地集会，陈地与楚地西面的边境相接，韩信作为楚王，听说陛下出游，一定前去迎接，到时趁他谒见时，只需一两个武士便可将他擒获了。"刘邦听了连称妙计，当下派使者到各处传诏，说要南游云梦，令诸侯在陈地集会。诸侯一律应命。

韩信接到诏书，心里便警觉起来，之前他被两夺兵符，又有朝廷使者调查钟离眛的事，这次刘邦选择的地点和他的地盘靠得很近，这让情况变得微妙起来，韩信暗暗感到刘邦这次来意不善。因此整日闷闷不乐，手下将佐对他说："大王并没有什么过失，只有收留钟离眛这件事违命，现在如果把他的人头献给皇上，皇上一定高兴，就没有什么忧虑了。"

韩信听了，便真去逼钟离眛自杀，然后割下人头带了几个随从到陈地等着见刘邦。刘邦等不及之前派出的使者回报，便自行从洛阳动身去了陈地，韩信已经守候多时，见御驾到来，忙伏地拜见，呈上钟离眛首级。却听刘邦厉声道："快与我将韩信拿下！"话音刚落，左右兵士已上前把韩信反绑起来，韩信大惊失色地说："正像别人说的，狡兔死了，猎狗就被烹了；鸟飞尽了，良弓也藏了起来；敌国灭亡了，谋臣也死了。天下已经平定，我是应该被烹了。"刘邦听了，瞪视着他说："有人告你谋反，所以抓你！"韩信也不多争辩，任凭兵士把他绑到后面车上。

韩信卖友求荣让刘邦很瞧不起他。刘邦目的已经达到，也不集什么会了，于是又给各诸侯重新颁诏，说韩信谋反，没心情巡游云梦泽，各诸侯不必来会了。

刘邦抓韩信回到洛阳，大夫田肯进贺说："陛下得到韩信，又定都关中，真是可喜可贺啊！秦地雄踞西方，东临诸侯，所以秦地是以二敌百，二万人可当百万人；还有齐地，濒临海滨，东有琅琊即墨的富饶，南有泰山的屏障，西有黄河的阻挡，北有渤海的资源，地方两千里，也是天然生成的宝地，所以齐地可以二敌十，二万人可当十万人，这就是所谓的东西两秦。陛下定都秦中，更须注重齐地，如果不是亲子亲弟，不宜让他当齐王！”

刘邦恍然大悟道：“你的话很对，朕当依从。”

群臣听了两人的对话，还以为刘邦马上会封子弟为齐王，可等了几天，齐王的封诏没颁下来，韩信倒是被赦免了。大家才知道田肯的进言，并非单单请封子弟，更有替韩信说情的意思，定三秦和平齐地是韩信的两大功劳，田肯不便直说，便先提起韩信，再把秦齐地形说了一下，叫刘邦自己去思量。刘邦是个聪明人，一点就透，口中称善，心里也想韩信毕竟功多过少，而且说他谋反也没有实据，如果把他下狱论罪，一定会惹非议，所以决定赦免韩信，降封他为淮阴侯。

韩信被放了出来，忙入朝谢恩。这时韩信并没有认真反思自己的行为，调整自己的心态，而是怨天尤人，在家中闷闷不乐，牢骚不断，甚至推说身体有病不去上朝。刘邦已把他的权位剥夺了，也不再忌惮他，因此并不和他计较。

诸将又陆续封了侯，最冤苦的要算韩信，打仗的时候，他当过大帅，现在许多部属都位居他之上。他的功劳最大，却只封了个侯爵。一天他乘车外出散心，经过舞阳侯樊哙府前，本来不想进去，却被樊哙得知，忙出来热情地迎接他，很是恭敬，仍像前时在军中的时候一样，向韩信跪拜，自称臣仆，并且对韩信说：“大王肯到我家来，真是太荣幸了！”韩信觉得很难为情，不得不下车答礼，进门小坐了一会儿，谈了片刻便告辞，樊哙一直把他恭送出门，直到韩信登上车才返身。韩信苦笑道：“我已经落到和樊哙这样的人为伍了吗？”于是从此后更加深居简出。樊哙是什么人？他既是刘邦的连襟，又是刘邦的心腹，当初在鸿门宴上还曾救过刘邦的性命，这样的人物韩信都不放在眼里，其他人更不在话下。韩信渐渐失去了大家对他的同情。

阳夏侯陈豨和韩信是老战友，关系要好，他去代地上任之前去向韩信道别，韩信抓着他的手，拉他到内庭，摒开其他人，对陈豨说：“你去代地，那里兵强马壮，而你又被皇上信任，应该乘机图谋大事，如果有人告你谋反，主上也不会马上就相信，肯定要再三举报，才会激怒主上，而且一定会亲自征讨，我到时为你做内应，得天下也不难了。”陈豨答应了他。

后来陈豨谋反后刘邦御驾亲征，韩信托故不去，他和刘邦之间的猜忌也越来越深。一天韩信去见刘邦，刘邦和他谈论诸将的才能，两人的观点都不能让对方信服。刘邦问：“你我都能领多少兵马？”

韩信回答：“陛下不过能领十万人。”

刘邦道：“那你呢？”

韩信回答：“多多益善！”

刘邦轻蔑地看着他说：“你既然多多益善，怎么还会被我抓住？”

韩信愣了一愣，尴尬地说：“陛下不善于统兵，但善于驭将，再说陛下所做的都由天授，而不单靠人力。”刘邦一笑了之，等韩信退朝，又注视了他很久才进去。

就在刘邦出征之后，韩信的舍人栾说举报韩信与陈豨通谋，准备乘夜间不备，释放狱中囚犯袭击皇太子，与陈豨来个里应外合。吕后得知后非常惶恐，忙召人萧何密商，终于想了一个办法。

吕后派了一个心腹假扮成军人，悄悄绕到北方，又进城入朝报告，谎称是刘邦派来的，说是前方已将陈豨打败。朝臣们都到朝廷祝贺，只有韩信仍然称病不去。萧何便借机看望他，对他说：“你不过偶然和主上不和，不要有什么顾虑，现在前方传来捷报，你应该入宫庆贺，刚好趁此机会消释前嫌，怎么杜门不出呢？”韩信不得已随萧何进宫，谁知刚进宫门就被埋伏的武士拥上来抓住了。韩信叫萧何，萧何早就避开了，他被押到长乐殿，只见吕后满面怒容地坐在那里，对韩信喝道：“你为何与陈豨通谋，敢做内应？”

韩信冤枉地说：“这话从何说起？”

吕后也不与他争辩，厉声道：“现在奉主上诏命，陈豨已被抓住，供称造反是由你主使，你的舍人也上书告发你，你谋反属实，还有什么好说的。”韩信还想申辩，吕后不容分说，令武士把韩信推到殿旁的钟室中砍了脑袋。临刑前韩信哀叹道：“我后悔没有听蒯彻的话，反而为小人所骗，难道这就是天意？”韩信被杀后，又惨遭灭三族，父族、母族、妻族，全部被赶尽杀绝。

韩信的优柔寡断是他招致祸患的主要原因，表现为他做事经常前后矛盾：他能忍恶少胯下之辱，那时的心理斗争给他带来了声誉和成功；后来他却变得不能忍耐了，被降为淮阴侯后，怨天尤人，甚至要起了情绪不去上朝，更加以和樊哙等人为伍为耻，对同僚也缺乏起码的尊重；韩信在刘邦和项羽对峙的时候因疑虑而不去援助，而后来又带头劝进刘邦汜水称尊；想讲情谊保护钟离昧让他藏身，又为了脱祸而逼他自杀；劝陈豨谋反自己做内应，陈豨谋反后又没有动作而束手待毙。看韩信的故事总是矛盾纠结不断，韩信是个具有双重性格的人。

第二颗定时炸弹

彭越的战功比韩信差一点，但在汉将中也是数一数二的：截断楚军粮道，烧了楚军粮仓，最终使楚军断粮，项羽被灭。自从韩信被抓，又降王为侯，他也怕招祸，心里便暗暗有了戒心。陈豨造反时，刘邦派人召他会师援助，他托病不去，刘邦十分恼火，又派人责问他，他害怕了，便准备去谢罪，部将扈辄阻止他说：“大王前几天不去现在去，一定会被抓起来，不如现在举事，乘虚向西进兵，堵截汉帝归路。”彭越犹豫不决，虽然没有出兵，但仍旧借口生病不去谢罪。

后来这事被梁太仆知道，很瞧不起彭越，准备自己行事，彭越便要治他罪，结果他却一溜烟跑到刘邦那里恶人先告状，说彭越和扈辄已经谋反了。刘邦信以为真，立即派人出其不意地把彭越和扈辄两人抓了起来，押往洛阳，让廷尉王恬开审讯。王恬开知道彭越无意造反，没有听从扈辄的话，但揣摩刘邦的意思，还是从重定罪，说扈辄想要谋反，彭越没有及时杀死他，说明彭越也是想要谋反的，应该依法论罪。刘邦便把扈辄杀了，把彭越废为庶人，谪徙到蜀地青衣县。

彭越依诏西行，走到郑地遇到吕后，彭越决定抓住这根救命稻草。吕后正是为了彭越的事而来，她听说刘邦没杀彭越，很是着急，正准备从长安去洛阳找刘邦面谈，让他速杀彭越。没想到半路上却碰到彭越主动找上门来向她喊冤求救，她便假意安慰他，答应帮他说情，带着他一起去洛阳了。

彭越在宫外眼巴巴地等着吕后给他传来好消息，没想到却来了一帮卫兵把他抓了起来，又交到廷尉王恬开那里审讯。王恬开便去打探上面的意思，原来吕后见了刘邦，竭力劝刘邦杀彭越，暗地里又买通彭越的舍人举报他谋反，内外煽动，不由得刘邦不信。王恬开是个逢迎高手，忙给彭越定了重罪，不仅杀彭越，还要灭他三族。彭越这才知道自己是一误再误，后悔已来不及了。于是很快被斩首，诛了三族，他的尸体被剁成肉酱，分别赐给诸侯。

很多人认为是周昌力争保住了太子，才有后来的吕后专政之祸，其实周昌做得没错。而且吕后得以专政，根源上是始于她杀了韩信和彭越，吕后能杀韩信、彭越，自然是刘邦的意思，吕后能成长，也都是刘邦所放纵。吕后杀了韩信和彭越这两个功臣后，政治影响力成倍增长，这是她能够掌权的政治资本，而这个资本是刘邦支持并给予的。刘邦在拆除定时炸弹的同时，在刘氏驾驶的列车上亲手安装了一颗“超级大炸弹”。

第三颗定时炸弹

这天忽然来了一个淮南的中大夫贲赫，他报告称淮南王英布谋反，要求朝廷立即派兵征讨。刘邦怕他诬告，也不轻信，便把他暂时拘到狱中，另派人去淮南调查。

原来彭越被诛后，英布十分惊恐，害怕临到自己头上，便暗地里让部将驻守边防，以防不测。当时，他的一个爱姬生病，找医生诊治，贲赫就住在医生家对门，以前贲赫经常在英布身边，认识王姬，因此想趁这个机会巴结讨好她，于是买了许多珍玩送礼，等到王姬病好了，又备盛宴请她吃饭，自己也在下座相陪。后来英布得知了这件事便怀疑贲赫不怀好意，与王姬有私情，王姬声泪俱下地辩解，英布都不相信，派人找贲赫对质。

派去的人刚好得过贲赫的好处，便把事情告诉了他，他这时才知道自己弄巧成拙了，当然不敢去对质，便乘车逃跑了。英布见贲赫不来，越发怀疑和气恼，便派兵捉拿他，先围住贲赫宅第搜查，然后又命卫兵追了一二百里地，结果自然没有追上。

不久刘邦派来调查的使者到来，英布得知贲赫竟然去长安举报他谋反，更是火冒三丈，脑子一热，竟然将贲赫全家都杀了。朝廷使者得知此事，自然害怕，慌忙逃回长安，报称英布已经谋反。刘邦听说，便放贲赫出狱，拜他为将军。

就在刘邦颁下诏令，做出征准备时，夏侯婴和门客薛公谈论英布造反这件事。

夏侯婴道："主上已经分封了英布，他难道还要造反吗？"

薛公说："去年杀彭越，前年杀韩信，他们都是一类人，英布怎么能不害怕？所以想着造反，有什么好奇怪的？"

夏侯婴又问："英布真能成功吗？"

薛公摇头说："未必。"

夏侯婴向来佩服薛公的言论，便把他推荐给刘邦，刘邦便和他谈论怎么对付英布。

"英布造反没什么可怕的，假如英布出上策，山东恐怕就不属于大汉了，他要是出中策，胜负就不好说了；他要是出下策，陛下就可以高枕无忧了！"薛公说。

刘邦让薛公说具体点。薛公便走到墙上挂着的巨幅地图前，用手指图说："上策就是南取吴，西取楚，东并齐、鲁，北收燕、赵，坚壁固守，汉军便攻不下来，英布要是这样做，山东就不是汉所有了；中策就是东取吴，西取楚，并韩取魏，占据敖仓，把守成皋；下策就是东取吴，西取下蔡，屯粮越地，把大营设在长沙。"

刘邦又问："你认为英布会用哪种策略呢？"

薛公说："英布一个骊山刑徒能有什么见识？我估计他只顾眼前不顾长远，必出下策，陛下尽可不必担心。"刘邦听了，点头称善，封薛公为关内侯，食邑千户。

这是初秋时节，天高云淡。刘邦又征集上郡、北地、陇西的车骑以及巴蜀才官，和申尉率三万人，屯军于灞上，为太子的卫军，一切部署妥当，便麾兵向东进发了。

此时英布已经出兵东攻荆，西攻楚，并且在军中传令说："汉帝已老，不会亲征从前善打仗的将领，只有韩信和彭越，现在都被杀了，其他的都不足为虑，大家只要奋力向前，一定能得天下！"于是率先攻打荆国，荆王刘贾战死，英布取得荆地后又移兵攻楚，楚王刘交兵分三路抗击，结果两军交锋，前路军被英布打败，左右二路军也不战自溃，刘交丢了都城一溜烟逃到薛地。

英布认为荆楚都被攻下，正好向西进发，正像薛公所料的那样，出了下策，逆江西行，到了蕲州的属县会甀和刘邦大军相遇，英布远远看见黄屋左纛，不由吃了一惊，骑虎难下，只好摆下阵势，准备迎战。

刘邦在庸城安营，登高观望，只见英布军队十分精锐，所有阵法和项羽相似，他心里很不高兴。英布披挂上阵，刘邦远远地对他喊："我封你为王，为什么还要造反呢？"

英布回道："当王怎么比得上当皇帝，我现在正想当皇帝呢！"

刘邦气得怒骂几句，举起手中鞭子一挥，诸将便依次杀出，冲进英布阵中。无数箭如蝗虫般从英布军中飞向汉军，汉军拼死上前，刘邦也冒着箭雨督战，毫无惧色，忽然一支箭飞来，正中刘邦前胸，幸好他身披铠甲，箭头扎得不深，一时还能忍耐，刘邦用手捂着胸口，更是怒气上冲，大声呼喊着杀贼。兵士们见刘邦负了伤还奋力拼杀，更加奋不顾身，一鼓作气向英布阵中杀入。英布的箭已放尽，汉军气势却更加盛了，很快英布的军队被冲破，残兵四处溃逃，英布也制止不住，忙收拾残兵撤退，刘邦则带兵追击，一直追到淮水。英布急着渡过淮水，没有那么多船只，就只有凫水，很多兵都被淹死，到了河对岸还剩下不足千人，英布也不敢再回淮南，便向江南逃窜。

这时长沙王吴臣（吴芮之子，吴芮病死由儿子继立）送书给英布，叫他到长沙避难。他和英布是郎舅亲，英布收到书很高兴，忙改道去长沙，他来到鄱阳，在驿舍住宿，没想到却在夜里被刺杀了。这刺客正是吴臣派去的，吴臣把英布的首级献给刘邦，释嫌疑报功劳。

韩信、彭越没有谋反就被杀了，兔死狐悲，物伤其类，这直接导致了英布谋反。英布谋反其实是刘邦激出来的，即使英布不反，也不一定有好下场，因为刘邦早就把他当成“定时炸弹”了。

第四颗定时炸弹

汉高祖十年七月，太上皇病逝，安葬在栎阳北原，文武百官和诸侯王都来会葬，唯独代相陈豨没来。葬礼结束，周昌乘空进谒，举报陈豨私交宾客，拥有强兵，很可能想谋反。刘邦很吃惊，忙让周昌回赵地坚守，又派人密查。

陈豨本是宛朐（今山东菏泽市东明西南）人，跟随刘邦入关，战功累积，被封为阳夏侯，授为代相。代地靠近匈奴，刘邦让他去镇守，可见相当器重他。

临别时和韩信道别，韩信和他密商谋反的事，陈豨素来看重韩信的才干，当时就答应了。到了代地，陈豨便招兵买马准备起事，他平时最崇拜的就是信陵君（魏公子无忌），喜欢养食客，这次又受韩信嘱托，因此交友广泛，不管豪商巨贾，统统招罗到门下，后来因为休假回家，经过赵地，跟随他的人把邯郸的旅舍都挤满了。赵相周昌听说陈豨经过，便去拜会他，看了这个情况便起了疑心。等到陈豨休假返回，随员更多，气焰更是嚣张，周昌又去拜会了他，等他走后，便去上书密告陈豨谋变。

刘邦调查得知陈豨门客做了很多不法的事情，陈豨也参与其中，刘邦还不想发兵，只是召他入朝，但陈豨仍然不去。韩王信探听到陈豨抗命的事情，便派部将王黄、曼邱臣来拉拢他，陈豨便和韩王信联络上了，起兵叛汉，自称代王，胁迫赵、代各城的守吏，隶属于自己。

刘邦接到报告，马上率兵出发，星夜兼程赶赴邯郸。周昌出城迎接，刘邦问他：“陈豨的兵有没有到这里来过？”

周昌回答没来过。刘邦欣然道：“他不知道占据邯郸，只是恃漳水为阻，不敢过来，我本来就知道他没什么能耐，今天果然不出所料。”

周昌又报告说：“常山郡共二十五座城，现在已失去二十座，应该把郡守抓来治罪。”

“郡守有没有造反？”刘邦问。

周昌回答没有。刘邦道：“既然还没有造反，怎么将他治罪？他不过因为兵力不足而导致失去城池，如果不问情由一概加罪，那就是逼他造反了。”随即颁诏，赵、代的官民，一时被迫造反的，只要迷途知返，一律既往不咎。

又命周昌挑选赵地的壮士作为前锋部队的将领，周昌挑了四个人去见刘邦，刘邦忽然骂道：“这几个家伙怎么配当将领呢？”四个人都吓得跪在地上，刘邦让他们起来，封他们为千户，让他们担任前锋将领。

手下的大臣不解刘邦的意思，等四人告退，便问刘邦：“以前的开国功臣，经历许多艰险，还没有全部封赏，这四人又没有功绩，为何要封他们呢？”

刘邦说：“你们这就不懂了，陈豨造反，赵、代地域多半被他夺去，我已经传檄四方征集兵马，但至今还没到来，现在单靠邯郸的兵士作战，我又怎么会舍不得这四千户呢？”大臣们这才拜服。

刘邦又打探到陈豨部下都是商人，便让手下带着金钱去收买他们，另外又悬赏千金缉拿王黄、曼邱臣两人。很快陈豨的部属便陆续来投降了。

刘邦在邯郸过了年，到十一年元月，诸路大军都到齐了。

陈豨正派部将张春渡河进攻聊城，王黄屯驻曲逆（今河北顺平东南），侯倘带领游兵往来接应，陈豨自己则和曼邱臣驻扎在襄国（今河北邢台市），还有韩王信也驻扎在参合（今山西阳高县东北），赵利驻守东垣（今石家庄市区东古城一带）。

刘邦也分兵几路进攻：将军郭蒙和相国曹参进攻聊城，灌婴进攻曲逆，樊哙进攻襄国，柴武进攻参合，刘邦则率郦商、夏侯婴等进攻东垣，另外又派绛侯周勃从太原进攻代郡。因为陈豨在外作战，代郡守备空虚，被周勃一下子就荡平了，他又乘胜进攻马邑，马邑固守，周勃率军攻了几次都攻不下来。

接着郭蒙会合齐兵打败了张春；樊哙也攻下了清河、常山等县，打败了陈豨和曼邱臣，灌婴阵斩张敞，打退了王黄，几路兵马都取得了胜利。只有刘邦攻打东垣用了两三个月时间，几次招降都被守城兵士谩骂，刘邦十分恼火，不停率军猛攻，直到城内粮食断绝，守兵才开门投降。刘邦进城后，把先前叫骂的士卒都杀了，没骂的则免死。赵利早已望风而逃。

这时四路军队陆续会合，王黄、曼邱臣也被活捉，先后斩首。陈豨逃到匈奴去了。当时汉将柴武出兵参合，还没音信，刘邦很是担忧，正想派兵援应，柴武的部下露布来了，说是参合被攻下了，连韩王信也被斩杀了。原来柴武进攻参合，先派人送书给韩王信，劝他悔过归汉，韩王信走到这一步，自思难以回头，便要决一死战，柴武便率兵进攻，和韩王信交战了好几次，韩王信每次一败就退到城中不出来。有一次柴武假装败逃，暗地里埋着伏兵，韩王信中计追赶，结果遭了埋伏，被劈下马来，他从飞驰的列车上掉下，被无情的车轮碾压过去。

刘邦十分高兴，于是留下周勃防御陈豨，自己领兵回去。

刘邦走到淮南的时候，得到两颗人头，一是长沙王吴臣派人献上了英布的首级；二是周勃派人献上了陈豨的首级。原来周勃追歼了陈豨军队，并把陈豨杀了，代郡随即也被平定。一番封赏之后，刘邦又从淮南启跸，来到鲁国，祭祀了孔子。后来身上箭伤发作，便匆匆回都去了。

不能放过的疑似炸弹

萧何自从沛县和刘邦一起举事，一直兢兢业业、忠心耿耿，但刘邦始终对他提防，已经把他和韩信一样提到了“定时炸弹”的高度，所以萧何也几次经历政治危机。

第一次危机

楚汉战争的时候，刘邦在荥阳，时常派人到关中慰问萧何，萧何也没觉得有什么不对劲，他的门客鲍生对萧何说：“汉王在前方指挥作战，那么艰苦还经常来慰问你，一定是对你不放心，你最好让你家里健壮的青年都来参军，这样就能释去汉王对你的疑虑了。”

萧何照鲍生说的去做，趁去荥阳送粮的时候带着自己的兄弟子侄一起拜见刘邦，请求参军，刘邦果然十分高兴，当下让人对萧氏子弟量能录用，君臣之间也相安无事。

第二次危机

萧何升为相国后，又因为谋划诛杀韩信加封五千户，朝臣都向萧何道贺，只有萧何幕下的召平对他叹息：“你很快要有祸了！”

召平是前秦的东陵侯，秦亡后在长安种瓜，他种的瓜很甜，人们都称为“东陵瓜”。萧何入关后，听说他的贤名，便把他招到幕下。这次萧何见他这么说，便问原因，召平说：“皇上连年出征，而你却安守都中，现在反而加封食邑，名为器重你，其实是怀疑你，你想韩信那么大功劳还被杀了，你难道还能比得过他吗？”

萧何担忧地问：“你说得很是，那怎么办呢？”

召平想了想说：“你不如把所受的封让出来，把私财都取出来支持军需，这样才能免祸。”

萧何听了召平的话，只受相国的职，而把封邑推让了，又把家财捐出来给军队，刘邦果然十分高兴，对他褒奖有嘉。

第三次危机

刘邦征讨英布，萧何让人运输粮食，刘邦又几次问来使相国最近在忙什么。来使便说相国在安抚百姓，筹办粮食和军械，刘邦便沉默了。

来使回报萧何，萧何也不以为意，他手下一个幕客知道了，便对萧何说："你不久就要灭族了。"

萧何吃惊地看着幕客，幕客解释说："你官至相国，功劳排在第一，位置再也不能晋升了，皇上几次问你干什么，就是怕你在关中待久了，深得民心，如果乘虚造反，皇上在外面岂不是回不来，前功尽弃了吗？现在你不体察圣意，还在抚慰民众，更加增添皇上对你的忌惮，忌惮越深，灾祸就离你越近。"

萧何又紧张到冒汗，问怎么办，幕客便帮他出招，让他多买田地，威胁人们低价出售，让老百姓说他坏话，这样皇上听了才能安心，萧何也就能保全家族了。

萧何按照幕客说的去做，刘邦知道了果然偷偷地乐了。

淮南平定下来之后，刘邦回长安养伤，很多百姓都上书告萧何强买民田，刘邦一点也不在意。直到萧何几次去探望刘邦伤势，刘邦才把告状信给萧何看，叫他向民请罪。萧何于是补给百姓田价，或者将田宅还给百姓，这件风波就平息了。

第四次危机

过了几个月，萧何上了一道奏章，说是长安城里居民日渐增多，田地不够耕种，请将上苑的空地分给百姓耕种，一来可以种粮食，赡养穷苦百姓，二来可以收割蒿草，作为饲料。刘邦立即怀疑萧何讨好百姓，骂道："萧何一定是受了商人的贿赂，敢来要我的苑地，这还得了？"当下不由分说派人把萧何抓了起来，交给廷尉讯办。

大臣们都知道萧何是冤枉的，但不知道刘邦的意思，都徘徊观望，没人敢替萧何说话。过了一段时间，幸亏有一个王卫尉替萧何鸣不平，他入侍刘邦，乘刘邦高兴的时候，便问刘邦："相国犯了什么大罪，导致被抓到狱中？"

"我听说李斯当相国的时候，有好事都归主上，有恶名都自己担着，现在相国受别人贿赂，向我要求开放苑地，以取媚百姓，所以我把他抓起来，并没有冤枉他。"

卫尉说："臣听说百姓富足了，皇上怎么会不富足？相国为民兴利，请求开辟上苑，正是宰相应尽的职责，陛下怎么怀疑他受贿呢？而且陛下和楚作战几年，又去讨伐陈豨、黥布，当时都委托相国留守，相国如果有异谋，只要动动脚，就能坐据关中了，但相国忠于陛下，让子弟参军，把自己的钱捐作军饷，毫无利己的思想，现在反而要去贪图商人的财物吗？何况秦朝灭亡，就是皇帝不愿意闻过，李斯又甘受诽谤，怕说错话而遭到责罚，怎么能学他们呢？陛下未免小看相国了！"刘邦听了这番话，自己也觉得过不去，过了几天便把萧何放了出来。萧何这时已经老了，几个月的牢狱之苦，让他浑身疲惫酸痛，他赤着双脚，迈着蹒跚的脚步入朝谢恩。

刘邦不咸不淡地说："相国不必多礼，你为民请愿，而我不肯，我不过是像桀纣那样的皇帝，你却成了贤相了。我关你几天，是想让百姓知道我的过失呢。"萧何再三拜谢，以后更加谨慎，愈加沉默寡言了，刘邦仍旧对他照常看待。

14. 帝王难断家务事

刘邦打败项羽，平定天下，来到洛阳，一面分封诸侯，封赏功臣，商讨建国大计，一面派人去栎阳接太公、吕后和太子盈，一面又派人去沛县老家接二哥刘仲、二儿子刘信、同父异母的弟弟刘交，还有以前的情妇曹氏、定陶的戚氏父女、曹氏为刘邦生的儿子刘肥、戚氏为刘邦生的儿子刘如意，也一起入都。

刘氏家族被请进了列车的最豪华车厢，突然降临的喜事让刘家上下都喜出望外，突如其来的富贵改变了一家人平静的生活，从平民百姓一跃成为帝王之家，虽然人人都羡慕，但鞋合不合脚只有自己知道。刘邦变得更憔悴了，诸侯臣服，天下归心，但家里的烦心事似乎更多了；拥有无上的权利，但无奈似乎更多了；拥有天下的财富，但内心却变得贫穷了。万众羡慕的好日子来了，刘邦却整天忧劳操心，心力交瘁，依旧是“不如意事常八九，可与人言只二三”，家里的矛盾比贫穷时更加复杂了，所以他也只当了七年皇帝就在忧烦愁病中驾崩了。

刘氏天下

汉高祖九年元旦（公元前198年），刘邦率群臣向太上皇拜贺，礼毕便宴会群臣，刘邦陪太上皇坐在殿上饮酒，两旁的群臣依次起立向太上皇奉寿酒，太上皇很是开心，笑得合不拢嘴。刘邦开玩笑说："从前大人常说儿臣无赖，不能治产业，还是二哥能种田善谋生计。现在儿臣所治的产业，和二哥比起来，究竟谁多谁少呢？"太上皇只是笑着不说话，群臣忙起身俯伏，连呼万岁，声震屋宇。

得了天下，首先要做的自然是封赏功臣，然后再分封子弟亲属，但这可不是一蹴而就的事，肥肉就那么多，怎么分都有人觉得不公平，涉及利益的事，即使是亲人也不愿意谦让，因此家庭内部矛盾此起彼伏，扰扰攘攘了好几年，也没能让所有人都满意，而且还像壶中的茶垢一般越积越厚。刘家坐了天下，这本是喜事一桩，烦心事却接踵而来，更何况刘邦怀着私心，要把刘氏子弟封尽，从而又引发了功臣们和刘邦的矛盾，所以刘邦到后来的人生都是在一边平乱、一边分封子弟、一边调解家庭矛盾中度过的。

分封子弟

刘邦听了田肯的话，要把子弟分封出去镇抚四方。于是他把楚国分为荆、楚两地，将军刘贾是他的堂兄弟，跟随他一起征战多年，首先加封为荆王，少弟刘交封为楚王。代地自从陈余被杀，一直没有封王，刘邦便封二哥刘仲为代王。齐地有七十三县，比荆楚地方大，于是刘邦把这块肥肉封给长子刘肥，封他为齐王，命曹参为齐相辅佐刘肥。这样刘姓子弟就得了四国，只有侄子刘信没有分封，还留在栎阳居住，太公还以为刘邦忘了，便向他提起这件事，刘邦说："不是我忘了，只是刘信母亲度量狭小，我不愿封他。"

原来刘邦年轻的时候，终日在乡里游荡，不务正业，他的大嫂（即大哥刘伯的妻子），看他七尺高的汉子，好吃懒做，心里很厌恶他，口中也常有怨言，太公听了索性分了家。刘邦当时还没娶妻，便跟着父母住。刘邦经常拿家里的钱结交朋友，一起喝酒吃饭，太公看他一事无成，常骂他无赖，有时连饭也不给他吃，刘邦却怡然自得，不以为意。有时怕父亲骂他，不敢回家，便到两个哥哥家里住，两个哥哥也叫他一起吃饭。后来大哥刘伯得病死了，大嫂心里厌恶刘邦，便不想让他再上门了，刘邦并不知道，还是常到大嫂家吃饭，大嫂经常借口孤儿寡母日子艰难，十次去有九次被拒绝。刘邦还信以为真，直到有一天，他带着几个朋友到大嫂家，当时正是午饭时分，大嫂本不想给他饭吃，又看他带这么多人来，更是生气，于是想了一个办法，走到厨房里用瓢刮锅，表示饭菜已尽，刘邦本来兴冲冲地带朋友来吃饭，听到厨房中刮锅声，还后悔来迟了，心里十分失望。刘邦送走朋友，到厨房一看，只见锅上正冒着热气，里面有大半锅羹汤，才知道大嫂故意不给他们饭吃，长叹一声便掉头走了，从此再也不到大嫂家去。现在他当了皇帝，不愁吃喝，对这件事却耿耿于怀。但他见父亲不高兴，还是封了刘信为羹颉侯。

刘邦杀了彭越后，把梁地分成两块，东北仍然叫梁，封儿子刘恢为梁王；西南叫作淮阳，封儿子刘友为淮阳王。这两个儿子是刘邦后宫妃嫔所生，母氏不祥。

刘邦听说英布谋反后，便立赵姬生的儿子刘长为淮南王取代英布。

周勃在燕国追歼了陈豨军队，并把陈豨杀了。代郡随即也被平定。刘邦在洛阳下诏，仍然把赵、代分为二国，封皇中子刘恒为代王，定都晋阳（今太原市）。刘恒是薄姬所生，生性贤仁善良，母亲薄姬也从来不在后宫争风吃醋，而是一心抚养刘恒成人。

刘邦令周勃回朝，让楚王刘交又回到楚地，改荆地为吴国，荆王刘贾身后没有子嗣，便立二哥刘仲的儿子刘濞为吴王。刘濞年方弱冠，臂力过人，这次刘邦征讨英布便带着他，作战时让他当先锋，非常勇猛，杀敌很多，刘邦便派他去镇守民风轻悍的吴地。此时刘氏子弟分封共有八国，齐、楚、代、吴、赵、梁、淮阳、淮南，除了楚王刘交、吴王刘濞外，其余都是刘邦亲子。这时的分封也为将来的刘氏诸王叛乱埋下了祸根。

尊封太公

转眼到了夏天，刘邦从洛阳到栎阳看望太公。他每次看太公必先跪拜再问安，并且五天看望一次，从不失约。这天他刚下车就看到一个老头拿着一把扫帚过来迎接他，正是太公，刘邦慌忙下车扶住父亲。

太公说："皇帝是人主，天下共仰，怎能为我一人而乱了天下法度呢？"刘邦猛然想起，他当皇帝后，一直没有尊太公尊号，心里知道是自己的过失，便将太公扶进屋，婉言问刚才是谁叫父亲那样做的。太公为人朴实，就告诉他是家令的主意。刘邦也不多说，回到宫里便让人取出黄金五百斤，赏给太公家令，又下诏尊太公为太上皇。

太公本是个乡下老农，做了太上皇之后，受到许多束缚，很不适应，因此十分难受，一点也不如从前快乐。刘邦得知情况，便把老家的村子绘成图样，在栎阳宫殿附近，又造了一座一模一样的村落，把原先乡里的父老妇孺都迁了过去，再让太上皇闲暇的时候过去出游，和乡里乡亲促膝谈心，不拘礼节，太上皇才又笑逐颜开。

行刺风波

源起——一通无心的脾气

刘邦征讨匈奴回军时经曲逆县，顺道来到赵国，赵王张敖到郊外迎接，礼节非常周到恭敬。他是刘邦的准女婿，和吕后生的女儿鲁元公主定了亲，因此格外殷勤伺候未来的岳父。不料刘邦并不给他面子，还很看不起他，坐在那里骂了他一顿，发了一通老脾气就动身走了。

到了洛阳，刚刚住下，他二哥刘仲就狼狈地过来向他报告，说是匈奴移兵代国，抵挡不住，只好跑回来了。刘邦听了气不打一处来，骂道："你就只配看守菜园子，难怪见了敌人就逃呢！"刘仲碰了一鼻子灰，低头退了出去。刘邦本来要加罪于他，但念在手足的分上，不忍心严惩，把他降为合阳侯，另封八岁的小儿子如意为代王，又命阳夏侯陈豨为代相，先去代国镇守。

埋伏——一次流产的暗杀

汉高祖元年八月，刘邦接到报告说韩王信领兵侵扰边疆，他又率兵出击，到了东垣，得知韩王信已经跑出塞外，于是便率军南撤，经过赵地的一个小县，早有地方官等候接驾，礼仪甚是隆重。刘邦走进他们设的行幄，忽然感到一阵烦躁不安，他问身边随从："这里是什么县？"手下回答说是"柏人县"。

刘邦沉吟道："柏人县，迫人县，难道我要被人胁迫不成？我不要在此留宿，马上就走。"手下听了，忙准备车驾，刘邦便登了车，带着队伍走了。

刘邦不知道，在行幄中的某个角落正有几道冰冷的眼光在窥视着他，这几个黑衣人身上背着剑，准备夜里动手行刺。见刘邦乘车远去，也只得打手势闪人。

案发——一场冤枉的案件

刘邦在都城住了两个月又回到洛阳，这时有人举报说赵相贯高谋反。刘邦大怒，忙令人到赵国捉拿张敖和贯高、赵午等人。女婿张敖只是喊冤，赵午等人畏罪自杀，贯高却疾声为张敖申辩，说张敖并没有谋逆，事情都是他干的。于是和张敖一起被绑到京师，还有几个忠心耿耿的大臣也要跟去替张敖申冤，可诏书中不准旁人跟从，而且有诛三族的禁令，几个大臣便想出一个办法，剃了头装成赵王家奴，一起随车到了洛阳。

刘邦也不和赵王见面，直接交给廷尉审讯办理。廷尉因为张敖的特殊身份，把他关在单独的房间里，唯独让贯高对簿公堂，贯高依旧替赵王申冤，廷尉怀疑他袒护赵王，便重重地责打他，但这样审了几次，贯高始终坚持原来的话。廷尉又动用严刑，用烧红的铁针刺入贯高身体，贯高疼痛难忍，晕过去几次，直到体无完肤，仍不改以前说的话。廷尉也没了办法，只好把他先关起来。

这时鲁元公主也赶到长安救夫，她声泪俱下地向吕后求援，吕后便到洛阳去见刘邦，竭力为张敖辩护，说他身为驸马，不可能谋反。刘邦发怒道："张敖要是得了天下，难道还少你一个女儿吗？"吕后也不敢多说，只是派人去问廷尉审讯情况，廷尉把几次审讯情况向她如实报告，并奏明刘邦。

刘邦便问群臣谁认识贯高，中大夫泄公说他与贯高是同乡，因此和他认识，贯高是个重名声讲义气的人，不轻易许诺。刘邦听了道：“你既然和他相识，可到狱中探视他，问明情况，看赵王是否和他是同谋。”

牢门打开，只见一个浑身沾满血迹的身躯躺在竹床上，遍体鳞伤，从披散的花白头发中依稀辨得他是贯高。泄公轻轻唤他，贯高慢慢地睁开眼来，泄公和他打了招呼，贯高想要起身，可是身子一动就疼，不觉呻吟起来。

泄公让他躺着别动，婉言慰问他，接着谈到谋反的事，贯高告诉泄公，原来上次刘邦经过赵地，无故骂了赵王一顿，贯高和赵午便看不过去，他两人都是张敖父亲张执任命的丞相，六十多岁了，还争名使气，便私下对张敖说：“大王到郊外迎驾，礼节周到，极为谦恭，反遭皇帝谩骂，难道天子就能这样吗？我把他除掉算了。”张敖听了大惊失色，连说使不得，不许他们口出妄言。两人见张敖不从，还说他软弱无能，便决定自己单干。后来听说刘邦又去攻打韩王信，从东垣返回路经赵地，便派几个刺客在柏人县埋伏，伺机暗杀刘邦，后来没有成功，这事却被贯高的仇人告发了。

泄公又试探地问：“你又何必硬保赵王，自己受苦呢？”

贯高睁大一双血红的双眼道：“你说错啦，人生在世，谁不爱父母妻子，现在我自认首谋，一定会被诛三族，难道我傻到这个地步？为了赵王一个人，而葬送三族的性命？不过赵王确实没有同谋，如果平白冤枉他，我宁可灭族，也不会做这种事！”

泄公便把这些情况都报告刘邦，刘邦这才相信张敖无罪，赦他出狱，又对泄公说：“贯高宁死也不肯诬蔑张敖，却也难得，你再去告诉他，张敖已经放出，我把他也赦免了。”于是泄公又来到狱中传达谕旨。

贯高一下子坐起身道：“赵王真的被放了吗？”

泄公点头道：“圣上有命，不但放了赵王，还说你忠信过人，也被赦免啦！”

贯高苦笑道：“我所以拼着一死，就是为赵王证明清白，现在赵王出狱，我已尽责，死也无憾了！再说我身为人臣，已经背了篡逆的恶名，还有什么颜面再事主上？”说完，便掐自己的脖子自杀了。泄公来不及救他，叹息着回去复命了。

刘邦听了也很是叹息，又听说跟着赵王一起来的还有几十个忠义的赵臣，也召见了他们，其中有田叔、孟舒，说起赵王冤情，慷慨陈词，声泪俱下，刘邦看他们都不是平庸之士，便都封为郡守和诸侯王中的国相。

刘邦和吕后一起回到长安，张敖也跟着，他被降封为宣平侯，移封代王如意为赵王，把代地兼入赵国，让代相陈豨守卫代地。另任御史大夫周昌为赵相。

赵王张敖被降封，是很无辜的，这件事激化了一对家庭矛盾，那就是吕后和戚姬母子之间的矛盾。本来戚姬得宠，吕后遭到刘邦冷落，她已经在隐忍，现在，戚姬母子却在他女婿被冤枉降封这件事上得到了好处，吕后的一腔怒火自然全部转移到了戚姬母子身上。下面讲述的太子废立之争更是让两个女人和一个男人之间的爱恨情仇达到了白热化的程度。

太子废立之争

戚姬是刘邦在彭城败退逃难的路上认识的，刘邦统一天下后，把她接进宫中。她不但貌美，而且能歌善舞，又知书识字，最为得宠。

一天，周昌到内殿奏事，远远地听到男女嬉笑的声音，仔细一看，原来是刘邦正搂着他的宠妃戚姬在调情取乐，周昌转身就走。周昌是沛县人，是前御史大夫周苛的弟弟，周苛死后，刘邦让周昌代替兄职，加封为汾阴侯。周昌有口吃的毛病，不善言辞，但性格耿直，敢于较真，有时急得耳面赤红都要申辩自己的意见，所以萧何、曹参都视他为诤臣，刘邦也称他正直。

这时刘邦已经看到他，便追上来叫他站住，周昌也不好再走，便又转身跪谒，刘邦走过来趁势骑在他颈上，问他：“你来了又走，看来是不想与朕讲话，你究竟把朕看成怎样的皇帝呢？”

周昌睁大了眼睛，半天说出一句：“陛下就好像桀纣呢！”刘邦听了不禁大笑，从他头上下来，让他奏事。周昌奏完事便扬长而去。

戚姬得到专宠，时间一长，便有了夺嫡的想法，因此经常在刘邦面前泪眼婆娑地恳求，让刘邦废去太子，立她的儿子如意，她好当皇后。如意聪明伶俐，是刘邦最喜欢的儿子。而太子盈秉性柔弱，不像当皇帝的料，刘邦也想废他，可是他们都没注意到刘盈身后那个厉害的母亲吕后。吕后知道自己年长色衰，刘邦和她感情渐渐疏远，但也不以为意，故作大度，私下却时刻提防着，也很怕太子被废，早已将戚姬母子看作眼中钉。

废立第一波

如意这年十岁，刘邦封他为赵王，让他到赵国上任，戚姬却十分失落吃惊，因为一旦去诸侯国就任，就很难立为太子。戚姬哭哭啼啼地找刘邦，刘邦柔声对她说：“我也想立如意为太子，只是废长立幼不合常理，只好从长计议吧！”戚姬听了更是哭得伤心，刘邦怜悯她，想了想又说：“算了，我就立如意为太子吧！”

第二天临朝，刘邦便提出废立太子的事，群臣都十分惊骇，忙跪下力争说立嫡以长，古今通例，而且策立太子好几年了，并没有过失，为何无故废立呢？刘邦不听，执意要起草诏书。正闹着，忽然听到廷下一个声音大声叫喊道：“不可，不不……可！”刘邦一看，正是周昌，便问他：“你只说‘不可’两个字，有什么道理吗？”

周昌急得满脸通红，额头冒汗，憋了半天才说出一句：“臣讲不出道理，不可就是不可，臣就是不奉诏！”刘邦看他执拗的样子，不禁被逗笑了，于是也不再强立太子，便宣布退朝罢议，不了了之。

周昌走出殿外，却有小太监说是奉皇后之命请他去一趟。周昌跟着小太监来到东宫，只见吕后正站在那里等候，他上前正要行礼，没想到吕后却突然给他跪了下来，急得周昌手忙脚乱，也忙跪下伏拜，只听吕后感激地说：“周公请起，感谢你刚才保全太子！”

周昌道：“臣只是一心为公，不敢当此大礼！”

吕后站起身道："今日要不是你，太子恐怕已被废了。"

戚姬护子

那边戚姬自然又一次失望，在刘邦面前流着泪道："妾也不是一定要废长立幼，只是我们母子的性命，都悬在皇后手中，还请陛下保全！"刘邦听了一时也没有什么办法，只能婉言安慰她。掌玺御史赵尧揣摩刘邦的心思，乘间问道："陛下每日不乐，是因为赵王年少，戚夫人与皇后有隔阂，怕将来赵王不能保全自己吗？"刘邦问他有什么主意。

赵尧说："陛下为何不为赵王择一个良相，只要是皇后、太子及内外群臣都敬畏的大臣，让他去保护赵王，就不必担心了。"

刘邦问谁能胜任，赵尧便推荐了周昌，刘邦点头称善。于是便令周昌去赵国担任赵相。周昌流着泪说："臣自从陛下起兵就跟随陛下，怎么现在抛弃我呢？"

刘邦说："我也知道让你辅佐赵王亏待你了，但我很担心赵王，除了你别人都不能胜任，只好委屈你了，希望你不要推辞。"

周昌不得已答应下来，于是和赵王如意，到赵国就任去了，戚姬舍不得儿子，又流了不少眼泪。过了几天，刘邦又另授赵尧为御史大夫，接替周昌。

吕后护子

英布谋反后，刘邦想让太子率兵征讨。太子身边的四位有才干的辅臣是当世有名的商山四皓，他们一致不同意太子出兵，便去找吕后的大哥吕释之说："太子去统兵，有功也不能加封，无功却要受祸。"让他去找吕后，让吕后去找刘邦。吕释之便入宫找吕后，吕后听从哥哥的话，忙去找刘邦哭诉道："英布是天下猛将，善于用兵，现在朝中大将都是陛下的老部下，怎么肯听太子的话？现在如果让太子为将，无异于让羊领导狼，英布得知这个消息，一定胆子更大，到时中原一动，全局都要瓦解了。只有陛下亲征，才能平乱。"

刘邦看吕后哭哭啼啼的样子，生气地说："我早知道这家伙不济事，什么事都要他父亲出马。”

刘邦于是便御驾亲征，朝中留守的大臣都来相送，就连抱病的留候张良也来送行，他临别时对刘邦叮嘱道：“陛下此去要多加慎重，楚人生性剽悍，轻易不要与他们争锋。”

刘邦点头道：“我记住了。”

张良又说：“太子留守京都，关系重大，陛下应该任命太子为将军，统率关中兵马，这才足以慑服人心。”刘邦便依从了张良，并对他说，“你是朕的故交，现在虽然身体不好，但还要请你辅助太子。”

张良说：“叔孙通已经是太子太傅了，他的才能足够胜任，请陛下放心。”

刘邦道：“叔孙通是个贤臣，但一人恐怕不能成事，所以还请你相助，委屈你担任少傅，请不要推辞！”张良点头答应了。

废立第二波

刘邦征讨英布回来，走到淮南的时候，身上箭伤发作，便匆匆回都到长乐宫休养。戚姬朝夕在身边伺候，让刘邦设法保全他们母子，刘邦便再次提出废立太子的事，张良劝了几次，刘邦都不听。这时太子太傅叔孙通找到刘邦，进谏道：“从前晋献公宠爱骊姬，废去太子申生，晋国乱了好几十年，秦始皇不早立长子扶苏，导致秦朝灭亡，这是陛下亲眼看到的。现在太子仁孝，天下都知道，吕后和陛下是患难夫妻，就生这么一个儿子，为什么要无故背弃？今天陛下一定要废长立少，臣情愿用颈血洒地！”说着，便拔出剑来要自刎，刘邦忙制止他说：“我只是一时戏言，你怎么当真了？竟然来尸谏，千万不要误会！”

叔孙通这才把剑放下，说：“太子是天下根本，根本一摇，天下震动，怎能以天下为戏呢？”

刘邦忙又说：“我听你的话，不易太子了。”

叔孙通便退下了。接着内外群臣也都上书固争，刘邦不好强行违背众意，只好拖延下去。

过了一段日子，刘邦箭伤好了些，便在宫中置酒，请太子盈侍宴。

太子盈便带着商山四皓一起赴宴，刘邦见到四皓十分惊奇，问："我请你们好几年了，你们都避着我不来，今天怎么和太子一起到这里来了？"

四人齐声说："陛下轻视士人，又爱骂人，我们不甘受辱，所以违命不来，现在听说太子仁孝，对士人尊敬，天下都仰慕他，我们也愿意来辅佐太子。"

刘邦慢慢地说："你们肯来辅佐我儿子，还有什么话说？我就把太子托付给你们了！"四皓唯唯听命，依次向刘邦敬酒祝寿。

宴后，刘邦对戚姬说："我本来想改立太子，没想到这四个人都来辅佐太子，他羽翼已丰，很难再动啦！"

四皓是秦时的遗老，无拳无勇，徒有虚名，自从那次宴会之后，就再也没有发挥过作用，刘邦让他们辅佐太子，结果太子被吕后架空，也没见四个人出来发表过一条意见。刘邦其实并不看重四皓，他们比张良差远了，只是看重群臣坚持不废太子，因此拿四皓来做理由，说给戚夫人听，堵住戚夫人的嘴。这正是刘邦聪明的地方。后来刘邦要抓萧何，斩樊哙，都是因为太子柔弱，而设法帮他巩固地位。

刘邦是争夺天下中的胜利者，但在家庭纷争中终究是失败了，既没有化解掉家庭矛盾，也没能保护好自己的宠妃戚夫人和爱子如意。他让周昌去辅佐如意，却舍不得让戚夫人跟去，结果更加让吕后忌恨。周昌和吕后比起来，自然是小巫见大巫，让周昌去辅佐如意也不能根本解决问题。所以结果很悲惨，刘邦死后，吕后专权，第一件事就是收拾戚姬，先罚她做苦役，又一纸诏书把周昌调离赵地，赵王如意失去了保护伞，被召回朝廷，不让与母亲相见，最终赵王被毒杀，戚姬受尽酷刑变成"人彘"，圈禁在永巷中惨死。

有人说是因为周昌坚持不废太子，所以才有吕后的专权，从而导致吕后杀了刘家后裔。其实不是，吕后得以专权，其实是因为刘邦听了她的意见杀了韩信、彭越，无形中增大了她的野心，提高了她在朝臣中的威信。刘邦是个粗鲁的人，未央宫侍宴太上皇，和二哥比长短，显出他的得意忘形。鲁元公主已经和张敖定了亲，他又要她转嫁给匈奴，十分荒谬。贯高要谋杀刘邦，也是因为他谩骂女婿赵王而来。他诛杀功臣，排除炸弹，分封子弟，巩固刘氏政权，却没看到自己身边一个最大的炸弹吕后，导致了吕后专权，刘氏子弟纷纷被杀，刘氏江山几乎不保。

单于戏吕后

刘敬献计

北方又传来匈奴犯边的警报，刘邦担忧起来，召关内侯刘敬商量，刘敬向刘邦建议说："要想匈奴臣服，只有用和亲的办法，陛下如果能够割爱，把嫡长公主嫁给单于，他一定会立长公主为阏氏（相当于王后），将来公主生了儿子，也一定会立为太子，陛下每年再去慰问，赐他珍玩财物，让他知道礼节，使他感动。现在的冒顿就是陛下的女婿，将来冒顿死了，外孙立为单于，更应当臣服，天下岂有做了外孙的还与外祖父抗礼的？这就是不需征战而使他屈服的长远之计呢。"

刘邦点头赞道："此计甚善，我又怎么会顾惜一个女儿呢？"于是便去对吕后说了这事，吕后大惊道："我只有一子一女终身相依，你怎么能把她远嫁塞外去做番奴呢？再说女儿已经许了赵王，陛下身为天子又怎么能够食言呢？妾不敢从命！"说完呜呜啼啼地哭了起来，刘邦叹了口气无奈地走了。

这一夜吕后都没睡好，她怕刘邦变卦，忙令太史择了个好日子，很快便把鲁元公主嫁给了张敖。刘邦只好和刘敬再另想办法，找了一个后宫妃嫔所生的女儿谎称是长公主，由刘敬送给冒顿和亲。刘敬跑了一趟匈奴，回来又向刘邦建议，把齐地的田、怀两个大族，楚地的屈、昭、景三个大族迁徙到关中，削弱豪强势力，一来防止他们意外生变，二来让他们屯垦防胡。刘邦又采纳了他的意见，各诸侯王奉令调查豪门贵族，迫使他们带着家眷迁入关中，豪门大族都拖家带口，背井离乡，自然苦不堪言，共计有十多万人口被迁徙。虽然这在一定程度上巩固了中央集权，但京都附近也变得语庞人杂起来，给京都治安和管理带来了混乱。

冒顿戏吕后

匈奴国的冒顿单于自从和汉朝和亲后，好几年都没有犯边。刘邦驾崩后，冒顿听说新继位的惠帝柔仁，吕后淫悍，便藐视起汉朝来，写了一封书从千里之外派人送到汉廷，指明要吕后亲阅。

吕后展书一看，但见写着：

我生于沼泽中，长于大草原，几次到边境，想来中国游。你也寂寞，我也孤独，两主不乐，无以自娱，愿用我所有，换你之所无。

这当然不是情书，而是冒顿调戏吕后的戏言，看到最后两句，吕后火星透顶，把书撕得粉碎，忙召集大臣商议，想要出兵征讨匈奴。

樊哙自告奋勇地说："臣愿率十万精兵往讨匈奴！"

这时一个人说："樊哙大言不惭，应该斩首。"大家循声看去，此人正是季布，樊哙怒视着他，吕后也不解地看着他。

季布接着说："从前高祖率三十多万大军攻打匈奴，还被围困七日，当时樊哙是上将，率领前锋部队，都没有办法解救，只能坐困。现在又开始吹牛，说用十万人就去征讨匈奴，这不是欺君妄上吗？再说夷狄性情就像禽兽，又何必与他计较？他说好话不足为喜，他说坏话也不足为怒。我认为不宜征讨。"

樊哙想起上次的白登之围，不想再吃二茬苦，也不敢再讲话。吕后听了，觉得季布说得有理，也不想激怒匈奴，于是让谒者张彩回书，语气谦逊，以吕后的口吻说："单于不忘敝国，深感惶恐，我年老气衰，发齿脱落，走路不稳，单于不要玷污了自己，还望赦罪。私下赠你御车二乘、马二驷作为你的车驾。"

冒顿收到来书，见语气谦逊，也觉得自己唐突，于是又派人到汉廷道歉，说自己僻居塞外，不知中国礼仪，还请陛下宽恕。此外也献了几匹马，又请求和亲。吕后便挑选宗室中的女子充作公主嫁给冒顿，冒顿很是高兴，于是相安无事。

这件事成为千古笑谈，给我们这趟西汉列车车窗外荒凉的大漠戈壁增添了一丝喜剧色彩。

15. 陈平的“非常六加一”

汉使跟着矮壮的匈奴兵进了军帐，一个身穿华丽雕裘的女子站在帐内，她眼窝有些凹陷，一双大眼睛睫毛长而卷曲，还有挺拔的鼻子，一看便是个胡女，五官轮廓没有汉族女子小巧，但也算得上是胡女中的美人了。待汉使进来，她便让左右退下，汉使忙上前问好。这个胡女正是匈奴冒顿新得的阏氏，很是宠爱，行军打仗都带在身边。

汉使给她献上黄金珠宝，说这是汉朝皇帝赠给她的。阏氏看着那些金光闪烁的宝物，每一件都爱不释手。正兴高采烈地欣赏着，汉使又取出一幅画交给她。阏氏把画卷展开，只见绘着一个汉族女子，身姿婀娜，那精致的五官显然把自己给比了下去。她皱了皱眉头，心里掠过一丝妒意，警觉地问：“这幅美人图有什么用？”

汉使答道：“我们主上被单于所困，希望能罢兵修好，所以把黄金珠宝送给你，求你代为请求，但还怕单于不答应，所以愿将国中第一美人献给单于。只是美人不在军中，所以把画先呈上，现在已经派快骑去接了，很快就会送来，请你代为转达。”

阏氏听了如临大敌，忙把画交给汉使道：“这个不必了，你把它带回去吧。”

汉使说：“我们主上也舍不得这个美人，还怕献给单于把你的宠爱给夺了，但出于无奈，只好这样做。如果你能设法解救，那就更好了，我们情愿多送你珠宝。”

阏氏见事情有转圜，爽快地说：“我知道了，你让汉朝皇帝尽管放心！”汉使收了画，便回营向陈平报告，陈平听了点头微笑，这一切已经尽在他预料之中了。

在帮刘邦打天下的几年中，他不像韩信等人在战场上用精妙的战术战胜对手，而在于战场之外，他走的是价廉物美的实用主义路线。他献了很多计策，最出名的是帮刘邦定江山的六个奇计，分别为：捐金楚营行反间计，换肴风波激怒楚使，夜放女子荥阳救主，悄捏帝足请封韩信，伪游云梦生擒韩信，阏氏妒画白登解围。

另外的一计我把它叫作“违背帝命智保樊哙”，通过这一计，他保全了自己在刘邦死后没有得罪新主，而且仍然被重用。

我们简单回顾一下前面章节讲过的五计就能得出结论：

捐金反间计就是用金钱解决问题，让项羽对手下大将钟离昧不信任，在关键时刻严重削弱了楚军战斗力。

吃货离间计就是在饭桌上和楚使玩了一个心理战，让项羽对他智囊团的核心人物范增产生怀疑，结果导致范增愤然离去，项羽失去一个臂膀。

荥阳城被项羽大军围困，在形势万分危急的情况下陈平夜放女子出城，利用女人转移了楚军的视线，使得刘邦有机会从西门逃跑。

楚汉战争相持阶段，陈平悄捏帝足请封韩信，及时提醒刘邦满足韩信的要求，开“空头支票”怎么算都不吃亏，得到韩信援助就等于得到了天下，这才是大实惠。

刘邦统一天下后，用了陈平伪游云梦泽会诸侯的计策，不费吹灰之力就抓住了韩信。

其中第一、二计削弱了对手力量，第三计救了刘邦性命，第四计加强了刘邦力量，第五计则消除了刘邦顾虑。

陈平是个明白人，他最大的特点是对世事的洞察非常敏锐，他高超的政治手腕就一条，对人性看得很透，采取的方法看似很俗其实很绝。

他能够及时把握对方内心深处微妙的变化。这些东西也许是正人君子不屑一顾的东西，但却充满了大智慧，所以是大策略。下面我们就来详细讲解他又一次利用女人的第六和第七计。

阏氏妒画白登解围

刘邦统一天下后，全国刚经过战乱，因此都在休养生息，只有北方匈奴经常侵扰边境，掳掠财物。冒顿单于称霸北方，把蒙恬从前收复的失地全部夺走了。

警报传来，刘邦正要整顿北方边防，他先派韩王信去太原镇守，抵御匈奴。韩王信率兵镇守太原，不久又表请移兵马邑，在马邑城修城墙、挖堑壕，刚竣工，匈奴大军就蜂拥而至，将马邑城围住，猛扑了几次，城虽未被攻破，但却万分危急。韩王信忙派使者去朝廷求援。

他又登城察看，只见城外大约有一二十万胡骑，每个匈奴兵都穿着坚固的盔甲，拿着锐利的兵器，韩王信心里一沉，不觉害怕起来，不禁想起匈奴的“猎头”习俗。匈奴兵喜欢砍下敌人的头颅作为荣誉的象征，并得到部落的赏赐，他们还会把敌人的头颅沿眉弓切开，取头盖部分制成酒器，按猎杀者身份，在“酒器”外面裹上兽皮，镶上金边，缀以宝石。想想这些韩王信就不寒而栗，他可不想自己的脑袋摆上匈奴的饭桌，看着自己兵力越来越少，而此处和汉廷相距千里，就是立即派人来救援，恐怕都来不及了，于是他便接连派人出城去向冒顿求和。

汉兵在半路上听说韩王信向匈奴求和的消息，忙派人报告刘邦，刘邦也对韩王信起了疑心。在紧急情况下，刘邦亲自给韩王信写了封信，申明大义，对他进行劝告、指责和警告。信中说：“专死不勇，专生不任，寇攻马邑，君王力不足以坚守乎？安危存亡之地，此二者朕所以责于君王。”（《汉书·韩王信传》）。

刘邦的这番话不但没有挽回形势，反而促使了韩王信的叛变。他见刘邦如此口气，深知处境的危险，怕被问罪杀头，于是献出了马邑城，投降了匈奴。接着，韩王信与匈奴勾结起来，挥师南下，进入雁门关，攻下太原郡，长驱直入，很快占领了山西大部分地区。

警报接连传到汉廷，刘邦决定御驾亲征，于是冒着严寒率军出发了（时为汉高祖七年十月中旬，公元前200年）。前锋到达铜鞮（今山西沁县一带），和韩王信的兵相遇，一阵交战，把韩王信打退，韩王信的部将王喜被杀。

韩王信退回马邑，忙召部将曼邱臣、王黄等商议对策。这两人本是赵国大臣，他们建议先立赵国后裔笼络人心，韩王信没有其他法子，派人寻访了一个叫赵利的赵氏后人，拥立了起来。同时又去向冒顿求援。

冒顿此时正在上谷，接到报告忙令左、右贤王领着骑兵万人去马邑增援，韩王信气势又盛起来，领兵进攻太原，到了晋阳和汉兵相遇，又被杀败逃回。汉兵一直追到离石，得了许多牲畜才回师。

此时正是冬季，北方天寒地冻，大雪纷飞。汉兵不适应这里的严寒气候，都冻得皮开肉裂，手脚僵麻，有的连手指头都冻掉了，十分艰苦。

刘邦在晋阳住下，听到前锋连战连捷，还想继续进兵，于是派了几拨侦骑先去打探。很快侦骑回报，都说冒顿手下是些老弱病残，没什么可怕的，如果进攻一定得胜。

刘邦于是准备出发，同时让刘敬再去探察，以得到确切的音信。刘敬就是前面劝刘邦定都关中的戍卒娄敬，刘邦授他郎中的官，赐姓刘，号奉春君。

刘邦麾兵前进，一路上非常顺利，偶尔遇到匈奴兵马，只要喝一声就吓得四处逃窜，根本不敢和汉兵接仗。汉军越过了沟注山，直达广武。这时刘敬回来复命说不宜轻进，刘邦听了不高兴地问为什么。

刘敬答道："两国相争，应该耀武扬威，炫耀兵力，臣去打探匈奴人马，却都是些老弱病残。匈奴向来是很强悍的，如果冒顿部下都是这样，怎能横行塞北？臣料其中有诈，一定是假装羸弱，暗伏精兵，引诱我军深入，请陛下三思而后行，不要中了敌人诡计。"

刘邦长驱直入，正在兴头上，没想到刘敬的一番话却泼了他一身冷水，很是懊恼，于是发起火来："混蛋，你本来只靠着一张嘴得了官职，今天却妖言惑众，动我军心，该当何罪？”说着，便让人把刘敬拿下，关了起来，准备回来再处置。接着又率兵前进，骑兵在前，步兵在后，一路仍畅通无阻。

刘邦求胜心切，命太仆夏侯婴加速行进，骑兵还能跟上，步兵追赶不上，便被甩在后面。

刚到平城（今大同市东），忽然听到一声炮响，尘头起处，只见匈奴铁甲骑兵密密麻麻地围了上来，刘邦忙令诸将对敌，战了很久也没有占到一丝便宜。这时冒顿单于又率兵杀到，汉兵交战多时，早已精疲力竭，渐渐支撑不住，纷纷后退。刘邦忙率军向东北面的一座大山里撤退，派兵守住山口，垒石为堡，奋力抵御，匈奴兵攻了几次都没攻破。

冒顿忽然下令停止进攻，只见他把部队分为四支把山围住。这座山名叫白登山（今大同市东北马铺山），冒顿早已在山谷里布下伏兵，专门等汉兵到这里，好把他“包饺子”。此时汉军的一切行动尽在他掌握之中。

刘邦被困在山上无法脱身，又迟迟不见后面的军队来援，他只好鼓励将士下山突围，结果几次都被匈奴杀了回来，刘邦便急得大骂步兵，说他们逗留不前。

他哪知冒顿带着四十万匈奴兵把白登山围得像只铁桶，又分路堵截后面援应的汉兵，汉兵怎么能进得去？刘邦登山俯视，但见山下四周都是乌压压的匈奴铁骑，奇怪的是四周马的颜色都不同：西面都是白马，东面都是青马，北面都是黑马，南面都是赤马，阵容蔚为壮观。

几天过去了，刘邦仍被困在山上，寒气逼人，粮食也快没了，又冷又饿，再想不出突围的办法，就只能白白在这里等死了。匈奴不发一兵一卒，就足以把汉兵尽数困死在白登山上。刘邦这时才后悔当初不听刘敬的劝告，因为张良不在军中，他找陈平商量了几次，都没有结果，只是劝刘邦不要急，办法总是有的。

到了第六天，陈平找到刘邦说有办法了，和刘邦密议了一番，刘邦便派使臣带着金银珠宝和一幅图画，趁着大雾下山去匈奴营帐了。

使臣见了阏氏，阏氏看着金银珠宝爱不释手，但看了那幅美人图后却万分嫉妒，她叫使者把画带回，但那幅画上的美人却烙进了她的心里，她眼前仿佛尽是冒顿搂着那个女子亲昵而把她冷落在一旁的画面，心中的危机感简直比困在白登山的刘邦还要强烈。等醉酒的冒顿一睡醒，她便急切地坐到他身边娇声说：“单于，刚才有人密报，说是汉朝出动大军前来救驾，明天就要到啦！”

冒顿说：“有这回事吗？”

阏氏妩媚地看着冒顿说：“单于你想，现在汉朝皇帝被困到这山上，汉人岂肯善罢甘休，一定会拼命来救；即使单于能打败汉人，得到汉地，也怕水土不服，不能久居，万一再有什么闪失，我都不能和你共享安乐了！”说着竟呜呜地哭了起来。

冒顿轻抚她的脸庞说：“那你说我应该怎么办呢？”

阏氏投到冒顿怀里柔声说：“汉朝皇帝被困了六七天，还相安无事，一定是有神灵相助，单于何必违背天意？不如放了他吧！”

冒顿搂着阏氏道：“你说的也有道理，明天我便见机行事。”

冒顿听了妻子的话，已经心动，再加上韩王信和赵利等还没有到来，他怀疑他们与汉朝串通，自己讨不到好反而要吃大亏，于是第二天早上便传令把围兵一角撤开，放走汉兵。

刘邦自从接到使者回报，一夜都没睡着，眼巴巴地等候匈奴那边动静。天明时分，忽然看到山下有一角的胡兵都不见了，心中大喜，忙令队伍下山。陈平忙说：“陛下请慢，匈奴虽然让路，但也不能不防，要让弓弩手围在四周保护陛下，把弓张开，上面搭两支箭，看清敌人动向才能下山。”

陈平又对夏侯婴说：“驾车一定要慢，一快就会招祸！”夏侯婴听了便驾着刘邦乘坐的车缓缓下山，四周由弓箭手护卫着。走到山下，只见匈奴兵都远远地看着他们，没有阻拦，汉兵自然一箭不发，慢慢地过去，后面的部队也跟着陆续走出包围圈，一直来到平城，终于和步兵会合。

冒顿见汉军从容撤退，一直防着汉兵有什么阴谋，并不追击，等刘邦前脚一走，也马上收兵回去了。最高兴的当然是阏氏和刘邦二人，阏氏的高兴古今所有防小三的女人可能体会更深，而刘邦经过七天的痛苦折磨，侥幸逃生，那份高兴也是常人难以体会的。他当然不愿再去攻打匈奴，很快便领兵回去。

经过广武，刘邦把刘敬放了出来，向他道歉说：“当初没听你的话，导致中了计，差点就见不到你了！上次的那几个侦骑侦察情报失误，夸大其词，耽误我的决策，我已经把他们都杀了。”于是加封刘敬为关内侯，食邑二千户，号为建信侯，又加封夏侯婴食邑千户。

向南行到曲逆县，看这里城池高峻，地势形胜，便赞叹道：“真是好地方！我走遍天下，只有洛阳和这里算是最好！”于是把这个地方封给功劳最大的陈平，改封户牖侯陈平为曲逆侯。

送美女图让阏氏产生忌妒的事也许是后人杜撰的。因为关于汉军是如何突围出去的，史书也没有明确记载，只是说刘邦采用了陈平秘计，才得以解围。陈平秘计是什么？“其计秘，世莫得闻”。(《史记 · 陈丞相世家》)

但刘邦确实派人与匈奴进行过谈判，并给阏氏送过一批厚礼，而且还按照陈平的计策给阏氏分析了战事的利弊。

我估计，陈平派人分析的利弊，以及导致冒顿撤围的应该有以下四条：

一是匈奴习惯于快速作战，冒顿原打算一次伏击就结束战争，结果相持不下，消耗了不少兵力，使冒顿的决心动摇。

二是即使占领了汉地，也不是匈奴久居之地，更何况，灭了刘邦还有后来人，汉朝这个摊子也不是他好收拾的，弄不好偷鸡不成蚀把米。

三是冒顿与韩王信部将王黄、赵利约定，共同在白登合击汉军，结果约会日期已过，却没有等到韩王信的军队。于是，冒顿产生了疑虑，怕韩王信再与刘邦联合起来，腹背受敌，就逐渐放松了对汉军的围攻。

四是正好当时起了大雾，无法交战，天助大汉，冒顿决定收回兵马，主动让开包围圈一角放汉军回去。

违背帝命智保樊哙

回朝后不久，刘邦最亲的属臣卢绾背叛了他，他气得伤势复发，病倒在床。

刘邦有个侍臣与樊哙有矛盾，趁机向刘邦进谗言：“樊哙是皇后的妹夫，和吕后是死党，臣听说他们暗中密谋，等皇上千秋后，要把戚夫人和如意都杀了，不可不防啊！”

刘邦瞪着眼问：“有这样的事吗？”侍臣说此事千真万确。

于是刘邦召入陈平和周勃，把这件事告诉他们，并且就在榻上下令，让两人乘车速去燕地斩樊哙。

两人不由得面面相觑，不敢回应。樊哙是刘邦的连襟，杀还是不杀？如果不杀，他又如何回来复命？又是一道选择题摆在陈平面前。

至于卢绾为何会背叛刘邦，这里还要交代一下。原来周勃从代地回来复命，又报告了一件让刘邦吃惊的事情：燕王卢绾曾经和陈豨通谋。刘邦和卢绾关系一直非常亲密，因此不信，于是召他入朝，卢绾却做贼心虚，说自己有病，不肯入朝。

原来，陈豨造反时，派部将向匈奴求援，当时匈奴已经和汉朝和亲，一时也不肯发兵，卢绾得知这件事，便派部下张胜去告诉冒顿单于陈豨已经失败，让他不要援助。

本来是件好事，却让张胜给办坏了。张胜到了匈奴，还没见到冒顿，先遇到了燕王臧荼的儿子臧衍，臧衍想为父报仇，巴不得汉朝危乱，于是出言引诱张胜说：“你因为懂匈奴的风俗语言而被燕王重用，燕地现在还存在，是因为诸侯屡屡叛乱，汉朝无暇顾及，等陈豨败亡后你们就要成为俘虏了。我替你想了个办法，只有一面援助陈豨，一面和匈奴交好，即使汉兵来攻打，也可以相互援助，不至于灭亡。否则汉帝好猜忌，一心想杀尽功臣，怎么会让燕国长久存在呢？”张胜听了如梦初醒，于是竟违反了卢绾的命令，劝冒顿出兵援助陈豨。

卢绾不见张胜回来，匈奴却发兵援助陈豨，知道一定是张胜暗中捣鬼，便准备派人入都报告刘邦。就在这时张胜回来了，卢绾要把他斩首，张胜把这次经过对卢绾一讲，卢绾也动了心，又私自赦免了张胜，用一个犯人掉了包斩首示众，暗中却让张胜再去与匈奴谈和。另外又派部下范齐去见陈豨，让他尽力抵御汉朝，不要有顾虑，告诉他“你不是一个人在战斗”。可是陈豨很快就败亡了，卢绾又后悔害怕起来，忽然又来了汉朝使者宣他入朝，他自然不敢去。

刘邦又派辟阳侯审食其和御史大夫赵尧一起去燕地探视卢绾的病情，卢绾只好将装病进行到底，说是卧病在床，不能相见，把两位使者留在馆舍休息。过了两天，两人等得不耐烦了，便找燕臣说要去卢绾住处探望，燕臣便去报告卢绾，卢绾叹息道："以前异姓分封共有七国，现在只剩下我和长沙王两人，其余的都死了，族诛韩信，烹制彭越，都是吕后一手策划，最近听说皇上抱病不起，政权都在吕后手中，我怕她阴险好杀，如果入都，明明是去送死，等到皇上病愈，我自己去谢罪，才能保全性命！"燕臣便把这话转告两人，赵尧还想解释，审食其听卢绾的话有对吕后不满的意思，十分生气，便阻止了赵尧，和他匆匆回去向刘邦报告。

刘邦得到两人复命，已经恨得牙痒痒，接着又接到守边的官吏报告，说张胜没有被族诛，他仍然作为燕国的使者和匈奴联络，刘邦大怒道："卢绾果然造反了！"于是让樊哙率一万多人去征讨。

卢绾的背叛彻底伤害了刘邦，他气得箭疮开裂，流血不止，躺在榻上睡不着，想来想去不觉又把怒火移到吕后身上，要是让太子去征讨英布，他也不会中箭，偏偏吕后从中阻拦。所以吕后和太子来探望他时，被他骂了出去，两人便不敢再来了。

这时又有侍臣乘机告樊哙的状，于是刘邦召入陈平和周勃，给他们下达了速去燕地斩樊哙的命令。

刘邦又对周勃说："你代替樊哙为将，征讨燕地。"两人见刘邦病重，又在盛怒之下，也不敢替樊哙说情，唯唯地退了出来。

路上，陈平对周勃说："樊哙是皇亲，积功又多，现在皇上不知听了谁的话，要我们去杀他，我们这次去要见机行事，宁可把樊哙抓回来，让皇上自己杀。"周勃极口赞成，两人便出发了。

樊哙来到燕地，卢绾已走，因此燕地不征自平，他便进驻蓟南。这时朝廷的使者来到，让他临坛受诏，樊哙不知什么事，便跟着使者来到坛前，只见陈平站在坛上手持诏书，忙跪下听诏。陈平刚读了几句，忽然两边有几个武士冲上来，不由分说把樊哙摁住绑了起来。樊哙挣扎着正要大声叫嚷，陈平已经走了过来，在他耳边说了几句话，他这才平静下来，于是陈平指挥武士把樊哙送进槛车，向西回都；周勃则带着跟随樊哙的几个手下去接管他的军队。

陈平押着樊哙准备入关，又接到刘邦的一道诏书，命他去荥阳帮助灌婴，樊哙首级则派人送到朝中。陈平认识诏使，便和他密谈了一番，一行人便在驿馆中住下来等候消息。

果然两三天后，刘邦驾崩的消息传来，诏使也很佩服陈平的见识。陈平忙让诏使押着樊哙上路，他自己则登上一驾马车，一扬马鞭，风驰电掣般先向长安城驰去了。

陈平敢违诏命不杀樊哙，可见他的先见之明。一般人能做到这一步就已经不错了，下一步很可能就是去吕后那里邀功请赏，估计下场也和曾经放过刘邦的那个楚将丁公差不多。

而陈平却认为他目前所做的还远远不够，甚至还不能让他躲过杀身之祸，因为他对人性太了解了。他知道自己虽然保住了樊哙，但樊哙已经受辱，即使樊哙不怪他，樊哙的老婆吕媭也要怨恨他，于是赶紧先行入宫，第一个动作就是到刘邦灵前痛哭。吕后见他回来，忙过来向他问明樊哙的下落，陈平止住泪说他念在樊哙有大功的分上，不敢加刑，所以把他押到京师听候发落。

吕后听了，一颗悬着的心掉了下来，喜道："那都是皇上病重时说的胡话，还是你顾全大局！"又问樊哙现在哪里，陈平便说樊哙在后面很快就到，他是听说先帝驾崩而先赶来奔丧的。吕后让他回去休息，陈平坚持要求留下协助吕后，说："皇上新立，我应该竭力效劳，怎么敢怕劳苦？"吕后听他这么说，也很感激，便赞赏他说："像你这样忠诚，真是少见，那你就任郎中令辅佐皇上吧。"

陈平谢恩告退后，吕媭来找吕后，说陈平是要杀樊哙的主谋，应该把他加罪。吕后说："你错怪他了，他要是想杀樊哙，樊哙早就不在人世了，还会把他押解回来吗？"

吕媭冷笑道："他听说先帝驾崩才变计，这正是他的狡猾之处，太后怎能相信他呢？"

吕后不高兴地看着妹子，说："从这里到燕地好几千里路，往返需要几个月，当时先帝还在，他有的是时间杀你的丈夫，他一直都没动手，你怎么说他变计？何况我在这里都没办法救樊哙，幸好先帝是派他去，你应该感谢他的恩惠，不要恩将仇报。”一番话说得吕媭哑口无言，只好退下。

不久樊哙被押到朝中，吕后下了赦令，樊哙入宫拜谢，吕后说：“你还应该感谢一个人。”

樊哙想起陈平和他说的“悄悄话”，忙说他要感谢陈平。

吕后点头笑道：“你倒还有良心。”

还陈平一个公平

受金的事，陈平供认不讳，但盗嫂的事陈平始终没有争辩。因为事情比较暧昧，越辩越黑，所以他选择不辩解，抱着“清者自清”的态度，其实“盗嫂”只是谣传。

陈平从小就没了父母，住在哥哥家里。哥哥以务农为业，陈平则喜欢读书，往往手不释卷。哥哥比较支持他，还让他去跟着老师读书，自己则种田养家。嫂子见家里养了个闲人，心里很不高兴。

陈平是个英俊的少年，皮肤也很好，一天，村里有人就和他开玩笑说：“你家这么穷，你吃了什么好东西，皮肤这么好？”

陈平还没有回答，他的嫂子在旁边听到了，冷笑道：“他能吃什么好东西？不过吃些糠粉罢了，有这样的叔叔，还不如没有！”

陈平被嫂子讽刺得耳面赤红，几乎无地自容，刚好他哥哥这时过来，听了嫂子的话，就骂起嫂子，要把她休回家。陈平上前劝解，但哥哥不听他的，最终将嫂子休了。他和嫂子关系不好，怎么又会盗嫂呢？

同村的富翁张负有个孙女，生得貌美如花，但是五次和别人订婚，五次都死了夫，所以人们便传她克夫，没人敢再给她说媒。

当时也有人给陈平做媒，但陈平都看不上，唯独看上了张负孙女，只是苦于无人替他做媒，更何况他家里这么穷，富家女也不肯嫁给他。

这时村里人办丧事，让陈平去帮忙，陈平总是早去晚归，非常卖力，张负也在那里吊唁，看小伙子仪表堂堂，办事勤快，便大加赞赏，记在心里。

经过几次考察，张负对儿子张仲说："我要把女儿嫁给陈平。"

张仲吃惊地说："陈平一个穷书生，村里人都笑他寒酸，没人愿意把女儿嫁给他，你怎么把我妹子嫁给他？"

张负摸着胡须笑道："世上怎么会有像陈平那样英俊能干的人，还会长久贫穷呢？"

张仲还是想不通，于是把妹子叫过来，问她愿不愿意，妹子平时见过陈平，羞涩地答应了。张负于是派媒人去陈平家说亲，筹办妆奁，嫁女出门。张负私下给陈平财礼，让他作为夫家装点门面。

陈平娶了张氏之女后，夫妻十分恩爱，陈平得张家的资助，交游也广泛起来，乡里乡亲都对他刮目相看，村里社祭的时候，大家都推荐他为社宰，陈平分肉很平均，父老交口称赞。

陈平叹道："嗟乎，使平得宰天下，亦如此肉矣。"（《汉书·张陈王周传》），意思是："让我得宰天下，也一定会像分肉一样，秉公办事！"

从陈平找老婆这件事，就可以看出他是个讲究实用的人，从他给乡亲们分肉的事可以看出他是个胸怀大志的人。因为他家里很穷，找不到老婆，娶了别人不敢娶的张家女子，既有了老婆，又得到了金钱，可以获得资助，帮助自己实现自己的人生梦想。足可以看出陈平是个真实不做作的人。

陈平是个好列车长，他几次保护刘邦没有从飞驰的列车上被甩下来，最终坐上了头等舱。刘邦对他很了解，对他优缺点都看得很清楚，临终前对他一句话的评价是：才智过人，但厚重不足。

说他厚重不足，是从两方面来看：

一是陈平从入伍开始，经常换老板。

在投奔刘邦之前，他曾在魏王咎和项羽手下办事，虽然都是自己遭到危险才溜之大吉，但他逃跑并不是解决问题的唯一办法，主要原因还是因为他觉得前两个老板太平庸。所以他最终选择了刘邦，但这多少让刘邦感觉到他不稳重和反复无常。

二是陈平贪财，他有着关于"拿钱办事"的处世哲学。

虽然刘邦最终支持了他的观点，但心里觉得他做人太现实，认钱不认人，这样的人多少有些不太靠谱。

陈平讲究实际、明哲保身的思想表现在他违抗刘邦的命令，对樊哙只抓不杀，又第一时间靠上吕后化解误会；惠帝死后，他第一个要求封吕后的两个侄子为将军，后来又为吕后封吕氏子弟找理由，化解疑忌。吕后专制的八年，陈平为了自保，每天装作沉迷酒色，昏庸无能的样子，可算是有位无权。吕媭喜欢察人过失，经常在吕后面前打小报告，她因为自己丈夫的事而对陈平有意见，便到吕后那里告状，说陈平经常喝酒，不务正业，还调戏妇人。吕后知道两人有矛盾，因此并不轻信她。

陈平听说吕媭打他小报告的事后，更加沉迷于酒色，吕后知道后，反而十分高兴。

一天陈平去宫中向吕后禀报公事，吕媭也坐在一旁，吕后等陈平把事情说完，忽然指着吕媭对陈平说："你只管干你的，不要怕她说你，我相信你，不会轻信她的！"陈平忙拜谢而退，吕媭却在一旁闹了个大红脸，十分尴尬。

这一切都让别人对他泼污找到了理由，但当时陈平这么做也是迫不得已，否则一味讲求忠义，可能只有被罢免或杀头的下场。好在陈平是在装糊涂等待时机，后来还是和周勃联合铲除了吕氏子弟，迎回了代王刘恒，保全了汉家天下。

文帝刘恒实行了一系列休养政策，国家一片太平景象。一天，文帝临朝的时候问右丞相周勃："天下一年之内，要审查多少案件？"周勃想了想说不知道，文帝又问每年国家财政收支多少，周勃又愣了一会儿说不知道，心里十分惭愧，急得冷汗透背。

文帝见周勃答不上来，又转而问陈平，陈平也不知道，但是他素来有急智，脑子转得快，答道："这两件事都有专人负责，案件归廷尉管，钱粮归治粟都尉管。陛下不必问我们。"

文帝沉下脸说："照这么说，那你管什么？"

陈平答道："陛下让我这个愚钝的人担任宰相，我认为宰相的职责，上传天子理阴阳，顺四时，下抚万民辨是非，外镇四夷和诸侯，内管文武百官尽职责，作用非常重大！"文帝听了连连点头称善。

周勃见陈平对答如流，更是惶愧。退朝后，他和陈平一起出来，向陈平埋怨道："你怎么不提醒我一下？"

陈平笑道："你身居相位，难道不知道自己的职责？如果皇上问你，长安城有多少盗贼，你又怎么回答呢？"

周勃无话可说，悻悻地走了。他自知自己不如陈平，不想再当丞相了，于是上书称病，请求归还相印，文帝准奏，将周勃免了相职，任陈平为相。

陈平从入伍开始，用自己的智慧历事五六任性格、背景不同的主子，大多数时候混得很好。他凡事不怕别人误解，不争论，不辩解，按照自己的思路去做，力求在保护自己的基础上把事情做好，最终成为一代良相。

文帝二年，朝贺刚过，陈平病逝。文帝厚葬了他，谥号为献，令长子陈贾袭封。

04 车厢

母 子 冤 家

16. 蝎子座

列车的头等舱头座竟然被一位女子给占了，她是就自母系氏族以来有史记载的中国女权时代第一人：吕后。吕后在历史上的名声一直不好，她给人留下的印象是心狠手辣和精于权术。她与人们对一个“贤妻良母”的标准要求相差太远，恐怕用“毒如蛇蝎”这个词来形容她更加贴切。这个比喻本身如果算作贬义，那也是人们误解了蛇蝎。

如果汉朝普及星座知识，一定也有很多女人会八卦，看星座运势、性格脾气、爱情速配，但如果有谁说吕后这样的女人也会这么做，人们一定不相信，因为她是一位拥有最高权力的女强人，她不会，也没有兴趣这样做。她有一对儿女，一个丈夫一个情夫，并且逐步走上权力顶峰，让百官臣服，万民景仰，看上去她拥有的幸福让每个女人都羡慕嫉妒恨，但她的痛苦和脆弱又有谁能理解？本篇用“蝎子座”为题，从另一个角度解读吕后，从而可以看到她散发出的光辉。

有眼光的贤妻良母

吕雉的父亲叫吕父，字叔平，是单父县（今山东单县）人，人称吕公，他生有四个孩子：两个儿子，两个女儿，长子吕泽，次子吕释之，长女吕雉，次女吕媭。

为了躲避仇家，吕公带着家眷投奔了和他关系好的沛县县令，并准备在沛县定居。县令热情接待了他，并为他举办了一个大型的宴会，让县吏们都去祝贺，但是有一个条件：不能白吃，要送贺仪。

萧何便去告诉泗水亭长刘邦，让他也去参加。刘邦说："贵客光临，应该重贺，刘邦一定赴约。"说完，大笑不止。

翌日，刘邦就进了城，访到吕公住处，大摇大摆地走了进去，萧何已在厅中替吕公收受贺仪，一看刘邦来了，就扯着嗓子对其他人大声宣告："贺礼不满千钱的，要坐到堂下！"

其实他这是有意拿好朋友寻开心，因为他知道刘邦没钱。刘邦听着，就取出名刺交了过去，上面写着"贺钱万"。有人持名刺去给吕公报告，吕公接过去一看，见他贺仪最丰厚，非常惊讶，就亲自出来迎接，还请他上坐。吕公端详了刘邦好一会儿，含笑点头，而且对他特别尊敬和优待。

刘邦善于开"空头支票"从这时就可以看出来了，后来他就是靠开"空头支票"封韩信当齐王，结果得到了韩信的援助，打败了项羽，坐上了皇帝宝座。这次他靠开"空头支票"坐上了未来丈人家的首席上座。

刘邦为什么敢于说谎呢？一是因为他和萧何是铁哥们儿，他知道萧何一定不会揭穿他；二是性格使然，因为他天生就是个二流子，抱着"我是无赖我怕谁"的想法欣然赴宴。

萧何知道刘邦没钱，偏偏在一旁揶揄道："刘季专好吹牛，恐怕没这么多吧？"

吕公明明听见仍装作没听见，等酒肴备好，便请刘邦坐在首位。刘邦也不推让，大方地坐在首席，和大家举杯豪饮。

吕公为什么对刘邦特别尊敬和优待呢，难道就是凭那张"贺钱万"的名刺？

吕公其实已经知道刘邦名刺上写的"贺钱万"是在撒谎。因为在当时出一千钱已经很体面了，刘邦一个亭长，按秦朝工资来算一年才几千钱，刘邦和吕公素不相识，没亲没故，又无事相求，第一次见面就出万钱，要么刘邦很不差钱，要么刘邦很二，要么就明摆着是忽悠。

让吕公由惊吓到惊喜的主要有两个原因：

一是吕公看刘邦相貌与众不同。

古人对相貌是很注重的，尤其吕公会看相，他收到名刺后吓一跳，便出来和刘邦相见，见了刘邦又吃了一惊，因为刘邦的相貌“隆准而龙颜”(《史记·高祖本纪》)。隆，高的意思；准，鼻的意思；颜，额头的意思。也就是说他长着高鼻梁，宽额头，这样的面相非常好，按照看相的说法就是将来能够大富大贵，于是吕公一下子对他产生了好感，对他礼敬有加，请他坐上座。刘邦后来从起事到称帝，众人都拥立他，虽然有很多原因和机缘，但他的相貌一定是其中一个因素。他长得不一定很帅，但一定很有领导者风范，符合古人对王者之相的要求。

二是吕公欣赏刘邦那份强大的气场。

吕公让刘邦坐首席，其实也有将计就计考验他的意思。你既然写着出这么多钱，我就让你坐首席，看你怎么办。

结果刘邦坐在那里很淡定，谈笑风生，频频举杯和其他出了千钱以上的人畅饮，好像他真的出钱最多似的。这一点不得不让吕公自叹不如。

结果刘邦还有更让吕公自叹不如的。在酒宴上，史书还记载了四个字：“狎辱诸客”。他不但不心虚，而且还调戏其他客人，好像这顿饭是他做东。吕公心里的吃惊指数就如温度计被放在火上烤一般，汞柱直线上升：见过不要脸的，没见过这么不要脸的，算你狠！

所以，吕公由惊讶到惊喜，由惊喜到钦佩，由钦佩到欣赏。吕公欣赏的不是刘邦的胆量，古今有胆无识的二愣子多的是，他欣赏的是刘邦遇事时的那份镇定从容，这就是一种强大的气场。气场这东西，看不见，摸不着，不好形容，只可意会不可言传。按现在人的话叫作整个场面他都能“hold 住”，“将来能干大事”。

吕公简直看到了一个“潜力股”，于是产生了把女儿嫁给他的想法。到了酒阑人散，客人们都告辞回家时，吕公用眼神示意刘邦留下来，刘邦身上没带一分钱，也不担心，他见吕公有意留他，便安然坐在那里。

吕公送走了客人，便回来对刘邦道：“我年轻的时候就会看相，看了一辈子，相貌没有一个像你这么奇异的，敢问你娶妻了吗？”

刘邦回答说还没有。刘邦到了壮年还没找到老婆，因为他是个无赖，没有人家愿意将女儿嫁给他。

吕公道：“我有个女儿，愿意许配给你，请你不要嫌弃。”

刘邦听了这话，真是喜从天降，白吃一顿饭也就罢了，还得一个老婆。刘邦当即就翻身下拜，叫起了岳父，并约好了日子迎亲，高高兴兴地回家去了。

吕公告诉妻子，说已将娥姁许配给刘季。娥姁是吕雉的小字。吕媪听了动怒道：“你说女儿生有贵相，一定会嫁给贵人，县令求婚你都不答应，怎么无缘无故把女儿许配给那个刘季？难道刘季是贵人吗？”

吕公坚决地说：“这事你们女人懂什么，我一定不会看错人！”

吕媪心里一百个不愿意，但也只好听吕公的，为女儿准备嫁妆。

吕雉就这么嫁给了刘邦。史书上没有记载吕雉的反应，但从她母亲反对的话中我们可以看出，吕雉本来可以嫁给条件很好的县令家的儿子，而她却嫁给了一个年龄很大、名声不是很好、又没钱没势、其他女子都不愿意嫁的“老无赖”，这不但说明了她听从父命，更可以看出她的独特眼光。

婚后，刘邦和吕雉相亲相爱，夫妻感情非常好。过了几年，吕雉先后为刘邦生了一个女儿和一个儿子。

但刘邦是个无赖，结婚前经常流连于烟花之地，他在外面还找了一个情妇曹氏。曹氏也怀孕了，比吕雉还要早几个月，后来生了一个儿子，村里人都知道，刘邦只瞒着正妻吕雉，不敢让她知道。等吕雉生下一女一子，曹氏还留在母亲家里居住，由刘邦出钱赡养。

有两件事可以看出吕雉当初是个勤俭持家、贤惠善良的家庭主妇。

一件事是：刘邦当亭长，除了休假回家外，时常住在亭中。吕雉带着子女在家度日。刘家本来不富裕，只靠着几亩薄地过活，吕雉嫁夫随夫，闲暇时也到田间除草，取回来烧火。

另一件事是：有一个老人经过刘家，向吕雉讨水喝，吕雉可怜他年老，取汤给老人喝。老人喝完了汤，又给她看相，说她日后一定能成为天下贵人。对于一个善良的农妇来说，这只是让她对未来又多了一份美丽的期盼，如果真的让她得知自己将来会成为杀人如麻的“女魔头”，创造出“人彘”惨刑，甚至会把眼前活泼可爱的儿子逼成精神分裂症，她一定会吓得晕死过去。可是，谁也不知道未来到底会怎样。

“中国式坚强”的女人

老人给吕雉看了相，她又把儿子、女儿带到老人面前，请他看相，老人说都是富贵相。

不久刘邦回到家里，吕雉又高兴地把老人的话告诉他，刘邦问吕氏：“老人走了多久了？”

吕氏道：“时候不多，应该还没走远。”

刘邦立即抢步追了上去，追了一里多路，果然看见有个老人慢慢地走在前面，便喊他道：“老丈请留步，你能也为我看一看相吗？”

老人停下脚步，把刘邦上下打量了一番，问他道：“刚才我见过的夫人子女，想必是你的家眷？”

刘邦回答说是。老人说：“夫人子女都因为你才得贵，你的相貌真是贵不可言。”

刘邦高兴地谢道：“将来如果真像你说的那样，一定不会忘了你！”

老人摇头道：“这何足称谢。”说完便转身走了。后来刘邦兴汉，派人寻觅，也没找到他的下落，只得作罢。

相看得好，也只能算是心理安慰，吕雉依然过着平凡而艰辛的生活。

公元前208年，在陈胜吴广起义后，刘邦在押送刑犯到骊山修筑秦始皇陵墓的途中，放了刑犯，带着他们躲进了芒砀山。结果妻子吕雉在家中吃尽了苦头，甚至一度被抓进县狱，遭受狱吏的凌辱调戏，这对于一个良家妇女来说，是很恐怖痛苦的一件事。后来在任敖和萧何的帮助下，她才侥幸被释放。

她带着孩子到芒砀山找到刘邦，刘邦很惊奇妻子能找到他。吕雉竟然得意地说：“你藏的地方有祥云笼罩，我一找一个准儿！”

她在今后的日子里，又跟着丈夫一起吃了不少苦。楚汉之争中，她和一双儿女被冲散，她与公公一起成了项羽的俘虏，在被楚军扣押了近两年半之后，吕雉才回到了刘邦身边。这番磨难没有打倒她，而是让她变得更加坚强，包括她专政以后，对自己过往吃过的苦只字不提，她是一个有着“中国式坚强”品质的女人。

在和丈夫二十年的共同生活中，她不但是一个妻子，更是丈夫事业上的好助手，刘邦能够夺取天下和稳固政权，吕雉功不可没。

心狠手辣的政治家

刘邦称帝后，吕雉看着刘邦陆续接过来当妃妾的大小老婆（曹夫人，戚夫人），她并没有因为自己当了皇后而高兴。这时她已经年近四旬。她清醒地认识到自己姿色不再，魅力减退，刘邦又好色，她也不可能再像以前管丈夫一样管着皇帝了，作为女人的资本她正一点一滴地丧失，但她不甘心就这样被命运打败，她要掌握自己的命运。

随着年龄的增大，经历的艰辛和痛苦把她的内心从以前的坚强磨得坚硬起来。刘邦夺取天下后，她帮丈夫杀了两大功臣：韩信和彭越，这也使得她的威信大增，为她积累了政治资本。她不再把自己当成一个纯粹的女人了，她是一个会搞政治、让男人都听命于她的女强人。

一次破产的密谋

公元前195年，汉帝刘邦驾崩，吕后大权在握，怕一班功臣不服太子，便准备把他们都杀了，于是召心腹审食其密商。

审食其和刘邦是同乡，没有什么才干，但长相文秀，口齿伶俐，善于迎合。刘邦起兵后，让他做舍人照顾自己家人，没想到日子一长，他竟然和吕后勾搭上了。家里一老两小（太公和一对年幼的儿女）都不管，他俩偷鸡摸狗，乐得逍遥。后来刘邦兵败彭城，家属被项羽抓去，审食其也一直跟随照顾了三年，后来又跟着吕后一起入关，两人感情越来越好，好像一对患难夫妻。刘邦经常外出征战，一点也不知情，称帝后念在他照顾家眷有功，封他为辟阳侯。

吕后和审食其商量，说出了事先想好的三步毒计：一是先不发丧，以免朝局动荡；二是假称皇上病重，召集大臣接受遗命；三是埋伏武士，把大臣们全部杀死。

审食其听了暗暗吃惊，但想到杀了那些功臣对自己也有好处，便赞成吕后的意见。吕后又和二哥吕释之商量，吕释之也表示支持。一晃三天过去，还没有发丧，朝臣们已经开始猜疑。

曲周侯郦商的儿子郦寄和吕释之的儿子吕禄都是一帮纨绔子弟，两人喝酒的时候，吕禄便把这件事泄漏给了郦寄，郦寄回去告诉父亲，郦商听了大为吃惊，忙去找审食其，单独对他说："你要大祸临头了！"

审食其本来心里就有鬼，乍一听这话，不由吓了一跳，忙问怎么回事。

郦商压低声音说："皇上驾崩四天了，宫中密不发丧，还想杀尽功臣，你想功臣真的能全部杀光吗？现在灌婴领着十万大军驻守荥阳；陈平奉诏去协助灌婴，樊哙生死未卜；周勃取代樊哙，去北方平定燕代，这些人都是佐命功臣，如果听说朝廷里功臣被杀的消息，一定会率兵来攻打，大臣们刚好做内应，皇后和太子还想活吗？谁不知道你参与了谋划，到时还能保全吗？"

审食其支支吾吾地说："我……我真不知道这事，一定是外面谣传，我马上去禀明皇后。"

郦商前脚一走，审食其便入宫告知吕后，吕后见风声已走漏，也吃了一惊，只好打消念头。又叮嘱审食其转告郦商不要乱传。随后吕后传令发丧，让大臣进宫哭灵，这已是第四天了。后来刘邦被安葬在长安城北，陵寝叫作长陵，谥号高皇帝，史称汉高祖。

又过了几天，十七岁的太子盈继位，尊吕后为皇太后。因吕后这个称呼已经深入人心，以下叙事仍称"吕后"，而不称"吕太后"。

这些消息传到长城以北的燕王卢绾那里，他知道太子登基，吕后必然专政，自己自然不会入朝送死，于是率众投奔了匈奴，冒顿封他为东胡卢王。

震撼古今的“人彘”惨刑

吕后专政后，虽然没有杀成功臣，但却着手处置她的另一个敌人——戚姬。这时的戚姬就像笼中的母鸡，任吕后抓出来放血拔毛，做成美味。

吕后先将她髡钳为奴，命宫人将她头发剃光，脱下宫装，改穿赭衣，赶到永巷圈禁起来，勒令她舂米。

戚姬苦不堪言，边哭边唱道：“子为王，母为虏！终日舂，薄暮常与死相伍！相离三千里，谁当使告汝！”

歌中的“汝”是指赵王如意，她希望儿子知道消息能来救她。

这首歌传到吕后耳朵里，倒是提醒了她，立即派人到赵国召赵王入朝，可是一连召了两次也不来。吕后十分恼火，使者告诉她原来是周昌在阻止赵王入都。周昌知道吕后不怀好意，所以推说赵王有病，不能入朝。

依吕后的脾气，是要把周昌捉拿问罪的，只因他之前力保太子有功，所以另想了一个法子，召周昌入都，这下周昌不得不来。

吕后责问他为什么不让赵王入都。周昌直言相答：“先帝把赵王托付给臣，臣在赵国一天，就要保护他一天，太后如果怀有私怨，臣也不敢参与，臣只是遵行先帝遗命而已。”

吕后也不好辩驳，让他退下，但是不准他再回赵国。然后派人再去召赵王入朝，赵王失去了保护伞，只好回来了。

惠帝虽然才十几岁，但性格却很仁厚，他见戚夫人受罚，很不忍心。如意入都，他怕太后为难他，便亲自去迎接，并让他和自己一起住，防止太后暗中加害。吕后见太子护着如意，心里十分窝火。赵王想见母亲，她也不许，心里想着怎么害死赵王。

惠帝虽然保护周到，但百密一疏。惠帝元年十二月一个早晨，惠帝去打猎，因为天气寒冷，如意还在睡觉，便没有叫醒他。等惠帝打猎回来时，如意已经七窍流血而亡，他抱着弟弟的尸体大哭了一场，又命手下用王礼安葬如意，谥号为隐王。

后来惠帝派人暗中调查，有的说是毒死的，有的说是掐死的，主谋自然是吕后，惠帝无可奈何。但查到对赵王下毒手的是东门外的一个官奴，便秘密派人把他给杀了，算是为弟弟出了气。这事自然瞒不住吕后，他见惠帝屡次帮助赵王母子，又妒又怒，但又说不出口。

这一天，有个太监来见惠帝，说是太后派来的，让他带惠帝去看“人彘”。惠帝从没听说过这个，心里也很是纳罕，便跟着太监去看。曲曲折折地走进永巷，来到一个厕所，太监开了门，对惠帝说：“里面就是人彘。”

惠帝朝里一看，只见一个血肉模糊的肉虫子正在地上蠕动，再仔细看，辨出是一个人身，两手和两足都被剁了，光秃秃的脑袋上有两个黑洞——一双眼睛也被挖了，听到有声音，那怪物张大了嘴巴哈着气，仿佛要倾诉什么。惠帝闻到一股血腥味扑鼻而来，感到一阵恶心，很想呕吐，起了一身鸡皮疙瘩，忙问太监这是谁，太监也不敢乱说，直到惠帝回宫，硬要太监说明，太监才说出三个字：戚夫人！

惠帝听了如同被闪电穿透脑壳，吓得跌坐在地，面无人色，好一阵才颤抖着说出一句话：“好狠心的母后，竟把我先父爱妃折磨得这么惨么？”泪水早已不知不觉地流下。接着惠帝便病倒在床，一连几天神志恍惚，不吃不喝，时哭时笑，像是傻了一般。这时吕后也后悔让人带惠帝去看人彘，忙让太医给惠帝诊治。惠帝吃了好几服安神药剂，才稍微清醒些，只是一想起赵王母子，又呜咽不止。

一天，吕后来探望惠帝，惠帝仍旧卧床，只对她说了一句：“儿臣想通了，不想再当皇帝了，请母后自行裁决吧！”说完便闭上眼睛再也不理吕后。吕后见惠帝心意已决，摇了摇头，一咬牙便转身走了。

吕后害死赵王母子，又调淮南王刘友为赵王。把后宫的妃嫔，抓的抓，废的废，全部扫除干净，这才罢休。

周昌听说赵王死了，恨自己没有保护好他，有负先帝之托，很是悲伤郁闷，于是称病不再上朝，于惠帝三年病终，谥号悼侯。吕后念他为太子力争的功劳，命他的儿子袭封。

吕后怕诸侯有变，又派人加固都城，几次征发壮丁共计三十多万人，男子不足，女子补充，几年后才建成。周围有五六十里，城南、城北都成斗形，非常坚固，当时人们称长安为“斗城”。

母与子的斗争

惠帝要不是有吕后掣肘，也可能会成为一代明君。《汉书·惠帝纪》载，惠帝四年废止了导致秦“焚书坑儒”的《挟书律》，这让社会文明的程度大大提高。吕后的所作所为，让生性仁义的惠帝越来越看不下去，他与母亲的矛盾也越来越深。

儿子不和自己一个鼻孔出气，这还得了？吕后见戚姬母子不但夺走了丈夫对她的爱，更让儿子也站到他们一边，对戚姬母子更是恨之入骨，所以对赵王下手更快，对戚姬下手更毒。

吕后为什么要让惠帝去看人彘？

她让儿子去看戚姬惨状，是想让儿子死心。也是要惩罚一下儿子，你不是同情戚姬吗？我就让你看看和我作对的下场。

这次斗争表面看似吕后赢了，但其实她却输得很惨。权利、地位、金钱她都可以拥有，但却无法得到她生命中两个最重要的男人的心。此时儿子和她越走越远，更谈不上有什么感情。她为两个男人付出那么多，而两个男人全然不领她的情，却对一个以媚取宠的女人如此爱怜，她的心都碎成了饺子馅。吕后的心态已经不是一个慈母的心态，她已经忌妒得有点抓狂和扭曲了。

既然得不到就让你们毁灭，所以不难理解她看到儿子受到了严重惊吓刺激，造成了长期的心理疾病，虽然痛心，但也很痛快。这就更不难理解她后来对刘氏痛下杀手的原因，就是因为得不到丈夫和儿子的心，她才会痛恨其他刘氏子弟，对他们痛下杀手，一点也不念亲情。

惠帝二年冬十月，齐王刘肥（曹氏的儿子）入朝，惠帝十分高兴，摆酒为兄长接风。吕后却想加害刘肥，在席间命人端上两杯美酒赐给刘肥，刘肥不敢擅饮，便端起酒杯向吕后祝寿。这时一旁的惠帝则拿了另一杯酒和刘肥一起敬吕后。两人正要喝，吕后伸过手来把惠帝手中的酒杯打到了地上。惠帝不知怎么回事，刘肥却知道酒里有毒，放下酒杯称自己头疼，便先告退了。

齐王知道这次来了就很难平安地走，便和手下人商议对策，有人建议：最好把齐国的土地割一块给吕后的亲生女儿鲁元公主，博得太后的欢心，就好走了。

刘肥便依计行事，将城阳郡献给鲁元公主，不久便得到了吕后的褒奖，齐王上表申请回去，但好几天都没有得到批复。

刘肥急得不知所措，手下便又建议他尊鲁元公主为王太后，以母礼相待。这篇表文递进去，果然很快就见效果，第二天便有许多宫女和太监带着美酒来到齐王住处，说太后、皇上以及鲁元公主随后就到，为齐王饯行。

刘肥大喜，忙出来恭候。不一会儿便看到銮驾到来，刘肥慌忙跪伏迎接。

车子进了府邸，吕后慢慢走下车，带着惠帝姐弟二人进了屋。刘肥上前拜见，又向和他年龄差不多的鲁元公主行母礼，引得吕后十分开心，笑语满堂。后来又入席宴饮，刘肥在下首相陪，还有一班乐工演奏助兴，吕后越发高兴，直到傍晚时分才散席。齐王送别吕后的时候，趁机告辞，连夜飞也似的赶回了齐地。

这两件事让惠帝和吕后母子感情更加恶化，惠帝越来越恨她的母亲。

吕后和审食其私通的事渐渐传到惠帝耳朵里，再加上惠帝对吕后独揽大权不满，审食其又仗着吕后撑腰，飞扬跋扈，势倾朝野，很多人也对他不满，惠帝早就想把他处死，但不敢说他和吕后的事，便把他其他的劣迹收集起来作为把柄，把他抓捕入狱。

吕后知道自己理亏，也不敢说情，只盼着朝中大臣来上书求情。可大臣们都嫉恨审食其，巴不得惠帝申明国法，把他碎尸万段，所以好几天都没有人出来保他。审食其在狱中探听廷尉的意思，要把他定成重罪，眼见自己是凶多吉少，急得像热油锅上的蚂蚁，想了半天，终于想到一根救命稻草——平原君朱建。

朱建生长在楚地，曾是淮南王英布的门客，英布谋反时，朱建力谏阻止过他，并且不肯相从，等到英布被杀，刘邦便召见他，当面嘉奖，赐号平原君。朱建此后在长安定居，长安的很多公卿都愿和他交游，但朱建都谢绝不见，只和太中大夫陆贾交往，成为好友。

审食其也仰慕朱建大名，想让陆贾代为引荐，陆贾说了几次，朱建看不起他，不愿和他联系。后来朱建母亲病逝，朱建由于为人清正，连给母亲办理丧事的钱都没有，便四处向亲朋借钱。陆贾得知情况后，便把这个消息告诉了审食其，审食其出重金资助朱建，事后，朱建非常感激审食其，两人从此便交往起来。

审食其被抓后派人来找朱建，朱建却说："朝廷正在严查此案，我不便入狱探视。"审食其得知后以为朱建忘恩负义，兀自悔恨认错了人，只有仰天长叹，束手待毙。没想到过了几天，竟被惠帝赦罪放了出来。

他以为是吕后救了自己，吕后见他出狱也很高兴，但却说自己不知道皇上怎么放了他。再一打听，才知道救他的正是朱建，朱建表面上不露声色，暗中却去找了惠帝的宠臣闳孺帮助说情，惠帝最终释放了审食其。

原先吕后和惠帝都住在长乐宫，这件事之后，吕后为了让惠帝以后不来干涉自己，想出了一个办法：为惠帝立皇后，让他搬到未央宫居住。惠帝这年二十岁了，还没有册立皇后，于是吕后便从中撮合，让鲁元公主的女儿嫁给惠帝，其实是让外甥女嫁给舅舅，这可是乱伦，但吕后只顾私情，也不管什么辈分，且小皇后还能做她的耳目监视惠帝。

相国曹参病逝后，谥号为懿，他儿子曹窋袭封为平阳侯。三个月后，已是惠帝六年，吕后根据刘邦遗言，废去相国称谓，特设左、右二丞相，任王陵为右丞相，陈平为左丞相，周勃为太尉。没多久张良也病逝了，谥号文成，他的长子张不疑袭封，次子张辟疆也被吕后授为侍中。

张良丧葬刚结束，樊哙又逝世了，谥号为武，他的儿子樊伉袭封。

第二年春，惠帝在郁闷中病逝未央宫，年方二十四岁。

文武百官都到寝宫哭灵，只见吕后虽然在哭，但脸上却没有泪痕，大家见吕后对自己唯一的儿子如此薄情，都猜不出原因。张辟疆虽然年少，却很有见识，他对陈平说："皇上驾崩，太后没有儿孙可以接替，所以不急着哭泣，你们手握重权，已经遭她疑忌，很快就要遭祸了。不如请太后拜吕台、吕产为将，统领南、北两军，并将吕家的人都授予官职，那时太后就会安心了，你们也可以免祸了。”

陈平听了，默然点头。于是去请吕后拜吕台、吕产为将军，分管南北禁兵（宫廷卫队，南军护卫皇宫，驻扎在城内；北军护卫京城，驻扎在城外，这两军原来由太尉兼管）。吕台、吕产都是吕泽的儿子，吕后当即便批准了。过了二十几天，惠帝灵柩葬在长安城东北隅，名为安陵，庙号为孝惠皇帝。

惠帝的张皇后年纪还小，没有生育，吕后便想出一个法子，到后宫偷偷把一个宫女生的婴儿抱过来，立为太子，又怕宫女泄露天机，便把她给杀了。没多久又将伪太子立为皇帝，号为少帝。吕后便开始临朝听政了。

现代的许多导演，用镜头描述吕后专政时总是用一些元素套出这样一个公式：美女 + 权利 + 宫斗 = 收视率，因而竭尽全力把吕后拍摄成一个毒如蛇蝎的“女魔头”。《史记 · 高太后本纪》中，人们也大多把目光集中在宫廷血雨腥风的政治斗争上，而往往忽略了最后的一段极为简短描述：“高后女主，政不出房户，天下晏然，刑罚罕用，罪人是希，民务稼穑，衣食滋殖。”吕后掌权期间薄税赋、废苛政、正民风、举孝悌，尤以停行“三族罪”和“妖言令”为史称道（《汉书 · 高后纪》记载，高后元年“除三族罪、妖言令”）。试问有几个须眉治国达到以上这段话的标准？这俨然是一幅人民安居乐业的盛世景象。对于吕后的评价，已经足够。

17. 谁被大奖砸中了头

列车旅途中，陪伴人们最多的是功能强大的手机，人们可以用来打发无聊的旅途时光，还可以炒股、竞彩，不放过一丝一毫中大奖的机会。

中大奖这件事可遇而不可求，世人又何必自寻烦恼？譬如刘邦去吕公家送的“贺钱万”，在当时只是一纸戏文，但最终也算是给岳父兑了现，因为吕公选择了刘邦当女婿这组“号码”最终兑到了大奖：吕氏一家因为刘邦称帝而成了皇亲国戚。

吕雉当初做了刘家媳妇的时候，她没有想到她将来会中“国母”这个大奖，她一心一意相夫教子，孝顺公婆，想做好刘家媳妇，没有想到后来会要和刘家争江山，扑杀刘家子弟，把吕家子弟都封为诸侯王。吕家一帮农民子弟恐怕连郡县都很少去过，他们也没有想到有一天能够到国都长安当国家重臣，甚至还会加封为诸侯王。

列车上，西汉的乘客们也在玩竞彩，都期盼着中大奖，他们不惜付出一切代价去押宝，买他们认定的那一注彩票，不到开奖那一刻谁也不知谁中了大奖，谁会笑到最后，站在列车之外的我们透过车窗可以看看吕氏临朝后的竞彩游戏。

吕氏子弟中大奖

吕后临朝第一件事便想封吕氏兄弟为王，这个事是有很大的阻碍的，所以建议一经提出，就遭到右丞相王陵的反对，他的理由是："先帝曾经召集群臣白马为盟，非刘氏不得称王，现在怎么能违背呢？"

吕后瞪视着王陵，眼中全是不满，但一时想不出反驳的理由。

陈平和周勃见吕后脸色变了，忙上前解围道："先帝平定天下，封子弟为王；今天太后听政，分封吕氏子弟，有什么不行？"

吕后听了满意地点头，王陵见自己势单力薄，再辩下去没有好结果，索性不再讲话了。等到退朝走出大殿后，便向陈平和周勃两人质问："以前先帝白马为盟，你们两人也在场，现在怎么能阿谀太后而违背盟约，将来还有什么面目到地下见先帝呢？"

陈平微笑道："今天朝上的争论，我们是不如你，他日安定社稷，保住刘氏后裔，恐怕你就不如我们了。"王陵只当他是强词夺理，也不再争辩，叹了口气走了。

吕后知道像王陵这样持反对意见的人不在少数，所以她进行了五步走：

第一步：排斥异己。首先在一个月之内夺了王陵的相权，让他担任太傅辅佐少帝。王陵知道再待下去也没什么意义，干脆称病辞职。吕后紧接着免了御史大夫赵尧的官，因为吕后查到他曾为赵王如意出主意，推荐周昌为赵相。

第二步：提拔亲信。王陵卸任后，陈平晋升为右丞相，审食其升任为左丞相，他名为监督官僚，实际上还在宫中厮混，只是气焰比以前更盛。吕后又破格任用上党郡守任敖为御史大夫，报答他以前在沛县当狱吏时救她的恩情。

第三步：投石问路。前面两招把拦路石变成垫脚石后，她便先追尊父亲吕公为宣王，长兄周吕侯吕泽之为悼武王，作为吕氏称王的先声。先封先人，看看没有什么人站出来反对，再进行下一步。

第四步：曲线迂回。吕后怕直接封吕氏子弟人心不服，便先从别处入手，先封前朝旧臣郎中令冯无择为列侯，又选了别人家的五个孩子作为惠帝的儿子来加封，分别是：刘疆，封淮阳王；刘不疑，封恒山王；刘山，封襄城侯；刘朝，封轵侯；刘武，封壶关侯。这时鲁元公主也病死了，谥号为鲁元太后，封她儿子张偃为鲁王。

第五步：加封诸吕。四步工作顺利完成后，便准备封吕氏子弟为王了。

吕后密令大谒者张释去打通陈平等几人，陈平为势所迫，只好上书请割齐国的济南郡为吕国，封吕台为吕王。吕后很快便批了。

不过吕台没福享受，很快病死了。吕后又让他的儿子吕嘉袭封。此外又封吕释之的儿子吕种为沛侯，吕后姐姐的儿子吕平为扶柳侯，吕禄为胡陵侯，吕他为俞侯，吕更始为赘其侯，吕忿为吕城侯，就连吕后的妹妹吕媭，也被封为临光侯。

吕后仍怕吕氏地位不稳固，于是又想出一计，让刘、吕联姻，亲上加亲。当时齐王刘肥已经死了，谥号为悼惠，让他的长子刘襄袭封，把他的二儿子刘章、三儿子刘兴居都召到京师，担任宿卫。然后将吕禄的女儿嫁给刘章，封刘章为朱虚侯，刘兴居也被封为东牟侯。赵王刘友和梁王刘恢也长大了，便把吕家女儿嫁给两个王为妻，吕后以为这样就可安享天下了。

对于给吕氏专政带来的威胁和隐患，吕后是该出手时就出手，及时消除，绝不手软。主要有以下三个动作：

一是废少帝。少帝渐渐长大，粗通人事，听到宫女们私下议论，说他是被调包换来的，张皇后不是他的亲生母亲，他的亲生母亲已经被吕后给杀了。少帝毕竟是个孩子，年幼无知，竟然不再听张皇后的话，口中还胡言乱语说：“太后杀死我母亲，我长大了，要为母亲报仇。”

这些话传到吕后那里，吕后听了却是心惊肉跳，想他小小年纪就说出这种话，将来还了得？还是现在斩草除根为妙。于是把他送到永巷幽禁起来，发诏书称少帝得了重病，让大臣们商量改立皇帝。

群臣们经过几番讨论，最后还是由吕后暗中授意，立恒山王刘义为皇帝。

刘义就是前时的襄城侯刘山，他是恒山王刘不疑的弟弟，刘不疑夭折了，刘山便袭封改名。立为皇帝后，吕后又让他改名刘弘，把幽禁的少帝杀死，改称刘弘为少帝。恒山王爵由轵侯刘朝袭封，不久淮阳王刘疆也死了，武关侯刘武袭封为淮阳王。

二是换吕王。吕王吕嘉横行不法，连吕后也看不过去，便准备把他废掉，另立他的叔叔吕产为吕王。这要经过大臣会议推荐，才能封王，所以便拖延了几天。

齐人田子春便替张释出计策，让他奏请太后封吕产为王，吕后十分高兴，封吕产为吕王后，又赐了张释千金。张释取出一半分给田子春，田子春却不要，又建议张释去请太后封刘泽（刘邦的堂兄弟）为王，说是怕吕产封王后人心不服，封刘其实是安吕，况且刘泽的妻子就是吕媭的女儿。

于是吕后封刘泽为琅琊王，田子春的目的便达到了。原来田子春曾受过刘泽的好处，刘泽想封王，便请田子春想办法，田子春也走了一个曲线，帮他达到目的。

刘泽摆酒向田子春道谢，田子春却催刘泽快走，刘泽听了田子春的建议，连夜出发去自己的封地，果然吕后又后悔封他，一直派人追到函谷关，都没有追上，也就作罢了。

三是压刘氏。赵王刘友的妻子是吕氏女儿，仗着吕后势力欺压丈夫，赵王和她争吵了好几次，自然喜欢其他姬妾。吕女又妒又恨，一怒之下便到长安告发丈夫，加油添醋地把刘友平时发的牢骚都告诉吕后，说丈夫在背后说吕氏怎能为王，吕后百年后，一定要讨灭吕氏等话。

吕后信以为真，立即派人把赵王召回京师，不问真假虚实，便把他关在宫中，派兵看守，不给他饭吃，最终被活活饿死，尸体按民礼安葬。

吕后又袭封刘恢为赵王，吕产为梁王，将后宫的儿子刘太封为济川王，吕产不去封地，留在京师担任少帝太傅。

刘恢的妻子是吕产的女儿，十分凶悍，刘恢性格懦弱，被她制得服服帖帖。后来她竟将刘恢的宠姬毒死了，刘恢很是郁闷悲痛，没多久服毒自尽追寻爱姬去了。

吕后听说后骂他没出息，为了一个姬妾竟然自杀，真是对不起祖宗。她不准他的子女袭封，让代王刘恒徙任赵王，刘恒谢绝不去，吕后便立吕禄为赵王。

不久，燕王刘建死了，遗有一子，吕后不想让他袭封，便派刺客把他杀死，封吕台的儿子吕通为燕王。

这八年，都是吕后专制时代，少帝刘弘只是个傀儡，内有吕媭、审食其、张释出谋划策，外有吕产、吕禄手握重兵，右丞相陈平和太尉周勃都是有位无权。

刘氏子弟玩竞彩

燕王刘建死后，刘邦八个儿子还剩两个，一是代王刘恒，二是淮南王刘长。吕氏有三个王：梁王吕产、赵王吕禄、燕王吕通，与刘氏势力相当，而且吕产、吕禄排在诸王之首，刘家天下已然变成了吕家天下。

陈平的心事

陈平为了自保，装出一副麻木不仁、玩世不恭的样子，但看着吕氏气焰愈来愈盛，他心里非常忧虑。太中大夫陆贾在吕后专权后辞职不干了，带着五个儿子隐居起来。这一天他却出现在陈平府上，当时陈平正坐在厅里发呆，陆贾走进来问："丞相在想什么心事？"

陈平吓了一跳，抬头见是陆贾，忙请他就座，笑着问："你说我有什么心事？"

陆贾道："你位居丞相，一定是为了国家前途命运而忧虑。"

陈平点头道："你说得很对，先生有什么办法能够转危为安吗？"

陆贾道："天下安，在于相；天下危，在于将。将相和睦，政权才能稳固，即使天下有变，也乱不起来。现在社稷掌握在你和降侯手中，你要是能和他联手，就一定能转危为安！"

陈平知道陆贾说的是他和周勃之间的关系。原来陈平和周勃虽然同朝为官，但是关系却很微妙，因为陈平投奔刘邦的时候，周勃曾经举报陈平受金，所以两人一直有隔阂，虽然在一起共事，却貌合神离。

陈平这次听了陆贾的意见，主动向周勃示好，设盛宴招待周勃，并取出五百金为周勃祝寿。周勃没有接受，把金如数退给了陈平，但也设宴招待他。于是两人关系有了改善，谈到国事，周勃和陈平一样，都对吕氏家族不满。

陈平还赠给陆贾百人，车马五十乘，钱五百万串，让他去结交公卿，私下劝他们背吕助刘，很多大臣都被说动了，吕氏日渐孤立。

吕后的遗言

这年三月上旬，吕后去祭渭水的时候，忽然中了邪，说有一条大灰狗咬了她一口，但卫士们一直守在她身旁，却什么也没看到。吕后解开衣服，发现腋下青肿了一块。

吕后回宫后让太史占卜吉凶，太史说是赵王如意作祟。吕后便一边医治，一边到如意墓上祭拜，但却不见好转，每天夜里都疼得睡不着，而且越来越严重。到了秋天，她已经不能下床了，她知道自己不久于人世，便命吕禄为上将，统领北军，吕产统领南军，并嘱咐二人说："你们封王，大臣们多半不服，我要是死了，你们要率兵守护皇宫，不要轻易出宫门，即使我出葬时，你们也不要送葬，这样才能避免被别人所制。"

吕后说这段话，是作为一名政治高手对当时形势的判断，她清醒地认识到她一旦去世，吕氏子弟将面临危险的境地。原因有三：

一是有个事实她用尽一生都很难改变，那就是臣民们心里只认这天下是刘氏的，即使诸吕的王侯封得再多，也改变不了这个现实。

二是她对手下这帮家伙太了解了，别看他们平时毕恭毕敬，唯唯诺诺，她知道她一走，很多大臣会相机而动，不但威胁到吕氏的政权，更加威胁到吕氏的生存。

三是她对自家的吕氏子弟也很了解，他们中没有出类拔萃的人才，都是些庸弱无能、既无政治眼光又无政治手段的纨绔子弟，简直不堪一击。

几天后，吕后病死在未央宫，留下遗诏为保护吕氏子弟做了最后详尽的安排：让吕产为相国，审食其为太傅，立吕禄女儿为皇后。吕产在宫内守丧，吕禄在外巡行，守备非常严密。吕后灵柩出葬的时候，两人也不去送葬，只带着南北两军守卫宫廷。陈平、周勃两人无机可乘，只好等待时机。

运势的反转

这时，朱虚侯刘章第一个行动了起来，他悄悄派了一个心腹去齐国。

之前吕后召他入朝担任宿卫，他娶了赵王吕禄的女儿为妻，和前面讲的几个刘氏王的婚姻情况不同，他和吕氏妻子非常恩爱，因此吕后也很欣慰。

他是个有心计的人，表面上听吕后的话，心里却在为刘氏鸣不平。

一天，吕后在宫中设宴，让他监酒，刘章对吕后说："让我监酒，请允许我用军法行事。"吕后以为他开玩笑，就答应了。

宴席上歌舞升平，觥殇往来，众人喝得很是尽兴。这时一个吕氏子弟不胜酒力，准备偷偷离去，被刘章看到了，忙拔剑追了上去，大喊道："你敢擅自逃走吗？"一剑把他刺死，割下首级，向吕后报告说："刚才有人要逃，臣已经依照军法，将他处斩！"所有人都被刘章的举动吓呆了，醉酒的酒醒了大半，吕后看了他多时，想到是自己允许他以军法行事的，也拿他没办法。

经过这件事，吕氏家族的人都有点怕刘章，刘氏子弟也盼着能依靠他出头，陈平、周勃也和他交往密切起来。

吕后一死，他立即派人去通知他的哥哥齐王刘襄发兵，自己在都中做内应，如果能诛灭吕氏，就奉哥哥做皇帝。

刘襄便和舅舅驷钧、郎中令祝午、中尉魏勃等几人部署兵马，这中间也发生了一点小曲折。

这事被齐相召平知道了，便派兵守卫王宫，实际上是监视他们行动。魏勃便去找召平，假装对齐王有意见，忽悠他说："齐王没得到朝廷的虎符就想擅自发兵，这就相当于造反，你派兵守卫太及时了，我也愿意为你效力，指挥部队控制齐王，你能把兵符借给我用一下吗？”

召平听了信以为真，高兴地把兵符交给了他。没想到魏勃拿了兵符，先把王府的兵撤了，接着就把相府围了起来，很快就要冲进来。

召平这时才如梦方醒，但后悔已经来不及了，于是便拔剑自杀。

齐王任命魏勃为将军，驷钧为丞相，祝午为内史，准备出兵。

离齐国最近的就是琅琊、济川和鲁三国，鲁王张偃和济川王刘太都是吕氏私党，不好联络。齐王便派祝午去见琅琊王刘泽，约他一起起事。祝午忽悠刘泽说："吕氏家族危乱朝廷，齐王准备进兵讨伐乱贼，但怕自己年少望轻，所以派我来恭迎你去临淄主持军务，等讨平乱贼后，皇帝的宝座除了你还有谁配坐呢？”

刘泽本来就不服吕氏，这时听了祝午的话，便马上和祝午去了临淄。齐王见了刘泽，表面上欢迎，暗中却监视他，再派祝午去琅琊，假传刘泽命令发尽兵马，向西攻打济南，并写下吕氏家族的罪状通报各国。

齐王这时心里在打着自己的小算盘：济南一直属于齐地，这时已由吕后割给吕王，所以齐王想把它夺回来。

吕产和吕禄在长安得知消息很是心急，忙派大将军灌婴领着数万兵马去讨伐齐国，灌婴走到荥阳便令部队停下，不再前进，原来是陈平和周勃授意他按兵不动，等待消息。灌婴又派人去和齐王接洽，齐王刘襄也让军队停了下来。

刘泽被齐王羁留在临淄，知道自己受了戏弄，很是恼火无奈，他想了一个脱身的办法，他对齐王忽悠道："先王（刘肥）是高祖的长子，你是先王的继承人，又是高祖的嫡长孙，应该继承皇位，现在听说朝中大臣正在讨论立谁为皇帝的事，我也算是刘家的长辈，大臣们等着我去发表意见，你留我在这里也没用，不如让我入关去和大臣们商议，让你当皇帝！”齐王听了，不由动了心，于是备好车马送刘泽进京，刘泽出了齐国边境，便慢慢向西，等待都中消息。

都中的风云变幻

都中的情况也在变化，陈平想到郦商父子和吕产、吕禄关系最亲，便谎称请郦商商量事情，把他请过来作为抵押，再和郦寄密谋，让他劝吕禄速去封地。

郦寄见老爸被拘了，没法子，只好去找吕禄，忽悠他说："现在太后死了，皇帝还小，你拿着赵王印，却不去封地，仍然留在京都当上将统兵，怎么会不叫人怀疑呢？现在齐国造反，有的诸侯国已经开始响应，你为何不把将印交还给太尉，再请梁王交出相印，与大臣订立盟约，表明心迹，马上去你的封地，齐国的反兵自然会退回去，你据地称王，就可以高枕无忧了。"

吕禄信以为真，把郦寄的话告诉吕家子弟，吕家子弟有的说可行，有的说不可行，搞得吕禄也犹豫不决，又拖了几天，郦寄每天都去他那里探听消息，见他犹豫心里也很着急，又不敢催得太急。

吕禄不知郦寄心怀鬼胎，还约他去打猎，回来的时候路过姑姑吕媭家，顺便去拜见。吕媭早听说他想要交出将印的事情，还没等他请安，就怒骂道："蠢货，你是上将，竟然丢下你的部队不管到处游荡，我看我们吕家快要无处安身了！"

吕禄被骂得莫名其妙，支支吾吾地应对，吕媭更是生气，把家中收藏的珠宝全部取出来扔在地上，赌气说："反正家族快亡了，这些劳什子最终也不是我的，我又何必替别人收藏呢！"

郦寄看出吕禄出来的时候脸色不大对劲，也变得沉默寡言起来，明显心情不好了。郦寄随后把这些情况向陈平、周勃报告，两人也十分紧张。

过了几天，平阳侯曹窋又报告了一个消息：郎中令贾寿从齐国出使回来向吕产报告说灌婴逗留荥阳和齐国联络，并劝吕产赶紧进宫自卫。

曹窋和吕产在一个部门办事，所以一得知消息就赶快向陈平、周勃报告。

闪电行动

陈平、周勃见时机紧迫，只好冒险行事，密召襄平侯纪通和典客刘揭。纪通是纪信的儿子，掌管符节，陈平让他随同周勃持符节去北军假传圣令，让周勃统兵。又怕吕禄不服，便派郦寄带着刘揭去逼迫吕禄交出将印。

吕禄本来就没什么智谋，又把郦寄当成好友，以为他不会欺骗自己，便把将印交给了刘揭。

刘揭便和郦寄把将印交给了周勃，周勃马上召集北军，下令道："拥刘的袒露左臂，拥吕的袒露右臂。"北军官兵都袒露左臂，表示拥刘。这时陈平也令刘章来协助周勃，周勃让刘章看守军门，又派曹窋去宫中联络卫尉，让他们不要容纳吕产。

这时吕产也准备进未央宫召集南军守卫，他也想进宫探听信息，宫中的卫尉已得到曹窋通知，于是把吕产拦住，吕产进不去，只好在宫外徘徊。

曹窋派人去向周勃报告，周勃便令刘章带一千个兵进宫保卫少帝。这时已是傍晚时分，刘章率兵进了宫门，见吕产带着南军在宫门外，忙率兵杀了上去，这突如其来的袭击杀了吕产一个措手不及，他手下军士都四散奔逃。刘章则率着兵士分头追捕吕产，最终在郎中府吏的厕所中找到了他，兵士们把他抓到刘章那里，刘章也不多说，一剑便结果了他，接着又率兵去长乐宫出其不意杀了赘其侯吕更始。

吕产一死，吕家兵权已失，再没什么可怕的了，于是周勃派人分头逮捕吕氏家族，来了个一网打尽。吕禄和吕媭先后被杀，燕王吕通由周勃派一个使者，称是皇帝的命令，逼迫他自尽，鲁王张偃被废为庶人。丞相审食其是吕氏私党，本来也应该将他治罪，但陆贾和朱建又替他说情，因此没有加罪，仍旧当他的丞相。

陈平和周勃又让济川王刘太徙封，改称梁王，又派刘章去齐国请齐王回兵，再派人通知灌婴班师回朝。

灌婴听说齐将魏勃劝齐王出兵，并擅杀齐相召平，想他也不是个本分人，便把他招来质问，魏勃分辩道："就好像有人家里失火，总不能先去告诉家人，再去灭火吧！"说完，装出很害怕的样子，灌婴看着他，不屑地笑道："我还以为你有什么作为，原来是个庸人！"于是让他回齐国去了。

大奖来临挡不住

会议研究，热号靠边

刘泽得知吕氏家族都被杀尽，便驱车入都。大臣们见他也算是刘氏宗室中的长者，便邀他一起研究天子人选。

会议由陈平主持，他说："从前吕太后所立的少帝，还有济川、淮阳、恒山三个王，都不是惠帝所生，而是冒名顶替的，如果不废除，将来长大了很麻烦，说不定会和吕氏一样，我们都别想活了。现在应该在刘氏的几个王中，选择贤能的人继立为帝。"

大家都赞成陈平的话，于是热烈的讨论便开始了。

有人主张立齐王刘襄，说他是高祖长孙，一直沉默不语的刘泽马上发言反驳："使不得，使不得呀！吕氏是外戚专权，危害社稷，现在齐王的舅舅驷钧性格暴戾，就像老虎戴上了帽子，齐王要是当了皇帝，那就等于除去一个吕氏，又来了一个吕氏！"

众臣一听，自然踌躇起来，不愿再立刘襄，其实刘泽是为了上次的事情怀恨刘襄而借端报复。

大臣们再研究，公推出了代王刘恒，有三个理由：

一是他是高祖的儿子，立他名正言顺；

二是他性格温厚仁孝，当皇帝很适合；

三是他的母亲薄氏很守本分，从来不管政事，名声很好。

大家都很欢迎代王母子俩，全票通过，陈平和周勃于是便派人去代地迎接代王进京。

天上掉下的真的是馅饼

列车开到代地，去接这位重要的乘客：代王刘恒。他是个谨慎的人，在站台上左顾右盼了好几次，不敢贸然登车。

代王见了朝使，得知天上掉下来这么大个馅饼，害怕是个陷阱，不敢立即动身，便召集群臣商议。群臣的意见分成两派，以郎中令张武为首的一派认为不能轻信来使，宫里明争暗斗，谁知是真是假，等看看情况再说；以中尉宋昌为首的一派认为应该去，这个机会一定要抓住，不要多疑。

刘恒于是又去问母亲薄太后，薄太后以前住在宫中，也是历尽了艰辛，要不是和儿子到封地来，一条老命也早没了。因此听到这个消息也犹疑不决，没有主张。

代王便让巫师用乌龟壳占卜，卜得的卦兆叫作“大横”，爻辞说：“大横庚庚，余为天王，夏启以光。”

代王说：“寡人已经为王，还做什么天王？”

占卜的人说：“天王就是天子，与诸侯王不同。”

这个兆文的解释就是：大横是兆理，庚庚通更更，更替的意思，有以诸侯更帝位的意思。“夏启以光”就是夏启继承光大父亲的基业，暗示刘恒也要成为夏启那样的人。

代王便派舅舅薄昭去都中再问明情况，周勃对他说是百分之百的真诚邀请，没有别的意思。

薄昭回报代王，代王笑着对宋昌说：“果然像你说的，不必再怀疑了！”于是备好车驾，令宋昌为骖乘，带着张武等五六个随从向长安出发了。

到距离长安还有十里地的高陵，代王车驾又停了下来，他还是不放心，派宋昌乘车入都看看情况。宋昌来到渭桥，就看到大臣们都在那里守候，于是下车对他们说代王就要到了，特来通报。宋昌见群臣全体出动，心里判明情况属实，便再乘车回到高陵请代王放心前进。

列车终于在渭桥站停车，历史终于把这位心里忐忑不安的代王迎来。他走下车，只见文武百官跪伏道旁，声音震天响地山呼万岁，确实把他吓了一跳。这些年他和母亲一直低调做人，只求朝廷不要降罪于他，就是万幸，做梦也没有想过这一天。他强作镇定地答拜，这时一个大臣匆匆地跑上前来，要把左右屏开，说是有事报告。

刘恒未及说话，一旁的宋昌认得他是周勃，便正色道：“太尉有事尽可直说，如果是公事，正可公开；如果是私事，王者无私！”周勃被宋昌这么一说，闹了个大红脸，忙跪在地上，取出玉玺献给代王，代王谦虚地笑道："你先收着，入都再说吧！"周勃于是收了玉玺，站起来请代王登车，自己担任前导，带着车队入都。

经过一番劝进，群臣尊代王为天子，他就是文帝。

有句哲理性的话说：机遇青睐有准备的人。刘恒看似什么都没有准备，机遇却找上了门。难道是那句话不对么？

其实这正是机遇的精髓，你不用刻意去准备，该得到的终会得到，该是你的终归会是你的；你绞尽脑汁，费尽心机，有些东西也会和你擦肩而过。没有什么万无一失，也绝难预测，"大牌"可能失手，黑马总是斜刺里杀出。

其实刘恒也做了准备，但自己却没有觉得。大臣们选择他的三个理由正是他无意中所做的准备。另外的一个重要准备，也是刘恒最大的优点：他对待"大奖"的态度上始终保持一颗平常心。作为皇子，他一直没有什么野心，或者说没有暴露出来，更没有卷入复杂的宫廷斗争，这使得他能够生存下来，而且不是别人排挤打击的重点对象。

赵王刘恢自杀后，吕后让刘恒徙任赵王，刘恒谢绝不去。赵地要比代地富庶，离京都又近，这么个肥差他为什么不要呢？这就是刘恒和他母亲薄太后的聪明之处，因为赵地有优势，所以容易成为别人关注和忌妒的地方，这是一贯低调的代王母子所不喜欢的，而且他们在那里已经根深蒂固，在那里更加安全。

很多人都不在乎平常心，甚至看不起它，认为平常心不过是自我安慰，殊不知它确实是个好东西。齐王刘襄这一点就不如刘恒，最终帝位和他擦肩而过。

05 车厢

黄金时代

18. 文火慢炖

高太后八年闰九月中旬，周勃与陈平率领群臣上书劝进，刘恒看了书，再次推辞道："继承高庙这是大事，寡人不才，不能担当这个重任，还是请楚王来再商量选立贤君吧！"

群臣都跪在地上再三请求，不肯起来，刘恒于是站起来来回踱步，向西让了三次，向南又再让，还是固辞。

群臣都说："臣等几经恭议，现在继承高帝宗庙，只有大王最合适，天下列侯万民都臣服，臣等是为宗庙社稷计议，不是轻率从事，希望大王听臣等的建议，臣等谨奉天子玺符，再拜呈上！"

说着，即由周勃捧着玉玺陈到刘恒面前，一定要他接受。刘恒这才答应："既然由宗室将相诸侯王都决意推立寡人，寡人也不敢违背众意，只有勉承大统了！"群臣听了这话，都高兴地山呼万岁。

文帝是个很有才能的人，他即位是大汉人民的福祉。他看似低调温和，但出手却是不凡，刚即位发生的三件事就可看出他是一个很有想法的青年：

一是再三推辞称帝，矫揉造作之中显出他的政治手腕。因为当时刘章还想推戴他哥哥称帝，他心里还怀有疑虑，怕大臣们不服他，所以再三推让，并不是他真的不想当皇帝。

这一点陈平和他比较像，文帝一即位，陈平就请了病假，等他假休完了，又去见文帝请求辞职。文帝惊奇地问他什么原因。陈平答道："高祖开国的时候，周勃功不如臣，现在诛吕氏，臣功不如周勃，愿将右丞相让给周勃担任，臣才安心！"文帝于是命周勃为右丞相，罢去审食其左丞相，调陈平接任。

二是厚赏陈平和周勃，对在铲除吕氏中立下首功的刘章却没有立即封赏。文帝也知道刘氏兄弟有功，但刘章一心想立自己的哥哥刘襄为帝，所以不优先封他。你不支持我，我怎么会支持你？

三是文帝即位几天后，少帝刘弘、常山王刘朝、淮阳王刘武、梁王刘太暴死宫中。这三人被杀，应该是陈平和周勃怕他们将来成为后患，所以斩草除根。文帝的态度是置之不问。其实心里大概是很合意的，借别人之手消除隐患，对这次行动他是持默许态度的。

火候分"武火"、"文火"。武火指焰势急，火力猛，温度上升快，水分蒸发多的火候。文火指火势缓，火力弱，温度变化不大，水分蒸发慢的火候。两种火各有妙用，武火可以快熟，文火则可让所炖食物味道尽出。

文帝治国擅长用文火，以柔克刚，他尊奉老子的无为思想，凡事多忍让，一般不表达出自己强烈的欲望和野心。在他执政时，很少有针锋相对的急躁，遇到棘手的事情"晾一晾"，然后再"庖丁解牛"，逐步分解，因此冲突升级的事很少发生。

文帝即位后，到了十月便按照旧制改元，又封赏平乱功臣，尊母后为皇太后，派车骑将军薄昭去代地迎接。追谥赵王刘友为幽王，赵王刘恢为共王，燕王刘建为灵王。刘恢、刘建无后，只有刘友有两个儿子，文帝特许他们袭封为赵王，移封琅琊王刘泽为燕王，所有被吕氏家族所割的封地，尽数还给各国。

接着文帝又封宋昌为壮武侯，张武等六人为九卿，另封淮南王赵兼为周阳侯，齐王舅驷钧为靖郭侯，太子常山丞相为樊侯，又查得高祖时的佐命功臣百十人，赠给封邑，就如同国家现在不忘革命老前辈一样，这都是盛世所应该具备的气象。

文帝励精图治，实行了一系列仁政养民的政策，派官员到各地调查研究，废除了许多不合理的制度，又令各郡国不得进献珍宝，四海十分太平。

以柔克刚消隐患

文帝对“刚”理解得很深刻，对一些大臣性格上的“刚”，不会认为是立场思想的抵触，而是用共同的目标去凝聚；对于大臣和自己交流中的“刚”，不会固执己见地去相争，而是用平等的探讨交流来化解；对于大臣一时冲动的“刚”，并不认为是消融不了的坚冰，而是用真诚的情谊去感化。比如张武有一次出使吴国受了吴王的贿赂，被文帝知道了，他也不说破，而是赐他更多的财富，让他自己不好意思，以赏代罚。他总是在和风细雨中“软着陆”，曾经强势的诸侯王和大臣们的心计统统被一个异常坦荡的胸怀击碎，都开始敬畏他，真正感到了文帝的厉害。

不动兵革让南越臣服

南越王赵佗在高祖的时候曾归汉称臣，到吕后四年，有司禁止南越进口铁器，赵佗一怒之下和汉朝绝交，他怀疑是长沙王吴回（吴芮之孙）说他坏话，便发兵攻打长沙，抢掠了几个县才退兵。长沙王向朝廷请求援兵，吕后派隆虑侯周灶去征讨。适值盛夏，天气炎热，士卒遇上瘟疫，行军途中死了很多人，打不了仗，周灶只好逗留在途中，等吕后死后才班师回朝。赵佗更加横行无忌，又诱惑闽越西瓯都成为他的属国，得了东西万余里土地，索性当起皇帝来。

文帝不想动武，只想以柔克刚。当下做了三个动作：

一是命真定地方官在赵佗父母坟旁特设守墓人，逢节祭拜；

二是厚赐赵佗的兄弟和亲属；

三是选派使臣去南越招降赵佗。陈平提议让陆贾去，因为上次他曾成功招降过赵佗。

陆贾到了南越，赵佗很是欢迎他。陆贾轻车熟路的一番交涉，赵佗被文帝的宽容大度和真诚所感动，向着御书磕头谢罪，废去帝制。陆贾不辱使命，又一次成功招降了赵佗。

通过分封瓦解反对力量

文帝三年，文帝用灌婴为相接替周勃。

几个月后，忽然接到匈奴右贤王掳掠上郡的消息，文帝急命灌婴调拨八万大军抗击匈奴，自己则率诸将到甘泉宫作为援应。不久接到灌婴报告，说匈奴已经远去，于是文帝又赴太原接见代国大臣，给予赏赐，并免除代地百姓三年租役。

在太原，文帝又接到济北王刘兴居起兵造反、袭击荥阳的消息，忙调棘蒲侯柴武为大将军率兵讨伐，又令灌婴回师，自己也带着诸将赶回长安。原来刘氏兄弟一直郁愤难平，刘章抑郁成疾，竟然病死了。

刘兴居更加怨恨，就有了背叛的想法，听说文帝讨伐匈奴，便趁着关中空虚发兵进攻。谁知到了荥阳就与柴武军队相遇，结果大败而逃，柴武乘胜追击，生擒刘兴居，准备把他押到京师。刘兴居知道不能幸免，便自杀而亡。

文帝后来把悼惠王刘肥的七个儿子都封为列侯，只是撤销了济北国，不再设为封地。

齐王刘襄死了，文帝便继立他儿子为齐王，后来他儿子又死了，而且没有子嗣，文帝便采用贾谊《治安策》中国小力弱的观点，把齐地分为六国，把齐王刘肥的六个儿子都封了王。

六亲不认巩固中央集权

到了文帝十年，文帝去甘泉宫视察边防，让舅舅薄昭在京留守，薄昭手握重权，遇事专擅起来，文帝派来的使者和他有仇，他竟然把使者杀了。

文帝听了，实在忍无可忍，便要惩治他。

因为贾谊之前上的《治安策》中说公卿犯法，不应该抓起来侮辱，而应该让他自行了断，这才是对待大臣的礼仪。于是文帝令朝中大臣到薄昭家喝酒，劝他自尽，结果薄昭不肯自尽，文帝又让群臣穿着素服一起去哭祭他，薄昭无奈之下服毒自杀。

任用干部思路清

总体来说，文帝喜欢任用老实人，特别注意考察干部，“听其言观其行”，重视群众反映好、与同事关系相处好的人，不喜欢浮夸、不稳重的人。在文帝的领导下官场之风得以净化，汉朝的统治得以巩固。

喜欢名声好的，不用沽名钓誉者

文帝四年，丞相灌婴病逝，文帝让御史大夫张苍担任丞相，又召河东郡守季布进京，准备升任他为御史大夫。季布在河东干得很好，百姓悦服。

当时有个叫曹邱生的人，和季布都是楚人，在长安结交权贵，宦官赵谈、窦皇后的哥哥窦长君都和他要好。

季布虽然不认识曹邱生，但听说过名字，厌恶这个人，于是致书窦长君，写了曹邱生种种劣迹，劝他不要和这种人交往。

就在这时，曹邱生去拜访窦长君，想让窦长君写一封书引荐他和季布认识，长君微笑着说：“季将军不喜欢你，你就别去了。”

曹邱生说：“我自有办法说动季将军，只有你写一封书，我才好去和他见面。”

窦长君推托不了，只好泛泛地写了一封书给他。他到了河东郡便去找季布，让门卫先把书递入，季布看了书十分生气，既恨曹邱生，又恨窦长君。不一会儿曹邱生进来，见季布满脸怒气，也不畏缩，大方地作了个揖说：“楚人有言：得黄金百斤，不如得季布一诺。你虽然言出必行，但好名声也要别人替你宣传。我们是老乡，让我替你四处宣扬，岂不是更好，何必这样拒绝我呢？”

季布向来重名声，听了这句话，不禁转怒为喜，当即过来和他行礼，把他当座上宾，留在馆舍好几个月，又给他送了重礼。曹邱生便去长安替他“炒作”，让文帝知道他。

文帝便将季布召到长安，准备重用他。这时却有人打季布小报告，说他好酒使气，不能留在朝廷内用。文帝不觉疑虑起来。

季布在长安等了一个多月也没有消息，知道出情况了。于是入朝向文帝面奏说：“罪臣蒙皇上恩宠，从河东进京一个多月没有接到任命，我想是有人诋毁我，陛下因为有人夸赞而召臣来，又因为有人诋毁而抛弃臣，臣怕天下的小人都要来争相效仿了。”

文帝被他说破，很不好意思，想了想对他说：“河东是我的股肱之郡，所以召你来问问情况，没有别的意思，现在还请你回去赴任，不要想太多。”季布拜谢而去。

喜欢老实人，不用耍嘴皮子的

这天文帝带着侍臣去上林苑游玩，一行人来到虎圈，文帝问上林尉这里养了多少野兽。上林尉没有回答上来，一旁看守虎圈的啬夫（官名）一一答了出来。文帝赞许道：“不错，你这样才算尽职呢！”便回头让跟随他的官员张释之提升啬夫为上林令。张释之半天不回应，文帝又说了一遍。张释之便对文帝说：“陛下看降侯周勃和东阳侯张相如二人人品怎样？”

文帝答道：“他们都是忠厚长者。”

张释之接过话头道：“可他们都不善言辞，不像啬夫一张利嘴，喋喋不休，并且陛下还记得秦始皇吗？”

文帝问：“秦始皇怎么了？”

“秦始皇专门任用牙尖嘴利的刀笔吏，整天查问题、抓把柄，后来这个坏风气传下来，大臣们都善于狡辩，听不进批评，结果秦国灭亡了。现在陛下因为啬夫会说话就提拔他，臣恐天下的风气就快要败坏了。”

文帝乃一代明君，明白了张释之的话，提拔这个官员，也许会获得一个好的上林苑主管，但这却会误导其他人也来耍嘴皮子。人人都以为耍嘴皮子为能事，那样就会把社会风气搞坏了。

文帝听了张释之的话，没有提拔啬夫，而升张释之为宫车令。

喜欢有才的，不用浮躁不稳重的

列车上来了一位千古奇才：贾谊。他从小博览群书，十八岁就小有名气，他的《过秦论》影响最大。治理能手河南太守吴公把他推荐给文帝。汉文帝欣赏他，最终却没有重用他，他的命运曾让历代知识分子叹息不已，而且为他的怀才不遇而不平。难道真的是文帝不重视人才，用人不当吗？

文帝很重视人才，一开始便任命贾谊为博士。贾谊当时十六岁，在朝堂上发言比老臣还厉害。贾谊能把许多老臣都讲不清的政事解释透彻，“每诏议令下，诸老先生未能言，谊尽对之”（《汉书 · 贾谊传》）。于是朝中都盛赞他的才华，文帝非常赏识他，只一年就把他提升为太中大夫。贾谊又请耕籍田，让列侯就国，文帝都通过施行。

一年之内连升了五级，这速度就像坐了“直升机”，自然会招致别人忌妒。更何况贾谊一点也不谦虚不收敛，抢占了别人的话语权，尤其是对一些老同志不尊重，尽管是无意的，也很让别人受不了，容易引起别人的反感。

所以当文帝又想升任他为公卿时，周勃、灌婴以及东阳侯张相如、御史大夫冯敬等都忌妒他，说他“洛阳之人年少初学，专意擅权，纷乱诸事”。大臣们的话有地域歧视，但也有让文帝共鸣的地方：刚来话就那么多，在皇帝面前频频指点江山，把你放到更重要的岗位上，时间长了，你还不乱政么？

文帝得以称帝，多亏了这些大臣们相助，所以他对大臣们比较尊重谦和，而贾谊的差人缘却让文帝处于尴尬的境地。文帝为众议所迫，改变了主张，把贾谊调出去给长沙王当太傅，贾谊就这样被挤对走了。

贾谊劝文帝改正朔、易服色，改革官制，大兴礼乐，为此还洋洋洒洒写了好几千字的文章，纲要列举得十分详尽，文帝十分叹赏。

后来贾谊还上书发表对付匈奴的意见，说得天花乱坠、荒诞不经，文帝也不信他这些言论。

文帝尊奉黄老，推行无为而治，而贾谊的很多建议动作过大，实施起来既很耗财力，又很扰民，所以文帝只欣赏不施行。

后来又召他入都，但不谈政事，只谈论鬼神的事。贾谊滔滔不绝说得活灵活现，文帝听得着了迷，一直谈到深夜。文帝感叹道："我很久没有见他了，还以为他不如我，今天才知道我不及他了。"

贾谊还以为文帝要重用他，没有想到第二天便颁诏让贾谊当梁王太傅。梁王是文帝的小儿子，喜欢读书，文帝很喜欢他，所以令贾谊去辅佐他。

从中央回到地方，贾谊十分伤感，作了一首《吊屈原赋》，把自己比成屈原。但他没有改变自己，还是屡屡上书言事，依旧措辞尖锐，甚至对文帝提出批评。他还上了一篇讨论时政得失的《治安策》，满纸都是危言耸听的话，好像祸乱就在眼前，文帝又把他搁置到了一边。

文帝十一年，梁王刘揖在入朝的途中从马上摔下来，摔死了。贾谊十分悲痛，于是奏请文帝为梁王立后，说淮阳地方小，不如并入淮南，另外把淮阳水边二三个小城分给梁国，这样梁和淮都能更加稳固。文帝便批准了，徙淮阳王刘武为梁王，刘武和刘揖是异母兄弟，刘揖没有子嗣，所以把刘武调到梁国继立。又调太原王刘参为代王，并且拥有太原。

贾谊才华横溢却始终得不到重用，郁郁寡欢，过了一年多便病死了，年仅三十三岁。

喜欢任人唯亲，但不重用外戚

文帝的妃子窦氏是观津人，父母早亡，有兄弟二人，哥哥叫窦建国，字长君；弟弟叫窦广国，字少君。从前兄妹三人穷困潦倒，又值兵荒马乱，几乎活不下去。后来窦氏去参加汉宫的秀女选拔，被选中了，入宫侍奉吕后。不久吕后发放宫人，把宫女们赐给诸侯王，每个王分五名宫女。

窦氏便托主管太监把她分给赵王，原因是赵地离她的家乡最近。主管太监满口答应，没想到划拨的时候竟然给忘了，把窦氏划入了代国。等到名单公布出来已经不能更改了。

窦氏只有自叹命苦，没想到在代国却受到了代王的宠幸，选为妃嫔，接连为代王生了三个孩子，长女名叫刘嫖，长子叫刘启，次子叫刘武。

当时代王王妃已经生了四个男孩，窦氏十分安分守己，尊敬王妃，代王更加宠爱窦氏。后来王妃病逝，她的四个儿子也相继夭折。

文帝元年孟春，群臣上书请立太子，文帝便立了刘启为太子，又策立窦氏为皇后。这真是意料之外的喜事，如果当年不是主管太监忘了窦氏的托付，窦氏也不会有这么好的结果。

后来文帝又封长女刘嫖为馆陶公主，次子刘武为淮阳王。薄太后的弟弟薄昭被封为轵侯，窦皇后的长兄窦长君也被接到长安，兄妹相见，悲喜交加，说到弟弟少君，长君不禁流下眼泪。原来十几年前窦氏进宫不久，弟弟就被人抓走了，多年没有下落，生死未卜。

窦皇后令清河郡郡守派人去寻找，一时也找不到。过了些日子，窦皇后竟然收到少君来书，说是已到长安，书中还写着小时候和姐姐一起采桑，失足摔倒的事情，窦皇后想起来确实有这么回事，于是告诉文帝，文帝便召见少君。窦皇后与少君分别时，少君只有四五岁，现在十几年过去，早就不认识对方了，因此感到十分陌生，还是文帝在旁细问他经历。

少君说自从和姐姐分别，不久便被拐子抓走，卖作奴仆，辗转了十几家，十六岁时到了宜阳(今河南宜阳)。宜阳的主人让他和百十个仆人进山烧炭，没想到山体塌方，其他人都被压死了，只有少君幸免。不久宜阳的主人带着他搬到长安居住，当时正值文帝新立皇后，他听街坊说窦皇后是观津人，身世很传奇，少君心里一比对，和姐姐的情况十分相像，又听说皇后的哥哥长君也进了宫，于是越发确信皇后就是姐姐，便大胆上书。

窦皇后还想进一步确认，便问他："你还记得和姐姐分别时的情形吗？"

少君说："我姐姐临走时，我和哥哥送她到邮舍（就是驿舍），姐姐看我小，可怜，曾向附近的人家讨乞米沉为我洗头，又要了一碗饭给我吃，等我吃完她才动身。"

窦皇后听着早已流下泪来，忙起身走过去扶住少君说："你真的是我弟弟，老天保佑我们能够沐浴皇恩，让我们姐弟重逢！"文帝在一旁也十分动容。

文帝让窦氏兄弟住在一起，又赐了许多田宅。

周勃和灌婴私下议论道："从前吕氏专权，我们所幸没死，将来窦氏兄弟要是仗着皇后得官干政，我们的性命可要悬在他们手里了。而且他们出身寒微，不懂礼义，很可能会效仿吕氏，现在应该预防，替他们慎择师友，慢慢熏陶培养，才不会有后患！”

两人商量妥当，便去上奏文帝，文帝当然批准。为了惩前毖后，只让他们在长安居住，而不给他们封爵。

兄弟两人后来都很知礼，做人低调，不仗势欺人，直到景帝即位才想到加封两个舅舅。当时大舅已死，就封他的儿子彭祖为南皮侯，小舅封为章武侯，此外还有窦皇后的侄子窦婴被封为魏其侯。

丞相张苍九十多岁病退后，文帝本想重用窦广国，但转思窦广国是皇后的弟弟，属于私亲，他不想蹈吕氏覆辙，便打消了这个想法，选择了关内侯申屠嘉接替张苍。

深入一线抓典型

文帝后六年冬，匈奴两路大军共六万多骑兵入侵，一路上入侵上郡（今陕西榆林东南），一路入侵云中（今内蒙古托克托东北），沿途掳掠汉人财物、牲畜。

边城烽火点燃，如同火龙般一直延伸到甘泉宫。文帝急调三路大军星夜出征。一路由中大夫令勉率领，驻守飞狐；一路由前楚相苏意率领，驻守句注；一路由前郎中令张武率领，驻守北地。

文帝还怕有疏忽，又令河内太守周亚夫驻守细柳（今咸阳市西南），宗正刘礼驻守灞上，祝兹侯徐厉驻守棘门（今咸阳市东北）。内外都有“铁将军”把门，文帝这才稍稍放下心来。

过了几天，文帝决定去一线视察慰问部队。先到灞上，再到棘门，都没有预先通知。刘将军和徐将军都在自己的营帐里，听说御驾到来，忙率部队出迎，脸上十分慌张，似乎为自己没有提前迎驾而感到不安。文帝自然不会责怪他们，慰问完了又移驾去细柳营。

快到细柳营的时候，文帝远远就看见营门外士兵森严地站在那里，手执亮晃晃的兵器，仿佛真的临敌一般，文帝心里暗暗称叹。等到了营门口，前面的车就被守门的兵士拦住了，当卫兵听说是皇帝的车驾来慰问部队，也不惊慌，而是大声说："我们只听将军令，不闻天子诏！"不让御驾进去，而是先取了文帝符节，派人进去通报。周亚夫传令开门，卫兵才把营门打开放御驾入营，并嘱咐御车车夫："将军有令，军中不得奔驰。"文帝只好按照"限速令"规定，放慢车马速度。

到了大营，只见周亚夫穿着铠甲，佩着宝剑，军容严整地迎接文帝，他向文帝作了一个长揖行礼道："身穿铠甲不跪拜，臣照军礼施行，请陛下谅解！"文帝很受震动，扶着车上扶手向周亚夫欠身致敬，这时有使者传谕说："皇帝敬劳将军！"周亚夫带着部将肃立在两旁，鞠躬称谢。文帝又叮嘱了几句话，便出营门回去了。周亚夫也不去送行，等文帝出了营门，又恢复了先前的戒备状态。

回宫的路上，文帝一直都在感叹："这才是真将军啊！那灞上、棘门的部队，好像儿戏一般，如果被敌人袭击，恐怕主帅都要被抓去了，哪像周亚夫那样严密细致，无隙可乘呢！"

不久边防军队报告，匈奴都撤退到塞外去了。文帝便命各路兵马回师，又提升周亚夫为中尉。

这件事让我们可以从三个方面看出文帝务实的作风。

一是匈奴大兵压境，备战御敌成为当时主要任务。文帝亲自巡视，在检查准备工作的同时，也能鼓舞官兵士气，可谓意义重大。

二是文帝身为一国之君，对周亚夫麾下将士尊奉的"军中闻将军之令，不闻天子之诏"、"将军约，军中不得驱驰"、"介胄之士不拜，请以军礼见"等看似大不敬的规矩，没有摆出国君的威严，大发雷霆，搞特殊化，更没有盛气凌人地发表议论，提要求，而是主动放低姿态，严格遵守，认真执行。

三是文帝把军容是否严整、军纪是否严明，作为检验军队战斗力和将领指挥能力的试金石，没有被灞上和棘门两处军营任由车马"直驰入"、"将以下骑出入送迎"等现象所迷惑，提高了所查信息的准确度和可信度。

他不喜欢那套“来时热烈欢迎，走时热烈欢送”的派头，不满足于听听汇报，看看材料，接触少数领导，远离基层，因为这样往往看到的是假象，看不到真实情况。

又过了一年，文帝忽然得了重病，太医们都回天无术。弥留之际，太子启在榻前侍候，文帝对他交代后事道：“周亚夫缓急都可以依靠，将来如果有变乱，尽可以让他掌兵！”太子启哭泣着答应下来。周亚夫是周勃的儿子，周勃死后，长子周胜之袭封，次子周亚夫为河内郡守。驻守细柳营让周亚夫成为“军队先进典型”，而文帝的务实作风却更应该成为所有领导的榜样。

19. 文帝的美德

人生就像一串念珠，而串念珠的线，就是道德。一个人有了美德，才会激发起奋斗的热情和积极向上的动力，从而在追求成功的道路上不懈努力，在生活道路上克己律行。文帝具备的美德使他就像泰山石上的那颗迎客松，让人望之生敬。

文帝注重社会和谐，他尊奉黄老，推崇无为而治，不喜欢折腾，实施许多宽民善民的好政策，如减租免税，勤政爱民，同时他个人还具有最高统治者很难得的美德，所以文帝时代官员依法办事，人民安居乐业，四海清平，达到了汉朝的全盛时代；也因为文帝身上的种种美德，才铸就了他是列车上最可爱最有魅力的皇帝，没有之一。本篇主要归纳了他的四大美德：善于纳谏、孝顺重情、尊重人权、奉行俭约。

善于纳谏有风度

一般来讲，人的地位越尊，自尊心越强。一个人坐上了皇帝的宝座，万民臣服，如果真的要他去礼贤下士，虚心听取下面的意见，接受逆耳谏言，特别是要接受那些与自己的意图相悖的意见，确实是非常难的。这需要有宽广的胸怀和较强的自控能力。

善于纳谏就是一个领导者度量的体现，更是判断一个皇帝是否圣明的标准。而文帝却在云淡风轻中做到了这一点。比如文帝喜欢打猎，一个皇帝有这点爱好根本算不上什么，颍阳侯骑士贾山便上书劝谏，文帝高兴地接纳，并下诏褒奖了他。后来只要文帝车驾出入，遇到官吏上书，一定会停车接收，有被采纳的建议，一定会大力表扬。

袁盎三谏

当初，周勃被任命为右丞相后，言行举止便傲慢起来，文帝却十分恭让他。郎中袁盎看不下去，便对文帝说："陛下把丞相当成什么人？"

文帝说："丞相是社稷之臣！"

袁盎说："丞相只是功臣，而不能称为社稷之臣。社稷之臣必然是君存与存，君亡与亡，丞相在吕氏专权时，身为太尉，不去拨乱反正，后来吕后死了，大臣们一起讨逆，他乘机邀功。现在陛下即位后，特别奖赏他，对他礼遇有加，他却不珍惜，反而沾沾自喜，难道社稷之臣真是这样的吗？"

文帝听了没说话，等到周勃再入朝时，言语间便对他严正起来，周勃觉察出了文帝的变化，不敢再得意，渐渐地从骄傲变得畏惧了。

文帝曾宠信宦官赵谈，让他陪同乘车，袁盎就谏道："臣听说和天子同车的，都是天下豪俊，怎么今天让宦官同车呢？"文帝只好让赵谈下车。

不久袁盎又随文帝到霸陵，文帝骑马快跑，准备从一个险峻的山坡冲下去，袁盎忙跑上前拉住马缰，文帝笑着对他说："将军怎么这么胆小？"

袁盎答道："臣听说千金之子不垂堂（意思是家中积累千金的富人，坐卧不靠近堂屋，怕被屋瓦掉下来砸着），百金之子不骑衡（意思是一般有钱的人乘马车不靠在车前横木上），圣主不乘危险的车，不做侥幸的事。现在陛下骑马飞跑，多危险啊，陛下不爱惜自己，难道不顾高庙和太后吗？"

文帝便打消了骑马下坡的念头。

过了几天，文帝又与窦皇后、慎夫人一起游玩上林苑，玩累了便坐在园中休息，袁盎也跟了进去。慎夫人走到皇后身边，正准备坐下，袁盎朝着慎夫人一挥手，不让她就座，要引她退到席的右边，侍坐在一边。

慎夫人在宫里仗着文帝宠爱，经常与皇后并排坐并排走，窦皇后生于寒微，为人十分谦虚，从不计较这些。这次遇到袁盎，却要把名分分清楚。慎夫人感到很没面子，于是站着不动，柳眉倒竖，想与袁盎争论。

文帝怕慎夫人真的和袁盎争吵起来，没法收场，心里也怪袁盎多事，便不高兴地站起来走了出去，窦皇后和慎夫人跟在后面。文帝的游兴被打断，带着后妃承辇回宫。

袁盎也跟在后面一起进宫，等文帝下车后，从容地对文帝说："臣听说尊卑有序才能上下和睦，皇后是六宫之主，所有妃妾嫔嫱不能和她并尊，陛下如果宠爱慎夫人，可以优厚赏赐她，怎么能乱了分寸。如果让她养成骄傲的脾气，说是宠她，其实是害她，前鉴不远，皇上没听说当时的'人彘'吗？"

文帝听到"人彘"二字，顿时恍然大悟，怒气也消退了，并把袁盎的话对慎夫人说了。慎夫人这才理解袁盎直话直说是为了保全自己，于是取五十金赐给袁盎。

张释之三谏

张释之是堵阳人（今河南方城县），以前担任骑郎，干了十年都没有提升，后来才晋升为谒者。他向文帝献治国之策，文帝让他不要讲大道理，就说说实在的观点，于是张释之说了自己的观点，文帝非常满意，便提升他为谒者仆射，每次车驾出游都把他带着。张释之是袁盎带出来的，袁盎是前中郎将，张释之从骑郎提升就是由他推荐的。

不久梁王入朝，和太子启乘一辆车进宫，经过司马门没有下车，被张释之看到，便过去拦住车驾，不让进去。

原来司马门是出入汉宫最重要的门，汉宫有明文规定，除了天子，不管是谁都要下车，如果不下车就要罚金四两。张释之向文帝劾奏了太子和梁王，说他们经常出入，应该知道规定，这是明知故犯，要以不敬论罚。文帝以为这是小事一桩，搁置在一边，后来薄太后知道了，便召入文帝，责怪他纵容儿子，文帝这才免冠磕头谢罪。

薄太后又派人传诏赦免太子和梁王，这才准他们进来见面。事后文帝没有怪张释之多事，而是称赞他守法不阿，升他为中大夫，不久又升他为中郎将。后来又令张释之为廷尉，他十分清廉公平，手下都很服他。

文帝有一次从中渭桥经过，刚好有人从桥下走过，惊动了御马，于是侍卫把行人抓住，交给廷尉。文帝要将他处死，张释之却只判他罚款，君臣争执了一番，文帝辩不过张释之，只好依从他的判决，罚款了事。

还有一次高庙里的玉环被贼偷走，后来贼被抓住，交给廷尉，张释之上报称应该弃市（斩首），文帝十分恼火，说："偷窃先帝的法物，罪当族诛！"

张释之忙下跪磕头道："不能这样执法，愚民只是无知，如果他无意中取长陵的一抔土，陛下将用什么法去惩治他呢？"文帝想想也是，又去告诉薄太后，薄太后同意张释之的意见，于是文帝便依张释之的办法去办理。

文帝带着宠妃慎夫人去长安东南的霸陵游玩，张释之随行。一行人登高眺望，文帝指着向东的大道说："这条路是通往邯郸的要道。"慎夫人是邯郸人，听了这话，不禁想念起家乡来，文帝看她神色凄然，便令人取瑟，让慎夫人弹奏解闷。慎夫人弹得非常悠扬动听，中间流露出一股思乡的悲情，令文帝也顿生惆怅，于是和着瑟声唱了起来。

一曲即终，文帝对身边大臣说："人生不过百年，我死后如果用北山石为棺椁，再用麻絮和杂漆密封，一定能坚固不破，没人能够动摇了！"大臣们都应声说是，唯独张释之说："臣以为如果皇陵中藏有珍宝，棺椁即使再牢固也能破封，否则即使没有石椁，又何必多虑呢？"文帝点头称善。文帝遗诏要求办俭丧，张释之这番话也对他产生了一定的影响。

屈身问冯唐

一天，文帝乘辇巡行，看到一个老人在前面迎驾，便和他敬礼打招呼，问他是哪里人，老人说他叫冯唐，祖上是赵人，到他父亲这一辈迁居到代地。文帝忽然想起以前的事说："我以前在代国，手下有个尚食监高祛，几次跟我说赵将李齐在巨鹿之战中非常骁勇，可惜已经不在世上了，老人家可认识这个人吗？"

冯唐说："我早就知道李齐骁勇，但还比不上廉颇和李牧。"

文帝也知道廉颇、李牧都是赵国良将，不由叹道："我手下要是有像廉颇、李牧这样的人，还怕什么匈奴呢？"

没想到冯唐却说："陛下得到廉颇、李牧这样的人，也未必能重用他们！"

文帝听冯唐说他不能任用良将，自然很恼火，于是不再和他说话，气得回宫去了。在宫里又想了一会儿，觉得冯唐的话一定不是无故唐突，可能还有其他原因，于是又把冯唐请过来让他说个清楚。

冯唐依旧不急不慢地说："臣听说古时候的明君，命将领出师是非常郑重的，临走前一定交代：朝中的事听我的，外面的战事听你的，论功行赏，都归将军处置，可以先斩后奏。这并不是说说而已，我听说李牧曾在边市收取租税，都自己用，犒赏士兵也不用报告，君王也不遥控他，所以李牧能够竭力发挥才智，守好边关打退胡人，现在陛下能做到这样吗？近日魏尚担任云中守，所收的租钱都分给士卒，而且自己出钱犒赏军官，所以将士们都为他效命，匈奴一入塞侵犯，就被他杀得抱头鼠窜，陛下却因为他奏报差了六个敌人首级，就说他报功不实，让他免官下狱，罚做苦役，这不是法太严、赏太轻、罚太重吗？照这样看，陛下就是得了廉颇、李牧，也未必能用！臣的话冒犯了皇上，死罪啊！"说完脱下帽子磕头。

文帝却转怒为喜，忙让人把他扶起来，又让人把魏尚放了，仍旧官复原职，又拜冯唐为车骑都尉。文帝即位的前十四五年间，除匈奴入寇外，只有济北一场叛乱，一个月就平定了。即使匈奴为患，也就是骚扰一下边塞，没有大举入侵，而且每次王师一出，就立刻退兵，没有发生过大的战争。

文帝总是善于从全局的高度分析和思考下属的意见，权衡利弊得失，只要言之有理，谋深计远，即使位卑名轻，言语过激，也能欣然采纳，因而国家被治理得越来越强盛。

孝顺重情有温度

世上有许多种爱，有一种爱付出是本能的，不求回报，心甘情愿，这就是父母对儿女无私的爱。儿女作为回报，就要有孝行，百善孝为先。孝顺是中华民族的第一美德。

刘恒在当皇帝之前就以贤孝而闻名。有一次薄太后生了病，刘恒亲自服侍，日夜守候在母亲身边，母亲要服汤药，他总是先自己尝过，当时的人都说薄太后命好。

薄太后的母亲本是魏国宗室之女，魏被秦灭之后，她流落他乡，与吴地一个姓薄的男子私通，生下了薄氏。薄氏长大后出落得亭亭玉立，便被召到魏王宫，当了魏豹的妾。当时有个叫许负的老妇人善于看相，魏豹就请她来给家属看相，许负看到薄氏的时候非常惊愕，说她“将来必生龙种，能当天子”。

魏豹听了十分惊喜，说：“真的吗？那你再看看我将来怎么样？”

许负看了看他笑道：“大王本来就是富贵相，现在都当王了，还能说不贵吗？”

魏豹没听出许负话中有话，而是认为许负的意思是自己不过当王，儿子却能做皇帝，也非常高兴，给了她很多赏赐。以后便更加宠爱薄氏了，几乎把她和正室一样看待。

后来魏豹叛汉也是为了许负的这番话，结果儿子还没怀上，亲爱的薄氏却被刘邦收到后宫去做苦役了。薄氏也恨自己命薄，只能无奈地在织室里充奴役，做个白头宫女了度余生。

一年多后的一天，内使突然宣诏让她去侍候皇帝，她都来不及整理妆容就匆匆忙忙地去了，刘邦正在喝酒，她就侍立在一旁。刘邦无意中看了她一眼，接着一连又看了好几次，等到喝完酒，竟拉着她进了寝宫。一夜临幸，她便怀上了龙种，十个月后生下儿子刘恒，之后她便一心一意抚育儿子成人，从不卷入后宫纷争，后来时来运转，真的母以子贵了。

文帝很尊重母亲的意见，包括对周勃的处理问题上。

周勃之前由于能力平庸，又怕自己功高遭忌，称病辞职，由陈平接替相位。

文帝二年，陈平病逝。相位空缺，文帝又想起周勃，于是把他召回任为相。

周勃喜欢忌妒人，别人也恨他，对他意见最大的就是朱虚侯刘章和东牟侯刘兴居。铲除吕氏家族，刘章是首功，刘兴居清宫迎驾，也有功劳。周勃曾和他俩私下有约定，答应让刘章当赵王，刘兴居当梁王，文帝即位后，周勃并没有为他们进言，违背了先前的约定，自己独占了头功，所以刘章、刘兴居和他就有了矛盾。

过了两年，有司奏请立皇子为王，文帝于是立赵王刘遂的弟弟刘辟疆为河间王，刘章为城阳王，刘兴居为济北王。城阳（今山东诸城）、济北都是齐地，割封给刘章兄弟，等于割肉补疮，明明是要削弱齐王，一点实惠也谈不上。随后又封了文帝儿子刘参为太原王，封刘揖为梁王，梁和赵都是大国，刘章兄弟垂涎已久，现在彻底绝望，便怀疑被周勃给卖了，对周勃更加怨恨，于是说了他许多坏话。文帝听了对周勃也有意见，便准备把周勃丞相免了，说是诸侯没有全去封地就职，丞相要带头做表率，让他去封地，周勃没有料到会这样，只有无奈地交还相印到降地去了。

周勃被免相去封地后，变得神神道道，每次遇到河东守尉巡视，心里就很恐慌，穿着盔甲和他相见，两旁还有家丁手持兵器护卫，大家看了都十分吃惊，于是有不怀好意的人便诬告他谋反。文帝早就看他不爽，立刻叫廷尉张释之派得力干将捉拿周勃进京。

张释之便会同河东郡守季布一起去捉拿周勃，其实大家都知道周勃没有反意，但在降邑见到他时，他还是穿着盔甲带着家丁出来迎接。等到朝吏把诏书读完，周勃目瞪口呆，季布让他卸下盔甲，劝慰了他几句，才让朝吏好生带着他去长安。

在狱中狱吏向他索取财物，起初周勃一毛不拔，受尽狱吏欺凌，他只好叫家人取出千金打点，狱吏这才换了一副脸面，对他优待起来。

好在张释之是个好官，见他不善于申辩，也不急着定罪，更没有为难他，暂时把他关在狱中。狱吏得了周勃好处，便替他想办法，因为不能直说，便在文牍背后写了几个字给他看。周勃仔细一瞧，上面写着“请公主相救”五个字。周勃这才如梦初醒，等家人来探望时，忙对家人说了办法。

原来周勃长子周胜之娶了文帝女儿为妻，周勃关在长安狱中，周胜之也来探望父亲，公主为了家庭琐事和胜之闹矛盾，便没有来。这时周胜之为了父亲忙向公主央求，公主自然摆起谱来，胜之使出浑身解数赔礼道歉，连“搓衣板”都跪了，公主这才嫣然一笑，入宫求情去了。

这次张释之审问周勃，其实想替他辩解，可没想到周勃话又说不清楚，于是张释之便告诉袁盎。袁盎曾指责周勃倨傲无礼，这次因为张释之的话，便上奏称周勃无罪；还有薄太后的弟弟薄昭，因为周勃把封地让给他而感念不忘，所以也去太后面前为周勃申冤。之前薄太后已经有公主在她面前哭泣请求，现在又有弟弟一番说情，便召文帝相见。

文帝进见太后，薄太后竟然取下头巾向文帝面前掷去，愤愤地说：“降侯手握皇帝玉玺，统率北军，那时候他都不想谋反，现在住在一个小县里反而要造反吗？你听了谁的谗言来屈害忠臣？”文帝听了，慌忙赔罪，说是已由廷尉查明冤情，马上释放周勃。太后让他临朝赦免周勃。

周勃出狱后感叹道：“我曾经统兵百万，都没有害怕过，谁知道狱吏都这么厉害啊！”说完便上朝谢恩，文帝仍让他回国。

周勃听说薄昭、袁盎都替他说好话，澄明冤情，也都逐一道谢，又是惭愧又是感激地对袁盎说：“以前我还怪过你，现在才知道你是真对我好了。”

尊重人权有力度

文帝在位做了一件非常了不起的事，那就是废除肉刑，这成为中国古代人权史上的一大进步。

在中国古代刑罚发展史上，肉刑是夏商周以来最为广泛使用的刑罚，带有原始、野蛮的色彩。西汉文帝、景帝时期所进行的刑罚改革是一个极为重要的转折过渡。

文帝实施刑罚改革以前，汉代的刑罚制度基本承袭了秦朝刑罚体系。而秦代的刑罚制度，不仅方法严酷，体系也比较混乱，肉刑、徒刑常结合使用，刑种之间的轻重差异也没有标准。

这也是后人在总结评价秦亡原因和秦朝政治过失的重要参照，秦末起义者们在动员百姓的时候，第一句话总会说“今天下苦秦久矣”，为什么会“苦秦”？

严刑苛法是最主要的一条，史书记载秦朝的景象是：“劓鼻盈车”和“履贱踊贵”，也就是说遭受割鼻刑罚的犯人众多，割下的鼻子装满了一车又一车；鞋子便宜，而“踊”贵，踊是当时为没脚趾的人专门制作的一种鞋子，这说明鞋子没人买，因为被处以斩脚趾刑罚的犯人太多，大家争相购买适合无脚趾人穿的踊，而导致鞋子降价，踊变贵了。这是多么悲惨的景象啊。这也让秦朝背负了恶名，成了社会指责的焦点。

文帝即位后，实行了一系列与民休息的政策，使得官员履职尽责，百姓安居乐业，财富逐年增加，形成了淳朴的民风，结果是“刑罚大省，至于断狱四百，有刑错之风”(《汉书·刑法志》)，就是说一年中只断狱四百，甚至到了连刑罚都放置不用的地步。文帝元年还“尽除收孥相坐律令”及“除盗铸钱令”等酷刑。文帝还不满足于这些，有一件事让他下定决心大刀阔斧进行刑罚改革。

临淄太仓令淳于意精通医术，远近闻名。他辞了县令为人看病，后来有个被他医治后的病人死了，就发生了医闹事件，家属去官府告他医死人，地方有司便把淳于意抓了起来，判了他肉刑的处罚，因为他曾经是县令，不便擅自处罚，便把他押送到京城。

淳于意没有儿子，生了五个女儿，都哭着为父亲送别。淳于意叹息道：“生女儿真是没用啊！”

小女儿缇萦听了这话，便陪父亲一起进京，到了长安，淳于意被关在狱中，缇萦竟然写书给文帝替父亲申辩。

文帝听说有个少女上书，也很吃惊，便令手下把书拿给他看，只见书中写着："我父亲当官时，齐地的百姓都说他廉洁公正，现在犯法要受刑，我难过的是人死不能复生，受过刑的人身体不能再复原，就是想悔过也不行了，妾愿充当官奴，赎我父亲的罪行，让他改过自新。"

文帝看了不由同情起她来，于是将淳于意释放，让他和缇萦一起回家。缇萦书中那句"受过刑的人身体不能复原"的话让文帝深受震动，于是下诏革除肉刑，诏书上说："为官者都是人民的父母，现在人犯了过错，不去教育他而让他受刑罚，有的想改过行善却不能够，朕很怜悯他们，那些刑罚有断肢体、刻肌肤，终身残疾，多么不仁德啊，这难道是人民的父母能做出来的吗？必须废除肉刑，用其他刑罚来代替。"

丞相张苍等负责改定刑律。汉朝法律规定的肉刑大概有黥刑（以墨黥面）、刖刑（断足）、劓刑（割鼻）、宫刑（割生殖器）。

张苍和与御史大夫冯敬奉诏改革刑罚，主要内容是用徒、笞、死三刑取代传统的黥、斩左趾、斩右趾等肉刑。具体做法是：

1. 将黥刑改为髡钳（剃发带刑具），城旦舂（男犯押往边防筑城守卫，女犯罚作舂米）；

2. 劓刑改为笞三百；

3. 斩左趾改为笞五百；

4. 斩右趾入于死刑；

5. 相应确定徒刑的固定刑期。

文帝实行仁政，倡导德治教化，宽民善民，不让罪犯再残毁身体，这得到了百姓的拥护。司马迁甚为赞许。他在《孝文本纪》文末发出感慨："汉兴，至孝文四十有余载，德至盛也……岂不仁哉！"

文帝用徒刑、笞刑取代了肉刑，但在实际操作中由于笞数太高，很多人仍会被打死，所以当时人们讽刺地评价说"外有轻刑之名，内实杀人"。

为此，景帝又在父亲的基础上再次改革，景帝元年（公元前156年）和中六年（公元前144年）两次下诏递减笞数，将原来的笞三百减为笞一百，笞五百减为笞二百，并颁布"箠令"，对笞刑的刑具、行刑方法等进行明确的规定，限制笞杖规格及受笞部位。景帝还规定：“改磔（俗称千刀万剐）曰弃市（斩首），勿复磔。”（《汉书·景帝传》）

奉行俭约有气度

文帝时，已经有了布鞋，草鞋沦为贫民的穿着，而文帝穿着草鞋上殿办公，做了节俭的表率。不仅是草鞋，就连他的龙袍破了，也让皇后给他补一补再穿。

文帝平时都穿黑色绨（用丝做经，用棉线做纬的纺织品，比绸子粗糙）做的衣服，他自己穿粗布衣服不说，后宫嫔妃也是朴素服饰。他宠爱的慎夫人，也不穿华丽的衣服，寝宫的帷帐都没有花纹。

古代皇帝住的宫殿，大都要修又大又漂亮的露台。文帝也想修筑一个露台，估算了一下，工钱需要百金，于是连忙摇头说：“百金可是中等家庭十家的产业，我住着先帝建造的宫室，还怕不能享受，怎么还要再建露台呢？”于是将这个计划取消。

因为文帝以身作则提倡俭约，所以当时的国家财政开支缩减了很多，贵族官僚也不敢滥事搜括，奢侈无度，从而减轻了人民的负担，这是休养生息政策的重要内容之一。

他始终做到爱民如子，有什么事不方便，立即取消。他一生没有大兴宫苑建设，没有修园林，没有增添车辆仪仗，甚至连狗马都没有增添。他关心百姓的疾苦，刚当皇帝不久，就下令：由国家供养八十岁以上的老人，每月都要发给他们米、肉和酒；对九十岁以上的老人，还要再发一些麻布、绸缎和丝棉，给他们做衣服。每次遇到旱涝，都会给百姓分发粮食，减免租税，所以天下太平，人民安居乐业，违法乱纪的现象也减少了，每年判案最多不过几百件。

文帝后元七年六月盛夏，文帝驾崩，享年四十六岁，总计在位二十三年。

在遗诏中文帝痛斥了厚葬的陋俗，要求朝廷给他治“短丧”，不要发动百姓来宫殿哭灵。对待自己的“归宿”霸陵，明确要求：“皆以瓦器，不得以金银铜锡为饰，不治坟，欲为省，毋烦民。”（《史记 · 孝文本纪》）

后来赤眉军攻进长安，西汉许多皇帝的陵墓被挖了，唯独没动文帝的陵墓，因为知道里面没啥值钱东西，而文帝留给后世的却是最为宝贵的遗产。

20. 瑜中瑕

人非圣贤，孰能无过，前两章讲了文帝的治理手段和美德，都是说文帝的闪光点，这一章则讲一讲他的不足。世上没有完美之人，人的缺点恰可以让人变得更加真实可爱。总体评价一语：美玉皆有瑕，但瑕不掩瑜。

纵容的后果

文帝向来以宽容著称，但宽容不等于纵容，宽容是一种肚量，纵容则如破洞之船，终有一天会翻船。对于错误的思想和行为，如果不及时制止和纠正，任其发展，最终必然会种出恶果。

文帝的弟弟淮南王刘长入朝，文帝十分高兴，用隆重的礼遇接待他。没想到刘长这次来朝却怀着自己的私谋，有一件十几年前的恩怨要了结。

这事还得从刘长出生前说起：刘长是刘邦的第五个儿子，他的母亲赵姬原来在赵王张敖宫中，刘邦讨伐韩王信的时候经过东垣，张敖便拨赵姬去伺候，刘邦生性好色，见赵姬美貌，便令她侍寝，一夜风流之后刘邦回都了，赵姬却怀上了刘邦的身孕。

张敖知道了这事，不敢再让赵姬住在宫中，让她住别处休养，不久贯高谋反事发，事情牵连到张敖，他的家眷也被抓到河内监狱，赵姬也在其中。这时她快要临盆了，于是把刘邦和她的事告诉狱官，狱官十分吃惊，忙去报告郡守，郡守又如实上奏，但很多天都没有音信。

赵姬的弟弟赵兼和审食其熟悉，便入都找他帮忙，审食其答应帮忙，便告诉了吕后。吕后向来忌恨这种事情，于是把审食其骂了一顿，审食其便不敢再多管闲事。赵兼等了几天没有消息，便再去询问审食其，审食其却避而不见，赵兼只得又回到河内。

赵姬这时已生下一个男孩，在狱中吃尽苦头，眼巴巴地等着皇恩大赦，没想到却等来了让她绝望的消息，哭了一夜竟然自尽了，狱吏只好雇了一个奶妈抚养她的遗腹子。又过了一段时日，张敖被赦免，全家人也都被放了出来，郡守便派官员带着奶妈和孩子入都。

刘邦得知赵姬自尽，只有孩子送来，也不禁叹息，看到孩子状貌魁梧，和自己很像，十分怜爱，取名为长，交给吕后抚养，又让河内郡守把赵姬的棺材运到老家真定埋葬。

吕后虽然满心的不愿意，但刘邦向她郑重叮嘱过，也不敢对孩子怎么样，便让奶妈带孩子。几年后，刘长五六岁了，十分聪明，很讨吕后喜欢，吕后把他当成自己亲生的一样。后来顺利当了淮南王，得知了自己的身世，舅舅赵兼又说了自己的经历，因此他十分记恨审食其，发誓要杀了他。文帝即位后，审食其失势，这次刘长入都的主要任务就是替母报仇。

刘长这时十七岁，血气方刚，身强体壮，双手能举大鼎，胆子也很大。平时在淮南经常不听朝命，独断专行。文帝只有这一个弟弟，对他格外宽容，这次入都住了好几天也是大大咧咧，文帝带他去上林苑打猎，在途中交谈时，他也不按君臣名分，而是直呼文帝为“大哥”。文帝也不以为意，刘长越发心喜，心想：皇帝对我这么好，我杀了审食其，他应该也不会降罪于我。

于是这一天他身上藏着铁锥，带着几个随从，乘车去审食其家，审食其听说淮南王来访，怎么敢怠慢？慌忙出来迎接，刘长从车上跳下来，审食其忙俯身行礼，刘长乘他不注意，取出铁锥就向他脑袋上砸去，一下便把他砸倒在地，随从上前割下审食其脑袋，一行人便登上车，扬长而去。

刘长从宫门下车，走到殿外求见文帝，文帝当然出来见他，只见刘长袒身跪在殿前台阶上谢罪，文帝吃了一惊，忙问什么事。

刘长一字一顿地说起来："我母亲以前在赵国和贯高谋反的事毫无关系，审食其明知我母亲是冤枉的，而他被吕后所宠，但不肯去帮忙说明真相，这是第一条罪；赵王如意母子也是无辜的，他也没有帮助澄清，这是第二条罪；吕太后封吕氏子弟为王，危害刘氏，他身为丞相不站出来说话，这是第三条罪。审食其受了国家厚惠，不知为公，一心营私，背负三大罪行，一直没有受到责罚，我为天下除害，上诛国贼，下报母仇，已经把他杀了。只是事前没有请命，臣负擅杀之罪，请皇上责罚！"

文帝本来就厌恶审食其，听说刘长把他杀死，心里也十分吃惊，虽然刘长专擅行事，但情有可原，因此没有降罪于他。刘长事已办成，便昂然辞行回国。

中郎将袁盎入宫进谏说："淮阳王擅杀审食其，陛下竟不过问，让他回国，恐怕他以后会越来越骄纵。臣听说尾大不掉，必生后患，请陛下对他加以责罚，大要夺去封地，小要削弱封地，这样才能防患于未然，千万不要拖延。"文帝不置可否，袁盎只好退下。

几天后，文帝非但没有治淮南王的罪，反而追查审食其的党羽，派人捉拿朱建，朱建自杀。文帝得知后说："我并不想杀他，何必如此？"于是又召他的儿子入朝，拜为中大夫。

淮南王刘长越来越骄纵，出入都用天子警跸（帝王出行的车驾），作威作福，擅杀朝廷命官。文帝便写书训诫他，刘长则回书答复说"宁愿放弃国家当百姓"，明摆着是怨言。文帝又让将军薄昭写书劝他。

刘长仍旧不思悔改，怕朝廷查办，便想先发制人。当下派大夫但等七十人潜入关中，勾结棘蒲侯柴武的儿子柴奇同谋造反，计划用四十辆大车运送兵器到长安北边的谷口，依险起事。

柴武又派士伍（汉律规定有罪失官的人）开章去报告刘长，让他南连闽越，北通匈奴，联合大军进攻。

刘长很是高兴，为开章购房，送他财物，让他留在淮南，又派人回报柴奇，没想到派去的使者却被机关搜出了密书，奏报朝廷。

文帝还不忍心捉拿刘长，只命令长安尉去抓捕开章，结果刘长把开章藏起来不交，说“开章下落不明”。他和前中尉简忌密议，私下把开章杀了灭口，悄悄把尸体埋在肥陵。又让人伪设坟墓，植上树木，坟上写着“开章葬于此地”六个字，长安尉知道他伪造，便回都奏报文帝，文帝又派人召刘长入都，刘长还没有部署好，不敢抗命，只好入都。

丞相张苍、典客冯敬和廷尉等组成专案组，审出刘长谋反的事实，还有许多违法的事，应该判死罪，于是联名奏报，要求将刘长弃市。文帝仍不忍心杀刘长，又命其他官员再审议，结果还是一样，文帝顾及同胞，赦免刘长死罪，但剥夺他王爵，发配到蜀郡严道县的邛邮，并允许家属一起去，让严道县县令妥善安置。其他和刘长一起谋反的人则全部处斩。

刘长被押上辎车（四周有帷子的车）押送出都，袁盎进谏道：“陛下曾经纵容淮南王，没有设贤相辅佐他，所以导致他有今天。只是淮南王性格刚爆，突然遇到挫折，一定无法承受，如果有什么意外，陛下反要背负杀弟的恶名，这不是令人忧虑吗？”

文帝说：“我只是想让他暂时受点苦，如果他知道悔改，还让他回国！”袁盎见文帝不听自己的，只好退出。

没想到过了一个多月，竟然接到雍县县令急报，说刘长自尽了。文帝听了禁不住失声痛哭起来。原来刘长被废，已是万念俱灰，途中负责押送的官吏虽然时刻提防他寻死，但却没料到刘长绝食饿死在车里。

文帝见了袁盎，边流泪边说：“我后悔不听你的话，最终导致刘长死了。”

袁盎劝慰道：“淮南王已经死了，是咎由自取，陛下不必过于伤悲，还请陛下宽怀。”

文帝叹道：“我只有这么一个弟弟，还不能保全，总觉得心里不安！”

袁盎接口道：“陛下认为不安，只好把丞相和御史都杀了，以谢天下！”

文帝见袁盎说得严重，便不再说下去，但下令调查路上负责押送的官员，一共有十几个人，全部弃市。又用列侯礼安葬刘长，就在雍县修筑坟墓，专门设置了三十户人家看守墓地。接着又加封了刘长的四个儿子。民间仍有歌谣唱道：一尺布，尚可缝；一斗粟，尚可舂；兄弟二人不相容。文帝听了知道是讽刺他，不禁十分难过。

长沙王太傅贾谊这时进谏说："淮南王悖逆无道，现在朝廷反而尊封罪人之子，一定会惹人讥笑，而且将来他的孩子长大，如果不知感恩，而是想为父报仇，岂不是令人担忧！"文帝最终没有听从他的话。

迷信的谜团

古今中外，迷信的人很多，文帝也不例外。文帝一生都和他母亲薄太后一样抱定老子无为的思想，于是就有一些旁门左道的人乘机逢迎，邀宠求荣。

鲁人公孙臣上书说秦朝是水德，汉朝接替秦朝，应该是土德，土是黄色的，不久必有黄龙出现，请求改正朔，更换衣服的颜色，一律都采用黄色。

文帝便把这封书拿给丞相张苍看，张苍也研究律历，但他认为公孙臣说的不对，汉朝应该是水德。其实两人都在胡说，文帝便搁下这事不提。

但文帝十五年春，陇西的成纪竟然报称有黄龙出现，地方官吏也没有亲眼看见，但根据一时的传闻奏报。文帝信以为真，于是把公孙臣看作异人，说他能预知未来，召他为博士。

当下与大臣们申明汉朝为土德，商议改元易服的事，并命礼官筹办祭祀大典。于是公孙臣得了宠眷，而丞相张苍却被疏远了。

赵国有一个叫新垣平的人，生性乖巧，专好骗人。听说公孙臣忽悠成功，得了主宠，也去学习了几句术语，跑到长安上殿求见。

文帝已经入了谜团，遇到方士到来十分欢迎。新垣平拜见完毕，便开始忽悠："臣望气前来，愿陛下万岁！"

文帝忙问："你看见什么气啦？"

新垣平回答道："长安东北角上，最近有神气飘荡，结成五彩。臣闻东北是神明居住的地方，今有五彩汇聚，明明是有五帝护佑，这是国祥之气。陛下应该就地建一座庙，才能永远受到神明的庇护。"文帝点头称善，令新垣平留在宫里，让他指导有司建造庙宇，供祀五帝。

新垣平本来就是瞎诌的，自然没有什么确定地点，于是他带着有司出东北门，走到渭阳，装神弄鬼地看了一回，然后在宽敞的地方择定了地基。

文帝十六年，庙建好了，文帝在孟夏的一个吉日亲自去五帝庙里祭祀。祭祀时举起爟火，里面不知加了什么燃料，一时烟焰冲天，新垣平说这是"神气"，忽悠得文帝非常高兴。祭祀完毕回宫后，就颁出一道诏令，拜新垣平为上大夫，还给他许多赏赐。

新垣平又联合公孙臣，请求仿照唐虞古制，行巡狩封禅的礼仪。文帝又被他们欺骗了，令博士们商议典礼的事。

一天文帝御驾经过长门，忽然看见有五人站在道路北面，所穿的衣服颜色各不相同。正想留神细看，五人却向五个方向走了，不知去向。

文帝已经看得出神，他记得五个人的衣服好像是青黄黑赤白五色，难道就是五帝？于是立即召问新垣平，新垣平连声答是。文帝于是令人在长门亭畔筑起五帝坛，用着太牢五具对空祭拜。

不久新垣平又奏称阙下有宝玉气。话刚刚说完，就有一个人手捧玉杯来敬献文帝。文帝取过一看，杯式很平常，只是上面刻着四个篆书字：人主延寿。

文帝不禁大喜，忙命人取出黄金赏赐来人，而且因为新垣平望气很灵验，也给予赏赐。

文帝竟然将玉杯当作珍宝，收藏在了宫中。

新垣平见文帝很容易就上当，便继续他的骗术，一天他对文帝说太阳到了西边还会返回，再到中天一次。

没想到新垣平这么瞎说，宫里早有拍马屁的史官附和，报称太阳确是落山了又返回到中天一次。文帝这次还相信是真事，下诏改元，就以十七年为元年，汉史中叫作后元年。

元日快要结束，新垣平又编造谣言对文帝说周鼎沉入泗水已有很多年了。现在黄河在金堤决口，与泗水相通，他看见汾阴有金宝气，想必是周鼎又要出现了，让文帝在汾阴立祠，向河神祈祷，这样才能得到祥瑞。

文帝一听，立命有司到汾阴建造庙宇。庙宇还没有竣工，已到了后元年元日，文帝下诏赐天下大酺（聚会饮酒），与民同乐。

正在普天同庆的时候，忽然有人奏劾新垣平，说他欺君罔上，装神弄鬼，没有一句话不是骗人的，没有一件事不是造假的。文帝毕竟是个明君，思前想后一番，确实有许多疑点，于是勃然动怒，把新垣平革职问罪，发交廷尉审讯。

廷尉正是张释之，他早看新垣平不顺眼，这次落到他的手中，新垣平怎么还能幸免？一经恫吓，新垣平把他的鬼蜮伎俩和盘说出，哭着请求饶命。

张释之自然不会轻饶他，不但判他死罪，还定了他族诛。

因受骗而震怒的文帝立即批准，新垣平和他的全家老小人都享受了半年富贵，就都被绑到市曹就地正法。

文帝这次彻底醒悟过来，忙叫停汾阴庙工，渭阳五帝祠也不再亲自去祭祀，还有巡狩封禅的议案也从此不再提了。知错能改，倒也不坏。

宠爱的代价

申屠嘉接替张苍担任丞相后，一天入朝奏事，忽然看到文帝旁边站着一个侍臣，松松垮垮，吊儿郎当，很看不顺眼。于是把公事奏完，便指着那个侍臣对文帝说：“陛下如果宠爱侍臣，可以让他富贵，但朝廷的制度不能不遵守，请陛下不要纵容他。”

文帝却连忙护短说：“你不要说了，我私下教他改正便是。”申屠嘉只好强忍住气退下了。果然文帝回到宫里，并没有像他说的那样教那个侍臣改正。

那个侍臣名叫邓通，是太中大夫，蜀郡南安人，入都后谋了一个叫黄头郎的官衔，也就是御船上的水手，因为带着黄帽子，所以叫作黄头郎。

他为什么能够破格提升？原来文帝做了一个梦，梦到自己能飞起来，但只是双脚离地却不能高飞。这时来了一个黄头郎，在他脚下推了一把，文帝便腾飞起来，能在九霄遨游了。文帝非常高兴，低头看那个黄头郎，却看不清楚，只看到他衣服后面破了一个洞，正要叫他，却醒了。

第二天，文帝便去渐台巡视御船，渐台在未央宫西面，旁边有沧池，御船便停泊在里面。那里有数百个黄头郎，文帝便叫所有的黄头郎过来集合，一个一个地走过来给他看，看完一个换一个，文帝看了几路，忽然叫其中一个黄头郎止步，让他站到一边。那个黄头郎长得眉清目秀，只是此时被吓得面色苍白，冷汗直流，他就是邓通。等所有人都走完了，文帝便叫他过来，和蔼地问了他的情况，便把他带到宫里当侍臣了。邓通不由喜出望外。跟随文帝的官员都莫名其妙。

后来才得知，邓通正和文帝的梦相合，他衣服后面也有一个小洞，而且他姓邓，邓的繁体字是“鄧”，左边正是“登天”的“登”。文帝认为这个人能够帮助他，便作为应梦的贤臣加以提拔。虽然邓通没有才华，但头脑灵活，从来不违拗文帝的意思，所以不到三年就提升为太中大夫。文帝十分宠爱他，有时出游还顺便到邓通家里休息。

丞相申屠嘉是梁人，曾经跟随刘邦打天下，立有战功，被封为列侯，也有六七十岁了，为人刚正不阿，廉洁正派，从不接受私下拜访。他不喜欢邓通，自从上次文帝护短后，心中更是厌恶他，于是这天便通知邓通到相府议事，其实是想要惩罚他。

邓通知道申屠嘉不怀好意，因此不肯去，刚把一个使者打发走，又来了一个使者，说丞相有命，邓通不去，应该请旨处斩。

邓通十分惊慌，忙入宫告诉文帝，哭着请文帝救他。文帝说：“你先去，我再让人把你召进宫便是了。”

邓通听文帝这么说，只好硬着头皮去丞相府，侍者把他引入正堂，只见申屠嘉衣冠严整地坐在堂上，威严的脸上透着一股杀气。邓通故作平静上前参拜。没想到申屠嘉大喝一声："斩！"吓得邓通忙跪在地上磕头求饶。

申屠嘉厉声道："朝廷是大汉的朝廷，无论是谁都应该遵守朝仪，你一个小臣敢在殿上随意戏玩吗？应该做大不敬论处，例当斩首。"说完便叫手下把他拉出去处斩。

邓通这时如筛糠一般抖作一团，不停地磕头求饶，脑袋都磕破了。几个小吏走过来，正要将他绑缚，忽然外面报有诏使来了。

申屠嘉忙起身出迎，诏使持着符节对申屠嘉传旨，正是文帝请申屠嘉赦免邓通死罪的谕旨。申屠嘉当然不敢违旨，只好将邓通释放，但仍教训他道："你以后要是再敢放肆，就是皇上赦免你，我也饶不了你！"邓通唯唯点头称是，诏使便带着邓通回宫去了。

邓通见了文帝，流泪说道："臣几乎被丞相给杀了。"

文帝见他鼻青脸肿的样子既可怜又好笑，便让御医替他敷药，并叫他以后不要冲撞丞相。邓通自然遵从，此后便收敛谨慎了许多。文帝依旧宠爱他，又提升他为上大夫。

相士许负给邓通看相，说他将来会贫穷地饿死，文帝听了很不高兴，说："只要我一句话就可以让邓通终身富贵，他将来怎么会饿死呢？"于是把蜀郡的盐道铜山赐给邓通，并允许他自己铸钱。刘邦开国后，嫌秦朝的钱太重，所以改铸荚钱，形状像榆荚一般大小，由于钱太轻，导致物价上涨。文帝于是又改铸四铢钱，并允许人民自己铸钱，贾谊、贾山都曾上书阻谏，文帝不听他们。当时吴王刘濞找到故鄣（今浙江安吉）的铜山，便铸钱流通，像皇家一样富贵。东南多吴钱，与之相应的西北多邓钱，邓通也变成了天下巨富。

后来文帝生了疮，化了脓，邓通竟然帮文帝吮吸脓血，以减轻文帝的疼痛，文帝十分感动。一天，太子来看望文帝，文帝便想试探一下太子，叫他帮自己吸脓血，太子听了不觉皱起眉头，但又不好拒绝，只好屏住呼吸，勉强为文帝吮吸，吮了一口，慌忙吐了出来，差点把昨天吃的饭都一起呕出来，脸憋得通红。文帝看着太子的样子，叹了口气，让他退下。

经过这件事，太子心里就憎恨起邓通来，只等待时机报复他。

后来景帝上任后，就把邓通免了官。

邓通一直怀疑是申屠嘉排挤他，等申屠嘉死后他又想运动复起。结果又撞到景帝的枪口上，一道诏书下来，竟然把他抓到了狱中，命令官员审讯他。

邓通还不知道什么原因，等到当堂对簿，才知道有人揭发，说他偷偷在境外铸钱。这显然是捕风捉影诬陷他的罪名，他极口喊冤。但问官却暗中秉承上级意图，诱迫邓通自己承认。邓通怕死，只好直认。

结果一道严诏下来，收回了他的严道铜山，并且抄没他的家产，还要让他还清官债。邓通一下子从富翁变成了乞丐。后来他虽然出狱，但已经家破屋空，连吃住都没有着落。

文帝临终时嘱托馆陶公主好好照顾邓通，公主便派人送钱物救济他。结果一帮逢迎景帝的虎吏不但把邓通所得的赏赐全部夺走，还对他浑身搜检，连一根簪子都不能收藏。

长公主得知此事，又私下给他衣食，叫他借口说是借贷来的。一两年后，长公主也无暇顾及他，邓通寄食到别人家里，有一顿没一顿的，最终真的像许负说的那样饿死了。

06 车厢

棋 局 人 生

21. 复仇者联盟之开局

文帝喜欢用少文多质、谨慎务实的干部，打造了富国安民的良好风气，创造了历史上的黄金时代。而景帝一上车就带了个口才犀利、思维敏捷，比较喜欢出风头的晁错，又用同样能说会道、爱提意见、又很做作的袁盎。这两个人的性格放在一起，在任何时代都会擦出火花！

太子布下险棋局

景帝和他的父亲脾气不同，他当太子时就比较冲动，爱耍小性子，还会记仇，从两件事就可以看出：

一件事是：一次拦车留下矛盾。太子启乘车擅闯司马门，被廷尉张释之拦住并向文帝劾奏，这件事在第十九章讲过。景帝称帝后，廷尉张释之怕景帝记恨，于是当面向景帝谢罪。

景帝嘴上说他守法奉公，这样做很对，心里却很记仇。半年后，把他调任为淮南相，另用东宫侍臣张欧为廷尉。

张欧为人诚朴不苛刻，所以手下官员对他比较悦服。景帝又在文帝的基础上削减刑罚，把笞五百改为三百，笞三百改为二百，总算是新施仁政，再加上张欧判案公平公正，所以四海称颂不绝。

另一件事：一场棋种下祸根。这件事和本文主题有关，得从头说起。

长乐宫殿内，两个公子哥儿正在博弈。原是为了消闲，但两人为了棋盘上的胜负竟然较真起来，两边的侍从也争吵不休。

这两个公子哥儿一个是皇太子刘启，一个是王太子刘贤。刘贤是吴王刘濞的儿子，吴王濞在东南一带自己拥有铜山铸钱，又用海水煮盐，从中垄断，得到了丰厚的利润，富可敌国，十几年都不入都朝见文帝。这次派儿子刘贤过来觐见。

刘启见堂兄弟来了也十分高兴，陪他宴饮游玩。刘贤待了好几天，渐渐混熟了，也不拘什么礼节，每天除了喝酒聚会，就是博弈消遣，在棋局上两个大男孩经常争得面红耳赤。这次两人争得特别激烈，尤其是两人带来的侍臣也加入了争论，结果把事情闹大了。

太子启身后站着的是东宫侍臣，吴太子身后站着的是他带来的几个师傅。下了几局双方各有胜负，谁也不服谁的气，言语中也不由夹了许多讥讽的话。

这一局到紧要关头，皇太子走错了一步，连忙悔棋，吴太子却不让他悔。于是两人又争了起来，吴太子说："是你说的，输了就当乌龟！"

吴太子的手下也来帮腔："堂堂皇太子，怎么能悔棋呢？"

站在皇太子身后的侍臣见皇太子一人敌不过众口，便大声道："大胆，敢跟皇太子这么说话，你们眼里还有没有皇上？"

吴太子的随从师傅才不把皇太子的侍臣放在眼里，指着对方的鼻子说："下个棋玩玩而已，你搬出皇上吓唬谁啊，就算是皇上也不能仗势欺人吧？"

这边吴太子火了，抓了一把棋子就向皇太子师傅砸去，喝道："大胆的奴才，轮得着你来教训我们吗？"

那一把棋子撒过去，大多打在皇太子师傅身上，还有几个不小心砸中了皇太子。这下皇太子被激怒了，不知哪来的一股大力，顺手抓起棋盘砸向吴太子。吴太子猝不及防，棋盘"嘭"的一下正中吴太子面门，吴太子立即晕倒。

一帮随从忙抢上去扶吴太子，只见吴太子脑浆迸流，只有出的气没有进的气了。

吴太子的随从便喧闹起来，太子在东宫侍臣的护卫下离开。文帝得知后也很吃惊，把太子训斥了一顿，又召入吴太子的随从好言劝慰，把吴太子尸体厚殓，让他的随从送灵柩回吴地。

吴王濞没想到儿子活着去，死着回，万分悲痛后悔，不愿意接收儿子灵柩，就派人截住棺材，让他们仍旧运回长安，痛心疾首地说："现在天下一家，死在长安，就葬在长安，何必送回来？"文帝得知情况，只好把吴太子在长安埋葬了。

吴王濞从此便心有怨气，每次朝廷派使者到吴地，更加倨傲无礼了。

文帝知道他为太子的事心有怨气，也不和他计较，还派使者召吴王濞进京，想当面化解矛盾。但吴王濞托病不来，总是派使者过来觐见。文帝被他惹恼了，把使者抓了起来。

不久又有吴国的使者来，打通了前郎中令张武，通过他引荐，见到文帝。

文帝开口就质问使者，使者从容地说："古人云：能明察深渊里的鱼则不祥，把人的过失查得太清不好。吴王为儿子冤死，心里郁闷，托病不来朝见也是人之常情，陛下抓他的使者，让他更加担心害怕自己朝夕不保，陛下越逼他越不敢入朝，只有既往不咎，对他宽容，他才会悦服陛下。"文帝听了觉得有理，便把使者放了，并派人做了根拐杖送给吴王，让他可以免朝。吴王濞见文帝适可而止，能做到这样，也就暂时安稳下来。

吴王濞不造反，也有袁盎的功劳。袁盎由于几次直谏，使得文帝对他十分厌烦，于是把他调出任陇西都尉，不久又迁为齐相，再由齐相调为吴相。

袁盎的侄子私下劝他说："吴王越来越嚣张了，你去当吴相，以你以前的直性子肯定要吃亏，你千万不要纠正他，否则他不是上书告你的状，就是要杀你，最好的办法是什么都不管，你就去喝喝酒，休养休养，只要劝他不造反就行了。"

袁盎听了侄子的话，到吴国后吴王一直很优待他，他也适时劝吴王安守为臣的本分。所以袁盎在吴国期间，吴王一直抑制自己的雄心，不敢轻举妄动。

而文帝为了求得政治上的安定，对同姓诸侯王的权势增加基本上采取姑息政策，这也为吴楚七国合谋叛乱种下了祸根。

晁错点燃导火索

晁错其人

和景帝一起搭乘列车的侍臣晁错，在文帝十五年时被封为中大夫。

那时匈奴背弃合约，几次率军掳掠边境。晁错当时是太子启身边的一个家令，他给文帝上了一篇千言书，详细分析讨伐匈奴的兵事，主要讲了地形、练兵和兵器三件事，并提出了以夷攻夷的思想，文帝大加赞赏。晁错又献了几个计策，如募民到边塞屯垦，令民交粮接济边饷，按照交粮多少而授官等等方法，都被文帝所采用，一时效果比较明显，晁错也因此得宠。

晁错善于引经释义评论时政，他熟悉刑法和文学，当上了太常掌故后，又向济南的一个老儒生伏生学习《尚书》，后来当上了太子舍人，转而又任太子家令，太子家的人都称他为“智囊”。太子登基后又把他提拔为内史。

晁错经常献计献策，景帝对他言听计从，把朝廷中的所有法令都进行了变更。大臣们都看他不顺眼，就连丞相申屠嘉也厌恶他，恨不得把他罢免了。

晁错不顾众怨，依旧我行我素。内史署在太庙旁边，进出的人要绕道而行，晁错觉得不方便，没向景帝报告，就擅自把内史办公的房子开了个角门，穿过太庙的短墙。申屠嘉抓住把柄，便上书弹劾他，说他蔑视太上皇，应该以大不敬论处，按律当诛。

这道奏折还没有呈上去，就有人把消息告诉了晁错，晁错也惊慌起来，连夜入宫求见景帝，景帝以为出了什么大事，听他说完，笑道："这有何妨，你尽管照办就是了。"晁错得了圣旨，一颗心落了地，胆子又壮了起来。

申屠嘉不知道这些情况，第二天一早便怀着奏章上朝启奏，没想到景帝听了却淡淡地说："晁错因为署门不方便出入，才另开新门，只是穿过太庙外墙，并没有损坏太庙，不足论罪，而且这也是朕让他这么做的，丞相不要多心。"

申屠嘉碰了这个钉子，只好磕头谢罪，回到相府，万分懊恼地说："我真后悔没有先把他斩了，结果却被他卖了，太可恨了！"说完便剧烈地咳嗽起来，忽然哇地一下竟吐出一口血来，侍从忙扶他进卧室休息，又派医治疗，可惜申屠嘉性子太急，为这事气得几天都吐血，后来竟然死了。

景帝派人帮他办理了丧事，谥号为节。而后升任御史大夫陶青为丞相，又提拔晁错为御史大夫。

削蕃大计

晁错接连提升，官运亨通，因此越发狂妄。他给景帝献了一策：请求削藩，并且要先从吴国开刀。

这个想法正合景帝意图，景帝召集大臣朝议，大臣们都不敢反驳，只有詹事窦婴竭力反对，于是景帝便将晁错的建议先搁置起来。

窦婴字王孙，官虽然不大，也不是九卿，但后台很硬，他是窦太后的表侄，因此敢于在朝廷上争辩，晁错心里对他深恶痛绝。

景帝三年十月初冬，梁王刘武入朝，他是窦太后的小儿子，太后最喜欢这个儿子。他的封地统辖着四十余座城，地势肥沃富饶，而且每年得到朝廷的赏赐不计其数，梁王府的金银珠宝比京师还要多。

景帝即位后，他已经两次入朝觐见，每次接待他都很隆重。这次景帝又派使者乘着四匹马拉的车子到郊外迎接。到了宫里，刘武走上大殿拜谒，景帝忙从御座上下来亲自扶他起身，两人携着手进宫拜见太后，太后十分开心，然后便开宴为梁王接风，一母两儿共叙天伦，其乐融融。

酒过数巡，景帝不觉忘情地对梁王说："等我千秋万岁之后，就把帝位传给你！"刘武得了这句话，表面上故作平静，心中却万分惊喜。太后也感到很快慰，正要让景帝写下一笔定个约，这时却有一个大臣上前，举杯进言道："天下是高皇帝的天下，父子相传是定例，皇上怎能传位给梁王呢？"这人正是窦婴，他把酒杯送到景帝面前，又说："陛下今天失言，请把这杯酒喝了吧！"

景帝这才觉得自己说话太冒失了，忙接过酒杯，一饮而尽。梁王在一旁非常郁闷，窦太后也十分恼火，只是都说不出口。

窦婴知道得罪了这两个人，第二天便上书辞职，告病回家了。窦太后仍旧对他有意见，把他的门籍也取消了（门籍就是宫门"出入证"）。

窦婴免职，最高兴的人就是晁错，他又向景帝提出削藩的建议，这时适逢楚王刘戊入朝，晁错便先在他身上下手，说他在薄太后丧葬的时候没有守制，依然沉迷酒色，依照汉律当处死罪，请景帝明正典刑。

刘戊是景帝的堂弟，他爷爷刘交是刘邦的同父异母弟弟，刘交当楚王二十多年，非常尊重人才，曾经用名士穆生、白生、申公为中大夫，一直用很高的礼节对待他们，比如穆生不喝酒，刘交宴请他时，便专门让他喝甜酒，表示对他的尊重。

刘交死的时候，长子刘辟非早就死了，所以又二儿子刘郢袭封，刘郢对三位名士仍然很讲礼节，没多久刘郢又死了，便由他的三儿子刘戊袭封。

刘戊一开始还优待这三位名士，后来沉迷于酒色，便渐渐冷淡了三个人，宴会的时候也忘了给穆生准备甜酒，穆生退席后长叹道："不设甜酒，大王已经懒得理我了，我要是再不走，恐怕就要喝罚酒了。"于是称病，要求辞职。

申公、白生去穆生家探望他的病情，见他好端端的，便看破了隐情，劝他说："你忘了先王的旧德吗？怎么为了新王忘记设甜酒这样小小的失敬就托病辞职呢？"

穆生说："我怎么会为了小小的甜酒而辞职呢？先王对我们三人始终以礼相待，是因为他重道，现在新王不讲礼节，说明他忘道了，当王的既然忘道了，就不能在他手下长久做事啦。"申公、白生不再劝他，穆生便真的辞职走了。

刘戊不以为意，仍然喜好女色，采选秀女，就是薄太后逝世，他也仍旧在后宫拥香揽玉，太傅韦孟作诗劝谏他，也不听从，韦孟也辞职了。

刘戊以为天高皇帝远，朝廷不知情，没想到这些事都被晁错查实了，乘他入朝，要景帝杀他。景帝自然不忍心杀他，于是削夺了他封地里的东海郡，仍然让他回国。

晁错削了楚国封地，又把枪口瞄向赵王刘遂。同样采取抓过失的方法，把常山郡削去。晁错听说胶西王刘印私下卖官，于是又把胶西国削去六个县。

晁错这样做的后果是：三国都怨恨晁错，只是一时不敢妄动。晁错却以为没事，刚好趁势再削吴国封地。

晁错的做法没错，对国家来说是一件巩固政权的好事，但却触及并伤害了诸侯王的根本利益，自然会成为众矢之的。而且晁错的方法过急，根本不考虑后果，说明他在政治上还是太幼稚了，连他的父亲都急得从颍川老家大老远跑来劝他了。

就在晁错风风火火、满腔热情进行的时候，晁错的父亲拄着拐杖来找他，怒气冲冲地说：“你难道找死不成？”晁错见父亲一见面就说出这样的话，忙问他怎么了？

父亲说：“我在老家生活还好，但听说你在朝廷当官，要削诸侯封地，疏离人家骨肉，外面已经传得沸沸扬扬，王侯们都怨气冲天，这到底是怎么回事？”

晁错不以为意地说：“他们抱怨很正常，但现在不这样做，我怕皇上连江山都坐不稳了。”

父亲见儿子毫无悔意，理直气壮，知道再劝也劝不动，便叹道：“刘家是安了，晁家却危了，我年纪大了，我走了你也回家吧。”

不久父亲服毒自杀，临死前说：“我实在不忍心看到祸上他的身。”

景帝和晁错是从巩固刘家政权这件事来看的，晁错的父亲是从儿子的人身安全来看的，诸侯王则是从各自利益来看的，而吴王刘濞却从另一个角度看待这件事，而且他要利用晁错办一件大事。

吴王结成复仇者联盟

晁错要削吴地，等于在太岁头上动土。吴王刘濞得到朝廷要削自己封地的消息后，尽管他也早料到自己会是下一个目标，但还是又惊又怒，不过转念一想，又兴奋起来，他可不是省油的灯，这刚好给他造反提供了绝好的借口，创造了条件。他立即派人去各国联络，借着“清君侧，诛晁错”的旗号起兵。

他首先派人去找胶西王密谈，因为刘印最有勇力，而且他刚被削地，心中正怀恨晁错，果然一说就妥，达成协议，并和吴王分头行动去游说各国。吴王负责纠集楚国和赵国，胶西王则负责纠集齐国、菑川国、胶东国和济南国四国，订立了盟约。

当时楚王刘戊见使人到来，毫不犹豫就答应下来，申公和白生劝他不要造反，他把两人抓了起来，罚他们去舂米，两人果然喝上了罚酒。楚相张尚和太傅赵夷吾再去阻谏，竟然被斩首。

赵王刘遂也答应了吴国派来的使者，赵相建德、内史王悍苦苦劝告，刘遂不但不听，反而把他两人给烧死了。

齐王将闾之前已和胶西王通谋定约，后来又后悔了，于是收兵自守。

济北王刘志本来在胶西王的劝说下也想造反，适逢城墙坏了还没修，没空造反，再加上他手下的郎中令约束监督他，不让他发兵，所以没有参与造反。

胶西王刘印因为齐王中途毁约，便与胶东、菑川、济南三国联合起来围攻齐国，准备先把临淄城攻下，然后再和吴国会师。

赵王刘遂在西部出兵，等着和吴王会师，又派使者联络匈奴作为后援。

刘濞率着二十万大军向西进发，又派人送书给闽越、东越诸国，请求援助。闽越持观望态度，东越则发兵万人来会合吴军。

刘濞又写书给淮南的几个王。淮南王刘安是刘长的儿子，记着父仇准备发兵，没想到中了淮南相的计。淮南相假装请求为将骗取淮南王信任，等兵权到手，却不服从刘安的命令，守境拒吴。衡山王刘勃不愿跟从吴国起兵，拒绝了吴使。庐江王刘赐含糊答应，但却没有实际行动。

吴王传檄四方，当时有二十二个诸侯国，除了以上讲到的六国和吴国一起发兵，其他都不相从。

景帝三年（公元前154年），吴国、楚国、赵国、胶西国、菑川国、胶东国和济南国七国便组成“复仇者联盟”，同时发兵造反。

景帝走错难悔棋

景帝部署战局

景帝接到七国变乱的警报，大惊，忙召集群臣会议，晁错第一个出班献策，请景帝亲自出征平乱，道：“陛下出兵到荥阳堵住叛军，徐统一带可以不去管它，叛军得了地，自然生出骄气，锐气减弱，这样以逸待劳，就能一举平乱。”

景帝问道：“我要是亲征，都城由谁来把守？”

晁错满怀自信地推荐了一个人，那就是他自己。

景帝听了，沉默半晌。

晁错第一步棋就把“老帅”推到了第一线当“当头炮”，而自己这个“小卒”却不上前，也许是步好棋，但景帝心里却对他产生了疑虑和不满。晁错的回答为自己种下了祸根。

景帝忽然想起文帝的遗言，说天下有变，可用周亚夫为将。于是看着周亚夫，命他率三十六个将军去讨伐吴楚，周亚夫果断接受命令，景帝这才露出笑容。

正要退朝，又接到齐王使者急报，请求火速救援。景帝想了半天，觉得还是窦婴比较忠诚可靠，便派人到窦婴家去召他入朝。

很快窦婴来到朝中，景帝让他担任将领赴齐援救，窦婴推辞说：“臣本来没什么才能，现在身体也不好，请陛下另派他人！”

景帝知道窦婴还记着前嫌，便劝慰他几句，窦婴再三固辞，景帝拉下脸说："现在天下危急，你身为国戚，难道还能袖手旁观吗？"窦婴见景帝急了，这才答应下来。景帝便任命他为大将军，并赐他千金。

窦婴发表自己的看法，说齐国固然应该援助，但赵国也应该讨伐，特别保荐栾布、郦寄二人，景帝同意。于是拜两人为将军，让栾布率兵援齐，郦寄率兵攻赵，他们都归窦婴统率。窦婴把景帝赏赐给自己的黄金都赏给了手下兵将，自己一金也不取，因此部下非常感激他，都愿意为他效劳。

袁盎的小九九

窦婴准备出发前夕，前吴相袁盎来看望他，窦婴和他谈论政事。袁盎说七国叛乱是由吴国挑唆起来的，而吴国的不轨行为却是由晁错激成的，如果皇上肯听他的话，自有平乱妙计。

窦婴之前和晁错为了削藩的事争论过，两个人之间有隔阂，现在听袁盎的话，正合他的意思，于是同意为袁盎奏达景帝。

原来袁盎和晁错两人一直互不相容，两人同在朝廷的时候都不说话，前些日子袁盎辞去吴相回朝复命，晁错举报他私受吴王贿赂，应该论罪，于是袁盎被免了官，贬为庶人。现在发生了七王叛乱这件事，正好趁机诛杀袁盎。幸亏朝臣们替袁盎辩解，晁错才决定先放一放再说。因此袁盎把晁错看作他的生死仇敌。

在窦婴的引荐下，袁盎顺利见到了景帝，景帝问他有什么平乱妙计。袁盎见晁错也在一旁，便小心翼翼地回答："陛下尽管放心，不必忧虑。"

景帝叹道："吴王国富兵强，又引诱天下豪杰帮他，如果没有充分的准备，怎肯轻易出兵，我怎么能不忧虑呢？"

袁盎说："吴国只是富有，并没有强兵，他召集的也是一帮乌合之众，并没有豪杰相助，所以我说不必担忧。"

晁错本来是向景帝请示调集军饷的事，听袁盎尽说这些没用的空话十分厌恶，不耐烦地插话道："袁盎说得很对，陛下只需准备军饷就行了。"

景帝没搭理他，仍旧刨根问底地问袁盎有什么良策。袁盎看了看四周，故作神秘地说："臣的计策须保守秘密，不能让旁人听到。"

景帝便让左右侍从退下，晁错仗着景帝宠信，没有退下，仍旧站在那里。袁盎心里着急，又对景帝说："臣的话只说给陛下一人听。"

景帝会意，让晁错退下，晁错只好悻悻地走了出去。殿中只剩景帝和袁盎两人，他才低声对景帝说："臣听外面说吴楚之间书信往来谋划，都说封地是高祖时就划分好的，偏偏出了贼臣晁错，擅自削藩，想危害刘家，所以诸侯心里都不服气，这才连兵西进，其实并不想造反，而是一心想杀晁错，求得故土，如果陛下斩了晁错，赦免吴楚各国，再把土地还给他们，他们自然心悦诚服地退兵了，还要花费什么军饷去劳兵征讨呢？"

袁盎的一番话让景帝"清醒"起来，想到之前晁错让他御驾亲征，自己却留守都城，这简直就是居心不轨，对晁错的疑心加重了，不觉憎恨起他来，因此略微沉吟便对袁盎说："如果能不打仗，我又怎么会可惜一人而得罪天下呢？"

袁盎见景帝动摇，便趁热打铁地说："臣也这么认为，请陛下三思而后行。"

景帝便面授他为太常，让他秘密赴吴议和，袁盎便领命而去。

晁错的厄运

晁错不明就里，等袁盎走后，仍去向景帝陈述军事，景帝神色如常，不露一丝端倪。一连过了好几日，也没见景帝有什么特别的诏令下来，晁错放心了大半，只道是袁盎的话没被景帝采纳。

晁错尚不知道，万钧雷霆已到。景帝早已密令丞相陶青、廷尉张欧等弹劾他的罪行，还亲自加了手批，只是这道密令一时没有发落。

这天中尉来到御史府传旨，召晁错立即入朝。晁错惊讶地问什么事，中尉说不知道，只催他登车快走，晁错于是跟着中尉上车，车夫二话不说，只是扬鞭疾驰。

行了一阵，晁错从车内向外看去，越发惊疑，车子去的方向并不是宫中，正要开口相问，车已停下，中尉也不和他说话，一跃下车，不知什么时候来了许多兵役。

中尉这时向车内喊道："晁御史快下车听诏。"

晁错已认出停车的地方是朝廷专门砍头的东市，他暗感不妙，腿脚也不听使唤了。兵役上前粗鲁地把他拖下车，把他双手反剪牵到法场，令他长跪听诏。

中尉从袖中取出密诏，读了起来，大意说他议论荒谬、大逆不道，应该腰斩，家属还要弃市。诏书读完也不容晁错分说一句，刽子手手起刀落，人头落地，中尉取了人头，仍旧登车，回朝复命。

景帝这时才将晁错的罪行公布出来，并派人捉拿他所有家眷，一并论罪，全部处斩。

袁盎的险途

袁盎得知晁错被杀，心里十分快意，但也非常纠结，因为他受命议和的任务却不好完成。他不得不冒险走一趟，景帝派吴王濞的侄子刘通和他同行。

到了吴军，由刘通先去报告吴王，吴王知道晁错被杀了，也很心喜，但让他退兵却不同意。吴王把刘通留在军中，又派一队士卒把袁盎的住处包围，袁盎几次求见吴王都被拒绝，吴王派人招降袁盎，让他当将军，袁盎也不为所动，宁死不从。

深夜，袁盎在睡梦中忽然被人叫醒，那人一身吴兵装扮，催他快跑，说是吴王准备杀他。袁盎惊问那人是谁，为何要救他。那人便简单说出一段旧事：袁盎当吴相时，他曾是袁盎手下的从吏，因为和他的一个丫鬟偷情被发现，袁盎却原谅了他，并且把丫鬟赐给他，所以现在他为了报恩，专门来救他。袁盎这才想起眼前这个故人。

那人又说："外面的守兵都被我灌醉了，你快跟我走吧。"

袁盎关切地问："你放了我，你和你的家人怎么办？"

那人说："我都已经安排好了，大人不必为我担心。"

袁盎便答应和那人走，那人用刀割开后面营帐，两人钻了出去，袁盎看到帐外东倒西歪躺着许多喝醉的吴兵。天刚刚下过一场春雨，道路又烂又滑，行走艰难，那人从怀中取出事先准备好的一双木屐给袁盎，让他换上，又送了一段路才告别。

袁盎趁着夜色加快步伐疾走，也不顾木屐磨脚，一口气跑了六七十里地，天色已亮了，远远地看到梁国的都城。袁盎的一颗心才放下，这时他才感到两腿像灌了铅一般沉重，双脚早已磨出血泡，肿得像馒头，又酸又痛，只好坐下休息。不久一队巡逻的梁兵经过这里，袁盎上前求助，把怀中旌节取出来给他们看。梁兵得知他是朝使，不敢怠慢，拉了一匹马过来让他骑上，带他去了梁营。袁盎脱离险境后，便回都交差去了。

迟来的悔悟

景帝以为袁盎去吴国一定能让吴国退兵，于是让周亚夫的军队放慢速度，等了几天，袁盎还没有回报。和周亚夫一起出征的谒者仆射邓公回朝求见景帝。景帝问他："你从前方来，可知道晁错死了，吴楚愿意退兵吗？"

邓公说："吴王蓄谋造反都有好多年了，现在只是借诛晁错为名出兵，陛下竟真的把晁错杀了，臣看天下士人从此都将钳口结舌，不敢再谈国事了。"

景帝惊问什么原因。邓公道："晁错削藩，只是怕诸侯强大难制，其实是强国之举，现在计划刚刚施行，反而被杀，真是内使忠臣短气，外为列侯报仇，臣认为陛下不该这么做。"

景帝如梦初醒道："你说得很对，我后悔极了！"

没几天，袁盎回来，果然说吴王不肯退兵，景帝便埋怨袁盎。但袁盎有言在先，要景帝三思而行，诛杀晁错完全是景帝自己的主张，他也无从推诿，而且袁盎在吴营宁死不屈，忠臣可取，于是没有加罪于他，仍让他官复原职。又授邓公为城阳中尉，让他报告周亚夫见机出兵。

22. 复仇者联盟之收官

这一章列车上的棋局正式拉开盘，我用棋理讲述，是因为象棋是中国的国粹。

所以我在这里先八卦一下关于象棋的传说，因为相传象棋的“发明者”是本书中描写的一位人物：淮阴侯韩信。

话说韩信打败西楚霸王后，因功高震主，被吕后、萧何诱捕入狱。象棋是韩信在狱中打发无聊时光时发明的，他还教狱卒怎么下棋，他用一根筷子在地上画了个方框，又在框中画了一条“界河”，河中写上“楚河”、“汉界”四字，接着又在河界两边各画了三十六个小格，叹道：“我今年刚好三十六岁，一生助汉灭楚，屡立大功，没想到到头来却栽在吕后那个女人手里。”说着，又让狱卒取来帛和笔，把帛裁成三十二个小块，布在界河两方。一方的十六块帛片各写着帅、仕、相、車、马、炮、兵等字，另一方的十六块帛片上写着将、士、象、车、马、炮、卒等字。

摆好后，韩信边移动帛片边告诉狱卒：“这个方框就是千军万马的大战场，两面各代表一方的军力。用兵之道，贵在主帅多谋善变，通盘筹划，奇正配合。”从那天起，韩信每天都和这个狱卒守着方框研究兵法。

不久，韩信被吕后斩杀于长乐宫，那个狱卒也逃到深山里终身研究韩信传给他的奇术。根据“奇”的谐音，称作“棋”。后人认为棋虽可布阵，但不是真的两军作战，只是一种象征，便把这种娱乐工具称为“象棋”。

这个传说显然是后人附会出来的，但象棋中的棋子采用汉官名称是实，而且象棋中的卒有五枚棋子，也是源于周朝军队的基本编制，周朝时称为“伍”，即由五个士兵组成。这个基本编制是根据当时所使用的武器而制定的。那时，武器很落后，只有五种：殳、矛、首、戈、戟。五种兵器，由五个士兵分别使用，交错战斗，互补杀敌，充分发挥五种兵器的功能，提高了战斗力。反映到中国的象棋上来，就成了对阵双方五卒为一线的战斗队形。

景帝是个冷静的“酷哥”，更多时候他像一个冷酷的棋手，他和吴王父子的恩怨可以概括为两局棋：一局是他当太子时和吴太子下的那局棋，年轻气盛的他输了棋受到吴太子的嘲笑，而举起棋盘失手把吴太子砸死了，为了这局棋他老爸文帝忍了吴王很多气，也为下一局棋埋下了伏笔。

第二局棋就是，吴王濞联结六国结成“复仇者联盟”和他进行真人版对弈。景帝在误杀晁错，让周亚夫放慢行军速度，袁盎谈判又失败的情况下，接连几步错棋导致开局不利。邓公走后，梁王刘武又派人求援，景帝又派人催促周亚夫，让他火速救援。周亚夫回书说：“楚兵剽悍，和他们争锋不利，现在只能让梁王自己抵抗敌人，等臣断了敌人粮道，才可制服楚军，楚军一败，吴军就没用了。”景帝很信任周亚夫，同意他的意见。

在景帝走错棋的时候，吴王没有抓住转瞬即逝的战机，而是犯了棋局中的大忌。

吴王只图吃子不顾全局

吴王不听两个将军的妙计，而是让几十万吴楚大军在梁国郊外苦战，只图吃子，不顾全局，结果全局也顾不了他，导致战机白白丧失，战斗力徒劳损耗，既体现了他对手下将领的不信任，也体现了他平庸的战略思想。

当时，大将军田禄伯建议吴王说：“我们军队一路向西，如果没有其他奇道，恐怕难以取胜，臣愿率五万人，去江淮收复淮南、长沙，再向西直入武关，然后与大王会合，这样更有胜算！”吴王准备照行，吴太子刘驹怕田禄伯得到机会反叛，因此竭力阻止，导致这条良策流产。

后来又有一个年轻将领桓将军向吴王献策：“吴军多为步兵，能够穿越险阻之地；汉军多车骑，只善于平地作战。大王应该火速西行，沿途的城邑不要去攻，如果能占据洛阳，取得武库，占领敖仓，就能号令诸侯，即使一时入不了关，也能据守一方；否则大王缓慢行军，汉兵得了先机，彼此在梁楚交界的地方相持争锋，我们失去了自己的长处，去应对他们的强项，大事难成。”

吴王濞将信将疑，和一帮老将商量，老将们都不肯冒险，反而说桓将军年少躁进不可靠，于是第二条良策又被抛弃。

几十万吴楚大军，徒然屯集在梁国郊外和梁军苦战。

梁王派兵把守棘壁（今河南柘城），很快被吴楚军队攻破，杀伤梁兵数万人，梁王又派将领去截击，又被打败，梁王十分惊慌，一面固守睢阳（今河南商丘），一面派人去洛阳向周亚夫求援，周亚夫却用了手下旧客邓尉的计谋：以退为进，回兵驻守昌邑，凭借险要地形固守。梁王武一天三次派出使者来催周亚夫救援，但周亚夫坚持自己的战法，不贸然分兵。

梁王又急又火，便向景帝劾奏周亚夫。景帝看梁王的奏折中声泪俱下，知道梁地形势紧迫，于是责令周亚夫去救梁国都城。周亚夫便回诏说明理由，仍按自己的步骤行事。

梁王见求人无用，只好求己，激励士卒日夜死守，幸亏手下出了两个善战能守的将领，一个是中大夫韩安国，老成持重，善于守城；还有一个是将军张羽，他是楚将张尚的弟弟，张尚被楚王刘戊所杀，他一心想为兄报仇，于是经常乘隙出兵，打了吴军几次措手不及。因此吴王久攻不下，一座睢阳城竟被坚守住了。

周亚夫棋高一着

变计迂回

周亚夫准备进兵荥阳，刚要走，有一个士人赵涉进言说："吴王蓄养了一批死士，这次听说将军出征，肯定让他们埋伏在殽渑一带打伏击，将军不可不防！而且兵贵神速，将军为什么不绕道从右边走，经过蓝田、出武关、抵达洛阳，打他们一个措手不及？"

周亚夫听了连称妙计，于是留赵涉同行，按照他的计策日夜兼程，很顺利到了洛阳。周亚夫十分庆幸，当下派兵到殽渑地区搜查要隘，果然发现许多伏兵，击退一半，抓住一半。周亚夫推荐赵涉为护军，又和洛阳侠客剧孟结交，防止他为敌所用，然后去荥阳和各路兵马会合。

荥阳扼住东西要冲，左有敖仓，粮食丰盈；右有武库，兵器充足，谁得到它谁胜利。周亚夫占了荥阳，就已经占了胜着。

欲擒故纵

吴王正想督兵再攻，这时忽有探马来报，说是周亚夫派兵抄到吴军后方，截了粮道，连运输线也被封死了。吴王气得哇哇大叫，楚王刘戊也叫苦不迭。

吴王进退两难，一番思考后，还是决定先去攻打周亚夫军队，于是转兵向北，到了下邑和周亚夫军相遇，当即扎下营寨准备战斗。

周亚夫之前驻守昌邑，只是以退为进，暗中却派韩颓当绕道截击吴楚军队粮道，断绝敌军退路，料到他们一定向前进攻，所以也移兵下邑，静候吴楚军队到来。

刘濞和刘戊恨不得就把周亚夫的营盘踏破，所以挟着一腔怒气几次逼营挑战，周亚夫却以逸待劳，号令部队不许妄动，只让弓弩手准备好，一旦发现敌兵冲上来就放箭，直到敌人退却再停止，连箭都看得宝贝似的，不允许多射一支。吴楚军队几次猛扑都以失败收场，许多士兵白白受了箭伤，却讨不到半分便宜，吴王、楚王焦急万分，只得派侦察兵日夜探查敌情。

一天夜晚，周亚夫已经入睡，突然听到帐外人声喧哗，他忙起床查看情况，有人报称吴军突袭，灯火点燃后才发现这是一个假情报，完全是自己吓自己。原来战斗到了相持阶段，周亚夫营中的士兵也怕吴楚军队突袭，因此自相惊扰了几次，周亚夫下令不允许一惊一乍地喧哗，违令者斩。自己仍旧躺在帐中安睡，营里的士兵也镇定了下来。

这一天夜里突然从营垒的东南角上传来一片喊杀声，有人报告说吴楚军队乘夜截营，想从东南角上杀进来。这次真的是狼来了，周亚夫让大家不要惊慌，他早就准备好了，他料到敌人这是声东击西，于是让将吏防御好东南角，自己则带领精兵，在西北角严阵以待。手下一些军士还以为周亚夫避危就安，没想到很快吴楚二王率着精兵主力来偷袭，等敌人距离自己数百步的时候，周亚夫一声鼓号，无数弓弩手便把箭密密麻麻地射了出去。吴楚军队像捅了马蜂窝一般纷纷中箭倒地，正惊慌失措间，周亚夫第二波反击又来了，他令刀牌手发起冲锋，吴楚兵士立时皮开肉绽，纷纷溃退。

吴楚二王本来准备攻其不备，没想到却为其所乘，满腔激动化作冰消了，忙不迭地收兵撤退，懊丧地回营去了。东南角上的吴兵本来就是虚张声势，因此不等吴王下令，就自动撤退。

周亚夫也不追赶，仍旧回营固守，清点士兵。

一对连环马

又相持了好几天，等到吴楚联军粮绝气衰，周亚夫便派隐阴侯灌何率数千兵士前去挑战，吴楚联军出营接仗。两军胶着多时不分胜负，这时汉军中突然冲出一员猛将，手执长槊，在吴军中左击右杀，势如猛虎，一时间毙敌多人，这人就是校尉灌孟。

他的儿子灌夫见父亲一人在敌阵中，忙率兵上前接应。然而灌孟杀得兴起，只向前进，却顾不上后退，很快身上便遭到几处重创。灌夫这时也已率兵杀入重围，把父亲救了出来，但灌孟已经奄奄一息，灌夫大声呼喊父亲，灌孟怒睁双眼，哇地吐出一口鲜血，便魂断沙场。

灌夫万分悲痛，回马就要冲入敌阵为父报仇，灌何忙劝阻了他，退兵回营。

灌孟是颍阳人，本姓张，投到灌婴手下，因表现突出被灌婴推荐为二千石，所以改为灌姓。灌婴死后，儿子灌何袭封，灌孟一家仍为灌何效力。

周亚夫听说灌孟战死，亲自为他入殓，并依照汉朝定例，令灌夫送父亲灵柩回去安葬，灌夫不从，边哭边咬牙切齿地说："我要取了吴王狗头，为父亲报仇！"周亚夫见他坚持，也不强求，仍旧让他留在营中，只是劝他不要性急。

灌夫却是个急性子，当天夜里竟然带着几十个家奴去劫敌营，他也不管敌众我寡，带着几十个随从，一气跑到吴王大营前，像一只怒狮般拍马冲了过去。

吴军没有提防，都吓得四处躲避，任凭灌夫闯入后帐，后帐是吴王住宿的地方，设置了重兵把守，于是守卫的兵士们很快汇集过来，如蚂蚁闻着蜜糖一般围攻灌夫。灌夫毫不畏惧，执戟乱刺，戳倒了好几个吴兵，自己身上也多处受伤，手下的家奴大多被杀死。灌夫知道不能成事，大喝一声，回马冲出敌阵，吴兵在后紧追，两个壮士誓死断后。最终灌夫逃出了敌营，只有一个壮士追了上来，两人策马狂奔疾驰回营。

灌何听说灌夫去偷袭敌营，忙派兵士救应，才出营门，便和灌夫兜头碰上了。只见灌夫战袍上满是血迹，负伤不轻，忙把他扶回营中救治，众人都很佩服他的胆量。

将军抽車

吴王被吓得心惊肉跳，寝食不安，听说汉将只带了几十个人就敢来劫营，勇猛无比，如果全军都来，还怎能招架得住啊！而且粮食也吃光了，兵士们都饿着肚子，将佐也离心了，在这里耗下去，不是战死，也要饿死。想来想去，还是三十六计走为上，于是连夜带着太子驹，率着数千精兵逃了。这个消息传到军中，吴军立时成了无头苍蝇，二十多万饿兵，一下子都散了伙。

楚王刘戊孤掌难鸣，也率兵逃跑，没想到汉军杀了过来，楚兵早已饿得没力气打仗，惊叫着四处奔逃，只剩下楚王落在后面，被汉军围住，刘戊自思不能脱身，拔剑自刎而亡。周亚夫指挥将士荡平了吴楚大营，又下令招降敌兵。

吴王父子渡过淮水疾奔，过了丹徒（今江苏镇江），一直逃到东越，沿途收集残兵万余人。

东越就是东瓯，惠帝三年时，曾封东越君长摇为东海王，后来子孙相传，与吴国通好，吴王起兵时，东越也曾发兵助吴，驻扎在丹徒，作为吴军后援。这时见吴王父子打败而来，势穷力竭，心中不禁后悔起来，刚好周亚夫派使者来，让东越杀死吴王，将给予重赏，东越王乐得听命，于是引诱吴王濞劳军，暗中命令军士突然发起攻击，轻易便将吴王濞杀死，吴太子驹侥幸逃脱，奔往闽越。周亚夫讨平吴楚，前后用了三个月时间。东越站成了六十多岁的吴王濞的人生终点站。

景帝完美收官

丢仕保帅

周亚夫派韩颓当带兵赴齐助攻胶西几国。胶西王刘卬令济南军负责粮道，自己则与胶东、菑川合兵围齐，在城外围了几匝。

齐王将闾派路中大夫入都告急，景帝此时已将齐国战事委托窦婴处理，窦婴派将军栾布领兵东援，等到路中大夫进见，又派曹参的曾孙平阳侯曹襄去援助栾布，并让路中大夫报告齐王，让他坚守城池，等待援助。

路中大夫连夜赶回齐国，走到临淄城下却被围城的敌军擒住，牵着他去见三国主将，三国主将对他说：“近日你主子已经派人乞降，马上就成事了，你现在从京师回来，最好与我通报齐王，就说汉兵被吴楚打败了，顾不上救齐国，齐国不如马上投降。如果你肯这样说，我们一定会重赏你，否则，别怪我们刀下不留情。”

路中大夫爽快地答应了，并且还发了誓，然后就被带到城下，抬头高呼有事禀报齐王，齐王登城问他消息，路中大夫凛然道："皇上已发兵百万，令太尉周亚夫击败吴楚，即日援兵就到。栾将军与平阳侯先驱部队很快就到，请大王再坚守几天，千万不要与敌人通和！"齐王应声答是，路中大夫的人头已经落地。

齐王和手下兵将都流下热泪，更加坚定了守城决心。胶西诸国猛冲几次都没能攻下城池。不久栾布率兵杀到，与胶西诸国交战一场，不分胜负。又一会儿曹襄的兵驰到了，与栾布两路夹攻，终于打败了三国大军，齐王也乘胜开城杀敌，三路合力进攻，把胶西三国杀得大败，济南军也不敢相救，返身逃了回去。

满盘皆输

胶西王刘印逃回都城高密，脱去帽子赤着脚坐在草编的垫子上向王太后谢罪。王太后之前曾劝他不要造反，他不听，现在看到儿子大败而回，忧愤得无话可说。

王太子刘德却来建议召集败兵再去攻打汉军，刘印摇头说："将怯兵伤，怎么能再用呢？"

这时外面传来一封书，刘印忙展开一看，是韩颓当派人送来的，劝他投降。他从来使口中得知韩颓当已经率兵到来，离城不过十里，刘印只好和来使一起去见韩颓当。

到了营前，刘印光着上身伏在地上磕头请罪，韩颓当手执金鼓出来见他，对他说："大王出兵多日，想来也很劳苦，但不知大王为了何事发兵呢？"

刘印膝行上前说："最近因为晁错专权，擅自改变高皇帝的命令，侵削诸侯封地，我们认为他不义，怕他惑乱天下，所以联合七国发兵诛杀他，现在听说他已被杀，我们愿意罢兵回国。"

韩颓当一连问了三个问题反驳他："大王如果单为了晁错一人，为何不去上表启奏？而且你还擅自攻打齐国，齐国一直守法遵义，又与晁错毫不相干，大王为什么要攻打他？照此看来，大王难道真的只是为了晁错吗？"说罢，从袖中取出诏书读了起来，大意自然是诸王造反，应该伏法，刘印听得心里发凉，无言可辩。

韩颓当读完诏书，正色对刘印说：“请大王自裁吧！”

刘印流下悔恨的泪水，拔剑自杀。他的母亲和儿子听说他死了，也跟着自尽。

胶东王刘雄渠、菑川王刘贤、济南王刘辟光得知胶西王死讯后，很是心惊，又听说汉兵从四面攻了过来，自知无法抵抗，也都相继自杀。

七国平了六国，只有赵王刘遂守着邯郸城。汉将郦寄率兵围攻，好几个月都没能攻下，于是就近写书给栾布，请他增援。

栾布早准备班师回朝，因为查到齐王曾与胶西诸国通谋，不能免罪，所以上表请求加讨，留在齐地待命。齐王听说这件事后十分害怕，便喝毒酒自杀了。这时接到郦寄来书，便移兵赴赵。

赵王向匈奴求救，匈奴探知吴楚失败的消息，不肯发兵相助。郦寄和栾布两路大军合力攻邯郸，还是攻不下来，栾布便想出一个办法，打开决口水淹城池，守兵大惊，发现城脚也坏了，汉军乘隙攻了进去，破了邯郸城，赵王刘遂无路可逃，自杀身亡，于是七国都被平定。

公孙玃救棋

济北王刘志之前曾与胶西王相约起事，虽然由郎中令阻挠而终止，但听说齐王也难免一死，自己又怎能逃脱罪责？于是与妻子诀别，准备自尽。妻子牵着他的衣服哭着劝阻他，刘志说：“我死了，你们才能保全！”

拿出毒药正准备喝，这时一个人冲过来阻止了他，刘志认识这人是他的手下公孙玃，公孙玃对他说：“臣愿为大王去梁王那里求情，让他转请皇上，如果不成再死也不迟！”刘志便听他的话，派他去梁国。

公孙玃见了梁王刘武，对他说：“济北地处西部边塞，东接强齐，南连吴越，北邻燕赵，地势不能自守，力量不能和诸国抗衡，之前因为吴国与胶西国两方威胁，假装答应，其实不是本意。如果济北公开拒绝吴国，吴国一定先攻下齐国，再打济北，联合燕赵，据有山东各国，向西进攻，成败还不知道。现在吴王联合诸国贸然向西进攻，他没想到济北不听他的，导致他失去了后援，最终落得势单援绝，兵败身亡。大王想小小的济北国，如果不用这样的计谋，简直就是用犬羊对付虎狼，早被吃了，怎能为国效忠，尽自己的职责呢？这是功义之举，但听说还被朝廷所怀疑，臣怕藩臣都要寒心了，这可不利于社稷啊！现在只有大王能主持正义，诚请大王为济北王说句公道话，帮他澄清事实，对上保全危国，对下保护穷民，大王可真是功德无量，千古流芳了，还请大王多费心！”

梁王听了很高兴，于是代为上奏，果然景帝答应不追究济北王的责任，但把他徙封到菑川国，也算是小小地敲打一下，刘志这才得以保全性命。

各路将帅陆续回朝，景帝论功行赏，封窦婴为魏其侯，栾布为鄃侯，周亚夫、曹襄等早已封侯，于是赏赐若干金帛。

景帝认为齐王是被他人胁迫，罪不至死，因此特别抚恤他，赐谥号为孝王，让齐太子刘寿袭封，另外又准备封吴楚王的后人，窦太后得知后，召见景帝说："吴王是造反的首谋，罪在不赦，怎么还要封他的子孙？”景帝便作罢。

景帝又封平陆侯宗正刘礼为楚王（刘礼是楚王刘交次子），又把吴地分为鲁和江都两国，调淮阳王刘余为鲁王，鲁南王刘非为江都王（这二王是景帝二子），立皇子刘端为胶西王，刘彻为胶东王，刘胜为中山王，调衡山王刘勃为济北王，庐江王刘赐为衡山王，除去济南国封号。

23. 冷酷的棋手

史家对景帝的评价是“忌刻少恩”。这从他处理家庭关系到十六年的执政都有迹可循，上一章他轻描淡写地枉杀晁错就可以看出，连死心塌地跟着他混的小兄弟都朝不保夕。景帝是一个冷酷的棋手，在他的带动和影响下，许多同样冷酷的棋手都上了列车。

景帝二年（公元前155年），太皇太后薄氏逝世，葬于南陵，薄太后的侄孙女选入东宫，后来被立为皇后，但太子不喜欢她。

景帝又立皇子刘德为河间王，刘阏为临江王，刘信为睢阳王，刘非为汝南王，刘彭祖为广州王，刘发为长沙王。长沙以前是吴氏封地，文帝末年长沙王吴羌病故，没有子嗣可传，于是撤除国籍，把长沙改为刘氏封地。

美人心计

战场从“七国之乱”转到了“后宫之争”，主要讲栗姬和王美人之间的斗争。

这局棋栗姬本来完全占上风，她深得景帝宠爱。平叛“七国之乱”翌年，景帝立皇子刘荣为太子，刘荣是景帝爱妃栗姬所生，年龄还小，因母得宠，当时人们都称他为栗太子。

栗姬的智商也应该很高，连皇后都被她轻而易举地废掉。她因为儿子被封为太子，因此更加得势，于是暗中设法，想把薄皇后废掉，自己当皇后。薄皇后没有子嗣，景帝又不喜欢她，只是看在太皇太后面上才封她为皇后，本来就是个有名无实的傀儡，一经栗姬从旁倾轧，自然难保后位。果然到了景帝六年，平白无故地被废了。

栗姬满心欢喜，总以为自己要当皇后了，就是后宫所有的妃嫔也认为景帝废了薄皇后，全是为了栗姬。所以，她根本就不把后来的王美人放在眼里。谁知天有不测风云，列车的行进根本不以人意为转移。

王家姐妹花

景帝除了宠爱栗姬，还宠爱后宫的一对姐妹花。姐姐叫王娡，妹妹叫王息姁。

她们的母亲名叫臧儿，是故燕王臧荼的孙女，嫁给同乡的王仲为妻，生下一儿两女，儿子名叫王信，后来王仲死了，臧儿就带着子女改嫁到长陵田家，又生了两个儿子，长子叫田蚡，次子叫田胜。

女儿王娡长大后，嫁给金王孙为妻，生了一个女儿。

臧儿平时喜欢算命，术士说她两个女儿将来要富贵，臧儿半信半疑。过了一段时间，王娡回娘家，有一个相士姚翁经过，臧儿便请他为两个女儿看相，姚翁看了王娡，惊叹道：“好一个贵人，将来要生天子，母仪天下呀。”接着又看次女，也说能成贵人，不过比姐姐稍逊一筹。臧儿心想：长女已经嫁给了平民，怎么能生天子？因此持怀疑态度。

过了两天，朝廷下来选秀女进宫，正好触动了臧儿的心事，便准备把女儿送进宫中博富贵。王娡虽然有了丈夫，但想自己貌美如花，也不甘一辈子过穷日子，于是同意了母亲的主意。臧儿便托人向金家提出离婚。金家不但不答应，还辱骂臧儿。

臧儿不管他肯不肯，趁着女儿回娘家的日子竟然把她打扮一番，交给有司送入宫中。

槐里（今陕西兴平）和长安相距不过百里，一天就到。当晚王娡就侍候太子刘启，没想到太子和她很来电，只一夜缠绵太子就迷上了她。两人在一起卿卿我我，不久王娡竟怀上了孩子，宫里人都叫她王美人，或称王夫人。

臧儿私下送走女儿后，又和金家争执了几次，金家终究是一介平民，不敢和太子抢老婆，所以也放弃了到官府告王家的想法。

王美人后来又把妹妹推荐给了太子。妹妹王息姁也是个美女，与姐姐左右侍候太子，搞得太子更加欢愉，妹妹不久也怀孕了。

景帝的吉祥梦

姐姐接连生了几个孩子都是女儿，到了景帝即位这一年，景帝梦见一个赤彘（赤猪）从天而降，直入崇芳阁，只见阁外红云环绕，仿佛龙形。醒后便召术士解梦，术士说阁内必有奇男儿诞生，很可能成为汉家接班人。

景帝大喜，过了几天，王美人侍寝，景帝又梦到神女捧日给王美人，王美人吞入口中，醒后景帝把梦境告诉王美人，王美人趁机说她也做了相同的梦，景帝认为这是贵兆，于是让王美人搬到崇芳阁居住，改名为绮兰殿。他每天都和王美人在一起，不久王美人又怀孕了，怀胎十月生了个男孩。于是景帝给他取名为彘，但后来觉得用“彘”做人名不雅，便改名为彻。王美人妹妹也接连生了四个儿子，分别叫刘越、刘寄、刘乘、刘舜。

王美人得宠，无形中使她成了栗姬的情敌。景帝本来很喜欢栗姬，与她私下订约，等到她生了儿子，就立为储君。后来栗姬连生了三个儿子，分别叫刘荣、刘德、刘阏。刘德被封为河间王，刘阏封为临江王，只有刘荣没有受封，自然是准备立为储君。

这时王美人生下了刘彻，又有许多瑞兆相应，明明是要抢栗姬的生意，栗姬十分惊慌，生怕刘彻被立为太子，于是格外献媚景帝，缠着他践行约定。

此时景帝也是左右为难，拖了两三年，禁不住栗姬再三唠叨催促，而且舍长立幼也不符合常理，于是下定决心立刘荣为太子，封刘彻为胶东王。

栗姬又多了一个敌人

景帝的胞姐馆陶长公主刘嫖，嫁给堂邑侯陈午为妻，生有一个女儿，名叫阿娇。长公主想把阿娇许配给太子，便派人向栗姬示意，总以为门当户对，一说就成。没想到栗姬竟然一口拒绝了。

原来长公主和景帝姐弟情深，后宫许多妃嫔都巴结长公主，请她引荐，长公主不忍心推辞，因此经常给景帝进送美人。

栗姬是个嫉妒心很强的女人，对长公主意见很大，所以长公主为女儿议婚，栗姬不加考虑就果断回绝了。这下惹恼了长公主，两人就此结下仇怨。

王美人则趁机取悦长公主，两人经常在一起叙谈，一聊就是一天，无话不说。长公主一提到议婚的事就愤愤不平，王美人听了，顺着说自己没福，不能得到这么好的媳妇。

长公主听了很是受用，便随口说愿将女儿许配给刘彻。

王美人巴不得长公主这么说，但嘴上还是谦虚地说刘彻不是太子，哪里敢攀这门高亲。

长公主被王美人一激，挑起眉毛冷笑道："废立乃是常情，栗姬以为她儿子立了储，将来她就能当上皇后了，哼，我看她是得意得太早了，只要有我在，管教她儿子当不成太子。"

王美人接着扇风道："立储是国家大典，立了就不能改变了，请长公主不要多心。"

长公主愤愤地说："她既然不识抬举，我也顾不了那么多了。"

王美人暗暗高兴，又与长公主订了婚约，长公主才告辞。

王美人向景帝说起和长公主订儿女亲家的事，景帝认为刘彻年幼，又比阿娇小几岁，似乎不是很合适，所以没有立即答应。王美人又担忧起来，去找长公主说明。

长公主干脆带着女儿进宫，刚好刘彻站在母亲身旁，长公主便上前拉过他，抱他坐在膝上，摸着他的脑袋逗他道：“你想要老婆吗？”

刘彻生性聪明，大概知道长公主的意思，便对着长公主嬉笑，却不说话。

长公主故意指着身边的宫女问刘彻是否喜欢，刘彻都摇头，等到长公主指着自己女儿问：“阿娇可好吗？”

刘彻笑着说：“如果阿娇做我的媳妇，我就做个金屋子把她藏起来，很好，很好呀！”

长公主不禁被逗得哈哈大笑，王美人也喜笑颜开，长公主便抱着刘彻去见景帝，笑着把刚才刘彻说的话告诉他。景帝当面问刘彻，刘彻点头承认，景帝见他小小年纪，唯独喜欢阿娇，只当是前世注定的缘分，于是便同意了他们的婚约。

景帝的试探

长公主与王美人做了亲家，感情更加深厚，两人一个想报怨，一个想夺嫡，都想打压栗姬母子。栗姬也觉察到了，但只盼着自己当了皇后，便不怕她们拨弄。

景帝正想立栗姬为后，长公主急忙进谗，诬蔑栗姬相信邪术，诅咒妃嫔，每次和诸夫人相会，都在背后唾她们，气量如此狭窄，恐怕当了皇后，又要发生“人彘”惨事了。

景帝听了不禁犹豫起来，于是来到栗姬宫内，用话语试探她道：“我百年之后，后宫的妃嫔已经生了孩子，你可要善待她们，千万不要忘记啊！”一边说一边看着栗姬，只见栗姬的脸立时拉了下来，脸上红一阵白一阵，半晌不说一句话，后来甚至把脸转过去，背对着景帝。

景帝再也忍耐不住，生气地走了出去，只听到里面传来哭骂声，隐约还听到“老狗”二字，本想回头责问，但想想徒废口角反而失去尊严，还是忍气而去。自此心里厌恶起栗姬来，自然不愿册立她。

长公主刚好火上浇油，和景帝谈话时，总是说刘彻如何聪明，如何孝顺，景帝也很认可，又想起以前的梦兆，要是把刘彻立为太子，一定能继承汉朝大统，再加上王美人格外谦和，后宫里的人交口称赞，越发觉得栗姬母子相形见绌了。

栗姬的“催命符”

列车在时光中奔驰，又过了一年，大行官（礼官）忽然来奏请景帝立栗姬为皇后，景帝听了勃然大怒：“这岂是你该管的事？”说着便把大行官抓了起来要治他的罪，并且废了太子刘荣，任他为临江王。

条侯周亚夫、魏其侯窦婴先后谏诤都不起作用。窦婴一气之下告病退隐。

景帝以为这事是栗姬暗中主使的，所以动怒。

其实栗姬毫不知情，主使的却是善用激将法的王美人，她知道景帝怨恨栗姬，因此嘱托大行官奏请立后，景帝果然被激怒。只是大行官为此下狱，吃了不少苦头，后来王美人又设法替他开脱，释放了他。但栗姬自此失宠，再见不到景帝一面，抑郁成病，过了不久又听说刘彻被立为太子，王美人被立为皇后，这像一道“催命符”把她送进了鬼门关。

王美人显然是个好棋手，因为她完全具备一个棋手应该具备的心态：沉着冷静。

立储封后之后，景帝又让小王美人王息姁进位为夫人，她的儿子刘越和刘寄已有七岁，景帝很喜欢他们，便都封为王，刘越为广川王，刘寄为胶东王，后来又封刘乘为清河王，刘舜为常山王。

栗姬的下场固然有具体的原因，但最根本的原因还是在于她不了解景帝，她太相信她和景帝之间的爱情了，所以才做下一系列弱智的事情，其实景帝宠爱她时的那些甜言蜜语根本不作数。之前薄皇后被栗姬所排挤，无辜被废；现在王美人又暗中作梗把栗姬除去，并把太子废了，也算是一报还一报。从这件事也可看出景帝的冷漠无情。

景帝的冷酷无情还表现在他对待儿子的态度上。

废太子之冤

刘荣太子被废，母亲又去世，独自一人到江陵。江陵是临江国的国都（之前的临江王刘阏夭折了），刘荣到临江国一年多，就有人落井下石，告他侵占宗庙土地，景帝便命他入都。

原来刘荣因为王宫不是很宽敞，便准备扩建，可是外面没有多大空地，宫殿附近只有太宗文帝的庙垣有空地，于是刘荣也没有想太多，就在宗庙前的空地上施工。

刘荣临行前祭祖，忽然听到咔啦一声，车轴断了，吓了一跳，只好改乘其他车。他在江陵治理一年多，非常仁厚爱民，江陵的父老都来送他，此时见刘荣的车轴断了，都认为这不是好兆头，看着远去的车马，父老们都流着泪道："我们大王恐怕回不来了！"

到了都中，便有诏旨传出来，让刘荣到中尉郅都那里接受询问。

河东大阳人（今山西省洪洞县东南）郅都，是当时有名的酷吏，绰号"苍鹰"，朝臣多半为之侧目，景帝却说他不畏权贵，特别倚重他。

后宫有个妃子贾姬被景帝宠幸，一天景帝带着她去上苑游玩，玩了半天，贾姬去如厕，突然有一只野猪从兽栏窜进厕中。景帝看着十分惊慌，生怕贾姬受伤，准备派人去救她。而这时郅都是中郎将，就在一旁侍驾，他却故意低下头假装没看见。

景帝急得什么也顾不上，拔出佩剑就要自己上去营救。郅都这时一个箭步冲上来拦住景帝，跪在地上说："陛下失去一个妃子还有别的妃子，天下还缺美人吗？如果陛下自己去冒险，怎么对得住宗庙和太后呢？陛下不能为了一个女人而不顾轻重啊。"

景帝听了便停住脚步，一会儿野猪出来了，被人赶回兽栏，贾姬也出来了，幸好没受伤。后来有人把这事告诉太后，太后表扬郅都知义，赏赐百金，景帝也认为他忠心，又加赐了百金，于是郅都地位就上升了，成为朝廷重臣。

济南有一个姓瞯的大族，约有三百余家，横行邑中，无法无天，地方官不敢管瞯家，景帝听说，特派郅都为济南太守，让他去治理。郅都一到济南，就派兵捉拿瞯家为首的几个恶人，斩首示众，其余的人也都害怕他，不敢为非作歹。郅都治理了一年多，那里秩序井然，路不拾遗，连邻郡都怕郅都的声威，景帝便召他入朝当中尉。

郅都这次回朝，变得更加严峻了。见了丞相周亚夫，也只是作一下揖，淡淡地客气一下。周亚夫也不和他计较。等到审查临江王刘荣的时候，郅都更是摆出一副黑脸。

刘荣只是个少年，没经过大狱，被他吓得六神无主。后来想想母亲死了，父亲又不疼他，也没什么活头了，又何必向酷吏乞怜？于是向府吏借纸笔用，结果又被郅都喝阻，让皂役把他牵回狱中，还是窦婴知道情况后，给他取了纸笔，刘荣于是写了一封绝命书，托狱吏转达景帝，自己便悬梁自缢了。

狱吏向郅都报告，他并不惊慌，把刘荣的书呈给景帝，如实禀报。景帝看了书，也并没有什么哀戚，只命用王礼安葬他，谥号闵，葬到蓝田。

后来民间传说临江王的冢上聚集了许多燕子为他衔泥，世人都很惊叹，为临江王呼冤。

窦婴听说这件事，也为临江王不平，于是把刘荣冤死的情形告诉了窦太后，窦太后是刘荣的奶奶，自然舍不得孙子，哭着召见景帝，命景帝将郅都斩首，为刘荣申冤。景帝当时含糊答应了，事后又不忍杀他，只是把他罢官回家，后来又悄悄调他为雁门太守。

雁门是北方的要塞，景帝调他去驻守，一是想保护他，让他离开京城，免得让太后知道；二是让他镇守边疆。果然郅都一到雁门，匈奴都很害怕他，纷纷退却，匈奴王还刻了一个木偶，模样很像郅都，令手下用箭射木偶，手下的手都发抖，射好多次都射不中。

后来中行说想出了一个计策，派使者到汉都称郅都虐待番民，违背和约，景帝知道他是诬告，置之不理。结果被窦太后知道了，大发雷霆，责骂景帝敢违抗母命，不但不杀他，还起用他；内部扰乱得不够，还要叫他虐待外国人，真是岂有此理！责令景帝速斩郅都。

景帝见母后动怒了，忙跪下谢罪，又向太后哀求道："郅都实在是忠臣，外人的话不足轻信，还请母后饶他一命，我以后不再用他了。"

太后厉声道："临江王不是忠臣吗？为什么死在他手中，你要是不杀郅都，我就死给你看。"

这几句重话，说得景帝担当不起，只好勉强从命，派人传旨把郅都处死。

郅都这人特别守节，为官清正，从不受贿，就是六亲不认，性子太急，心太冷酷，最终落得这个下场。

梁 王 心 机

梁王刘武从“七国之乱”到“宫廷斗争”，一直是个观棋者，这时光看已经不过瘾了，也要加入棋局下两把。他在栗太子被废之前就得到风声，感到机会来了，忙入朝观变。

梁王不遂愿

平定七国之乱后，因为梁王有功，景帝赐他天子旌旗，出入警跸，扩大国都睢阳城约七十里，建造了一座三百余里的宫殿，叫作东苑，招揽天下贤士，如齐人羊胜、公孙诡、邹阳，吴人枚乘、严忌，蜀人司马相如等都陆续趋集到东苑。

尤其是公孙诡，人如其名，诡计多端，经常为梁王称帝的事出谋划策，梁王倍加宠信他，让他担任中尉。这次储君易位，他建议梁王先期入朝，见机行事，果然没几天，太子被废了，梁王便去找窦太后，让她替他主张，订一个接替哥哥的约。太后怜爱小儿子，自然答应，于是家宴的时候，正喝得高兴，窦太后对景帝说：“我已老了，还有几年在这个世上，将来你弟弟我就托付给你了！”景帝听了这话，忙起身跪下说遵命。

第二天，景帝细想太后的话觉得寓有深意，于是召集大臣商议，太常袁盎第一个说话：“臣料太后的意思，就是想立梁王为储君，但臣认为这绝不可行！”

景帝问他理由，袁盎答道：“陛下没有听说过宋宣公（春秋时代）吗？他不立儿子殇公，而立弟弟穆公，结果导致五世纷争，祸乱不断，所以传子不传弟，这是自古以来的要义。”众人听了，都齐声赞成袁盎的说法，景帝也点头称是，于是将袁盎的话告诉太后，太后很不高兴，但也无话可说。

梁王计谋没有得逞，很是懊恼，又上书要求赐他容车地，从梁国直达长乐宫，修筑一条甬道，随时可以通车看望太后。这可是一个奇思怪想的事，景帝将梁王的上书给群臣讨论，第一个发表意见的又是袁盎，自然是驳斥了这个请求。景帝于是又拒绝了梁王，并让他回国，梁王接连两次碰钉子，带着对袁盎的愤恨回梁国去了。

袁盎被杀案

郅都死了，景帝还在叹息，这时又有人报告说袁盎和几个大臣被刺杀了，景帝一听便说："这肯定是梁王干的，朕记得被害的几个人都是上次和我议论梁王上书的，他们没有赞成梁王的主张，所以遭他愤恨，派人把他们杀了，要不然袁盎的仇人只杀他一人好了，为什么要牵连这么多人呢？"说完，便令有司捉拿刺客，好几天都没抓到。

有司经过仔细探查，发现袁盎尸体旁有一把剑，这把剑的剑柄是旧的，锋刃却是新的，可见是经过加工磨洗过的。于是便带着剑到所有的工匠铺去调查，果然有一个工匠承认，这把剑他认识，梁国一个郎官去他那里磨过。

景帝接到报告，马上派田叔、吕季主二人去梁国索要人犯。

田叔曾是赵王张敖手下的官吏，高祖特别赏识他，让他担任汉中郡守。上任十几年，景帝因为他老成练达，便召他入朝和吕季主一起去梁国执行任务。田叔明知刺杀袁盎的首谋就是梁王，但梁王是太后的爱子，皇上的亲弟弟，怎能叫他抵罪呢？所以把梁王撇开，把公孙诡、羊胜作为首犯，先派人到梁都去叫梁王交出二人，公孙诡和羊胜是梁王的左膀右臂，这次行动成功，正是两人教出来的，梁王刚嘉奖他们有功，自然不肯交出，反而把两人藏在王宫里。

田叔见梁王不肯交人，便持诏到了梁国，责令梁相轩邱豹和内史韩安国缉拿两犯，不得拖延。轩邱豹平庸无能，自然抓不到人。只有韩安国还有些才能，以前吴楚两国进攻梁国，也是因为他善于守城，才保了梁都；还有一次因为梁王僭拟无度（地位低的冒用地位高的名义或器物），曾遭到太后和景帝的诘责，也亏了韩安国人都调解，又请长公主求情，梁王才没有受到责罚。

后来韩安国遭到公孙诡、羊胜的忌妒，构陷他入狱，有个叫田甲的狱吏，多次凌辱他，韩安国平静地对他说："你没听说过死灰复燃吗？"

田甲狞笑道："死灰复燃，我就撒尿浇灭！"

没想到过了十多天，竟来了一道诏旨，释放韩安国出狱，并任命他为内吏，田甲吓得鼠窜而去，韩安国下令道："田甲胆敢弃职逃跑，应该灭族！"田甲听了命令十分害怕，无奈之下只得去见韩安国，光着上身趴在地上磕头谢罪。

韩安国笑着对他说："何必这样，请来撒尿吧！"田甲磕头如捣蒜，嘴里不停地说自己该死。

韩安国仍旧笑道："我不会和你一般见识，只知道侮辱人，幸亏你遇到我，以后不要再自夸了！"田甲无地自容，说了许多谢恩悔过的话，韩安国也不和他计较，令他退去。这件事后人们都称颂韩安国大度。

这次公孙诡、羊胜躲进王宫里，韩安国也不便去抓他们，但又没法推卸责任，想了几天，去对梁王说："臣听说主子受辱臣应当死，现在大王没有得到良臣，竟遭辱，臣情愿辞官受死！"说着，流下泪来。

梁王吃惊地问："你为何这样？"

韩安国道："大王是皇上的亲弟弟，但比起太上皇和高皇帝、现在的皇上和临江王，究竟谁更亲呢？"

梁王回答说："我不如他们。"

韩安国说："高皇帝曾说他提三尺剑得天下，所以太上皇不好管他，在铄阳养老；临江王无罪被废，又为了占地一案而自杀。父亲至亲也不过如此。现在大王听信小人的话，违反法纪，皇上看在太后的分上，不忍心降罪，让大王交出公孙诡、羊胜二人，大王还一心袒护，不肯遵从诏旨，我怕皇上一怒，太后也难以挽回。而且太后也哭了几天了，就盼着大王改过，大王还不觉悟，一旦太后归天，还有谁能来护着大王呢？"梁王听了这番话，不觉也流下了眼泪，于是让公孙诡和羊胜二人自决，两人只得服毒自杀。

梁王把两人尸体给田叔、吕季主看，田叔二人乐得卖个人情，好言相慰他，但还留着不走，说是要继续探查案情。梁王不禁十分担心，准备派人去都中斡旋，想来想去，还是邹阳可用，于是派他入都，又给他取了千金作为“活动费”。邹阳性格忠直豪爽，以前几次谏诤公孙诡、羊胜的不法行为，结果却被二人构陷下狱，差点叛了死罪，好在他才思敏捷，在狱中写了一封词情恳切的书给梁王，梁王被他感动，才放了他。邹阳出狱后便厌恶国政，辞职引退了。现在梁王好容易把他请了出来，勉强答应去长安。

在长安，邹阳听说皇后的哥哥王信得到皇上宠信，便托人介绍他和王信见面。王信见了他便问：“你是想来投靠我门下吗？”

邹阳说：“臣知道大人门下人才很多，不敢妄想，今天专门来拜见大人，愿为大人预告安危。”

王信听了紧张起来，忙起身问道：“你有什么话还请快说！”

邹阳又道：“大人今天的富贵，无非是因为你妹妹当了皇后，但福祸是相依的，还请大人三思。”

王信听了，暗暗吃惊，原来皇后和太后关系处得不错，太后因皇后推恩，想封王信为侯，但却被周亚夫阻止，说是高祖有约，无功不得封侯，这事便没办成。今天邹阳来告密，难道有什么意外变故？于是忙握着邹阳的手，领他到内厅问明情由。

只听邹阳说：“袁盎被刺一案牵连梁王，梁王是太后的爱子，万一不幸被杀了，太后必然悲哀，因哀生恨，一定会迁怒其他人，你没什么功劳，但挑你的过失却不难，一旦被人抓住把柄，富贵看来是保不住了。”

王信被邹阳一吓，越加着慌，忙问他怎么办，几乎要给他跪下，邹阳扶住他，从容地说：“你想保全官位，最好去告诉皇上，让他不要再研究梁王的事，梁王脱罪了，太后必然会感谢你，与你共富贵，谁还能再动摇得了你呢？”

王信点头道：“你说得对，但皇上正在气头上，我去怎么说呢？”

邹阳道：“你何不引用舜的故事，舜的弟弟叫象，曾经想杀舜，舜当了天子后，不计前嫌，封象有庳，自古仁者对待兄弟都不记仇，不怀恨，而是亲爱相待，不去责怪，现在梁王还没有像象那样坏，皇上应该效仿舜的做法赦免他。你这样说，一定能够挽回。”

王信大喜，忙入朝见景帝，把邹阳教的话对景帝说了一遍，果然景帝听了很高兴王信能知道舜的事，他自己也想模仿圣主，很合他的意，于是把一腔怨气去了大半。

这时田叔、吕季主也查完梁国的事回京，路过霸昌厩，听说了宫中的消息，得知窦太后为梁王的案子日夜哭泣。田叔计上心头，把带回来的案卷全部取出来，一把火给烧了，吕季主大惊，救之不及，田叔向他摇手道：“我自有办法，不会拖累你的。”

到了朝中，田叔先去见景帝，景帝问他办得怎么样了。田叔从容地说：“公孙诡、羊胜实为主谋，现在已经伏法，其他的人都可以不问了。”

景帝又问梁王有没有参加预谋。

田叔说：“梁王也不能推卸责任，但陛下不必深究他。”

景帝让他把查办的案册拿出来给他看，田叔直说：“臣已大胆毁去了。陛下只有这么一个亲弟弟，又为太后所喜爱，如果一定要认真查办，梁王难逃死罪，梁王死了，太后一定受不了这个打击，所以臣认为这件事适可而止，何必留下案册制造麻烦呢？”

景帝看太后天天以泪洗面，也正担忧她的身体，听了田叔的话，心里也欣慰起来，说：“我知道了，你可以去告诉太后，让她不必忧劳。”

田叔于是和吕季主一起进谒太后，把查案的情况对太后说了，又说梁王没什么事了。太后听了，憔悴的脸上露出几分喜色，口中则慰问田叔、吕季主二人辛劳，让他们先回去休息。此后太后又恢复了往常的心情，景帝因为田叔能识大体，拜他为鲁相。

梁王入朝谢罪，他手下大臣茅兰劝他轻骑入关，先到长公主那里住几天，再见机进宫。梁王听从他的话，把跟随自己的车马停在关外，自己乘着一辆布车悄悄入了关。

景帝接到报告，派人出关迎接，却只见车骑，不见梁王，景帝忙命人四处寻找，人还没找到，窦太后却哭了过来，对景帝说：“皇上果然杀了我儿子了！”

不管景帝怎么解释窦太后就是不信，正闹着，突然有人进来报告说梁王已经在殿里，身上背着斧锯（刑具），来请罪了。景帝大喜，忙出去见他，又带他去见太后，太后见了小儿子如获至宝，搂着梁王哭了出来。

梁王也感到惭愧，不停地认错，景帝也不再追究，又召梁王的随从入关。

梁王一住好几日，听邹阳说是王信居中调停救了他，便上门道谢，两人一来二往，觉得情投意合，不由无话不谈，他们提到了一个共同的敌人——周亚夫。

王信因为周亚夫阻止他封侯而恨他；梁王也因吴楚攻梁的时候，周亚夫不去救援而对他有意见，两人一拍即合，决定把他除去，便分头行动，王信找皇后，梁王找太后。景帝也经不住母、妻、弟、舅轮番进谗，渐渐地对周亚夫的印象也差了，只是念着他以前的功劳，一时不便发作，梁王见一时扳不倒周亚夫，便悻悻地回国去了。

不久周亚夫辞官，梁王听说这个消息，以为景帝听了自己的话，正好入都亲近。窦太后见到小儿子来，很是高兴，景帝却很淡漠，虚于应付。梁王很失望，他又上书要求留在宫中侍奉太后，被景帝驳回，只好回梁国，回国后几个月都闷闷不乐，趁着春夏之交出去打猎，有人献上一头牛，背上还多长了一足，梁王受了惊吓，回宫后竟病倒了，一连六天高烧不退，吃药不灵，竟然死了。

死讯传到长安，窦太后万分悲痛，寝食不安，日夜哭泣。景帝每次入宫探望，太后都不理他，要么躺在床上哭，要么责怪景帝，说他逼梁王回国才导致他去世。

景帝有口难辩，也十分苦闷，便向长公主求救，让她劝劝太后，长公主想了一个办法告诉景帝，景帝立即照办，赐梁王谥号为孝王，又把梁也分为五国，封梁王五个儿子为王，连梁王的五个女儿也赐汤沐浴。太后听说，果然感到安慰了一些，肯起床吃东西了。刘武从代王到梁王共做了三十五年藩王，拥有大量财富，死后查到梁国府库还剩四十余万金，各类古玩不计其数。他生平最大的优点就是孝顺，去见太后，非常守礼节，一点也不敢违背，每当听说太后不舒服了，他都吃不下饭，再高兴的事也不能够让他快乐，而是马上乘车去都中请安，直到太后好了才恢复常态。

景帝心术

有个成语叫作“黄钟毁弃，瓦釜雷鸣”，出自屈原的《楚辞·卜居》，意思是黄钟被砸烂摔在一边，泥做的锅却被敲得当当响；比喻把人才抛弃，却重用庸才。这件事在自从有人类社会后就一直在发生。景帝就是这样对待他的大臣的。

黄钟毁弃

上文提到周亚夫辞官，他为什么要辞官呢?

原来当时六个匈奴部酋来投降，景帝查看六个人的履历，其中有一个叫卢他之的人，是以前的叛王卢绾的孙子。原来卢绾投降匈奴，当了东胡王，也很想念祖国，几次想南归都没成功，便郁郁而终。吕后八年的时候，他儿子偷偷逃了回来，到朝中谢罪，吕后嘉奖他反正，让他住在馆舍，准备酒宴招待，没想到他竟然一病不起。卢绾的孙子一直在匈奴，继承爷爷的封爵，这次也过来投降。

景帝当然收纳他们，并准备封侯。这时周亚夫入朝进谏道：“卢他之是叛王的后裔，应该治罪，怎么能封侯?就是其他几个人背叛主子来投降，也是不忠，陛下反而封他们为侯，怎么教育别人?”

景帝已经对他印象不好，一听到他这番话，便忍不住不耐烦地说：“丞相说的话不合时宜，不用不用！”周亚夫讨了个没趣，悻悻而归。

景帝便封卢他之为亚谷侯，其余五人也都受封，翌日周亚夫便称病辞官，景帝也不挽留他，准他以列侯身份回乡。景帝又用桃侯刘舍为丞相。

梁王死后，景帝又改元，史称后元年。他想起梁王生前说周亚夫很多坏话，但不知周亚夫究竟是个什么样的人，好久没见他入朝了，于是召他来再加以面试，假如周亚夫不像梁王说的那样，将来还可以重用，否则还是要趁早除掉，免留后患。

周亚夫奉诏入宫，见景帝独自坐在宫中，行了礼，景帝让他坐下，寒暄了几句，便让御厨端上酒肴。景帝令周亚夫侍宴，席间只有一君一臣，周亚夫不好推辞，只是感到有些诧异。

等到酒肴端上来，周亚夫发现面前只放着一杯酒，摆着一块大肉，没有刀和筷，心想这一定是景帝故意羞辱他，不由生起气来，看着一旁的尚席（古时主席官）道："请你取双筷子。"尚席只听景帝的吩咐，不理周亚夫，装作没听到，依旧站在那里。

景帝笑着对他说："这样还不能让你满意吗？"

周亚夫红着脸，又愧又恨，勉强下座免冠称谢，景帝刚说了一个"起"字，周亚夫就站起来，转身就走。景帝冷冷地看周亚夫走出去，摇头叹息道："这人不行，不是个好臣子。"

过了几天，朝廷便来了问官，取出一封密书给周亚夫看，责令他入朝对质。原来是周亚夫的儿子为父亲百年以后预备后事，向尚方（宫中掌管御用器材的官员）买了甲楯五百具，作为父亲丧器，购置的器物中就有禁品，周亚夫儿子催人运了回来，运送的人乘机多要运费，周亚夫儿子不给，于是运送的人怀恨在心，便写密书告发周亚夫儿子偷买禁物，图谋不轨。

景帝刚好把此当作罪证，其实周亚夫儿子并没有告知父亲，周亚夫也不知情，因此周亚夫到宫中也无从说起。调查的官员以为他负气不说，禀告景帝，景帝怒道："我又何必要他说呢？"于是命令把他移交给大理（即廷尉）。

周亚夫的儿子到狱中探望父亲，才把实情相告，周亚夫此时也顾不上责怪他，只是深深地叹了一口气。

很快大理当堂审讯他，直接问周亚夫："你为什么要谋反？"

周亚夫申辩说："那是我儿子买的葬器，怎么说是要谋反呢？"

大理不容分说道："你不想在地上造反，也是想在地下造反，何必找借口呢？"

周亚夫生性高傲，见无可申辩，索性闭上眼睛，不再说话。大理仍让人把他关了起来，周亚夫便绝望了，于是连续五天绝食，最后怒气攻心，吐了很多血，气竭而亡。景帝听说周亚夫死了，也不出资帮他治丧，只是封他弟弟为平曲侯，使他承袭周勃遗封。皇后的哥哥王信也从此出头，被封为盖侯。

瓦釜雷鸣

刘舍是项襄的儿子，项襄和项伯一起投降汉朝，都得以封侯，赐姓为刘。项襄死后，由刘舍袭封，颇得景帝宠信，但他才能却很平庸，幸好太平时期，国家没什么大事，因此也能混过去。

刘舍担任丞相，干得最大的一件事就是迎合景帝改官名，那是景帝改元后六年，先是景帝让把郡守改为太守，郡尉改为都尉，又减去诸侯国丞相的“丞”字，称为相。刘舍又把廷尉改为大理，奉常改为太常，典客改为大行，后又改为大鸿胪，治粟内史改为大农，后又改为大司农，将作少府改为将作大匠，主爵中尉改为都尉，后又改为右扶风，长信詹事改为长信少府，将行改为大长秋，九行改为行人，中大夫改为卫尉，景帝都批准了。

刘舍当了五年滥竽充数的丞相，终于被景帝罢免，升任御史大夫卫绾为丞相。卫绾是代人，擅长驾车，为人谨慎，但不够干练。

景帝当太子时，曾经请文帝的侍臣吃饭，只有卫绾不去，文帝很器重他，说他忠心，临死前对景帝说：“卫绾很忠厚，你要好生看待他！”

景帝放在心上，仍然用他为中郎将，不久又让他出任河间王太傅。七王之乱中，卫绾奉河间王命令领兵助攻而立下战功，提升为中尉，封为建陵侯，后来当了太子傅，又提升为御史大夫，当丞相后，御史大夫则用了南阳人直不疑。

直不疑也做过郎官，郎官没有名额限制，而且都在宫中住宿，人数比较多，下班后几个人一起居住，互称为同舍。一天有个同舍回来，误将别人的金钱拿走，丢了金钱的郎官以为是直不疑偷的，但是直不疑却不申辩，而是筹钱偿还。后来同舍休假回来，仍将原来的金钱归还失主。失主十分惭愧，忙向直不疑道歉，直不疑说与其让大家都遭到怀疑，蒙受诽谤，宁可我一人被诬陷，于是大家都很敬重他。等到直不疑担任中大夫，又有人讥笑他与嫂子偷情，品行不端，直不疑也不和他计较，只说自己根本没有哥哥,他也因为在平定“七王之乱”中有功而被封为塞侯，并任卫尉。

后来卫绾担任丞相，直不疑升任御史大夫，两人都尽好本职，没有乱来，但治理国家的能力却很有限。

景帝在位比不上他父亲文帝，但他给人民休养生息，不瞎折腾，这是他最大的好处。景帝于后三年孟春病逝，享年四十八岁，在位十六年，遗诏中赐诸侯王、列侯马各二驷，吏二千万，黄金二斤，赐百姓每户百钱。让进宫的人回家，终身不再役使，以此作为他的身后隆恩。

文景之治小记

我在中学历史中就了解到了文景之治，它创造了中国历史上一个充满温情的时代，六十多年内，除了短短三个月的“七国叛乱”，竟然再也没有发生过一场大的战争。这在整个人类史上也是很难得的。文帝和景帝是很多人心目中的偶像，他们算得上皇帝中的超级明星。

两位皇帝的很多理念在两千多年后的今天也没有过时，比如文帝认为“农天下之大本也”，“道农之路，在于务农”，他多次下诏劝课农桑，按户口比例设置三老、孝悌、力田若干员，经常给予他们赏赐，以鼓励农民发展生产；甚至亲自下田耕作，给官民做出榜样。同时还注意减轻人民负担，文帝曾两次“除田租税之半”，即租率减为三十税一，前十三年还全部免去田租。此后，三十税一遂成为汉代定制。文帝时，算赋也由每人每年一百二十钱减至四十钱，徭役则减至每三年服役一次。

景帝二年（公元前 155 年），又把秦时十七岁傅籍给公家徭役的制度改为二十岁始傅，而著于汉律的傅籍年龄则为二十三岁。

此外，文帝下诏“弛山泽之禁”，属于国家所有的山林川泽，允许农民开荒耕种。内陆的土地耕种面积不断扩大，沿海地区的盐业资源得到了开发。

文帝前十二年还废除了过关用传的制度，这有利于商品流通和各地区间的经济联系，对于农业生产的发展也有一定的促进作用。

文景两代社会经济发展显著，封建统治秩序也日臻巩固。西汉初年，大侯封国不过万家，小的五六百户；到了文景之世，流民还归田园，户口迅速增加。

列侯封国大的有三四万户，小的也户口倍增，而且比过去富实。农业的发展使粮价大大降低。文帝初年，粟每石十余钱至数十钱。据《汉书·食货志》记载，汉初至景帝后期的七十年间，由于国内政治安定，只要不遇水旱之灾，百姓总是自给自足，郡国的粮仓里粮食多得吃不完，大仓里的粮食由于一年年地堆积，都满到露天的地上，甚至腐烂了，国库的钱积累了千百万，连串钱的绳子都烂了。这是对文景之治十分形象的描述。

中国古代都是人治，摊上一个好皇帝，全国人民都跟着幸福，摊到一个昏君，全国人民可有苦头吃了。那么文帝和景帝为什么会成为明君呢？他们的性格是天生的，还是后天形成的？我分析出了五大原因：

1. 文帝的皇位可以说是“捡”的，来之不易所以珍惜；再加上他从小备受冷遇和猜忌，艰险的处境使他学会了夹紧尾巴做人。

2. 父子俩从小生长于代州，远离政治斗争中心，不被忌妒和关注。

3. 薄太后和窦皇后都是苦水中泡大的，做事谨小慎微，因此教子有方。

4. 文帝对景帝有着深刻的影响，父子俩性格虽有小的不同，但在大的执政风格上，景帝完全传承了父亲，使得两朝保持了基本政策的连续性。

5. 文、景二帝都尊奉黄老学说，因而保持了“无为而治”和“静默”的风格。

所以，文景之治不是偶然的，而且是难以复制的。

列车载着丰衣足食、欢歌笑语的人民向下一站驶去。

07 车厢

淘 宝 专 家

24. 吉祥三宝

列车驶入西汉最疯狂的“摇滚时代”。驾驶列车的是个充满摇滚细胞的人——太子刘彻，即位时年仅十六岁，史称汉武帝。

汉武帝喜欢“海选”。汉武帝继位之后，于建元元年（公元前 140 年）下诏，要求各地广泛推举贤良方正之士，一旦选中，待以不次之位，不拘等级授予官职，待遇优厚。这次“海选”活动，四方有才之士都来参加，盛况空前。

武帝雄心勃勃想干一番事业，一反先祖奉行黄老哲学的训故，开始重用儒生，倡导儒学，变无为政治为有为政治。那时候，武帝看上了歌女卫子夫，而陈皇后又很爱吃醋，经常和他吵闹，家庭矛盾让武帝很烦心，于是便整日和一帮贤士把酒吟诗，消遣光阴。这时一帮史上赫赫有名的人物便出现在列车头等座上，《汉书·公孙弘卜式兒宽传》记载着这样一段话：

> 赞曰：公孙弘、卜式、兒宽，皆以鸿渐之翼，困于燕雀，远迹羊豕之间；非遇其时，焉能致此位乎？是时汉兴六十余载，海内艾安，府库充实，而四夷未宾，制度多阙。上方欲用文武，求之如弗及，始以蒲轮迎枚生，见主父而叹息。群士慕向，异人并出：卜式拔于刍牧，弘羊擢于贾竖，卫青奋于奴仆，日磾出于降虏，斯亦曩时版筑饭牛之

朋已。汉之得人，于兹为盛。儒雅则公孙弘、董仲舒、兒宽，笃行则石建、石庆，质直则汲黯、卜式，推贤则韩安国、郑当时，定令则赵禹、张汤，文章则司马迁、相如，滑稽则东方朔、枚皋，应对则严助、朱买臣，历数则唐都、洛下闳，协律则李延年，运筹则桑弘羊，奉使则张骞、苏武，将帅则卫青、霍去病，受遗则霍光、金日磾，其余不可胜纪。是以兴造功业，制度遗文，后世莫及。孝宣承统，纂修洪业，亦讲论六艺，招选茂异；而萧望之、梁丘贺、夏侯胜、韦玄成、严彭祖、尹更始以儒术进，刘向、王褒以文章显；将相则张世安、赵充国、魏相、邴吉、于定国、杜延年，治民则黄霸、王成、龚遂、郑弘、召信臣、韩延寿、尹翁归、赵广汉、严延年、张敞之属；皆有功迹，见述于世，参其名臣，亦其次也。

汉武帝能够慧眼识才，并且才尽其用，这是他成为一代圣主的原因之一。他是个“淘宝高手”，本章主要讲武帝在“海选”中淘到的最为有名的“吉祥三宝”：董仲舒、司马相如和东方朔。

汉代孔子——董仲舒

武帝像一个在沙滩上行走的人，捡了许多美丽的贝壳，而董仲舒无疑是他捡到的最大最美丽的贝壳。董仲舒的大一统思想促成大汉盛世，使汉皇朝国富兵强，人民安居乐业，并开了中国封建社会以儒术为“正统”的先河，董仲舒也被誉为“汉代的孔子”。

看看两位史学家对他的评价：

司马迁说他：“进退容止，非礼不行，学士皆师尊之。”（《史记·儒林列传》）

班固说他：“遭汉承秦灭学之后，六经离析，下帷发愤，潜心大业，令后学者有所统一，为群儒首。”（《汉书·董仲舒传》）

最满意答卷

武帝喜欢读书，重视文化学术，他颁下诏书，令文武百官推举贤士，广纳人才。于是很快就有来自各地的一百多人入都，武帝亲自面试，让大家写下治国之策，他逐篇批阅，大多数都是些空洞无物的文章，没有引起他的重视。

翻了半天感到很累，正准备丢了卷册休息，忽然一篇文章抓住了他的眼球，吸引他看下去，大约有数千字，洋洋洒洒，论证严密，文采飞扬，压倒群儒。武帝再看署名，写着“董仲舒”三个字。

文帝忙召见他，再次加以策问，董仲舒侃侃而谈，又写了两篇文章，主要提出了三层意思，一是兴学，二是求贤，最后提出大一统思想，要求武帝罢黜百家、独尊儒术。后世称为“天人三策”。

武帝年少气盛，正想干出一番大事业，这三篇文章正合他的意思。武帝对董仲舒大加赞赏，当下就认命他为江都相，让他辅佐江都王刘非。

丞相卫绾看武帝嘉奖董仲舒，忙乘机迎合，上奏说各地所推举的贤士，有的治韩学，有的崇尚苏张言论，都无关治国，反会乱政，应该让他们一律回去。武帝自然准奏，除公孙弘和会稽人严助等几个精通儒学的人留下来，令其他人都回去，不得录用。

卫绾还在为自己的这道奏折沾沾自喜，没想到马屁拍到了马蹄子上——武帝因为他拾人牙慧，十分看不起他，过了几个月见这个丞相没什么才能，索性将他罢免了。

儒生的险途

卫绾被罢免后，武帝改用窦婴为丞相。

窦婴、田蚡把持朝政，揣摩到武帝喜欢儒道，便四处访求名士精英。适逢御史大夫直不疑免官了，于是推荐代人赵绾继任，又推荐兰陵人王臧给武帝，武帝授他为郎中令，让他考证古代制度，选好的施行。

赵绾和王臧两人又一起推荐他们的老师——楚国的申公，申公很重视诗教，武帝早就听说过他的大名，于是立即派使臣隆重地聘请他。

申公当时已经八十几岁了，平时杜门不出，这次听说朝廷来人，才出门相迎。朝使转达武帝的意见，又把赐的玉帛交给他，申公见盛情难却，答应入都。

不久，他到了长安，武帝见他道貌高古，倍加敬重，给他赐坐，询问治国之道，申公回答说："治理国家不在于说太多道理，要看行动。"说完这句，便再没有其他话。

武帝想我准备了厚礼请你来，难道只是为了听你这句话吗？一时很生气，也不再追问他，任命他为太中大夫，让他住在鲁国官邸，研究一些古礼。赵绾、王臧便带老师去休息，只道他是远道而来，路途辛苦，不想多说话。

赵绾又听说太皇太后好黄老之术，不喜欢儒家，武帝刚刚即位，所有朝廷的政事都要随时向她报告，其他事太后都不干预，但是只要是和儒家相关的事都被批得一文不值。

太皇太后曾让博士辕固拿老子的书给她，辕固崇尚儒家，不喜欢老子，便随口说："这不过是些家常话，没什么道理。"

窦太后听了很恼火，怒道："难道一定是要上纲上线的书吗？"辕固知道太皇太后讥讽儒教刻薄，因为意见不合转身就走。

辕固擅长辩论，一次和黄生辩论关于"汤武是该流放还是该诛杀"的问题，黄生主张流放，辕固主张诛杀，景帝最后支持了辕固。

这次在窦太后面前碰了钉子，辕固却不敢争辩。窦太后见他也不道歉，便想治他死罪，但一时也找不到理由杀他。于是，让他到兽笼中和野猪搏斗，想让野猪咬死他。好在景帝知道这件事，不想让他死，便让手下借兵刃给他，刺死了野猪。窦太后无话可说，只得放过他，但此后只要一听说儒生，就会从中加以阻挠。

赵绾却不顾这些，去对武帝说："古礼说妇人不能干政，陛下应该亲自处理朝政，不必事事都奏请东宫。"

武帝听了没话说，结果这件事被太皇太后知道了，大为震怒，立即召见武帝，责怪他误用歹人，说赵绾既崇尚儒术，就该遵守礼节，怎么能离间亲属？这明明是教主子不孝，应该重惩。

武帝还想回护赵绾，说丞相和太尉都说赵绾有才，与王臧一起推荐上来，所以才重用他们。

窦太后听了更是火冒三丈，一定要赵绾、王臧入狱，窦婴、田蚡免官。武帝毕竟年轻，拗不过祖母，只好依令而行，准备等祖母息怒再释放他们。

但窦太后说两人妖言惑众，一定要杀了他们以示惩戒，累得武帝左右为难，结果赵绾和王臧在狱中自杀了。

申公早就料到武帝年少冲动，言不顾行，有始无终，所以不愿多说，但没想到变故如此之快，两个学生竟被逼死了，于是告病辞职，回乡去了。

武帝又用柏至侯许昌为相，武僵侯庄青翟为御史大夫，太尉一职又被撤销。

群儒之首终炼成

董仲舒出生于河北景县的一个大地主家庭。他从小就潜心钻研儒学，学习十分刻苦。他念书的书房外有一个非常精致的园子，然而他在书房学习三年，竟从未踏进过；对于经常骑的骏马，他也分不清雌雄。到二十多岁时，他已成为对《春秋公羊传》等经书深有研究的大学者，景帝时已经是博士，经常讲课，远近的学子都奉他为经师。

但是他虽博学，却未因此而步入仕途，而是做了一名教书匠，当时的人们把他称为“汉代的孔子”。他讲学时，在讲堂前挂一幅帷幔，他在里面讲，外面坐满了学生，但诸生“只闻其声，未见其人”。尽管如此，他仍教出了不少有名的学生。他的思想也随着门生的不断传播而成为当时流行的学说。在同时代兴起的众多学者中，他成为最夺目的一个，当之无愧的“众儒之首”。

汉武帝封董仲舒为江都相，董仲舒开始了坎坷的仕途生涯。刘非原本骄纵不守法，经过董仲舒在一旁匡正，才变得安分守己，得以安度一生。

哪知有功不赏，反而要受罚，董仲舒因为被牵连到其他案子，被降为中大夫。

建元六年（公元前135年），辽东高庙和长陵高园两处失火，董仲舒援据《春秋》推演义理，写了一篇文章，这篇稿子却被来拜访他的主父偃偷走了，并背地里送给武帝看。这篇奏章中将火灾发生的原因归结于“上天发怒”，上天之所以发怒是为了谴责人间的“骨肉相残”。

武帝看了十分生气，把这篇文章昭示给儒生们看，其中一个叫吕步舒的儒生，原是董仲舒的学生，不知这篇文章是老师写的，便驳斥了这篇稿子。这时主父偃才说出这稿子的作者，而且劾奏他稿子里很多地方讥讽朝廷，结果董仲舒被捕入狱，差点丢了性命。好在武帝器重董仲舒的才华，他才得以免死，但中大夫一职，却从此被剥夺了。

公元前121年，郁郁不得志的董仲舒辞去官职，回到故乡广川，闭门谢客，埋头著书，既不过问家居杂事，也不置产业。历经十几个春秋，写成了十七卷八十二篇的《春秋繁露》。这里需要指出的是，这部书原名并非《春秋繁露》。据说他成书之前，曾梦见有龙入怀。他做梦这事可以有，但说他成书却不是事实，因为他写了好几十篇文章，如《闻举》《玉杯》《清明》《竹林》等，这些文章都讨论了儒学问题，但并没将其编撰成书，是后人辑录而成的，并冠名为《春秋繁露》。

尽管已赋闲在家，但董仲舒仍十分关心朝政大事，甚至在他七十五岁时，还曾写奏章给汉武帝，坚决反对盐和铁官营的政策，为百姓减负。

公元前104年，董仲舒写完了生命中的最后一篇奏章。死后，被葬于长安西郊。汉武帝曾经过墓地特地下马致意，因此董仲舒的墓地又称作“下马陵”。

但令人不解的是，下马陵未见被盗掘的记载，而董仲舒母亲的墓却被盗了。

原来，董仲舒虽然一生致力于儒学，但他尤爱神学。年轻时，他就十分重视对阴阳学说和神仙方术的研究。他和当时谈神论鬼、宣扬炼丹益寿的著名方士李少君交情极深。两人常在一起谈论神仙方术，并形成了自己的唯心主义神学体系。当时人们传说他能呼风唤雨，并说她母亲是天女，人间无墓，而他母亲的墓只是衣冠墓，实际是董仲舒“藏神符灵药及阴阳秘诀”的地方（杜光庭《灵异记》）。

董仲舒最擅长的是《春秋》公羊学。《春秋》本是春秋时期鲁国史官编修的一部政治史书，据传经过孔子修订。当时因对鲁有褒有贬，孔子为避开迫害，对学生只是口授心传。孔子死后，弟子转传开讲，在汉代流行五家：公羊春秋、谷梁春秋、左氏春秋、邹氏、夹氏等。其中邹氏无师传，夹氏未有书，左氏藏于秘府，唯有公羊、谷梁二部《春秋》公于世。

董仲舒是公羊学大师胡毋生的弟子，胡毋生把《春秋公羊传》传授给他。他所论“天人合一”和“三纲五常”理论（天子受命于天，诸侯受命于天子，子受命于父，臣妾受命于君，妻受命于夫，诸所受命，其属皆天也）都成为汉朝皇室大一统的理论基石，为巩固汉朝统治起了决定作用。

所以有人说董仲舒是封建统治的“卫道士”，彻底否定他“天人合一”的理论。这些后来者带有阶级性的批判没有什么意义，而他的理论在当时极大促进了国家统一和社会进步，却是不争的事实。

也有人一直以“罢黜百家，独尊儒术”八字概括他的思想，批判他“文化专制主义”。近来一些学者已有不同意见，认为这一概括不过是班固的评论之辞，而武帝或董仲舒的本意，并没有这样极端。他们的“独尊”，无非是从思想大一统的政治目的出发，突出儒家的文化主旋律地位，所以儒家的独尊，并非儒家的独存。

理由有二：首先董仲舒本人的思想体系就并非单纯的儒学，他的思想中，既有邹鲁文化的传统，也有燕齐方术的传统，还有一部分三晋文化的传统，他吸收阴阳家、刑名家的思想观点，就是明显的事实。

第二，汉武帝以后实施的文化政策，在尊奉儒学的同时，“博开艺能之路，悉延百端之学”，“诸子传说，皆充秘府”。太史公司马氏父子《论六家要旨》，刘向、刘歆父子撰写《七略·诸子略》，评述各家各派学术短长，正是“百端之学”存而不废的史证。

帝国金笔——司马相如

司马相如专为帝王写作，是西汉第一写手，他做到了御用文人的极致。

成长与发掘

司马相如字长卿，蜀郡成都人，从小爱读书，学击剑，父母十分宠爱他，叫他犬子，长大后因为仰慕战国时的蔺相如，所以自己也用“相如”为名。

当时蜀郡太守文翁注重教育，便挑选优秀学子到京城学习，司马相如也被选中了。学成归来，文翁便让相如到官学里当教师，给那里培养了一大批人才。蜀民本来野蛮，由于太守大兴教育之风，也都被熏陶得知书达礼。文翁在任上病逝，百姓追念他的功德，立祠纪念他，连文翁的讲台旧址都被修葺好了，一直留存至今。

文翁死后，司马相如也不想再当教师，便到长安寻找机遇，花钱当了郎官，后来调为武骑常侍。这是武官，不合相如意向。刚好梁王到宫中朝见景帝，相如见到了梁王手下的邹阳、枚乘等人，谈得很投机，于是辞了官，投到梁王手下，梁王也很重视人才，对他以礼相待，相如和一帮文士把酒吟诗、弹琴诵文，很是逍遥了一段时光，还原创了一篇《子虚赋》，流传出去，成了名人。

后来梁王逝世，一帮文士也散了伙。相如回到成都老家，在好朋友临邛县令王吉的帮助下，混进了临邛首富卓王孙家，并且泡了他的女儿卓文君，卓文君和他连夜私奔。

一天武帝读了《子虚赋》，非常赞赏，并叹道：“可惜我不能和这个人生在同一个时代。”

这话被狗监（管理猎狗的官员）杨得意听到了，忙对武帝说：“司马相如是臣的老乡。”

武帝听了又惊又喜，忙派人去召司马相如入朝，武帝见了相如便问：“《子虚赋》是你写的吗？”

相如回答确是自己原创，但还不算最好，并请求为武帝作《游猎赋》。

武帝欣然同意，当场准备纸笔，相如一口气写了数千字，呈给武帝看，武帝更加赞赏，叹为奇才，拜他为郎官。

政绩与为官

除了一手好文章之外，司马相如为官期间最大的贡献其实是开发西南。他为官第三年，正赶上中郎将唐蒙在修治西南蜀道，由于工程艰巨，征集民工过多，又杀了西南夷首领，巴蜀人民惊恐不安，引发骚乱。汉武帝闻听奏报，决定派司马相如去责备唐蒙，并让他写一篇文告，向巴蜀人民做一番解释。

于是，司马相如写下了一篇温情脉脉的文章，号召巴蜀百姓要“急国家之难”，晓之以理，动之以情，又代表皇帝给了地方很多恩惠，招抚工作进行得十分顺利。

回到长安，司马相如向武帝提出意见：应该在邛（今西昌）、筰（今雅安）一带恢复设置郡县，这会对西南蜀道的开通更有效果。武帝采纳，并亲派司马相如负责这件事。再次到蜀后，司马相如雷厉风行地拆除旧关，架设桥梁，开辟道路，造福了西南一方。

武帝大悦，加倍慰劳他。司马相如虽然写了不少歌颂帝王的辞赋，但实际上，他为官不善逢迎。相如立了功，却遭到同僚忌妒，举报他出使时受贿，相如因贪污而被免了官。

不到一年，武帝又想起他，再召他入朝当郎官。一次武帝到长杨宫打猎，亲自追击熊和野猪等野兽，相如上书劝阻，很合武帝心意，于是停止打猎回宫。路过宜春宫，这里是秦二世被杀的地方，相如又作赋凭吊，武帝看了他的辞章非常叹赏，又拜相如为孝文园令。后来武帝对神仙之道感兴趣，相如又呈上一篇《大人赋》规劝，文采飞扬，武帝叹为奇才。

但他对当官持无所谓的态度，这一方面因为他结婚后很有钱，不需要追慕官爵。另一方面也因为他口吃，不善言辞，又有糖尿病。他不愿意同公卿们一起商讨国家大事，而总是称病在家闲居。

公元前 118 年的冬天，司马相如抱病撰写《封禅书》，向武帝表示他的一片忠心。这是他人生最后一篇文章。

皇宫之中，武帝好像想起什么似的，问：“很久未见司马先生了，不知他近况如何？是否又有新作？”

杨得意答："听说司马先生病体沉重，恐怕已难以再写什么东西了。"

"快！快去把他的文章全部取回来，如果不这样做，以后就散失了。"武帝派出的大臣回来时，带来了司马相如的死讯，还有那篇耗掉他最后心血的《封禅书》。

公元前110年，司马相如辞世后的第八年，武帝举行了盛况空前的巡幸活动，亲率十八万人马，一路出长城，浩大的声势令匈奴都为之震撼。稍后，又礼祭华山、嵩山，再东行至海边。然后，武帝终于举行了准备已久的隆重盛典：封泰山。

身后任人笑骂评说

后人对司马相如毁誉参半，说他写的《子虚赋》《上林赋》都是歌功颂德、吹嘘拍马的文章，遗作《封禅书》也使得汉武帝耗费大量人力、物力去进行封禅活动。

但容我说一句公道话，司马相如并不是一味溜须拍马之徒，他的文章虽然铺陈华丽，但却宗旨严正，讽谏到位，司马迁都叹道："此与《诗》之风谏何异？"在那个时代他能做到这点已经很不容易，而且谁在司马相如那个位置也未必能做得比他好。

两汉作家绝大多数都对司马相如十分佩服。在整个《史记》中，司马迁专为文学家立的传只有两篇：一篇是《屈原贾生列传》，另一篇就是《司马相如列传》。在《司马相如列传》中，司马迁全文收录了他的三篇赋、四篇散文，导致其篇幅是《屈原贾生列传》的六倍，仅此即可看出司马相如在太史公心目中的重要地位。

后世文人更将司马相如与司马迁并称为"文章西汉两司马"。鲁迅的《汉文学史纲要》中还把他们两位放在一个专节里加以评述："武帝时文人，赋莫若司马相如，文莫若司马迁。"

"马工枚速"的由来

当时与司马相如齐名的要算枚皋，枚皋是吴王濞的郎中枚乘的庶子。枚乘曾谏阻吴王造反，所以后来免罪。景帝命他担任弘农都尉，枚乘一直是大国上宾，不甘心当个郡吏，于是上任不久就托病辞官，去了梁国。梁王刘武很器重他，让他担任幕宾，很多文告都由他执笔。枚乘纳梁地民女为妾，生下了枚皋。梁王死后，枚乘便回淮阴老家，他的妾不肯跟他走，他一怒便将他母子留下，但给了一笔丰厚的赡养费。

武帝早就听说枚乘的大名，即位后派使臣用安车蒲轮去接枚乘入都，当时枚乘已经老了,在半路上病死了。武帝接报后,又问他的儿子是否能文。

经过一番调查,终于找到了枚皋。枚皋从小就继承了父亲能文的特长，十七岁上书给梁王刘买（刘武长子），被召为郎。后来被梁王手下诬陷，获罪逃走，家产被没收，辗转到了长安，适逢朝廷大赦，又听说武帝寻找枚乘的儿子，便大着胆子写了一封书毛遂自荐。

武帝召见他，见他年轻儒雅，知他说的不假，又让他作《平乐馆赋》，他才思敏捷，下笔成文，相当迅速，辞章也很不错，于是便授他为郎官。但他的文章和司马相如相比还有差距,而司马相如没有他写得快,因此“马工枚速”的成语便流传下来，用来称赞人们各有所长。

智慧谐星——东方朔

在汉朝，东方朔是个另类典型。在朝臣眼中他是个怪物，在武帝眼中他则是个“开心果”。用今天的“奇葩”这两个字形容他最适合。

东方朔的一生，不是伟大的一生，不是光辉的一生，不是灿烂的一生，但却是成功的一生。东方朔用自己独特的方式摆脱了束缚，自由地飞翔在等级森严的封建朝堂。就好比一只快乐的鸟儿，吃掉了甜甜的果肉，吐掉了里面的核，他所摆脱的，是每个朝臣都无法摆脱的忧虑、恐惧、焦急与失望。他的智慧让“政绩平平”的他名垂千古，成为后世津津乐道的“智圣”。

东方朔其实就是用智慧换职务、用知识换财富的典型。

用智慧换职务

东方朔小时候喜欢读书，善于搞笑，听说朝廷招揽人才，便到长安公车令处上书介绍自己。这样写道：

东方朔，字曼倩，平原厌次（山东）人。从小失去父母，由兄嫂抚养，十三岁上学，三年的文史足够用了；十五岁练剑，十六岁学《诗》《书》，读了二十二万言；十九岁学《孙子兵法》，也读了二十二万言；这样我就读了四十四万言。我现年二十二，身高九尺三，眼睛像悬着的珠子，牙齿像编织在一起的贝壳，像孟贲（古代勇士，卫人）那样勇敢，像庆忌（吴王僚的儿子）那样敏捷，像鲍叔（齐国大夫）那样廉洁，像尾生那样守信，像我这样的人才一定可以当好天子的大臣。

这种“王婆卖瓜”式的推荐根本算不上一篇美文，但却是一篇奇文，至少他让集中阅卷而产生审美疲劳的武帝遭遇了一次感官冲击。一般人看到这样的介绍，一定会认为这人很二，武帝却把他当作奇人看待，让他留在公车处等消息（公车属卫尉管理，设有令吏，但凡招徕四方名士都用公车接送，不需要私人花费，就是士人上书，也是先到公车令处投递，然后转达宫里）。

武帝让东方朔在公车令处待诏，已经留心察看准备留用。可东方朔等了好几个月也不见诏书下来，只有在公车令处领取津贴和食物，只够一日三餐用度，东方朔眼都快看穿了，囊中资财也耗尽了，心里十分焦急。

一天他到都城闲逛，见到一群侏儒，眉头一皱，计上心来，便上前恐吓他们说：“你们死在眼前了，知道吗？”

侏儒们都很吃惊，忙问原因。东方朔说：“我听说朝廷召你们来，名为侍奉皇上，实际上是找个借口杀了你们。你们想想，你们不能当官，不能为农，不能当兵，对国家没用，不如把你们杀了，还能省下不少粮食呢！”

侏儒们听了都很惊慌，都哭了起来。东方朔假装劝道：“你们哭有什么用？我看你们无罪受刑，很是可怜，现在就想办法解救你们，如果你们按照我的话去做，就可以免死了。”

侏儒们七嘴八舌地让他快说。东方朔道：“这好办，你们等到御驾出来的时候，就磕头请罪，如果皇上问你们，你们可以都推到我东方朔身上，包管没事。”说完就走了。

侏儒们信以为真，从早到晚都守候在宫门外，等待武帝车驾。终于看到御驾来了，忙拥上去跪伏磕头，大哭着请求免死。

武帝丈二和尚摸不着头脑，忙问怎么回事。众侏儒齐声道：“东方朔说的，臣等将要被杀，所以来谢罪。”

武帝听了无奈地说：“朕并无此意，你们都退下，等我去问明东方朔。”

侏儒们将信将疑，起身拜谢。武帝马上派人召见东方朔。东方朔早就等着武帝召见他了，所以朝使刚到他门口，他就走出来拉上朝使进宫了，见了武帝，武帝责怪他道：“你敢妖言惑众，眼中还有王法吗？”

东方朔说：“臣活着要说，死了也要说，那些侏儒身高三尺多，每次领一袋米，二百四十钱，臣身高九尺多，也只得一袋米，二百四十钱；侏儒们快撑死了，臣却快要饿死了。我想陛下求才，能用马上就用，不能用就让我们回家，不要让我们留在长安要饭，饥一顿饱一顿最终也难免一死！”武帝听了哈哈大笑，便让他到金马门待诏。金马门就在宫中，《史记》称：“金马门者，宦署门也，门傍有铜马，故谓之曰金马门。”东方朔进了宫，很容易就能见到武帝了。

用知识换财富

过了几天，武帝召集了一班术士覆射（猜谜游戏），侍者端着盂。把守宫（壁虎古称）放在里面，让大家猜。众人猜了几次都猜不中，东方朔走进来说：“臣曾经研究易学，能猜这个谜。”武帝便令他猜。

东方朔拿着筷子卜卦，依卦象推测了一番，答出四句话来：“臣以为这是龙而无角，说它是蛇而有足，灵活敏捷善游墙，不是守宫即蜥蜴。”

武帝见东方朔猜中，极口称善，赐他帛十匹，再让他猜别的东西，都很神奇地被猜中了，一连得了很多匹帛的赏赐，够他穿几年了。

一旁有个宦官郭舍人，因擅长口才而受宠，见东方朔得了很多赏赐，十分嫉妒，便对武帝说：“他不过侥幸猜中，不足为奇。我出个覆让他射，如果再能射中，我愿挨一百板子，否则东方朔受笞，我得赏赐。”

武帝答应了他的请求，郭舍人便在树上找了一个寄生（长有菌芝的树叶），悄悄地放在盂里。

东方朔照样不急不慢地摆筷看卦，过了一会儿含含糊糊地说："这不过是个窭数（用茅草结成的圆圈，放食器的垫子）！"

郭舍人指着东方朔笑道："我就知道你猜不中，何必蒙人？"

也许在一般人看来东方朔输定了，但他擅长狡辩，他道："生肉为脍，干肉为脯，附在树上就是寄生，盆下面为窭数。"

郭舍人惊讶得脸色都变了，揭开盂一看，果然是树上的寄生。郭舍人没法子，只能走到殿下，趴在那里等着，监督优伶的官吏奉武帝命令，用竹板打了郭舍人一百下，每打一下郭舍人就杀猪般嗷嗷大叫。东方朔拍手大笑道："哦耶，口无毛，嗷嗷叫，臀更高！"

等打完了，郭舍人又痛又恨，一瘸一拐走上殿阶，向武帝哭诉道："东方朔敢侮辱天子从官，罪该弃市！"

武帝回头问东方朔："你为什么要侮辱他呢？"

东方朔答道："臣不敢侮辱他，只是和他说隐语。"

武帝问是什么隐语，东方朔说："口无毛是狗洞形，嗷嗷叫是鸟哺声，臀更高是鹤俯啄状，怎么说是侮辱他呢？"

郭舍人仍不服气，在旁说道："你有隐语，我也有，你要是答不上来，也应挨板子。"

东方朔朝他做了个鬼脸，道："你说。"

郭舍人便胡乱编了几个词道："令壶龃，老柏涂，伊优亚，狋吽牙。"

东方朔不假思索，随口答道："令就是命，壶就是用来盛物的，龃就是牙齿不齐的样子；老是年长者的称呼，被人所尊敬；柏是常青树，四季浓荫，鬼都聚集在那里；涂是低湿的路径；伊优亚是个未定词；狋吽牙是狗打架的声音，这有什么难解的？"郭舍人胡诌一通，自己都不知道什么意思，没想到经过东方朔一解释，倒是有了来历，看着东方朔再次受到赏赐，自思自己才辩比不上东方朔，再也不敢争辩了。

武帝因此看重东方朔的才华，拜他为郎官。东方朔经常陪侍在武帝身边，搞笑逗乐，引得武帝十分开心，越来越得宠，有时东方朔不循规矩，也不责怪他，称他为先生。

到了三伏天，宫里赐肉，按照惯例应该由大官丞来分肉。大家在殿中一直等到中午，还不见大官丞来，只见肉摆在殿中。酷暑难耐，东方朔早已汗流浃背，等得不耐烦，索性拔出佩剑走到案板前，自己动手割下一块肉，举给其他同僚看，并说：“天气炎热，肉都要坏了，不如自己动手，早点回家。”说完，提着肉走出殿去。

后来大官丞把这件事告诉了武帝。第二天武帝看到东方朔，便问他为什么不等诏命就擅自割肉。

东方朔一点也不惊慌，从容地脱下帽子跪在地上谢罪。

武帝也不责怪他，对他说：“先生起来，你可以自责罢了。”

东方朔当即起来自责道：“东方朔啊东方朔，你受赐不等诏命，为什么这样无礼呢？拔剑割肉，多么有壮志；割肉不多，多么的廉洁；回去把肉给老婆吃，又是多么的重情义，难道还敢说无罪吗？”

东方朔话没说完，武帝早已笑出声来，指着他道：“我让你自责，你倒自夸起来了。”于是又赐给他酒一石，肉百斤，让他回去送给老婆。东方朔手舞足蹈地感谢武帝，带着赏赐的东西回家了。

朝堂肃穆，百官惶恐，为博龙颜一悦：公孙弘曲意逢迎，张汤机关用尽，群臣唯唯诺诺；只有东方朔敢于摇舌鼓唇，恶搞作秀，大大咧咧自我吹嘘。但是，武帝就吃他这一套，大臣们只能眼睁睁地看着，羡慕嫉妒恨外加一股瞧不起的复杂心情。

武帝除了有东方朔逗乐，还爱上了微服出游，每次都与善于骑马射箭的少年约好，让他们在城门外等着，漏下十刻武帝准时骑马出城，所以殿门又叫期门。武帝有时能骑马驰骋一夜，直到天亮了，还兴致勃勃地跑进南山打猎，一直到天快黑了才回去。

一天，武帝一行又到南山打猎，把老百姓的庄稼都踩坏了，老百姓便去告官，县令派衙役去抓捕，截住了几匹马，马上的人出示证件才得以脱身。到了夜里，在柏谷的旅店投宿，店主看这伙人拿着兵刃大大咧咧、吵吵嚷嚷的，怀疑他们是盗贼，暗中召集了一帮汉子，准备抓住武帝一行。店里老板娘看这帮人不是一般的人，便把店主灌醉，并把他捆起来，又准备了食物招待武帝一行。

第二天天亮后，武帝回宫派人召见店主夫妇，店主这时酒已经醒了，得知底细，不由惊慌失措，连连磕头谢罪。武帝特别赏赐了老板娘千金，又提拔店主为羽林郎，店主夫妇见天上掉了馅饼，不由喜出望外。

经过这两次恐慌，武帝便托名为平阳侯曹寿，又多带了几名侍卫，以防不测，并且设置了更衣所十二处，以便休息。

太中大夫吾邱寿王逢迎武帝，请求拓建上林苑，规模宏大，还要征用百姓土地，武帝因为国库丰盈，都批准了。

东方朔这时便上书谏阻，不让武帝劳民伤财，武帝很少看到他义正词严的奏书，极口称善，升任他为太中大夫，但因为他平时滑稽惯了，也不肯尽信他，仍旧游猎，并拓建上林苑。上林苑建成后，又引出一篇《上林赋》来，作者就是史上有名的“笔杆子”司马相如。

《史记》自流传以后，一直有人为其作补，其中，最有名的是褚少孙的补传。《史记·滑稽列传》中的“东方朔传”即为褚少孙所补。

里面记载这样一件事：有一天，长安建章宫跑出来一个怪物，外形很像麋鹿。消息传到宫中，惊动了武帝，也想见识一下这个不速之客来自何方，缘何而来，同时传旨叫见多识广的东方朔也来看看这是什么动物。

东方朔看过之后，胸有成竹地说：“我知道它是什么东西，但是，您一定要赐我美酒佳肴，让我饱餐一顿后才说。”

武帝立即同意。东方朔酒足饭饱后，并没有马上回答，又得寸进尺地对武帝说：“有一块地方，有公田、鱼塘、蒲苇，加起来好几顷，请陛下把这块地方赏给我，我就回答您的问题。”

武帝无可奈何，只好答应他。

东方朔见便宜讨得够了，这才不紧不慢地说：“这个东西叫‘驺牙’。它满嘴的牙齿完全相同，排列得又像驺骑一样整齐，所以叫作‘驺牙’。如果远方有人前来归降大汉，它就会提前出现。”武帝十分高兴，但也将信将疑。

一年多后，匈奴浑邪王果然带领十万之众前来归降，汉武帝再次重赏东方朔。

本来，作为臣子，皇上有了旨意，应当立即奉旨，不得延误，否则就是抗旨。但东方朔恣肆妄为，无所顾忌，要吃要喝，要田要地，心满意足之后，方才侃侃而谈。

东方朔为什么如此胆大妄为？

总的来说是因为他聪明过人，具体来说，我认为有三点：

一是东方朔有见识。他真正懂得什么叫价值。皇帝也是人，所以他把皇帝当成一个有权利的人看。只有你能为皇帝办事，皇帝才能赏赐你；只有具有使用价值，你才能获取价值。

二是东方朔有急智。他完全有把握回答皇上的疑问；而且完全有能力在皇上发怒时，瞬间让其转怒为笑。

三是东方朔有谋略。能够恰到好处地把握皇上心理，不失时机地投其所好，为我所用。

隐士心态逍遥游

东方朔心安理得，用知识换财富，表现了他不屑儒家“谦谦君子”的独特个性。东方朔就是这样一个我行我素的人，他获得皇上赏赐的方式和别人大不相同。皇上赐饭，有的大臣即使晚年退休在家，也是弯着腰、低着头，细嚼慢咽，毕恭毕敬，诚惶诚恐。

东方朔没有那么多讲究，当着皇帝的面狼吞虎咽，不顾吃相。吃完之后，把剩下的肉塞到怀里带走，衣服都沾满了油污。

皇上赏赐的绢帛，东方朔如数照收，担揭而去，从不谦让。他把这些赏赐全都用来迎娶美女。他娶妻有三条要求：一是专娶京城长安的女人，二是专娶年轻的美女，三是一年后就换新的。

群臣看不惯他这一套，都说东方朔是“狂人”。武帝说：“假如东方朔没有这些毛病，你们谁能及他？”

但是好景不长，一次，东方朔喝醉了酒，竟然在殿上撒尿，这一次汉武帝真火了，下令把东方朔的官撤了，只留他待诏宦者署。

有人问东方朔：人们都认为你是个疯子，脑子有毛病，是这样吗？

东方朔说：我只是一个在朝廷中避世的人。古人到山中避世，我不同，我是在朝廷避世。

据记载，在一次酒宴上，东方朔即席作了一首歌：

陆沈于俗，避世金马门，宫殿中可以避世全身，何必深山之中，蒿庐之下。

意思是：沉醉于世俗的大海中，隐居在皇帝的宫殿里，只要心中有净土，我又何必去山中茅庐？

这首歌是东方朔“时坐席中，酒酣，据地歌曰”，所以，明清以后的古诗选本把这首歌称作《据地歌》。

他的话到了晋代王康琚《反招隐诗》，演绎成“小隐隐陵薮，大隐隐朝市”，白居易在《中隐》诗中，又提出“中隐”的概念。最后形成了“小隐隐于野，中隐隐于市，大隐隐于朝”的说法。

东方朔临终前，向武帝做最后的进谏：“请陛下远离小人，千万不能听信谗言！”这话从东方朔口中说出，让武帝感到非常奇怪。不久，东方朔死了。人们不明白一向玩世不恭的东方朔为什么在生命的最后关头会变得严肃起来，只是传说：“人之将死，其言也善。”

从进入仕途，到与汉武帝相处，东方朔始终另类，原因在于他从未把朝堂看得很神圣，他不是怀着敬畏之心在朝堂上供职，而是把朝堂当作隐居之地，用一种调侃的方式，和至高无上的皇帝相处。

既然朝堂是隐居之所，东方朔唯求无拘无束、快快乐乐地生活。可武帝不是“爱心大使”，凭什么一次一次容忍他的放纵？

答案只有一个：快乐！

东方朔不是董仲舒，“天人三策”解答了那么多沉重问题；东方朔也不是汲黯，你不戴好帽子他都会挑你个不是；东方朔无论干什么都让汉武帝觉得开心！他写封求职信，汉武看了直乐；他自比侏儒，只为加薪。这样一个人，武帝干吗不要？武帝不仅需要建功立业的董仲舒、汲黯、卫青，也需要能让他整天快乐的东方朔。

很多人不理解东方朔，说他的“隐于朝”也是言不由衷，因为他说的很多话、做的很多事都是在逗皇上开心。他才华横溢，千方百计入朝为官，怎么甘心做一个在其他大臣眼中衣食无忧的小丑角色？因此说他很虚伪，活得累。

其实这都不需要替他担心，因为东方朔对此是很知足的。

有一次宫里聚会，一些大臣有意刁难东方朔说：“苏秦、张仪凭口舌得到了卿相之位，而先生的才华和辩智海内无双，尽忠皇上十几年，不过当了个侍郎，位置不过是执戟，这是什么原因呢？”

东方朔很淡定地回答：“这可不是我能具备的，此一时，彼一时，岂可同日而语，他们身处乱世，所以发挥作用明显，地位才会高。现在皇上圣明，盛世太平，即使有圣人，也不能施展才华，何况天下有才的人不可胜数，苏秦、张仪要是和我生在同时代，连个掌故也当不上，更不要指望什么侍郎了。我觉得只要能修身，就很荣幸，姜太公七十二岁才遇到周文王，实现了他的抱负，现在七百年了还在流传，就是因为他日积月累，孜孜不倦地修学行道。你们怎么对我这么疑惑呢？”

由此可见，东方朔是个很看得开很知足的人，他的想法没有那么复杂，活得简单点，其实皇帝的赏赐对他来说不算什么，快乐才是人生最大的财富。

25. 自信的罚单

人们常说：自信是成功的第一要诀。意思就是要想成功，首先就要有自信。

如今书店里满是教人怎样自信的书籍，里面记录了诸多成功者，尽管他们的出身、境遇、职业和个性等各不相同，但有一点是共同的，就是自信主动。

自信是个好东西，没有自信的人固然可悲，但很多时候，一些成功人士却栽在自信上，就如红烧肉是个好东西，吃多了会肥胖，生猛海鲜是个好东西，吃多了也会中毒，导致各类疾病。本章讲述的几个人物都是因为自信过头而收到了“罚单”。

王恢献计

首先讲的这个充满自信的人物就是大行王恢。

武帝二年，匈奴派使者入汉申请和亲。武帝召集群臣商议，王恢认为应该和匈奴断绝关系，见机进兵。御史大夫韩安国则主张和亲，不用劳师。大臣们大多赞同韩安国的意见，于是武帝让番使回去，答应了匈奴和亲的要求。如果就按照这样的决定去做，那也就风平浪静，没有后面的故事了，但列车的行进是不按人的想法而改变的。

这时雁门郡马邑人聂壹入都见王恢，献计说乘匈奴和亲没有防备，诱他入塞，然后伏兵攻击，一定能大获全胜。

急功近利的王恢听了这个建议，十分兴奋，立即上奏。年轻气盛的武帝不觉动了心，于是又召集群臣讨论。韩安国与王恢在廷前争论起来。

王恢说："陛下即位几年，天下统一，唯独匈奴侵扰不断，肆无忌惮，如果不设法挫败他，怎么示威？"

韩安国反驳道："以前高皇帝被困平城，七天七夜没吃饭，直到突围回都，都没有仇怨，可见圣人以天下为心，不会挟私害公。自从与匈奴和亲，利及五世，所以臣认为应该主和。"

王恢又说："你这话真是模棱两可，从前高皇帝不去报怨，那是因为天下初定，不能屡次出兵，让人民劳苦。现在四海安定，只有匈奴成为边患，为什么不乘机出击呢！"

韩安国又申辩道："兵法说以逸待劳，所以不战而屈人之兵。现在你要劳师袭远，我怕路远兵疲，反而被敌人所擒。"

王恢摇手道："呵呵，韩御史啊，你只会读兵书，而不懂兵略。如果我军轻进，确实很令人担忧，但现在我们是先设下埋伏，再诱敌深入。我想挫败匈奴在此一举，确保有利无害！"

武帝听了多时，听王恢说得振振有词，也觉得他的计策可用，便决定支持他。任命韩安国为护军将军，王恢为将屯将军，太仆公孙贺为轻车将军，卫尉李广为骁骑将军，太中大夫为材官将军，率领三十多万兵马悄悄出发。

其实王恢的计策不失为一条妙计，可是他接下来却因为过于自信而接二连三地犯了几个致命的失误。

失误一：泄露军机

王恢先令聂壹出塞去见军臣单于，说是愿把马邑城献给他。单于将信将疑地问："你一个商人凭什么献城？"

聂壹答道："我有同行数百人，如果混入马邑城，杀了令丞，包管取下全城，希望单于发兵接应，一定不会有什么问题。"

单于听了很高兴，立即派人随聂壹去马邑，等聂壹杀了守令再进兵。

聂壹回到马邑，先与邑令密谋，提出几名死囚砍了脑袋，悬挂在城上，说是令丞的首级，匈奴使者信以为真，忙去回报单于。单于便领兵十万前来接应，一切都按计划进行得非常顺利。

浩浩荡荡的匈奴人马经过武州，已经进入了汉军布下的口袋，这时他们却发现了异常。与其说是他们发现了异常，不如说是汉军犯了一个致命的失误：这里距离马邑还有一百多里路，但见沿途都是牲畜，却没有一个放牧人。

原来朝廷为了减少损失，早就把伏击的消息透露出去，组织马邑的百姓和财物进行了转移。

王恢把匈奴看得太笨了。这个微妙的情况，立即让单于起了疑心。他看到不远处有一个亭堡，便派人把亭堡围住了，进去搜查。

亭内有一个亭尉和百十名守兵。这次他们已经接到军令，留在亭里，假装镇静，不让敌人起疑，没想到却被匈奴抓住盘问。亭尉经不住恐吓，把汉朝的密谋都招了出来。

单于又惊又喜，拍手称庆道："我得到亭尉，真是老天保佑啊！"于是把投降的亭尉封为天王。随后慌忙指挥部队撤退，十万大军向塞外奔驰而去。

王恢在要成功的时候失败了，不能简单归结为他运气不好，战场情况历来瞬息万变，一丝风吹草动都可导致战局扭转，所以对指挥员运筹帷幄的能力有着极高的要求。

失误二：遗失战机

这时王恢也已率兵抄出代郡，准备袭击匈奴背后，夺取辎重。突然听说匈奴撤退，万分惊讶。

他想到自己带的兵不过二三万人，怎么敌得过匈奴大队？不如放匈奴出塞，还能保全自己性命，于是停兵不出，继而又领兵返回。

这是王恢犯的第二个错误。他现在应该趁机弥补一下前一个失误，率兵追击，即使损失兵马，至少回朝有个交代。这有三个原因：

其一，匈奴慌忙撤退，军心涣散；汉军有备而来，蓄势待发，这时扑上去杀个措手不及，胜算很大。箭在弦上而不发，王恢真是太过窝囊，香都烧了，你还怕磕个头吗？更何况史上有许多以少胜多的战例。

其二，韩安国等此时已驻扎在马邑境内，即使王恢寡不敌众，只要设法拖住匈奴，等援兵一到，仍有胜算。韩安国率军在马邑境内等了好几天不见动静，急忙改变计划，率军到塞下出击，可是匈奴兵早就跑到塞外去，连个影子都不见了，韩安国只好空手而回。

其三，即使不想打，也要做出"追"这个动作，给武帝一个台阶下。王恢不了解武帝，武帝是个极要面子的人，退一万步讲，王恢可以不和匈奴主力作战，只要他领兵追击，还能让武帝有词可援。而他以逸待劳，不敢主动出击，留给别人的印象就是汉军没胆、懦弱，令天下人耻笑，让武帝颜面扫地。

先前在朝堂上信心百倍、雄心勃勃的王恢，现在却变得患得患失、优柔寡断，这只能让他失去更多，难道面对武帝不比面对匈奴更可怕吗？谁更能决定他的生死呢？在这里，曾和他激烈争论的反战派韩安国倒是表现得可圈可点，他的政治敏锐性和军事敏锐性远胜于王恢。

王恢回朝见了武帝，武帝很是恼怒，说他劳师纵敌，难辞其咎。

王恢用他精心想好的理由辩解道："臣原想前后夹攻，计擒单于，没想到走漏了风声，单于逃走了，臣只有三万人，不能阻拦单于，知道罪责难逃，但为皇上保存了三万兵马，希望陛下能开恩饶恕臣，臣愿将功赎罪。"

尽管王恢的这套说辞貌似很有道理，但并不能打动武帝。为了这一战，武帝很是期盼，大力支持王恢，要钱给钱，要人给人，耗费了大量人力、物力、财力，换来的结果却是不战而回，经济损失是巨大的。所以王恢这样算账在头脑清醒的武帝眼里只是一种狡辩，更为可恨，你要是不建议出兵，那不费一兵一卒，岂不是更好吗？

回过头来想想，王恢这么说还有潜在的意思，尤其是他那句“为皇上保存了三万兵马”体现得更明显，他的意思是他在为皇上办事，提醒武帝他只是出了计策而已，真正的决定权在皇帝手里，是你让我去伏击匈奴的，所以，这次无功而返也有你的责任。但王恢这话还是没起作用，哪有皇帝自己会承认自己错误的？更何况这给极要面子的武帝蒙羞，让他无法面对天下百姓，即使是自己决策失误，他也要找个“替罪羊”。

武帝不能接受这个事实，因此不为所动，让王恢入狱，按律法定罪。

廷尉核查律法，确定王恢当斩，奏明武帝，武帝便批准了。

到这时，王恢才慌乱起来，但很快他又恢复了自信，他认为自己罪不足死，只要设法，至少可以免去一死。

失误三：错求生机

他在生死关头想到了一个人，而且对自己求助的对象很有把握，于是当即取出千金献给了当朝红人、武帝的舅舅——丞相田蚡，请他设法解救。

田蚡也是个很自信的人。当时窦太后已经去世，丞相许昌也被免职，武安侯田蚡接替了相位，他姐姐又是王氏又是皇太后，权倾一时，认为解救王恢也不是什么难事，于是毫不推辞地收下千金，进宫对太后说：“王恢谋划攻打匈奴，在马邑设埋伏，本来是一条妙计，结果被匈奴知道了，计划破产，虽然无功，但罪不至死，如果杀了他，反而是为匈奴报仇，岂不是一误再误吗？”

王太后点头无语，但听弟弟说得有理，也愿意帮他这个忙。王太后也很自信，武帝是她的儿子，老妈说话，儿子还能不听吗？更何况，根据弟弟的说法，救王恢也有据可循，有理可依，应该不是什么难事。于是等武帝来探望她时，便将田蚡的话告诉武帝。

没想到武帝听了眉头一皱，马上回说：“马邑一役，王恢是主谋，出师三十万人，我本指望他能获大功。即使单于退兵，没有中计，但他已抄到敌后，为何不截击斩获敌人，借此安慰兵心？结果他贪生怕死，逗留不出，如果不按律加诛，如何向天下谢罪呢？”

王太后便不再多说，她与王恢无亲无故，只是看在弟弟面上传个话。武帝走后，她又让人去告知田蚡，田蚡只好回绝王恢。王恢无计可施，至此绝望，干脆在狱中自杀，免得身首分离。

王恢身死，大臣们都以为武帝秉公执法，不徇私情，连母舅说情都没用，其实武帝也有自己的私心。

什么私心呢？那就是他心里对太后母舅两人有意见，要是别人说情，王恢还有可能幸免，但太后母舅说情，偏不肯听。从这个意义上说，王恢本来还有活命的可能，但他运气再一次不好，所求非人，结果做了武帝和母舅制气的牺牲品。

那什么事使得武帝对太后母舅两人有意见，而且只能放在心里，皮里春秋，连一家人都不好明说？

这得分两下说。

一是武帝和王太后产生的隔阂，谜底是为了一个人——韩嫣。

韩嫣是弓高侯韩颓当的庶孙，从小聪明，生得眉清目秀，胜似美女，因此取名韩嫣，表字王孙。武帝为胶东王时，和韩嫣是同学，日久生情，互生爱意。后来韩嫣一直跟随武帝，形影不离，有时和武帝同寝。

武帝经常给他丰厚的赏赐，韩嫣少年心性，轻浮爱玩，甚至用黄金作弹丸射鸟雀，长安的儿童见韩嫣去打猎，都会跟在后面，韩嫣射一个弹丸，一班孩子便蜂拥去寻找捡拾，一颗弹丸值数十串钱。武帝听说了也不怪他。

那韩嫣怎么会和王太后有牵扯呢？这事还得从有一次江都王刘非入朝说起。

那时武帝约弟弟刘非去上林苑打猎，先让韩嫣去侦察地形，韩嫣奉命出宫，在后面跟着百十骑随从。刘非正在宫外候旨，远远看见一大队车骑气派十足地过来了，还以为是武帝驾临，忙挥退随从，俯伏在道旁。结果车驾并没有停下，而是径向前驰去了。

刘非知道情况不对，一打听才知道是韩嫣的车，感到自己受了戏辱，心里十分不平衡，恶气难咽，本来想向武帝告状，转而想到武帝宠他，说了也白说。于是暂时忍着，等打完猎，便到王太后那里哭诉了一通，说自己还不如一个韩嫣，所以愿意辞掉王位，回朝当一个宿卫算了。

王太后听了也为刘非气不平，于是决定治韩嫣的罪，派人调查后，又查到了韩嫣与宫人相奸的事，两罪一起发落，当即命令赐死。

武帝替韩嫣求情，结果被王太后一顿训斥，最终无法挽回。韩嫣服毒毙命。

韩嫣的弟弟韩说曾被韩嫣引荐为侍卫，武帝提升他为将军。

武帝痛失韩嫣，自然对太后不满。

另一边，武帝越发看不惯舅舅田蚡，是因为田蚡贪得无厌。

田蚡向来善于逢迎，颇得武帝信赖，又有太后做后台，因此作威作福，建豪宅，置良田，广纳妻妾，收藏珍宝，收受贿赂，享尽了荣华富贵。每次入朝见武帝，都向武帝推荐用人，而且都是两千石的大官，即便如此仍不知道满足。

一天田蚡又列了十几个人的名单要求武帝任用，武帝大略扫了一眼，沉着脸说："舅舅举用了很多官员，难道还不满意吗？以后也要让我定几个人！"田蚡只好悻悻地走了。

没多久，田蚡要扩建豪宅，想把少府的一块地圈进来。于是入朝向武帝请求，武帝不高兴地说："你怎么不把武库要过去？"一句话搞得田蚡面红耳赤，道歉了一番才退下。

等到王恢一案出来，越是太后母舅说情，武帝越是要将王恢处死。从这里已可看出武帝在羽翼未丰时，骨子里却天生有一种桀骜不驯。而王恢的不幸，归根结底是他自己一手造成的。

主父偃行权

接下来讲的自信爆棚的主父偃，在前面一节讲董仲舒时就出场了。

齐国临淄的主父偃也算是个文化人，曾经"学长短纵横之术，晚乃学易、春秋、百家言"，然而他有文化没人缘，他的同学都排挤他，"齐诸儒生相与排摈”。在齐国待不下去了，他只好到北方的几个国家游说诸侯，没有得到一个知遇，“乃北游燕赵、中山，皆莫能厚遇”，但他不相信自己会平庸一辈子，便到京师去求发展。

在京师他去求见卫青，没想到谦和低调的卫青对他印象很好，几次在武帝面前推荐主父偃。卫青连打胜仗，越来越得到武帝宠信，只要提出建议，都马上批准，只有他推荐主父偃一直不见任用。

在京师待了很久，“诸公宾客多厌之”，他口袋空空，借款无门。三番五次不受待见，说明他的人缘相当不好。主父偃的人际关系为何这么差呢？

史书上没有明确记载，但我们通过上一章的故事就可以看出他的为人：他偷了大笔杆子董仲舒的手稿，结果武帝并不看好那篇稿子。把那篇文章昭示给儒生们看，董仲舒的一个学生不知文章是老师写的，便驳斥了那篇稿子。这时主父偃见风头不对，忙说出稿子的作者，并且劾奏稿子里很多地方讥讽朝廷，结果导致董仲舒被捕，差点丢了性命。

从这件事可见主父偃做的行为是很不光彩的：首先进行学术剽窃，行为可耻；其次他很想显示自己，哗众取宠，喜欢往自己脸上贴金；第三他见风使舵，背后捅别人刀子，完全是小人行径。

可见他的性格是自私、贪婪的，这样的人怎么能受待见呢？他虽然饱受打击，但他的自信却一点也没有被消磨，反而愈挫愈自信，这便是他的过人之处。

靠“爬格子”发迹

在京师，他生活困顿，但一直坚持写作投稿，他的文章思想独特，见解鲜明，文辞犀利。有一天他洋洋洒洒写了一篇数千字的书呈上去，结果：《史记》和《汉书》用了相同的六个字概括“朝奏，暮召入见”。看来他的上书引起了武帝高度重视。

那他写了些什么引起武帝的极大兴趣呢？

史书记载，他“所言九事，其八事为律令，一事谏伐匈奴”。上书的内容都是当时的热点问题。一共九件事，史书上只记载了一件，这就是谏伐匈奴的建议，这篇文章从历史到现实，条分缕析，极力论证攻伐匈奴是有弊无利的举措，这种观点和武帝的意思正相反，但主父偃却把反对理由讲得很充分,其中一些观点也深深打动了武帝。武帝是个爱才之人，不一定赞同他的意见，但却被他的才华和雄辩所折服，所以不但没有怪罪他，还把他视为相见恨晚的能臣，于是拜他为郎中。

主父偃当官的经验被很多人照搬照学，故丞相史严安和主父偃是老乡,见主父偃被武帝看中,也像他那样上书,写的也是“举秦为戒”的事情。还有无终人徐乐，也写了一篇国家兴亡的书。两人都被武帝召见，当面表扬，并授官为郎中。

主父偃一旦被武帝看中，立即抓住大好机遇，积极表现，再接再厉，一连上了好几次书，屡次被武帝采用。他也屡次得到超迁，一会儿升为谒者，一会儿又任郎中，不久又任中大夫，一年之内连升四级，可谓是平步青云，成为汉武帝身边的重要谋臣。

放开手脚展抱负

俗话说“一朝权在手，便把令来行”。主父偃尝到了甜头，大有一种“多年媳妇熬成婆”的感觉，他越发兴高采烈，遇事敢说话，不怕得罪人。主父偃的谏策中，对大汉政府最有历史意义的有三项：

一是建议颁行“推恩令”，成功削藩。开国之初，刘邦为了西汉政权的巩固，大封宗族子弟为王，结果产生了数量巨大的同姓诸侯王，埋下了后来中央集权与诸侯王之间矛盾的祸根。为了解决中央与诸侯王之间的矛盾，后来的许多大臣积极想方设法，出谋划策。

文帝时,贾谊上疏“莫如众建诸侯而少其力”,实行“定地制”。景帝时,晁错积极主张大规模削藩。可惜的是,诸侯未削,晁错却被景帝冤杀。“七国之乱”平定后，诸侯王的权力虽有所削弱，但问题并没有根本解决。

主父偃上任不久，刚好发生了一件事：梁王刘襄（刘买之子）与城阳王刘延（刘章之子）先后上书，愿将自己的属地封给弟弟。

主父偃乘机献议，说是用“让诸侯推恩，分封子弟”的法子，一来能削弱诸侯，二来能避免发生晁错那样的事，武帝同意他的建议，这就是史上有名的“推恩令”。

武帝先将梁王和城阳王二人的奏折批准，再允许诸侯分封国土，封子弟为列侯，这样诸侯王封国中又凭空增加不少小的侯国。这表面上是皇帝的推恩，实际上进一步分割了诸侯的土地，削弱了诸侯的力量。至此，诸侯王再也无力向中央叫板，主父偃用和平的手段解决了长期困扰汉朝皇帝的问题，巩固了大汉中央集权。

二是建议在河套地区修筑城堡，防御匈奴。主父偃之前反对征伐匈奴，但当汉军屡屡战胜匈奴，他转而支持战争，并最早提出在新夺取的河套地区设置朔方郡。他向武帝献策，说是黄河以南土地肥沃，有大河为阻挡，秦朝时蒙恬曾就地筑城，控制匈奴，现在可以修复以前的城墙壁垒，特设郡县，对内省得运输，对外可以拓边，是灭胡的根本。

武帝让群臣讨论他的上书，大多数人不赞同，公孙弘极力驳斥说：“秦朝时曾派三十万人在黄河以南筑城，最终没成功，现在怎么能重蹈覆辙呢？”

武帝不以为然，还是批准了主父偃的建议，专门派苏建调集丁夫筑城，设置了朔方、五原两个郡，迁徙十万人口居住。这次筑城，费用巨大，把文景两朝的积蓄都花费完了。

事实证明，这一举措在对匈奴战争中具有重要的战略意义：抽掉了匈奴进犯中原的跳板。

三是建议迁徙富豪，巩固京都。主父偃又建议将各地富人都迁居到茂陵（今陕西兴平东北），说是巩固京都，铲除豪猾。茂陵在长安东北，是武帝身后的吉地，有很多新建的园邑，地广人稀。武帝也听从了他，命令全国调查富豪，有钱有势的人都要迁移，不得有违。

当时河内轵（今河北卢龙县卢龙镇一带）人郭解，世人都称他为大侠。他是鸣雌侯许负的外甥，瘦小精干，生性豪爽，遇到乡里不平的事，便出来调停，很讲义气，甚至连自己的身家性命都可以不顾。因此在关东一带很有名气。

这次郭解也在迁徙的行列，他不想迁走，专门托人请卫青去替他说情，说郭解是贫民。武帝不同意。等卫青一走，武帝就笑着对左右说：“郭解能让将军替他说话，还能算是贫民吗？”

郭解只好收拾行李出发，临行前亲友都来送别，送的钱多达千万多缗。郭解到了关中，关中人民也出来欢迎他，很多人都愿与他结交。

当时有个轵人杨季主的儿子，是县里一个官员，他带郭解到京都，见郭解很有钱，便十分眼馋，几次向他索要钱财，郭解都很慷慨地给了他。但郭解哥哥的儿子却代他不平，竟把杨官员刺杀了，还割了人头。杨季主知道后，便派人到京城告状，结果告状的人又被杀了，也割了人头。

京城里出了两起无头命案，轰动一时。官员检查尸体，查到告状的人身上还有诉状，其中指明郭解是凶手，于是捉拿郭解，大肆搜索茂陵，郭解听到风声就潜逃了，向东出了临晋关。

守关官员籍少翁从未见过郭解，但仰慕他的大名很久了，在盘问郭解时，郭解直接承认了。籍少翁被他所感动，竟将他私放出关，后来朝廷查案的人来查籍少翁，籍少翁怕受连坐，便自杀了。

郭解躲到了太原，第二年遇赦，他回家看望家属，地方官便把他抓住了调查旧事。郭解虽然犯案累累，但都在大赦之前，不能追究。全乡的士绅都说他的好话，只有一个儒生斥责了郭解种种不法行为。郭解知道了，等在他回家的路上，把他杀了，还割了舌头。

这次郭解又被抓住提审，这事朝廷知道了，武帝让大臣们发表意见，公孙弘主张治郭解的罪，说他私结党羽，滥杀无辜，应该族诛。武帝便同意他的意见，命将郭解全家处斩。有人设法救出了郭解的一两个子孙，才使他不至于绝后。

得意时节种祸根

主父偃凭借自己的机谋才智，解除了困扰武帝多时的麻烦事，加上尊立卫子夫为皇后，武帝对他更加倚重，让他信心和干劲倍增，不久他便揭露燕王刘定国谋反。

燕王刘泽的孙子刘定国袭了祖封，他很淫乱，父亲死了没多久，便和庶母通奸，私生了一个男孩；又强行把弟媳占为己有，后来又逼自己的三个女儿轮流侍寝，与他交欢。

肥如（今河北卢龙县）县令涅人上书劝他，反而触怒了他，要将涅人治罪，涅人便准备入都告发，刘定国却先下手为强，把他杀了灭口。

刘定国的妹妹是田蚡夫人，田蚡得宠，刘定国也横行不法。到了元狩二年，田蚡已经死了，涅人的弟弟便入都请主父偃帮助诉冤。主父偃曾到燕国去，没被任用，自然怀恨燕王，于是说刘定国行为如同禽兽，不能不杀，武帝便下诏赐死，刘定国自杀，燕国改为郡。

朝臣们见主父偃一句话就杀了一个王，灭了一个国，也怕自己被他抓住把柄，所以都来奉承他，给他送礼，“大臣皆畏其口，赂遗累千金”。主父偃毫不客气地全部收受了，有一个友人劝他不要这么贪婪骄横。

主父偃回答说：“我自从束发游学，已经四十多年了，从前受了多少苦，甚至父母抛弃我，兄弟嫉恨我，宾朋疏远我，大丈夫生不能吃五鼎食，死了是要遭五鼎烹的。我苦日子过够了，现在也该享受享受了。”

接着，主父偃又揭发了与他有矛盾的齐王次昌的隐情。

齐王次昌是故孝王将闾的孙子，元光五年继立为王，是一个英俊少年，但却十分好色。母亲纪氏替他择偶，把弟弟的女儿许配给他，他见纪女相貌一般，自然不喜欢，名为夫妇，实际上却形同仇敌。

为此，纪女就向姑母哭诉，姑母就是齐王的母亲，国内都称她为“纪太后”。纪太后便替她想办法，一面让女儿纪翁主住到宫中，去劝诫次昌，并调节夫妻关系；一面严加监束，不准后宫姬妾媚事次昌。

纪翁主是次昌的姐姐，已经嫁人，她的容貌性格都和次昌相似。次昌被管束着不能私自接近姬妾，索性和姐姐调情，一来二去竟然勾搭成奸，只有纪太后被蒙在鼓里。

没多久，长乐宫的太监徐甲来到齐国，为齐王说媒，女方就是王太后的孙女金蛾，她的母亲叫修成君，是王太后和前夫生的女儿，后来被武帝接到宫中，王太后想给孙女配一个国王，让她安享富贵。徐甲是齐人，但他离开齐国已经很久了，不但没听说齐王和姐姐的奸情，而且连齐王纳后都不知道。因此对王太后说，愿为修成君女儿做媒人，去齐国说亲，王太后欣然答应，令徐甲当天就出发。

主父偃也有一个女儿，想嫁给齐王，听说徐甲奉命赴齐，便请他乘便说合，就是能做齐王的妾也愿意。

徐甲到了齐都，见了次昌，告知来意，次昌很愿意。纪太后知道了这件事，却勃然大怒，道："齐王已娶王后，后宫也已备齐，徐甲难道不知道吗？徐甲不知尽自己的职务，反而来我家添乱，真是多事，主父偃又怀何意，也想把女儿充入后宫？"

说到这里，又吩咐手下道："快与我回复徐甲，让他速回长安，不得在此多言！"

手下奉命，便去告知徐甲，徐甲乘兴而来，却碰了这么一个钉子，自然不甘心就走，于是打听齐王的事，才知道齐王与姐姐的奸情，这下回去有话可说了，便返回长安。

他回复王太后道："齐王愿配修成君的女儿，但臣没敢与他们订婚，因为有一件事阻碍着。"

王太后便问什么事，徐甲压低嗓门说："与燕王相似。"

徐甲其实想挑动太后发怒，加罪齐王，太后却不愿生事，淡淡地说："既然如此，可不必再提了。"

徐甲悻悻地退出，又去转报主父偃。

主父偃最喜欢捕风捉影，无事生非，何况自己女儿竟然被回绝，一点不讲情面，必须回敬他一个"下马威"。计议已定，于是入朝上奏道："齐都临淄有十万人，比长安还要富庶，这里只有陛下亲弟爱子才能当王，现今齐王本是远亲，最近又与姊有奸情，应该治罪，明正典刑。"

武帝便让主父偃去当齐相，叮嘱他好好匡正齐王，不要操之过急。

主父偃却阳奉阴违，一到齐国，就要追究齐王的事。

一帮兄弟朋友，听说主父偃荣归故乡，都来迎接拜见他，主父偃想起自己以前贫贱时，受人奚落侮辱，此时正好出气，于是一并把他们召进来，取出五百金，每人分了一份，板下脸对众人说："诸位原来都是我的兄弟朋友，还记得我以前的情形吗？我今天当了齐相，不劳诸位费心，你们可以拿钱走人，以后不要再到门上来了！"众人听了，又悔又愧，只好取金散去。

主父偃乐得清静，于是召集王宫里的侍臣，讯问齐王奸情，侍臣不敢隐瞒，如实交代。主父偃便将侍臣抓起来，扬言要上奏武帝，想让齐王向他求饶，乘机抓住齐国大权。

齐王年轻胆小，遭主父偃这么一吓，竟然自杀了。

主父偃弄巧成拙，惹下祸事，后悔不已。一向自信的他，从没想过齐王会自杀，无奈之下只得如实上报。

武帝得知主父偃没有遵从命令，逼死齐王，十分愤恨。

这时赵王彭祖又上书劾奏主父偃，说他私受贿赂，计划封诸侯子弟。这更是火上浇油，惹得武帝恨上加恨，立即命褫去主父偃官职，下狱论罪。

赵王彭祖原本与主父偃无冤无仇，只是主父偃曾去赵国谋出路，没有被任用。赵王怕他将来也像对待燕王那样对待他，于是乘机告发他。

另外还有御史大夫公孙弘，这时也落井下石。武帝抓了主父偃，并不想治他死罪，公孙弘仿佛上辈子和主父偃有仇，上前力争说齐王无后就自杀了，国除为郡，主父偃是祸首，不杀他，无以谢天下。

武帝便下诏斩主父偃，并诛其全家。

主父偃得势的时候，门客不下千人，此时都怕遭到连累，无人敢过问他，只有汶县人孔车替他收尸。武帝听说后，也称孔车为忠厚长者。面对这种人情冷暖，司马迁在《史记》中感慨道："主父偃当路，诸公皆誉之；及名败身诛，士争言其恶。悲夫！"

主父偃死得太早了，他刚达到人生的顶峰，自己也绝对想不到灭顶之灾那么快就到来了。但他的死却是早晚的事，这也是由他的性格造成的，原因有三：

一是他为官贪婪，为人狠毒，有仇必报，缺乏儒家必要的人格修养，导致了与周围臣僚关系不和。

二是他涉足了颇为敏感的宗室贵族的内部矛盾，就好比走进了地雷阵，再聪明的人，也总有一天会踩到地雷。

第三就是他太自信了，已经到了嚣张和狂傲的程度，不知自己几斤几两，只知老子天下第一。人没有自信，一定干不成事，但过于自信，一定会坏事，甚至连自己的小命都不保。从强大到脆弱，只是一念之差。所以人一定要正确认识自我，既不可自卑，又不能自傲，更不能盲目自信。

26. 名利场上正能量

名利场是个什么场？窃以为，名利场是一个拥有超级引力的强大磁场，人人都被它吸引。从这个范畴来说，官场、职场、商场、赌场、情场、战场都属于名利场，人类社会其实就是一个由无数场组成的大名利场。

人活在世上，每天都离不开衣食住行，这些需求就是“利”；同时，也都渴望被人认可、受人尊敬、有地位，这些精神需求就是“名”。因此，想做名利的“绝缘体”，谈何容易？

现在看到许多劳模、典型站在摆满鲜花的台上做报告，在介绍自己先进事迹的时候，总会说自己“淡泊名利”。难怪现在有人调侃：雷锋做好事不留名，但总是记在日记本上。

有个故事讲，有个人在一家公司任主管，上级让他参加一个任职培训。很明显这是一个晋升的机会，由于某种原因，他放弃了这次难得的机会，这个机会就给了他的同事。几个月后同事培训归来，理所当然受到上级赏识，很快就升了职。在一次宴会上，有人为这人错过这次晋升机会而惋惜，这人却笑着说：“这是因为我淡泊名利。”不料这话恰好被同事听见，同事很不客气地说：“你这样说只是因为你没有得到这次机会罢了。没有得到过名利的人，不配说‘淡泊名利’四个字！”

很震撼的言语，因为没有，所以不配！人的欲望是无止境的，我们不要老是拿“淡泊名利”四个字来做说辞，因为你没有得到过，就没有资格去评论。世人都爱用“视名利淡如水”来标榜自己，但谁也没有走出名利场，直至终其一生。可以说，驾驶历史列车的都是追逐名利的人，列车上的乘客“熙熙攘攘，皆为利也”。

本章我首先讲上一章曾出现过的递刀子给武帝杀主父偃的公孙弘，拿他来讲“名利”再合适不过，因为他都七八十岁了，面对名利还很不淡定。

老牌资深官迷

公孙弘字季，生于公元前200年，菑川薛县（在今山东寿光南）人，年轻时当过薛县狱吏，因犯罪被罢免，当时家中贫困，为了生活他不得不以放猪为生。四十多岁时，他开始学习《春秋》杂说，六十岁时以贤良（汉代选拔官吏的科目之一，即贤良文学，简称贤良或文学）被征为博士。与他一起被征选为博士的还有董仲舒。后来他奉命出使匈奴，回来向武帝报告时，不合武帝之意，触怒了武帝，认为他没什么才能，他只好托病辞职了。

到了元光五年，朝廷征集优秀的文学人才，菑川国又推荐了公孙弘，那时他已近八十岁，精神还算健硕，但他上次受了挫折，这次不愿入都，说：“我这么大把年纪了，总不能没皮没脸吧。”国人却一致怂恿他去。名利于他诱惑力实在是太大，就像老猫闻着鱼腥味一般，他打心底里对上一次的失败是不甘心的。

他勉强来到长安，到太常府中对策面试，由太常先评甲乙等级。太常听他说话很迂腐，便给他评了个“乙”，又将答卷呈上去，结果武帝看了却大加赞赏，把他排到第一，随即召入面试，公孙弘这次学了聪明，回答问题都先揣摩武帝的意思，说得很合武帝心意，于是又拜为博士，让他待诏金马门。

齐人辕固当时也九十多岁了，比公孙弘相貌还要高古。公孙弘有点忌妒他。辕固以前就认识公孙弘，于是便规劝他说："公孙子，你要以学术而立言，不要扭曲学术而讨好上面。"

公孙弘假装没听到，掉头走了。辕固到老也不改自己的性格，之前得罪窦太后，这次又被公孙弘等人排斥，于是便辞职了。

公孙弘重入朝堂，他在两个方面下功夫，一是改变自己迎合圣上；二是结交权贵。他见张汤得势，便几次去拜访张汤；又见主爵都尉汲黯被武帝看重，也专门与他结交。

唐蒙和司马相如去招抚西南夷，汲黯又一个人站出来说这是徒劳无益的事。后来两人去了几年，兵士多半死在异乡，西南夷照旧叛服无常。

那时公孙弘入都待诏，受命去西南视察，回来时和汲黯的看法相同，但武帝不信公孙弘的话，再召集群臣讨论。汲黯当时也在场，他之前和公孙弘交流统一了意见，约好了把意见坚持到底，公孙弘满口答应。

谁知道武帝组织大家讨论时，公孙弘为了逢迎武帝，竟然不按约定，只说由皇上裁决。

汲黯当时一听就火了，愤怒地对公孙弘说："齐人都不守信用，刚才你和我说不宜通夷，忽然又变卦，岂不是不忠！"

武帝听了，便问公孙弘有没有食言，老奸巨猾的公孙弘答道："知臣者以臣为忠，不知臣者以臣为不忠！"(《史记·平津侯主父列传》)，武帝点点头，退朝了。第二天便升任公孙弘为左内史，不久又超升他为御史大夫。

汲黯早知他是个伪君子，又听说他为了伪饰自己俭约，一直盖布被子，于是对武帝说："公孙弘位列三公（丞相、太尉、御史大夫称为三公），俸禄甚多，却盖布被子假装俭约，这不是狡诈欺人吗？"

武帝召入公孙弘问他这事，公孙弘直接说："是有这事，现在九卿中，与臣关系最好的就是汲黯，他责怪我，正指出臣的毛病。臣听说管仲相齐，拥有三归，非常奢侈，齐国靠他成就霸主；到了晏婴辅佐景公，一顿不吃两个肉菜，妻妾不许穿丝绸衣物，像平民一般简朴，齐国也治理得很好。现在臣为御史大夫，却盖布被子，和小吏一样，怪不得汲黯批评我，责怪我沽名钓誉。而且陛下如果不遇到汲黯，也未必听到这话。”

武帝听公孙弘满嘴认错，越发觉得他善于谦让，真是一个贤士。汲黯也不好再劾他，只好作罢。

后来淮南王和衡山王谋反，那时公孙弘刚好病了，他觉得到自己身居相位，不能辅佐君主治理好国家，现在有人造反，自己难脱责任，还不如赶紧借坡下驴，辞职不干算了，于是上书皇帝请辞。

武帝回书说："君不幸罹霜露之病，何恙不已，上书归侯，乞骸骨，是章朕之不德也。”意思是说你得了头疼脑热的小病，就像寒霜朝露一样，很快就会好的，现在多少事等着你干呢，想撂挑子不干？那不是显得我不行吗？没那么便宜的事！又赐给他牛酒布帛作为慰问。见武帝回书这么说，他也不敢再提辞职的事，几个月后，病好了一些，他便又回到岗位上。

公孙弘的至交是廷尉张汤，两人都很善于使诈，脾气相投，经常互相吹捧，公孙弘说张汤有才，张汤则称公孙弘学问高。

公孙弘与主父偃素来无冤无仇，主父偃出事，武帝原本并不想杀他，但公孙弘为何向武帝力争置他于死地呢？《史记》给出了答案："弘为人意忌，外宽内深。诸尝与弘有郤者，虽详与善，阴报其祸。”意思是公孙弘好忌妒，外表和善，内心却很刻毒，和他有矛盾的人，表面上与别人交好，私下却打击报复。主父偃死了，最得意的要属公孙弘，他得到了武帝的专宠，武帝对他言听计从。

公孙弘与董仲舒都学《春秋》，但他学问不如董仲舒。董仲舒失职待在家中，武帝还念及，时常提起他，公孙弘便妒忌起董仲舒，又听说董仲舒常说自己阿谀皇上，因此更加怀恨，便暗中排挤他。

武帝不知道这些情况，总以为公孙弘是个好人，始终信任他，到了元狩五年，竟将丞相薛泽免官，让公孙弘继任，并封他为平津侯。汉朝惯例用列侯为丞相，公孙弘之前没有封侯，所以特别加封。

公孙弘封侯拜相，名噪一时，他专门开设“会所”招纳贤士，辅佐他出谋划策，议论朝政。会所名目繁多：钦贤馆、翘材馆、接士馆等等。他每天接见客人，非常恭谦。

有个老友高贺拜访他，公孙弘热情接待了他，并留他在府上食宿，只是每餐只有一个肉，饭也很粗粝，睡觉当然是布被子，高贺还以为他有意怠慢他，等问了几个侍者才知道公孙弘自己也是这样。勉强住了几天，又探听到一些内情，便立即告辞走了。

有人问高贺为什么要回去，高贺愤然说："公孙弘在家里穿着貂裘，吃着大餐，在外面穿着麻布，吃一个菜，如此虚伪，怎么让人信服？而且粗饭布被我家也有，何必在这里求人呢？"高贺说破了隐情，都城的士大夫才知道公孙弘狡诈，是个极其虚伪之徒。

公孙弘竟然推荐对他不满的汲黯担任右内史，汲黯自然知道他的阴险用意，因为右内史部中，多是官二代、富二代，很难管理，搞不好就会得罪人。汲黯就任后小心谨慎，倒也没毛病可挑，因此相安无事。

公孙弘后来又把闲居在家几年的董仲舒推荐为胶西国相。董仲舒也不推辞，直接上任，胶西王刘端是武帝的异母兄弟，非常阴险狠毒。他天生有一种缺陷，一碰女人就几个月不能起床，所以后宫虽多，却形同虚设，于是找了一个少年暗中代劳，与后宫嫔妃轮流同寝。没想到这事被泄露了出去，少年便被刘端肢解，连他母子一并给杀了。另外刘端对待部署也很残酷，前几任胶西相都被他害死了。公孙弘推荐董仲舒，自然是想加害于他。

董仲舒到了胶西，刘端因为久仰他的大名特别优待他，这令董仲舒名声更好了。董仲舒也见机行事，履职一年多后，便向朝廷申请辞职，仍然回家著书立说去了。

元狩二年（公元前121年），公孙弘生了一场重病，死在丞相任上。他的儿子嗣爵位平津侯，调任山阳太守十几年，后来因为犯法而失去侯封。

寻访炒作鼻祖

"炒作"是当下流行的一种现象，是取得名利的"高科技工具"。我给它的定义就是把一个普通甚至拙劣的事物用一些特殊的手段吹得神乎其神，以造成吸引眼球的假象，吊足大众胃口，制造轰动效应，从而大把赚取名和利。

本次列车上的许多历史事件和人物就被创造性地炒作：宿迁正在打造“霸王故里”；司马相如与卓文君“当垆卖酒”的佳话，被现代商人开发出了“文君酒”，还把他们原本浪漫的故事进行了包装。炒作是怎么来的？追根溯源，至少在西汉就有“炒作”，我们看看前辈们是如何炒作的。

羊倌卜式捐金

当时有个河南人叫卜式，到山里养羊十几年，养了几千只羊，贩卖后赚了钱，买了田宅。听说朝廷要攻打匈奴，便上书称愿把自己的家财捐出一半来当军饷。

武帝很惊奇，派使者去问他：“你难道是想当官吗？”卜式说自己从小养羊，不习惯当官。

使者又问他：“难道是你家有冤，想借此上诉吗？”卜式又回答生平与人无争，怎会有冤。

使者便问他究竟是什么意思，卜式答道：“皇上要征讨匈奴，我认为好官就要用生命效忠国家，富民应该出钱支援，这样才能把匈奴灭了，我输财助边，就是想给天下人带个头，此外没有其他意思。”

使者便把他的话向朝廷报告，当时丞相公孙弘一眼看穿了他的炒作行为，说这种人矫情，不能深信，于是便没有上报。

等到公孙弘病逝，卜式又捐了二十万钱给河南太守，作为接济移民的费用。

河南太守上奏后，武帝记起前事，便特别表扬了他，把他树立为“大汉先进典型人物”，召他为中郎，赐爵左庶长。

卜式入朝坚决辞谢，武帝说：“你不必辞官，朕让你去上林养羊。”

卜式这才受命到上林，穿着布衣草鞋养羊。过了一年多，武帝去上林游玩，看到卜式养的羊又肥又壮，连声称善。卜式在一旁进言道：“不但养羊应该这样，牧民也应该这样，方法就是随时留心察看，去恶留善，不能让坏羊败群！”

武帝听了不住点头，后来便任命卜式为缑氏令，这次卜式一点都不推辞，接了官印直接牧民去了。

武帝派张骞出使西域，又征讨南越。花费巨亿，天下虚耗。弄钱的办法，也都想遍了，连打鱼也要收归官营。向达官贵人借，他们觉悟不够高，又借不出来。

卜式这时也由县令超迁担任齐相，他主动上书请求父子去讨伐南越。

武帝虽然没有批准，但也下诏表扬，封卜式为内兰侯，赐四十金，田十顷，让百官向“先进典型卜式”学习，结果没有一个人以实际行动学习卜式。

武帝很生气，刚好到了秋祭，宫廷要行尝酎（品尝美酒）礼，列侯按惯例要献贡金助祭，武帝借这件事泄恨，专门嘱咐内府检验贡金，遇到成色不足的一律以不敬论罪，一百个人中有六人被夺去侯爵，丞相赵周没有纠治举报，也连坐入狱，愤急自尽。武帝另升御史大夫石庆为丞相，提升齐相卜式为御史大夫。

暴利长献“天马”

西北地区纳入大汉版图，朝廷陆续迁移内地贫民到那里垦荒和畜牧，各地的罪犯也流放到那里做苦力。当时有一个河南新野人，名叫暴利长，犯罪发配到边塞，罚他去污洼水边屯田，他曾看到一群野马在水边喝水，其中有一匹马最为雄骏，于是便想捕捉它。但每次一靠近，那马儿便机警地跑开了，好几次都没有成功。

于是他想了一个办法，塑了一个和自己身材一般大小的泥人放在水边，并将络头绊索放在泥人手中，然后躲到远处的大树后遥望。

马群又来喝水，刚开始看见泥人时都不敢上前，后来看泥人半天没动静，便且进且退，陆陆续续来到水边喝水。

暴利长知道马儿中计了，便把泥人在水边放了几天。马儿慢慢习惯了，见怪不怪，来去自如，他便将泥人搬去，自己装成泥人的模样，手持络头绊索静立岸边。

马儿在暴利长身边走来走去，完全没有警惕，暴利长目光只锁定那匹好马，等它饮水的时候，忙一个箭步急冲过去，以迅雷不及掩耳的速度用绊索绊住马腿，用络头套住马头。

那马儿受了惊，暴跳起来，但为时已晚，任它怎么狂跳猛跃，也摆脱不了绊索和络头。群马受惊，都发蹄狂奔，只留这匹马独自在岸边挣扎。

闹腾了大半天，马儿筋疲力尽，不再反抗。暴利长慢慢上前，好容易抓住衔勒牵了回去。

他精心加以调养，一段时间后，马变得更加肥壮了，于是便去找地方官为这匹马"炒作"，说这匹马出自水中。地方官去验看，果然见这匹马非常神骏，是骅骝佳品，便奏报朝廷，武帝让他把马送到京城。

四方都平定了，武帝十分欣慰，这时暴利长献上的"神马"也到了都中，武帝亲自验看，果然很雄壮，和乌孙国献的良马差不多，武帝称之为"天马"，并作了一首《天马歌》。

"天马"进了御厩，暴利长也得到了厚赏。

吾邱寿王说宝鼎

接着河东太守又报称有巫师在汾阴的后土祠旁挖到一个大鼎。汾阴的后土祠是元鼎四年新建而成，才几个月就挖到大鼎，自然是巫师作假，和暴利长一样是一种"炒作"行为，想引起轰动。

武帝却迷信这是后土神显灵了，当即派使者把大鼎迎入甘泉宫，武帝率领群臣去看大鼎，只见这个鼎很大，上面只刻有花纹，没有标识，众人也看不出新旧，只是大概说这是周朝的东西，都向武帝道贺。

唯独光禄大夫吾邱寿王说鼎是新式的，不是周朝的。这话传到武帝耳朵里，武帝派人诘问他，吾邱寿王灵机一动，说："从前周朝有德，日渐昌盛，上天感应，鼎为了周朝而出，称为周鼎。而今汉朝自从高祖一来，德泽天下，陛下又弘扬了祖业，天上祥瑞来到，宝鼎就出现了，这乃是汉朝宝物，并非周朝宝物，臣所以说它不是周鼎！"

武帝听了转怒为喜，连声称善，群臣忙高呼万岁，吾邱寿王也得到赏赐十金。

神马、宝鼎其实都是炒作，武帝也不是真的愚蠢，不知道那是水货，任人欺瞒，只是借此讴歌盛世，巩固王朝统治，使权力更加集中，帝国更加强大。也可以这么理解：这一切其实是武帝在欺骗别人，所以才出现了上下相欺的“怪象”。当然武帝这个大股东才是最大的“赢家”。

名利场上的洁者

在名利面前，列车上的许多成员以平和之心对待“名”，以责任之心对待“位”，以知足之心对待“利”，以敬畏之心对待“权”，以爱民之心对待“事”。唯有如此，才能散发出“名利”本该具有的光芒。

列车上终究会出现一些让名利也能放出光芒的洁者，这里我就讲在名利场上传递“正能量”的两个人：兒宽和汲黯。

兒宽

一天廷尉张汤判决了一个案子，上奏后竟遭到武帝驳斥，张汤连忙召集部署改判，再报上去，结果又不合武帝意思，重新被驳回。弄得张汤非常忐忑，又召集部署商量，大家面面相觑，都不知该怎么办，拖延了好几天，都没有好办法。

正急得冒汗，忽然来了一个属员，取出一个底稿交给大家看，众人看后无不赞叹。张汤看了也称奇，他得知这稿子是千乘（今山东广饶县）人兒宽写的，很称意旨，武帝批准照办，又召入张汤问：“这个奏书不是一般人写的，究竟出自谁的手笔？”张汤回答说是兒宽。

武帝点头道：“我也听说他善于学习，你得到这个人，也算是得了一个好帮手。”张汤唯唯而退，回到府中立即将兒宽招来，任命他为奏谳掾(谳，审判定罪的意思；掾，古代官署署员的通称)。

兒宽少时学《尚书》，老师是同乡的欧阳生，欧阳生是伏生的弟子，精通《尚书》。武帝曾设五经博士，公孙弘当丞相后增加博士弟子名额，从各郡选取青年学子，到京都备用，兒宽便选上了，但他家里很穷，连旅费也出不起，便为同学做饭，又趁空闲的时候去打工，勤工俭学了一两年才当上掌故，接着又调补他为延尉文学卒史。延尉府中的属员，都说他不懂刀笔（判案写判决书），瞧不起他，只派他干低下的活，让他去北方看牲畜。过了一段时间，他回来交畜簿，刚巧府中署员为了武帝驳案而一筹莫展。他问明原委，便默默写了一篇奏稿，没想到这篇底稿竟让他就此出人头地了。

兒宽为人温和，不擅长口才，但工于文笔，每次他写的判决书都有理有据，下笔有神。张汤当了御史大夫后，推荐兒宽担任侍御史。后来见武帝，和武帝谈论经学，很让武帝高兴，于是又升为中大夫，调任左内史。

《汉书》记载，兒宽担任左内史后，体谅下属，对待百姓很宽厚，“劝农业，缓刑罚，理讼狱”，他还选用仁厚的人当官，体察下情，不做出名挂号的面子工程，因此受到了官民的爱戴。

后来由于打仗，朝廷催收租赋，兒宽不忍心逼迫，导致拖欠了很多租赋，朝廷迄责他。百姓听说他将要免职的消息，都竞相纳租交税，大户人家用牛拉车，小户人家用担子挑，很快就把租税全部缴齐，而且还征收得最多，于是，兒宽仍得以留任。这件事还让武帝知道了他的为人。

元鼎年间，卜式上书说郡国不能实行盐铁业，武帝很不高兴；第二年武帝根据司马相如的遗书，召集大臣研究封禅的事，卜式又不懂文章，而兒宽的回答很合武帝心意。武帝亲自制定封禅礼仪，让兒宽起草封禅文书，事成之后，卜式被贬为太子太傅，让兒宽接任御史大夫。卜式则在太子太傅的位置上寿终。

后来武帝还让兒宽和司马迁等人一起制定了《太初历》，正月为一年中第一个月，一直沿用至今。

当时梁相褚大精通五经，他当博士时，兒宽是他的弟子。

御史大夫一职空缺的时候，褚大被召进京，他以为自己要当御史大夫了，等走到洛阳时，却听说兒宽上任了，褚大不由大笑起来。到了朝中，他和兒宽在武帝面前议论封禅的事，远远比不上兒宽的思想和谈吐。退朝后，褚大心服口服地说：“皇上可真会识人啊！”

兒宽在御史大夫位置上一干就是九年，最后在官位上逝世。

汲黯

汲黯是濮阳人，家里几代人都是卿士，他接替父亲，担任太子洗马，对太子教育非常严格。他一生钻研黄老学说，不喜欢烦扰，只喜欢诚信正直。

武帝即位后，他当了谒者。当时，东粤国内起争斗，武帝派他去察看，他走到吴地便返程了，他向武帝报告说："粤人互相攻击，他们的习俗就是这样，不足以侮辱天子使臣。"

他半路而返的行为，是"违抗圣旨"，要掉脑袋的，汲黯却当成一件稀松平常的事做了，谁敢？

河内失火，烧了千余家。武帝又派汲黯去察看，回来报告说："有家人失火，因为屋离得太近成了火烧连营，不足为虑。但我经过河南，看到因为干旱导致一万余家受饥荒，父子相食，我来不及请示，就便宜行事，持节要求河内郡开仓放粮救灾民。请治我矫诏之罪吧！"

矫诏也是杀头之罪，古今官员宁可多饿死几个草民也不敢不向上级请示汇报，汲黯却果断而坦荡地做了。

武帝很恼火，但心想如果治你的罪，你是得了好名声，而我却要背骂名，于是左迁他为荥阳令。汲黯耻于当小县令，告病回乡。

武帝听说后，又升任他为中大夫，继而任东海太守。任太守期间，他生了病，躺在床上，手中拿着简管理人民，不出门居然把东海郡治理得很好。武帝听说他的声名，又提拔他为主爵都尉，位列九卿。

汲黯性格倨傲，不拘礼节，不能容忍别人的过错，经常不留情面地当面指出来。合他意的人，他对他很好，不合他意的人，他连面都不愿见，因此很多士人都不愿和他交往。但他好学，行侠仗义，有气节，有修养，喜欢直谏，几次冒犯武帝。他崇拜傅柏（梁相）和袁盎的为人，和灌夫、郑当时、宗正刘弃要好。由于他经常直谏，因此总是不能在一个位置上干长久。

当时田蚡得势，官吏们都屈膝讨好他，只有汲黯不屑一顾，见了面只是做个长揖，田蚡也拿他无可奈何。

武帝曾和他谈论治国之道，志在做唐虞那样的圣君，汲黯直截了当地说：“陛下内心有很多私欲，对外又很讲仁义，怎么会想学唐虞呢？”

武帝听了他一针见血的话，脸色都变了，退朝后对手下说：“汲黯真是一个憨人。”

朝臣们见武帝突然退朝，都说汲黯言语不当，汲黯却义正词严地说：“皇上设置公卿的位置，难道是用来拍马屁的吗？何况身为大臣，我们吃朝廷的饭，就要为皇上尽忠，如果只顾着爱惜自身，就要耽误朝廷了。”后来武帝也没有责怪他。

汲黯见张汤更改法令，把宽松的条款改得严酷，看不过去，有时在朝上遇到他，就责问他：“你位列正卿，上不能弘扬先帝功业，下不能遏制天下邪心，单将高皇帝制定的法律擅自变更，究竟是什么意思？”张汤知道汲黯刚直，也不和他争论，不说话就走了。

又有一次，汲黯与张汤议论政务，张汤主张严厉，吹毛求疵，汲黯辩不过他，便发急斥责他道：“世人都说刀笔吏不能当公卿，这话果然不虚！看张汤这样的言行，一旦得志，天下人都要并着脚走路，斜着眼看人了，这难道叫作会治理吗？”说完便走了。

后来汲黯见了武帝，正色道：“陛下用人，好像堆柴火，后来者反而居上，令臣不解！”

武帝被他一说，半晌说不出话来，脸色也不好看，等汲黯退朝后，对左右说：“人不能不学习啊，汲黯比以前更憨了，这就是不学习的结果。”

汲黯说这话就是指公孙弘、张汤两人，比他后进，这时却位居其上，因此心里不平，说话也很唐突。武帝自然明白他的意思，但更知道他的性格，所以也没怪他。

汲黯很正直，从不奉承人，后来卫青封为大将军，他见了面也只作一个长揖，不屑下拜，有人说大将军位高权重，应该更加尊重他，汲黯笑道：“我与大将军抗礼，是让大将军有好名声。如果他为此厌恶我，就不配当大将军了。”从这话可见汲黯也不傻，因为他在看似刚直的言语之中委婉地取悦了卫青，此一事足可见他重名，却又很高明。卫青听了这话，果然称他为贤士，对他优礼有加。

就连性格刚强任性的武帝也怕汲黯，平时衣冠不整都不敢见他。一天武帝坐在殿里，汲黯前来奏事，武帝想到自己没有戴冠，慌忙躲到帷幕里，让人去接奏牍，还没等到呈上来看，就传旨准奏，等汲黯退出，武帝才出来坐下。此外其他人都是随便接见，就是丞相公孙弘进见，武帝也经常不戴冠；至于卫青，武帝往往盘坐在床上见他，衣衫更是不整，汲黯因为自律自重，所以受到别人尊重，就是雄主也不例外。

汲黯经常生病，一再请假，假到期了但还不能工作，于是托同僚严助替他再去请假，武帝便问严助："你看汲黯是个什么样的人？"

严助回答说："汲黯当官，能力不一定比别人强，却很有操守，如果托孤授命，一定会守节不屈。"武帝因此称他为"社稷之臣"。

不过汲黯学习黄老，与武帝志趣不同，而且说话太直，所以武帝虽然对他很尊敬，往往却不用他的意见，比如出征朔方攻打匈奴，汲黯就常阻谏，武帝以为他胆小无能。况且有卫青这样的大将军，几次出塞都打了胜仗，雄心勃勃的武帝正想趁此显示大汉威风，驱除胡虏，建一番旷世功业。

不久，匈奴的部属浑邪王入塞请降。武帝命霍去病率兵去迎接，霍去病收编了四万名匈奴。让浑邪王先乘车入都，他率领降兵跟在后面。

武帝接报，忙命长安令出车两千辆，即日就去迎接。

长安令忙去办理，但是缺少马匹，只好向百姓借马。百姓怕县令不给钱，都不肯借，把马藏到别处。因此马匹不能凑齐，耽误了时间，武帝以为长安令有意拖延，便下令斩首。

右内史汲黯看不下去，忙入朝面诤道："长安令无罪，把我斩了，百姓就肯借马了！"武帝斜着眼睛看他，不说话。

汲黯又道："浑邪王来投降，已由各县传驿相送，也算是尽心了，何必扰动天下，劳累人民，去服侍胡人呢？"

武帝于是收回成命，赦免了长安令死罪。

浑邪王入都后，被封为漯阴侯，食邑万户，四个裨王也都封侯。

汉朝法律规定：吏民不得持兵帖出关，与胡人做买卖。浑邪王得了数百万钱的赏赐，因此有钱与百姓交易，百姓不懂法律，把铁器卖给了胡人，很快被有司查出，抓捕入狱，一共有五百多人被判了死罪。

汲黯得知这件事，又来进谏说："匈奴和我们断绝了和亲，屡次侵略边塞，我朝连年征伐，死了很多兵，花费了很多钱，臣认为陛下捉到胡人，应该赐给将士们当奴婢；夺回的财物，也应该赏赐给兵民，补偿人民的劳苦，消解百姓的怨气。现在浑邪王率众来投降，就是不视作俘虏，又何必给那么多优厚的待遇？把府库里的钱都掏空了赏赐给他们，又分良民供养他们，把他们奉为骄子。老百姓知道什么，总以为朝廷这样厚待他们，不妨和他们做做生意。朝廷却要依照边关法律判他们死罪，对待胡人是多么的仁慈，对待自己的百姓又是多么的残酷！重外轻内，臣认为陛下这样不可取！"

武帝听了，变了脸色不说话，等汲黯退出来，才对左右侍臣说："我很久没听汲黯说话了，今天又来胡说了。"嘴上虽这么说，但还是下诏将五百人从轻发落。

几个月后，汲黯又因为犯了小法而被免官，于是他退隐田园。

不久张汤下令铸的钱，由于质轻价重，很容易伪造，许多奸商便开始私铸假币，从中牟利。有司奏请改铸五铢钱，但私铸钱的现象仍然没有杜绝，楚地最为泛滥。

武帝便召汲黯入朝，让他担任淮阳太守，治理楚民，汲黯坚决推辞，对武帝说："臣已老了，承蒙陛下垂恩录用，但我身体多病，不能出任郡守，情愿当一个中郎，在宫中还能为陛下效忠呢！"

武帝笑道："你真的看不上淮阳吗？我很快会招你回来，现在淮阳风气很差，官民不安，所以借你的名望去治理！"汲黯只好应命。

临行前一帮老友来为他们践行，他见到大行李息也来了，不由触及一桩心事，由于人多不方便说，等众人散了之后，他便专程到李息家中拜访，与李息密谈，说："我被调到外郡，不能直议朝政了，但御史大夫张汤为人奸诈，欺君罔上，结党营私，你位列九卿，如果不趁早把他扳倒，一旦张汤出事，你也罪责难逃啊！"

李息嘴上答应，最终也不敢劾奏张汤。

汲黯到了淮阳后，经过一番精心治理，淮阳政清人和了。不久，张汤事败，武帝听说了临行前汲黯和李息的对话，抵了李息的罪。令汲黯为诸侯相，居住在淮阳，七年后汲黯死于任上。

兒宽和汲黯是好官的代表，他们当官可能是为了功名，但他们的聪明之处就是懂得怎么去爱惜名利的羽毛。聪明者不会陷进名利场的沼泽，被名利魔绳紧缚，如果把追求功名建立在宽以待民、正直无私的基础上，则更能传递“正能量”，为官一任，造福一方，最终名垂青史。反之，一个人如果满脑子功名利禄，患得患失，那最终一定不会有好下场，更难成就大业，一旦当了官，更要祸害一方。

27. 酷吏专列

列车上出现了一群神秘人，豪强见到他们为之“股栗”，如见冷面阎罗，皇帝却视他们为衷心臣属，最为信任欣赏他们；他们权倾朝野，尊宠无上，却又大都身无余财，两袖清风；他们喜用重典，杀人如麻，却受到老百姓的欢迎，拥有粉丝无数。他们就是封建王朝特产的一群闪着寒光的个性人物：酷吏。

“酷吏”意思是执法峻酷的官吏，不能和坏官画等号。历朝历代都有酷吏，史书记载的约有九十多位。酷吏以汉唐两朝最具代表性，区别是汉代酷吏大多数比较清廉正直，唐代的酷吏大都贪赃枉法。到了宋代，酷吏们的行为与奸佞已无太多明显区别，而被史家列入奸、佞一类传中。

因此西汉酷吏的魅力也最大，他们最大的特点是执法严，为官廉。他们对皇帝极度忠心，最擅长的是压制宗室、侵削重臣、取缔权贵、诛杀豪强，让投机取巧者无处容身，以及打击与中央集权产生离心力的各种势力，维护社会稳定，巩固王朝统治。《史记》中称“善吏不能化”者，到了他们面前都如摧枯拉朽，灰飞烟灭。

《史记》中第一个出场的酷吏郅都，被史家称为“酷吏首领”，司马迁对他的评价是“为人勇，有气力，公廉”。郅都从不收礼，熟人的馈赠不受，亲戚的请托拒绝，在任的时候不拆私信，常自称：“为官要履职尽责，即使死在官位上，也不能顾及妻儿。”郅都“敢面折大臣于朝”，不避亲贵，专对豪强，权贵们都不敢正视他，给他起了个绰号叫“苍鹰”，对他是又怕又恨。皇帝的妃子他都不放在眼里，见了丞相周亚夫也不过作个揖，他对待皇帝的儿子也毫不留情，最终因为逼死已废太子刘荣，自己也被窦太后逼死。

郅都死后，景帝又任济南都尉宁成为中尉，他崇尚严酷，比郅都还要狠辣，但心术操行，远不如郅都忠诚清廉。他为人虚伪，言行不一，往往说一套做一套。但景帝却认为他很能干，让他主持刑律。后来宁成被免去官职，汉武帝想要任命他为郡守，这时候，御史大夫公孙弘劝阻，说用宁成治民无异于用狼来牧羊。汉武帝没有听从公孙弘的建议，还是任命宁成为关都尉，后又升为太守。当地老百姓还编了一首歌谣：“宁见乳虎，无直宁成之怒。”意思是宁可遇到小老虎，也不要招惹宁成生气。可见宁成为官的酷暴。汉武帝也不是傻子，他又怎会不知道宁成的虎狼之名，但武帝自然有他的利益算计。

宁成遭到排挤罢官，卸职回到老家南阳。没想到，宁成虽然退休，却丝毫没有改变酷吏的作风，扬言说：“一个人如果做不到二千石的官，赚不到千万钱，就不要和别人比！”于是宁成继续发挥“余热”，他的办法是借贷千余顷田地，再租给数千家穷人耕种。几年后，他竟然赚到了数千万家产。他还雇用了一批人暗中调查当地官员的作风，从而抓住他们的一些把柄，达到控制地方的目的。当地人都认为宁成虽然退休，什么官都不是，却比郡守还要威风。当然，横行霸道的宁成最终被新上任的南阳太守义纵所铲除，落得个不得善终的下场。

与宁成同时的酷吏还有周阳由，他的父亲是淮南王的舅舅赵兼，因为被封为周阳侯，所以他以“周阳”为姓。景帝时，他从郎官升为郡守，为人“暴酷骄恣，所爱者，挠法活之；所憎者，曲法灭之”。他喜欢的人，他会变更法律让他活，他不喜欢的人，则想方设法灭了他。所居的郡，必定会把豪猾铲除。他当官从不把别人放在眼里，不管是上级还是下级，当太守，视都尉如县令，当了都尉，又去欺凌太守，夺太守的权。

自从宁成和周阳由后，吏治都类似他们。西汉列车上，张汤是酷吏的代表。

顽童审鼠有见知

皇后陈阿娇的“巫蛊案”连坐三百多人，而主持这个案子的人就是张汤。那时他还是侍御史、专司刑法，“巫蛊案”是他处理的第一个案子，也是他挖到的“第一桶金”（详见第二十八章）。此案办得快速利落，武帝很满意，张汤不久擢为廷尉，成为最高司法长官。这个案子本身是个冤案，张汤自然知道，他纯粹是为了迎合武帝的需要，但对仗势蛊惑人心者是一个打击，对后宫安全来说也绝对有利。

张汤是杜陵（今陕西西安东南）人，儿时就很灵敏有悟性，性格也很刚强。他父亲曾当长安丞，有一次有事外出，让张汤一个人看家，他便自己去玩了。父亲回来后，发现厨房里的肉都被老鼠偷吃了，不禁很恼火，打了张汤几板子。

张汤心里十分憎恨老鼠，于是便找到了老鼠窝，用烟熏鼠洞。不一会儿，一只大老鼠跳了出来，被张汤用铁网罩住了。接着张汤又把洞里余下的肉拿了出来，然后便做起法官来，还写了一篇讼词，把肉作为证据，判处老鼠死刑。

他父亲看到张汤的举动竟像个老狱吏，十分吃惊，此后便让他学习刑律，抄写案卷，不断培养熏陶他，把他锻炼成一个法律家。

后来张汤成了宁成的下属，张汤受他影响，处理案件都从重从严，绝不手软，武帝把他看成一个判案高手，升任他为太中大夫。

中大夫赵禹为人也很严苛，张汤和他是好兄弟。武帝让两人一起修订律令，增加条款，两人特创出了“见知故纵法”来约束管理官员。

见知法就是：官员只要看到有人犯法，应立即举报，否则与犯人同罪。

故纵法就是：官员断案，宁可有差错，不能有疏失。有疏失就是故意纵容犯罪，也应该治罪。

自从这两条法律创立，所有的案子都变得烦琐严苛起来，满大街都能看到穿着赭色衣服的犯人。

张汤又巧妙地迎合武帝，见武帝爱好文学，就引用古义来写判决书，又邀请博士整理《尚书》《春秋》。

后来，武帝提升张汤为廷尉，张汤遇到有疑问的判罪，必先查探皇上意图，总让武帝十分满意。自从兒宽帮他写奏稿解围之后，张汤更加注重人才，广交宾客，凡是有一技之长的人，他都会照顾任用，因此他性格虽然苛严，名声却很好。

淮南血雨衡山飞

不久，“阿汤哥”接到了第二大要案：

淮南王谋反案

淮南王刘长死后，文帝封了他三个儿子，长子刘安为淮南王；次子刘勃先为衡山王，又移封为济北王，不久病死了；三子刘赐从庐江王徙为衡山王。刘安和刘赐虽是兄弟，但却两不相容。

刘安喜欢读书，擅长鼓琴，是个“文艺青年”。他也想笼络人心，招纳文士，门下食客有数千人，其中最有名的要算苏飞、李尚、左吴、田由、雷被、伍被、毛被、晋昌八人，称为“淮南八公”。

刘安让食客们著作内书二十一篇，外书三十三篇，这就是古今相传的《淮南子》。武帝初年，刘安入朝献上内书，武帝看了称善，视为秘宝。又让刘安作《离骚传》，半天便成了，还写了称颂武帝功德的《长安都国颂》，武帝见刘安博学能文，又是叔父辈，因此对他另眼相看，格外器重。

当时田蚡曾与刘安秘密订约，有意将来推立他为皇帝。建元六年，天空出现大彗星，古人认为这是兵戈的象征，刘安便制造兵器，积蓄军费，为谋反做准备。

庄助出使南越，刘安邀请他留了几天，结为内援。

这些刘安还嫌不够，又派女儿刘陵入都，侦察内情。刘陵年轻貌美，又有口才，到了长安，便借着内省的名义出入宫闱。她随身携带了很多金钱，仗着金钱和美色结识廷臣。首先上钩的是安平侯鄂千秋的孙子鄂但，年貌和刘陵相符，两人很快便勾搭成奸。第二个人是岸头侯张次公，壮年封侯，气宇不凡，也与刘陵秘密幽会。这样刘陵便内外打通，经常送密书到淮南。

淮南王后蓼荼生有一子，名叫刘迁，刘安还有一个庶长子刘不害，但刘安一直不喜欢他，便立刘迁为太子。

刘迁长大后娶王太后外孙女为妃，也就是修成君的女儿金蛾。刘安本想攀附王太后，没想到王太后却死了，无势可攀，又怕太子妃得知他的阴谋，便密嘱太子迁和太子妃反目，三个月不同床。

刘安还假装去劝解，强迫刘迁夜里到太子妃卧房，刘迁最终也没和她同寝，太子妃便赌气要求回去。刘安便派人护送她入都，向武帝说明情况，表面上都归罪自己的儿子，武帝信以为真，便批准他们离婚。

刘迁从小练剑，自以为无人能比，听说郎中雷被精通剑术，便要求和他一比高低。雷被推辞了几次都不成，便答应和太子比试。结果刘迁剑术比不过雷被，还被雷被伤了皮肤，因此怀恨雷被。

雷被知道自己得罪了太子，不想惹祸，便向刘安陈请去都中参军。

刘安先听了刘迁的话，知道雷被有意逃避，便将雷被免官，雷被一怒之下潜逃到长安，上书告发刘安。

武帝派中尉段宏查办，刘安父子准备将段宏杀死。

但段宏到了淮南只问雷被免官的事，并不问其他事，而且很是谦和，刘安父子便打消了杀他的念头，而是和他周旋，托段宏妥为调和。

段宏回朝禀报武帝，武帝召问群臣，群臣都说刘安阻诏，不让雷被入都效力，罪应弃市。

武帝不从，只削了刘安两个县，而不问罪。刘安却很委屈，气愤地说："我力行仁义，还要削地吗？"于是日夜与左吴等人察看地图，计划行军路线，准备起兵。

那时刘不害的儿子刘建见父亲失宠，便替父亲不平，暗中结交壮士，要杀太子，结果被太子迁知道了，便把他捆起来笞责他。刘建非常怨恨，于是派自己的手下严正入都献书，揭发家庭矛盾和刘迁的逆谋。武帝把书交给廷尉，又转令河南官吏讯查。

从前淮南王刘长杀了辟阳侯审食其，他的孙子审卿一直想替爷爷报仇，听了这件事，便密查刘安造反的事，并向丞相公孙弘举报。公孙弘又令河南官吏彻底查实。

河南官吏接连接到君相命令，不敢怠慢，立即将刘建传到，详加讯问。刘建便将所有的罪状都推到太子迁身上，由问官录了口供上奏。

刘安知道了这件事，却更加抓紧谋反。刚好衡山王刘赐入朝拜见武帝，路过淮南，刘安把他迎入府中，和他释嫌修好，并与他密谋造反。刘赐本来就有叛意，这时见刘安联络他，自然乐意相从，于是又回到衡山，托病不入朝了。

刘安部下都是些浮躁的人，屡次劝他起兵，只有郎中伍被极力谏阻他。刘安不但不听，还把他父母抓起来，逼他同谋，伍被仍然哭着劝阻刘安。

等到刘建被传讯，事情越加急迫，刘安又向伍被问计，伍被不能坚持到底，不得已改变了初衷，对刘安说："现在天下统一，诸侯无异心，百姓无怨气，大王想起事，比吴楚那时还要难成。如果实在要起事，只有伪造丞相御史的书信，把郡国豪杰迁到朔方；再伪造狱书逮捕诸侯太子的幸臣，激起民愤，让诸侯生疑，然后派辩士到四方引诱订约，或许还能侥幸成功，请大王三思而后行！"

刘安决意造反，便私铸皇帝玉玺，以及丞相、御史大夫、大将军的印信，准备伪造书信，又让人投奔大将军卫青，找机会行刺他，并对手下说："朝廷的大臣只有汲黯正直，能够守节讲义，像公孙弘那样趋炎附势，我如果起事，就能像振动将落的树叶一般把他除掉，一点都不足畏惧！"

正在部署着，忽然朝廷派廷尉府的监吏会同淮南中尉来拿问太子迁。刘迁急忙告诉父亲，刘安立即召见淮南相和内史、中尉，准备即日行动。结果内史和中尉不肯来，只有淮南相一人来了，说话也支吾搪塞，一副为难的样子。

刘迁知道不能成事，等淮南相退出，便想自尽，于是走到一个房间拔剑自刎，结果心慌手颤，又怕疼痛，割伤了一点皮肤，便倒地呻吟。

有人听到声音，忙来救人，把他扶到床上敷药治疗。刘安和王后也急急地赶来探望他。

正忙得一团糟，又有人冲进来报告："不好了，朝廷派人领兵，把王宫包围了！"

朝廷使者果然已带兵把王府围了个密不透风，刘安都没有准备，只能故作镇定，迎入使者。使者也不多说，只是指挥士兵搜查王府，很快便搜出了私造的各种玺印。

铁证如山，刘安吓得面如土色，一下子成了砧板上的鱼肉。

汉使便将太子迁和王后抓走了，只留刘安在宫中，有士兵看守他，他乘人不备竟服毒自尽了。

汉兵又出宫抓捕了很多食客，伍被无从逃匿，干脆去自首。汉使不敢迟慢，又调兵入宫，搜查证据，一面又派人飞报朝廷，听候诏命。

很快几辆马车飞驰而来，宗正刘弃持节到了，来提一班案犯，押解到京城，交给廷尉张汤查办。

张汤是有名的辣手，自然不会轻饶一人。

先将太子迁和王后判了死罪，又查出庄助与刘安有私谋，鄂但、张次公与刘安的女儿有奸情，一网都捞了上来，先斩了刘陵；还有一帮淮南王的部属，和刘安一起谋反，张汤不但把他们全部处死，还全部灭族。

对自首的伍被也判了死刑。武帝爱惜人才，准备从宽处置，张汤奏道："伍被没有力谏，而参与谋反，罪在不赦！"武帝只好准奏，将伍被处死。

庄助本来也可赦免，张汤力争让他弃市；鄂但、张次公还算运气好，免官赎死。

张汤又会同公卿，请求逮捕衡山王刘赐，武帝批驳道："衡山王自从封侯后，虽与刘安是兄弟，但没听说有同谋的证据，不应连坐。"刘赐的问题于是免议，只将淮南国除为九江郡。

阿汤哥办的第三个大案仍旧是谋反案：

衡山王谋反案

淮南王的案子本来到此了结，但树欲静而风不止，衡山王刘赐家里却沸反盈天地闹腾起来。

衡山王后乘舒生了二子一女，长子刘爽立为太子；次子叫刘孝，女儿名叫刘无采。

乘舒死后，刘赐立宠姬徐来为后，徐来也生有四个女儿。刘赐另外还宠爱一个厥姬。

两个女人都不是省油的灯，便争风吃醋起来。徐来被立为皇后，厥姬不甘心，到太子爽那里挑拨是非，诬说徐来暗中毒死了太子的母亲。刘爽信以为真，便怨恨徐来，约徐来的哥哥到衡山喝酒，乘机行刺，却没有成功，两下便结下了仇怨。

刘赐的次子刘孝从小没了母亲，归徐来抚养，徐来并不喜欢他，只是假装喜爱。刘孝不知道，还把徐来当作好人。

刘孝的姐姐刘无采已经出嫁，后来与丈夫吵架回到娘家，一段时间后竟然与家奴勾搭上了床。太子爽知道了这件事，屡次斥责她，刘无采不但不听，反而与哥哥结下冤仇。

徐来故意和无采交好，联为臂助，于是徐来和刘孝、刘无采三人串通一气，馋毁太子。太子孤立无助，当然斗不过三人，所以经常触怒父亲，遭到笞打。

后来，徐来的乳母被人刺伤了，徐来一口咬定是太子指使人干的，刘赐听信谗言，又把太子责打了一顿，父子于是也积怨成仇。

不久刘赐生了病，刘爽不去看他，也假称自己病了，徐来与刘孝正好乘机说太子坏话，说他如何高兴，准备继位等等。刘赐非常恼火，准备废去刘爽，立刘孝为太子。

徐来想让自己的儿子刘广立为太子，于是又设计陷害刘孝。她有一个侍女擅长跳舞，被刘赐宠幸，徐来很是忌妒，于是便让侍女陪伴刘孝，早晚都在一起，很快两人发生了关系。

太子爽听说后，心想：弟弟睡父妾，我为什么不能睡父妻？更何况徐来老说我坏话，如果和她好上了，一定会化恨为爱，不会再为难我。

计议已定，便入宫向徐来请安，向徐来道歉，承认以前的事情都是自己的错，徐来也假意和他周旋，取酒给他喝，温言劝慰他。太子爽捧着酒杯向徐来祝寿，跪在徐来膝前，等徐来接过酒杯，忽然双手抱住她的双膝，厚着脸皮求欢。

徐来又惊又恨，忙使劲推开太子爽，扔了酒杯就跑，谁知太子还抓住她的衣襟不放。徐来急得大叫“非礼”，才得逃脱。

结果刘爽很不爽，偷鸡不成蚀把米，刘赐派人把他拖拽出去，臀上挨了几十下毛竹大板。

刘爽呼号道：“刘孝与大王侍女通奸，无采与家奴通奸，大王怎么不管？只管笞打儿臣，儿臣现在就去上书天子！”说着，就如癫狂一般向外冲去，刘赐气得发昏，忙让手下把太子抓回来，刘爽死活不肯回头，还是刘赐亲自追出去，才把他带回来关在宫中。

刘赐把王印交给刘孝，让他当将军，招揽宾客共商大事，江都人枚赫、陈喜先后投靠过来，帮他私造兵车、弓箭，刻天子玺和将相印。

陈喜本来为淮南王办事，淮南事败，他便投奔衡山王。刘孝谋划着当太子，便运动父亲上书朝廷，废长立幼。

太子爽被关在宫中，早已心灰意冷，他密嘱心腹白羸进京告变。

白羸潜入长安，书还没呈上，就被都吏抓住了，很快审出了案情，于是朝廷命令沛郡太守捉拿陈喜。陈喜毫无防备，很快被抓住了。

刘孝知道祸事临头，想自首减罪，便自己去举报，归咎于枚赫、陈喜。

武帝让张汤查办此案，张汤怎肯放松？依旧施出老手段，先派中尉带兵迅速去衡山围住王宫，再进宫搜查。刘赐惊惶自杀，王后徐来、太子爽和刘孝，以及一帮同谋党羽全部一网打尽，押到京都。

张汤经过一番审判论罪，徐来、太子爽、刘孝等统统弃市，所有党羽都被诛杀，除国为郡。

淮南、衡山两桩案子，一共诛杀了好几万人，是汉朝开国以后死亡人数最多的大案。张汤尽情施展他的手段，武帝看张汤的判决书，都是死有余辜，自然不会特赦，断送了许多生命。

列车在淮南、衡山两站的血雨中继续向远方行进。

只手遮天尚争权

上述三件案子办得雷厉风行，武帝眼里张汤真是难得的实干家，因此更加信任他，衡山王谋反案办完的次年张汤就升迁为御史大夫，地位仅次于丞相。而由于张汤打击了强势群体，作为被强势群体欺压的老百姓也都为之欢欣鼓舞，张汤成了红极一时的偶像。

机遇不是等来的，也不是别人赏赐的，更多时候是自己为自己创造的，一心要求精进的张汤继续抓准机遇出手。

武帝南征北战，耗费巨大，连年入不敷出，甚至减少捐奉和御膳开销，取出府库收藏的钱来弥补，再加上经常又遇到旱涝水灾，东边闹了荒，西边又受了饥，救济都跟不上。

元狩三年秋季，山东大水，淹没民舍千家，虽然地方官开仓赈济，但却是杯水车薪。于是政府又向富裕家庭借粮救急；最后没办法可想了，就实行移民政策，把七十多万灾民迁徙到关西，官府出了一笔川费。到关西，灾民需要安定谋生，又向政府借贷，因此开销巨大，国力愈艰。

武帝却不把这些困难当回事，他具有所有伟人的特质：大手笔，大无畏，愈挫愈奋，他只求开拓，要求人民勒紧裤腰带，整天召集大臣们商讨增长国家经济的办法。

丞相公孙弘已经病死，御史大夫李蔡代任丞相，他是个平庸之才，只是滥竽充数。

廷尉张汤升任为御史大夫，干劲倍增，挖空心思想了许多敛财的方法，辗转盘剥，与民争利，收入接济国用，并制定以下六条新法：

1. 征收车船税；

2. 严禁民间冶铁、煮盐、酿酒，所有这些行业收为官业，由官府专卖；

3. 用白鹿皮作货币，每块皮一方尺，边缘绘藻纹，作价四十万钱；

4. 取消半两钱，改铸三铢钱，质轻价重；

5. 实行均输法，让各地以土产为赋，交纳给朝廷，朝廷再到别处提价转售，赚取差价；

6. 在长安设平准官，看货物价低时买入，价高时卖出。

张汤又引进了三个计吏落实他的法例。一个叫东郭咸阳，是齐地盐商；一个叫孔仅，是南阳铁商。两人都担任大农丞，管盐铁业。还有一个叫桑弘羊，是洛阳商人之子，工于心计，能从秋毫中发现利益。他刚开始当大农中丞，后来升为治粟都尉。这三个奸商当道，千万百姓遭殃。而武帝却更加信任张汤，张汤生病，武帝亲自去探望，可见他是多么隆贵。

张汤又把右内史汲黯免官，调入南阳太守义纵继任。

义纵年少的时候，曾和张次公一起当过盗贼。他有个姐姐叫义姁，略通医术，曾到宫中给王太后看病。王太后问她有无兄弟，是否当官，义姁说有个弟弟，可惜是个无赖，不能让他当官。但王太后却不肯相信，竟然向武帝推荐了她弟弟，武帝便召义纵为中郎，后来又升任为南阳太守。而张次公后来因为勇悍而参军，立下战功后封为岸头侯。

义纵一上任就拿失职在家的内史宁成开刀，诬陷他有罪，没收家产。南阳的官民从此后都很害怕义纵，“吏民重足一迹”，官民走路都只留一个足迹。后来他又调任定襄太守，冤杀了四百多人，郡中官民都不寒而栗，“猾民佐吏为治”，以前的坏蛋都改行做了官府的帮手。武帝说他强干，又升他为内史，同时又任河内太守王温舒为中尉。

王温舒年轻时也是一个无赖，先当亭长，又升为广平郡的都尉，“盗贼不敢近广平”，外地的盗贼不敢过境，达到了“道不拾遗”的效果。他因为捕盗贼而立功，当了河内太守后，严打郡中的豪猾，连坐一千多家，大猾族诛，小奸论死，上任三个月，仅一个冬天，鲜血就流了十几里地，杀得郡中无声，人们不敢在夜间行走，野外连引起狗叫的盗贼也没有了（“郡中毋声，毋敢夜行，野无犬吠之盗”）。转眼到了春令，汉律规定不宜处决囚犯，王温舒顿足叹道：“可惜啊，要是冬令再延长一个月，豪猾就可诛尽了！”

武帝也认为他很能干，调任他为中尉。当时张汤、赵禹等人还能依法行事，不敢胡来，而王温舒却不管什么法令，一味好杀。

等到义纵因事坐罪弃市，张汤迁调为廷尉，尹齐当上了中尉。尹齐是东郡茌平（在今山东省）人，从刀笔吏升到御史，张汤经常夸赞他廉洁勇武，让他去治理盗贼，他果然没让张汤失望，所斩杀的人不避权贵。后来当上了关内都尉，名声比宁成好。武帝很欣赏他，升他为中尉。后来他犯罪被免，武帝又让王温舒当中尉，让以严酷著称的杨仆当主爵都尉。

武帝用钱无度，不得不任用这些人。用计臣能够收利，用酷吏能够让百姓乖乖交钱而不敢造反。因此，武帝时期比起文景两帝时社会的文明和谐程度，差距很大。

一次，武帝和大臣们讨论起和亲利弊。博士狄山主张和亲，武帝不以为然，转问张汤，张汤窥透武帝的意思，回答道："愚儒无知，何足听信！"

狄山听了很生气，反唇相讥道："臣本来就愚，但还不失为愚忠，哪像张汤，其实是诈忠！"

武帝正宠信张汤，听狄山这么说，不禁变了脸色问："我让你去当一个郡守，你能不让匈奴入寇吗？"狄山回答说不能。武帝又问他能否当一个县令，狄山又回答不能。

武帝再问他能不能当一个亭长，他不好再推；只好说了一个能字。武帝便让狄山去边塞当一个亭长。

一个月后，狄山暴毙，头颅也不知去向。当时人们都说是被匈奴所杀，实际上却是一桩疑案。

不久，李蔡因侵占景帝田园被抓，他惶恐自杀。张汤见李蔡死了，满望着自己能当上丞相，结果武帝却任命太子少傅庄青翟接任丞相。庄青翟直受不辞，没有和张汤谦让一下，张汤便对他很是忌恨，想设法构陷他，只是一时无从下手，于是便静待时机。

不久张汤下令铸的钱，造成假币泛滥。武帝派汲黯去淮阳治理，汲黯临行前让李息劾奏张汤，但张汤这时权势熏天，大有顺我者昌，逆我者亡的气势。李息是个模棱两可的人，怎敢出头颏奏张汤？只是表面上敷衍，等汲黯一走，仍像从前一样保持沉默，始终不敢说话。

大农令颜异，对张汤推行的白鹿币提出异议，武帝心中不高兴，张汤更把他视作眼中钉。

没多久，就有人上书说颜异心怀不轨。武帝便令张汤查办。

张汤得了这个机会，立即竭力罗织罪名，但一直没找到确切的罪证，只查到他有时与宾客谈论新法，语气中稍有不满。张汤就列为罪证呈了上去，说颜异位列九卿，见有的法令不是很便利，不去上奏，却喜欢腹诽，应该论死罪，武帝不分青红皂白，居然准奏。

于是张汤竟然把“腹诽”两个字作为罪证，平白把颜异杀了，同时将“腹诽论死法”加入刑律，这就连秦朝的苛法都比不上了。

蛛丝马迹转泰否

李文谋变与张汤摩足之谜

御史大夫李文一直和张汤有矛盾，传达文书的时候，遇到和张汤有关的事，都不向他传达，张汤又想设计陷害李文。

张汤手下有个亲信鲁谒居，不等张汤嘱托，就派人上书诬告李文。武帝不知道情况，把原书交给张汤调查，这下李文的下场只有死路一条了。

张汤正在得意，有一天上朝武帝忽然问他：“李文谋变，究竟是谁知道情况的？原书中没写姓名，你可查出来了吗？”

张汤自然知道这是鲁谒居干的，当然不能如实说出来，只得故作惊疑，半晌才回答道：“这应该是李文的故人与他有仇，所以才揭发隐情。”武帝听了不再追问，张汤这才暗出了一口气。

回来后，张汤想召鲁谒居密谈，手下报告说鲁谒居病了。张汤连忙去看望他，只见鲁谒居躺在床上呻吟，说是两脚非常疼痛，张汤掀开被子看，果然两脚红肿得像馒头一般，便亲自替他按摩。

没想到鲁谒居消受不起，过了个把月就一命呜呼了，鲁谒居没有儿子，只有一个弟弟和他住在一起，家里也没有什么积蓄，所以张汤出资帮他办理了丧事。

忽然从赵国上了一封书劾奏张汤，说张汤身为大臣竟然替府吏鲁谒居亲自按摩双脚，如果两人没有不可告人的奸情，怎么会如此恶心地亲近呢？请求从速查究，这封书署名是赵王刘彭祖。

刘彭祖当赵王已经很多年了，为人阴险，深不可测。从前主父偃受贿，就是被他弹劾，最终被诛杀的。

自从张汤设了铁官，就把全国冶铁业收归国有。而赵地盛产铁矿，刘彭祖凭空失去了一项巨大的经济来源，怎会甘心？因此经常与铁官争执。张汤便派鲁谒居赴赵国追查责任，强令赵王交出铁业生意，不得再占据。

刘彭祖自此便非常怨恨张汤，并派“私家侦探”调查张汤恶迹。于是张汤为鲁谒居摩足的事便被赵王知道了，赵王以此为把柄告发张汤。

武帝因为事情涉及张汤，不便让他知道，便把来书交给延尉。延尉便去逮捕鲁谒居，见鲁谒居已死，便把他的弟弟带到廷中，他的弟弟不肯实供，于是被暂时关在导官（属于少属，掌管舂御米）。

案情一时没有判决，鲁谒居的弟弟无法脱身，被关了好几天，适逢张汤到导官署中办事，鲁老弟见到阿汤哥，连忙大声呼救。

张汤也想解救他，但自己是案中首犯，不好和他说话，于是便假装不认识，昂首自去。

鲁老弟不知阿汤哥心意，还以为阿汤哥翻脸无情，怀恨起他来，就来了个你不仁，休怪我不义的做法，当即使人上书说阿汤哥曾与鲁谒居同谋，构陷李文。李文的案子这时才被供了出来。

武帝一直对李文的案子心怀疑虑，看到这封书，忙命御史中丞减宣调查。减宣也是个有名的酷吏，他与张汤有矛盾，此时奉命调查张汤，列车上的一场好戏自然上演了。

园陵盗案与三长史反击

调查结果还没出来，忽然又出了一桩盗案：孝文帝园陵中埋葬的钱币被人盗走了。这事关系重大，丞相庄青翟便邀同张汤一起入朝谢罪。张汤假装答应了，等见了武帝，却兀立在朝班中纹丝不动，庄青翟用眼神示意张汤好几次，他都假装没看见，庄青翟只好自行谢罪。

武帝便令御史查捕盗贼，御史头头就是张汤，退朝后，张汤私下召见御史秘密交代了一番。

原来庄青翟身为丞相，应该定期巡查园陵，葬钱被盗，他负有失察的责任。张汤不肯与他一起谢罪，其实是想将盗贼的罪责尽数推卸到庄青翟身上，而且还要办他明知顾纵的罪名，让他引咎辞职，然后自己好接替相位。

谁知道张汤秘密交代御史的事情却被泄露出去，被相府中的三长史知道了，慌忙报告庄青翟，替他想办法，要先发制人。

三长史是谁？第一个就是朱买臣。他当了会稽太守后，等待武帝南征，结果武帝攻打匈奴，顾不上南方的事，但朱买臣会同横海将军韩说，出征了一次，俘获东越兵数百人，武帝便提升他为主爵都尉，列入九卿。几年后，又因为一些事而免官，不久又提升为丞相长史。他的好友庄助被张汤害死了，他很怨恨张汤。朱买臣与庄助一起当侍中时，张汤还是个小吏，在朱买臣面前点头哈腰，后来张汤当上了御史大夫，每次遇到丞相休假或缺位时，都由张汤代行丞相的事，朱买臣低头参见张汤，张汤故意傲慢地坐在那里，对老领导一点也不尊重，朱买臣就更恨张汤了。

还有两个长史，一个叫王朝，曾当过右内史；一个叫边通，当过济南相。都是因为失官后再次起用，先到相府任长史，张汤对待他们都很轻慢。

这次三个人便联合起来去找丞相庄青翟禀报道："张汤与你约好了一起向皇上谢罪，结果却负约了，现在又想借园陵的事整你，你要是不早计划，相位就要被他夺去了，我们为你考虑，请尽快揭发张汤的阴谋，让他先坐罪，才能免除忧患。"庄青翟当然同意三人的话，并让三人代为办理。

三长史便秘密派皇役捉拿与张汤交往密切的商人田信，严刑逼供，田信便招出了张汤营奸牟利的事。有人传入宫中，武帝召入张汤问道："朝廷每回一有举措，就有商人提前知道，难道有人泄露不成？"

张汤并不谢过，假装诧异说："可能有人泄露，也不一定。"

武帝听了这话，脸上有怒容，张汤便退下了。

这时减宣已把鲁谒居的事调查清楚，也来启奏，两面夹攻，武帝更加动怒，连派使臣责问张汤，张汤极口否认，一概不承认，武帝又派延尉赵禹去诘问张汤，张汤仍然不服。

赵禹微笑道："你也太不知轻重啦！你想你断案以来，杀了多少人，灭了多少族？而今你被人揭发，都有实据，皇上不忍心杀你，想让你自决，你何必倔强争辩呢？你现在自决，还可保全家族呢！"

张汤知道自己不能幸免，便向赵禹要了纸笔，写道：

汤无尺寸之功，起刀笔吏，陛下幸致位三公，无以塞责。然谋陷汤者，三长史也。

张汤写完便递交给赵禹，取剑在手，向颈上一挥，随着一缕鲜血从喉头飞出，张汤也到站下车。赵禹则拿着张汤的书去复命。

武帝悔思与酷吏下场

张汤一死，他的母亲和兄弟子侄都来了，围着张汤的尸身呼号痛哭。家人想厚葬张汤，但翻遍了家底只找到五百金，都是朝廷发给的俸禄，家中再没有其他值钱的东西。张汤的母亲悲痛地说："张汤身为大臣，遭到别人的诬陷而自杀，还要用什么厚葬呢？"

家人于是草草收殓，只用一辆牛车运着棺材出葬，棺材外面连椁都没有。

武帝看了张汤遗书，心里生出悔意。又听说张汤家无余财，张汤母亲不准厚葬的事，更加叹息道："不是这样的母亲，生不出这样的儿子！"

这时武帝已经完全站到张汤这一边，追悔莫及，忙命人抓捕三长史，一并抵罪，三人都在市曹斩首。丞相庄青翟也连坐下狱，服毒自尽。武帝另用太子太傅赵周为丞相，石庆为御史大夫。又命令释放田信出狱，让张汤的儿子张安世为郎。

张汤最让人动容的地方就是他死后家里只有五百金的事，这让他的同情分大增，司马迁说"酷吏"中"其廉者可以为仪表"，其中必有张汤。几年后，尹齐在淮阳都尉任上病死，家里甚至连五十金都没有。可见为官一任，无论是保护自己还是打败对手的最强武器就是"廉正"。

今天的"廉政"一词追本溯源，其本来的含义与"廉正"相同，"廉"为官德，"政"者"正"也。两汉时的酷吏大多是比较清廉正直，而且具有敬天保民思想，基本不危害百姓，甚至可以说他们的存在没有加剧阶级矛盾、社会矛盾，但最终也没有真正解决社会矛盾。

西汉的酷吏，正史中有传的一共十八人，其中十二人是汉武帝之臣，没被杀的仅有赵禹、尹齐、杨仆三人，可见武帝的厉害手段，更可见酷吏这条路也不是那么好走，虽然他们在官场常能平步青云，但最终被皇帝抛掉，来假装好人。王温舒后来因为贪污受贿而导致杀身灭族，他的两个弟弟和弟弟们的妻家，也因为其他罪被族诛，光禄勋徐自为叹道:“古时罪及三族已算极刑，王温舒五族同诛，真是太惨了！”《史记》记载，尹齐生前在淮阳杀人太多，死后仇家要烧他的尸体，尸体便消失了（“仇家欲烧其尸，尸亡去归葬”）。想必是家人怕仇家报复，提前把他的尸体藏起来，偷偷掩埋了。

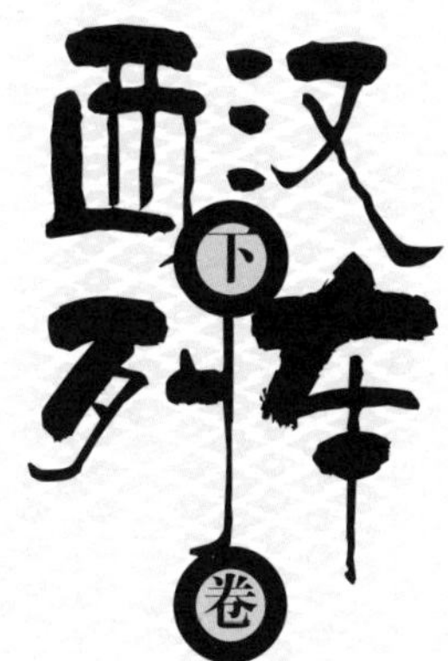

郑健 著

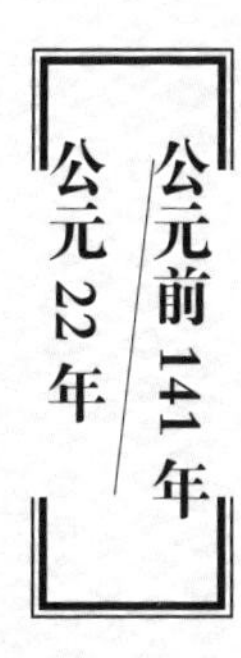

人民文学出版社

目录（下）

08 车厢：江山美人

09 车厢：胡旋舞

10 车厢：汉都孤儿

08 车厢

江 山 美 人

28. 姻缘难救美人笑

随着武帝走进列车第一节车厢，车厢里成员的身份也发生了变化。尊窦太后为太皇太后，王皇后为皇太后，上先帝庙号为孝景皇帝，葬于阳陵。此前，武帝已娶长公主的女儿陈阿娇为妃，此时立为皇后，又尊皇太后母亲臧儿为平原君，臧儿的两个儿子，也就是武帝的两个舅舅：田蚡封为武安侯，田胜封为周阳侯。

本章主要讲述武帝和两个女人——陈阿娇和卫子夫的情事。

陈阿娇和所有的小女人一样，她需要爱情，而且要独占一份，虽然她的男人是个从来不缺女人的皇帝，但她还是把他们的爱情成功捍卫了十年。当善于隐忍的歌女卫子夫这个不一样的音符出现时，她和武帝琴瑟和鸣的爱情还能维持下去吗？

平阳公主的礼物

建元二年三月上旬，武帝去灞上祭礼，回来的时候经过平阳公主家，公主设宴招待，召了一帮年轻的宫女来陪酒。公主也是替武帝着想，因为陈皇后很久都怀不上孩子，公主便想替武帝觅一个新宠，武帝看了一圈没一个中意的，索性不理她们，只顾自己饮酒。

平阳公主见武帝看不上眼，只好挥手叫她们退下，另召一班歌女进来弹唱助兴。

果然一阵娇莺般的歌声传来，武帝不由抬头看去，只见其中一个歌女略微低着头在唱歌，她两道秀眉如远山含翠，其间隐约有一股妩媚的情愫，武帝一双眼睛生生被她拽了去，发现越看越动人，尤其是那一头秀发盘成蛇髻，蓬松黑亮得可以照见人影。

武帝端详好久，那歌女似乎已经察觉到了武帝欣赏的目光，斜着一双星眸，屡屡和武帝目光碰撞，偶尔淡淡一笑，仿佛春日百花盛开了，武帝像是春水中的坚冰一样，瞬间被融化得无影无踪。

平阳公主见武帝目眩神驰的样子，早猜出是怎么回事，不禁得意起来，故意凑趣地问："这个歌女色艺如何？"

武帝听了公主的话，这才把目光从那歌女身上收回来，看着公主问那歌女的姓名和籍贯，公主说她叫卫子夫，平阳人。

武帝不禁失声赞道："好一个平阳卫子夫！"

公主乘便说愿将子夫送入宫中，武帝明白平阳公主的一番心意，十分高兴，赏赐她千金。

公主便令卫子夫去整理妆容，和武帝一起回宫，武帝已经登上了车，卫子夫则和公主告辞，公主抓住她的手说："这次机会你可要好好把握，把皇上伺候好，将来要是得了富贵，可别把我给忘了！"子夫连声说诺，便登车随武帝去了。

掌灯时分，武帝携着子夫走进宫中，一路欢声畅谈，忽然见宫中有个华贵妇人候着，武帝不由止住了话语。只见那妇人杏目含怒，又妒又恨地看着武帝身边的卫子夫，武帝慌忙把牵着卫子夫的手放开。

这妇人正是陈皇后，她故作平静地问武帝："这个美人是谁？"

武帝只好说："是平阳公主的家奴，入宫充役来的。"

陈皇后醋意翻涌，柳眉倒竖冷笑一声，连说了两个"好"字，便转身走了。

武帝被泼了一盆冷水，尴尬地站在一边，等皇后走了，才命人安抚卫子夫，自己则去了中宫。陈皇后还在气头上，见武帝来，正好使些小性子，叫武帝去陪伴新来的美人，不必过来烦扰。

武帝再三赔不是，陈皇后又与武帝订约，把卫子夫置锢到冷宫，不准私下见面，武帝勉强答应了。

结果就是卫子夫刚进皇宫便入冷宫，这以后的一年多时间都没能见到武帝一面。

阿娇的命运

一年后。

因后宫人太多，武帝决定遣散一帮宫女出宫，让她们另行择配，许多宫女都情愿出宫。

再见梦中人

武帝便按着名册逐一点验，按照优劣区分走留，当看到“卫子夫”三个字的时候，不由心中一动，留心盼着，不一会儿点到卫子夫的名字，只见一个略施胭脂的美人袅袅走来，武帝见她比以前消瘦了，那头蓬松乌发衬着如花容颜，却越发显得清丽脱俗了。她向武帝跪拜行礼，用她那娇莺一般的声音，楚楚可怜地说愿求释放出宫。

武帝心里又喜又愧，爱恨交加，自然不放她走，忙好言劝慰，卫子夫也不强求，随着其他留下的宫女退回。

第二日夜间，忽有内侍传旨宣卫子夫觐见皇上，卫子夫便跟着内侍走进内殿。武帝早就等在那里，此时他见了卫子夫，也不顾皇帝身份，一把把她搂入怀中，叙谈一年的相思之苦。

卫子夫却轻轻推开武帝，平静地说：“臣妾不能再接近陛下，还望陛下恕罪！”

武帝惊奇地问什么原因。卫子夫顿了顿说："如果被皇后知道了，臣妾死不足惜，就怕连累陛下。"

"我在这里见你，她不会知道。"武帝说，"我昨日梦见你站在几棵梓树旁，我还没有儿子，这个梦一定是要应在你身上，要替我生儿子。"说完又把卫子夫搂进怀里，卫子夫脸色绯红，心如鹿撞，这一次她却没有再拒绝。

很快，卫子夫怀孕了，纸终究包不住火。陈皇后得知消息后很是惊怒愤恨，立即去见武帝，和他争论。武帝这一次非但不肯再让，而且责怪她不生孩子，自己是为了延续龙脉才宠幸卫氏的。陈皇后无话可说，愤然而去。

陈皇后一面四处求医，一面多方设计，想陷害卫子夫，可武帝处处保护卫氏，她最终无从下手。武帝恨她嫉妒心强，索性都不去中宫就寝。陈皇后无奈之下，只好找母亲窦太主商量，窦太主就是馆陶长公主，女儿当了皇后，她也加了封号。

窦太主一时也想不出好法子，忽然听说建章宫里有个叫卫青的小吏是卫子夫的弟弟，窦太主推不倒卫子夫，便想从他身上下手，派人去抓他。

史上最有名"私家马术教练"

卫青与卫子夫同母异父，母亲原来是平阳侯家婢女，女家给卫家生了一男三女，长女名叫君孺，次女名叫少儿，三女就是卫子夫。丈夫死后，卫氏又和平阳侯家僮郑季私通，生了儿子郑青。郑季已有妻室，不能再娶卫氏，卫氏养了郑青几年，生活十分艰难，便让郑青跟着郑季过。郑季无奈之下收留了儿子。

郑季的妻子却对郑青很不好，把他当成童仆一般，随意呵斥，又让他去放羊。郑家的几个儿子也不把郑青当兄弟看，郑青寄人篱下，受了很多苦。

卫氏见儿子可怜，便去找平阳公主帮忙给他找份差事，平阳公主便召见郑青，见他是一个结实帅气的小伙子，立即答应用他为骑奴，相当于现在富婆的私家马术教练。每次公主出行，郑青都骑马跟随。

这时卫氏的三个女儿也长大了，大女儿嫁给了太子舍人公孙贺；二女儿与平阳公主的家吏霍仲孺私通，生下一个儿子，取名霍去病；三女儿卫子夫选入宫中。

郑青想着自己与郑家没有一点情分，便改从母姓，叫作卫青，又取了一个表字，叫作仲卿。

卫青做了一两年骑奴，认识了几个好友，如骑郎公孙敖等，兄弟们帮他引荐，让他到建章宫当差，没想到没过几天就被窦太主派人抓去，差点砍了他脑袋，幸亏公孙敖等几个兄弟召集了骑士，去把卫青抢了回来。同时托人向武帝禀报，武帝听说后十分生气，索性召见卫青，当面提拔他为建章监侍中，不久封卫子夫为夫人，又调卫青为太中大夫。

对卫青的同母兄弟姐妹，也一并加恩册封，封卫青的哥哥长君为侍中，大姐夫公孙贺的父亲浑邪曾经是陇西太守，封为平西侯，后来犯法夺了封地，而公孙贺却因为侍奉武帝而被提拔为舍人，继而又升为太仆。

二姐卫少儿与霍仲孺私通后，又看中了另一个男人——陈平的孙子陈掌。陈掌很英俊，少儿爱上了他，便与他结为夫妇。陈掌的哥哥陈何，因为擅夺人妻而被弃市，封邑也被削了，陈掌受牵连，只当了一个普通小吏，自己也没想到竟会成为皇上的连襟，当了詹事，就连抢救卫青的公孙敖，也被超任为太中大夫。

窦太主偷鸡不成蚀把米，悔恨不迭，但也只能哑巴吃黄连。陈皇后看着皇帝近在咫尺，却对她无比冷漠，一点也没有挽回的余地，更是苦恼，心如刀绞。

小女人招数

这时武帝对陈皇后早已没有爱意，见她就烦，甚至生出了废后之心，只是仍念着窦太主的旧情，不敢贸然提出。

太皇太后看着他们夫妻二人这一切，很不高兴，每次武帝去看望她时，都要啰唆几句，责怪武帝，武帝非常郁闷。

阿娇见自己失去了武帝欢心，非常焦急无助。她不甘心，卫子夫不过是一个卑贱的歌女，却让她败得一塌糊涂。但她的这颗心，也只有不甘，却从没像吕雉那样有过勃勃野心和蠢蠢欲望，也就从来没有学会卫子夫的隐忍、李夫人的智慧以及赵婕妤的逢迎。

不久，她找到了一个叫楚服的女巫，让她做法挽回武帝心意，结果几个月都没有应验，这件事倒是被武帝知道了，龙颜大怒，立即彻查此事，把楚服抓起来讯问，一吓二骗，楚服便招认了。于是定罪说她为皇后诅咒皇上，大逆不道，应该斩首，连她的一帮徒众、宫中女使太监都连坐，一律处死。武帝立即批准，共斩首三百多人。陈阿娇随后被废了皇后，迁到长门宫居住，她母亲窦太主忙到武帝面前赔罪。武帝还追忆旧情，以礼相待，好言劝慰她，答应决不让废皇后受苦。

司马相如由于身体不适，请了病假在家休养，好长时间都不入朝，有一天从长门宫来了一个内侍，送给相如百金，求他代作一篇赋。

相如带病坚持工作，写了一篇《长门赋》。求赋的人正是被废去皇后的陈阿娇，她还是不甘，一刻都不曾忘记武帝“若得阿娇作妇，当作金屋贮之”的旷世情话，一刻都不曾忘记自己和武帝十年夫妻恩爱的点点滴滴，一刻都不曾忘记自己身为皇后的那些尊宠无比的日子。

她花重金买得司马相如的《长门赋》，命宫女们天天传诵，希望武帝听到后被感动，使他回心转意，可是武帝有了卫子夫，便再也不肯回头。

窦太主的情人

窦太主是武帝的姑姑，而且立有旧功，应该入宫责备武帝，替女儿据理力争，为什么这样谦卑，甘心屈膝呢？

原来，她也有自己的隐情，都是为了她的情人董偃。

从小培养的情人

有个卖珠的女人经常去窦太主家，有时带着十二三岁的儿子。太主见小男孩生得齿白唇红，相貌俊美，不禁心生怜爱，于是对卖珠的女人说：

“你要是不介意，我替你教养儿子吧！”卖珠女听了只觉得喜从天降，忙谢着答应了。

这个男孩便是董偃。窦太主把他留下，请人教他读书识字，学习骑射、御车等技能，董偃十分聪明，一学就会。他嘴巴也非常甜，经常奉承窦太主，讨她欢心。光阴飞逝，几年后窦太主的丈夫堂邑侯陈午病逝，整个丧葬都由董偃负责，打理得井井有条。

那时窦太主年过五十，由于养尊处优，保养得好，她就像三十多岁。董偃此时也已十八岁，出落得风流倜傥，又很能干。陈午逝世后，他更是进出自如，不避嫌疑。窦太主独居寂寞，对董偃由爱生情，勾引他睡到一处，董偃虽然很不情愿，但也不敢违背，只好勉强承欢。

窦太主得了董偃十分开心，替他举行了隆重的冠礼，一帮趋炎附势的官僚都来道贺。窦太主怕别人说闲话，便让董偃广交宾客，笼络人心，所需的钱财都由她出，任意取用。董偃好像掉进了金窝里，乐得尽情挥霍，到处交游，当时的名公巨卿都和他往来，人称“董君”。

武帝称他“主人翁”

袁盎的二儿子袁叔和董偃关系很好，无话不谈，一天悄悄对他说：“你私下侍奉太主，这可是犯罪，难道还能长久安享吗？”

一语惊醒梦中人。董偃慌忙问计，袁叔道：“我替你想了一个办法，顾城庙是汉祖祠宇，旁边有籍田，皇上每年来祭拜都没有休息的地方，只有窦太主的长门园与祖庙相近，你请太主把这个园子献给皇上，皇上一定高兴，如果皇上知道这是你的主意，自然会赦罪记功，你就能高枕无忧了。”

董偃点头称善，回去便告诉窦太主，太主当然听从，把长门园献给武帝，果然武帝改园为宫。窦太主赠一百金给袁叔，以示感谢。

后来袁叔又替董偃设计，董偃便转告太主，让她装病，几天不入朝。武帝不知是假，便亲自过来探望她，问她需要什么。

窦太主边流泪边说：“妾蒙陛下厚恩先帝遗德，列为公主，享受荣华，很惭愧无以为报，所以妾有一个思愿，愿陛下注意保养精神，有空常到妾这里来消遣，让妾为你捧杯祝寿，妾虽死也无恨了！”

武帝回答说："太主何必忧虑，等你病好了，朕自会常来游宴。"窦太主谢了又谢，武帝便起驾回宫。

过了几天，窦太主便自称病好了，入朝去见武帝，武帝厚赏了她，又和她宴饮。

又过了几天，武帝果然亲临窦太主家。窦太主听说皇上来了，忙脱掉华丽的衣服，改穿奴婢穿的衣服，身上还围了一条围裙，在门口伫立等候，躬身把他迎进去。

武帝看她这身打扮，早就看透她的意思，便笑着说："我要见主人翁！"

窦太主一听这话，一张脸禁不住红到了耳后根，忙跪下，摘去头上的簪子，脱掉鞋子，边磕头边道："妾知道自己不顾身份，有负陛下恩德，罪该万死，陛下不忍心责罚，我在这里请罪了！"

武帝微笑道："太主不必多礼，请主人翁出来，我自有话说。"

窦太主便插上簪子，穿上鞋，走进东厢，带着董偃来见武帝，只见董偃头戴绿巾，臂上缠着青布，穿着厨子的衣服，跟着窦太主来到堂下，惶恐地俯伏在地上，窦太主替他说道："馆陶公主的厨子董偃，冒死拜见！"

武帝笑着让他平身，又赐他衣冠，让他一起参加宴席。窦太主在席上给武帝夹菜倒酒，董偃也来敬酒，两人把武帝侍候得非常开心，直到日落西山，才酒阑人散。武帝起驾回宫，窦太主又拿出许多金银财物赏赐武帝的随从。窦太主原本是个贪财的人，现在为了情郎董偃不惜千金一掷，为他铺路。自此以后，很多人都闻风投到董偃门下，窦太主也公开带着董偃出入朝堂。董偃伶俐乖巧，武帝允许他自由出入，并且常和他到上林苑娱乐，戏狗马，玩蹴鞠，他很快就得宠于武帝。

东方朔执戟严谏

一天，武帝和窦太主、董偃三人在宣室饮酒。

刚好东方朔在宫中当卫官，手里执着戟过来对武帝说："董偃有三条死罪，怎么能进来？"

武帝问什么原因，东方朔答道："董偃以一个身份低微的人私奉太主，便是第一大罪；败坏礼仪，违反王制，便是第二大罪；陛下年富力强，正该读书学习，处理政事，董偃不劝学，反而引诱蛊惑陛下，正是国家大贼，没有比这更大的罪了！陛下不惩处他，还让他进宣室，我真为陛下担忧啊！”

武帝一时说不出话来，良久才说："这次就算了，以后一定改正。"

东方朔严肃地说："不行不行，宣室是先帝的正殿，不是正道的人不能进来，自古篡逆大祸，多是由淫乱酿成的，竖刁把齐国搞乱了，庆父不死，鲁难未已，陛下如果不预防，祸根从此就种下了！”武帝听了，也觉得很吃惊，当即点头称善，于是把酒席移到北宫，命董偃从东司马门进殿，又把东司马门改称为东交门。武帝还赐东方朔三十金，这顿饭后便不再与董偃往来了。

后来窦太主年过六十，年老色衰，董偃免不得寻花问柳，窦太主便埋怨他薄情，武帝乘机把董偃赐死。窦太主死后，武帝令二人合葬霸陵旁。

武帝一直命人善待陈阿娇，让她生活无忧，窦太主死后不久，陈阿娇也郁闷而死。"金屋藏娇”成为千古佳话，当事人的结局却是如此悲催。

幸运之神这时是站在卫子夫这边的，她的弟弟卫青率军出征匈奴，立了战功，她也终于为武帝生了个儿子。之前她接连生了三个女儿，武帝到这时才有儿子。卫子夫这次让武帝高兴极了，开了三天宴席庆贺，给儿子取名为刘据，并下诏立禖祠祭神，让东方朔、枚皋等作禖祝文纪念；又册立卫子夫为皇后，满朝文武争相道贺，汉宫真是热闹非凡。

枚皋因为卫子夫当皇后，写赋戒免武帝，说了别人不敢说的话，武帝虽然没有责怪他，但也只将文章看作闲文，没有引起注意。武帝又改元，称元光七年为元狩元年。

七年后，武帝册立刘据为太子，彻底断了陈阿娇重返东宫的念头。对陈阿娇来说，爱情只是宿命摆下的一个局。最痛苦的是，消失了的美好姻缘，它就永远不见了，永远都不会再回来，却偏还要留下一根细而尖的针，一直插在陈阿娇心头，一直拔不去，它想让她痛，她就得痛。

武帝的女人们

卫青、霍去病征伐匈奴，连打胜仗，卫家子弟这么争气，卫家女儿卫子夫也不落后，因此时人都很羡慕，编了一首励志歌谣道："生男别高兴，生女也莫发怒，君不见卫子夫，霸天下。"但女人要在皇宫立足，全靠姿色，卫子夫生了一男三女，人到中年后，身材相貌就渐渐走样了，武帝于是又宠爱了一位王夫人。王夫人是赵人，色艺过人，为武帝生下一个儿子，名叫刘闳，她成了卫子夫的强劲对手。

卫青送礼

这天，有个叫宁乘的人找到卫青，说有事情要密谈，卫青便把他带进府中，屏去奴仆，问他什么事。宁乘这才说道："大将军食邑万户，三个儿子封侯，可算是位极人臣，一时无两了，但物极必反，权位高了很危险，大将军可曾想过吗？"

卫青被他一提醒，也皱着眉头道："我也担心着，你说我该怎么办呢？"

"大将军得到现在的尊荣，并不是全靠战功，实在也是沾了皇亲国戚的光，卫皇后现在没什么问题，王夫人被圣上宠幸，她的母亲在京都，还没有得到封赏，大将军何不先送她千金，和她结好？多一个内援就多一份保障，以后就可无虑了。"

卫青谢了他，把他留在府中居住。又取出五百金派人送给王夫人的母亲。后来王夫人把这事告诉武帝，武帝很高兴，但想这可不是一向老实巴交的卫青办事的风格，于是等卫青入朝，便询问他为何无故赠金。卫青回答说："宁乘说王夫人的母亲还没有封赏，经济拮据，所以臣特意送她五百金，没有别的意思。"

武帝便问宁乘的来历。原来武帝想求仙，于是征召全国的方士，宁乘便入都待诏。武帝立即召见了他，提拔他为东海都尉。宁乘仅凭一句话就得了官，乘着驷马高车就任去了。

可惜王夫人红颜薄命，年纪轻轻就生了重病，香消玉殒了。自从王夫人病死后，后宫佳丽虽多，却没有武帝特别宠爱的。就在武帝沉浸在悲伤中的时候，宫里来了一个伶人李延年，进宫后创作了很多流行音乐，很得武帝欢心。他的妹妹也擅长歌舞，倚态轻盈，又很美貌，平阳公主看准了机会，又来做媒人，把李氏引荐给武帝。

李氏的到来让武帝龙颜大悦，她很快便怀孕了，不久为武帝生了个儿子。后来封为昌邑王，李氏被加封为李夫人，李延年因为妹妹得官，任协律都尉。

可惜红颜薄命，李夫人的命运与王夫人相似，儿子还幼小，她就一病不起，武帝遍召名医为她诊治，但都没效果，渐渐地形容消瘦。到了垂危的时候，武帝去看望她，她忙用被子蒙住头，不肯再与武帝见面，说是没有梳妆打扮，不能见皇上。

武帝用手掀开她的被子，没想到她却转身向里，始终不肯从命。等武帝退出后，姐妹们入宫伺候她，问她怎么违忤皇上心意，她抽搭着说："女人以容貌取悦人，色衰便爱弛，现在我的容貌不像以前了，如果皇上见了，一定会嫌弃，不再追念我，难道还肯顾我的兄弟姐妹吗？"

李夫人死后，武帝大为悲伤，用厚礼安葬她，命人在甘泉宫画了一幅李夫人的画像。后来武帝还梦到李夫人，李夫人在梦中赠他蘅芜，醒后还有余香，因此把卧室名为遗芳梦室。

历史的列车，就这样把武帝和她的女人们一起带到别处，一个一个依次下车，永远都回不到当初的那个站。

29. 沧海淘尽英雄泪

武帝任用酷吏，企图用严酷的手段来解决社会失范的问题，没有抓住问题的根本，自然也解决不了问题。司马迁对酷吏是持批判态度的，酷吏除恶一时，却让恶的制度滋生。况且，酷吏的严刑峻法也不是真正的“法治”。《史记》记载，廷尉杜周的为官之道是“上所欲挤者，因而陷之；上所欲释者，久系待问而微见其冤状”，皇上想排挤的，他就设法陷害，皇上想释放的，他就慢慢地审问，直到问出一丝一毫的冤情，便把他无罪释放。

有人批评他说：“你为天子判案，不依法为据，而专以天子意思审判，作为判官真是像你这样当的吗？”

杜周反驳道：“法律是怎么出来的？先帝定的是律，现在天子说的是令，都是因时而定，哪有什么古法呢？”

酷吏们只对主子负责，根本不会遵循法条，“正义”二字在他们眼里更多是排除异己的幌子。如果遇到一个有私心的酷吏，打着自己的小九九，皇帝自己都要跟着倒霉。武帝似乎浑然不觉，亲手打开潘多拉魔盒，任由酷吏一个接着一个上车。本章主要讲汉武帝下半生的故事，一代雄主最终被自己养的狗给咬了。

心中的魔鬼

朝廷连年用兵，赋税繁重，再加上历任刑官，多是著名的酷吏，用尽严刑苛法，百姓的日子并不好过。元封天汉年间，武帝任用南阳人杜周为廷尉。义纵当南阳太守时，杜周是他的爪牙，后来被推荐为廷尉吏，跟张汤混，张汤又推荐他为御史，曾和减宣共事，当了十几年中丞。他当廷尉，减宣当左内史，他一味仿效张汤，逢迎武帝，他比王温舒更为酷辣，任意株连，搞得天怒人怨，盗贼蜂起，尤其是山东一带，经常发生劫掠的事情。

特创“沈命法”

地方官员不得不如实上奏，武帝派光禄大夫范昆等，穿绣衣、配虎符，号称直指使者，巡查山东，发兵缉捕，范昆等作威作福，滥杀无辜，虽然也杀了几个真正的盗魁，但余党都逃到山泽里，依险抵抗，官兵也无计可施，好几年也没有荡平。

武帝又特创了一个“沈命法”，沈命就是没命的意思。沈命法就是：凡强盗出现了没发觉，或发觉了没诛尽，二千石以下的小吏，俱坐死罪。

结果《史记·酷吏列传》记得很明白:“其后小吏畏诛，虽有盗不敢发，恐不能得，坐课累府，府亦使其不言。故盗贼浸多，上下相为匿，以文辞避法焉。”小官们都怕自己被杀，有了强盗也不敢告发，怕抓不到强盗，官府怕受连累，也不让他们说，于是盗贼越来越多，上下互相藏匿，官府上报假情况，说没有盗贼。

有一个叫暴胜之的直指使者，经常归咎二千石以下的小官捕杀强盗不力，把他们杀了。

渤海郡人隽不疑独自去见暴胜之，对他说：“我久仰你的大名，今天能见到你十分荣幸，凡为官太刚必折，太柔必废，刚柔相济才能成就功业，扬名立万！”

暴胜之听了他的话，变猛为宽。后来他又举荐隽不疑为青州刺史。

还有绣衣御史王贺出去抓捕盗贼，大多数都放走了，他对人说："我听说让一千人活命，子孙就能受到封荫，我救活了不下万人，后代人应该从此要兴盛啊！"

太子结梁子

一个黑影登上了飞驰的列车，此人便是赵王彭祖的门客江充，他曾经得罪赵太子丹，逃到长安，状告太子丹与妹妹私通淫乱，太子丹被抓了起来，后来虽然赦免罪行，但却不得袭赵王的爵位。

当时京畿三辅也有盗贼。武帝因为江充高大魁梧，让他担任直指使者，督察贵戚近臣，江充得以任意举报劾奏他们，并迫令他们到北方戍边。贵戚入朝哀求，情愿花钱赎罪，武帝批准了他们的请求。江充帮武帝做了一桩好买卖，得了赎罪钱数万缗。武帝认为江充很忠心耿直，经常让他随侍身边。

一天江充随驾到甘泉宫，遇上太子家人坐着马车驰在道中，当即上前喝住，把车马给扣留了。太子刘据得知情况，忙派人去找江充说情，叫江充不要上奏。江充却不理他，直接去报告武帝，武帝高兴地说："当大臣就应该这样！"于是提拔他为水衡都尉。这件事让太子和江充之间的关系留下了阴影。

疑心生暗鬼

天汉五年，武帝改元太始，与民更始的意思。太始五年，又改元征和，征讨有功、天下和平的意思。这几年里，武帝又东巡数次，没有寻到神仙，只有连年旱灾，禾苗难生。

征和元年冬天的一天，武帝在建章宫闲居，恍惚看到一个男子带剑进来，忙喝令卫兵将来人拿下，卫兵环集过来捉拿，却发现那男子不见了。武帝说明明看见有人进来，又怒责门吏失察，杀了几个人；又命三辅骑士大搜上林，连上林的一只跳蚤都没放过，还是没找到；又把都门关住，挨家挨户搜查，全城都被搞得人心惶惶，连搜了十一天，始终没有抓住真的罪犯，只好罢休。武帝暗想如此搜索都搜不到，难道是鬼？

侠客斗丞相

不久武帝接到了一封告状信，告发丞相公孙贺的儿子公孙敬声与阳石公主私通，而且还让巫师在祠中祷祭，诅咒宫廷，又在甘泉宫驰道旁埋木偶等事。这封书是从狱中送来的，上书的人是正关在狱中的阳陵侠客朱安世所写。

原来，公孙敬声出生于官宦家庭，从小就被溺爱，当了太仆侯，更仗着自己的姨娘是皇后，父亲是丞相而骄淫无度，无法无天。公孙贺平时忙于政务，也没有精力去管儿子。公孙敬声竟然擅用了北军一千九百万军费，被人告发，抓捕到狱中。老爹自然急着想救儿子，这时刚好公孙贺得到消息，有个案犯潜逃到都中来了，这人就是朱世安。

公孙贺便上书说愿意缉捕朱世安为儿子赎罪，武帝便答应了。

公孙贺便命令吏役严加搜捕，吏役都认识朱安世，朱安世这个人总是仗义疏财，很够朋友，因此吏役们之前都买他的人情，有意让他漏网。这次形势不一样了，奉了丞相的严令，没办法再放他了，于是很快便将他抓到了，但为了不得罪朱世安，吏役们还是对他说明了详情。

朱世安听了并不惊慌，笑着说：“丞相要想害我，恐怕自己也要灭门了！”

于是他在狱中写了这封告状信，果然武帝看了书后大发雷霆，立即下令把公孙贺抓了起来，并把亲生女儿阳石公主也连坐在内，廷尉杜周迎合武帝的意思，立即着手罗织罪名。

诸邑公主是卫皇后所生，与卫青的儿子卫伉是表兄妹，卫伉因为犯罪而被夺去封爵，诸邑公主替他抱不平，发了牢骚，被杜周知道了，也不放过她。

结果公孙贺父子都死在狱中，卫伉被杀，两个公主自尽。武帝毫不怜惜，还认为杜周办理得当，又命涿郡太守刘屈氂继任丞相。刘屈氂是中山王刘胜的儿子，刘胜是武帝的兄弟，喜好酒色，据说有一百多个妾，一百二十几个儿子。刘胜病逝后由长子刘昌继承父爵，庶子刘屈氂则任涿郡太守。武帝怕相权过重，仿照高祖遗制，分设左右丞相，右丞相暂时空缺，先命刘屈氂任左丞相，加封澎侯。

渔色再生鬼

这时武帝年近七十，他很想长生，便经常请方士来询问吐纳引导之术，又在宫中铸了一个铜像，高约二十丈，大手掌上托着一个盘子，用来接朝露，名曰仙人掌，把朝露采集后掺着玉屑服用，认为多喝这种饮料能长生。

长生功效倒未见，壮阳倒是真的。李夫人病逝后，武帝又宠爱尹婕妤和邢金娥。这两人入宫后从来没见过面，尹婕妤听说邢金娥貌美，便要求武帝让她们两人见面，一较高下，武帝让其他宫的宫女扮成邢金娥来见尹婕妤，尹婕妤一眼便看出这是别人顶替的邢金娥。等到邢金娥真的奉召而来，只见她穿着很普通的衣服，但姿容却秀美娇媚，夺人心魄，尹婕妤目瞪口呆，半晌说不出话来，接着便低头哭了起来。邢金娥微笑着走了。

武帝知道尹婕妤自认为比不过邢金娥才伤心落泪，于是便温柔地劝慰他，好容易才止住尹婕妤的眼泪。从此以后，尹婕妤和邢金娥便不愿再见面了。

武帝后来还宠爱一个钩弋夫人。相传武帝北巡经过河间，见那里有青紫气，便询问术士，术士说这里一定有奇女子，武帝便派人查访，下面的人自然不敢违命，无论如何也要找一位美女出来交差，于是找到了当地一个赵家的小女儿，生得艳丽绝伦，只是她的手得了怪病，伸不直，只能握成拳，等武帝去看她的时候，她的手伸开了，掌中还握着一个玉钩。

史书上说得神乎其神，这未尝不是武帝手下为了应术士“奇女子”的话而设计的，也是一次成功的炒作。武帝把她带回宫中，住的地方叫作“钩弋宫”，称这位赵氏女子为钩弋夫人。

又过了一年，钩弋夫人竟然怀孕了，“朝露玉屑茶”果然好功效。这钩弋夫人一怀竟怀了十四个月，生下一个男孩，取名刘弗陵。

于是进钩弋夫人为婕妤。武帝听说尧的母亲也是怀孕十四个月才生下尧，认为这很吉祥，便称钩弋宫为尧母门。

武帝一直精力充沛，身强体壮，但由于生性好渔色，又常吃丹药，所以到了征和改元，武帝身体就开始不行了，渐渐的疾病侵身，耳目不灵，精神也一日不如一日。前次见有男子带剑入宫，很可能也是老眼昏花所致，后来公孙贺父子治罪，连及两个女儿，更觉得心神不宁。一天他在宫中午睡，梦见无数木头人，持杖袭击他，把他吓出了一身冷汗，惊醒后还觉得心惊肉跳，魂不守舍。

刚好江充进来问安，武帝便把刚才做的梦告诉他，江充正想借此做些文章，便一口咬定说这是有人用巫蛊作祟。武帝忙令江充去查办。

长安城氛围一下子显得紧张起来，有许多穿着黑袍子的巫师，到处挖地掘蛊，甚至连官民的住处也不放过。巫师们神神道道，掐指算着，嘴里念着谁也听不懂的咒语，便到了指定的地点，并且真的挖到了很多木偶，而被挖到木偶的人家，不管是谁，一律都抓了起来。

其实这一切都是江充搞的鬼，他得了武帝的命令很是得意，刚好趁此机会要借着梯子往上爬。木偶是他提前让人埋好的，官民都不知情，自然供不出什么东西。但江充不愁人犯不招，他用烧红的铁钳烙人犯的身体，严刑逼供，结果想要什么说什么。就这样一帮无辜的官民被陷害，一下子竟然杀了几万人。

太子的战争

武帝原先很喜欢太子刘据，后来渐渐对他不满意了。太子失宠的原因有三：

一是武帝不喜欢太子的性格。太子刘据性格忠厚，平时遇有大狱，往往替别人求情，代别人平反，比较得人心。但这显然不符合武帝这位雄主的脾气，他认为太子太妇人之仁了，成不了大气，就像秦始皇对善良的扶苏不满一样。

二是武帝认为他才能平庸，作为国家的接班人没什么强项，他对太子很失望。

三是卫子夫年老色衰，没有什么吸引力了。因此对母子二人越发冷淡。还是卫皇后向来谨慎，几次劝诫太子要按皇上的意思办事，所以没有被废。

小人构陷

俗话说：屋漏偏逢连夜雨。对太子不利的事接踵而来。江充上次弹劾太子家人而邀宠，太子对他有些不满，接着又听说巫蛊案牵连了很多人，对他更是厌恶，江充也觉察到了太子对他的态度，怕将来太子继位，自己不免得罪，于是准备先除去太子，免得留下后患。一群小人像苍蝇一般围住了太子，接连构陷他。

黄门郎苏文与江充交往密切，他和江充一起构陷太子。

太子有一天去看望母亲，在母亲那里住了一夜，第二天才出宫。苏文便向武帝进谗说："太子一整天都在宫中，想必他是与宫人嬉戏呢！"武帝不说话，别有用心地拨了二百名宫女给东宫。

太子知道武帝别有用心，经过探查才知道，是苏文在背后捣鼓，于是更加收敛低调。

苏文又与小黄门常融、王弼等私下监视太子，抓他把柄，然后夸大其词地举报太子。卫太后对他们恨得切齿，经常叮嘱太子到皇上那里剖白冤情，请求诛杀诬陷他的人。太子怕武帝烦扰，不想向他报告，只是说自己没过失不怕别人瞎讲。

不久武帝生病，让常融召见太子，常融回报说太子面有喜色。等太子过来探望时，脸上还带着泪痕，强颜欢笑，武帝这才知道常融说谎，于是把他推出去斩首。

苏文没有达到目的，反而断送了一个常融，又是愤怒又是惧怕，便去告诉江充。江充便想了一条毒计，他请武帝到甘泉宫养病，暗地里派巫师檀柯对武帝说："宫中隐藏着一股蛊气，如果不早点把蛊除掉，陛下的病难以痊愈。"

武帝正愁身体多日不好，一听檀柯的话，当然相信，立即让江充入宫查究，并派按道侯韩说、御史章赣相助。苏文、檀柯则随江充同行，江充手持诏旨，带着一帮人进了宫，到处挖地搜寻，在皇后和太子两个宫中，挖出了许多木人，太子那里还搜出了帛书，上面写了许多悖逆的话。江充拿着“证据”，趾高气扬地走出东宫，扬言要上奏皇上。

太子抗争

太子没有干这些事，知道是被人陷害，又惊又怕，忙找少傅石德商量。石德也怕自己坐罪，便立即献策道：“前丞相父子、两公主和卫伉等人，都因为这事而被诛杀，今天江充挖到了这么多木人，就是明知他在陷害你，殿下也没有办法说清楚，我看不如先把江充抓起来，惩治奸人，再作打算。”

太子惊愕地说：“江充是奉诏来的，怎么能擅自抓捕他呢？”

石德说：“皇上在甘泉宫养病，奸臣才敢这样大胆，殿下如果不从速办理，岂不是要蹈秦朝扶苏的覆辙吗？”

太子听石德这么一说，也来不及多想，便假传圣旨调集武士，把毫无防备的江充、檀柯等人抓住。韩说是军人出身，与武士打了起来，结果寡不敌众，伤重而亡。苏文、章赣则乘隙逃往甘泉宫。

太子随后下令斩了江充，把檀柯押到上林，用火烧死，一面让舍人无且去未央宫向卫皇后通报，一边又把中厩的车马都调出来，把武库的兵械都运到长乐宫，发给卫士守卫宫门。

这里太子犯下了两个错误：

一是没有审讯江充、檀柯，让他们招供，把辨明自己清白的路给封死了；

二是假传圣旨，擅用帝兵。没有直接去甘泉宫向武帝自首请罪，把赢得武帝支持的最后一根救命稻草丢弃了。

奸计得逞

苏文、章赣跑到甘泉宫向武帝报告说太子造反，擅自抓捕了江充，武帝不敢相信地说：“太子一定是因为宫里挖出木偶而迁怒江充，才会生这个变端，等我召他问清情况。”于是派侍臣去召见太子。

侍臣临走前，苏文递给他眼色，他知道苏文的意思让他别去，他也怕太子气头上把他也杀了，所以也不敢去，而是到其他地方避了一些时日，才返回甘泉宫，奏报武帝说："太子谋反属实，不肯前来，还想将臣斩首，臣只得逃了回来。"

武帝闻言大怒，想让丞相刘屈氂去抓捕太子，刚好丞相府中的长史又来报告变故，武帝问："丞相在干什么？"

长史回答说："丞相因为事关重大，秘不发兵。"

武帝愤怒地说："言之凿凿，还有什么秘密？丞相没听说周公诛杀管蔡的事吗？"周公诛杀管蔡的事是指：周武王建周后，大封功臣，其中便有管蔡。周成王年少，国家多有人不服，于是此时管蔡及武庚谋反，周公受武王之托，便一举将其剿灭，从此奠定西周三百多年基业。

武帝于是写下玺书，交给长史带回去。刘屈氂之前听说太子变乱的事后，吓得逃跑了，结果连丞相印绶都丢了，心里正在着急，忽然见长史到了，把玺书给他看，只见玺书上写着：

捕杀谋反者有重赏！当用牛车构筑障碍，不要短兵相接，多杀伤兵士！坚闭城门，勿让谋反者出城，至要至嘱！

刘屈氂忙将玺书颁示出去，不久又有诏令传来，凡三辅随近县的兵士都归丞相调遣，刘屈氂立即调集兵马，去抓捕太子。

其实，刘屈氂对江充的表演早就心知肚明，但他心中却藏着一个天大的秘密：他现在想让昌邑王刘髆取代刘据。刘髆是刘据的异母弟弟，更是刘屈氂的女婿。刘髆要是当了太子，将来继承皇位，他就能永掌大权，永享富贵了。

汉宫喋血

太子得知消息，急得没办法，头脑一热，索性一不做二不休，矫诏把京城的囚犯全部赦免，让石德和宾客张光分别领兵抗敌，并宣告百官，说皇上病危，奸臣作乱，应该尽快讨伐。

大臣们这时也不知情况，个个云里雾里，辨不清谁真谁假，只听得都城里面杀声震天，太子与丞相督兵交战，杀了三天三夜，也没有分出胜负，第四天有人传出消息：御驾已经到建章宫。

这时群臣才知道是太子矫诏，一些大臣便去帮助丞相讨伐太子，太子兵马渐渐不支。

太子忙乘车到北军门外，叫护军使者任安，给他赤节，令他发兵相助。任安曾是卫青的门客，与太子也熟悉，当面只好接受了赤节，拜了几拜后，便回到门里，闭门不出。

太子没办法，只好又驱使都中的百姓当兵，又打了两天两夜，太子的兵几乎被杀光了，一败涂地，石德、张光战死。

太子带着两个儿子准备从南边的复盎门逃走，门早已关了，出不去，这时刚好被司直田仁看见，不忍心加害太子，便把他放出城去。

很快丞相带兵追到城门，查到田仁擅自放走太子，便要处斩他。御史大夫暴胜之忙对刘屈氂说："司直是二千石的官员，有罪应该奏明圣上，不宜擅杀！"刘屈氂才罢手，去向武帝报告。

武帝怒极了，立即命人把暴胜之和田仁抓起来，并派人责问暴胜之，为什么袒护田仁，暴胜之惶惧自杀。

武帝又派宗正刘长、执金吾刘敢去没收卫皇后的玉玺和印绶，卫皇后把玉玺印绶交出来，大哭了一场，自缢而死。接着卫氏家族都被抓起来论罪，太子妃妾全部自尽。此外东宫和太子一起起兵的属吏全部族诛。就连任安接受太子赤节的事也被查出来，被抓到狱中，与田仁同日腰斩。

迟来的悔悟

武帝怒不可遏，异常焦躁，没有人敢劝谏。只有壶兰三友令骨茂上书说：

臣听说父亲就像天，母亲就像地，子女就像万物，天平地安，万物茂盛；父慈母爱，子女孝顺。现在皇太子是大汉的传人，继承万世之业，承载祖宗重担，是皇帝的亲骨肉，江充一介平民，当上了宫里的臣仆，陛下重用他，他却利用至尊的命令诬蔑胁迫皇太子，太子见不到陛下，受困于乱臣，有冤无处诉，没办法才杀了江充；他很恐惧，为了逃避抓捕，用父亲的兵来自救，臣认为他并没有邪心。之前江充谗杀赵太子，天下人都知道，现在又陷害太子，激怒陛下，陛下没有明察，就举大兵抓太子，满朝的官员，智者不敢言，辩士不敢说，臣很痛心，愿陛下宽心慰意，宽恕太子的过错，赶快罢兵，不要让太子长久逃亡，以至于堕入奸人诡计之中。

臣不胜期盼，谨待罪建章宫，昧死上闻！

武帝看了书，若有所悟，怒火也消退了一些，但还是没有赦免太子。

太子之死

太子此时逃到了湖县（今河南省灵宝市北），躲藏在泉鸠里（今河南灵宝西部与陕西交界处的泉里村），只有两个儿子跟随。泉鸠里的人，虽然留下了太子，但家里却十分贫困，只能让家眷做鞋卖钱，供给太子。

太子不忍心拖累他们，便想起湖县有一个老友，家里比较富裕，不如请他来商量长久之计，于是写了一封信，派人送去，没想到却因此走漏了风声。

新安县令李寿率领吏役趁夜去抓捕太子，太子无路可逃，闭门自缢。两个儿子拦在门口拒捕，结果和屋主人同归于尽，李寿飞书上奏，武帝依照玺书上的话给他封赏。

后来终于查明了巫蛊案等事，都不属实，太子是被江充所逼迫，才出此下策，并不想谋反，武帝便后悔起来。

这时高寝郎（供奉高祖陵庙的官）车千秋又上书为太子诉冤，说他梦到白发老翁对他说儿子用父亲的兵，罪不过打几下板子，皇子过失杀人，又有什么罪呢？

武帝便召见车千秋，只见车千秋高大魁梧，相貌堂堂，说到太子的冤情，痛哭流涕，武帝也凄然道："父子相疑，别人都很难说，今天得你陈明冤枉，想必是高庙有灵，让你来教我呢！"

于是拜车千秋为大鸿胪，又下令把江充家灭族，把苏文绑在横桥的桥柱子上烧死。

武帝专门在湖县修建了思子宫，宫中有归来望思台。死了方知后悔，生时不知珍惜，这真是古今通病。

轮台悔诏

壮丽恢宏的汉宫一下安静了许多，空气中似乎还弥漫着血腥的味道，卫子夫优美的歌喉仿佛在空荡的宫中回荡，很近又很远；太子刘据憨厚的笑脸和两公主向父皇撒娇的声音，在一个白发老者的梦境中反复出现。

他就是这未央宫的主人，天下至尊汉武帝，逼妻杀子，连毙五相的辣手似乎古今无人能过。此时他更像是一个孤独的老头，在空旷的大殿中踱步，他想着一连串的逆案，都与巫蛊有关，究竟那些方士有无仙术？求仙多年都不见效，他索性决定再去东巡，召集方士访查神仙的踪迹。

他来到了海边，方士们都众口一词地说仙山在海中，但每次船只都被大风吹散，不能前去。

武帝便想亲自航海去找仙山，群臣力谏他都不听，他在一帮侍臣的陪同下上了船，正准备出发，忽然刮起了海风，涨潮了，海浪如山一般立起来拍向船舷，武帝惊得倒退几步，他这时才感受到天地的伟力，原来皇帝在一片浪面前竟是那样的渺小。

他在海滨逗留了十几日，知道不能渡海，于是便启跸返回了。

路过矩定，他行了亲耕礼；到了泰山后，又进行封禅。祭祀完毕，他召集大臣说："朕即位以来，所做的事都很狂妄悖逆，只让天下人愁苦，后悔也来不及了，从今以后，有伤害百姓的事都要废除，不能再实行！"

车千秋进言说："方士都说有神仙，至今也无功，可见他们只是虚领俸禄，不如把他们遣散吧！"

武帝点头道："鸿胪说得很对，我应该照办！"命方士全部回去，武帝随后拜车千秋为丞相，封为富民侯。

搜粟都尉桑弘羊上书说轮台东面有水田五千余顷，可派士卒屯田，设置都尉；再募民垦荒，修筑亭障（堡垒），用那里的钱防边和作战，防止西域侵犯。武帝这次却没有听从他，并下诏悔过：

之前有司奏报，想增加民赋三十补助边用，这是加重老弱孤独的困难；

现在又派兵屯田轮台；轮台距车师一千多里，之前攻打车师，虽然让车师国王投降，但路远少食，好几千人死在路上，何况更西边呢！贰师将军败溃、军士死亡与亲人离散的悲痛常在朕心里。现在又建议远去轮台屯田，想建亭障，又要打扰天下，这不是优待人民，朕不忍闻！

当务之急是禁止苛暴，不允许擅收赋税，大力发展农业，养马者免除徭役。让人民休养生息，不要再进行武备。

这道诏书下发后，武帝便不再用兵；从前的许多嗜好也一律戒绝，后人称为"轮台悔诏"。疯狂战车这时才又变形回来，变成和谐列车向前驶去。

武帝终于悔悟了，可惜有点晚了，代价太大了。

不久，武帝升任桑弘羊为御史大夫，另任赵过为搜粟都尉，赵过实行了代田法，给农民带来了便利。

征和五年，武帝又下诏改元，他志在革新，不再用什么祥瑞字样，称为复元元年。

正月初，武帝去甘泉宫祭祀，返回长安后，丞相车千秋因武帝连年诛杀和征讨，内外都不安宁，专门与御史以下的大臣借上寿为名，劝武帝广施仁德，减少刑罚，修身养性，玩听音乐，娱养天年。

武帝又下诏道：

朕由于不德，而招致祸患。自从左丞相与贰师将军阴谋逆乱，巫蛊之祸就遍及士大夫，朕已经有几个月每天只吃一顿了，有什么音乐好听的？而且至今余巫还没平息，祸患还没有杜绝，阴贼侵身，到处都有巫蛊，朕非常惭愧，哪里还能享寿？敬谢丞相二千石，书曰："无偏无常，王道荡荡。"请不要再提了！

武帝的这道诏书虽然没听从车千秋的请求，但他明白车千秋的意思，对他很倚任。

车千秋没有什么才干，也没有功绩，仅凭一句话感悟主上，便得到封侯拜相，在汉朝十分少有，连外国也当作奇闻。匈奴狐鹿姑单于又派使者，来汉廷请求和亲，武帝夜派使者答复。

单于问汉使道："听说你们新拜车千秋为丞相，此人向来没什么声望，怎么会重用他？"

汉使答道："车丞相上书言事，每句话都合皇上的心意，所以得以超迁。"

单于笑道："照你这么说，汉朝丞相不一定任用贤士，随便一个人靠上书都能当上丞相了？"

汉使无言以答，回报武帝，武帝责怪他应对不当，想抓他下狱，还是车千秋替他说情，才被赦免。

车千秋为人敦厚有智慧，善于观察时变，比前面几个丞相要称职，但也是恰逢机会，才得到重用。

休屠王太子金日磾

盛夏季节，武帝到甘泉宫避暑。一天正在午睡，忽然一声异响把他从梦中惊醒，忙披衣出来看，只见两个人正在打架，一个是侍中驸马都尉金日磾，一个是侍中仆射马何罗，只听金日磾高声疾呼："马何罗造反！"边喊边将马何罗抱住，然后用力将他扳倒在地，扔到殿下。这时一帮殿前宿卫早已到来，忙一拥而上将马何罗捆住。

武帝面加审讯。这马何罗是重何侯马通的大哥，马通因为镇压太子有绩功而封侯，马何罗也得以入宫担任侍中仆射。

后来江充被族诛，太子冤情大白，马氏兄弟怕祸及己身，便想行刺武帝，只因金日磾经常随着武帝，刚好这天金日磾身体不适，没有睡到殿中，而是睡在殿外的直庐（值班室）。马何罗以为机会来了，便与马通以及三弟马安成私下谋逆，自己入殿刺杀武帝，两个弟弟矫诏发兵，在外面接应。

他们从夜里一直等到凌晨，见宫里宿卫防备松了，马何罗便怀藏利刃进殿上。没想到金日磾刚好如厕，完了后到殿里转转，刚巧碰到马何罗进来，便问他干什么，马何罗做贼心虚，神色慌张，他不理金日磾，还想闯进武帝寝殿，结果慌乱中撞到了殿中宝瑟，掉在地上发出巨响，他怀中的利刃也掉在地上。金日磾立即明白了他的意图，于是抢步上去抱住了他。

武帝令手下把他交给廷尉处理，又令奉车都尉霍光与骑都尉上官桀（这个上官桀和前文上官桀不是同一人）去捉拿马通和马安成。

两兄弟正在宫外候着，接应马何罗，没想到两都尉突然领兵出来把他们团团围住，欲逃无路，只得束手就擒。一并交给廷尉讯办，依法定罪，全部斩首并族诛。

从这件事可以看出金日磾是个责任心很强，忠心耿耿的好同志。武帝一直赞叹他的母亲教子有方，他母亲病逝后，武帝专门把她画像挂在甘泉宫，上面写着：休屠王阏氏。

说起金日磾，他本是休屠王太子。匈奴西方有两个部署：休屠王和浑邪王。浑邪王对匈奴伊稚斜单于不满，便约休屠王叛胡降汉。休屠王开始答应了，就在他们和汉朝联系好，武帝派霍去病去迎接他们的时候，休屠王又反悔了，浑邪王一怒之下领兵杀死休屠王，把休屠王的妻子拘送到汉军，成了官奴。

后来金日磾被分到黄门养马，一天武帝去游宴，顺便看马，忽然看到一个十四五岁的少年牵马进来，生得十分英俊且气宇不凡，武帝便问他姓名。金日磾如实说了自己的身世，武帝见他说话很合旨意，便令他沐浴，赐给他衣冠，让他当马监，不久又到宫里当了侍中。因为以前霍去病北征时曾获取休屠王祭天的金人，所以赐他姓金。

后来金日磾生了两个儿子，应该算是“混血儿”，长得十分可爱，武帝非常喜欢他们，他们曾经趴在武帝的背上，戏弄武帝脖颈，金日磾用眼睛瞪视儿子，儿子边走边喊道：“阿翁恨我！”武帝笑着对金日磾说：“你为何恨我儿？”

金日磾每天侍奉在武帝身旁，从不斜视宫女，武帝从此更加信任金日磾。

武帝赐画托孤霍光

武帝被这次刺客事件一吓，更觉得心绪不宁，想到太子死后，还没有立储，自己要是有个什么不测怎么办？

小儿子刘弗陵很聪明，最像他，他想立小儿子，但看他的母亲钩弋夫人年轻，又怕小儿子称帝后，钩弋夫人干政，成为“吕后第二”。想来想去，还是先找一个大臣托孤。

眼前只有霍光和金日磾二人最为忠心老实，可以托付大事，但金日磾是个胡人，怕众人不服，还是霍光更加安稳可靠。

霍光随哥哥霍去病入都，从郎官升到光禄大夫，二十多年来一直兢兢业业，没有过失，于是召他进来赐给他一幅图画。

霍光回家把图展开一看，是《周公负扆辅成王朝诸侯图》，一时丈二和尚摸不着头脑，揣测不出武帝微意，但先把图收好。武帝见霍光受图而退，没有再推让，感到十分欣慰。

那幅画出于一个很有名的典故：当年，周武王驾崩以后，周公旦身负托孤之重，每到朝会，便背着年幼的成王到正殿接受诸侯朝贺。汉武帝把这幅画赐给霍光，很明显是希望在自己驾崩后让霍光辅佐刘弗陵的意思（因当时武帝的儿子中只有刘弗陵一个还是幼儿）。

又过了几天，病中的武帝忽然对深受宠爱的钩弋夫人大发脾气。钩弋夫人不知犯了什么过失，吓得脱掉簪珥，磕头不止。武帝丝毫不为所动，命人将她带下去，关进宫廷监狱。就在被拉下去的那一刻，钩弋夫人还回过头来，可怜巴巴地看着武帝，希望武帝能够饶恕自己。武帝却厉声喝道："快些下去，你反正别想活了！"当天，钩弋夫人就被传旨赐死。

当时武帝曾问左右："外人有无异议？"

左右答道："有人说陛下将立少子，为何先杀他母亲？"

武帝叹了口气说："他们怎么知道朕意，从来国家发生变乱，都由主少母壮所致，你们没听说过吕后的事吗？"

这段史料是续写《史记》的另一个西汉史学家褚少孙先生记载下来的，褚先生还说：正因为这个原因，所有替武帝生过孩子的那些嫔妃们，无论生的是男孩还是女孩，他们的母亲没有不被谴责处死的。如此看来，先前深受武帝宠幸而病逝的王夫人、李夫人等人还算是幸运的。班固则一针见血地指出了武帝杀钩弋夫人的原因：以其年稚母少，恐女主颛恣乱国家。

褚少孙先生尽管对武帝杀钩弋夫人赞颂有加，誉之为昭然远见的"贤圣"，却仍然对夫人的不幸充满了同情："夫人死云阳宫。时暴风扬尘，百姓感伤。使者夜持棺往葬之，封识其处。"暴风刮得尘土飞扬，连普通的老百姓都很伤心，而奉命葬其遗体的使者于埋葬之处做下标记，就是为了日后来凭吊！

武帝处死自己深爱的女人，内心也是非常痛苦的，传说他由于思念钩弋夫人，于甘泉宫中筑了一座“通灵台”，以后便经常有一只青鸟栖息于台上。一直到昭帝病逝，青鸟才不见了。青鸟据说是王母娘娘的使者，这不明摆着说钩弋夫人已经成了仙女吗？可是她仍然非常思念自己的儿子呀，因此刘弗陵在世时，她怎能不经常来看望呢！

第二年春天，武帝去五柞宫游览，不料却得了风寒病倒了，竟然卧床不起。霍光和金日磾在侧，武帝再次向他们托孤。

霍光肚里没什么文化水，懵懵懂懂地问：“陛下如有不讳，谁来继承皇位呢？”

武帝差点从床上跳起来，他没想到霍光连那个很有名的典故都不知道，不悦地看着霍光道：“你还不明白先前赐给你那幅画的意思吗？立弗陵，你为周公。”

第二天便颁诏立刘弗陵为皇太子，进霍光为大司马将军，金日磾为车骑将军，上官桀为左将军，与丞相车千秋、御史大夫桑弘羊一同辅政，五人奉诏来到御榻前下拜，武帝已经不能说话，只是颔首作答。

武帝顾命结束，第二天便驾崩五柞宫，享寿七十一岁，在位五十四年，共计改元十一次，一代雄主就此下车。

30. 西汉女子爱情观

不少学者认为两汉妇女地位卑微，原因是受儒家“三纲五常”“三从”（在家从父、既嫁从夫、夫死从子）等封建礼制的影响。其实不然，《史记》《汉书》中记载的西汉女子社会地位较高，可以顶半边天。财产上，西汉妇女在家庭中有一定的财产所有权和支配权。在家庭里，妇女可参与家庭事务决策，更甚者可以谈论国事。在第十六章中我分析吕后就是一个“中国式坚强”的女人，之前贫穷的时候在家里就是内当家，当了皇后之后更是后宫、前庭一把抓，把刘邦这个皇帝管得服服帖帖。

西汉女子的思想开放程度不亚于现代，男女大妨并不严。她们的婚恋观就四个字：自由开放。君臣同游皇后妃子可奉陪，女子可单独见男宾，男女可以结伴同游，陌生男女相逢时亦可相互酬答。美男子潘安一上街，妇女们就手拉手地将他围住，爱恋他的女子还向他抛水果，他得以满载而归。而左思长得丑，结果一出门妇女都向他乱吐唾沫，狼狈而归。那时偷情私奔的事情也时有发生，卫青和霍去病就是卫氏母女各自私通而来的，他俩的私生子和奴仆的身份也并没有给他们后来的发展带来什么障碍。汉文帝和汉武帝都是母亲在再嫁之后才生下他们的，但也并不妨碍他们成为一代伟大的君王。

在西汉婚姻中，男人不用说，娶妻、休妻、再婚都很自由，而女人在婚姻中如果见势不妙，也照样可以转身而去。那时，不管是男人还是女人，思想都相当前卫开放。

被妻子休掉的男人

古今流传着许多男人如何欺侮女人的故事，尤其男人欺骗女人的感情，也算是一件屡见不鲜的事，因此有了“负心汉”这个词。而在汉朝女人休丈夫的事情倒也稀松平常，今天我讲的这个被休的男人就是朱买臣。

家贫被妻休

吴人朱买臣，表字翁子，爱好读书，不治产业，混到四十多岁还是一个落魄儒生，家里穷得经常揭不开锅，妻子跟他一起砍柴挑到市集上卖。

每次朱买臣挑柴走路，口中都抑扬顿挫地背诵古书，妻子听不懂，感到十分丢人烦躁，叫他别念，他却越念越响，甚至像唱歌一般，提起嗓子，引得集市上的人都朝他们看。妻子劝了他好几次，他都不理睬，又看家里情况越来越糟糕，吃了上顿没下顿，单靠卖一两担柴，日子都过不下去了，于是向朱买臣提出离婚。

朱买臣说：“我五十岁就会得富贵，今年已经四十多岁了，不久就会发达，你跟着我吃了二十几年苦，难道还剩这几年都熬不住了吗？等我富贵了，一定报答你的功劳！”

妻子根本不相信，冷笑道：“我跟了你这么多年，苦早就吃够了，你原是个书生，弄到砍柴为生的地步，早该知道读书没用了，怎么现在还不醒悟，还到处吟诗，你不要脸我还要脸呢！我看你都快饿死在沟里了，怎么会富贵呢？我求你放我一条生路吧！”

朱买臣见妻子真生气了，还想劝她，没想到妻子已经铁了心要离开他，大哭大闹，没法收场，最终只得同意离婚，写了休书交给妻子，妻子一点也不留恋，收拾行李出门就走了。

立志闯京都

又过了一段日子，到了清明节，春寒未尽。朱买臣挑柴下山，忽然下起雨来，把衣服都淋湿了，他躲到附近的墓地里，好容易等待天晴，只感到又冷又饿，几乎撑不住了。

这时看到一男一女来扫墓，朱买臣认出那女人正是他的前妻，他感到十分惭愧，假装不认识。偏偏前妻看见了他，见他一副狼狈相，便将祭扫的酒饭分给他吃。朱买臣这时也顾不上惭愧了，狼吞虎咽地吃了起来，吃完用手抹了抹嘴，瑟瑟发抖地把碗筷还给男子，嘴里说了个“谢”字，也不问对方姓名，就挑起柴下山去了，那男子正是他前妻的丈夫。

这件事让朱买臣决定到京城去闯一闯，为自己争口气。

刚好会稽郡的官吏进京交账，朱买臣请求担任运卒，和交账的官吏一起到了长安，他便到公车处写了一封书待诏，好多天都没有消息。

他有个在朝里办事的老乡叫庄助，刚从南方出使回来，买臣便去求他引荐，庄助便去向武帝报告，武帝召见他，当面询问学术，朱买臣把苦读多年的学识展现出来，引经据典，说古论今了一番，很合武帝的意，武帝便拜他为中大夫，和庄助一起在宫里办事，后来他由于不适应官场又被免了官，但仍留在长安待诏。

再后来他因为东越问题给武帝进谏而得到武帝赏识，于是调回庄助，让朱买臣去接替会稽太守。朱买臣辞行的时候，武帝笑着对他说：“富贵了不回故乡，就如同锦衣夜行，现在你可谓是衣锦还乡了！”朱买臣连忙叩谢而去。

衣锦回故乡

朱买臣失官时，有一段日子曾寄居在会稽郡太守府，经常遭人白眼，受人奚落。现在他当了太守去就职，却穿了一件旧衣服步行到府中，府中坐着几个郡吏在喝酒，大呼小叫地划拳行令，见了朱买臣也不搭理他。

朱买臣也不说话，低头走进内室，与府中差役一起吃饭。饭后，他掀开衣服，怀中绶带便飘了出来，有人看到了，便好奇地走过来把绶带拉出来看，只见另一头悬着一枚金章，仔细辨认上面篆文，正是会稽郡太守的大印，慌忙向朱买臣问明情况，朱买臣平静地说："今天正式受命，你们不必慌张。"

众人看着朱买臣，眼珠子差点掉到地上，已有人跑到外厅去报告郡吏，郡吏们都喝醉了，骂那个报告的人胡言乱语，急得报告的人头上青筋暴露，指天发誓说："你们不信，自己进去看！"

其中有一个朱买臣的老友，向来看不起他，这时不禁有点着慌，起座进去，不一会儿便大呼小叫地拍着手跑了出来："的确是真，千真万确啊！"

大家听了都又惊又怕，忙去报告守府的郡丞，一起整理衣冠，到中庭列队站立，由郡丞进去向买臣汇报，请他出来接受大家拜见。

当朱买臣慢慢走出来时，大家一起拜倒在地上。朱买臣回了礼，让众人起身。外面此时已来了驷马高车迎接新郡守赴任，朱买臣别了众人，登车自去。

车驰入吴地境内，官民夹道欢迎，争相一睹新太守的风采。朱买臣忽然在人群中看到一个熟悉的身影——他的前妻，她也站在路边朝这边看呢。

朱买臣忙命停车，让手下喊她过来，询问她的近况。前妻没想到前夫竟然当上了郡守，一时语塞，不知说什么才好，朱买臣又温和地问了她几句话，她才说出话来。朱买臣得知她的丈夫正在充郡中的工役修筑道路，便也叫他前来相见，让两人一起坐上车，驰入郡衙，又叫人腾出后屋，给他们夫妻居住，并安排好衣食。

前妻见朱买臣当了大官，得了富贵，心中又愧又恨，一个月后，竟然自缢身亡了。朱买臣叹息不已，当即取出钱财给她丈夫，让他安葬前妻。

让人相信爱情的女子

西汉妇女有自主择婿的婚姻自主权和离婚改嫁权，而且改嫁不受约束，也不失体面，丈夫死了，妻子很少从一而终，名门望族还常常鼓励甚至胁迫女儿改嫁，一旦女儿不嫁，大家还啧啧称奇。而且，汉代的男人不管是不是寡妇,照样娶得不亦乐乎。这样的改嫁女,在《史记》《汉书》中屡有记载，很多人物我在前面的章节里都提到过。

张耳年轻时当魏公子的门客，后来因事逃亡到外黄，住在一个富翁家里，富翁家有一个女儿长得很美，她嫁给一个“庸奴”（平庸的男人）。一天和丈夫吵架，丈夫要揍她，富家女一气之下逃回娘家。父亲见女儿哭哭啼啼，便对她说：“你如果不想再和他过下去，我再帮你择一个贤夫，现在我意中有一人，不知你愿不愿意？”富家女自然心动，含糊答应。父亲便约见张耳，让女儿站在屏风后，女儿见张耳气宇轩昂、谈吐儒雅，很是满意。待张耳走后，父女俩一商议，便决定玉成这件美事，富翁一边给庸奴一笔巨资，让他和女儿离婚，一边派人与张耳说亲。张耳一个亡命之徒，得了这意外惊喜，满口答应。张耳人财两得，于是结交远客，声誉渐起，后来还当上了外黄令。

陈平的老婆是富翁张负的孙女，“五嫁夫辄死”，五次和别人订婚，五次都死了丈夫，她仍旧体面地嫁给了陈平。景帝的皇后王美人就是离婚再嫁的，王美人的母亲臧儿也是带着子女改嫁到长陵田家的。武帝即位以后，还把异父姐妹接来宫中。馆陶公主就和侍者董偃公开同居多年，武帝还以“主人翁”的待遇接见董偃。平阳公主再嫁时公开挑老公，最终相中了大将军卫青。鄂邑长公主寡居后与丁外人私通，大臣们还上书要求封丁外人爵号。

本节重点讲的是西汉最为著名的改嫁女——“富二代”卓文君，她和“屌丝男”司马相如酿成了一段千古佳话。这不仅因为他俩郎才女貌珠联璧合，还因为他们的爱情故事充满了曲折丰富的传奇色彩。

哥们儿拉兄弟一把

司马相如作为一个乡村教师跑出去闯社会，后来投到梁王旗下。梁王逝世后，相如回到成都老家，家中父母早亡，家徒四壁，这时他想起了以前的好哥们儿王吉，现在是临邛县令，以前王吉曾和他有过约定，说是如果到外面混得不好，就去找他。司马相如收拾了行李便去了临邛，王吉十分热情地接待了他。

王吉得知他的经历，也跟着扼腕叹息。王吉想帮老朋友一把，于是想到了本地首富。临邛县向来有许多富人，首富是卓王孙，其次为程郑，两家的仆人都有数百人。卓家先祖居住在赵国，靠冶铁致富，战国时就很出名，后来历经战乱，只剩下卓氏夫妇辗转流寓到临邛。这里也有铁山，卓氏有技术，于是重操旧业。汉初征收铁税很低，卓家坐收厚利，很快成为巨富，蓄养了八百个家僮，良田豪宅不计其数。程郑从山东迁过来，也冶铁为业，和卓家是同行，关系很好，于是结为亲友。

直接上门拜访借钱肯定是不行的，不但司马相如不愿意，就是势利的卓王孙也不一定会爽快地同意，说不定还会遭人白眼。于是王吉采取了“炒作”这一招，制造“新闻热点”，吸引卓王孙的眼球。他让相如住在馆舍中，每日都毕恭毕敬地去问候，每次都有人挡驾，说是相如病了，不能见官。人们见堂堂一个县令每天殷勤地候在馆舍门外，心里想里面一定住着一位贵客，一时轰动了全县，传为奇闻。这一招果然奏效，很快吸引了卓王孙和程郑的注意。一天两人聊天，说县里来了贵客，应该设宴招待，尽地主之谊，于是便在卓家设宴，精心安排，然后发请柬请贵客，第一个就是司马相如，第二个是县令王吉，此外还有地方的富绅，大约有一百多人。

到了宴请这一天，“王县长”先来到“卓总”家中。此时，上百位宾客已经入席，等到中午，卓王孙两次派人去请司马相如前来赴宴；但是，司马相如都推说有病不能来。本来，等陪客们都到了才去请主宾，这是对客人非常尊敬的一种做法。但是，主宾不来，卓王孙面子上很过不去，十分尴尬。王县长继续加大火力炒作，他一听司马相如不来，菜都不敢吃一口，立即登门去请。司马相如见王县长如此盛情，没有办法，只好勉强成行。

司马相如的车骑和仆役，都是王县长从县里偷偷派来充当的。司马相如挑了一身新衣服穿戴起来，最贵重也最潮的衣服是件皮草，叫作鹔鹴裘，刚好乘寒穿，很有派头。王吉把他请了出来，两人一路有说有笑，携手登车，和从骑前呼后拥出发了。

快到卓家，远远就看到卓王孙、程郑和一班乡绅候在门口，车马驶到门口停下。一见王吉下车，一帮人忙迎了上来，相如故意拖延了一会儿，等到卓王孙等都到车前来迎接，才掀开车帘缓缓走下车。

大家抬头看到司马相如果然气宇轩昂，简直就是“男神”，他的风采立刻震慑了酒宴中的全部临邛上流社会之人。

《汉书》上如此记载：“卓氏客以百数，至日中，请司马长卿，长卿谢病不能临。临邛令不敢尝食，身自迎相如。相如为不得已而强往，一坐尽倾。”

美女听哥弹一曲

一帮人拥着他走进大厅，请他上坐，王吉坐在他旁边对众人说：“司马先生本不肯来，总算给我面子，才肯出席宴会。”

司马相如接口道：“我身体不好，不习惯应酬，自从到贵地，第一次外出就是来这里，此外没有拜访别的朋友，还请大家原谅！”

卓王孙感到很有面子，嘴上也满是恭维话。

酒宴进行到高潮时，王县长又开始进行了特别行动的第二步：男嘉宾展示环节。他对相如说：“你向来擅长弹琴，怎么不露一手，让我们领略一下风采？”

相如面有难色，卓王孙听了站起来说：“舍下有古琴，我们都想听你弹一曲。”

王吉忙说：“不必不必，司马先生琴剑随身，我看他车上有琴囊，现在可以取来。”

很快琴被取来，王县长把琴恭恭敬敬送到司马相如面前，相如不好再推辞，便抚琴调弦，弹了起来。这琴名叫“绿绮”，是梁王所赠，在相如修长的手指下，或如高山流水，或如千军万马，或如碧海生潮，抑扬顿挫，沁人心脾，众人都听得如痴如醉，良久才想起大声喝彩。

《史记·司马相如列传》记载："相如口吃而善著书。"司马相如有一个缺陷，就是口吃。王县长之所以让司马相如抚琴，主要是让他扬长避短，一是让司马相如回避了口吃的弱项，二是发挥了他弹琴的强项。

既然做了这么多的铺垫，司马相如弹这两支曲子，到底为什么呢？

史书记载："是时卓王孙有女文君，新寡，好音。故相如缪与令相重，而以琴心挑之。"原来，这位卓总有一个宝贝女儿叫卓文君，年方十七，新婚不久丈夫就去世了，回到娘家暂住。这在当时可是临邛县娱乐新闻的头条。

王县令自然早就得知，而且他和司马相如还探听到这个女子很有才华，非常喜欢音乐，精通琴瑟。所以，司马相如与其说是为王县长弹两支曲子，不如说是想用琴音挑动卓文君的芳心。这里司马迁的意思是指司马相如有意装出来为王县长抚琴一曲，但是，实际上他醉翁之意不在酒，此曲并非为县长大人所奏，更不是为卓王孙和他的宾客而奏，而是为了赢得卓文君的芳心。

相如手在弹琴，却心怀鬼胎，眼睛也不时瞟着屏风后面，忽然听到屏风后有环佩声，相如抬头一瞥，恰好和屏风后探出脸来的美人四目相对，只见那美人凤眼含情，朱唇勾魂，真是一个绝世尤物。相如心里像钓鱼的姜太公一般大喜：菜来了！

这女郎正是卓文君，这两天府里上下忙乱，父亲宴请贵客的事她早有耳闻，因此她十分好奇父亲请的贵客是个什么样的人。刚才她听到琴声悦耳，便到屏风后偷看，没想到和相如对了眼，她愣了一会儿才回过神来，忙收回身子，躲在屏风后只觉得粉面含羞，心如鹿撞。相如见鱼儿上钩，变动指法，借着琴弦暗送情思，弹得更加卖力了。

卓文君忽然发现琴声变了，如同古泉幽咽，雨打芭蕉，春柳拂面，再细一听，这曲子正是一曲《凤求凰》：

凤兮凤兮归故乡，遨游四海求其凰。

时未遇兮无所将，何悟今兮升斯堂。
有艳淑女在闺房，室迩人遐毒我肠。
何缘交颈为鸳鸯，胡颉颃兮共翱翔。
凰兮凰兮从我栖，得托孳尾永为妃。
交情通意心和谐，中夜相从知者谁？
双翼俱起翻高飞，无感我思使余悲。

这曲子自然只有卓文君一人能懂，屏风后她的脸早已红得像一朵醉芙蓉。

等到客人都散了，卓文君若有所失地回到房中，一副失魂落魄的样子。

不一会儿，她的丫鬟走进房中，告诉卓文君，全府的女人都在谈论司马相如，夸他如何帅如何有才，据说他曾在京城当过大官，最重要的是他未婚，是个典型的“高富帅”，现在休假路过这里，在县令家玩几天，可惜快要回去了。文君一直没说话，这时才呆呆地说：“他就要回去了吗？”说着泪珠也滚落下来。

丫鬟看着卓文君的样子，不由偷着乐了，原来司马相如让手下买通了丫鬟，让她成了自己的卧底。丫鬟见卓文君动了情，便上前说道：“小姐这样的才貌，和司马相如真是天生一对，小姐可别错过了。”

卓文君没有责怪丫鬟说这话，而是把她当成知己，让她替自己想办法。丫鬟便和她咬耳朵。卓文君听得一双秀眼瞪得老大。

丫鬟说的话正是司马相如教的计谋，让卓文君夤夜私奔。卓文君虽然十分惊骇，但为了爱情，她还是决定冒这个险。所以也不顾什么名节，草草收拾了行装，等到半夜，竟带着丫鬟偷偷从后门出去，乘着朦胧月色径向司马相如馆舍去了。

司马相如没有睡觉，在灯下看书，其实他一个字也没看进去。脑中正在胡思乱想，忽然听到敲门声，忙一跃而起去开门。只见丫鬟带着日间所见的美人进来了，真是欣喜若狂，仿佛做梦一般，忙对着卓文君作了三个长揖，文君也含羞答礼。丫鬟识趣地出去了，司马相如握着文君的手，在灯下互诉心曲，只见卓文君更加娇艳。司马相如意荡神驰，被这突如其来的艳遇搞得飘飘然。很快他就回过神来，他知道一旦卓家发现掌上明珠不见，一定会四处寻找，于是无暇多谈，便带着卓文君逃之夭夭，去了成都。

王吉见司马相如不辞而别，也不知怎么回事，后来知道他拥艳而逃，也替他高兴。本来他就有意替他们做媒，没想到司马相如出手太快，自己想着也对得起老朋友了，只是没吃成谢媒酒，有些可惜。

当垆潇洒走一回

卓文君一直以为司马相如是个有钱人，没想到跟他到成都一看，只有几间破屋，自己虽说是个“富二代”，但由于仓促夜奔，什么也没带，事已至此，后悔也来不及了，只好取下身上首饰变卖，换钱度日。尽管两个人省吃俭用，几个月后又没钱了。当初的浪漫与激情，被残酷的现实消磨，卓文君每天都为了一日三餐而犯愁。

这天司马相如带了很多好酒好菜回来，和文君对饮，估计是要重温一下初恋的感觉。卓文君很惊奇司马相如哪来的钱买这些酒肴，在她再三追问下，司马相如才告诉她是用他那件鹔鹴裘抵押得来的。卓文君流下了感动的泪水，她对司马相如说：“我们现在这么穷，快生活不下去了，不如回临邛去，向兄弟借些钱营谋生计。”司马相如没有其他办法，只好答应了，第二天他们就登车启程，当时两人身家只有一车一马一琴一剑。

到了临邛一家旅店中休息，忽然听店主正和客人谈论卓王孙，店主自然不认识他们。只听店主说：“卓王孙的女儿和人私奔啦。”

客人说：“可不是，卓王孙差点没气死。”

“他女儿也是，放着好好的日子不过，现在听说女儿跟着人家受穷罪呢。”店主叹道。

客人说：“那不用你操心，卓王孙拔根毛下来，就够他们用几年的了。”

店主笑道：“算了吧，有人劝卓王孙救济他的女儿，那老头很愤怒，说：女儿不材，我不忍心杀她，就让她饿死吧，我是一个子儿也不会给她的。”最后几句话，店主捏着嗓子学卓王孙的话，倒把客人们给逗乐了。卓文君在一旁不禁红了眼眶，她知道父亲素来是个要面子的人。

司马相如劝慰了卓文君一番，店主的话倒激起了他的斗志，决定和卓王孙较量一下。你不是要面子吗？我偏偏让你颜面扫地。于是变卖车马，开了一家小酒肆，和卓文君一起抛头露面，司马相如还穿上了犊鼻裈（短脚裤），一副店小二的打扮，卓文君则当垆（酒店里安放酒瓮的土台子，泛指酒店）卖酒。

这个消息传到卓王孙耳中，他还不肯相信，暗中派人去核实，当得知消息是真时，简直羞愧得无地自容，几天杜门不出。亲友们都来劝卓王孙道："你只有一儿一女，何苦让文君出丑，而不给她钱呢？再说生米都已经煮成熟饭了，你还想去追究司马相如吗？司马相如在京城做过大官，只是暂时落魄，他虽然穷一点，却是一表人才，而且还是县令的门客，你怎么知道他将来会没出息？你又不缺钱，救济他们小两口一下，你也就化辱为荣了！"

卓王孙一张脸拉得比马脸还要长，心里盘算了几轮，感到还是花点钱尽快结束羞辱比较好，于是拨了一百名家僮，一万缗钱，以及卓文君以前的衣装财物，都送到酒肆中，司马相如收了钱物，便立刻关了酒肆，满载而归。县令王吉知道相如用计，也不过问，相如也没有去找他，两人彼此心心相印。

相如夫妇再次返回成都便做起富翁来，置田宅，建园囿，在住的房子附近还修筑了一个琴台。

后来武帝拜司马相如为中郎将，让他去蜀地招抚西夷。

相如这次去蜀地和上次情形不同，上次官职卑微，又不是朝廷特派的正使，所以地方官虽然迎送，不过是按例相待。这次出使，那是相当卖力地献殷勤，前呼后拥，旌旗猎猎，侍卫云集，冠冕堂皇。一进入蜀郡，太守以下的官员都出郊远迎，县令们身上背着弓箭，为他当前驱，路两边的百姓无不羡慕赞叹。

卓王孙此时不再感到自卑，而是感到很自豪。他也邀了程郑等人赶来争献牛酒。

相如在老丈人面前耍起了"大牌"，托言皇命在身，不肯轻易与他们见面。卓王孙百般恳求相如手下的官员，向他们献殷勤，相如也不再和他们客气，命手下把牛酒全部收下。

卓王孙认为相如讲情义，竟然肯赏脸接受，感到十分光荣，对着同来的亲友感叹道："没想到我这个女婿真有今天！"亲友们都齐声附和，大夸卓文君的眼光过人。

卓王孙拈须寻思，也很后悔自己从前目光短浅，没有在那天酒宴上就招赘司马相如，导致后来许多唐突，不但对不住相如，也对不起女儿。于是他把女儿接回临邛，又分了家产给她，和儿子的那份一样。只是他没意识到并不是他目光短浅，而是女婿身份变了，他自己的势利眼却始终没变。

司马相如去西夷完成使命回来的时候，卓王孙把女儿送到行辕，让他们夫妻相见，相如便带着文君回朝复命。武帝给了他很丰厚的赏赐。后来司马相如遭到同僚忌妒而被免官，和卓文君居住在茂陵。

小女也来吟一首

几经周折，司马相如与卓文君回到成都。不久，汉武帝下诏来召，相如与文君依依暂别。岁月如流，不觉过了五年。文君朝思暮想，盼望丈夫的家书。万没料到盼来的却是一封十三字的来信：

一二三四五六七八九十百千万。

心思细腻的卓文君读后，泪流满面。一行数字中唯独少了一个"亿"，无亿？表明对她"无意"，岂不是夫君在暗示自己已没有以往的回忆了？她心凉如水，怀着十分悲痛的心情，回了一封《怨郎诗》：

一别之后，二地相悬，说的是三四月，却谁知是五六年。七弦琴无心弹，八行书无可传，九连环从中折断。十里长亭望眼欲穿。百思想，千系念，万般无奈把郎怨。

万语千言道不尽，百无聊赖十凭栏。重九登高看孤雁，八月中秋月圆人不圆。七月半烧香秉烛问苍天，六月伏天人人摇扇我心寒，五月榴花如火，偏遇阵阵冷雨浇花端，四月枇杷黄，我欲对镜心意乱，忽匆匆，三月桃花随水转，飘零零，二月风筝线儿断。噫！郎呀郎，巴不得下一世你为女来我为男。

司马相如对这首用数字连成的诗一连看了好几遍，不禁惊叹妻子之才华横溢，越看越感到惭愧，越觉得对不起对自己一片痴情的妻子。遥想昔日夫妻恩爱之情，羞愧万分，称从此不再提休妻纳妾之事。

这一桩美满婚姻到这里，虽有波折，但两人的爱情仍然保险，所有外因只能更加增添浪漫和幸福的指数，但事情却不是一帆风顺，古时才子多半好色。卓文君年长色衰，后来司马相如又看上了茂陵的一个美女，要纳为妾。

司马相如欲纳茂陵女为妾的消息不胫而走，很快传到成都。卓文君初闻此事，也是心如刀绞；但冷静下来想想，也不意外。当年能和相如私奔，就说明了她对待自己的婚姻是个有主见的女子。

原来在婚后相当长的一段时间里，司马相如独自一人在京城长安为官。那时他可是文学红人，有“千金难买相如赋”之说，同时他又跻身“高富帅”行列，达官贵人中，前来攀亲者、愿将女儿或姐妹许与相如做妾者，不乏其人。在那个年代，文人官绅取个三妻四妾也属正常。司马相如正值壮年，孤身一人，亦有寂寞难耐的时日和经不住诱惑的时候。

沉吟良久，卓文君写下了一首凄丽的绝妙好辞，即后世广为流传的《白头吟》。这是卓文君写在尺帛上寄给司马相如的诀别诗：

皑如山上雪，皎若云间月。
闻君有两意，故来相决绝。
今日斗酒会，明旦沟水头；
躞蹀御沟上，沟水东西流。
凄凄复凄凄，嫁娶不须啼；
愿得一心人，白头不相离。
竹竿何袅袅，鱼尾何簁簁。

男儿重意气，何用钱刀为。

这首诗的内容确是男有二心，女方表示决绝。翻译过来意思就是：现在我和你要把事情像“山上雪”“云间月”一样清楚明白地说出来。听说你现在变心了，所以我和你诀别，放你自由。虽然我心里很难过凄楚，但当初我既然选择了嫁给你，你也愿意娶我，我又何必哭泣？我只想找一个一心爱我的人，与他白头偕老。男人应该遵守盟誓承诺，金钱权力难道就那么重要吗？

诗到司马相如手中，当年他和青青伊人同甘共苦的情景又历历在目：从“相如琴挑，文君夜奔”而私订终身，到相如“家徒四壁”，文君重才轻财，“爱情至上”，再到“文君当垆，相如涤器”……

司马相如果然被信中的真情打动，如梦方醒，心生惭愧。一番自省反思之后，回了一封同样文情并茂的信，史称《司马相如报卓文君书》：

五味虽甘，宁先稻黍；五色有烂，而不掩韦布。惟此绿衣，将执子之釜。锦水有鸳，汉宫有木。诵子嘉吟，而回予故步。当不令负丹青，感白头也。

信中他以“五味虽甘，宁先稻黍；五色有烂，而不掩韦布（粗布）”为喻，既是反省又是表明自己不再受外界（五味、五色）诱惑，而回心笃恋旧情（稻黍、韦布）的决心。最后发誓：我一定不会让你辜负丹青之誓而有白头之叹的！

司马相如从此放弃了纳妾的打算，将卓文君迎接到长安来，二人恩爱如初。直至若干年后，司马相如病故，卓文君又写了一篇《挽司马相如诔》，回忆忠贞不渝的爱情，表达生离死别的哀伤。

十几二十年前，司马相如一曲《凤求凰》成就了一段佳话，十几二十年后，卓文君的《白头吟》成了让夫君免于成为陈世美的代表。

卓文君是聪明的，她在面临着小三出现，有可能被丈夫遗弃的婚姻危机时，并未采取恼羞成怒、泼妇骂街式，或痛不欲生、鸣冤告状式，而是采取了用文字谈情说理，寓理于情、以情动人的办法。这正是她的聪慧明智之处，也是她感动丈夫回心转意的根本所在。她用心经营着自己的爱情和婚姻，终于苦尽甘来。

有人考证《白头吟》的故事是后人虚构，另有文人附会的。但无论如何，古今文人们都不得不承认它在我国古代歌谣中的思想艺术价值是不可忽视的。

另外，司马相如给后人们带来了他为官以外的三大影响：

一是对中国的古典文学叙述爱情故事模式的影响。后来形成的“私订终身后花园，落难公子中状元”模式，都是以卓文君和司马相如为蓝本的。尽管也有很多人并不认同这种模式，但这样的故事确实表达了中国人民反抗封建婚嫁礼教的情绪和对美好爱情的希冀。

二是“犬子”冠冕堂皇成了后人对自己儿子的谦称。司马相如的乳名叫犬子，或许他爹为了他好养活才给取的这个貌似低贱的小名，随着司马相如成名，以及他巨大的历史以及文化影响，人们都谦称自家儿郎为“犬子”，争相仿效，蔚然成风，一直传到今日。

三是“绿绮”琴成了敢于追求爱情女子的别称。司马相如写了一篇《如玉赋》赠给梁王。此赋辞藻瑰丽，气韵非凡，梁王极为高兴，就以自己收藏的绿绮琴回赠，琴内有铭文曰：“桐梓合精。”相如也非常珍爱这把琴，总是随身携带，并成功运用这件乐器抱得美人归，在爱情故事为人传诵的时候，绿绮琴也名噪一时。后来，“绿绮”就成了古琴的别称。成语“红拂绿绮”中的“绿绮”，出自司马相如以绿绮琴挑文君的典故，指能于流俗中识名士、敢于追求自己幸福的古代奇女子。

司马相如和卓文君的故事，用一句现在流行的话说是：让人再一次相信爱情了。后来人们根据这个故事还写了一首藏头诗《望江亭》：

当垆卓女艳如花，不记琴心未有涯。
负却今宵花底约，卿须怜我尚无家。

句首四字连起来为：当不负卿。

09 车厢

胡 旋 舞

31. 沙场百战名将生

一群与大汉有着密不可分关系的野蛮人，骑马扬鞭，从塞外荒原登上列车，从此他们和汉朝纠葛纷扰了几百年。他们就是匈奴。

匈奴是我国北方的一个少数民族，据《史记·匈奴列传》记载：早在夏代，匈奴就已存在，当时称为荤粥，周代称猃狁，秦代称匈奴。

匈奴据传是夏朝后裔淳维在商朝时逃到北方，繁衍子孙成了匈奴。匈奴最初的政治、经济中心在今内蒙古自治区的河套及大青山一带，后始逐步移居漠北。《史记》记载："自淳维以至于头曼千有余岁，时大时小，别散分离。"在匈奴中各氏族和部落，彼此间并没有永久性的盟约关系，他们处于一种灵活散漫的状态之中。

公元前三世纪，由于铁器的普遍应用，匈奴的军事实力大幅提升。于是匈奴的铁骑，经常驰驱于楼烦（今山西省宁武县）一带，侵扰当地百姓。很快，匈奴又逐步将势力扩至战国七雄中的秦、赵、燕边境，给燕、赵二国以威胁。公元前265年，匈奴骑兵被赵将李牧击败。匈奴的侵扰得到一时缓解，但不久，匈奴兵马又卷土重来，使得北方边境的人们又受到了极大的损失。

秦统一六国后，秦将蒙恬奉始皇之命，率三十万秦军北击匈奴，收河套，屯兵上郡（今陕西省榆林市东南），并从榆中（今属甘肃）沿黄河至阴山构筑城塞，连接秦、赵、燕五千余里旧长城来防御匈奴。匈奴远徙朔方，十几年都慑于蒙恬的威猛而不敢进犯。史上记载的匈奴第一个雄主叫冒顿，这位战功赫赫、剽悍英武的单于，他的出现可以说不但改变了匈奴，而且改变了世界。冒顿是个很有心机和谋略的人，前面我们从他诱汉军深入而围困白登就可见一斑，他险些让刘邦送命、大汉历史改写；后来他在无聊的时候，又写书给吕后，调戏了她一翻。本章的故事我们就从青年时的冒顿讲起。

匈奴崛起

“丢——”的一声箭啸，一只奔跑中的好马中箭，疼痛使它惊跃而起，半空中漫天箭雨又向它袭来，那马儿落地时已然成了一只大刺猬。马蹄响处，一群匈奴举着弓箭吆喝着向大刺猬跑去。为首的那个精壮汉子带着狡黠而霸气的笑容，他名叫冒顿，是头曼单于的儿子，也是匈奴太子。

冒顿的老爹头曼，秦末纷争，海内大乱，朝廷无暇顾及塞外，于是头曼单于便乘隙南下。他是个比较勇悍的人，他的儿子冒顿比他还强悍，被立为太子。后来头曼续立了阏氏（相当于匈奴王后），阏氏给他生了一个儿子，母子都被头曼所宠爱，头曼便准备废去冒顿，改立少子。

匈奴国西边有个月氏国，他让冒顿去月氏当人质，随即便派兵攻打月氏，想借月氏之手杀死冒顿。没想到冒顿早有防备，盗得好马逃了回来，头曼吃惊之余倒也佩服他的智勇，便令他为骑将，统兵万人攻打月氏，结果不分胜负，便率兵撤回。但他已经知道父亲想陷害自己，于是也心怀不满，准备借机动手。

他设计了一种骨箭，在上面穿上小孔，射出的时候就会有响声，叫作鸣镝。他命令部将：他的鸣镝射向哪里，所有的箭就必须跟着射向哪里，违者立斩。

打猎时，他射出鸣镝，部下没有随着鸣镝方向射箭的，包括稍有迟缓的，都被他斩首了，部下这才知道畏惧，不敢迟慢。

后来，冒顿将他的好马牵出来，用鸣镝射马，部下也跟着射马，冒顿便奖励了部下。进而他又用鸣镝射自己的爱妻，部下有几个不敢射，便被他斩杀了。从此后部下便不敢再违抗，不管什么人，只要鸣镝一响，箭雨便顷刻而至。

冒顿又用箭射头曼的好马，部下闻声急射，好马立刻变成了刺猬。冒顿知道他已经把他的部下训练成绝对服从和忠于自己的部队了，于是他邀请头曼一起打猎，自己跟在马后，乘头曼不注意，便用鸣镝射头曼，部下也随着一起射箭，头曼就这样丧命于敌箭之下。随后，冒顿又杀了后母和少弟，杀尽头曼的亲臣，自立为单于。

东方有个东胡国，听说冒顿弑父自立，便乘机来挑衅，先派使者到匈奴求千里马，而匈奴国当时只有一匹千里马，群臣都说不能给，而冒顿则表示不能为了一匹马而伤了和气，便把千里马送给了东胡国。

过了几个月，东胡国又来了一个使者，递上国书说要将冒顿的宠姬送给东胡王为妾。群臣得知此事都十分愤怒，说东胡国无礼，请求攻打东胡国。冒顿又摇头说他既然喜欢就送给他，不能为了一个女人而和邻国失和，于是又把爱姬献给了东胡国。

又过了几个月，东胡又派使者来要两国交界处的空地，冒顿便和群臣商量，群臣有的说可以给，有的说不能给，冒顿听了突然发怒道："土地是国家的根本，怎么能给他？"然后便喝令把东胡使者和说可以给的大臣都推出去斩首，接着便穿上盔甲骑上马，带领军队去攻打东胡。

东胡王此时得了匈奴的美人和良马，白天驰骋，夜间拥睡，快活得很，总以为冒顿怕他，因此放松了防备。等冒顿带兵杀过来时慌忙迎战，可惜已经晚了，匈奴兵像潮水一般席卷过来，王廷尽被捣毁，所有人畜都被掳掠一空，东胡国就这样被冒顿给灭了，这可是他用一顶绿帽子换来的。

匈奴气焰越发嚣张，紧接着又向西攻打月氏，向南袭击楼烦、白羊（约在今内蒙古南部），又把蒙恬收复的失地尽数夺回，兵锋直抵燕、代边境。冒顿单于作为匈奴最高首领，总揽军政及一切对外大权，下设各个机构，组织了一个完整的统治体系。此时的匈奴帝国，疆域东尽辽河，西逾葱岭，南达长城，北抵贝加尔湖一带。匈奴帝国达到了它的顶峰时期。

中行说伎俩

汉初，对匈奴实行防御政策。继刘邦、吕后之后，文帝控制匈奴的方法仍旧是主张修好，无心征伐。

过了段日子，匈奴派人报丧，冒顿单于病死了，他的儿子稽粥即位，封号为老上单于。文帝想通过和亲的手段约束他，于是选翁主嫁给他做阏氏，特派宦官中行说护送，中行说不想去，借故推脱。文帝却说他是燕人，生长在朔方，熟悉匈奴的情况，所以一定要他去。

中行说没办法，只好勉强答应，临走时曾对人说："朝廷中难道没有别人可派吗？现在偏要派我去，我也顾不得朝廷了，将来助胡犯汉，可别怪我！"旁人听了，只道他是一时气话，大家看他一个阉人，能掀起什么大浪？只是一笑而过。

不日，翁主一行到了匈奴，稽粥见汉朝美人来了，格外满意，过了几日便立为阏氏，同时优待中行说，经常和他宴饮。中行说干脆不回朝，投降了匈奴，并替匈奴想了许多帮助他们强大的计策。

中行说叛汉献计

匈奴和汉朝和亲，得了汉朝馈赠的绸缎和美食，视为至宝，从单于到贵族，都以穿绸缎服饰和吃米饭为豪。中行说看了便对稽粥说："匈奴人口少，都比不过汉朝一个郡，今天能够独霸一方，其实是因为吃穿不依赖于汉朝。现在单于喜欢汉朝的物品，要改变旧的习俗，恐怕汉朝送给匈奴的东西，不过十成中的一二成就足够使匈奴投降汉朝了。"稽粥听了十分震惊，但一时也舍不得抛弃汉朝的物品。

中行说就像一个优秀的列车商品推销员，他将丝绸的衣服穿在身上，到荆棘丛中走了一圈，丝绸都被荆棘撕破了，中行说回到帐中，给匈奴贵族们展示了一回，对众人说："这是汉朝的衣服，中看不中用。"说完，又换上匈奴的毡裘，又到荆棘丛中跑了一圈，衣服完好无损，又入帐对众人说："汉朝的丝绸远比不上本地的毡裘，怎么能弃长从短呢？"

匈奴们都认为有道理，于是又穿上本国衣服，不再穿丝绸了。中行说又说汉人的食物比不上匈奴的膻肉和乳酪营养强身，匈奴人长得强壮跟吃这些食物有关，每次见到中原的米酒，都把它扔了不吃，匈奴们看到中行说身为汉人还随从胡人的习俗，可见汉朝物品也不是什么好东西，于是也都不看重汉朝的物品了。

中行说给单于手下的人开办了"汉文化补习班"，教他们汉字和计算，能够记录人口牲畜的数目。

后来有汉使到匈奴，看到中行说都学会了匈奴的风俗，不禁取笑他。中行说便和汉使辩论，汉使说匈奴人不尊重老人，中行说辩道："汉人奉命去戍边，家中父母老人难道不减衣缩食送给他们吗？而且匈奴崇尚战斗，老弱不能打仗，都靠年轻人出力，优先给年轻人食物，才能确保战斗力，保卫家室，怎么能说匈奴不尊重老人呢？"

汉使又说匈奴父子都睡在一个帐篷里，父亲死了，儿子取后母为妻，兄弟死了又娶兄弟的妻子为妻，这简直是大逆不道的乱伦。

中行说又辩道："匈奴这是为了保存种族和血统的纯正，今天中国夸口谈什么伦理道德，还不是时有宗族疏远、互相残杀的事情发生？这不是自欺欺人，有名无实吗？"

汉使说匈奴不讲礼仪，没有道义。

"你们不懂，约束少才易行，君臣简才长久，中国的那些繁文缛节毫无益处。"中行说不耐烦地说，"不要多说了，快把汉朝送来的礼物仔细检点，我们满意还好说，否则等到秋高马肥，我们就派铁骑攻打汉朝，到时候别怪我们背约。"

一直以来，汉帝给匈奴的书简长为一尺一寸，上面写着"皇帝敬问匈奴大单于无恙"，后面写着所赠送的礼物。匈奴的回书却没有一定的标准，中行说教匈奴制成的复简，长一尺二寸，比汉朝长了一寸，里面写着"天地所生，日月所置，匈奴大单于敬问汉皇帝无恙"。文帝看了书简，又听汉使转述中行说的话，又是后悔又是担忧，几次与丞相商讨加强边防的事。

匈奴背约入寇

稽粥对中行说越来越信任，中行说让他入侵汉朝，他便几次率军去掳掠边境。文帝致书稽粥，责备他背信弃约，他也不理会。

文帝十四年冬，匈奴率十四万骑兵大肆入寇，入朝那（今甘肃灵台县），越萧兰（介于北地郡与陇西郡之间），杀死了北地（今甘肃庆阳西北）都尉孙夸，又烧了中宫（秦朝时建的宫殿），前锋直达雍县、甘泉等地。

警报传来，文帝命中尉周舍、郎中令张武两人为将军，出动车辆千乘，骑兵十万，驻守渭北，保护京师；又任命昌侯卢卿为上郡将军、宁侯魏设为北地将军、隆虑侯周灶为陇西将军，三路出发分别守卫边疆；同时文帝还大阅兵马准备御驾亲征，在群臣和薄太后的一再劝阻下才作罢；另派东阳侯张相如为大将军，率同建成侯董赤、内史栾布领兵攻打匈奴。

匈奴听说汉朝大军来增援，马上拔营出塞去了。张相如率兵追出塞外，追了许多里都不见胡马，料到匈奴已经远去，便引兵回朝。

经过这些事，文帝对匈奴的政策还是主和。改元后两年，文帝又派人送书给匈奴老上单于，推行和亲政策。老上单于也回书致谢。又过了两年，老上单于病死了，他的儿子军臣单于即位，文帝又派翁主和亲。

军臣单于起初和汉朝关系还是很好的，后来在中行说再三怂恿下与汉朝绝交，并出兵犯边。文帝后六年冬，匈奴两路大军共六万多骑兵入侵，一路上入侵上郡，一路入侵云中，沿途掳掠汉人财物、牲畜。

文帝当时急调三路大军出征。匈奴听说汉朝大军出动，很快便撤退到塞外去了。而周亚夫在这一次驻守细柳营的任务中被文帝看重。

不可一世的武帝坐上头等车厢后，“和谐列车”变身成为“铁甲战车”。

汉初以来，朝廷用和亲政策笼络匈奴，虽然匈奴没有大举入侵，但小的掠边行动却时常发生。朝廷四处挑选猛将驻守边疆，于是便选中了上郡太守李广。武帝元年，武帝命李广、程不识为将军，驻守朔方。李广带兵宽松，没有约束；程不识带兵严格，纪律严明。两人都是防边能手，将略不同，名望相同。

飞将军勇略

李广是陇西成纪（今甘肃天水秦安县）人，骁勇绝伦，擅长骑射，文帝时曾出击匈奴，杀敌无数，被提拔为武骑常侍。到“七王之乱”时，他随周亚夫出征，立下大功。但由于他私自接受梁印，功过相抵，调为上谷太守。上谷是边塞要冲，每次匈奴兵来，李广都冲锋在前，亲自杀敌。

公孙昆邪（典属国官名）曾哭着对景帝说：“李广才气盖世，可惜太轻敌了，如果不小心失去他，朝廷又少了一员骁将，不如把他内调回来。”景帝于是调他守上郡。

兵不厌诈

上郡在雁门内，距离胡地较远，但李广生性好动，往往亲自去巡边。一天他又去巡边，忽然看到迎面有大队匈奴兵蜂拥而来，而他只有百十骑人马，怎能对敌？

打又打不过，逃更来不及。李广灵机一动，索性从容地从马上下来，解下马鞍坐在地上。匈奴兵不知李广葫芦里卖的什么药，怀疑汉兵有诈，自然不敢贸然过来袭击。

一会儿有个骑白马的将军过来察看，李广站起身跃上马，只带着十余骑向白马将军奔去，忽然李广一箭射了过去，白马将军被射下马来。李广又回到原处，跳下马，仍旧坐坐躺躺，匈奴兵始终怀疑有诈，相持到日暮时分便主动撤退了。自此李广名声更加响亮了。

虎口脱险

元光六年，匈奴发兵入塞，抢劫杀害边民，前锋部队直达上谷，边境情况危急，守将飞报入朝。

武帝立即发动四路大军，任命卫青为车骑将军，带领骑兵万人直指上谷；又派骑将军公孙敖向代郡进发；轻车将军公孙贺向云中进发；骁骑将军李广向雁门出发。

其中李广资格最老，对雁门又很熟悉，他心想一定会旗开得胜。谁知匈奴早已探悉他的情况，调集大队人马沿途埋伏，想活捉李广。李广仗着自己骁勇，挥师急进，匈奴兵假装败逃，引诱李广进入包围圈，然后四面攻击他，李广被杀了个措手不及，最终寡不敌众，被匈奴抓住了。

匈奴将士都十分高兴，把李广捆到马上，唱着胡歌，押回去献功。李广却在想着怎么逃走，他暗暗用力，慢慢把臂上绳索扯断，他偷看了一下四周，只见身旁有个匈奴兵，骑着一匹好马，便突然跃起身，跳到那个匈奴兵马背上，一把将仍在莫名其妙的匈奴兵推下马，抢了弓箭，加鞭冲了出去。

匈奴见李广逃跑，马上回马急追，只听嗖嗖声响，李广在马上扬手射箭，几个追击的匈奴兵便被射下马来，李广见后面匈奴骑兵乱了阵脚，便策马狂奔，绝尘而去，竟然逃回了大营。

向代郡进发的公孙敖，和匈奴兵交战也吃了败仗，伤亡七千多人，也率着残兵退回来。

公孙贺行到云中，没遇见一个敌人，驻扎了几天，听说两路汉军败回，也不敢再前进，立即撤兵，总算没有损失一人。

只有卫青出兵上谷，只抵笼城，匈奴兵主力这时已去了雁门，只有数千人守城，卫青一阵猛攻，杀敌数百人，便回朝报捷。

武帝见四路兵马，两路失败，一路无功，只有卫青得胜，自然另眼相看，加封他为关内侯。

公孙贺无功无过，也无赏罚；李广与公孙敖打了败仗本应处斩，两人花了大钱赎罪，留下一条命来，但被贬为庶人。

元光七年初改元为元狩元年，这年秋天，匈奴又来犯边，杀死辽西太守，捉去吏民两千多人。

武帝派韩安国为材官将军，出征渔阳，他手下只不过数千人，被匈奴围住，韩安国打了败仗，回营拒守，差点儿全军覆没，幸亏燕兵来救援，才突围而逃，移驻到右北平。武帝派使者诘责他，韩安国忧愤交加，呕血而亡。

武帝思考了良久，才决定再次起用李广，授他为右北平太守，让他接替韩安国防边。

箭穿石虎

李广自从赎罪回家，和前颍阴侯灌婴的孙子灌强居住在蓝田的南山中，以打猎为娱乐，曾带着一队士兵出去喝酒，到深夜才回来，在路上遇到正在巡夜的霸陵县尉，厉声呵斥他们停下。李广手下上来报名，说是故将军李广。县尉恶狠狠地说："就是现任将军，也不能犯夜，何况是故将军呢？"李广不能与他顶撞，只好忍气吞声，在亭下留宿，等到天亮了才回家。

没多久朝廷又起用李广，让霸陵县尉和他同行，霸陵县尉没法推辞，过来拜见李广，李广见到他就喝令将他斩首，然后上书请罪。武帝倚重他的才能，不但不怪罪他，还慰勉了他，因此李广格外感奋，到了边防戒备极严，匈奴不敢进犯，并赠他一个美号，叫作"飞将军"。

右北平这个地方多虎患，李广天天巡逻，一面查探敌情，一面追赶老虎，凭借他那百步穿杨的箭法，射杀了好几只。一天，李广在山麓巡逻，远远看见草丛中好像蹲着一只老虎，忙张弓搭箭，一箭射了过去，手下从骑见他射中虎身，忙过去取猎物，等走近草丛仔细一看，并不是老虎，而是一块大石头，令人吃惊的是李广射出的箭竟然射进石头里好几寸，外面露出箭羽，随从用手竟然拔不出来。李广因此一箭而威名远播，人们都知道他箭能穿石，具有神力，无人敢当，所以李广在任五年，边防很平静。后来郎中令石建病逝，李广奉召入京，代任郎中令。

匈奴不敢入侵右北平一带，但其他地方守将没有李广出名，因此匈奴时常入寇。

卫家战神

卫青第一次出征就神一般地避开匈奴主力，结果他的处女作是直捣龙城，获得大捷，给了武帝一个大大的惊喜，而被封侯。所以第二年当匈奴又频频袭扰时，武帝再令卫青率三万骑兵出师雁门，又派将军李息出兵代郡，卫青与匈奴大战一场，又斩首数千人，凯旋而回。

战神频眷顾，擢为大将军

元狩二年春天，匈奴又发兵袭击了上谷和渔阳。武帝又派卫青、李息二将军率兵征讨，从云中直抵陇西，几次打败胡兵，击退白羊、楼烦二王，阵斩敌首数千，截获牛羊百余万，全部收复了河套以南地区。捷报传到长安，武帝非常高兴，立即派使者去劳军，后来由使者返报，功劳归于卫青，于是武帝又下诏封卫青为长平侯，连卫青的部下也得到特别封赏，校尉苏建封为平陵侯，张次公封为岸头侯。

自从朔方设了郡，匈奴右贤王连年入侵，想将朔方夺回。

元狩五年，武帝特派卫青率三万骑兵出征高阙（今内蒙古杭锦后旗东北），攻打匈奴，又令卫尉苏建为游击将军，左内史李沮为强弩将军，太仆公孙贺为骑将军，代相李蔡为轻车将军，都归卫青节制，出兵朔方。再命太行李息，岸头侯张次公为将军出兵右北平，作为声援，共计十余万兵马，陆续向北进发。

匈奴右贤王探听了汉兵大举进攻的消息，忙率兵退出塞外，依险驻扎，一面又让人去探哨，不见有什么动静，总以为路途遥远，汉兵不会这么快就到，于是搂着随营带来的爱妾，喝着美酒，放松了警惕，没想到卫青率着大队人马星夜兼程，风驰电掣地赶来，竟将匈奴大营包围了。

右贤王这时酒也被吓醒了，忙让手下出营御敌，自己则把爱妾抱上马，带着数百精骑，混出帐外，一溜烟向北逃去。

很快汉兵厮杀进来，踏破营垒，胡兵只有少数几个逃脱了，大部都被俘虏，抓到小王十余人，男女胡人一万五千人，数十万牲畜全部截获，再去追右贤王，早已来不及了，于是收兵南回。

这场大捷传到京城，满朝都沸腾了，文武百官相率来贺，武帝也喜出望外，立即派使臣慰劳军队，超擢卫青为大将军，统率六师，加封卫青食邑八千七百户。卫青三个儿子还在襁褓中，也都被封了侯。卫青上表推辞，要求把功劳让给诸将。

武帝于是封公孙贺为南窌侯，李蔡为乐安侯，其他属将如公孙敖、韩说、李朔、赵不虞、公孙戎奴等也都封了侯。

卫青率军回朝，公卿以下的官员都在马前拜见，就连武帝也起座慰问，亲自赐御酒三杯，为卫青洗尘。卫青受到了自古没有的隆重待遇，宫廷内外，宫女太监都来瞻仰这位"超级偶像"，其中最有名的"粉丝"要算平阳公主。

平阳公主是平阳侯曹寿的妻子，此时曹寿已经病逝，平阳公主四十岁就守了寡，现在她见自家的骑奴当了大将军，十分仰慕他，竟然想嫁给他，只是苦于眼前无人做主。左思右想了一番，还是去请卫皇后替她撮合，于是精心打扮了一番，收拾得整整齐齐进宫去了。

卫皇后见她的衣着打扮，又听到她谈到卫青时羞羞答答的谈吐，不等她说清楚，就明白了她的心意，卫皇后记着公主当初对自己的恩情，乐得做个人情，满口答应。等公主一走，就找卫青商量，又去告知武帝，让他玉成两人的婚事，武帝也欣然同意。

于是很快卫青和平阳公主就结婚了。大将军与公主的婚礼自然是热闹隆重，礼仪繁多，满朝文武都来道贺。卫青与武帝亲上加亲，武帝更加宠任他。

霍去病扬威，荣封冠军侯

自从卫青大败匈奴后，匈奴却更加猖獗：入侵代地，攻打雁门，抢掠定襄上郡。元狩六年，武帝又派大将军卫青征讨匈奴，任命合骑侯公孙敖为中将军，太仆公公孙贺为左将军，翕侯赵信为前将军，卫尉苏建为右将军，郎中令李广为后将军，左内史李沮为强弩将军，分别率领六师，都归大将军节制，浩浩荡荡向定襄进发。

列车上多了很多年轻将军，卫青带着他的外甥霍去病也登上了车。霍去病已经十八岁了，擅长骑射，任侍中一职。这次自愿出征，卫青便令他为剽姚校尉，手下带领着八百名士卒。

卫青带着大队一到塞外就和匈奴兵相遇，一阵痛击，杀敌数千人，匈奴兵大败而逃。卫青也收兵回驻定襄，休整军队。

过了一个多月，卫青又整队出发，直入匈奴境内百十里，攻破好几处匈奴营垒，斩获颇多，各将军杀得兴起，便分道前进。前将军赵信原是匈奴小王，投降归汉后封了侯，对塞外道路很熟悉；右将军苏建也不甘落于人后，踊跃前进；霍去病更是少年好胜，带着他的八百骑兵独自出发了。其他将士也各率部属出发，寻杀匈奴。卫青则驻扎在后方，等待各路消息。

不久，诸将陆续回营，有的献上匈奴首级数百颗，有的捉到俘虏数十人，也有的没找到一个敌人，不便贸然深入，便回来了。卫青逐一点验部队，没有什么大的损失，唯有赵信、苏建两将军，及外甥霍去病没有回营，毫无音讯。卫青忙派人去救应，可过了一天一夜，仍然没有回报，一向沉稳的卫青也惶惑不安起来，不停地在帐内踱步。

正在焦心，忽然有一个将领踉踉跄跄闯了进来，长跪在帐前，哭着请罪。此将蓬头垢面，满身沙尘，沾着血斑，卫青认出他正是右将军苏建，忙追问原因。

苏建气喘吁吁地说：“末将与赵信深入敌境，忽然被胡兵包围，杀了一天，部下伤亡过半，胡兵也死了多人。我军正准备脱围，不料赵信变节，竟带着八九百人投降匈奴。末将与赵信本来只带了三千多骑，战死了千余名，叛去了八九百名，怎能抵挡得住敌人？我军在逃回的途中，又被胡兵追击，只剩下末将一人单骑逃回，还亏得大帅派人救应，才到了这里。末将该死，特来请罪！”

卫青听完苏建的诉说，让他先回营休息。又召入军政闳、长史安和议郎周霸问：“苏建战败，失去部队，应该处什么罪？”

周霸说：“大将军出师以来，还没杀过一员偏将树立威信，现在苏建弃军逃跑，按例应该处斩，以示军威。”

闳、安二人说："不可，不可！苏建以寡敌众，没有随赵信投降，而是独自拼死回来，如果把他斩首，以后谁要是不小心战败了，都会弃甲投降，不敢再回来了。"

卫青缓缓地说："周议郎的话不对，卫青奉令出征，不怕没有威信，何必定要杀属将。就是苏建有罪该斩，也应报告皇上，卫青却不敢专擅！"众人齐声称善，于是把苏建送入槛车，派人押送到京城去了。

苏建的事刚处理完，霍去病也带着大队人马回来了。只见他手里提着一颗血淋淋的首级，威风凛凛地走入汉营，他向卫青报告这首级是单于大父行借若侯产。接着又由手下押进三个胡人，分别是匈奴相国、当户和单于季父罗姑。这三个匈奴头目都被霍去病生擒了回来。此外斩首馘耳（古代战争中割下敌人左耳以记数献功），约有两千多人。

霍去病带着八百骑向北深入，一路上都没遇见胡兵，直走了好几百里，忽然发现了匈奴大营。于是乘其不备，冲杀过去。

匈奴兵没想到汉军突然袭击，顿时溃乱，霍去病以少胜多，轻轻松松就把胡营踏破了。

卫青大喜，想着得足以偿失，便率军回朝。武帝认为这次北征，虽然斩敌首级万余，却也覆没了两军，失去赵信，因此功过相抵，没有封赏，但赐卫青千金。唯有霍去病战绩辉煌，授封为冠军侯。

还有校尉张骞，以前曾出使西域，被匈奴截留十几年，熟悉匈奴地形，知道水草位置，所以兵马不至于饥渴，卫青申奏他的功劳，也被封为博望侯。苏建最终被赦罪，免为庶人。

匈奴王军臣单于已经病死，他的儿子于单单于继位，后来军臣单于的弟弟左谷蠡王伊稚斜逐走了于单单于，自立为单于，于单单于入塞降汉，于元狩三年病死。伊稚斜单于听说赵信来降，立即召入，好言抚慰，封他为自次王，并将阿姐嫁给他为妻。

赵信十分感激，替他出谋划策，教单于加强边防，不必入塞，等汉兵疲敝，就可以一举攻破。伊稚斜单于照他的话去做。

汉朝边境也清静下来。但自从元光以后，汉朝连年出兵，军需耗资巨大，害得国库虚空，朝廷只好卖爵，卖爵一级大约要十七万钱；每级递加二万钱，万钱为一金，共卖出十七万级，价值三十万金，朝廷与市场一般。只要有钱，也不管人品如何，都可以当官，“卖官鬻爵”就从这里开始了。

武帝拜霍去病为骠骑将军，让他率领万骑兵马攻打匈奴。霍去病从陇西出兵，几次攻击匈奴守寨，转战六日，越过焉支山，深入一千多里，杀了折兰王，斩了卢侯王，抓了浑邪王子和相国都尉，夺取休屠王祭天的金人，斩杀敌人首级八千九百多，才胜利回京。武帝厚赏霍去病，加封食邑二千户。

匈奴未灭，何以为家

过了几个月，已到元狩二年夏季，霍去病又与合骑侯公孙敖率兵数万人再进军北方，另派张骞和李广向右北平进发，李广率四千人担任前锋，张骞率万人继进，两部相距数十里。

霍去病与公孙敖率着部队驰出塞外后，两支部队失去了联络。霍去病只好自己带着兵马急速前进，渡过居延泽，过了小月氏，来到祁连山，一路上势如破竹，连打了三个胜仗，斩杀敌首三万，又俘虏了很多匈奴，缴获了很多牛羊物品，这才凯旋回朝。

霍去病三次大捷，立下大功，加封五千户，部下偏将如赵破奴等人都被封侯。

霍去病踏破了焉支山和祁连山，他的威名让敌人丧胆，当时匈奴作了一首歌谣：“亡我祁连山，使我六畜不蕃息；失我焉支山，使我妇女无颜色。”

武帝曾让霍去病学习孙吴兵法，霍去病说：“作为将领，要随机用兵，又何必拘于古法呢？”

武帝要替霍去病建豪宅，霍去病婉拒了，说了响当当的八个字：“匈奴未灭，何以为家？”武帝更加宠信他，对待他和对待卫青一样。

霍去病从小不知道父亲的名字，入宫后才知道父亲名叫霍仲孺。这次北伐回朝，路过河东，查到父亲还在，便派人去迎接父亲，父子得以团聚。

原来自从霍仲孺的情人卫少儿嫁给陈掌后，他就回到了平阳老家，又娶了一个妻子，生了儿子霍光。霍去病给父亲购置了田宅，买了奴婢，让他安享天年。

霍光非常聪明，霍去病很喜欢他，便把他一起带到京城。武帝把他补充为郎官。大将军卫青见外甥立功封侯，很像自己，十分欣慰。父子舅甥，一门五侯，煊赫绝伦，史上无二。

忽有大行李息报告，匈奴的部署浑邪王入塞投降。武帝怕他有诈，便命霍去病率兵去迎接，见机行事。

原来，浑邪王居住在匈奴西方，与休屠王是邻居。这二王和卫青、霍去病两将军打了几仗，屡战屡败，匈奴伊稚斜单于责怪他们打败仗，准备诛杀他们。

浑邪王刚刚痛失爱子，万分悲戚，又听说单于要声讨他们的罪行，一怒之下便约休屠王叛胡降汉，李息当时正奉命在河上筑城，浑邪王便派人向他请降。

霍去病领兵迎接他们，浑邪王便去邀休屠王一起入塞，谁知休屠王又反悔了，浑邪王怒不可遏，领兵杀死了休屠王，带着休屠王的妻子、部众一起去投奔汉朝。

隔河相望，浑邪王手下的裨将见汉兵人多，不禁畏惧起来，一些兵将准备逃跑。还是霍去病过河接见浑邪王，把其中离心的将士处死了，大约有八千人，还有四万名都被霍去病收编了。

不久武帝遣散了投降的匈奴，让他们居住在陇西、北地、上郡、朔方、云中五郡，称为五属国，又将浑邪王以前的领地改置为武威、酒泉二郡。于是金城、河西，直至盐泽一线都没有匈奴踪迹。武帝又把陇西、北地、上郡的驻军裁掉一半，加封霍去病食邑一千七百户。

老骥壮心

卫青、霍去病如有神助，而另一边李将军家却总是衰神降临。就拿元狩二年夏季那次出征匈奴来说，李广父子的遭遇也是异常惨烈。

父子突围

匈奴左贤王得知汉军入境，便率四万铁骑前来抵御，途中与李广军遭遇。李广只有四千人马，怎么敌得过匈奴？当即被围住了，李广非常镇定，命令小儿子李敢带着数十骑精兵突围。

李敢毫不退缩，挺身而出。只见他左手持一杆长槊，右手执短刀，奔驰在敌阵中，左击右砍，异常勇猛，匈奴无人能挡，很多做了“刀下鬼”。李敢竟然杀出了一条血路，打通敌人的包围，又从原路杀回，仍然来到李广跟前，手下将士只伤亡了三五人。

一些士卒本来很畏惧，见李敢出入自如，不由也壮起胆来，又听李敢报告：“匈奴兵没什么好怕的，很容易对付！”更加鼓舞了军心士气。

李广命将士布起圆阵，面朝外围起来，胡兵不敢逼近。忽然听得空中“嗖嗖”声响，箭雨像蝗虫一般黑压压地飞了过来，李广军队镇定地用盾挡住，但还是比不过箭镞，伤亡了大半。

李广也令士卒反射匈奴，射中了数千人。很快箭快射完了，李广命士卒只张开弓而不射箭，自己用有名的大黄箭专射敌将，每射一箭都奇准，接连射死了好几个将领，匈奴一时都畏缩不前，只在四周守住圈子，不肯撤围。

相持了一天一夜，汉军已经疲惫不堪，个个面无人色。李广仍抖擞精神，指挥部队抵敌，等到天亮，又与匈奴兵恶战一场，双方伤亡相当，匈奴始终不肯退兵，想凭借人多势众，把汉军耗到最后，来个赶尽杀绝。

正相持着，猛地听到远方一声号响，又有一支军队杀了过来。李广从阵中眺望，只见匈奴兵阵脚大乱，纷纷溃退，正是汉军援兵到了。张骞率着大队人马来救应他们，很快击退了匈奴，救出了李广，收兵回朝。

武帝按功过赏罚：除霍家军得到重赏外，李广以寡敌众，精神可嘉，但兵员伤亡过半，功过相抵，仅得到免罚；张骞、公孙敖延误军期，应叛死罪，后来免为庶人。

大漠遗恨

元狩四年（公元前119年）春，武帝又出兵征讨匈奴。他派大将卫青、骠骑将军霍去病各率五万骑兵出征，郎中令李广主动请缨出战。武帝嫌他年老，不愿意让他去，李广再三请求，武帝才答应任命他为前将军，和左将军公孙贺、右将军赵食其、后将军曹襄都归卫青节制。

出师前，武帝嘱咐卫青说："李广年纪大了，命不好（年老数奇），不要让他单独对付单于。"

卫青领命而去，带领大军从定襄出发，沿途捉了匈奴俘虏讯问，得知匈奴现住在东方。卫青派人报告武帝，武帝发来诏令，让霍去病独自从代郡出兵，自成一路攻打匈奴。霍去病便带着校尉李敢等人，领兵走了。

这次汉军出征与前几次不同，除了卫青、霍去病的十万骑军，还有数十万步兵在后面跟进。征集的公私马匹共十四万匹，真可算是浩浩荡荡，倾国远征。

匈奴的侦骑把这些情况飞报伊稚斜单于，他也很惊慌，忙准备迎敌。赵信为他献策，让他把辎重调到漠北，派兵严加戒备，以逸待劳。单于称这是妙计，依言施行。

卫青率兵走了几天，都没发现大的敌人，后来探马报告说匈奴转移到漠北去了，于是准备深入大漠，直捣老巢，他暗思武帝密嘱，不能让李广当先锋，便命李广与赵食其合兵东行，约定期限会师。

东边的道路曲折绕远，更缺水草，李广不愿意去，入帐请命道："臣部为前将军，今大将军乃徒令臣出东道，且臣结发而与匈奴战，今乃一得当单于，臣愿居前，先死单于。"（《史记·李将军列传》）

卫青不好直说，只是摇头不答，李广愤然出帐，悻悻启程。

卫青支开李广，便挥师直入，又走了好几百里，忽见大漠远方有一条黑线，难道那是水草之地？很快探马报告，前方正是匈奴大营，这个消息让卫青又惊又奇，真是踏破铁鞋无觅处，得来全不费工夫。当下命令部队扎下营盘，派出武刚车把匈奴大营四面围住。武刚车有巾有盖，格外坚固，可作为军队壁垒，是古代的行军利器。

布置妥当，卫青又派五千精骑前去挑战，匈奴也出动万骑接仗，霎时喊杀声、兵器碰撞声、马嘶声响彻大漠，一时间飞沙走石，再加上天快黑了，因此两军作战的情况却看不清楚。

卫青乘势指挥大军，分成两路，左右包抄匈奴大营。

伊稚斜单于没想到汉军来得这么快，忙率数百精骑从后帐突围，自己乘着六骡车向西北逃去。

另外的匈奴兵则和汉军力战，双方一直厮杀到半夜。汉军的左校抓到单于的几个亲兵讯问，才知单于早就逃之夭夭。卫青派轻骑追赶，已经来不及，等到天亮，匈奴兵已经四散而逃，卫青率着士军急追了二百多里，才接到前面的骑兵报告，单于已经逃得远了，只有前面寘颜山（今蒙古高原杭爱山脉南面）有座赵信城，里面贮藏着积谷。赵信城是赵信居住的地方，因此得名。

卫青便驰入城中，打开谷仓，接济兵马，让士兵饱餐一顿。汉军住了一天，卫青便下令班师，等到全军出城，便放火烧城。

部队回到漠南，才看到李广、赵食其的部队到来，卫青责怪两人迟到，应该论罪。赵食其不敢抗议，李广本来就不想东行，后来又因为走错了路而误期，有罪无功，气得须髯都竖了起来，不说一句话。

卫青让长史给他们送上酒肴，又促令李广到幕府对簿，李广愤然对长史说："诸校尉都无罪，是我迷路误期，我自己去对簿好了！"

说完便来到幕府，流着泪对将士们说："我自从参军以来，与匈奴大小七十余战，有进无退，这次随大军出征，大将军令我东行，我迷路失途，岂不是天意？我已经六十多岁了，死不足惜，怎能再面对刀笔吏乞怜求生？李广今天和诸君永别了！"话音刚落，便"哗"的一下拔出佩刀，向颈上一挥，鲜血飞溅，倒在地上。将士们忙上前抢救，已经来不及了。

李广死了，将士们都向他致哀，远近的百姓听说了这件事也都痛心流泪，李广平生对待将士很关心，行军的时候从来不扰民，因此人们都很敬重他。

通过李广之死，不能不说说卫青的为人：卫青在人们眼中自然是一位英雄，然而，他光环的背后也有着不为人知的阴影。

这次出击匈奴，就可以看出诸多端倪。出塞后，卫青得知了单于的驻扎地，决定自率精锐部队袭击单于。命李广与右将军赵食其从东路出击。李广恳求之下，卫青也不答应，一是因为有武帝的嘱托，另外他的私心之处在于：其救命恩人公孙敖刚失去侯爵之位，担任中将军随其出征，卫青想给他立功机会，遂拒绝了李广的请求。结果李广因迷路误期，含冤自刎。

《史记》中还记载，卫青家的合人（相当于家仆）田仁和任安因为无钱贿赂管家，被安排在卫府专门养马。晚上睡觉时，田仁说："狗眼看人低的管家。"

任安说："将军尚不知人，何乃家监也。"一语道破卫青的为人。

后来朝廷在卫府选拔郎将，卫青为有钱的家丁"具鞍马绛衣玉具剑"，并安排他们参加由赵禹组织的面试。好在赵禹十分有眼光，他说："我听说将门必有将才，古人也说'不知其君视其所使，不知其子视其所友'，但今天到大将军家选拔优秀的文官武将，大将军给我看的就是一些'如木偶人衣之绮绣耳'！"于是赵禹重新面试，在一百多人中只相中了田仁和任安。

这两人通过面试后卫青很不高兴，要他们自己配备行头。田仁和任安说没钱，谁知卫青便大怒道："你们整天说自己没钱，好像在我家过得很不满意，虐待你们一样！"还说，"鞅鞅如有移德于我者，何也？"直到汉武帝召见了这两个人，用任安为益州刺史，田仁为丞相长史才作罢。

由上可见，功勋赫赫的大将军卫青也有心胸狭隘的一面。

冤冤相报

李广的弟弟李蔡，才能远在李广之下，反而因出征有功，封为安乐侯，拜为丞相，而李广拼死百战，连个侯都没封上。他曾与术士王朔谈到这件事，王朔问李广有无滥杀无辜的事，李广沉吟半晌说："我从前当山西太守时，曾诱杀投降的八百多个羌人，到现在还很后悔，难道是这件事伤了阴德吗？"

王朔道："祸莫大于杀降，将军不能封侯，的确是因为这件事。"李广叹息不已。

李广有三个儿子，前两个都死在李广前面，三儿子李敢这次和霍去病出塞两千多里，与匈奴左贤王相遇，交战数次，都打了胜仗，擒住屯头王、韩王等三人，以及手下的匈奴将官八十三人。俘虏无数，左贤王逃跑了，于是封了狼居胥山、姑衍山，登临了瀚海，然后班师回朝。

武帝龙颜大悦，增封霍去病食邑五千八百户；李敢也加封为关内侯，食邑二百户；卫青功劳不及霍去病，没有加封，特设大司马官职，让卫青与霍去病兼任。赵食其失道当斩，赎为庶人，这次征讨匈奴共杀死、俘虏匈奴八九万人，汉军也伤亡数万人，丧失马匹十万多，可谓得不偿失。

伊稚斜单于仓皇而逃，与部众失散，右谷蠡王还以为他死了，自立为单于，不久伊稚斜单于回来了，又把单于的位置让还给他。匈奴经此大创，便迁居漠北，再也不敢到漠南来了。

赵信建议单于休战言和，派使者到汉庭谋求和亲，武帝让大臣们商讨，大臣们有的说可以和亲，有的说不可以和亲，争论不休。丞相长史任敞道："匈奴刚被我军打败，正好让他当外臣，我们怎么能与敌人和亲。"

武帝称善，于是让任敞和匈奴使者一起去匈奴，好几个月都没见他回来复命，想他可能冒犯了单于，被拘留了。

武帝十分担忧，他和大臣们讨论起和亲的利弊，主张和亲的博士狄山在这次讨论后被调到边塞当亭长。一个月后，狄山暴毙，头颅也不知去向，成了当时一桩疑案。朝臣们见狄山枉自送了性命，都很害怕，再也没人敢提和亲的事了。

接着丞相李蔡因为侵占景帝田园，也被抓到狱中论罪，李蔡惶惶不可终日，竟然自杀了。

李敢见父亲和三叔都冤死，感到十分悲愤。他想替父亲报仇，便去找卫青，问他父亲究竟为什么要自杀，卫青不想再提这件事，便打发他走，双方三句不合，李敢便挥拳向卫青脸上打去，卫青连忙闪避，但额头还是被打青了，卫青的手下忙过来把李敢拉开，李敢愤愤而去。

卫青并没有责怪李敢，只在家中用药敷治，没有把这件事告诉外人。

霍去病去看望舅舅，得知舅舅被李敢打伤了，很是愤怒，想着要教训一下李敢。不久武帝到甘泉宫游猎，霍去病和李敢跟随同行，就在大家追逐野兽的时候，霍去病一箭射向李敢，不偏不倚正中要害，李敢眼见是不活了。

武帝见人死不能复生，不但没有责怪霍去病，还帮他掩饰，说李敢是被鹿顶死的。皇帝这么说了，谁还有异言？但天道好还，一年后霍去病竟然得病死了，武帝万分悲痛，赐谥号为景桓侯，又赐他葬在茂陵旁，还特地为他筑了一座高冢，形状像祁连山，令他的儿子霍嬗袭封。

32. 征伐四方蛮王拜

中国从汉朝开始，中央集权的统一国家观念得到了完全的巩固和确立，中华民族的概念逐渐形成，实现了中国历史上第一次真正意义上的大一统。尽管有人骂武帝好大喜功、穷兵黩武，但华夏一统的天下观在此得到了巩固与发展。这种认可也表现在全民几乎对国家征伐四方都表示支持。这一章我们就从大汉版图的东南部讲起。

平三越，迎风搏浪定东南

当时中国东南一带有三个国家，最大的是南越，然后是闽越，东越最小。七国之乱后，吴王被东越王杀死，吴太子驹逃到闽越，他想着为父报仇，曾劝闽越王攻打东越，东越抵挡不了，便派人向朝廷求救。

武帝召集大臣们商讨，田蚡为首的一派认为越地太远，没必要劳师。只有庄助认为小国有了危急，汉朝不去救援，怎么能镇抚四方？

武帝听了庄助的话，命令会稽郡调兵救援东越。会稽郡太守一开始拖延着不发兵，直到庄助斩了一个司马后才从海道发兵进军，行到中途的时候，闽越兵已经闻风而逃。

调解三越

东越王怕汉兵一走，闽越再来攻打，于是请示举国迁徙，经武帝批准后便迁到江淮之间。

闽越王便夺得了东越的地盘，三四年后，他又大举入侵南越，想吞并南越。南越王赵胡是赵佗的孙子，一边防守边境，一边派人到汉廷报告。武帝称赞南越王守信义，命大行王恢、大司农韩安国两人为将军，分两路进军援助南越。

闽越王回兵拒守。没想到他的弟弟余善聚集族人密谋，准备杀了闽越王向汉朝谢罪。族人大多赞成，于是余善藏着匕首把他刺杀了，然后派人带着闽越王人头献给王恢，王恢一面通告韩安国，一面把人头送到朝中。

武帝于是下诏罢兵，派中郎将到闽越传谕，另立无诸的孙子繇君丑为王，让他继承先祀，余善自然不服，要推翻他。繇王又派人向朝廷报告，武帝便因余善有功而封他为东越王，并命他划境自守，不准与繇王相争。

闽越、东越的问题解决了，武帝又派庄助出使慰谕南越，南越王非常感恩，派太子婴齐和庄助一起到朝中当宿卫，路过淮南时，淮南王大献殷勤。因为他曾经书谏武帝讨伐闽越，怕得罪对方而十分惶恐，庄助也传达了武帝临行前交代他的话。淮南王热情招待，又用厚礼馈赠和庄助私下交好。庄助和他订了约才回去。

回到长安，武帝因为庄助不辱使命，出色完成任务，专门赐宴慰问，又根据他的想法封他为会稽太守。一段时间后，庄助在会稽郡治理得并不好，民怨很大，武帝便想把他调回来。

这时东越王余善几次不应诏入朝，触怒了武帝，准备出兵教训他一下，朱买臣进言道："东越王余善一直住在泉山，恃险守境，现在听说他迁到南面的大泽，离泉山大约五百里，无险可依，如果从海上发兵，直接攻打泉山，然后向南进攻，破东越就很容易了。"

武帝听了很高兴，于是调回庄助，让朱买臣去接替会稽太守。朱买臣到任后，按照武帝的指示置备兵船和军械，等着朝廷出兵，一起助讨东越，等了很久都没有消息。原来匈奴派使者到汉廷请求和亲，武帝听了王恢的建议，准备乘机攻打匈奴，暂时没空顾及南方，所以把东越的事搁置起来。

后来消息泄露，匈奴撤退，王恢也被诛杀。

招抚巴蜀

一时太平无事，武帝可是个闲不住的人，他又想着平定蛮夷，特派郎官司马相如去招抚巴蜀，打通西南通道。

之前王恢出征闽越，曾让番阳令唐蒙代表皇帝去慰问南越。南越设宴招待，菜肴中有一种枸酱，味道非常甜美，唐蒙便问产地，得知这是从牂牁江运来的。牂牁江西至黔中，距离南越不少于千里，运输很艰难，所以唐蒙很是怀疑。

后来到了长安，他又问蜀中商人，商人回答说："枸酱产自蜀地，并不是产自黔中，只不过当地人贪利，往往偷带这东西卖给夜郎国。夜郎国是黔中小国，地临牂牁江，曾与南越通商，所以枸酱能运到那里，现在南越几次出财物，想收买控制夜郎国，但要让他臣服，也不是件容易的事。"

唐蒙听了这番话，也想拓地邀功，于是上书说："南越想称霸一方，朝廷应该征讨它，夜郎国有十万精兵，乘战船从牂牁江可以出其不意地攻打南越，这是制越的奇计，以大汉的强盛，巴蜀的富饶，从夜郎国借道，设置官吏，取南越不难。"

武帝看了这封书，立即批准。提升唐蒙为中郎将让他去夜郎国。

唐蒙带了很多缯帛，调了一千名士兵为护卫，出都南下，历经艰辛来到巴地的筰关，再从筰关出发，才入夜郎国境。夜郎国王名叫竹多同。世人称那里为南夷，南夷有几十个部落，其中要算夜郎国最大，同中国从来没有通联，所以夜郎国的人都以为世界上就是夜郎国最大。

等唐蒙到访，夜郎国王见了汉官威仪，才觉得自己相形见绌，唐蒙又胡诌海吹了一通，说汉朝如何强盛、富饶，又把缯帛抬到帐前，五光十色，锦绣耀眼。夜郎王从来没见过这么华丽的东西，不由得瞠目结舌，愿意归附汉朝，唐蒙代汉廷答应他封侯，并封他儿子为县令，由汉廷设置官吏协助。夜郎王很高兴，又召集各部酋说明情况，各部酋也都同意归附汉朝，于是竹多同便和唐蒙订了约章。

唐蒙回都禀报武帝，武帝便设犍为郡，统辖南夷，又命唐蒙修筑道路，僰道直达牂牁江。唐蒙再到巴蜀，调集士卒筑路，用军法督促，不准稍有偷懒，逃跑的就抓回来砍头，老百姓怨声载道。

武帝听说了这件事，只得另派官员去安抚，想到司马相如是蜀人，对当地民情比较熟悉，便派他去蜀地慰谕百姓。司马相如到了蜀地，先发挥他的写作特长写了一篇檄文，告谕各界，果然得到人民谅解，怨言也平息了。

刚巧西夷各部听说南夷归附，得了很多赏赐，也愿意像南夷那样归附汉朝，派人与蜀中官吏通书，表明诚意，官吏便向武帝奏报。这时司马相如回朝，武帝便向他问明原委，相如回答说："西夷有很多大的部落靠近蜀郡，交通便利，秦朝曾修筑道路，设置官吏，现在还有旧路的痕迹，如果恢复旧制，设置郡县，那里比南夷还要好呢。"武帝听了很高兴，拜司马相如为中郎将，让他持节出使，招抚西夷。

司马相如到了西夷境内，转达武帝的意思，又把丰厚的礼物赏赐给各部，西夷各部都高高兴兴地归附了汉朝。

平叛南越

武帝派张骞出使西域后，西域各国也都派了使者前来，于是汉朝与西域便开始了交往。

没想到西北刚刚平静了一些，东南又发生了变乱。南越王赵胡曾派太子婴齐到宫中当宿卫，一住就是几年，婴齐本来已有妻室，但没带到京城，很快便看中了邯郸人樛氏，这个女人水性杨花，与灞陵人安国少季私通，婴齐也不管她品行如何就娶她为妻，不久生下一个男孩，取名赵兴。

后来赵胡病重，派使者接婴齐回去，武帝准他归省，婴齐便带着妻儿踏上回乡路。

赵胡死后，婴齐继位，上书请封樛氏为王后，赵兴为太子，武帝都批准了，但常派使者召他入朝，婴齐怕再被羁留，不肯从命，只派小儿子次公入朝。不久婴齐病死了，太子刘兴当上南越王，奉母亲樛氏为王太后。

武帝又召刘兴母子一起入朝，当下选派使臣，谏大夫终军毛遂自荐道："臣愿持长缨，把南越王抓到殿前。"

武帝见他年少气盛，表扬并答应了他，让他与勇士魏臣等出使南越，又查到安国少季与樛太后相识，也让他一起去。

终军表字云，济南人，还未及弱冠（二十岁）就被选为博士弟子。他步行入关，关吏给他一张繻，终军问有什么用，关吏告诉他："这是出入关门的通行证。你将来要出关，还要用到它。"

繻是用裂帛做的，代替符节使用。终军生气地说："大丈夫西行，谁会没事出关？"说完便把繻给扔了。

果然不到两年，他就被提拔为谒者，出使郡国，关吏惊讶地说："这就是扔繻的人，没想到他真的实践了他的话！"后来终军出使回来，又被提升为谏大夫。

终军到了南越，和赵兴进行了满怀豪情的谈话，劝他归附汉朝，赵兴自然畏服，但南越相吕嘉却反对赵兴归附汉朝。吕嘉当了三朝南越相，位高权重，搞得赵兴也犹豫起来，便进去告诉太后，请她定夺。

樛太后便接见汉使，忽然看到了她少女时的情郎安国少季，心中不由一阵悸动，忙把他叫过来详加询问，安国少季便将朝廷的旨意告诉了她，樛太后当即同意了。

她嘱咐赵兴上表朝廷，愿意像内地诸侯那样，三年朝贡一次。终军便派人飞报武帝，武帝又下诏奖励，并赐给吕嘉银印，还有内史中尉、太傅等印，其他的让南越自己设置官爵，终军等出使的人都留在南越镇抚。

吕嘉始终不服，不久又听说安国少季出入宫禁，起了疑心，便托病不出，暗中搞起了阴谋。

安国少季与樛太后重续旧欢，很是惬意，但他也怕吕嘉从中作梗，于是劝樛太后带儿子入朝，这样自己才能和情人安享快乐。

樛太后决定先除掉吕嘉再启行，于是在宫中设宴招待汉使，召丞相以下官员一起赴宴。

吕嘉不得不来，他的弟弟是将军，在宫外带兵巡卫。酒宴上，樛太后对吕嘉说："南越归汉，利国利民，相君为什么认为不行？"

吕嘉知道樛太后这话是想激动汉使与他为敌，因此不说话。汉使也怕在外带兵巡逻的吕嘉弟弟，不好发作，只是面面相觑，一时气氛比较僵。吕嘉忽然起身要走，樛太后拿了一把矛就准备刺向吕嘉，赵兴慌忙拉住母亲，将吕嘉放走了。

吕嘉回府后便想发难，转而又想到赵兴并无恶意，便暂且忍了这口气。

又过了几个月，他忽然听说朝廷派前济北相韩千秋与樛太后的弟弟樛乐率两千人向南越进发。便召他弟弟计议道："汉兵远来，一定是淫后串通汉使招来的，想灭了我们，我们怎能束手待毙？"

吕嘉的弟弟一听，又气又急，忙劝吕嘉先发制人，吕嘉也不及多想，便与弟弟带兵冲入宫中。宫中没有防备，樛太后正与安国少季坐着谈话，吕嘉兄弟闯进来也不多说，举刀就砍，两人就这样做了刀下鬼。兄弟二人索性一不做二不休，把赵兴也杀害了。随后攻击使馆，终军、魏臣等人都被杀害，终军死的时候才二十几岁，时人称为"终童"。

吕嘉当即向全国通告："大王年少，太后是中国人，与汉使淫乱，不顾赵氏社稷，所以我们才起兵除奸，另立王储，保我宗室。"

吕嘉在国人中很有威望，因此国人都听信他的话，没有异议。吕嘉于是迎立婴齐长子术阳侯赵建德为王，建德是婴齐前妻生的。

吕嘉又派人通知他的老朋友苍梧王赵光，苍梧是南越大郡，赵光当然回书赞成他。

吕嘉一心御汉，专待汉军到来。他令边境士卒给汉军开道，并提供食物，引诱汉军深入。

韩千秋与樛乐两军齐进，在南越境内顺利地攻下好几处城池，接着又见南越官兵殷悻接待，还给他们当向导，以为南越人震慑于自己的兵威，不觉骄傲起来，放松了警惕。

汉军行进到距离南越都城还有四十里的时候，蓦地听到一声号响，只见尘头起处，南越兵已经从四面杀到，把汉军重重围住，韩千秋只有两千人马，前无出路，后无救兵，很快便被包了饺子。

吕嘉把汉兵杀尽，把汉使的符节封好，派人送到汉朝边界。

边界官员立即上奏，武帝勃然大怒，颁诏让囚犯从军，并调集舟师十万会讨南越，命卫尉路博德为伏波将军，从桂阳出发，沿湟水而下；主爵都尉杨朴为楼船将军，从豫章出发，沿横浦而下，两个故归义越侯，一名叫严，为戈船将军，一名叫甲，为下濑将军，一起从零陵出发；又让越人驰义侯遗，带领巴蜀囚犯，出夜郎国的兵，下牂牁江，一起到番禺会师。

番禺是南越的一个郡城，北边有狭石门等险关，都被杨朴率军捣破，直进番禺。

路博德部下大多是囚犯，沿途逃散了不少，只有一千多人到了石门与杨朴会师，两军一起进入番禹城下，杨朴攻东南，路博德攻西北，杨朴想夺首功，指挥兵士奋力猛攻，吕嘉则督兵死守。

路博德则很淡定，只在西北角上摇旗擂鼓，虚张声势，一边派人用箭射书入城劝降，城中非常危急，又听汉军在西北方扬言要夹攻，守将们急得如同热锅上的蚂蚁。很多将官都在夜里从城墙上缒绳出城，投奔到路博德营中。路博德好言安抚，又赐给他们印授，并让他们回城招降。

这边杨朴久攻不下，异常焦躁，命手下放火烧城，很快东南角上烟焰熏天，城中兵民大为惊骇，听说出去投降就能免死，还有犒赏，都争相出城向路博德投降。

吕嘉和南越王赵建德支持不住，连夜逃到了海岛上，等到杨朴攻破城门进来，路博德早已从西北门进来，安然坐在府中。杨朴费了很大工夫，反而让路博德先入城，很不甘心，于是他又想去抓南越王和南越相，想再建功，路博德笑着对他说："你连日攻城太劳累了，尽可以休息一下，南越王和南越相马上就抓到，不必担心。"

杨朴半信半疑，过了一两天，果然由南越司马苏弘抓到了南越王，南越郎官都稽抓到了吕嘉，经路博德验明正身后处斩，又上书奏报，保举苏弘为海常侯，都稽为临蔡侯，而且奏章中还大力夸赞了杨朴的功劳。

杨朴这才知道路博德善于招抚对手，以夷治夷，智谋实在是比他高，不由心服口服。戈船将军、下濑将军以及驰义侯所发的夜郎兵都还没赶到，南越就被平定了。苍梧王赵光还没等到去讨伐他，就慌忙过来投诚，后来被封为随桃侯。

不久武帝东巡去缑氏（今河南偃师东南），行到左邑桐乡（今山西境内）的时候，接到攻下南越的捷报，武帝十分高兴，把桐乡改名为闻喜县，等走到汲县中新乡，又听说吕嘉被捕杀，于是在新中乡添置了获嘉县，并传谕把南越划为南海、苍梧、郁林、合浦、交趾、九真、日南、珠厓、儋耳九郡，令路博德等班师回朝。路博德已受封为符离侯，这次更增食邑，杨朴也加封为将梁侯。

驰义侯遗征兵赴南越时，南夷的且兰君违抗诏令，杀了使人后叛汉，遗奉命回军杀死且兰君，乘胜攻破邛、莋，连杀了两个部落首领，其他部落吓得纷纷归附。

遗上奏朝廷，武帝把且兰改为牂牁郡，邛改为越嶲（今四川省内），筰改为沈蔾郡，冉駹改为汶山郡，广汉、西白马两处改为武都郡。后来夜郎和滇也先后投降归附，西南便被平定了。

讨伐东越

东越王余善之前听说朝廷派兵征讨南越，也上书请求效命，出兵八千人征讨南越，且愿听楼般将军节制。杨朴到了番禺，久等不见余善的兵马，写书诘问，得到回书说是兵到揭阳，被海中风浪阻挡。等到番禹城被攻破，询问投降的人才知道余善暗中和南越勾结，首鼠两端。杨仆上书朝廷，要求移兵征讨余善，武帝因为士卒过于疲劳，决定停战，于是命令杨仆手下的校尉，留在豫章屯驻防备余善。

没想到余善做贼心虚，怕被汉朝讨伐，竟然先行起兵，命将军驺力为吞汉将军，自称武帝（汉武帝死后才称武，余善生前称武，实属巧合）。

武帝于是派杨仆出兵讨伐，与韩说分道进入东越边境，余善负隅顽抗，相持了几个月，由以前的东越建成侯敖和繇王居股合谋杀死了余善，率兵投降。东越于是也平定了。

武帝见闽地几次叛服，反复无常，干脆把东越民众全部迁徙到江淮地区。

征朝鲜，辽东塞外烽火燃

在辽东塞外，自古就有一个朝鲜国，周朝的时候，曾封殷族，箕子为朝鲜族，传国四十一世。

后来燕国有个叫卫满的大将入侵朝鲜族，赶走了朝鲜王箕准，自立为王，建都王险城（今朝鲜平壤市南），又攻打附近的小部落，国力渐强。武帝派人去通使，当时卫满的孙子右渠当朝鲜王，他派人阻止汉使。

武帝便派大臣涉何去责问右渠，右渠不肯听从涉何的劝告，派了一个小官送回涉何。涉何感到很没面子，渡过坝水（今朝鲜清川江）进入中国境内，突然杀了朝鲜小官，然后上奏称朝鲜不服，已把朝鲜的一个将领杀了。武帝没有明察底细，便让涉何担任辽东东部都尉。涉何得意地赴任去了，不料朝鲜却出兵报复，攻入辽东，把涉何杀了。

武帝接报大怒，尽发天下死囚从军，派楼船将军杨仆和左将军荀彘分头征讨朝鲜。

右渠得知汉军大举来攻，忙调集兵马，守住要塞，杨仆率着前锋七千人，从齐地出发，渡过渤海，从水路直抵王险城下。右渠忙调兵抵御，两下奋战多时，汉军因人少而溃败，杨仆逃到山中，十几天才敢出来，收集残兵，退守等待荀彘。

荀彘率兵渡过坝水，在西岸与朝鲜兵相遇，打了几仗，都没有大胜。

武帝接到呈报，又派使臣卫山去朝鲜和右渠谈判，右渠也怕不能持久，于是决定投降，令太子随卫山入朝谢罪，并献马五千匹，随行的兵有一万多人。

卫山是个谨慎的人，他见朝鲜兵多，怕他有变，便与荀彘想了一个办法：令朝鲜太子不得带兵。

朝鲜太子也怕汉朝有诈，于是便带兵回去了，卫山也不好再去朝鲜，便回朝复命，武帝恨卫山失策，把他斩首了，再命二将进攻。

荀彘便率军猛攻，突破几道险关，直抵王险城，在西北两方围攻，日夜不停。

杨仆进军到城南，却按兵不动。他的部队前面打了败仗，这时士气已衰，不敢再战，结果右渠一面与荀彘力战，一面与杨仆讲和，相持了几个月也没有进展，荀彘几次约杨仆夹攻，杨仆只是含糊答应，却不行动，于是二将便产生了矛盾。

武帝派前济南太守公孙遂去前线视察战事，允许他便宜行事，公孙遂来到荀彘营中，荀彘便归咎杨仆，于是和公孙遂密谋，召杨仆来开会。

杨仆见朝廷诏使召他，不得不来，结果刚见到公孙遂的面，就被一旁的荀彘喝令拿下。荀彘传谕杨仆手下，尽归荀彘节制。公孙遂以为自己事办完了，便匆匆回朝复命。

荀彘拥有两军，便下令全力攻城，城中万分危急，朝鲜大臣路人韩阴与泥溪相参、将军王唊等一起谋划着投降的事，但右渠坚决不准。

路人韩阴、王唊开城投降，尼溪相参则找党羽刺杀了右渠，把他的首级献给汉营。荀彘正准备率军进城，没想到城门又关上了。

原来是朝鲜将军成已下令关城拒守。荀彘派投降的朝鲜将官传谕守兵，如果再敢违抗，全体屠戮。守兵十分惊慌，一起把成已杀了，然后开门出降。朝鲜便平定了，捷书飞报入朝，武帝令分朝鲜为乐浪、临屯、玄菟、真蕃四郡，召荀彘引兵回朝。

荀彘把杨仆囚在槛车内，押回长安，一路上非常得意，总想着自己打了胜仗，一定有重赏。

没想到刚进都门，就惊闻公孙遂被诛的消息，忧心忡忡地入朝见驾。武帝不待他详报，便责骂他与公孙遂同罪，擅拘大臣，被推出斩首。

杨仆贻误军机，也应该伏法，但念他平越有功，准他赎为庶人。

攻打朝鲜后，又令将军赵破奴、偏将军王恢等领兵西征，攻打楼兰、车师。这两个西域部落暗中听从匈奴的指示，拦截西行的汉使。赵破奴假称进攻车师，却暗中率领轻骑七百人，潜入楼兰，把楼兰王擒住了，然后移攻车师，车师闻风丧胆，被赵破奴捣破胡廷，结果两国都服罪，情愿归附汉朝。

武帝封赵破奴为浞野侯，王恢为浩侯，让他们暂时镇抚两国，威示西域诸国。

讨大宛，十万兵残天马来

在西方，有个小国叫作大宛（大概在今日费尔干纳盆地），有大小属邑七十余城，人口数十万，农业和畜牧业兴盛，产稻、麦、苜蓿、葡萄等，且以出汗血马著称，葡萄多用于酿酒，富人藏酒至万石。

武帝派出通使西域的使者回来报告说大宛国有宝马，在贰师城（今土库曼斯坦阿斯哈巴特城），不肯给人看。

武帝早就听说大宛马的美名，于是专门用金子铸了一匹马，再加上千金，让车令送到大宛国去换贰师城的宝马。结果大宛王毋寡不肯，车令等人再三和他商量，总是被拒绝，惹得车令大火，辱骂毋寡，并椎碎了金马，带着金马碎屑返回。

没想到路过郁成（今奥希），遇到一千多个番人拦住了去路，说着听不懂的话，大约是“要想过此路，留下买路钱”的意思。一场恶斗，车令等人都死了，所携的金币自然都被抢走了。

贰师将军

武帝闻报大怒，立即命将领出征，这时卫青也已病故，他的儿子卫伉等虽然袭了父爵，但却无将才。

武帝宠爱的李夫人有两个哥哥，一个是音乐艺人李延年，一个就是李广利。李夫人死后，武帝想加封李广利，但又不能无故加封，于是趁大宛抗命，拜他为“贰师将军”，意思就是让他去贰师城取马。发属国六千骑兵，以及郡国的恶少年数万人，都归李广利节制。

武帝又命浩侯王恢做向导，李广利率军出了玉门关，经过盐泽，沿途都是沙石，没有粮食补给和水源，所过的小国，都固守边境，不肯给汉军食物和水，很多汉兵忍耐不住饥渴，便倒下了，等到了郁成，汉兵还剩下几千人，带的干粮也都吃光了。

李广利不得已冒险攻打郁成，郁成王之前派人杀了汉使，早怕汉兵来报复，因此严兵守候，等汉兵进攻的时候，也出城迎战。汉兵虽然拼死力斗，但人少腹饥，不但没胜，还损失了一半兵马，李广利只得收兵退到敦煌，上奏请求罢兵。

以武帝的做派风格会答应吗?

武帝曾听姚定汉说，大宛国兵力弱，三千人就可以荡平。所以派李广利去，就是想让他立军功，这样就可以授爵。谁知李广利竟然败军撤退，还请求罢兵休战，武帝大失所望，龙颜震怒，派使者去封住玉门关，并传谕到李广利军前，如有一人敢入关，立即斩首！李广利只好留驻敦煌，静待后面的命令。

浚稽将军

这时朝中形势却发生了变化。武帝本来想再添兵征讨大宛，却来了一个匈奴密使，说是匈奴左大都尉派来的，愿意杀了儿单于，举国降汉，请求汉廷发兵接应，武帝得到这个信息，自然很高兴。

原来匈奴乌维单于逃到漠北后，用了赵信的计策，表面上求和亲，私下里却准备军事。汉朝相继派使者王乌和杨信与他订和约，乌维却多次反复，不肯听命。武帝先还以为两人资望浅，特派路充国带了二千石印绶去议和，没想到竟然被抓了起来，武帝这才知道匈奴狡诈，命将军郭昌领兵防守边塞。

接着又派郭昌攻打昆明，打了胜仗，斩敌无数，郭昌一时回不来，便调赵破奴代任。

不久乌维单于病死，儿子詹师庐继立，他还是个少年，因此人称儿单于。儿单于任性好杀，国人都惶恐不安，匈奴左大使都尉便派使者到汉廷请降，武帝得了这个机会，忙命将军公孙敖带领工役到塞外施工筑城受降;一面又授赵破奴为浚稽将军。命令他去浚稽山迎接匈奴左大都尉。

赵破奴率着两万大军来到浚稽山下，待了没几天，便探听到匈奴左大都尉因为计划泄露而被杀害，于是便率军南回。正走着，忽然听到后面传来喊杀声，原来是匈奴追兵到了，连忙返身迎敌，一场恶战，把敌人击走，还俘获数千俘虏，汉军兵士也伤亡了很多。

经此一仗，总以为匈奴不会再追来了，因此放心南回，不久天色将晚，赵破奴便下令安营休息，等天亮再走。

营刚扎好，就听到沙尘暴一般的声音，只见远方尘头大起，匈奴兵密密麻麻骑马驰来，赵破奴忙就地布阵迎敌，那匈奴兵有八万骑，很快把汉营围得水泄不通。

汉营缺水，不能持久，赵破奴怕军心慌乱，便乘夜悄悄到营部附近找水，离营还不到百步，竟被匈奴兵发现，一声呼啸，便围拢过来，赵破奴只带了十几个随从，只得束手就擒。

主将被擒，全军震惊，匈奴乘机猛攻，汉营大乱，一半战死，一半投降，儿单于喜出望外，又指挥部队进攻受降城，幸亏公孙敖早有准备，全力固守城池，匈奴兵见攻打不下，只好撤退。

再征大宛

公孙敖回朝上奏后，武帝又转喜为忧，召集大臣商量，群臣都请求停止攻打大宛，专心攻胡。武帝认为大宛这么小的国家都攻不下来，怎么去征服匈奴？而且西域各国也会小瞧大汉，于是决定向大宛发兵。

武帝大赦天下罪犯，尽发各地恶少年都来从军，又让沿边马队辅助，共得骑兵六万，步兵七万，备足兵器，接济李广利部队，又发动天下七科谪，让他们运粮。

秦汉时征发到边疆去服兵役的七种人称为七科谪。七科是指：有罪的官员、杀人犯、上门女婿、商人、曾做过商人的人、父母做过商人的人、祖父母做过商人的人。秦统一前，兵多是农家子弟，战斗力很强，统一以后，秦始皇不再用农民兵，而是用刑徒七科谪兵。武帝时袭用秦发“谪戍”之制。

武帝又派出两名都尉，一个号为执马，一个号为驱马，等到攻破大宛，好让他们牵马回来。

旌旗猎猎，铁骑威武，李广利率十几万大军，昂扬前行，沿途小国见汉军军威大振，都很惊慌，纷纷供食饷军，只有轮台城仍旧闭门拒绝，李广利刚好用此城小试牛刀，挥兵屠城，然后乘势长驱直入大宛国境。

毋寡派将领迎击，汉兵前队共三万人，奋力杀敌，很快大败大宛兵。李广利经过郁成城本想攻打它，但想大宛人准备得很充分，怕一时讨不了便宜，不如直接攻打大宛都城贵山城，于是绕过郁成，进军贵山城。贵山城内无井，全靠城外的流水，汉兵围了城，又断绝水源，城中守兵十分着急，毋寡也很惊慌，忙派人向康居国求援。

李广利连日督战，一个月后才将外城攻破，擒住大宛勇将煎靡。

城内军民见外城失去，水源断绝，康居兵又不见来援，更像是火炉上的烤肉，非常煎熬。

几个贵族高官私下谋划：杀王献马，与汉军讲和。众人都很赞成，于是行动起来，杀了大宛王毋寡，派使者把他首级送到汉宫，并对李广利说："大宛人不敢轻视大汉，罪过在于大宛王一人，现在已经献上王首，请将军停止攻城，我们将献出所有的良马，任将军挑选，并且供给军粮，如果将军不答应，大宛人将杀尽良马，与汉军决一死战。康居援兵即日可至，里应外合，胜负也说不准，请将军权衡利害，三思而行。"

李广利和诸将军商量，大家都一致赞成议和，于是，与大宛使者订了和约，大宛将马匹全部献出，让汉兵自行选择，并把军粮送到军中，李广利令两都尉物色良马，挑选了数十匹上等马，中等的三千余匹。

又派使者进城视察，大宛贵人昧察，接待非常热情，使人回报李广利，李广利便与宛人订约，立昧察为大宛王。

康居国听说汉军兵力强盛，不敢来援。郁成王却不但不肯服汉朝，反而截杀了汉朝的校尉王申生和故鸿胪壶充国，李广利怒不可遏，令搜粟都尉上官桀率兵进攻，很快破城而入，郁成王乘乱逃跑，投奔康居国。

上官桀追到康居国境内，发檄文索要郁成王，康居国不敢抗命，把郁成王捆送到汉军，上官桀命令四个骑士押送郁成王到李广利营中。怕途中有闪失，几个骑士商量了一番，其中一个叫赵弟的上邦骑士打定主意，拔剑砍下郁成王的头颅，送给了李广利，李广利于是下令班师东回。

汉兵出征大宛，历时两年，前后劳兵十几万，李广利最后率军入玉门关时，手下兵士还剩下不到二万人，结果只得了数十匹良马。

武帝见良马到手，大国的威风也炫了，如愿以偿，封李广利为海西侯，食邑八千户，赵弟也被封为新畤侯，上官桀等都有封赏。

武帝见大宛马确实雄壮，比乌孙马要好，于是改称乌孙马为西极马，大宛马为天马，并作了一首《西极天马歌》：

天马来兮从西极，终万里兮归有德。承灵威兮降外国，涉流沙兮四夷服。

33. 流亡者

武帝征服了大宛，又想北讨匈奴，专门诏告天下，历数高祖受困平城、冒顿嫚书吕后种种国耻，应该洗雪。

春天很快到了，日暖草肥，武帝正准备命令将士出征。这时有一员大将从匈奴回来了，武帝马上召见，此人就是被匈奴拘住的路充国。他禀报武帝，匈奴儿单于在位第三年就病死了，他的儿子还很幼小，不能继位，于是国人立他的季父右贤王呴犁湖为单于。一年后，呴犁湖又病死了，他的弟弟且鞮侯继立。他怕汉朝发兵进攻，便对路充国等人说："大汉天子是我的丈人啊！我怎能以汉朝为敌？"说完便将路充国等人都释放了，并派使者护送回国，送书来求和。

武帝召入匈奴使者，看了来书，确实很谦卑有礼，于是和大臣们商议准备和匈奴释怨修好。

苏武牧羊北海上

丞相石庆此时已去世，由将军葛绎侯公孙贺继位，他本来不愿意当丞相，在武帝的强迫下，勉强接受了相印，每次遇到朝议都不敢多说话，对武帝唯命是从。

之前匈奴拘留汉使，汉朝也拘留匈奴使臣，现在双方议和，于是把双方使者也一律释放，武帝特派中郎将苏武把匈奴使者们送回去，并带着很多金帛，厚赐且鞮侯单于。

苏武字子卿，是故平陵侯苏建的二儿子。苏建被贬为庶人不久，又被起用为代郡太守，在任上病逝。苏武知道这次受命出使凶吉难卜，特与母亲妻子和亲友诀别，带着副中郎将张胜，属吏常惠和一百多名兵役去了匈奴。

密谋泄露

苏武去匈奴见到了且鞮侯单于，传达武帝意思，赠予金帛。这且鞮侯单于其实并不是真想和汉朝和好，只不过是缓兵之计。

他见汉朝中计，便倨傲起来，对待苏武礼节不周，苏武严厉指责了他，准备留住几天就回朝。一天，张胜却惶急地找他报告一件事，说且鞮侯单于打猎时遭人刺杀，张胜也是同谋。

苏武大吃一惊，忙详问原委，张胜定了定神，这才娓娓道来：原来苏武出使前，李延年和一个长水胡人的儿子卫律关系好，便把他推荐给武帝，武帝让他与匈奴沟通。不久李延年犯了法被治罪，家属都被抓进狱中。卫律在匈奴那边得到这个消息，怕自己遭受连累，索性投降了匈奴。且鞮侯单于因为中行说病死了，失去这样的人才让他很苦恼，这次见卫律投降，很是高兴，也格外宠任他，封他为丁灵王。卫律有一个属下叫虞常，他却不甘心投降匈奴，他在匈奴中又认识了另一个人——浑邪王姐姐的儿子缑王，之前和浑邪王一起归汉，后来又和赵破奴一起被俘，他和虞常想法一样，因此结为知己。

两人私下商量，准备谋杀卫律，劫持单于母亲一起归汉，这些人中也有张胜，虞常让他带弩埋伏，射杀卫律，张胜一心想邀功，把这件事瞒着苏武。等到且鞮侯单于打猎的时候，缑王和虞常就召集了七十几个党羽，准备行动。

结果其中一个人当了叛徒，把这件事向单于的手下报告了，单于的手下立即兴师抓捕，结果缑王战死，虞常被擒。单于听说变故，急忙回营，令卫律严查此案，张胜怕自己受祸，这才将实情告诉苏武。

苏武也不责怪张胜，道："事已至此，怎么能免受牵连？如果让我到匈奴那里对簿，岂不是辱国？不如死了算了！"说完，便拔出佩剑想自刎，张胜拉住他，把剑夺了下来。

生死考验

苏武只盼着虞常不把张胜供出来，结果虞常熬不住刑罚，还是把张胜供了出来。单于便召集手下群臣商议要杀汉使，左伊秩訾劝阻道："他们如果谋害了单于，也不过是死罪，现在还没到这个地步，不如要求他们投降吧。"

单于把苏武召到廷上，迫令他投降，苏武对常惠说："我们如果投降就是屈节辱命，即使活着，也没脸再回汉朝！"说完便拔剑自刎。一旁的卫律忙上前阻拦，抓住苏武的手臂，苏武这时已把剑抹向喉头，鲜血直流，沾了一身。

卫律紧紧抱住他不放，又让手下赶快叫医生过来抢救。等医生来时，苏武已经晕死过去，医生让卫律把苏武放在地上，挖了个土坎，下面贮着无焰之火，把苏武放在上面，按摩他的脚和背，把恶血放出来，然后敷药。

一番救治，苏武缓缓苏醒过来，单于也被苏武的气节所感动，早晚派人来问候，但把张胜关押起来。

等到苏武痊愈，卫律受单于的命令，请苏武到帐中入座，又从狱中把虞常和张胜二人提了出来，先宣布虞常死罪，让人把他推出去斩首，又对张胜说："你谋杀单于近臣，也应是死罪，如果你肯投降，我们还会原谅你！"说着便举剑要砍张胜，张胜怕死，口中连说愿意投降。

卫律又对苏武道："副使有罪，你也应该连坐，如果你肯投降，让你受封为王，享尽富贵！"

苏武摇头不说话，卫律冷笑了几声道："如果不听我的话，恐怕我们就再也见不到面了。"

苏武听了，胸中一股怒火激荡出来，指着卫律道："卫律，你身为人臣，不顾恩义，叛主降敌，我又何屑于见你？你想想，南越杀汉使，它被汉朝灭了还剩九个郡；大宛王杀汉使，他的头颅悬到了殿门上；朝鲜杀汉使，国都被攻破。匈奴目前还没走到这一步，你知道我不肯降胡，还在胁迫我，我死无所谓，我怕匈奴惹下大祸，你难道还能幸存吗？"卫律被说得哑口无言，也不敢轻易杀苏武，只得去回报单于。

单于对苏武大为赞叹了一番，更加想招降苏武，竟将苏武关到大窖之中，并且不给吃喝，刚好天降雨雪，苏武便吃雪抗饥，几天不死。单于以为他有神相助，于是把他派到北海上，让他放牧公羊，说等这些公羊能生小羊了，才能释放苏武。

又把虞常流放到其他地方，让两人不得相见。

万里无人烟，放眼尽戈壁，苏武一个人在北海的穷荒之地，只有公羊做伴，挖野鼠、寻草籽作为食物，只是把汉朝节杖随身带着，睡觉也不拿下来，年复一年，几度春秋，都不知道人世什么样子了。

李陵失陷鞮汗谷

武帝得知苏武被拘的消息后，知道自己被且鞮侯单于忽悠了，大为恼怒，命李广利领兵三万攻打匈奴。李广利军去酒泉与匈奴右贤王相遇，两军交战，汉军获胜，斩首匈奴万余，李广利便下令回师。

右贤王不甘心失败，回去召集大军又反扑过来，李广利走到半路被匈奴兵追上，并被四面包围了起来，汉兵冲不出去，粮草也快吃完了，因此都很惶急。

这时一个佐将挺身而出，要求担任突围任务。原来是假司马赵充国，他率着百余人率先突围，拼死奋战，杀出一条血路，冲出了包围圈。

李广利也乘机指挥将士随后杀了出来。这场恶战，汉兵死了六七成，赵充国身受二十余处创伤，侥幸没有死。李广利回都后报告武帝，武帝便召见赵充国，赵充国被人抬到殿上，武帝验视伤处，只见赵充国浑身伤痕累累，血迹未干，不禁感叹多时，当即拜赵充国为中郎。

武帝因为北伐无功，再派将军公孙敖从西河出发，与强弩都尉路博德约好在涿邪山会师。两军东西游弋，也没什么收获，这时赵破奴从匈奴逃了回来，他会带来什么消息呢？

名将之后李陵

赵破奴报称匈奴入侵西河。武帝忙令路博德率兵驻守西河要道，又派侍中李陵去浚稽山侦察敌情。李陵是李广的孙子，李敢的遗腹子，年轻有力气，懂礼貌尊重人，名声很好，武帝曾夸他绰有祖风，授他骑都尉，让他率楚兵五千人到酒泉、张掖训练射箭，备用于攻打匈奴，到李广利出兵酒泉，朝廷命他督运辎重向北进发，李陵便入朝去拜见武帝，并主动请缨道："臣部下都是荆楚士兵，力气大得能扼虎，射箭也很准，情愿自成一队攻打匈奴。"

武帝说："你不愿当李广利属下吗？我发兵已经很多，没有骑兵再给你用了。"

李陵昂然道："臣可以少击多，不需要骑兵，只要有步兵五千人，便可以直捣胡廷！"

武帝便允许李陵自己募集壮士，定期出发，并命路博德接应。路博德资望比李陵高，不愿意为李陵保障，便奏称：现在是秋季，匈奴马肥壮，不可轻战，不如让李陵等到明年春天再出兵也不迟。

武帝看了这道奏折，还怀疑是李陵后悔了，私下叫路博德代为劝阻，于是不再同意李陵出兵，不久派他到浚稽山侦察敌情。

这时是金秋九月，塞外的草已经枯萎了，李陵率着五千名步兵越过匈奴的堡垒，直达东浚稽山，驻扎在龙勒水上，途中没遇见一个敌人。李陵将沿途地形绘成了一张地图，标记注释文字，让骑兵陈步乐骑马入朝上奏。

陈步乐把图呈给武帝，又说李陵能够任用，武帝很高兴得了人才，并提拔陈步乐为郎。

血战且鞮侯单于

武帝此时尚不知道，千里之外，李陵正与匈奴进行一场恶战。原来陈步乐走后，李陵也准备回师，匈奴早已侦察汉军踪迹，发兵三万人攻打李陵，李陵忙据险扎营，先让弓箭手向敌人射箭，千弩齐发，匈奴倒毙了一大片，李陵随后率兵杀出，打败了匈奴兵，斩首数千人，这才收兵南回。

且鞮侯单于接报，忙召集左右贤王，率八万骑兵追杀李陵，李陵边打边战，打了大小数百回合，杀死匈奴数千名。匈奴自持兵多，紧追不舍，李陵率兵退到了大泽中，大泽中长满了芦苇，便于隐蔽，但匈奴却从后面放起了火，从四面缩小包围圈，李陵索性让兵士先把芦苇烧了，免得火势蔓延，再慢慢撤出大泽，向南走到山中。

且鞮侯单于亲自追了上来，把马骑上山坡，派他儿子进攻李陵，李陵率军在山林中继续和敌人拼死奋战，又杀了数千名敌人，并用连臂弓射单于，单于险些中箭，慌忙跑下山坡，对手下道："这是汉朝精兵，连续作战都不疲敝，渐渐引我军向南，难道汉军另有埋伏不成？"

手下都说我们率兵数万人，追击汉兵数千人，如果不把他灭了，更加令汉人轻视，况且前面还有很多山谷，等见到平原仍不能胜，才可退兵。单于于是又领兵追赶，李陵再接再厉，又杀伤了不少敌人。

这时有一员汉军小将前来投降，单于大喜，忙召入询问。这名小将名叫管敢，是汉军中的军侯，因为犯了错而被校尉责打，怀恨在心，便来投降匈奴。他对单于有问必答，并报告说汉兵并无后援，弓箭也快用完了，只有李将军手下和校尉韩延年手下八百人是精兵，棋分黄白二色，如果用精骑驰射，必破无疑。

单于本来想着退兵，一听管敢的这些情报，忙选精骑数千骑，手持弓箭，绕到汉兵前面密集射箭，并齐声大喊道："李陵、韩延年速降。"

李陵刚进入山谷，只见漫山布满胡骑，箭雨从四面八方射下来。李陵与韩延年率军急走，后面匈奴兵力追，只好发箭回射，边射边走，前面快到鞮汗山，五十万箭已经射尽，敌人却没有半分退却的意思。

李陵仰天叹息道："败啦，死啦！"于是检点士卒，还有三千人，只是手中只剩下空弓，如何拒敌？

李陵让兵士们把车轮斫破，截取车轴充当兵器，手中还拿着短刀，他指挥汉军跑进鞮汗山谷。

匈奴骑兵随后追上，跑到山上投掷石块，堵住前面谷口。

天色已晚，汉军死伤严重，不能前进，只好暂住在谷中。李陵穿着便衣，独自一人到谷口察看，昂然道："大丈夫当单身往取单于！"话虽这么说，但一出营外，只见星罗棋布都是敌帐，他知道杀不出去，返身叹息道："这次死了！"

旁边有个将吏对他说："将军以少击众，威震匈奴，眼下运气不好，不如暂寻生路，将来还有希望回去，你看浞野侯被匈奴俘虏，近日逃回去，皇上必然宽待他，何况将军呢？"

李陵摇手说："你别说了，我要是不死，怎么能成壮士呢！"于是命令兵士把旗帜全部砍断，和所有珍宝都挖坑埋在地下，又召集各将官道："我军如果每人有十支箭，还能脱围，现在手中没有兵器，怎能再战？等到天亮，恐怕都要被抓了，现在只有各自逃生，也许还能见到天子，详报军情。"说完，给每人发了二升干粮，一片冰，让兵士们各走各路乘夜突围。半夜时分，李陵命令击鼓拔营，但来了个不好的兆头：鼓忽然敲不响了。

李陵一马当先，韩延年紧跟其后，拼死杀出谷口，手下兵将都散了。行了一里地，又被胡骑追上，韩延年血战而亡，李陵看手下还剩十几人，不由向南哭泣道："我无面目见陛下了！"说罢竟然下马投降了。兵士大半覆没，只剩下四百人逃回边塞，报告边吏。

司马迁的辩护

边吏飞报入朝，只是还不知李陵的下落，武帝以为李陵战死了，召李陵母亲和妻子，让相士看她们脸色，都没有丧容。不久李陵生降的消息传来，武帝大怒，责问陈步乐，陈步乐惶恐自杀，李陵母亲和妻子被逮捕入狱。

武帝如此愤怒是有原因的，因为在他的心中，李陵身上背负着原罪。这个原罪就是李陵的祖父李广。李广擅长沙场厮杀，但官场却政治经验不足，“七国之乱”后，他因私下接受了梁王刘武的封赏，而让武帝和他有了芥蒂。后来李广自刎让李家和卫青结下了矛盾，武帝毫不犹豫地选择站在了卫青这一边。

这次群臣察言观色，多怪罪李陵没有战死沙场，保持气节。太史令司马迁这时被武帝召回，他却上书极力为李陵辩护，说：“李陵孝亲爱士，有国士风度，现在率兵五千抵挡数万强大的胡骑，弓箭用尽了，又没有增援，身陷重围，臣想李陵不是真的负恩，他还想报效汉朝，请陛下宽恕他。”

武帝听了，勃然色变，竟然命人拿下司马迁，把他关在狱中，交给廷尉处理。

廷尉杜周专门迎合武帝的意思，他想李广利前次出师，李陵不肯援助，导致无功；这次李陵投降，司马迁还袒护李陵，明明是诽谤李广利，所以抓他入狱，看来不便从轻，于是把司马迁定了诬蔑的罪名。

汉朝的死刑有两种减免办法，一是拿五十万钱赎罪，二是受“腐刑”（即阉割）。司马迁是龙门（今山西河津）人，太史令司马谈的儿子，官小家贫，无钱赎罪，平白地遭受了宫刑。后来他在世人嘲笑的眼光中，以惊人的毅力和执着，写出了流传千古的《史记》。

公孙敖的谎言

武帝再发天下谪戍，以及四方壮士分路北征，贰师将军李广利领骑兵六万、步兵七万，从朔方出发，作为主力；强弩都尉路博德率兵万余人作为后应；游击将军韩说率领步兵三万人从五原出发；公孙敖率领骑兵万人、步兵三万人从雁门出发。临行前，武帝对公孙敖说：“李陵兵败，也许他还有志回来，你能见机深入，迎李陵回朝，便也不虚此行了！”公孙敖奉命而去。

三路大军陆续出塞。匈奴侦骑飞报且鞮侯单于，单于把老弱和辎重都转移到余吾水（今蒙古人民共和国的土拉河）以北，自己则率领十万精骑屯驻在水南。等到汉军兵至，交战数次，互有杀伤，李广利一点也没讨到便宜，又怕兵疲粮尽，于是便班师回朝。匈奴兵却追杀而来，刚好路博德率兵赶到，接应李广利，匈奴才退兵。

韩说到了塞外没有遇到匈奴大军，也即回师。公孙敖则与匈奴左贤王相遇，战况不利，慌忙撤退。回朝后怕武帝追究责任，于是便捏造谎言对武帝说抓到的胡虏供称李陵被匈奴宠信，教匈奴备兵御汉，所以不敢深入，只好回军。

武帝本来还念着李陵是个人才，后悔不该派他出塞，听了公孙敖的话，信以为真，立即将李陵的母妻诛杀。

不久且鞮侯单于病死，他的儿子狐鹿姑继立，派使者到汉廷报丧，汉廷则派人去吊唁，李陵向汉使打听家人的消息，得知因公孙敖的一句谎言断送了母妻性命，他愤恨地说："这都是李绪干的，与我何干？"

李绪曾为汉塞外都尉，被匈奴俘虏后投降，匈奴给他很丰厚的待遇。李陵恨李绪教匈奴备兵，连累自己的老母和娇妻，便乘他不备，把他杀了。

单于的母亲大阏氏因李陵擅杀李绪，要把他杀了，单于喜欢李陵的骁勇，让他躲避到北方。不久大阏氏死了，李陵被单于召回，把自己亲生女儿嫁给了他，立他为右校王，与卫律一心事胡，卫律居内，李陵居外，两人成了单于的左膀右臂。

如果李陵战死或者自尽，他必然会成为一个千古流芳的英雄。然而在此后列车漫长的旅程中，李陵被烙上了变节投敌的烙印，遭人唾弃，走上了一条终日承受内心煎熬的不归路。

李广利受降燕然山

太子刘据死后，很多双眼睛盯着皇储宝座。贰师将军李广利也想立自己的外甥刘髆为太子，几次与老亲家刘屈氂商议——刘屈氂的儿子娶李广利的女儿为妻。

征和三年，匈奴入侵五原、酒泉，武帝命李广利率兵七万去五原抗击匈奴，重合侯马通率四万人出兵酒泉；秺侯商邱成率两万人出兵西河，大军出发，刘屈氂送李广利到渭桥，李广利私下对他说："你能早点请陛下立昌邑王为太子，一定可以长享富贵，无后顾之忧。"刘屈氂允诺而别。谁知这一别，两下都发生了许多措手不及的事。

塞外闻惊变

李广利挥兵出塞，到了夫羊句山，正好与匈奴右大都尉的军队相遇，当即发起攻击，匈奴只有五千骑，自然不是汉军对手，很快败退，李广利乘胜追击到范夫人城。这座城是一名边将的妻子范氏所筑，所以得名。

马通率军到了天山，匈奴大将偃渠率兵攻击，看见汉军强大，不战而退，马通没追得上，也率军撤退。

商邱成率军到了塞外，逛了一圈没见到匈奴，也收兵回去。刚走了数十里，忽然见后面尘土大起，胡骑嘶鸣，原来是匈奴将军与李陵率着三万兵马从后面追了上来，商邱成忙回军作战，击退了匈奴，又向南出发。匈奴兵却咬定他的队伍，忽而进攻忽而撤退，接连作战，转战了八九日，直到汉军走到蒲奴水滨附近，才奋力将匈奴击退，从容回师。

两路兵马凯旋，只有李广利还没有消息，武帝正想着他，忽然有一个内官郭穰报告说：丞相刘屈氂与贰师将军密约，要立昌邑王为帝，丞相夫人还让女巫诅咒皇上。

武帝勃然大怒，立即把刘屈氂抓捕入狱，审查判决，罪名是大逆不道，命人将刘屈氂绑到囚车上，腰斩于东市，他的妻子也被斩首于华阳街。李广利的家人，也都连坐被抓了起来。

李广利的家人飞马跑到军中向李广利报告家里发生的事，李广利大惊失色，不知所措，一旁的属吏胡亚夫对他说："将军如果能立下大功，还能回去赎罪，赦免全家；否则匆匆回去，只有一起受罪，要想再来这里，不可能了。"

李广利于是冒险进军，走到郅居水上，打败匈奴左贤王，杀死了匈奴左大将军，还要长驱直入，发誓捣破匈奴老巢。

军中的长史看李广利不计后果疯狂进攻，料他总有一天会战败，于是私下商议，要把李广利抓起来，捆送回国。这事竟被李广利知道了，李广利立即将长史处斩。他知道手下有一部分人军心动摇，便下令班师，回到了燕然山。

受降燕然山

树欲静而风不止。李广利军刚回到燕然山，没想到匈奴骑兵前来报复，抄出燕然山的南麓截住汉军去路。汉军已经很疲惫，不能再作战，只好扎下营寨，休息一宿。

到了半夜，胡骑忽然来劫营，汉军大乱，拔营急走，结果前面的路早已被匈奴挖成陷阱，黑夜中看不见，许多汉军掉了下去，匈奴还在后面放起了大火，封住汉军退路。

李广利终于下马投降，匈奴兵拥着他去见狐鹿姑单于，他受到了单于的特别优待。武帝听说后，把李家满门抄斩，连前将军公孙敖、赵破奴等，也都连坐族诛。

狐鹿姑单于听说汉朝谋杀了李广利的妻子，便把自己的女儿许配给他为妻，对他的尊崇排在卫律之上。李广利后来居上，卫律很忌妒他，便想把他害死，一直在找机会下手。一年多后，恰逢单于生病，祈祷、治疗了很久都没效果，卫律便买通胡医，叫他对单于说：李广利几次入侵，得罪了社稷，应该将他祭社，你的病就好了。

单于迷信鬼神，于是把李广利抓了起来，李广利以为单于无情，怒骂道："我死后也要灭了匈奴！"单于便杀了李广利，用他的尸体祭祀，不久下起了大雪，连日不停，冻死很多牲畜，百姓也得了疾病，单于想起李广利生前的话，怕他作祟，特地为他立祠。

老燕回巢

苏武困居在北海，卫律几次逼迫苏武投降，苏武都执意不从。后来李陵投降了匈奴，被封为右校王。李陵与苏武之前一起在汉朝当侍中，感情比较深厚，单于便派李陵去北海劝苏武投降，这次两人在异乡相见，更感亲切。

两人对坐同饮，苏武唏嘘道："我在此地偷生，无非盼着再见皇上一面，死也甘心了！这么多年受的苦，一言难尽。"说着一仰脖子，把杯中酒饮尽，又道，"好在单于的弟弟於靬王来这里打猎，见我可怜，给我衣食，我才活到今天，现在於靬王死了，丁灵人又来盗我的牛羊，生活穷厄，不知道这辈子我还能不能活着回国。"

李陵乘机劝道："你孤身一人在这里受苦，虽然忠义，但谁又知道呢？你大哥苏嘉曾经是奉车（负责驾车的官吏），在幸雍州棫阳宫驾车撞断了柱子，车辕也折了，有司劾他大不敬的罪名，迫令他自杀；你弟弟苏贤曾任骑都尉，去河东祭祀，刚好宦骑与黄门驸马为了乘船而争论，黄门驸马被推到河中淹死了，皇上让你弟弟去抓宦骑，结果没捉到，无法复命，你弟弟怕得罪便服毒身亡；太夫人（苏武母亲）已经去世，你夫人听说也改嫁了。只有女弟二人，两个女儿和一个儿子生死也不知道，人生就像朝露一样短暂，你又何必自苦呢？我战败被俘，起初也如痴如狂，恍恍惚惚，痛恨自己辜负了国家，后来母亲妻子都被抓捕，更是伤心，朝廷不体谅我的苦衷，杀我全家，我无家可回，只好留居在这里。子卿啊，你也已经家破人亡了，还有什么眷恋？不如听我的话，不要再犯傻啦！"

苏武听着李陵的诉说，得知家中惨变，泪水涔涔而下，半晌，他对李陵说："我苏武活着不是为了自己，而是为国家保持名节，即使肝脑涂地，也在所不惜，我料定自己已经是死去的人了！单于一定要逼迫我投降，那么就请结束今天的欢乐，让我死在你的面前！"

李陵见他心意已决，知道劝不动他，便不再劝降。

后来李陵赠送了数十头牛羊给他，又给苏武娶了一个胡女为妇，减轻他的寂寞。

雪飘雪化，草青草黄，转眼十九年过去了，苏武的公羊始终没有生出仔来，胡女倒是怀上了他的孩子。一天李陵又到北海，对苏武说："边界上抓住了云中郡的一个俘虏，说太守以下的官吏百姓都穿白的丧服，说是皇上死了。"苏武听到这个消息，面向南方放声大哭，吐血，每天早晚哭吊，达数月之久。

史上最早"海归"

武帝驾崩，昭帝继位，匈奴狐鹿姑单于也病死了，在遗言中说儿子年幼，应该立弟弟右谷蠡王为单于，但阏氏颛渠与卫律密谋，立狐鹿姑的儿子壶衍鞮为单于，召集诸王来祭天地鬼神。右谷蠡王与左贤王等不服幼主，拒绝前来。颛渠阏氏怕发生政变，急着想寻找一座靠山，于是准备与汉朝和亲，派使者去汉廷说明意图，汉廷也提出了要求，要回苏武和常惠等人，才能言和。

匈奴谎称苏武已经死了，幸好常惠听说了消息，买通了匈奴官员，夜见汉使，说明原委，又和他附耳密谈。

第二天汉使去见单于，指名要回苏武，单于仍旧坚称苏武病死了。汉使冷笑道："大汉天子在林中射了一只雁。足上系有帛书，是苏武的亲笔信，说他就在北海中，今天单于既然想言和，怎么还骗人呢？"

这一席话说得单于脸色都变了，忙向汉使道歉："我即派人去调查，苏武果然无恙，我一定把他释放回国。"

汉使乘机说还有常惠、马宏等人也应当一律释放，才能修好言和，单于慷慨答应了。

单于派李陵去北海接了苏武，送他南归。昭帝始元五年（公元前82年）冬，在冰天雪地的漠北穹庐，两位六旬老人酌酒对饮，李陵席间起舞，唱出了一首"离歌"，凄楚哀绝，声遏行云。

别　歌

径万里兮度沙漠，为君将兮奋匈奴。
路穷绝兮矢刃摧，士众灭兮名已聩。
老母已死，虽欲报恩将安归？

苏武虽然受辱，但功成名就，李陵一世英名，却毁于一旦，他的心中一定充满酸涩、凄苦与无奈。

之前苏武出使匈奴带着一百多人，现在回来还剩下九人，唯有多了一个马宏。

马宏与光禄大夫王忠一起出使西域，路过楼兰时，被楼兰告知匈奴，匈奴便发兵截去，王忠战死，马宏被擒，匈奴胁迫马宏投降，马宏和苏武一样，也是抵死不从。

苏武出使的时候才四十岁，此时须眉尽白，手中还持着汉节，旄头早已脱落，入朝见了昭帝，交还使节，昭帝让苏武去拜祭武帝陵庙，又拜苏武为典属国（典属国的官职秦朝设置，西汉沿用，掌少数民族和外交事务，相当于现在的外交部部长），赐钱二百万，公田二顷，豪宅一座。常惠官拜郎中，马宏却没有封赏。

苏武的儿子苏元听说父亲回来，忙来迎接，回到家中，父子团聚，追思老母亲和前妻，还有亡兄亡弟，非常伤感。

他又想念自己的胡妻，因为有孕在身，没有带回来。还好大汉与匈奴谈和，两边使者不绝，不久苏武接到李陵来书，得知胡妻已生了一个儿子，心下稍慰，又寄书答复，给儿子取名苏通国，托李陵照顾妻儿，并劝李陵归汉，好几个月都没有回音。

李陵为何不归汉？

霍光、上官桀与李陵有同僚之谊，特派李陵的老友任立政去匈奴，名义上是出使，实际上是招李陵回国。

单于宴请任立政等人，李陵和另一名降将卫律陪坐，任立政无法私下和李陵交谈，于是以目相视，屡屡拿手去握刀环，又俯下身去握自己的脚，意思是，是时候归汉了。

过了几天，李陵和卫律宴请汉使，两人皆身穿胡服，留着胡须，将头发结成锥形的髻。酒过三巡，当着卫律的面，任立政仍然无法直言，只好旁敲侧击：“汉朝已经实行大赦，举国安乐，皇上年富力强，霍光和上官桀两位大臣辅佐朝政，正当显贵。”李陵沉默无言，良久良久，抚着自己的头发说：“吾已胡服矣！”过了一会儿，趁着卫律上厕所的机会，任立政赶紧对李陵说："少卿您受苦了！霍光和上官桀他们托我问候您。请少卿和我回朝。"

李陵看着旧友，道："归易耳，恐再辱，奈何！"意思是：回去很容易，可是我怕再次受辱。最后他说："丈夫不能再辱。"表示其决意留在匈奴，一句话彻底回绝了任立政。

李陵不愿回汉的原因据他自己说是不想再受侮辱，我认为李陵是经过深思熟虑的，这其中深层次的原因至少有三点：

一是尽管任立政让他回去"安享富贵"，但回去仍有很多不可知的因素，而且不利因素大于有利因素。苏武忠义千秋，回去只不过封了个典属国，而他这个变节的降将回朝，很多人对他是不理解甚至是唾弃和仇视的，倒是他只能像笼子里的鸟，命悬他人，任人羞辱折腾。

二是他心里非常明白，即使退一万步讲，汉朝要想给他彻底平反，就必须全面否定武帝，不论是昭帝还是霍光都不可能这么办，最终受辱的只能还是自己。

三是他习惯了匈奴生活，更对匈奴产生了感情认同。他穿着胡服见汉使即是这个意思。当时匈奴已经败退漠北，整个民族面临生死存亡，而李陵亲身体会的匈奴人，也与被汉朝妖魔化的匈奴完全不一样。在李陵看来，匈奴人勇敢、坚强、仗义、豪爽，他们很真诚，没有西汉朝廷那么多尔虞我诈，他们很艰辛，没有西汉官员那么贪污腐化，他们很公正，没有西汉那么多官场潜规则。匈奴公主温顺善良，又生了一群儿女，更拴住了他的心，而他在大汉的亲人全被杀害，回去只能在痛苦的回忆中度日。

临行前，李陵取出一封书交给他，托他转交苏武。霍光和上官桀听说李陵不肯回国，也只好作罢。

是忠臣还是汉奸？

李陵是历史上颇有争议的人物。有人以李陵投降匈奴而不耻于他，也有人认为他敢以"步卒五千人横行匈奴"，并非怕死。

李陵在突围不成时，确实是想一死了之的。之所以不死而要受降，我认为有三点原因：

一是因为他年轻气盛，心中抱负没有实现，就这样死了很不甘心，死难瞑目。

二是自己是名门之后，就这样稀里糊涂地战死，对皇帝没法交代，也愧对他祖父和父亲的在天之灵，更对不住那些跟着他拼死血战的五千将士。

三是投降也是让兵士们尽可能杀出重围向汉武帝报信。

他在《答苏武书》中似乎想解释什么："陵岂偷生之士，而惜死之人哉？宁有背君亲，捐妻子，而反为利者乎？然陵不死，有所为也，故欲如前书之言，报恩于国主耳。"李陵欲"有所为也"，我们可以理解为自己暂且活着，将来等待时机再立奇功。后来李陵老母妻子都被杀，他完全可以带上匈奴兵马，杀回汉地报仇，但他最终没这么做，终究是心系大汉。我认为他的"有所为也"的承诺是兑现了的，主要做了以下几件事：

一是冒着生命危险刺杀了李绪。李绪也是西汉降将，在匈奴中很受重视，地位还在李陵之上，即使如此，李陵还是杀掉了李绪，表面是报私仇，实际上是为西汉除害。

二是在一次汉匈战争中有着明显"放汉军一马"的嫌疑。征和三年（公元前90年），在匈奴和汉军进行的一次大规模的会战中，李陵奉单于之命率三万匈奴精兵追赶汉军疲兵，竟然又一次来到浚稽山。这仿佛是冥冥之中的安排，李陵带领的精锐骑兵骁勇善战、以逸待劳，以他的军事才能和他对浚稽山地形的熟悉程度，灭了汉军易如反掌。然而结果是李陵转战九日最终无功而返。《汉书》记载只用数十字："匈奴使大将与李陵将三万余骑追汉军，至浚稽山合，转战九日，汉兵陷陈却敌，杀伤虏甚众。至蒲奴水，虏不利，还去。"我认为李陵当时一定是想到若干年前决定自己命运的那一仗，如果当年他从此地突围，他的命运又是另一番天地，此时被困的汉军拨动了他的伤心处，于是决定放汉军一条生路。

三是此后他便住到偏远的地方，和妻跖跋氏生养了几个儿女，在匈奴待了二十五年，基本和匈奴采取不合作的态度。只有在遇到单于要决大事时，才“入与决”。

李陵的一生就是一个悲剧。他因一战成名，也因一战而名灭；他自认忠良之后，却做了降将；他一心想要光耀门楣，却害得被灭族；他虽然在异域过着优裕的生活，却始终难消胸中块垒。李陵寂寞地生活在“胡天玄冰”之地，直到公元前 74 年病逝。

34. 凿空西域的使者

条条大路通罗马，条条大路通长安。这条条大路，没有一条是坦途，没有一条不是风沙飞舞，然而，就在这风沙之间，奇迹般地出现了一条飘舞的丝绸。列车在丝绸上行驶，驶入长安，很多高鼻凹眼的西域商人下了车，牵着驮载彩绸的一峰峰骆驼，在这繁华的东方大都市流连忘返。在通往塞外的那条如丝绸般美丽的路上，商旅不绝，悠悠驼铃声在大漠回响，讲述着惊心动魄的旅途故事……

张骞出使西域

古代称对未知领域探险为"凿空","凿"是开的意思,"空"是通的意思。武帝准备打通东西方道路，于是派博望侯张骞出使西域。

寻觅月氏国

张骞是汉中人，建元年间入都为郎，刚好匈奴中有人投降汉朝，报告说匈奴刚打败了月氏，杀了月氏王，把他的头颅做成饮酒器，月氏剩下的人都逃到西方，日夜想着报仇，只恨无人相助。

武帝听了，便想联合月氏夹攻匈奴，但月氏一直居住在河西，与汉朝不通音讯，被匈奴打败后又逃到了西方更远的地方，因此需要一个精明强干的人出使。武帝于是下诏招募能出使的人才。

大臣们都贪生怕死，最终只有张骞一人应诏。于是他带着一百多人和胡人堂邑父一起出都，从陇西向西走，便是匈奴的地盘。张骞准备悄悄地过去，没想到走了几天后，竟被匈奴巡逻骑兵发现了，把他们抓了起来，押送到匈奴大营。匈奴没有杀他们，却把他们拘留在胡地。

张骞一连住了十几年，娶了胡人妻子，生了子女，与胡人交往，一副乐不思蜀的样子。匈奴对他的防范渐渐松了，张骞与堂邑父等找到一个机会便向西逃去。

张骞一行也不认路，乱闯到了一个国家，又被这里的人给截留了。一问之下才得知，他们到了大宛国境内。

大宛国在月氏北方，盛产良马，还有葡萄、苜蓿等特产。大宛人听说他们是汉使，便带他们去见国王，大宛王早就听说汉朝富庶，很想与汉朝结交，只恨路途遥远，交通不便。张骞说了自己的经历，请求大宛王帮助他们去月氏，大宛王欣然答应。

从大宛到月氏，还要经过康居国。大宛王便派向导送他们，康居与大宛是友好邻国，于是张骞等顺利经过康居国，到达了月氏国。

月氏国自从被匈奴打败后，向西迁入了大夏，由月氏王子继立为王，建了一个大月氏国。这里地势肥沃，物产丰饶，月氏人过上了安逸的日子，早就把之前要报仇的想法打消了，因此不想打仗了。张骞与新国王谈了好多次都没有结果，又住了一年多，张骞一行便返回了。

经过匈奴国境，又被匈奴兵抓住了，幸亏张骞在匈奴人缘好，混得开，才没有死。不久匈奴国内发生政变，于单单于和伊稚斜单于叔侄争位，张骞带着妻儿与堂邑父乘乱逃了出来，经过一番艰辛终于回到了都城长安，入朝觐见武帝，交还使节。

武帝任张骞为太中大夫，封堂邑父为奉使君，后来定襄一役，张骞又积功封侯。

张骞向武帝献策道：“臣在大夏的时候，见到有邛竹杖、蜀布，那里人说是从身毒（音近捐笃，指天竺，今印度地区）买的，臣查到身毒国在大夏东南，风俗与大夏国相似。只是那里的人喜欢乘象打仗。据臣推测，大夏距离中国一万二千里，身毒国在大夏东南数千里，又有蜀地的货物，肯定离蜀地不远。现在要出使大夏，向北必须经过匈奴，不如从蜀地向西方便。”

武帝欣然同意，令张骞持节去蜀地，到犍为郡，又派王然、于柏、始昌、吕越人等四路一起出发，但汉使出发借道几个部落，都被阻碍。西南杂居着很多民族，没有头领，见到有外人入境，就杀人掠货。汉使只得改道而行，进入滇越。

滇越又称滇国，因为有滇池而得名。滇王当羌是楚将军庄跻的后人，庄跻征讨了滇池，秦灭楚后，庄跻便到滇池为王，传国好几世了，与中国也隔绝多年。这次见到汉使，当羌很友好，帮助他们寻找道路，但被昆明所阻挡，无法疏通。张骞只得回报武帝。武帝很恼怒，专门在上林开凿了一个大池，称为昆明池，让士卒把木筏放在池中练习水战。

厚赠乌孙国

有人在汾水上得了一个鼎，上报朝廷，武帝便第五次改元，号为元鼎。

当时在匈奴西边有一个乌孙国，一直被匈奴所役属。乌孙国王名叫昆莫，他的父亲难兜靡被月氏所杀，昆莫还是个孩子，遗臣布就翕侯背着他逃难，途中去寻找食物，把他藏在草丛中，等布就翕侯回来的时候，看见狼在给他哺乳，乌鸦在给他喂食，知道他不是凡人，便抱着他逃到了匈奴。

昆莫长大后，匈奴已经攻破了月氏，杀了月氏王，月氏余众都迁到了西部。昆莫借了匈奴兵，为父报仇，月氏余众又被逼走，迁徙到了大夏，改建成大月氏国。月氏原先的土地被昆莫占有，仍然叫乌孙国，昆莫招兵买马，励精图治，国家渐渐强盛。

匈奴当时正与汉朝打仗，无暇顾及西部地区，后来匈奴被汉朝打败，更是势不如前，西域一些小国原来奉匈奴为主子，现在都生出异心。乌孙国自然不愿再臣服于匈奴。

武帝探听到这些情况，便想再次通使西域，于是又起用张骞为中郎将，让他出使西域。

张骞献议说："陛下派臣出使，最好是先和乌孙国结交，给乌孙王丰厚的馈赠，让他居住到前浑邪王故地，这样就断了匈奴右臂，并且与他和亲，以约束他，这样乌孙国以西的小国一定会闻风归附，尽为外臣了！"

武帝专好虚名，只要外夷能臣服，不惜一切财力、物力和人力。他采纳了张骞的意见，让张骞率三百人，六百匹马，万头牛羊和价值千万的金帛前往乌孙国。

昆莫接见了张骞，张骞便传达武帝的意思，赐给昆莫礼物，没想到昆莫听了之后没什么反应，仍然坐着不动，也不拜谢他。

张骞很尴尬，对昆莫说："天子赐给大王厚礼，大王如果不拜受，我还带回去了！"昆莫这才起座拜了两拜。

张骞又说："大王如果肯归附汉朝，汉朝就会把公主嫁给大王，并和乌孙结为兄弟，一起抗击匈奴，不是很好吗？"昆莫听了犹豫不决。他留了张骞住下，自己召集部属商量，部下都不知道汉朝是强是弱，怕与汉朝联合后，匈奴会来攻打，因此议论了好几天，也没有定论。

昆莫这么纠结，自有难言之隐。原来他有十几个儿子，太子早死，临终前曾涕泪交加地请求昆莫继立自己的儿子岑陬为太子，昆莫垂怜爱子，便答应了。

昆莫还有一个中子很强干，在外驻守边防，听说太子病逝，也想着继立，结果昆莫却另立了孙子，失望怨愤之下便召集部属准备杀了岑陬夺位。

昆莫得知这个消息，便分了一万兵马给岑陬，让他去抵御中子，自己召集了一万多兵马自卫，国家政局动荡，再加上昆莫老了，越发萎靡不振，无心接待汉使。

张骞等了好几天，昆莫都没给个说法，他便派了几个副使，分别去大宛、康居、大夏等国家宣传汉朝威德。

副使们还没回报，乌孙国却派使者送张骞回国，并回赠了良马数十匹。

张骞和番使一起入朝进谒武帝，番使礼仪很周到，所献的良马也格外雄壮，武帝十分喜慰，优待番使，又封张骞为大行。

一年后，张骞病逝。他所派出的副使也陆续回都，西域各国也都派了使者前来，于是汉朝与西域便开始了交通。

西域地势非常辽阔，东接玉门关，西至葱岭，葱岭以外还有数国。据史记载，西域共有三十六国，与汉朝往来通商，共有南北两道，终点都是葱岭，这就是有名的“丝绸之路”。

与汉朝通使的国家，之前大多臣属匈奴，因此匈奴屡次发兵截击使者和商队，汉朝在边境除了酒泉、武威两郡外，又增设了张掖、敦煌两郡，驻扎军队防备匈奴。

两位和亲翁主

之前乌孙国随张骞一起入朝的使者回国后，对乌孙王夸大其词地说了一番他在汉朝的见闻，称叹汉朝如何强盛，说得昆莫心里十分后悔，又听说汉兵连破楼兰、车师，下一个目标很可能就是自己，更是慌张得不得了，急派使者到汉朝，表示愿意遵守旧约。

武帝批准他的请求，但向乌孙要和亲的聘礼。来使回报后，乌孙国当即送了千匹好马作为聘礼。

武帝便给江都王刘建的遗女赐号江都公主，让她出嫁到乌孙国。

江都公主，愿为黄鹄兮返故乡

刘建是武帝的哥哥刘非的儿子，刘非死后由他继立。刘建荒淫无道，甚至逼迫宫女和狗羊交配。他还私刻皇帝玉玺，出入警跸，享受皇帝的待遇，有人上书告发他，武帝派官员来向他问罪，他便惶恐自杀了。家破国除，子女也罚到宫中充役。这次江都公主奉令和亲，嫁给昆莫，立为右夫人。匈奴也想和乌孙交好，也选派了女儿嫁给昆莫，昆莫谁也不得罪，一并收纳，立为左夫人。

昆莫却也有他的苦恼，他年纪已经老迈，很多个夜晚他都独自睡在外帐，不敢进去就寝。

江都公主每日看着茫茫大漠，也十分悲伤，一悲远嫁异乡，二悲嫁给老夫，三悲语言不通，四悲饮食不惯。后来她干脆独自住在一个帐篷里，愁闷的时候就作歌自哀。她作的《悲愁歌》最为有名，歌云：

吾家嫁我兮天一方，远托异国兮乌孙王。穹庐为室兮旃为墙，以肉为食兮酪为浆。居常土思兮心内伤，愿为黄鹄兮归故乡。

这歌传到长安，武帝也很怜悯她，几次派使者去看望她，赐给她锦绣帷帐等物品。昆莫也知道自己老迈，对不起她，便愿将她让给孙子岑陬。岑陬巴不得与公主结婚，但继祖母嫁给孙子的事，让公主接受不了，于是上书武帝，恳求把她召回，武帝为了与乌孙国结好，共灭匈奴，只得回书劝她从俗。公主无奈之下，转嫁给了岑陬。后来昆莫病死，岑陬继立，改号为昆弥，与汉朝始终通好。

解忧郡主，远嫁异国兮天一方

几年后，江都公主病死了，乌孙国王岑陬又派使者到汉廷请求和亲，汉廷便将楚王刘戊的孙女解忧，号为公主，送到乌孙国嫁给岑陬。不久岑陬得了重病，由于他只有一个儿子泥靡，是胡女所生，年幼不能任事，所以他想了一个办法，临终前召弟弟翁归靡入帐，让他代立为王，把儿子托付给他，等泥靡长大后，再归还主位。

翁归靡答应了，等岑陬一死，便称了王。不久又娶了年轻貌美的解忧为妻，几年后解忧生了三男二女，逐渐长大。长子名叫元贵靡，到汉廷做质子；次子名叫万年，出去当了莎车王；幼子名叫大乐，当了左大将。

昭帝末年，匈奴因为乌孙归附汉朝，联结车师攻打乌孙，乌孙一面发兵守御，一面由解忧公主上书给汉朝，请求援师。汉廷得书，正准备调兵救援，适值昭帝驾崩，国事纷纭，无暇外顾。

到了宣帝即位后，又接到解忧夫妇来书催促，并说专待汉兵到来夹击匈奴。

宣帝与霍光商定，大发关东精锐，分路出征，命御史大夫田广明为祁连将军，率四万多骑从西河出兵；度辽将军范明友率三万多骑从张掖出兵；前将军韩增率三万多骑从云中出兵；后将军赵充国为蒲类将军，率三万多骑从酒泉出兵；云中太守田顺为虎牙将军，率三万多骑从五原出兵。

五路大军共计十六万多人，浩浩荡荡杀往匈奴，又派校尉常惠持节去乌孙发兵夹攻匈奴。

匈奴单于壶衍鞮听说汉兵大至，急将人畜奔徙漠北，塞外一空。

五路大军意气风发地跑到塞外，只见大漠戈壁，黄沙万里，杳无人迹。好容易到了胡境，只搜到几个老弱病残的人畜，一时来不及迁移，才被抓获，五路大军白白溜达一趟，陆续班师。

汉廷严明赏罚，田广明引兵先回，田顺虚报俘虏，都被查了出来，迫令他们自尽；范明友、韩增、赵充国三人也都半途折回，无功有罪。宣帝因为已经诛了两个将军，不想再滥施刑罚，特令从宽免议。

只有常惠监督五万多乌孙骑兵，直入右谷蠡王廷内，擒住单于叔伯及嫂，乌孙名王犁污俘虏匈奴都尉千长以下三万九千多人，马牛羊驴七十多万头，满载而归。汉朝五将军白白丧失了建功封侯的好机会，乌孙国自然不会将战利品分给常惠，并且还偷走了常惠的使节。

常惠无从追究责任，垂头丧气地回到长安，心想这次一定要遭重罚，硬着头皮去向宣帝报告。没想到宣帝得知情况后不但没有责怪他，还好言抚慰，并封他为长罗侯。

常惠简直大喜过望，后来探问同僚才知道，这次出征诸将无功，只有他算是给汉廷争回了一点面子，虽然是乌孙获胜，他也足以令匈奴丧胆。

宣帝让他出使乌孙，带着金帛去犒赏乌孙将士，常惠乘机进奏说：龟兹这时已经换了新国王，名叫绛宾，听说各国联军来攻打龟兹，十分着慌，忙阐明理由，说是先王误听了姑翼的话才得罪了汉朝，当下把姑翼捆送到军前，由常惠喝令斩首。各国于是罢兵回国。宣帝听到回报，本来要责怪他专擅，但听说是霍光暗中指使的，只得作罢，但没有加赏，略示深意。

翁归靡上书汉廷，愿立解忧所生的儿子元贵靡为嗣，仍请求娶汉朝公主，亲上加亲。宣帝不欲绝好，令解忧的侄女相夫为公主，带着丰厚的嫁妆前往，特派光禄大夫常惠护送。

很快到了敦煌，忽然接得翁归靡的死讯，元贵靡不得继位，由岑陬的儿子泥靡为王。常惠只好派快骑回朝报告。一面将相夫留在敦煌，自己持节到乌孙，责备乌孙不立元贵靡。乌孙大臣都振振有词地说前时岑陬有遗言，原想传国给儿子，不能另立元贵靡。常惠说不过他们，只好回到敦煌，请求将相夫送回。

宣帝复书批准，于是常惠便带着相夫回都了。

泥靡既得立为单于后，性情横暴，又将解忧逼迫成奸，据为妻室。不久解忧又生了一个儿子，取名鸱靡。但解忧毕竟老了，泥靡很快移情别恋，喜欢上了其他女人，与解忧失和。

泥靡的一切举动都是任意妄为，国人称他为“狂王”。

汉使卫司马魏和意与卫侯任昌一起去乌孙，解忧与他们秘密商量用计杀了狂王。

魏和意和任昌便安排酒宴，邀请狂王聚饮。饮到半酣，魏和意嘱使卫士刺杀狂王，结果一击不中，狂王逃出客帐，跨上马跑了，没有回都城。

魏和意与任昌驰入都中，托言奉天子之命来诛狂王。番官都恨狂王无道，没有异言。

狂王的儿子细沈瘦召集边兵为父报仇，进攻乌孙都城赤谷城。

西域都护郑吉从乌垒城发兵去救援，才将细沈瘦赶走。郑吉收兵还镇，据实上奏。

宣帝派中郎将张遵等带着医药去为狂王治疗，并赐给他金币，抓捕了魏和意与任昌两人，责备他们矫诏，按律斩首。

狂王略受轻伤，在汉使的精心治疗下很快就痊愈了，他又回到了赤谷城当乌孙国王。

史上首位女大使

不久，翁归靡的儿子乌就屠在北山号召兵士乘机袭杀狂王，然后自立为王。

乌就屠是胡妇所生，汉廷当然不承认他为王，立即命破羌将军辛武贤领兵一万五千人出兵敦煌，声讨乌就屠。

郑吉怕辛武贤出征乌孙，道远兵劳不能取胜，便想派人去乌孙游说，让乌就屠自己让位。当下想到了一位巾帼英雄，这人就是冯夫人。

她原是随解忧陪嫁到乌孙的一个侍女，名叫冯嫽。她到乌孙后，嫁给了乌孙右大将为妻，两人恩爱有加。冯嫽生性聪慧，丰采倾城，知书达礼。仅几年时间，就把西域的语言风俗通晓了。解忧曾让她持汉节慰谕邻近各国，颁行赏赐，诸国都惊为天人，对她十分尊敬，称她为“冯夫人”。

右大将与乌就屠素有往来，冯夫人也认识他，所以郑吉遣派她去说服乌就屠。冯夫人很爽快地答应了。来到乌就屠住处，对他说：“昆弥（乌孙王号）今日乘势崛起，可喜可贺！但喜中也有忧啊！”

乌就屠听了这话，忙惊问原因。

冯夫人道：“汉兵已出兵到敦煌，昆弥应该已经知道了，不知昆弥能否战胜汉兵？”

乌就屠踌躇半晌，方答道：“恐怕敌不过汉兵。你有什么好办法吗？”

冯夫人道：“我看不如见机知退，听命汉朝，还可得以保全，也不失富贵。”

乌就屠道：“我也不想长当昆弥，只要得一个号，我就向汉归命了。”

冯夫人笑道：“这有何难，我帮你去说服汉廷。”说着，就告别乌就屠，回报郑吉。郑吉又报告朝廷。

宣帝得报，便想见一见冯夫人，召令入都。过了几天，冯夫人来了。只见她雍容典雅，彬彬有礼，思路敏捷。宣帝非常高兴，当面命她作为正使，去传谕给乌就屠，另派谒者竺次与甘延寿为副使，一起上路。这是有史记载的中国第一位女大使。

宣帝同时还派常惠驰赴赤谷城，立元贵靡为乌孙王。

冯夫人拜别宣帝，从容持节出朝，直抵乌孙。乌就屠还在北山，没有进国都，冯夫人去传诏命，叫乌就屠速至赤谷城见常惠。

常惠向乌就屠宣读诏书，册封元贵靡为大昆弥，乌就屠为小昆弥，大昆弥得民六万余户，小昆弥得民四万余户。

两年后，元贵靡病逝，他的儿子星靡继立。

汉廷忽然来了乌孙国的番使，呈上一封书，是解忧公主写来的。书中大意是年老思乡，请赐骸骨归葬故土。宣帝看她情辞悱恻，也不觉凄然动容，当即派车去迎接她。年近七十的解忧带着孙子孙女三人回至京城朝见宣帝。宣帝见她满头银发，更加怜惜，赐她田宅奴婢，让她颐养天年。又过了两年，解忧在长安病殁。

冯夫人曾随解忧回国，到解忧去世后，听说星靡懦弱无能，怕他被小昆弥所害，于是又上书请求出使乌孙，辅佐星靡。宣帝准奏，派百骑护送她出塞。后来在她的辅佐下，星靡最终得以保全。

35. 鹰派特别行动

鹰派是指在外交上持强硬态度的政治家。在中国，对于鹰派人物，人们褒贬不一，争议很大。鹰派人物给人的印象大都咄咄逼人，冲动任性，相比鸽派人物，鹰派人物办事缺少理智。而在民间，人们更喜欢鹰派人物，因为鹰派人物代表了宁折不弯，桀骜不驯，强硬刚烈的精神，他们的铁腕性格，满足了国人不甘示弱的心理。

鹰派人物的出现，一扫柔弱外交的状态。在历史列车驶入西汉之前，在政坛叱咤风云的鹰派人物就比比皆是，如赵国平原君食客毛遂使楚约盟，威逼楚王说："王之命悬于遂手。"最终使楚国歃血合盟；蔺相如辅赵王赴渑池之会，威迫秦王说："今五步之内，相如得以颈血溅大王。"得以使秦王约为兄弟，永不侵犯，并使赵王安然而归；秦孝公任用商鞅"率定变法之令"与保守派斗争，推行新法，国政大治，为秦国后来统一中国奠定了基础。这些都是因人成事，不失外交锋芒的成功范例。

犯强汉者虽远必诛

列车驶入汉朝，开国之初，汉朝国力衰弱，百业凋零。甚至连高祖刘邦出行都找不到四匹同样颜色的马，将相出行只能坐牛车。帝国初年虽然艰难，但面对匈奴的威胁，以武力夺天下的刘邦也决定还以颜色，“白登之围”后才采取了苟且隐忍的和亲政策。文景时代是韬光养晦的时代，汉朝对匈奴采取防御政策，采用晁错的建议“以夷制夷”。到了武帝时期，国力强盛。而武帝最终选择了儒家，公羊派儒家宣扬“大一统”迎合了刚刚平定七国之乱、正在完善高度专制的中央集权的汉帝国；儒家提出的推恩令，削弱了诸侯国的势力，维护了国内的安定，却又不失仁义；“国君报九世甚至百世之仇”的思想，也合乎汉武帝反击匈奴的需要。随着汉初休养生息政策效果的显现，西汉王朝逐渐强大起来，武帝不惜一切代价反击匈奴、征伐诸国，之后鹰派便占据了王朝的主流，甚至出现采取行动不经过皇帝，冒着生命危险矫诏发兵的现象。

范明友征讨乌桓

乌桓是东胡的后裔，东胡被冒顿攻破后，乌桓人逃到玉环和鲜卑二山，于是分为乌桓和鲜卑两部，仍为匈奴族属。

后来武帝攻打匈奴各部，将乌桓人迁居到上谷、渔阳、右北平、辽东四郡的塞外，专门设置了乌桓校尉监管他们，让他们与匈奴断绝来往，作为汉朝的屏障。

接着乌桓渐渐强大了，于是又想着反叛汉朝。宣帝时，乌桓校尉奏报，乌桓部落不服管束，时常有叛乱之心，请朝廷想办法控御。

大将军霍光绞尽脑汁想办法，刚好匈奴投降的人来说，乌桓侵掠匈奴，掘了老单于的墓，匈奴出兵两万人报复，攻打乌桓。

霍光于是心生一计：阳击匈奴，阴击乌桓。

当下召集士臣商讨，护军都尉赵充国说不宜出师，只有中郎将范明友极力说可以攻打。

霍光便请示昭帝，拜范明友为度辽将军，率两万骑兵赴辽东，当面嘱咐他道：“匈奴几次说和亲，仍然掠夺我国边境，你不妨声罪致讨。如果匈奴退兵，便可直接打乌桓，乘他不备，定可取胜。”范明友领命而去。走到塞外，听说匈奴兵已经撤退，当即指挥大军杀入乌桓。

乌桓刚和匈奴交战，兵疲力竭，这时汉军再来袭击，势难抵敌，纷纷溃逃。范明友轻松斩获六千余人，班师凯旋，范明友被封为平陵侯，平乐监傅介子也封了侯。

傅介子逞威楼兰

傅介子是北地人，从小好学，后来认为读书无益，参军后得了官，听说楼兰、龟兹两国叛服无常，几次杀汉使，朝廷不能和大宛交通，便独自上书请求效命。

霍光很赞赏他，命他出使大宛，顺路到楼兰和龟兹去传诏诘责，傅介子受命后就出发了，先去楼兰。

武帝征和元年，楼兰王死了，国人致书汉廷，请送还质子继承王位，刚好质子犯王法受了宫刑，不便送回，于是设词答复，让楼兰另立新王。

汉廷又责令他再送质子，新王于是又送儿子入都为质。

不久，新王又死了，匈奴释放了质子让他当楼兰王。这个王叫作安归，称王后，按习俗取继母为妻。

忽然有汉使来征令他入朝，安归迟疑不决，他的妻子从旁阻道："先王曾派两个王子去汉朝，至今没回来，怎么还能再去呢？"安归便拒绝了汉使，又怕汉朝严责，干脆归附了匈奴，还为匈奴截杀汉使。

傅介子到了楼兰，严词诘问，并说大军将来讨罪，安归理屈词穷，连忙道歉。

傅介子便辞别了安归，转赴龟兹，龟兹王也认了错。刚好匈奴使者从乌孙到龟兹，傅介子知道了这个情况，当夜便率人吏去客帐把匈奴使者杀死，持着首级，回到汉朝。汉廷赏赐了傅介子，提升他为中郎，当上了平乐监。

后来傅介子又带着百名壮士去楼兰国杀了楼兰王安归，让在汉朝作人质的安归弟弟尉屠耆回国继任。傅介子被封为义阳侯。

冯奉世讨平莎车

宣帝正一心一意地整顿内政，忽然传来了一个震动京城的消息，卫侯使冯奉世送来了莎车王的首级，并报告称：莎车（今属新疆）叛乱，弑王戕使，由臣托陛下威灵，发兵讨罪，并把叛王首级送到京师。

宣帝并没有让他去讨伐莎车，这事到底是怎么回事呢？

之前出使西域的使者很多都不称职，前将军韩增向宣帝推荐了郎官冯奉世。宣帝便授他为卫侯使，送大宛等国的使臣回国。

这时他听说了一件事，莎车国王死了，他的儿子万年在汉廷当人质，朝廷派使者奚充国送他回国当国王。莎车国人一开始也很拥戴万年，但他很暴虐，很快引起了民愤。前王弟呼屠征便乘机纠合众人杀死了万年，并杀了奚充国，自立为莎车王，同时攻打附近的小国家，迫使他们联盟叛汉。

冯奉世对副使严昌说："莎车国敢抗违朝命，大逆不道，如果不发兵讨伐，将来他国力强大，就更难制了，西域各国都受他影响，汉朝岂不是前功尽弃吗？"

严昌也很赞成，但想让人先去朝廷报告，请旨定夺。

冯奉世则认为兵贵神速，不宜拖延。于是矫诏各国，征集到一万五千兵马，攻打莎车。他率大军悄悄进发到城下，才发起进攻，呼屠征毫无防备，等到发兵抵御的时候，早已来不及了。冯奉世攻进城去，呼屠征惶急自杀，国人纷纷乞降，献出呼屠征的头颅。冯奉世另选前王支系立为国王，送回各国兵士，特派从吏带着呼屠征的首级去长安报捷。

他自己则送大宛使臣回国。大宛国王得知他斩了莎车国王，十分震惊，对他更加礼敬，赠送了几匹龙马，还有其他厚礼。

宣帝接到捷报，马上召见了前将军韩增，说他举荐得人。又让群臣讨论封赏问题。

丞相魏相等都说："春秋就传下来，大夫出疆，只要有利于国家，可以专擅行事。现在冯奉世功绩显著，应该从厚封赏，给他侯封。"

宣帝也同意这个意见，但少府萧望之站出来说："冯奉世这次出使西域的任务就是送各国使者回国，没有允许他便宜行事，他矫诏发兵，擅打莎车，虽然幸运地打胜了，但这件事却不能效法。如果给他加封爵位，将来其他人出使，什么事都去贪功，一定会援冯奉世的故例，公开挑衅夷人，恐怕国家要从此多事了！臣认为冯奉世不宜加封。”

宣帝听了点头称是，便改变初衷，等冯奉世出使回都复命，只授他为光禄大夫，而没有给他封侯。

冯奉世曾讨平莎车，只因矫诏的嫌疑没被封侯。元帝初年，才升任光禄勋。不久护羌校尉辛汤残暴，激怒了陇西羌人，导致他们再次造反。元帝命冯奉世为右将军，率兵攻打。

冯奉世说要出兵六万才能讨平西羌，但丞相韦玄成、御史大夫郑弘等主张屯戍，只肯发兵万人。元帝刚开始同意丞相和御史的意见，令他率一万二千人西行。等他到了陇西，绘了地图呈上，又提出之前的意见，元帝才令太常任千秋为奋威将军，领兵六万前去策应。

冯奉世得了大队人马，果然一举打败了羌人，斩首数千，陇西便平定了。冯奉世受爵关内侯，调任左将军，儿子冯野王为左冯翊。父子一起受封，望重一时。

鸽派魏相上书罢兵

一波方平，一波又起。宣帝曾派侍郎郑吉去西域监督在渠犁城屯田的兵士。郑吉又分兵三百人，到车师国屯田。匈奴十分忌讳这件事，屡次派兵攻击屯卒。郑吉率渠犁屯兵一千五百人去救援，仍然寡不敌众，败退到车师城中，结果被匈奴围困。

郑吉死守城门，匈奴兵围攻不下便退去了，不久又来进攻，往返进攻了好几次，累得郑吉独守车师，不敢回兵。于是飞书奏报，请宣帝增发屯兵。

宣帝让群臣讨论，后将军赵充国说汉朝自从和西域通使后，就命在渠犁屯田，用来控御西域各国。但渠犁距车师有一千多里，难以救援，最好是出击匈奴右地，使他还兵自卫，不敢再袭扰西域。这也是个妙计。宣帝正在踌躇，丞相魏相上书说：

“臣听说救乱诛暴的称为义兵，义兵能称王；敌人来侵略，不得已而抵抗，称为应兵，应兵能获胜；为了一点小事而争执怀恨，不能忍耐而容易愤怒的，称为忿兵，忿兵会失败；贪图人家土地和宝物的，称为贪兵，兵贪者会被功破；仗着国大，让民众生出骄傲之心，想施威于敌人的，称为骄兵，兵骄者要灭亡。这五种兵，不但是人事，更是天道。

“有时匈奴也曾有善意，掳掠的汉民都被放回来，没有侵犯边境。虽然争屯田车师，也不是他的本意。现在听说诸将军要兴兵攻打，臣愚蠢，不知道这是以什么名义出兵。现在边郡困乏，父子共穿犬羊皮做的裘，吃野草野菜，经常担心不能生存，更难以动兵，战争之后，必有凶年，人民的愁苦之气有伤阴阳之和。出兵即使胜利了，也有后忧，恐怕灾害变乱要因此而生了。现在郡国的守相，大多没有选，风俗也变差了，水旱不时，据臣统计，今年子弟杀父兄，妻子杀丈夫的，有二百二十二人，臣愚以为这不是小事。现在大臣们不担心这些事，而是想发兵远夷报极小的仇怨，真像孔子所说的：吾恐季孙之忧，不在颛臾，而在萧墙之内也。愿陛下与列侯群臣，详议施行！”

宣帝看了魏相的书，赞同他的观点，于是派长罗侯常惠去发张掖、酒泉的骑兵，到车师迎回郑吉，匈奴兵见有汉军来了援兵，很快退去了，郑吉便率着屯兵回到渠犁。但车师的故地又丢弃了，被匈奴占领。

汉朝费了多少人力物力，屡次讨伐车师才得荡平，使他归顺。结果就这么轻而易举地放弃了。

赵老的用兵之道

零羌人，是唐虞时三苗的后人，散居在湟水中游，勾结匈奴，率领十几万人，抢掠了令居、安故等县，进而包围了枹罕。

武帝起用李息为将军，让他携郎中令徐自为率兵十万人，打败了羌人，专门设置了护羌校尉，就地镇守治理。

老将出马

忽然西方又传来警报：先零羌的酋长杨玉叛汉，赶走了汉官义渠安国，入寇西部边境。

羌人种族很多，附属于匈奴。其中要算先零、罕开两个部落最强盛。

武帝开拓了河西的四郡，截断了匈奴右臂，不让羌人和匈奴交通，并将羌人都驱逐出境，不准他们居住在湟中。

宣帝即位后特派光禄大夫义渠安国去巡视羌族。安国复姓义渠，也是羌人，因祖父当汉朝大臣，他得到承袭。

先零的土豪听说安国来了，便派使者求和，想请汉廷解除弛禁，让他们渡过湟水游牧。安国太没有政治敏锐性，竟然代为奏闻，后将军赵充国当即劾奏安国，说他当使者不负责任，纵容敌寇生心。宣帝也严厉地驳斥他，把他召回，拒绝了羌人的请求。先零不肯罢休，联结其他羌族准备入侵，而且向匈奴请求援助。

赵充国打探到了消息，向宣帝报告说秋高马肥之时，羌人一定会变乱，应派妥当的官员巡阅边境的守兵，提前做好准备，并告诉诸羌，不要中先零的诡计。宣帝便让丞相御史挑人出使。

丞相魏相打算挑一个熟悉情况的人，于是仍让义渠安国出使。安国没有正确领会领导意图，带着一腔怨气，一跑到羌地就风风火火地行动起来。他把先零的三十几个土豪抓了起来，责备他们居心叵测，把他们都斩了。然后又调集边界守兵，残杀羌族首领，杀了一千多人。

杨玉本来已经受封为归义侯，这时被安国的滥杀行为逼反了，立即挥兵攻打安国。安国不过三千多兵士，一时招架不住，拍马便逃。羌人乘胜追击，夺走了许多辎重兵械。安国一口气跑到令居（今甘肃永登县），闭城拒守，又飞章奏报，请求援师。

宣帝接报，细想朝中大将，只有赵充国最熟悉羌地的情况，但他七十多岁了，不能再上战场。于是让丙吉去问赵充国，谁能率兵西征。赵老慨然答道："要去征讨西羌，今日没有比老臣更合适的人选了！"

丙吉返报宣帝，宣帝又遣人问道："将军今日出征，需多少人马？"

赵老说："现在还不知道，臣愿去金城侦察敌情，然后再定。但羌戎小夷，逆天背叛，很快就会灭亡，陛下信任地委任老臣，臣自有方略，尽可勿忧！"宣帝听了这几句话，含笑应允。

以全取胜

赵老于是立即启程，直抵金城，调集一万骑兵马，准备渡河。等到夜半，先派三个营的人马偷偷渡河，到了河对岸，扎下营寨，再由他自己率军渡河。天亮时分，全军都渡过了河。远远看到数百骑羌骑来挑战。诸将请求上去接仗，赵老道:“你们看羌骑都是轻锐，明明是想诱我们出营。我军远来疲惫，不能轻举妄动，更不要贪图小利！”说完，便下令不准出击，违令者斩！

将士们都听从命令，坚守不出。赵老又密派侦骑，打探到前面四望峡中没有守兵，于是等到天黑又偷偷进发。过了四望峡，来到落都山，才命令部队停下歇脚，他欣然对诸将道：“我料羌兵没什么用，如果先派数千兵马守住四望峡，我军怎能飞渡呢？”不久又拔寨西行，来到西部都尉府，作为行辕，安营扎寨。

每日用酒菜招待将士，只让他们静守，不准妄动。羌人连番挑战，就是不出一兵。直等到羌兵退去，才派轻骑追赶，抓到几个俘虏，温言相问，得知羌人内部互相埋怨，很不团结。于是把俘虏都放了，仍然按兵不动。

从前先零和罕幵本是仇敌，先零想叛汉，便派人与罕幵讲和。罕幵的酋长靡当儿半信半疑，专门让弟弟雕靡去见西部都尉，报告说先零要反叛。都尉暂时留下雕靡，派人去侦察，几天后，果然证实了雕靡的话。又听说雕靡的部下也串通先零，同谋叛汉的事，于是把雕靡拘留住。

赵老却将计就计，把雕靡放了，抚慰他道：“你本来无罪，我可以放你回去；但你必须转告各部落，速与叛人断绝关系，以免招致灭亡。现在天子有诏，令你们羌人自诛叛党，诛一大豪，得赏钱四十万，诛一中豪，得赏钱十五万，诛一小豪，得赏钱二万，就是诛一壮丁，也赏钱三千，诛一女子或老幼，每人赏千钱，而且将所捕妻子和财物，都送给他。这个机会一失，后悔难追，你要谨记这件事！”雕靡唯唯地受命而去。

不久有诏使来，报称皇上征集了六万兵马到边疆来作为声援。酒泉太守辛武贤也上奏请求分兵出击罕幵。

赵老与诸将会议道：“武贤远道出征，劳师费饷，怎么取胜？何况先零叛汉，罕开虽然与他通和，但并没有明说帮助他，现在应该暂时把罕开放一放，专门对付先零。先零一破，罕开不战可服！”诸将都同意这个观点，于是让诏使把这个计议报告宣帝。

宣帝又召集大臣们商讨，群臣都说应该先破罕开，先零势单力薄，就容易荡平了。宣帝于是命乐成侯许延寿为强弩将军，辛武贤为破羌将军，一起讨伐罕开。并且责怪赵充国逗留不前，命令他从速进兵，遥为援应。

赵老又上书极陈利害，说先零为寇，罕开没有入犯，今天宽释了有罪的，而去讨伐无辜的，不但不能解决问题，还生出两害，实在不是好办法。而且先零想叛汉，才和罕开结好，现在如果先攻打罕开，先零一定发兵相助，两股势力联合在一起，不容易荡平，所以臣以为必须先平先零，才能收服罕开。

宣帝见了这道奏折，方才醒悟，最终听从了赵老的计议。

赵老便率兵到先零，先零已经放松了警惕，总认为汉兵只守不战，没想到汉兵突然来了，吓得拔营就跑，赵老率兵追赶，但却慢慢前进，并不急追。部将请求赵老急追，赵老说：“这是穷寇，不宜过于逼迫他，我如果急进，他无处逃生，必然拼死战斗，反而会导致不测。”诸将这才没有异言，等追至湟水岸旁，先零兵纷纷渡水逃命。船少人多，一半被挤下了水，淹死了。赵老从后面追赶上来，又有好几百人做了刀头鬼。还有马牛羊十万余头，四千余辆车，不能迅速渡河，都被汉兵夺取。

赵老已经得胜，却不让兵士休息，而是催促部队驰入罕开境内，只准耀武，不准侵掠。罕开闻知，高兴地说：“汉兵果然没有打我们！”渠帅靡忘守住罕开边疆，派人到汉营说他们愿意听从汉廷的指示。

赵老飞书奏报，由于路远还没有得到复诏，靡忘已经到汉营来议和。赵老以诚相待，赐给他酒食，让他告诉各部落，不要和先零结交，免得自取灭亡。靡忘一番诚心谢罪后，赵老便让他回去，手下将佐却一起谏阻说朝旨还没到，不能放他走。赵老说：“你们只贪小利，不讲诚信。”正说着，诏书到了，批准靡忘认罪投诚。赵老当即将靡忘放回去。几天后，就接到罕开酋长谢过书，全部投诚，赵老喜如所望，又移军讨伐先零。

秋凉袭人，赵老毕竟老了，身体不如当年，他生了病，脚都肿了。

虽然仍在筹划军情，但不得不报告宣帝。宣帝给他配了个副手：破羌将军辛武贤，约定日期冬季进兵。

没想到先零羌人陆续来投降，先后有一万多人，赵老于是又改变了主意，采取安抚的方法，奏报要求屯田，请求撤去骑兵，只留一万多步兵，分别屯在要害地段，边耕作边守卫。这篇奏牍遭到了大多数朝臣的反对，说他迂腐难以成事，宣帝于是又发诏书问："如果按照将军的办法，羌人什么时候能灭？兵什么时候能撤回？请立即回复！"

赵老于是上书说："臣听说帝王之兵，以全取胜，所以谋为贵而战为贱。蛮夷的习俗虽然和我们不同，但趋利避害，爱亲人，怕死亡，都是一样的。现在他们失去了肥沃的土地，骨肉分离导致生出叛志，作为明主，停止战争，只留万人屯田，符合天时地利，很快就能收效。"

接着他又逐条上陈了十二条利弊：

一是步兵人多，种田得谷，威德并行；二是羌虏得不到肥沃的土地，势穷众涣，导致瓦解；三是居民能够一起种田，没有失去农业；四是解散骑兵可以省大钱，军马一月的费用，可支付田卒一年的用度；五是到春季来检阅士卒，在汉羌边境一线可以示威；六是屯卒闲暇时可以修治邮亭，巩固堡垒；七是部队乘他危险的时候出动，不出动的时候，也让反叛的羌人逃到风寒僻远的地方，坐着就可得到胜利；八是没有因为路途阻碍、劳师袭远而死伤的害处；九是对内不损威武，对外不让羌虏有机可乘；十是以羌治羌，不会因为惊动内地百姓而生出其他变乱的忧患；十一是修治隍陿中道桥，朝廷的命令可以传达到鲜水，而控制西域，威信千里；十二是省了大钱，徭役也就轻了，其他隐患也就可以免除了。最后得出的结论就是"留兵屯田得十二便，出兵失十二利"。

这封书上奏后，宣帝又问他羌人投降的具体期限，担心羌人如果听说朝廷罢兵，乘虚进攻，屯田的兵是否能够抵御。让他必须进行周密的部署，才能施行。

赵老又奏报先零的精兵只有七八千人，而且兵力分散，忍饥受冻，灭亡就在眼前。等到来年春天也不敢侵犯，就是稍有侵掠，也不足为虑。现在北方有匈奴，西方有乌桓，都没有平服，不能不防备，如果顾此失彼，只能是两处无成！

这已是赵老第三次奏请罢兵屯田，宣帝每得一奏，必征询群臣的意见，第一次赞成赵老的，十人中只有二三人，第二次便有一半赞成了，第三次十人中有八九人赞成。宣帝便诘责从前反对的那些朝臣，群臣无话可说，只得叩头服罪。魏相跪奏道："臣愚昧不习兵事，后将军规划有方，定可成功，臣敢为陛下预贺！"宣帝便决定依照赵老的计策，诏令罢兵屯田。

这时却有人提出反对意见，仍旧主张进攻。原来是许广汉与辛武贤。宣帝不忍心打消两人的积极性，便准备双方的建议并用。

于是令两将军率兵出击，与中郎将赵印会师一起进攻。赵印是赵老的长子，有皇上的命令，他不得不从，于是三路齐进。许广汉俘虏羌人四千多名，辛武贤斩杀羌人二千余级，赵印也或杀或降二千余人。只有赵老没有进兵，羌人自愿投降，却得了五千多人。

赵老又进奏，说先零的羌人原有四万人，现在大半投诚，再加上战死万余，还剩下约四千人，羌帅靡忘致书说情愿去攻打杨玉，不必劳我三军，请陛下召回各路兵马。宣帝于是令许广汉等停止进兵。

树大招风

神爵二年五月（宣帝在位第九年复改元神爵，赵老于神爵元年西征），赵老料知羌人快灭亡了，索性请求将屯兵撤回，宣帝同意了，赵老便班师回朝。赵老的故人浩星赐从长安出来迎他，对他说："朝上大臣都说强弩、破羌二将军出击诸羌，斩获甚多，羌人才败亡。现在将军去见皇上，应该归功二将军，表示谦让，才不会遭人猜忌！"

赵老听了叹道："我七十多岁了，爵位已经很高了，何必再要夸功。只是用兵乃国家大事，应该示法后世，老臣何惜余生，不为主上明言利害！如果我死了，更有何人再去奏闻！我但求不负国家，此外顾不上那么多了！"于是见了宣帝直言不讳，当时许广汉已经凯旋，只有辛武贤贪功未回，宣帝听从了赵老的意见，饬令他回守酒泉，并命赵老仍为后将军。

这年秋季，先零酋长杨玉果然被手下杀死，献首级入关，余下的四千多人，由羌人若零弟泽等带着归附了汉朝。宣帝封若零弟泽为王，特在金城设立破羌、允街二县，安置投降的羌人，并设护羌校尉一职，准备选辛武贤季弟辛汤去就任。

赵老正抱病在家，听了这事，带病入朝，说辛汤嗜酒，不能让他去管理羌夷，不如改用辛汤的哥哥临众妥当。宣帝于是让临众担任护羌校尉。不久临众因病卸职回来，朝臣们又举荐辛汤去继任。

辛武贤没有得到重赏，十分痛恨赵老，便想报复他，但苦于无计可施。猛然记起有一次和赵卬闲谈，他说前车骑将军张安世亏得是他父亲私下里推荐，才得到重用。

这本来只是随口侃大山而已，辛武贤这时却当作话柄，劾奏赵卬泄漏机关，又加油添醋说了几句谗言。惹得宣帝很恼怒，禁止赵卬入宫。

赵卬年轻气盛，愤愤地跑到父亲营中，想要禀白。结果情急之下又惹了祸，违反了营中的军规，被有司劾奏，逮捕入狱。赵卬羞怒交加，拔剑自刎，一个年轻的生命就这样没了。

赵老听说儿子枉死，非常心酸，当即上书告老回家，宣帝批准了他，赐他安车驷马、六十金。赵老到了甘露二年病逝，前已被封为营平侯，死后加谥号为壮，子孙可以袭爵。

匈奴汗国消亡之路

在西汉的打击下，匈奴很快衰落，不久又陷入了内乱。出现了五单于争立的局面，后来又分裂为南北两个汗国。鹰派们这时也摩拳擦掌，跃跃欲试，陈汤在他给汉帝的汇报中说了一句千古名言："犯强汉者，虽远必诛！"随同汇报一起递向长安的是北匈奴单于的首级。这是一场结束西汉与匈奴一百多年战争的胜利，匈奴从此踏上消亡之路。

颛渠阏氏的计谋

老将军赵充国征服了西羌，匈奴也闻风生畏，不敢犯边。又值壶衍鞮单于病死了，传位给弟弟虚闾权渠单于。

壶衍鞮单于的妻子是颛渠阏氏，本想着小叔子继立，她可按照匈奴的习俗嫁给他，自己仍旧做阏氏。谁知道小叔子不喜欢她，另立右大将的女儿为大阏氏，竟将她冷落一旁。颛渠不能如愿，心里十分怨恨。

刚好右贤王屠耆堂来拜见新主，颛渠偷偷窥见他状貌雄伟，便设法勾引，将屠耆堂诱入帐中成就好事。接着屠耆堂朝出暮入，两人就像夫妻一般恩爱。

可惜屠耆堂不能久住，缠绵了一两旬，不能不辞别，颛渠依依不舍，含泪与他告别。

过了很长时间，才和他重会，欢娱了几晚，又要分离。颛渠相思成灾，有口难言。

到了宣帝神爵二年五月，虚闾权渠单于按例在龙城要进行盛大的祷祀。屠耆堂当然要来参加，顺便与颛渠续欢。很快祭祀结束了，屠耆堂又要离去，颛渠对他说："现在单于生病了，你可以拖几天再走，说不定还有机会继位呢！"屠耆堂听了很欣喜，于是便留住下来。两人私下密谋，暗暗布置。颛渠的弟弟都隆奇是左大且渠（匈奴官名），颛渠嘱令他做好准备。

单于果然病情日重一日，几天后竟然呜呼了。颛渠立即召入都隆奇，拥立屠耆堂为单于，追杀前单于的弟子亲信，另用自己的人。屠耆堂就是握衍朐鞮单于。颛渠阏氏也名正言顺地做了握衍朐鞮的正室了。

日逐王先贤掸居住在匈奴西部，向来与握衍朐鞮有矛盾，自然不会服从他的命令，于是派遣使者到渠犁和汉将郑吉联络，请求归附。郑吉便率五万西域兵去迎接日逐王，护送到京城。宣帝封他为归德侯，留居长安。又令郑吉为西域都护，让他设立幕府，驻守乌垒城，镇抚西域三十六国，西域从这时起完全归汉，与匈奴断绝了往来。

握衍朐鞮听说日逐王降汉，不禁大怒，立即把他的两个弟弟抓起来斩首。日逐王的姐夫乌禅幕上书求情，他毫不听从。

虚闾权渠的儿子稽侯是乌禅幕的女婿，投奔了岳父，乌禅幕于是与左地贵人拥立稽侯，号为呼韩邪单于。

不久，呼韩邪引兵攻打握衍朐鞮，握衍朐鞮淫暴无道，早就引起众怨，一听说新单于到来，都四散逃跑，握衍朐鞮孤立无援，在逃跑的时候被乱兵杀死。

都隆奇投奔了右贤王，呼韩邪又进驻了以前的王廷，令哥哥呼屠吾斯为左谷蠡王，派人通告右地贵人，叫他们杀死右贤王。右贤王是握衍朐鞮的弟弟，他与都隆奇商定，另立日逐王薄胥堂为屠耆单于，发兵数万攻打呼韩邪单于。

结果呼韩邪单于打了败仗，率众向东逃去，屠耆单于又占据了王廷，让先贤掸的哥哥右奥鞬王与乌籍都尉分别屯住在东方防备呼韩邪单于。刚好西方呼揭王来见屠耆，与屠耆的左右唯犁当户一起谗言构陷右贤王。屠耆不问真假，竟把右贤王处死。右地贵人相继违抗命令，共同申诉右贤王的冤情。屠耆也很后悔，又杀了唯犁当户。呼揭王害怕遭到连坐，立即叛逃而去，自立为呼揭单于，右奥鞬王也自立为车犁单于，乌籍都尉又自立为乌籍单于。匈奴一国中，一下子分出了五个单于，四分五裂，匈奴元气大伤。

雄踞北方的匈奴，自此就衰败了。

首个来华访问的单于

神爵五年，宣帝改元五凤（相传是凤凰来了五次），称为五凤元年。汉廷大臣听说匈奴内乱，争相请宣帝发兵北讨，灭寇复仇。

唯独御史大夫萧望之进言道："春秋时晋国的士匄入侵齐国，听说齐国大丧立即回去了，一直传颂至今。前单于也一心向善，曾乞求和亲，不幸被贼臣所杀，现在我朝如果出兵讨伐，岂不是乘人之危？不如派使人去吊唁，援困救灾，胡人也有人心，一定会感德远来，自愿臣服。这才是怀柔远人的美政呢！"

萧望之表字长倩，兰陵（今山东苍山）人，曾经向著名的经师后苍、夏侯胜等人学习，博学多才，由献策得官，升为谏大夫。不久出任牧守，调任左冯翊，素有清名，宣帝召他入朝担任大鸿胪。

丞相魏相病逝，御史大夫丙吉接替相位，萧望之提升为御史大夫。宣帝因为萧望之精通经术，所以格外尊敬他，言听计从。当下派使者慰问匈奴，但匈奴内乱严重，累得汉使无法完成使命，中道折回。

屠耆单于用都隆奇为将，打败了车犁、乌籍两个单于，两个单于都投奔了呼揭。呼揭愿意拥戴车犁单于，自己与乌籍同去单于名号，联合抵御屠耆单于。屠耆单于率四万骑亲自攻打车犁，车犁单于又战败了。

屠耆正要乘胜追击，没想到呼韩邪单于乘虚攻入屠耆境内。屠耆慌忙返救，被呼韩邪杀得一败涂地，最终惶急自刎。

都隆奇带着屠耆的小儿子姑瞀楼头逃进了汉关。

呼韩邪单于乘胜收降车犁单于，几乎统一了匈奴。但屠耆单于的弟弟休旬王，召集余众自立为闰振单于，呼韩邪的哥哥呼屠吾斯也自立为郅支骨都侯单于，出兵攻杀闰振，转而又攻击呼韩邪。

呼韩邪连年率兵征战，部下已死亡一大半，又与郅支打了几次仗，虽然力退郅支，但精锐部队已经杀伤殆尽。于是听从了左伊秩訾王的计议，率众南下，并派儿子右贤王铢镂渠堂去当质子，请求汉朝援助，再攻打郅支。郅支也怕汉朝帮助呼韩邪，派儿子右大将驹于利受入侍汉廷，请求汉朝不要援助呼韩邪。

甘露三年，匈奴国呼韩邪单于请求朝见汉朝，宣帝让群臣会议接受呼韩邪朝见的礼节。

大臣们都说应该按照诸侯王的待遇，位次在诸侯王下。唯独萧望之说应该用客礼接待，位次在诸侯王之上。宣帝有意怀柔，于是听从了萧望之的话，到甘泉宫接受朝见。先到郊外祀泰畤，然后入宫来到殿上，传召呼韩邪单于觐见，让他坐在一旁，丰厚地赏赐他。

等单于谢恩退出后，又派官员陪他去长平下榻。翌日宣帝亲自到长平看望呼韩邪，呼韩邪上前接驾，赞礼官传谕免礼，允许单于的随行官员来拜见宣帝，从长平坂到渭桥络绎不绝，高呼万岁。

呼韩邪在长安住了一个多月，才准备回塞外。呼韩邪请求居住在光禄塞下（是光禄勋徐自为筑的城），可借受降城为屏障，宣帝批准他的请求。于是命卫尉董忠等率万骑护送呼韩邪出境，并让董忠部队屯驻在受降城，保卫呼韩邪，并且输送粮食接济他。呼韩邪非常感念汉朝恩惠，一心臣服。

西域各国听说匈奴归附了汉朝，都很震慑于汉朝威名，更加恭敬了。

郅支单于也怕呼韩邪受了汉朝的援助而入侵，远徙到坚昆居住，距离匈奴故廷大约七千里地。逢年过节，也派使臣到汉朝朝见。

陈汤矫诏奋击匈奴

郅支单于徙居坚昆后，怨恨汉廷拥护呼韩邪单于，而不肯助他，拘辱汉使江僑始等人，又派使者求回质子驹于利受。元帝特派卫司马谷吉送他回国，结果谷吉被郅支杀死。

郅支知道自己负汉，又听说呼韩邪势力越来越强，怕遭到袭击。便想再迁徙到其他地方，刚好康居国派使者请郅支与他合兵，一起攻打乌孙，郅支很乐意地答应了，于是领兵去了康居。

康居王将自己的女儿嫁给郅支，郅支也把女儿嫁给康居王，两人互为翁婿。两人结为姻亲后，联兵进攻乌孙。兵锋直指赤谷城（今吉尔吉斯斯坦伊什提克）下，掠得许多人畜才回师。乌孙不敢追击，把康居西部的地方弃作荒地，所有的居民一律东徙。

郅支打了胜仗后变得非常骄狂，他蔑视康居，凌虐康居王的女儿。康居王的女儿不肯服气，惹恼了郅支，竟然被他拔刀砍死了。

郅支自己到都赖水滨役使人民筑城，役夫稍有懈怠，便被截斩手足，或扔到水里淹死。两年多才得完工，郅支入城居住，据险自固。

郅支几次派使者分头到大宛诸国征求岁贡。大宛国怕他强暴，只好依从他。汉廷还以为谷吉未死，派使者去探问，才知道谷吉早就被杀。又派人索要遗体，郅支不给，反而将汉使拘留了。

他又去求西域都护，说是居住在偏远困厄的地方，情愿归附大汉，派儿子入侍。其实是缓兵之计。西域都护郑吉已经告老还乡，元帝于是派甘延寿和陈汤两人去镇守乌垒城（今新疆轮台东）。甘延寿字君况，北地郅郁（今甘肃庆城县）人。陈汤字子公，山阳瑕邱（今山东兖州北）人。

陈汤年少时喜欢读书，博学而且文采好。因家贫四处向人借贷，没有节制，乡里人都瞧不起他。西行到首都长安求官，任太官献食丞。几年中，富平侯张勃与他交往，欣赏他的才能。初元二年（公元前 47 年），元帝下诏诸侯举荐茂才，张勃便举荐了陈汤。在等待安排职位期间，陈汤的父亲突然去世，由于求仕心切，陈汤没有回去奔丧，司隶检举他人品不行。张勃也因为举荐不实受到牵连，削夺二百户。不久张勃去世，赐谥号缪侯。陈汤下狱论罪。过了很久，他被任命为西域都护府副校尉，与西域都护甘延寿一起赴西域。

陈汤为人沉勇，很有谋略，擅长以奇谋立功。每次经过城镇山川，总要登高远望侦察地形。担任西域都护府副校尉后和甘延寿商议说："夷狄畏服强大者，这是他们的本性。西域原本属于匈奴人，现在郅支单于威名远播，侵略欺凌乌孙、大宛国，并常常打康居的主意，想要降服他。几年后，西域诸国就都危险了。况且匈奴人剽悍好战，多次取胜，如果长期纵容他，一定会成为西域之患。郅支单于虽然远在绝域，他没有坚固的城池和强劲的弓弩守卫，如果我们征发屯田的兵士，驱使乌孙士兵，直捣他们的城下，他要逃跑却没有去处，死守则不足以自保，我们可在今日建立千载功业了。"

甘延寿也认为他说得对，想向朝廷奏报这件事。陈汤说："朝廷和公卿商议，大策不是凡人的见解所能理解的，他们一定不允许。"甘延寿态度犹豫，并不听他的建议。正巧赶上甘延寿生病，而这一病病了很长时间，此事便被搁置起来。

陈汤独自假传圣旨征调各国军队和车师戊己校尉屯田士卒。甘延寿听说了这件事，从榻上一惊而起想要阻止他。陈汤大怒，拔剑叱责他说："士卒们已经集合了，你小子想扰乱军心吗？"甘延寿只好听从他，部署安排行军的事宜，更增添了扬威、白虎、合骑的人马，汉军、胡兵共四万多人。甘延寿、陈汤上奏章自我弹劾假传圣旨之罪，并陈述发兵的情形。

两人立即带领军队分道进发，从北路进入赤谷，经过乌孙，进入康居东界，传令军队严守军纪，不许抢掠。又召见康居的贵族屠墨，以威信晓谕他，和他歃血为盟，因此详细了解了郅支的情况。

进军到郅支城都赖水上，离城三里，郅支率一百多名骑兵冲杀过来。各营都张弩待发指向他们，郅支骑兵一见要吃大亏，连忙退却。接着又派兵射击城门的骑兵和步兵，骑兵、步兵立即退入城内。

甘延寿、陈汤命令军队听到鼓声就逼近城下，四面围城，各守一处，挖堑壕，堵塞门窗，盾牌在前，弓箭长戟在后，仰射城中及城楼上的人。一时箭雨像是黑色的蜂群一般飞入城中，城楼上的人都向下逃跑。土城的外面有木城，在木城中射箭，杀伤不少城外的人。城外面的人用准备好的木材烧毁木城，一时浓烟四起，火光冲天。

夜晚，几百骑兵想要突围，一波箭雨迎面射来，骑兵纷纷跌落马下，全被射死。天刚放亮，四面燃起大火，兵士们大喜，大声叫喊，铜钲战鼓声惊天动地。汉兵趁机放起火来，士兵们争着攻进城池，郅支单于负伤死去。呼韩邪单于看到郅支已经被杀，又喜又惊，磕头投降，愿意替汉朝守卫北部边疆，世代臣服。

甘延寿与陈汤已经上书自劾矫诏发兵的事，自己先承认了错误，此时又将郅支首级献入长安，请求悬首于藁街，威示蛮夷。藁街是长安市名，各国使馆都在这里。

建立奇功封赏难

石显听说甘延寿胜利立功，很是失意。他先让丞相匡衡奏请说时值春令，应该掩埋骸骨，不宜悬首示众。

但车骑将军许嘉和右将军王商奏称现在郅支叛逆被诛，正该悬示十日才可埋葬。元帝下诏从两将军议。

匡衡见元帝没有听从自己的意见，又与石显密商，同劾甘延寿、陈汤矫诏兴兵，功难抵罪；而且陈汤私取财物，应该立即查办。

元帝于是令司隶校尉飞赴塞上，命令官员点验陈汤手下官兵。陈汤上书自己诉讼，说他与手下官兵一起诛杀了郅支，万里回朝，应该有使臣迎接慰劳。现在听说司隶校尉反而令地方官点验，实在是为郅支报仇，令人不解。

元帝得书后便收回成命，命令沿途县吏准备丰盛的酒食，供给西征回来的军士。

全师凯旋，论功行赏时，石显和匡衡又先后上奏，说甘延寿和陈汤擅自兴兵，不诛他已是万幸，如果还加封爵士，将来有人出使，都要到别国去侥幸冒险，惹是生非，这个头断不可开，免得给国家留下后患。

元帝本来是想加封二人，但因为有石显和匡衡的阻拦，一时踌躇不决，内外重臣也不好违议，所以加封二人的事拖了很长时间。

这时刘更生已改名为刘向，他上书请封甘陈二人，大概说：

“郅支单于囚杀使者，损毁大汉威严，群臣都很忧患。陛下一直想诛杀他。西域都护甘延寿和副校尉陈汤，秉承圣旨，召集西域各国兵力，进入绝域出生入死，斩了郅支首级，洗刷谷吉的耻辱，功劳难道不大吗？臣听说论大功不录小过，举大美不疵细瑕。请及时封赏功臣，不要穷究过失，这是国家大幸！”

这书呈入，元帝有词可借，才封甘延寿为义成侯，升为长水校尉；封陈汤为关内侯，升为射声校尉。同时到郊庙祭祀，大赦天下，群臣都置酒上寿，庆贺了好几天。

故建平侯杜延年的儿子杜钦乘机上书，追述冯奉世以前攻破莎车的功绩，与甘陈二人相同，也应该补封侯爵，不没功臣。元帝因为冯奉世已去世，而且攻破莎车是先帝时候的事，因此将杜钦的建议搁置不提。

后来，呼韩邪单于向汉朝请求和亲，汉朝应允并派王昭君远嫁匈奴。由于王昭君的作用，保持了匈奴和汉朝之间近半个世纪的和平相处。

公元48年，统管匈奴南八部的呼韩邪单于之孙——右日逐王自立为单于，仍以呼韩邪为号，效法祖宗归附中原，他率部南迁，归降汉朝。东汉政府封他为南单于。从此，留在中国境内的匈奴分裂为南北两部。东汉政府打击实力较强的北匈奴，使得北匈奴不得不全面退守漠北和西域北部一带。北匈奴内部出现了极大的矛盾，但仍屡犯汉境，后来自然灾害让北匈奴日益困窘。汉朝立刻与南匈奴等联兵出击北匈奴。北匈奴受到两面夹击，接连大败，数十万人降汉。至此，北匈奴政权全面瓦解，余部向西越过中亚迁往欧洲，一路征伐，势力越来越大。公元五世纪左右，匈奴渡过多瑙河，几乎灭亡东罗马和西罗马。被称为“上帝之鞭”的阿提拉建立了匈牙利国，东西罗马向他纳贡。在匈奴向西迁移的过程中，溶入大量欧洲人的血统，逐渐失去了其亚洲人的特性。

漠北地区被西进的鲜卑族占据，而留在草原东部的匈奴尚有十余万人。他们归顺了鲜卑，成为鲜卑族中的一个部落。东汉初期，厌倦了征战的刘秀废除北疆的一些郡治，把人民内徙。胡人又取得其失去的土地，逐渐恢复其势力，为后来的五胡之乱种下了远因。

作为塞外曾经最大最强的族群，匈奴的消亡，有诸多原因，但没有创造属于自己的文明却是不容忽视的硬伤，匈奴甚至没有创立自己的文字，匈奴人的智慧始终处于口耳相传的阶段。强大的武力可以夺取政权，统一国家，但却不能让政权长久，这就注定了匈奴早晚会走上覆灭之路。

段会宗诱杀番邱

乌孙国大昆弥星靡传位给儿子雌栗靡，不久却被小昆弥末振将派人刺死。末振将是乌就屠的孙子，他怕被大昆弥并吞，所以先下手为强。

这时汉廷皇帝已是汉成帝，他接到西域都尉段会宗的塞外飞书，报称乌孙小昆弥安犁靡叛命来进攻，请速发兵援应。于是立即派中郎将段会宗出使乌孙，册立雌栗靡的季父伊秩靡为大昆弥。然后又讨论发兵讨伐末振将的事情。部队还没有出发，段会宗却回朝报告说伊秩靡已经暗派翎侯难栖诱杀了末振将。成帝以为末振将虽然死了，但他子嗣尚存，终为后患，于是又命段会宗为西域都尉，嘱咐他发动戊巳校尉，和各国兵马会讨末振将的子嗣。

段会宗领命调集兵马，来至乌孙境内，听说末振将哥哥的儿子安犁靡继立小昆弥，又探知末振将的儿子番邱虽然没有继位，但仍为贵官。他想如果自己率兵进攻，安犁靡与番邱一定会联合抵抗，不如诱杀番邱，免得白费兵力。计议已定，便让部队停下驻扎，自己率领三十骑急进，派人去召番邱。

番邱问明来使，听说西域都尉只带了三十多个骑兵来，不足为患，便也带几个人去了。

没想到，刚到帐中，段会宗就喝令手下把他捆起来，让他跪听诏书，诏书上讲末振将擅杀汉公主子孙，应该诛杀；番邱为末振将儿子，不能逃罪。读完便拔剑出鞘，把番邱给杀了。

番邱的随从忙去向小昆弥报告，安犁靡立即率数千骑来攻打段会宗。段会宗怕孤军深入，导致失利，于是飞书请援。

成帝忙召王凤商议，王凤想起一个人来，便荐举了他。

这人就是前射声校尉陈汤。陈汤与甘延寿西域建功后，仅得赐爵关内侯，感到赏不符功，很委屈。甘延寿由长水校尉调任护军都尉，不久病殁。成帝继位后，丞相匡衡又劾奏陈汤盗取康居财物，不应该得官，于是陈汤被免官。康居曾遣子入侍，陈汤又上书说康居的侍子不是真王子，是个冒牌货。后来经过调查，王子是"行货"，陈汤又涉嫌诬陷而下狱论死。还是太常丞谷永替他说情，才得以贷罪出狱。但关内侯爵被夺，降为士卒。

王凤因陈汤熟悉外事，请成帝召他问计。成帝立即宣陈汤入朝。

陈汤征讨郅支时，两臂受了风湿，得了关节炎，不能屈伸，成帝特别加恩，让他免拜。陈汤谢恩后侍立在殿上，成帝便将段会宗的原奏取出来给他看。

陈汤看完了，把奏折呈上，推辞道："朝中贤才很多，小臣没资格参与议论！"

成帝和声道："现在国家有急，召你来商讨，你不要推辞！"

陈汤见无法推脱，便说道："依愚臣所料，应该确保无忧。"

成帝问为什么。陈汤解释道："胡人虽强悍，但兵器不利，我们一个将士可当三个胡人。现在段会宗有那么多兵马，怎么会不能抵御乌孙？何况远道发兵，救援也来不及，臣料段会宗的意思，也不是要朝廷出兵救急，实在想大举报仇，才会上这个奏章，请陛下不要担心！"

成帝道："据你说，段会宗一定不会被围，就是被围住了，也容易突围了？"

陈汤果断地说："不出五日，当有吉音。"

成帝听了将信将疑，命王凤暂停发兵，陈汤也告退了。

果然到了第四天，接到段会宗军报：小昆弥已经退去。

原来小昆弥安犁靡进攻段会宗，段会宗并不着慌，在阵中对他喊道："小昆弥听着！我奉朝廷之命，来征讨末振将，末振将虽死，他儿子番邱也应该坐罪，与你无干。你现在敢来围攻我，就是我被杀死了，也不过九牛一毛，汉朝必发大军征讨你。从前宛王与郅支，悬首藁街，我想你应该早听说了，何必自蹈覆辙呢？"

安犁靡听了，也很心惊，但还不肯立即屈服，道："末振将辜负汉朝，汉朝加罪番邱，为何不预先告诉我？"

段会宗道："我若预告昆弥，他万一听到风声逃跑，怕昆弥也将坐罪；何况昆弥与番邱是亲属，我让你捕交番邱，你一定不忍心，所以我不便预告，免得让昆弥为难。昆弥还不体谅我的苦衷吗？"

安犁靡无词可驳，只好洒泪退兵。

段会宗携着番邱首级回朝复命，成帝赐爵关内侯，并赏百金。王凤因陈汤料事准确，也格外器重他，特奏他为从事中郎，引入幕府参议军谋。后来陈汤又因受赂得罪，免为庶人，病死在长安。

唯独段会宗又出使镇抚西域，后来在乌孙国中逝世，享年七十五岁。西域诸国都为他发丧立祠。

10 车厢

汉 都 孤 儿

36. 英年早逝的聪明小皇帝

汉武帝末年，由于长时期的兴师征战和严刑峻法，阶级矛盾日益尖锐，民怨沸腾。武帝死后，昭帝、宣帝相继当政，统治集团主要采取了轻徭薄赋、重视吏治、平理刑狱等政策和措施，使一度动荡的西汉王朝又稳定下来，史称“昭宣中兴”。两位明君年幼时都有一个相同的特殊身份：孤儿。我认为，西汉王朝的中兴，与两个帝王的苦难童年有一定的内在联系，因此本车厢命名为“汉都孤儿”。

讲这两个孤儿的故事，必须从他们的“监理人”霍光说起。

政事一决于光

元狩四年（公元前119年），骠骑将军霍去病领军从代郡出击匈奴，路过河东时，寻访生父，见到了生父霍仲孺和后母所生的儿子霍光，十一岁的霍光聪明可爱，很得哥哥喜爱，霍去病便把他带到了长安。

刚从平阳返回长安，霍去病便保举霍光在宫廷里当了郎官。所谓郎官，实际上是一种泛称。光禄勋（九卿之一，主管宫廷内的警卫事务，但是实际上往往作为智囊参与谋议）属下的议郎、中郎、侍郎、郎中等等都统称为“郎”。不久，霍光又由郎官升迁为诸曹（即左右曹，负责内廷的机要秘书工作）的侍中。霍去病去世以后，武帝十分痛心怀念，考虑到霍光是他的同父弟弟，便升迁其为奉车都尉（光禄勋的属官，掌皇帝乘舆）及光禄大夫（光禄勋的属官，掌议论）。霍光也很争气，工作非常努力。《汉书·霍光金日磾传》说他“出则奉车，入侍左右，出入禁闼二十余年，小心谨慎，未尝有过”，霍光出行时为武帝奉车，在宫里则随侍左右，小心谨慎，从来没有出过差错，品行端正，深得汉武帝信任和赏识，最终成为托孤集团之首。

《汉书》记载："光为人沉静详审，长财七尺三寸，白皙，疏眉目，美须髯。”意思是说，霍光沉稳细致，身高七尺三寸（大约为一米八），肤白眉疏，蓄着一副美髯，是个性格稳重的帅哥。在许多史家眼里，霍光的“端正”应是他最大的优点之一。《汉书》等众多史书都有记载：霍光每次出入殿门，止步、前进都有固定的落脚之处，时间久了，不免引起在殿中值班人员的注意，于是有好事者在霍光日常的止进之处暗中做下标记，到了霍光入殿的时候留心观察，果然丝毫不差。班固在《汉书》里感慨说“其资性端正如此”。当然，也有人把它作为霍光“工于心计”的佐证。

八岁的太子刘弗陵即位，史称昭帝，由于年幼，不能亲政，霍光与金日磾、上官桀、桑弘羊四人共辅国政。史书记载：政事一决于光。从此，霍光掌握了汉朝的最高权力。当时有一个右将军叫王莽（与后来篡汉的王莽非同一人），他有个儿子叫王忽，任侍中，怀疑武帝遗诏可能有假，他说：“帝崩，忽常在左右，安得遗诏封三子事？”霍光因此深责王莽，逼他毒死了儿子。

霍光是顾命大臣的首领，兼职尚书，他责任心很强，昭帝刚刚即位，为了防止不测，他朝夕住在宫中，随时看护昭帝，他一个人忙不过来，交给其他宫奴又不放心，于是经过考虑，又把昭帝的大姐鄂邑公主召进宫来照顾昭帝。鄂邑公主是盖侯王充的妻子，王充病逝后，她一直寡居，家中有儿子王文信，进宫后她被加封为盖长公主，昭帝琐碎的生活小事就交给她来管。

一天半夜，有人报告说殿中有鬼，霍光和衣而睡，一听报告马上起来，第一件事便召尚符玺郎（掌管玉玺的官），跟他要玉玺，见他手中拿着玉玺，便想去夺，那郎官竟然按住佩剑说："臣头可断，玉玺绝不能交！"

霍光释然道："你能守住玉玺，还有什么好说的！我是怕玉玺落入人手，并不是要硬抢。"

郎官说："这是臣职责所系，宁死也不能私交出去。"说完便退下了。

霍光便传令殿中卫兵，不得瞎叫，违命者斩。此令一出，再也没有什么异事发生，一直到天亮都安静如常。

当天便由霍光下诏提高尚符玺郎俸禄二等。大臣们都服霍光办事公正。

霍光追尊钩弋夫人为皇太后，给先帝谥号为孝武皇帝，大赦天下。

公元前 86 年，金日磾得了重病。武帝遗诏封金日磾为秺侯，金日磾因为新帝年幼，推辞不受，这时霍光忙让昭帝给他封侯，金日磾躺在床上受了印授，第二天便去世了。他有两个儿子金赏、金建，和昭帝年纪相仿，都是八九岁的样子。两人从小就在宫中当差，金赏做着以前霍光做过的奉车都尉，金建则做了父亲以前做过的驸马都尉，两人都在昭帝身边做侍中，是昭帝很好的小伙伴，兄弟俩很得昭帝宠信。金赏后来嗣父爵为侯，佩带两绶。昭帝看兄弟俩一个两绶，一个一绶，心里就想为金建做点事，于是就对霍光说："金氏两兄弟不能都佩两绶吗？"霍光说："只有一人能继承父爵，其他的按例不能封侯。"

昭帝笑着说："要给他封侯，还不是凭我和将军一句话！"

霍光正色说："先帝有约，无功不得封侯。"昭帝这才罢休。

这件事情传开去之后，大家都说霍光正直有原则。本来，霍光和金日磾都为托孤大臣，金日磾在世时和霍光关系也还好（至少表面上看来是这样），而且，这次是皇帝亲自开的尊口，按理霍光怎样也得给面子，可是他却拒绝了，一点也不徇私。

武帝遗诏还封霍光为博陆侯，上官桀为安阳侯。

此时，辅政大臣就只有霍光、上官桀和桑弘羊三人了。有句俗话说：一个好汉三个帮。这三人应该精心辅佐年幼的昭帝，然而没想到三人为了夺取权力，展开了秘密斗争。

反霍集团

这个“反霍集团”，顾名思义就是反对并想扳倒霍光的联盟。其成员起先并不是有组织的，而是来自各个不同的利益阶层的个体，在一些偶然的机会下，为了共同的目的聚到了一起，他们的主要成员有上官桀、上官安父子，御史大夫桑弘羊，燕王刘旦，盖长公主等人。他们是怎么走到一起的呢？

燕王谋反案

武帝共生了七个儿子，除长子刘据外，还有齐王刘闳，燕王刘旦，昌邑王刘髆，刘弗陵，广陵王刘胥等。刘旦、刘胥和刘闳同时封王，刘闳英年早逝。

两个哥哥都没了，燕王旦想继位当太子，曾上书请求入宫当宿卫，窥探武帝的意思，结果武帝不同意。刘旦虽然聪慧博学，但性情倨傲。昭帝即位后，颁示玺书给诸侯王通报大丧，刘旦看了玺书后，知道武帝凶耗，他却一点也不悲恸，反而对左右说：“这玺书的封函太小了，恐怕难以尽信，难道朝廷有什么变端吗？”

他又派心腹寿西和孙纵之去长安探问情况，得到回报说主上在五柞宫驾崩，诸将军共立刘弗陵为帝，奉葬时没有出灵。

燕王又派中大夫入都上书，请各郡国立武帝庙。霍光知道他心怀异志，没有批复，但传诏嘉勉了他，并赐钱三千万，加封一万三千户，同时盖长公主和广陵王刘胥也和他一样加封，免得露出形迹。

刘旦毫不领情，说：“我按次序应该嗣立当天子，还需要别人颁赐吗？”当下与中山王的儿子刘长（中山王是景帝儿子刘胜的长子）、齐孝王将闾的孙子刘泽串通谋变，诈称之前受到武帝诏命，让他们修武备以防不测，郎中成轸更劝刘旦从速起兵。

刘旦在国中发了动员令，又作檄文传布四方，召集了许多不法分子，同时杀了十五个谏阻的人，铸造兵器，训练士兵，热火朝天地进行起事准备。

正在这时，刘泽在去齐国的路上被青州刺史隽不疑抓住了。

隽不疑并不知道刘泽谋反的事情，是缾侯刘成（淄川端王刘建的儿子）得到消息，立即告知隽不疑。隽不疑忙派吏役四处搜捕，把刘泽抓到青州狱中。

朝廷接到报告后，立即派人来调查，经过严加审讯，事情很快水落石出，刘泽伏法。刘旦应该连坐，但因昭帝新立，不宜骤然杀掉亲哥哥，于是刘旦谢罪便完事了。然而刘旦没有登上帝位，满怀怨气。总理朝政的霍光也就成了他的眼中钉。

隽不疑被提升为京兆尹，加封六成食邑。

亲家翁翻脸

时光匆匆，列车也行驶到始元四年，昭帝已经十二岁了。上官桀的儿子名叫上官安，娶霍光女儿为妻，生了一个女儿，这年六岁。

上官桀想让女儿入宫，希望她能当上皇后，便去求霍光，霍光却说外孙女年龄太小了，不合适入宫。

上官桀本来就是一个虚伪势力的人，他是上邦（今甘肃天水）人，由羽林期门郎调任未央厩令，武帝经常去御厩看马，上官桀格外留意，勤力喂养。后来武帝生病，好几天不到御厩中去，上官桀便怠慢下来。没想到武帝病稍好，就来看马，见马儿都瘦了，便怒骂上官桀道："你以为我再也不来看马了吗？"

上官桀慌忙下跪磕头道："臣闻陛下圣体不安，日夜忧虑，所以无心喂马，望陛下恕罪。"

武帝听了，便认为他忠诚可靠，不但将他免罪，还提升他为骑都尉，等到捕获马通兄弟，又因为有功提升他为太仆。

当初霍光的长女嫁给了上官桀的儿子上官安，二人结为儿女亲家，这不过是二人利益平衡的筹码，只有权力才是最亲的。上官父子二人对霍光首席辅政的地位觊觎很久了。于是他们合计着把上官安的女儿嫁给皇帝，先封为婕妤，不久再封为皇后。这样上官安就是国舅了。

霍光自然知道他这个亲家内心深处的想法，所以不同意。上官桀并不死心，他又跑到盖侯王文信的门客丁外人家，去找丁外人帮忙。

丁外人是河间人，小有才智，还是个帅哥。王文信把他招到幕下当门客，没想到被寡居在家的盖长公主看中了，百般勾引之下，生性狡猾的丁外人自然拜倒在盖长公主的石榴裙下。盖长公主入宫伴驾后，两人不能见面，日子一长，盖长公主寂寞难耐，便托词回家，与他相会，夜里也不回宫。有人把这件事悄悄告诉霍光，霍光派人秘密查实了这件事，自思奸情事小，伴驾事大，索性叫丁外人进宫担任宿卫，让长公主安心照顾昭帝。前面讲了，那时人的思想是很开放的。

上官安得知这件事，便特意拜访丁外人，想托他转请公主帮忙，丁外人满口答应下来。盖长公主本来想将周阳侯赵兼(赵兼是淮南王的舅舅)的女儿嫁给昭帝，这次为了情夫的关照，情愿舍己从人，召上官安的女儿入宫，封为婕妤，不久立为皇后。

霍光对于宫内的事不便固争，再说终究是自己的外甥女当皇后，也是一件好事。

上官安也得到了提升，拜为车骑将军，他为了感谢丁外人，想替他营谋个侯爵，于是每次进见霍光的时候，都说丁外人好话，说他勤勉恭谨，可以封为侯。霍光认为这件事违例，始终不同意。

上官安便去转求自己的父亲上官桀，上官桀和霍光平时关系很好，霍光休假回家，上官桀便代他处理公务。但这次为了丁外人的事，上官桀亲自找霍光，霍光也不答应。

上官桀于是降格相求，请授丁外人为光禄大人，霍光愤然说："丁外人无功无德，怎么能够封他官爵？请不要再提了。"

上官桀父子从此和霍光便有了矛盾，盖长公主知道这件事后，也怨霍光不肯通融。霍光内外树敌，只是他自己还不知道，仍旧按照自己的意思去做事。

反霍集团形成

霍光非常器重文人，刚好谏大夫杜延年请求施行文帝的节约宽和的政策，霍光便令各郡国访查民间疾苦，举荐贤良文士，共商国家大事。

这时便有一班名士儒生前来请愿，请求罢免盐铁酒榷的均输官。

这原是御史大夫桑弘羊一手抓起来的工作，他自然坚持自己原先的想法，说是补充边防经费，增加国家财政收入，全靠这个政策，霍光却决定采纳下面众人的意见。于是，均输官被撤销了，减少了很多徭役，百姓都很高兴。而桑弘羊的子弟都失业了，想另谋其他位置，又被霍光从旁掣肘，他们与霍光也有了矛盾。

昭帝忽然下诏封上官安为秦乐侯，食邑一千五百户，都没和霍光商量。霍光念上官安是小皇后的父亲，也算是常例，于是也不反对。

上官安却由此自高自大起来，有时入宫侍宴，回来后就向门客炫耀。

不久有个太医监充国无故入殿，被抓了起来，充国与上官安的外公交情好，上官安外公便来营救充国，向上官安父子求情。

上官桀便去找霍光，请他赦免充国，霍光不同意。后来廷尉判充国死罪，上官桀只好去求盖长公主想办法，盖长公主替充国献马二十匹，帮他赎罪免死。于是上官桀父子更加感激长公主，而与霍光仇怨更深了。

上官桀想到自己从前的职位并不亚于霍光，现在父子都是将军，孙女也是皇后，全家声势煊赫，偏事事都被霍光所制，心里很郁闷，于是便想联合那些对霍光有意见的官员，设法把霍光除去。

上官桀便和对霍光不满的桑弘羊、刘旦两人联络上了，再加上盖长公主作为内援，里应外合，不怕霍光不入套。

少年天子聪明郎

列车驶入元凤元年，昭帝已经十四岁。

慧眼识伪书

适逢霍光去广明校阅羽林军，上官桀与桑弘羊密谋，想趁这个机会下手。一番计划，由桑弘羊假冒燕王写了一封伪书，劾奏霍光的过失，刚准备呈上去，不料霍光已经回来，只好拖了几天，等霍光回家休假，便把书呈了上去。

昭帝接了奏牍，只见署着燕王刘旦的大名，上面写着两条罪状：

一是霍光出都校阅羽林军，路上都用皇帝的仪仗；二是苏武出使匈奴被截留二十年，持节回国，忠义过人，却只封了个典属国；而大将军长史毫无功劳却被授为搜粟都尉；还擅调幕府校尉，独断专行，图谋不轨。

"燕王"又说他愿意"归还符玺，入宫宿卫，密查奸臣变故，免生不测"。

昭帝看了又看，想了又想，最终把来书搁置一边，并不颁发出去。

上官桀盼了又盼，等了又等，半天不见动静，便自己去探问昭帝，昭帝笑而不答。

翌日，霍光得知燕王上书弹劾他，也很害怕，想了想还是到殿西画室中等待消息。画室中悬着《周公负扆辅成王朝诸侯图》，霍光选择来这里候旨，也是有深意的。

不一会儿昭帝临朝，环视一周，唯独没有看到霍光，便问大将军在哪里。上官桀忙奏道："大将军被燕王弹劾，不能前来！"

昭帝命人去召入霍光，霍光来到昭帝御座前跪伏，脱冠谢罪，只听昭帝淡定地说："将军尽可戴冠，朕知将军无罪。"

霍光简直不敢相信自己的耳朵，又惊又喜，抬头问道："陛下怎知臣无罪？"

昭帝说："其一，将军到广明校阅，往返不到十日，燕王远在蓟地，怎么会知道？其二，将军如有异谋，何必用到校尉？这明明是有人想陷害将军而伪造的书，朕虽年少，还不至于愚蠢到这个地步。"群臣听了，都没料到幼主如此少年老成，明察秋毫，都十分佩服。

只有上官桀与桑弘羊二人心怀鬼胎，非常惊慌。

昭帝又命查究上书的人，几天都没有查获，昭帝连日催索，上官桀便对昭帝说："此乃小事，不足穷究。"

昭帝不听，仍然严诏要求捉拿上书人，而且感到上官桀不太对劲，与他们疏远起来。

狐狸尾巴夹不住

上官桀很是忧虑，又让内侍说霍光的罪状，昭帝怒道："大将军是当今忠臣,先帝嘱托他辅朕,如果再敢妄说是非,便当处斩！"内侍碰了钉子，再也不敢说了。

上官桀恶向胆边生，索性想出一条毒计，与儿子上官安密谋，准备先杀霍光，再废昭帝，然后诱燕王入都，把他刺杀，最后自己当皇帝。计议已定，便去告知盖长公主，只说要杀霍光，废昭帝，迎立燕王。一面让盖长公主宴请霍光，伏兵行刺，一面派人通报燕王，叫他准备入都。

燕王大喜过望，忙回书说一定如约，事成后封上官桀为王，共享富贵。

燕相平谏阻道："大王之前与刘泽联络，刘泽这个人爱夸耀，又喜欢侮辱人，所以还没行动就被发觉，动机就泄露了。现在左将军上官桀性格也很轻浮，上官安年少骄恣，臣怕他与刘泽一样不可靠，就是侥幸成事了，也会背叛大王，请大王三思！"

刘旦哈哈大笑："我是先帝的长子，天下人都知道，你怎么会担心他会反叛我呢？"燕相于是无言而退。刘旦便向手下大臣们说明情况，布置分工，让他们各自去准备。

宫中，盖长公主设下酒宴，准备邀请霍光饮酒，上官桀父子则在府上坐等成功的消息。

忽然丞相府上的征事来进见，说是丞相请左将军去议事。上官桀不知何事，略感诧异地跟着属吏乘车走了。过了一会儿，丞相少史王寿也派人来接上官安，说是有事要和他商量，上官安便也乘车去了。

父子两人这一去不是议其他事，正是为了两人的阴谋而买单去了。

原来盖长公主有一个舍人的父亲燕苍从前是稻田使者，现在卸职在家，舍人得知阴谋后便回家告诉他父亲，燕苍又去告诉他的老上级搜粟都尉杨敞。

杨敞字君平，西汉弘农华阴（今陕西华阴东）人，娶司马迁女儿司马英为妻。昭帝时，在大将军霍光幕府担任军司马职务，深得霍光厚爱，官升至大司农。但他生性胆小怕事，听说上官桀谋反的事不敢上奏，于是上书称病闲避。

燕苍只得又去向谏大夫杜延年报告。杜延年于是向霍光报告，霍光立即告诉昭帝。昭帝则密令丞相田千秋（即车千秋）迅速抓捕逆党。

上官桀父子很快被斩，随后，桑弘羊也束手就擒，人头落地。

盖长公主闻变自杀，丁外人也被捕杀。

苏武的儿子苏元也参加了逆谋，连累苏武也被免官，上官桀的党羽于是全部被捕杀，连燕使孙纵之也被捕入狱。

消息很快从长安传到燕地。燕王得到急报，忙召燕相商讨，还想发兵，燕相平摇头说："左将军已死，没有内应，天下都知道逆情，再要发兵，恐怕大王家族都难保了！"

燕王也觉得无济于事，于是在万载宫设宴，召集群臣和妃妾共饮。不久，朝使来了，把皇帝的玺书交给燕王，燕王展开一看，里面多是诘责之词，最后还责问他有何面目再去高庙见列祖列宗。

燕王随后用绶带自缢，妃妾有二十几个和他一起死了。

朝使返报朝廷，昭帝赐燕王谥号为刺王，赦免他的儿子，废为庶人，削国为郡。盖长公主的儿子王文信也被撤销封侯。只有上官皇后没有参与，并且是霍光的外孙女，所以免议。

昭帝封杜延年、燕苍、任宫、王寿为列侯。

杨敞身为列卿，没有立即发告，无功可言，所以不得加封。

另拜张安世为右将军，杜延年为长仆，王䜣为御史大夫。值得一提的是张安世是张汤之子，杜延年是杜周的儿子，父为酷吏，子作名臣，也算是一段佳话了。

史称："汉昭帝年十四，能察霍光之忠，知燕王上书之诈，诛桑弘羊、上官桀，后世称其明，""高祖、文、景俱不如也。"

一场政变及时避免，霍光成为朝中唯一首要，"威震海内"。

昭帝暴毙之谜

元凤四年，昭帝十八岁，举行了冠礼，文武百官都来道贺，只有丞相田千秋因患重病而没有来。冠礼后不久田千秋便逝世了，谥号为定侯。田千秋任丞相十二年，持重老成，是一位良相，昭帝因为他年老，赐他乘小车入朝，当时人称“车丞相”。继任相位的是御史大夫王䜣，他从邑令起家，一步步升到丞相，受封为宜春侯，但只当了一年丞相便病终了。搜粟都尉杨敞步步紧跟王䜣，先接任御史大夫，又继任丞相，他庸弱无能，只是做人做事非常谨慎，好在国家大政都由霍光主持，所以他能从容坦然地享受太平岁月。

元凤七年，改元为始平元年，下诏减免“口赋”十分之三，宽养民力。汉初定下的制度，国民十五岁以上，每年要纳税一百二十钱，到了武帝时，因国用不足，规定国民七岁便要交纳二十三钱，到十五岁时，按照原制纳税，称为口赋。昭帝即位后，在霍光辅佐下，昭帝继承武帝末年的富民政策，对内则仁政爱民，节省财力，轻徭薄赋，与民休息，对外则与匈奴和亲。国库又渐渐充裕起来。昭帝之世，“百姓充实，四夷宾服”。

如果老天爷让昭帝多活几年，他或许会成为建立旷世功业的一代明君，他的事迹也不会翻遍史书只有那么寥寥几句。

可惜，一位翩翩少年还未及施展远大抱负，便于始平元年（公元前74年）四月间在未央宫站下车，年仅二十一岁，共计在位十三年，改元三次。上官皇后只有十五岁，没有生育，另外几个妃嫔，也都没有生下一个男孩。昭帝葬于平陵（今陕西咸阳市西北），尊谥孝昭皇帝。

英年早逝的昭帝除了给人们留下无尽的叹息，在历史上还留下了重重谜团。

后人们一直在猜测争论昭帝的死因。有的说昭帝年幼操劳纷繁的国事，过劳而死；有的说他对一直辅佐自己的忠臣霍光心存功高盖主的疑虑，忧虑而死；还有的直接说由于昭帝日渐年长，又如此聪明，对霍光是一个巨大威胁，一定是被霍光害死的。

这些说法都有一定的道理，但又都很片面，尤其关于“霍光谋害论”的观点，我不敢苟同，他没有王莽那样的野心。

霍光只想争权，不想谋反。霍光确实有很多事做得很有私心，他拒绝为金家兄弟封侯，固然是出于对制度和原则的维护，实际上也有抑制金家在朝廷势力的目的。发现通过盐铁会议仍无法打垮桑弘羊后，霍光不惜以昭帝名义任命自己的亲信杨敞出任搜粟都尉一职，公开与桑弘羊争权。霍光执政时，他的亲属遍布朝廷：霍光子霍禹，中郎将；兄孙霍云，中郎将；霍云弟霍山，奉车都尉，领胡、越兵；女婿邓广汉，长乐宫卫尉；女婿范明友，未央宫卫尉；女婿任胜，羽林监；女婿赵平，骑都尉，将屯兵。

昭帝的死可以排除霍光谋害的嫌疑，但昭帝没留下后嗣，霍光却有不可推卸的责任。霍光对皇帝的控制确实有些过分，昭帝几乎被霍光的左右亲信层层包围封锁起来。外有霍光的两个女婿担任皇宫卫尉保护皇帝的出入，内有霍光的外孙女监视皇后。《汉书·外戚传》云：“光欲皇后擅宠有子，帝时体不安，左右及医皆阿意，言宜禁内，虽宫人使令皆为穷绔，多其带，后宫莫有进者。”就是说，皇宫人员和御医都顺从霍光的旨意，甚至于以皇帝体弱为由，示意御医们让皇帝“禁内”，禁止皇帝去别的妃嫔处居住，更不许召幸。为的就是让自己的外孙女专宠，保证帝位继承人有霍家血统。霍光还规定皇宫内所有的女人都必须穿有前后裆的裤子，不许穿裙子，而且所穿的前后裆裤子还须多扎几根裤带，于是宫女们穿上了霍光让人专门为她们设计的贞操裤。不过，虽然上官皇后专房擅宠，却没有生下皇子皇女，直接导致了昭帝在位十三年却无子嗣。

可以肯定的是，昭帝年幼的时候身体很好，据记载他身材魁伟，五六岁即“壮大多知”，“武帝常谓类己”，“始冠有八尺二寸”。后来他身体便渐渐不好了。

我认为他身体不好主要还是忧虑过度所致。本来他是一个孤儿，应该比较敏感，随着年龄渐长，他的心病也越来越重。

虽然他在皇宫生活，物质条件优越，地位尊贵，并且一直接受良好的教育，但他七八岁就失去父母，成了孤儿，童年又能幸福到哪儿去？

尤其是，他亲眼看见最疼爱他的母亲突然离去，还是在没有犯任何过错的情况下被父亲杀死的，这种矛盾和哀伤的感情是任何一个孩子所难以承受的。昭帝渐渐懂事后，便传旨追封早已逝世的外祖父为顺成侯，已经被追谥为皇太后的钩弋夫人，其“诸昆弟”，也就是昭帝的舅舅、堂舅舅们都受到赏赐，连顺成侯那个仍然健在的姐姐，昭帝的姑奶奶也“赐钱二百万”。他所做的这一切，不都是对母亲的一种深切怀念吗？即使这样，也无法弥补他的伤痛。

几年后伤痛再次袭来，上官桀等人的一场宫廷政变虽然被平定了，但可以想象这个聪明的小皇帝心里不但高兴不起来，并且还遭受了一次沉重的打击。那个像母亲一样把他带大的大姐姐盖长公主，怎么会与他为敌呢？她的死虽说是罪有应得，但只有她曾经让他在那个空荡荡、冷清清的皇宫里感受到母爱般的温暖，然而这种情感却永远都不会再有了。

或许，他越聪明，也就越敏感，受到的伤害也就会越大，再加上他不但在政治上受制于霍光，甚至连宫闱之中也受控制，无形的压力像一张网一样把年轻的昭帝紧紧束缚，终于抑郁成疾了。

二十一岁，人生最美好的年龄，比谁都聪明通透的他，如绚丽的烟花，在夜幕中留下一丝流彩，便没了。昭帝病逝那年二月，下达的最后一道诏书是考虑到百姓尚未家家自给有余，便将人头税减免了百分之三十。这足以证明他是一个美好的人。所以，“昭”是褒义的谥号，谥法曰：“容仪恭美曰昭；昭德有劳曰昭；圣闻周达曰昭；声闻宣远曰昭；威仪恭明曰昭；明德有功曰昭；圣问达道曰昭；圣德嗣服曰昭；德业升闻曰昭；智能察微曰昭；德礼不愆曰昭；高朗令终曰昭；遐隐不遗曰昭；德辉内蕴曰昭；柔德有光曰昭。”

结合当时现实来看，这一评价应算是公允的。而这一政绩，毫无疑问与辅臣霍光是密不可分的。然而，一些史家说霍光大公无私、忠贞不贰，是西汉的周公，将他与圣人相媲美，却是要画上一个大大的问号了。

37. 帝王的囧途

昭帝无子即驾崩，让满朝大臣伤透了脑筋。有的说不如立武帝的亲儿子广陵王刘胥，《汉书》说霍光的反应是“内不自安”，他的理由很冠冕堂皇：“王本以行失道，先帝所不用。”但我以为，真正让霍光不安的还有原因，那就是刘胥已经成年，将来难以控制。

立即有郎官窥透霍光的意思，忙上书说：“昔有周太王废太伯，立王季；文王舍伯邑考，立武王。关键是要立对人，而不必拘泥于长幼。广陵王做事无道，所以先帝没有让他继承大统，现在怎么又让他继承宗庙呢？”

霍光决意不立广陵王，心里已经有了人选，此人就是武帝的孙子昌邑王刘贺。

刘贺是武帝的爱姬李夫人的亲孙子。武帝驾崩时，曾将李夫人配飨(合祭的意思)，刘贺正好可以继承大统，而且与昭帝是叔侄关系，侄子继承叔叔，更好作为继子。

于是借上官皇后的命令，特派少府史乐成、宗飞刘德、光禄大夫丙吉、中郎将利汉等去迎接昌邑王刘贺入都主丧。

其实，不要以为霍光是对刘家忠贞不贰、大公无私的，他也在打着自己的“小算盘”：立刘贺为帝，他外孙女就可以做皇太后了。

令霍光没有想到的是，一场滑稽闹剧也在列车车厢里拉开了帷幕。本章我们就从这场闹剧讲起。

汉宫滑稽戏

混世魔王

千里之外的昌邑（今属山东）王宫里，一位年轻的大王正坐在案前，他身上好像生了虱子，一副坐立不安的样子，这人就是昌邑王刘贺。据说他的骑术可是第一流的。

他面前一个中年人中尉王吉，正在苦口婆心劝他："大王镇守一方，应以郡国大事为重，不要再和一帮飞鹰走狗的人混在一起。"

刘贺不耐烦地说："好，好，我知道了，你可以走了。"王吉叹了一口气，摇头退下了。

这时又一个老臣来进见，他是郎中令龚遂。刘贺稍整衣冠，干咳了两声，一副正襟危坐的样子，龚遂问他："臣为大王推荐的郎中张安，大王为何不到数日就将他撵逐了？"

"他啊！"刘贺眼珠子乱转，站起来踱了两步，又指着自己脑袋道："他这里有问题，要是把他留下来，本王不是累死也要被气死了。"

龚遂叹了口气道："大王啊，你不能再这样下去啦，你可是一国之主，应该结交贤士，而不是和那些侍从啊屠夫啊戏耍玩乐……"

正说着，龚遂忽然尖叫一声，他只觉得脖子上有异物在游走爬行，他一动，那东西竟然从它脖颈钻到衣服里去了。吓得他像喝醉了酒一般浑身扭动，满头大汗，又怕失礼，说声告辞，便转身跳着跑了出去。

刘贺哈哈大笑朝他的背影做鬼脸，叹道："哎，可惜了我那只守宫（壁虎）。"

见天气大好，他便召集一帮侍从备马打猎，侍从刚去准备，又有仆人禀报，说是师傅王式请他过去。他这次想起，现在是他学习《诗经》

的时间。

他心里悲叹着：这么好的天气用来学《诗经》，真是浪费！

没奈何只好去，师傅问他前日所学的内容掌握得怎么样了，其实早被他扔到爪哇国去了，只能含糊应付，当然他背得最熟的还是那句“关关雎鸠，在河之洲，窈窕淑女，君子好逑”。

想到这里他不由把一双贼溜溜的眼睛朝外看，想看有没有姿容好的宫女，却看到窗外正有几个侍从在朝里看，那是他的一帮小伙伴，于是连做鬼脸。王式点了《诗经》中的几句话让他讲解一下，刘贺不耐烦地说：“这《诗经》三百零五篇，你早教我读完了，怎么还要重新学？”

“孔子曰：学而时习之，不亦说乎？温故能够知新。”王式道，“《诗经》中的每一篇讲人事王道，都很全面，试问大王平日所为，都能与诗言相符吗？”

刘贺只是低着头抬起手臂，用袖子捂住口鼻不答。只见一阵烟雾飘来，王式不禁头脑发晕，四肢发软，随着手中竹简落地，很快晕了过去。

一帮随从忙进来把刘贺扶了出去，其中一个道：“大王，这次包管他睡上一天，我们可以到山林里尽情游猎玩耍了。”刘贺连连称善，马早已鞴好，一群人跨上马，扬鞭呼喝而去。

刘贺一直玩到天黑才回，第二天一早他便召入龚遂说：“昨天我打猎回来，在宫里看到一只大白狗，脖子下面像人，狗头上戴着方山冠，没有尾巴，那帮小子竟然都说没看到，你帮本王解释一下，这是什么兆头？”

龚遂忙借机进谏，答道：“这是上天垂戒大王，意思是大王那帮手下如犬戴冠，千万不能任用，否则就会亡国了。”

刘贺将信将疑，过了几天，又看到一只白熊，手下又都说没看到。于是，他仍然召问龚遂解释，龚遂又答道：“熊为野兽，来到宫里被大王所独见，臣怕宫室快要空了，这也是危亡的预兆，老天是很分明的，请大王赶紧修德免灾。”

刘贺仰天长叹道：“不祥之兆怎么老来啊？”

龚遂说：“大王听臣这样说，一定不高兴，但国家存亡，关系甚大，臣不敢不说实话。大王位列诸侯王，行为人品还不如庶人，臣怕郡国难存易亡，大王应该赶快修省自己！”刘贺连连点头称是，但不到半天就忘了。

不久刘贺又见到不知是谁的血染到了席上，再召龚遂询问，龚遂哭着失声道：“宫室快要空虚了，血为阴象，大王怎么还不谨慎啊？”刘贺最终也没有改正缺点，依旧狂纵无度。

人在囧途

这天深夜，忽然从朝中来了一队人马，叫开城门，直入王宫，正是迎接刘贺入朝的史乐成一行到了。

宫中的侍臣去叫刘贺起床，朝中一帮使者见刘贺出来，慌忙下拜。史乐成把书呈上，刘贺睁开蒙眬的睡眼慵懒地看着，一双眼睛渐渐发出光彩，忽然瞪得溜圆，眼珠子似乎要弹出来，才看了几行，便手舞足蹈、欢呼雀跃起来，说前几日见有血染在我的席上，龚遂还说是危兆，这不，好事来了，见红如见喜啊！

消息迅速传遍了整个王宫，一帮侍从听说长安使者来召大王继位，都到宫中磕头拜贺，并请求带着他们一起入都。刘贺洋洋得意，一概应允，匆匆收拾行装，等到午时就出发。

王吉写了一封书在马前跪着呈上，书里例举了殷高宗的故事，让他到都中不要多说话，国家政事都让大将军处理，不要轻举妄动等等。

刘贺大概扫了一眼，便把书给扔了，“呜霍”一声就扬鞭起程，展开生平绝技绝尘而去。一路上追风逐电，一口气跑了一百三十五里地，已经到了定陶，把一帮随从统统甩到了后面，只好先到驿站等候。

到了傍晚，才见朝使一行驰来，接着三百多个随从也陆续赶到。众人气喘吁吁，大呼小叫地抱怨着马力不足，沿途倒毙了许多马匹。

原来各驿站中所备的马匹不多，总以为新王入都，从吏少则几十人，最多不过一百多人，没想到刘贺手下的幸臣从吏太多，他们都倚威作势，七嘴八舌地埋怨驿站的官吏失职。

从行的龚遂实在看不过去，便向刘贺建议遣回一半随从，免得人多累赘。刘贺倒也爽快地答应了，但从吏们都想攀龙附凤，谁也不肯半路回去。而且众人都是刘贺平时的亲信，这一个不能回，那一个又要强跟，弄得龚遂左右为难，最终硬挑出五十多名，让他们回昌邑，还有两百多人一同前进。

次日走到济阳（今属山东），刘贺要买这里的土特产长鸣鸡（啼声长的一种鸡）和积竹杖（聚竹合成的手杖）。这两样东西对他来说毫无用处，他却像小孩子一样偏要停车购买，而且要买得越多越好。

龚遂又在一旁劝阻他，最后只买了几只长鸣鸡，两柄积竹杖，于是继续赶路。

到达弘农（今河南灵宝），看见途中有许多美女，刘贺不禁垂涎三尺，暗中叫来大奴善（官奴头目），让他物色佳丽，送到前面驿舍中。

大奴善不敢违拗，于是沿途寻觅美女，稍有姿色的都被强行拉上车，用帏布遮着送到驿舍。

这事被史乐成知道了，便问昌邑相为什么不劝阻，安乐转告龚遂，龚遂便去问刘贺，刘贺却极口抵赖。

龚遂正色道：“果然没有此事，那就是大奴善招摇撞骗，罪在不赦！”当即派人把大奴善抓了起来，又趁势搜出抓来的女人，送她们回家。

刘贺不好干预，只得眼睁睁地看着龚遂处置。事情办完后，继续登程，到了灞上，这里距都城不过几里地，早有鸿胪等官员恭候着，请刘贺换乘法驾。

刘贺换了车，让寿成驾车，龚遂陪同，快到广明东都门的时候，龚遂向刘贺陈请说：“大王要依礼奔丧入都，看到都门，就要举哀。”刘贺却说喉咙痛，不能哭泣。

再行进到城门，龚遂又提醒他，刘贺又推说城门与郭门相同，等到了未央宫东阙，再举哀不迟。

等到了未央宫前，刘贺脸上掩饰不住喜色，自然没有一丝哀容，龚遂忙提醒道：“那边有帐蓬设着，便是大王的坐帐，须赶紧下车，向阙俯伏，哭泣要尽量哀伤。”

刘贺不得已下了车，走到帐前，伏在那里呜呜地干哭起来，哭完便入了宫，由上官皇后下谕，立刘贺为皇太子，择吉日登基。

废帝风波

从入宫到即位期间，刘贺总算没什么越礼的地方。尊十五岁的上官皇后为皇太后。过了几天，便将昭帝奉葬平陵，庙号孝昭皇帝。

刘贺即位后，拜故相安乐为长乐卫尉。随来的吏属都带到宫里当内臣，整天与他们游猎，见有美貌的宫女，便马上召入，令她陪酒侍寝；把乐府中的乐器全部搬出来，吹奏不休。

龚遂私下对安乐说："大王立为天子，一天比一天骄淫，劝谏几次都没用，现在还在国丧期内，整天与近臣饮酒作乐，淫戏无度，如果有内变，我们都要掉脑袋了。你是陛下的故相，应该全力劝阻他，不能再拖了。"安乐嘴上答应，心里却想：多说有什么用呢？还是睁一只眼闭一只眼吧！

霍光这时才看清刘贺荒淫无道的真面目，非常后悔忧虑，便叫大司农田延年来商议对策，田延年说："将军是国家柱石，既然知道嗣主不配为君，何不建议太后再选择贤能的明君？"

霍光嗫嚅道："古时有这样的事吗？"

田延年说："伊尹相殷，废太甲以安宗庙，后世称其忠。将军若能行此，亦汉之伊尹也。"

田延年把霍光比喻成汉朝的伊尹，就连霍光自己也是这么认为的。

田延年引用"伊尹废太甲"的故事激励霍光，告诉他废刘贺与伊尹废太甲如出一辙，都是君主不贤，辅政大臣为安社稷而废君。不同之处在于霍光直接另立皇帝，而伊尹将太甲置于商汤的陵墓里让他改过自新。

霍光听了田延年的话，觉得通身舒泰，很有道理，心里也有了底气，腰杆也硬了起来，于是让田延年担任给事中，又与张安世密商废立的事。张安世是霍光一手提拔起来的，已升为车骑将军，自然对霍光没有二心。

这天刘贺梦到成群苍蝇积聚在台阶上，黑压压的把瓦都覆盖了。醒来后不知这是什么兆头，就去招问龚遂，龚遂回答说："陛下曾读过《诗经》，里面说'营营青蝇，止于樊，恺悌君子，毋信谗言'，现在陛下左右宠幸的人很多，好似苍蝇丛集，所以才做这样的梦，臣愿为陛下摈弃昌邑的故臣，不要任用他们，自然可以转祸为福。臣本来是跟来祝贺的，请陛下先放我回去吧！"

刘贺并不听劝，后来太仆丞张敞进谏，刘贺仍不自省，依然游戏如故。

这一天，正要出游，光禄大臣夏侯胜进谏道："这几天老是阴天下雨，说明臣下必有异谋，陛下想要到哪里去呢？"刘贺听了这句话很恼怒，骂夏侯胜妖言惑众，立即让人把他捆住交给有司查办。

有司转告霍光，霍光吃了一惊，暗想夏侯胜的话里像有原因，不禁怀疑张安世把废立的事泄漏出去了，便召张安世诘问，张世安指天发誓说自己并没有泄露给任何人，并愿意和夏侯胜当面对质。

霍光便提夏侯胜来审问，夏侯胜从容地答道："《洪范传》有言：'皇极不守，现象常阴，下人且谋代上位。'臣不便明说，所以只说臣下有谋。"

霍光听了大为惊讶，张安世在一旁也暗暗称奇，于是让夏侯胜负罪释放，仍任原职。夏侯胜的进谏歪打正着，几乎把密谋道破，眼看着废立大事是不能再拖了。

霍光便让田延年去告诉丞相杨敞，胆小的杨敞听了田延年的话，只是唯唯地连声答应，背上早被冷汗湿透。当时是盛夏天气，田延年起座更衣，杨敞的妻子司马英忙从东厢走出来，对丈夫说："大将军主意已定，特派九卿来向你报告，你要是不赶紧答应，就要大祸临头了。"这可以看出司马英是个很有见识的女人，杨敞一路升至丞相，都靠霍光出力，现在是大将军需要支持的时候，如果不力挺霍光，下场可想而知。

司马英是司马迁唯一的女儿，出生于书香之家，祖父司马谈、父司马迁都是博学多才的太史令。受良好家风的影响，司马英自幼与两个哥哥均熟读诗书，深通事理。

父亲司马迁写《史记》初稿时，她总是和两个哥哥在一旁帮助父亲搜集整理史料。后来，父亲因替李陵辩护入狱，母亲便要带着她和两个哥哥避难。可司马英却不愿离开京城，她心里记挂着未婚夫杨敞，决定到杨家避难。她想，杨家是世代侯门将相之家，在京城也是赫赫有名的大家族。那陷害父亲的李广利等人虽为皇亲国戚，谅他们奈何杨家不得。母亲和两个哥哥同意了她的想法。司马迁遇难时叮嘱女儿一定要将《史记》初稿和相关资料保存并流传。司马英将《史记》初稿等带往杨府后，为了万无一失，又与其丈夫杨敞商量，决定将《史记》送往杨敞的老家西岳华山脚下的华阴县珍藏。这就是司马迁在《史记 · 太史公自序》中所说的“藏之名山”一事的真实意义。

这次田延年来征求杨敞的意见，就是想得到他的支持，胆识过人的司马英见丈夫犹豫不决，等田延年更衣回来，她索性坦然相见，并当面表态愿奉大将军命令。

田延年回报霍光，霍光立即让田延年和张安世两人写奏牍，做好充分的准备。

翌日召开未央宫大会，丞相、御史、列侯、中二千石、大夫博士全部到会，连苏武也通知来参加会议，大家都不知道什么议题，正窃窃私语议论猜测间，只听霍光对群臣说：“昌邑王行为淫昏，恐怕会危害社稷，如何是好？”众臣听了，都面面相觑，不敢发言，只答了几个“是”字。

田延年愤然起座，按剑上前道：“先帝给大将军托孤，全权委托，无非是因为将军忠贤，能安定刘氏江山，现在社稷遇到了危难，将军如果不定大计，坐令汉家绝嗣，将军死后还有面目见先帝吗？今日应该议定良策，群臣中如有应声落后的，臣请仗剑诛杀他，绝不留情！”

霍光向田延年拱手道谢，说：“九卿应该责备霍光，天下汹汹不安，霍光应该先顶祸了。”

两人唱了一段双簧，众人才知道霍光有大动作，而且志在必行，如果不赶紧表态，一定会遭杀害，于是纷纷离座磕头表态道：“唯大将军令，无不遵从！”

霍光令群臣起来，从袖中取出奏议遍示群臣，让丞相杨敞带头，依次签名，然后带着众人来到长乐宫禀报太后。太后才十五岁，有什么主见？一切都听霍光主持，霍光请太后驾临未央宫。

刘贺听说太后驾到，不得不入殿朝谒，到殿北的温室中，后面门吏喝令昌邑群臣止步，刘贺惊问原因，霍光从后面跟上来说：“皇太后有话，朝廷不纳昌邑群臣。”

“也不用这么急嘛，何必这么吓人！”刘贺撇撇嘴道。

霍光也不和他多说，反身退出。这时车骑将军张安世指挥羽林军把昌邑群臣悉数拿下，共抓了二百余人，送交廷尉处置，一面报知霍光。霍光忙传入昭帝旧日侍臣监守刘贺，叮嘱他小心看护，别让刘贺自杀，以防留下杀主恶名。

刘贺还不知道废立的事情，见了新来的侍臣，很不高兴，大声责问道："昌邑群臣怎么了，他们犯了什么王法，要被大将军全部驱赶呢？"侍臣只回答不知道。

俄而有太后诏书传到，召刘贺诘问，刘贺这才慌乱起来，问诏使道："我有什么罪，偏劳太后召我？"

诏使无话可答，刘贺只好跟着诏使来到承明殿，远远地看到上官太后坐在武帐中，殿上侍卫森列，各人表情威严，刘贺不知道发生了什么大事，战战兢兢地走到殿前，跪着听诏。只听尚书令持着奏牍，朗声宣读道：

"丞相臣杨敞，大司马大将军臣霍光，车骑将军臣张安世，度辽将军臣范明友，前将军臣韩增，后将军臣赵充国，御史大夫臣蔡义，宜春侯臣王谭，当涂侯臣魏圣，随桃侯臣赵昌乐，杜侯臣屠耆堂，太仆臣杜延年，太常臣昌，大司农臣田延年，宗正臣德，少府臣乐成，廷尉臣李光，执金吾臣李延寿，大鸿胪臣韦贤，左冯翊臣田广明，右扶风臣周德，故典属国臣苏武等，昧死奏报皇太后陛下：

"自孝昭皇帝弃世无嗣，派遣使者征昌邑王奔丧，他身穿孝服却没有悲哀之心，在来的路上不吃素食，让从官掠取女子，私纳到馆舍。

"入都立为皇太子后，常私买鸡、猪吃，在大行面前接受了皇帝御玺，接着又发玺不封，又让从官持节引入昌邑从官二百余人，整日与这些人游乐。并且为他们写'条子'说：皇帝问侍中君卿，让中御府令高昌获赏千金，赐君卿娶十个妻子。

"把乐府的乐器都拿出来，引纳昌邑的乐人来演奏。等到送葬回宫，马上去前殿召乐队演奏娱乐。

"乘法驾驰骋于北宫、桂宫，戏野猪，斗老虎。召皇太后所乘的小马车让官奴骑乘，在掖庭中游戏。又与孝昭皇帝宫人蒙等淫乱，威胁掖庭令说敢泄露出去就腰斩。"

上官太后听到这里，也不禁愤怒起来，高声责问刘贺道："为人臣子，怎能这样悖乱？”

刘贺又是害怕又是惭愧，俯伏得更低了，尚书令又接着读：

“取诸侯王列侯二千石绶及墨绶黄绶给昌邑的官奴。发御府金钱、刀剑玉器和彩缯赏赐给和他游戏的人。沉湎于酒色，自受玺以来仅二十七日，使者旁午持节让诸官署办理了一千一百二十七事，失了帝王之礼，乱了汉朝制度。

“臣杨敞等多次进谏，一点都不改，而且越来越无度，恐怕要危害社稷，让天下不安。臣杨敞等谨慎地与博士议论，都说现在陛下嗣孝昭皇帝后，所做的事不轨，而且大不孝。周襄王不能事母，《春秋》曰：‘天王出居于郑！’因为不孝而废他，以示他绝于天下。宗庙重于君，陛下不可以继承宗庙，应当废去。臣请有司用太牢遍告宗庙，谨昧死上闻。”

尚书令读完，上官太后立即声音清脆地说了一个“可”字。霍光便令刘贺拜谢接诏，刘贺急忙抬头说：“古语有言，天子有诤臣七人，虽无道，不失天下。”

霍光不待他说完，便接口道：“皇太后有诏废王，怎么还能称天子？”说着便过来解了他的玺绶，奉给太后，又让手下扶刘贺下殿，出金马门，把他送到殿外。

刘贺这时也知道自己再当不了皇帝了，便看着西边的殿门自言自语道：“一会儿骗我来当皇帝，一会儿又撵我走，当我傻啊？”说罢便乘上了副车，霍光专门把他送到昌邑馆中，方向刘贺告辞道：“大王所行自绝于天，臣宁负大王，不负社稷，请大王自爱！臣此后不能再侍左右了。”说完即去。

群臣又请徙刘贺到汉中，霍光认为这样处置太严了，于是奏请太后仍使刘贺还住在昌邑，削去王号，另给食邑二千户。而昌邑群臣陷主子于不义，一并处斩，只有中尉王吉、郎中令龚遂经常劝谏，刘贺的师傅王式曾授他《诗经》，准允免死，髡为城旦（剃光头发，罚作苦力）。

刘贺被废去，朝廷无主，霍光请太后暂时理政，并且提升夏侯胜为长信少府，爵关内侯，令他给太后讲授经书。

刘贺在昌邑是个出了名的纨绔子弟之前霍光不可能没有听说，即使没听说，立新君不是小事，他不可能不派人调查。据我看来，之前霍光正是看中了刘贺这个十九岁的纨绔子弟胸无大志的性格，他以为这样的人才好控制，自己也才可以抓住权利。在宣布刘贺罪状时，那些找女人、宫外私自买东西进来吃等等都是些鸡毛蒜皮的小事。最让霍光无法容忍的是，刘贺进京带了二百多人来，个个封官许愿。《汉书》记载："自受玺以来二十七日，使者旁午，持节诏诸官署征发，凡一千一百二十七事。"显然，这突破了霍光的底线，让他大跌眼镜，此人胡作非为，根本无法控制，比那个广陵王还要闹心。于是痛下决心要将他废去。

每当有人要评价某人胸无点墨时，一般都会称其"不学无术"。霍光自幼读书不多，文化水平比较低。刘贺被废后，田延年引用"伊尹废太甲"的故事很快在满朝传了开去，加上霍光之前不知道武帝托孤"赐画"的典故，他的没文化也就彻底地暴露出来。《汉书·霍光传》说"然光不学亡术，暗于大理，阴妻邪谋，立女为后，湛溺淫溢之欲，以增颠覆之祸"，成语"不学无术"最初就是班固为霍光创造的，而且流传了两千多年。

王子历险记

此前有一位太子，忠厚仁义，但却因奸臣构陷而被皇帝猜忌。皇帝发兵讨伐东宫，和太子大战三天三夜，太子被打败了，带着两个儿子出城逃跑。几个月后，太子暴露行踪，被当地县令带兵杀死。这位太子就是汉武帝和卫皇后的儿子卫太子刘据。他死后东宫和卫氏家族都遭到灭门，列车驶进了一段血泪征程，在汽笛鸣啸间，却从牢狱深处传来了一声声微弱的婴儿啼哭声。这个婴儿正是刘据的孙子。

廷狱深处一根独苗

卫太子曾经纳史家的女子为良娣（东宫姬妾的称号，位居妃下），生了个儿子名叫刘进，号为史皇孙。史皇孙长大后娶了姓王的女子，生下了儿子病已，号皇曾孙。后面我们不妨叫他作“小王子”。

太子起兵败亡后，史良娣、史皇孙、王夫人全部遇害，病已还在襁褓，和抚养他的宫人一起被抓到了狱中。当时廷尉监丙吉奉诏察看监狱，见到了这个婴儿，不禁动了恻隐之心，把他偷偷转移到了其他狱室，从女犯中挑选了姓赵和姓胡的两名妇人轮流乳养，病已才得以和死神擦肩而过，保全了下来。

后来武帝在五柞宫养病，有个术士对他说在长安监狱中有天子之气。武帝便诏令长安各监狱中无论老幼，一律处死。

在大兵的严密搜查中，丙吉抱着小王子东躲西藏。后来诏使来到丙吉家里搜查，丙吉慨然对诏使说：“天子以好生为大德，切不可滥杀无辜，你们身为大臣，不去劝谏，将来是要遭到天谴的。”诏使把丙吉的话回报武帝，武帝幡然醒悟，于是下诏赦免狱中罪犯死罪。

卫太子被平反时，小王子已经长到几岁了，一直住在监狱里。他年幼多病，丙吉便多方寻医给他医治，后来丙吉想把他移送给京兆尹，于是上书说明真相，结果京兆尹却驳回了他的来书，拒不接受。

丙吉看小王子一天天长大了，却长期生活在监狱里，终究不妥。于是便细心访查。功夫不负有心人，终于查访到小王子的祖外婆和舅公还住在老家，便将小王子送了过去，嘱托他好生收养。祖外婆虽然年纪大了，但见了外曾孙还是很怜爱，非常精心地抚养他。

谈婚论嫁

武帝驾崩后，遗诏中命将曾孙病已收养到宫里，于是小王子又入了都，归掖庭令张贺看管。张贺是右将军张安世的哥哥，之前曾服侍卫太子，因为卫太子的案子而入狱，遭受了宫刑。现在他追念卫太子的旧恩，也很殷勤地照顾小王子，还让他入塾读书，学费由张贺交纳。

小王子非常聪明，勤奋好学，人也渐渐长大了。张贺知道他将来一定会有出息，便想把女儿嫁给他。张安世发怒道：“病已是卫太子后裔，他只要能够填饱肚子就不错了，我们张家的女儿能和他相配吗？”

张贺只得另为他择偶，刚好有一个和他在一个单位但不在同一个部门的朋友，他就是宫里织染处的啬夫许广汉，也曾经遭受过宫刑。

在众人眼里，这许广汉是个很点背的人。他年轻时给昌邑王做郎官，后跟随武帝去甘泉宫时，误将其他郎官的马鞍当作自己的马鞍，拿来放到了自己的马背上，被发现后，官吏认定这是盗窃行为，按律当处以死刑，但由于有诏令规定死囚犯可以通过接受宫刑这一惩罚而免除死罪，两害相权，许广汉就选择了宫刑。后来许广汉终于熬到宦者丞的职位上，总算有了点上进的希望。谁知在这个职位上又出了情况，上官桀谋反被平定后，许广汉奉命去上官桀办公室搜索罪证。当时上官桀在宫中的庐舍内有数千条几尺长可以用来绑人的绳子，满满地装在一个有封识标志的筐子里，许广汉进去搜查时居然没看见，其他官员后来发现时，许广汉就被认为是在包庇犯罪，于是又被判为服劳役的鬼薪，送到掖庭服刑，刑满后就留在了掖庭，当了织染处的啬夫。

掖庭令和织染处啬夫都是宫役，两人经常见面，虽然官职有高低，但两人同病相怜，因此经常喝酒谈心，互诉心曲。张贺听说许广汉有一个女儿待字闺中，便想给小王子牵线。

有一天两人喝酒的时候，张贺便对许广汉说："皇曾孙已经长大了，将来说不定能当个关内侯，听说你有个女儿还未嫁，我看倒可以配给皇曾孙为妻呢！"许广汉已有三分酒意，慨然答应了这件事，他女儿名叫许平君，之前曾与欧侯氏的儿子有了婚约，还未成婚，欧侯氏一病身亡，于是婚期中断，一直未许人家。

许广汉回家和妻子商量，妻子却持反对意见。许广汉一定要践约，而且张贺还是上级，不好拒绝，于是在妻子面前说了小王子的许多好处，其实他对小王子也不了解，只是夸大张贺说给他的话，说皇曾孙的履历如何尊贵，如何荣光，将来一定大有前途等等。他若干年后才知道，他当时怎么夸大都不为过。

势利的妻子听了有这许多好处，也不禁转怒为喜，依了丈夫，同意了这桩婚事。

张贺便拿自己的钱作为小王子的聘礼，择了个吉日，把许家女儿娶了过来。婚后，小王子生活安定了下来，日子虽然艰苦，但却很和美。

他仍旧很爱学习，曾到东海复中翁那里学习《诗经》。闲暇的时候出游三辅，时常留心民情风俗和吏治得失。

龙飞九五

就在他平淡幸福地欣赏着车窗外景色的时候，另一节车厢里却发生了一系列事件：昭帝驾崩，霍光草率选立君主，导致皇宫发生了一幕幕闹剧，虽然侥幸没有发生大的乱子，但宫廷内外、朝野上下都在议论纷纷，说刘家是一代不如一代，宗室王侯都没有德望，真是后继无人。

这时已提升为光禄大夫的丙吉便向霍光推荐了皇曾孙病已，说他“受养掖庭外家，现约十八九岁，通经术，具美材”。

霍光对病已并不陌生。

早在昭帝三年正月间，泰山有块大石自己立了起来，上林的一棵枯死多年的柳树忽然活了，重新抽出了绿芽，有居心叵测的人就借这棵重生的柳树做文章，在柳叶上刺上“公孙病已立”五个字，然后放风出去说是虫食成文，引得朝野惊异不已，议论纷纷。

符节令眭孟，曾是董仲舒的学生，奏称泰山石立，僵柳复起，一定是有平民要立为天子，应该赶快访求贤士，禅让帝位。这番话在当时实在是大逆不道，霍光说他妖言惑众，把他抓捕斩首。

这时霍光早已忧心忡忡，心力交瘁，有了小王子这根救命稻草，再也不说丙吉不是，立即和群臣商量。太仆杜延年也说病已有德，劝霍光迎立，其他大臣也都无人有异议。于是列车的头等豪华包厢便把小王子接了过去——元平元年（公元前 74 年）孟秋，由宗正刘德迎皇曾孙到未央宫拜见太后。

小王子虽然是皇系嫡派，但已经削籍为民，霍光以为不能直接立为皇帝，便请示皇太后，先封他为阳武侯，然后由群臣奉上玺绶，一个时辰后立为皇帝，改名刘询，因为他认为“病已”二字太过常用，天下臣民避讳不易。小王子历经无数苦难后，终于当上了皇帝，史称汉宣帝。

海昏侯后记

后来宣帝让太中大夫张敞出任山阳太守，山阳本是昌邑王的旧封地，昌邑王被废，国除为山阳郡，那里地广人稀，不难治理。只因刘贺回来居住，宣帝怕他有变，特令张敞暗中监视他，张敞便随时留心，经常去察看他的行踪。一次张敞亲自去看他，只见刘贺身长体瘠，病歪歪的，走路都很艰难，穿着短衣，戴着武冠，头上插着笔，手中持着简，蹒跚出来，请他坐下谈话。张敞用话语试探，故意说："这里枭鸟很多啊。"

刘贺应声道："我以前到长安，没有听到枭声，现在回到这里，又常听见枭声了。"张敞听他随口对答，毫无其他意思，就不再问了。又将刘贺的妻妾子女挨个查了一遍。轮到他女儿刘持辔，刘贺忽然跪下来，张敞忙把他扶起，问什么原因。刘贺回答说："刘持辔的生母，就是严长孙的女儿。"说完这两句话，再不说其他话了。

严长孙就是严延年，之前因为劾奏霍光，得罪逃走了。等霍氏家族灭亡，宣帝又征他为河南太守。刘贺的妻子是严延年的女儿，他把妻家说明，是怕张敞抄没他的子女。

张敞并没有这个意思，好言抚慰他。等到查验完毕，共计刘贺妻妾十六人，儿子十一人，女儿十一人，此外奴婢财物，却寥寥无几，也没有什么私蓄。便知道刘贺只是沉迷酒色，行迹痴狂，不必担心有其他意外的事情发生。

他上奏宣帝后，宣帝才放下心来，认为刘贺不足忧虑。下诏封刘贺为海昏侯，食邑四千户。海昏属于豫章郡，在昌邑东面，刘贺奉诏乔迁后，还和以前一样昏愚。

侍中金安上奏宣帝，斥责刘贺荒废无道，不能让他奉宗庙，宣帝于是让他只能享受租税，不准他参加朝廷典礼。不久扬州刺史柯又奏称刘贺有异志，与故太守卒吏孙万世交往。孙万世怪刘贺不杀大将军，任人夺去玺绶，实属失策，并劝刘贺谋立为豫章王。刘贺也很后悔自己之前的失误，想自立为王。

宣帝虽然将原奏发交给有司，但心中已知刘贺没有能力起事，所以有司请求立即逮捕刘贺时，宣帝下诏说不屑追究，只削夺刘贺食邑三千户。

刘贺入不敷出，非常愁苦，经常在江上驾舟解闷，到赣水口又愤慨而回，后人称那里为慨口。不久刘贺就病死了。豫章太守一面报丧，一面上奏称刘贺曾经暴乱，不当立后，宣帝因除国为县。后来元帝即位，才封刘贺的儿子刘代宗为海昏侯，又传了好几世。

38. 隐忍者笑到最后

霍光立刘病已，目的很明确，这个皇帝也是个孤儿，从小寄养祖母娘家，外戚之中均为没落士人，将来不会影响其执掌大权。霍光的愿望，依然是想把刘询当作傀儡皇帝。这一回，霍光可是看走眼了。刘询可不是随他捏的软柿子，他从小饱受磨难，深知民间疾苦，是一个有抱负、也有城府的皇帝。曾经的苦难教给了刘询一生受用不尽的财富，这个财富远比他当上皇帝所拥有的财富要多要宝贵，这个财富就是四个字：戒急隐忍。这四个字，让他成了掌舵的智者，让他在泰山压顶、千钧一发的当口克制自己的感情，遏制即将迸发的怒火，也成为他战胜强劲对手的法宝。

栋梁变芒刺

宣帝继位后，按例去谒见高庙，大将军霍光骖乘同行，宣帝坐在舆中，他的感受不是兴奋和激动，《汉书》记载："上内严惮之，若有芒刺在背。"宣帝心里非常害怕，好像有无数根芒刺扎在背上，感到莫名的烦躁。等到礼毕回来，由车骑将军张安世代替霍光骖乘，宣帝才感到安心，心情和悦地入了宫。

这又是怎么一回事呢？“骖乘”就是陪皇帝乘车，本是一件平常的事，为什么霍光和张安世骖乘，宣帝的感觉如此不同呢？史书上没有说明，这件事却很耐人寻味，但细想一下，就可猜出其中缘由。霍光当时位高权重资格老，现在皇帝废立都由他一手操作，更是一手遮天，权倾朝野，他骨子里哪会把一个贫民窟中长大的由他亲手立起的新皇帝放在眼里？因此在言语动作中无形就流露出一种倨傲轻慢的神态，让宣帝很难受很不自在。所以历史上说“霍氏之祸起源于骖乘”。这次骖乘，让宣帝和霍光之间产生了难以消弭的隔阂。但宣帝是个有涵养的人，他自知势孤，也不敢冒失，因此对霍光表现出来的是无比的尊敬和听从。

霍光的霸道

《汉书》载：“光自后元秉持万机，及上即位，乃归政。上谦让不受，诸事皆先关白光，然后奏御天子。光每朝见，上虚己敛容，礼下之已甚。”

宣帝刚刚即位，地位不稳，他与霍光的关系是猜忌与倚重并重，这种复杂的心理霍光自然感觉到了，提出辞职，要求还政，也是一种以退为进，试探宣帝的权术手段。宣帝一方面需要霍光弹压住自己仍然陌生的政治势力，一方面也因为皇权没有巩固，不能使权臣疑忌，于是执意不准霍光归政，而且主动让大臣奏事先报告霍光，然后再上奏，以此消除霍光的猜忌，使霍光能够自由执掌大权。这就使霍光很满意。霍光见宣帝遇事谦让，低调谨慎，对他放了心。到了新年，新皇帝依例改元，号为本始元年，下诏封赏功臣，增封霍光食邑一万七千户，张安世食邑万户，还加封了其他十名列侯的食邑，五人封侯，八人赐爵关内侯。

不久丞相杨敞病终，升御史蔡义为丞相，封为阳午侯，晋升左冯翊田广明为御史大夫。蔡义已经八十多岁了，佝偻着身子像个老太太。

有人说霍光想专制，才用老朽为相。这话传到霍光耳朵里，霍光解释说：“蔡义起家明经，从前孝武皇帝曾让他教授宣帝，他既能当皇帝的老师，难道不配做丞相吗？”

霍光的儿子霍禹，以及他哥哥的孙子霍云、霍山都授了官，还有他的几个女婿、外甥陆续引进，盘踞朝廷。宣帝也有一些猜忌，但也不得不听霍光的建议。

田延年之死和严延年之逃，也都和霍光有着极其微妙的关系。

大司农田延年因为之前第一个站出来倡议废立大义，晋封阳城侯，不禁骄傲自大起来。有冤家告发他在办理昭帝大丧时，瞒报雇车价格，侵吞公款三千万钱。丞相蔡义便根据这件事弹劾他，应该入狱查处，田延年向来很会负气，不肯入狱，愤然道："我位至封侯，还有面目入狱吗？"

与此同时，严延年又劾他手持兵器侵犯属下车驾，他更是恨上加恨，气急败坏地道："无非想叫我死，我死就是了，何必多方逼迫我？"说着竟然拔剑自杀了。

后来御史中丞又反责严延年，说他既知田延年有罪，为何又纵令他犯法，也应该连坐。严延年很是着慌，竟然弃官潜逃了，朝廷也不去追究。这些事宣帝不好过问，但凭霍光处置。

两个延年出事又和霍光有什么关系呢？

之前田延年为了废立的事和霍光唱双簧，现在田延年被弹劾了，霍光却没有站出来帮他说话，是怀着私心的。因为田延年在废立中是第一个站出来倡议的，霍光不想让他夺去首功，所以看他被别人逼死，冷眼旁观，内心却很有快意。

田延年自杀后，严延年随即被别人告发，这件事就更明显了，典型的"螳螂捕蝉，黄雀在后"。之前严延年曾劾奏过霍光擅自废立，不讲人臣之礼，宣帝看了，也不好批答，搁置不提。这次御史中丞劾奏严延年，如果不是霍光私下授意，就是下面想拍霍光马屁，刻意迎合他。有人说霍光为人很正直，不会玩阴的，但好几件事表明，霍光玩阴的也很擅长。前面讲过常惠通使乌孙，擅击龟兹，则全是霍光指示。他完全不把宣帝放在眼里，差不多视他为摆设。

宣帝只有一事不肯退让

宣帝把朝政都委托给了霍光，唯有一件事情坚持自己做主，那就是册立皇后。这时上官太后由宣帝尊为太皇太后。但皇后还没有确定，大臣们都知道霍光有个小女儿叫霍成君，论辈分还是上官太后的小姨。众臣心领神会，都有意让霍光的小女儿霍成君当皇后，上官太后也有这个意思。宣帝却难忘相濡以沫的患难妻子许平君（刚入宫时已立为婕妤），有意立她为皇后，但他不向大臣们明说，却下诏寻找一把自己在贫寒时使用过的宝剑，所谓访求“故剑”，他借着“故剑”的名义，表明自己不弃糟糠之妻。

群臣立马转舵，请求立许氏为皇后。

宣帝便先册立许氏为婕妤，接着立她为后。霍光又派兵守卫长乐宫，戒备非常严密。

宣帝还想援引先朝旧例，封皇后的父亲许广汉为侯，霍光出面阻止说许广汉已受宫刑，不应再加侯封，宣帝拗不过他，只好暂且罢论，过了一年多，才封许广汉为昌成君。

宣帝想到自己的祖考还没有谥号，便令有司研究，有司奏称：陛下继承昭帝，不能对自己的亲人徇私情，亲人只宜称悼，母亲号为悼后，故皇太子谥号为戾，史良娣号为戾夫人。宣帝也就批准了，只是要求重新改葬，专门建园陵报恩。又立燕王刘旦的太子刘建为广阳王，广陵王刘胥的小儿子为高密王。

许皇后的噩梦

本始三年（公元前71年）正月，许皇后怀孕预产期到了，她妊娠反应严重，感到身体不舒服，睡不着觉，吃不下饭，宣帝遍召御医给她诊治，又选募女医入宫看护她。

有一个女医是掖庭护卫淳于赏的妻子，单名为衍。她粗通医理，经常去大将军家，与霍光的妻子霍显熟识。这次入宫当女医，淳于赏想让妻子趁这个机会去找霍显辞别，趁机替他谋个安池监的职务。衍听了丈夫的话，来到了霍家拜见。

霍显是霍光的继室，她原是霍光的婢女，霍光原配东闾氏，和霍光生了一个女儿，嫁给上官安为妻。后来东闾氏去世了，霍显是个狡猾的女人，霍光却很喜欢她，于是纳她为妾，为霍光生了几个子女。霍光便不再另娶，把霍显升为继室。

霍显满望着宣帝即位后能把小女儿纳入宫中当皇后，结果宣帝却去求“故剑”，让许氏正位中宫，霍显除了万分失望，更多的还是不平，她认为宣帝的位置完全是霍光给他的，但宣帝却不识抬举，不知报恩。千思万想，越想心里越不服气，怒火不禁烧到一个人身上。

这次见衍带着目的来向她辞行，心中不由暗喜机会到了。于是便把衍带到密室给她交代了一个秘密任务。

几天后许皇后生下一个女儿，是顺产，母子无恙。只是产后体虚乏力，需要调理，御医精心配了一个方子，合药丸进服。

这天衍取了药丸给许皇后服下，不一会儿许皇后就急喘起来，她问一旁看着她的衍说：“我头感到很沉很痛，难道是药丸有问题吗？”

衍愣了一下道：“药丸是御医配的，会有什么问题？我去召御医来吧。”

等御医来诊治时，只见皇后脉象散乱，额上冷汗淋漓，御医也不知是什么原因，急得手忙脚乱。许皇后的气息越来越微弱，很快便没了呼吸。

许皇后死后，宣帝亲自入殓，万分悲痛。这时有人递入奏章，说皇后暴崩，一定是御医的责任，应该从严查究，宣帝立即批准，让有司拿问医生们。

衍私下出宫，报告霍显，霍显感谢了她一番，只是一时不便重酬，便先与她订了约。

衍刚回到家中便被捕快抓走了。几次审讯，衍都抵死不认，其他医官自然也同声喊冤，问官一时无法，一股脑儿把他们囚系在狱中。

霍显听说衍被抓去审讯，万分惊慌，只好把指派衍毒死皇后的真相告诉霍光，霍光听了十分惊诧，责怪霍显不和他商量。

霍显说：“木已成舟，现在后悔也来不及了，万望将军设法保护，不要让衍久系狱中招出实情，连累我们全家。”

霍光默然不答，暗思这样大逆不道的事，如果径去自首，即使皇帝赦罪，妻子也一定会人头落地，而且他在朝中的权位也从此不保了。不如把这事先瞒下来，设法把所有医生都开释，免得惹祸。

于是，他进见宣帝，一脸忠厚老实，一本正经诚惶诚恐地陈词曰："皇后驾崩，普天之下，同放悲声。有人造谣说皇后是被毒死的，显然别有居心。皇后贤德淑意，谁个不知，怎会有仇家结怨？一定要说她中毒而死，那就等于证实皇后不仁不义，招致横祸。陛下呀，这岂不是伤害了皇后？而且那些御医，又有何胆量，敢暗下毒手？如今要加罪于他们，未免有伤陛下的仁德，事情既没有证据，先闹得天下皆知，不是上策。不如把他们一律释放，显承皇恩浩荡。"

宣帝虽然心内疑窦丛生，也认为他的话有理，主要还是震于霍光的权势，一时也找不到迹象，而且，刘询到底年轻，他才二十一岁，刚从卑微的地位爬上高座，不敢十分坚持，所以，只好答应，便传诏释放了所有的医官。

许皇后含冤未白，但依礼治丧，葬在杜南（今西安西南），谥号为恭哀皇后。

衍出狱后，霍显给了她很多金帛作为酬谢，又替她建豪宅、购置良田奴婢，衍还不知足，霍家又耗费了许多钱财。

接着，在妻子的再三催促下，霍光进言把女儿纳入后宫，宣帝也同意了。一年后，又把霍成君册封为皇后，霍家这次终于心满意足了。

许皇后微贱出身，贵而不骄，平时衣着非常俭朴，每隔五天都要去长乐宫朝见上官太后，亲自奉食，谨守妇道。霍光女儿当了皇后与许后大不相同，衣着华丽，车舆气派，每次都有一大帮仆役跟随，但她也不得不像许皇后那样去侍奉上官太后。上官太后是霍光的外孙女，论起亲来，还要叫霍皇后姨娘，所以霍皇后去进谒，上官太后还要起立站在一边，以示敬意。

温水煮青蛙

这一年丞相蔡义病逝，晋升大鸿胪韦贤为丞相，封为扶阳侯。大司农魏相升为御史大夫，颍川太守赵广汉升为京兆尹。又因为郡国地震，山洪暴发，北海、琅琊的宗庙也毁坏了。宣帝穿着素服颁诏大赦天下，求举贤良，原长信少府夏侯胜和原丞相长史黄霸也被释放出狱。

地节二年（公元前68年）春三月，霍光病危，宣帝亲自去看望他，只见他痰喘交错，已近弥留，宣帝流了不少眼泪。

御驾回宫后，宣帝接到霍光的谢恩书，说愿意分国邑三千户给哥哥霍去病的孙子霍山。宣帝让丞相和御史大夫商议，当天拜霍光的儿子霍禹为右将军。

不久霍光死了。宣帝与上官太后都亲自去吊唁，让太中大夫任宣等持节护丧，中二千石以下官吏监治墓地，特赐御用衣食棺椁，出葬时用辒辌车载运灵柩（辒辌车是天子丧车，车中的窗子闭则温，开则凉），黄屋左纛，一切都用天子的标准，征发京畿军队一起送葬，赐谥号为宣成侯，墓前置园邑三百家，派兵看守。

丞相韦贤请宣帝批准霍光的谢恩书，分国邑给霍山，宣帝不忍心分置，令霍禹袭爵博陵侯，食邑如旧，专门封霍山为乐平侯。

御史大夫魏相怕霍禹专权，特请拜张安世为大司马大将军，接替霍光。宣帝也有此意，正想封他，张安世却慌忙入朝辞谢，但宣帝不允许，只取消“大将军”三字，令张安世为大司马车骑将军，领尚书事。

霍光去世，宣帝即宣布亲政，他就开始着手收回权利了。他的性格决定了他并不着急，也不鲁莽，而是稳扎稳打，步步为营。

他做的第一件事，就是逐步剥夺霍家人的政治权力。此时的霍光一脉，在朝廷已盘根错节，势力强大。《汉书》云：“党亲连体，根据于朝廷。”甚为形象。

表面上继续封赏霍光的子孙，让其享受荣华富贵，放松警惕，再见机削夺他们的权力。此时，霍氏家族对皇帝的新动向毫无察觉，反而依仗皇太后、皇后的特殊关系，变本加厉地专横跋扈、奢靡越制。

地节三年（公元前67年），宣帝立许皇后与他生的儿子刘奭为太子，进封许后的父亲许广汉为平恩侯，又怕霍皇后心里不平衡，也封霍光的孙子中郎将霍云为冠阳侯。哪知霍氏果然觖望，虽然一门三侯，但仍不满足。

第一个贪得无厌的就是霍显，她不服地说："刘奭是皇上微贱时生的，怎能立为太子？假如皇后生个儿子，难道反要受他压迫，只能出去当王吗？"于是悄悄入见霍皇后，暗中嘱使她毒死太子，霍皇后竟然答应了霍显。霍皇后实在找不到下毒的机会，但在态度上常常对太子横眉冷对。霍成君的一言一行，都被宣帝看在眼里，他表面上不动声色，只是暗地里加快了从霍氏家族手中夺回皇权的步伐。

霍显没有意识到自己正处于危险的漩涡之中，仍然颐指气使。自从儿子霍禹袭爵后，霍显就当上了太夫人，骄奢无度，任意妄为，将霍光的坟茔又进行扩建，三面起阙，中间筑了神道，并大建祠宇辇阁，接通永巷，把所有老年的婢妾都赶到永巷居住，让她们看守祠墓，与幽禁没什么两样。她自己住着豪宅，还特制了一种彩辇，用黄金装饰，垫子上绣着锦绣，并用五彩丝绞成长绳，绾住辇驾，让侍婢拉着她去游行，她还和一个年轻俊美的家奴冯殷偷情。

霍禹、霍山和霍云都非常放浪形骸。霍云还很年少，整天带着一群门客架鹰逐犬，有时应该入朝进谒，他也不想去，而是让家奴去朝堂替他请病假，朝臣们都知道他在说谎，但没人敢举劾他。还有霍禹的妹妹，也倚官仗势，任意出入皇宫，母亲霍显更不用说，简直把皇宫当成自家后院，出入自由，什么礼节都不讲。

接着霍氏家奴与御史争道，双方发生口角，霍氏家奴蛮横无理地跑到御史府中大吵大闹，最后惊动了御史大夫魏相出来赔礼道歉，又令家奴磕头谢罪，才算作罢。

就在霍氏家族私欲膨胀、无法无天的时候，宣帝下诏给魏相，暗查霍氏隐匿不报的上书，以防壅敝，进而戳穿其阴谋，逼迫其就范、让权，最后达到清除的目的。

朝中大臣都看不惯霍家飞扬跋扈，不久许广汉替魏相呈了一封书，弹劾霍家种种不法行为。

魏相是定陶人，当官有贤名，他先任茂陵令，后来升迁任河南太守，他打击黑恶势力，豪强都怕他。故丞相田千秋的儿子担任洛阳武库令，听说魏相治理很严格，便辞职入都告诉霍光。霍光还以为魏相气量小，容不下故相的儿子，于是便写了一封书责备他，接着又有人劾奏他滥刑，朝廷派役吏把他拘到长安。

河南的戍卒在都城服役，听说魏相被抓，乘霍光外出的时候，拦在车前，一起央求，情愿多充役一年来赎太守的罪。经过霍光一番好言相劝，才把他们遣散，很快又接到函谷关吏报告，说有河南老弱一万多人想入关上书，请求赦免魏相，霍光回复说魏相的罪还没定，只是让他来对质，如果无罪，自当让他复职。关吏便按霍光的说法抚慰河南老弱，众人才散去。

魏相被捕入狱，后查无实证，庆幸没有死，过了冬天遇赦后又任茂陵令，接着调任扬州刺史。宣帝即位后，又召他入朝担任大司农，又提升为御史大夫。他与霍家没什么仇怨，这次愤然上书，实在是因为霍氏太横，看不下去了。宣帝心里也很忌恨霍家，但时机还没成熟，看到魏相的书，什么也没说。其实宣帝逐步掌握霍氏罪行，又见霍氏不得人心，很是镇定自若。

魏相又托许广汉进言，请求宣帝毁掉上书的副封，以免泄露机密。原来汉廷规定，凡是上书都要准备正副二封，由领尚书事先看副封，说的话不合旨意，就把正封搁置不报，之前公孙弘就把官员调查卜式的书搁置过。此时霍山是领尚书事，魏相怕他压住奏章，所以有这个请求，宣帝同意了这个请求，并任魏相为给事中。

霍显得知魏相任职，心中暗自焦急，对霍禹和霍云说："你们不想着继承大将军遗业，整日偷安，现在魏相当了给事中，如果有人进谗言，你们还能自救吗？"霍禹与霍云都不以为意。

不久丞相韦贤告老归田，宣帝特赐安车驷马，送他回家，然后便升任魏相为丞相，御史大夫一缺由光禄大夫丙吉担任。丙吉曾救护过宣帝，但他从来不提这件事，宣帝也不知道，这次只是按例提升。

霍显心里十分吃惊，她怕魏相报复她。霍皇后几次想下手毒死太子，但宣帝早有预防，密嘱保姆随时保护，霍皇后每次请太子吃饭，保姆总是先尝过，霍皇后只好懊恼地在背地里咒骂，宣帝留心观察，也发现霍皇后不喜欢太子，又有宫廷内外关于“许后暴崩是遭人下毒”的流言，三言两语传到宣帝耳中，他心里十分怀疑，于是与魏相密商，想出了釜底抽薪的办法。

当时的度辽将军范明友为未央卫尉；中郎将任胜为羽林监，还有长乐卫尉邓广汉，光禄大夫散骑都尉赵平，这四人都是霍光的女婿，掌握着兵权。光禄大夫给事中张朔是霍光的姐夫，中郎将王汉是霍光的孙女婿。

宣帝先调范明友为光禄勋，任胜为安定太守，张朔为蜀郡太守，王汉为武威太守，又调张安世为卫将军，所有两宫卫尉，城门屯兵，北军八校尉等都归他节制。又将赵平调任光禄大夫。另外让许、史两家子弟接替张家女婿的职务。这一下，霍氏兵权被夺去，基本上被架空了。

霍禹因为兵权被收，亲戚被调，非常郁闷，托病不上朝。太中大夫任宣专门来看望霍禹，他以前是霍家长史，霍光去世时还曾奉诏护丧。霍禹对他说：“我不是有病，只是心里不甘，‘县官’要不是我家将军，能有今天吗？现在将军坟土未干，他就将我家排斥，反而重用许、史两家子弟，究竟我们霍家哪点对不起他？”他口中说的“县官”就是宣帝，霍氏全家其实打心眼里看不起宣帝，都认为宣帝是霍光一手扶植起来的，因此经常戏谑地称宣帝为“县官”。

任宣劝他道：“大将军在的时候，朝中大权都握在他一人手中，就是家奴冯敬等人都受到百官敬重，比丞相还要威风。而今不能和以前比了，许、史两家是天子至亲，应该重用，愿大司马不必介怀。”霍禹不说话，任宣便告辞而去。

宣帝为了防止信息闭塞，诏令吏民奏事，无论是谁都可以不通过尚书，直接上书皇帝言事，让中书令每天都把书取给他，逐件批阅。这一条把尚书架空，使霍氏掌握的权力集中到皇帝手中。

几天后霍禹到假，又入朝视事。这次回朝他发现奉承他的人越来越少，纠劾霍家的大臣却越来越多。

霍氏子弟愁得日夜不安，霍显愤愤地说：“这一定是魏丞相暗中唆使，要灭我家，他自己难道就没有罪过吗？”

霍山问道：“朝中都说我家毒死许皇后，这话究竟从何说起？”

霍显把霍禹几人带到内室，把她让衍下毒的实情都说了出来。

霍禹等不觉大惊，齐声急问："这，这事当真吗？"

霍显这时也很是心虚后悔，脸上青一阵红一阵。霍禹见母亲不说话，知道她不是在说假话，道："怪不到'县官'排挤我家，夺我兵权，这事如果真查起来，肯定是重罪，怎么办啊？"

霍山霍云此时也急得没有主意。霍禹最终把心一横，想了个办法：干脆把宣帝废掉，这样才能免祸。

正在秘密商议，忽然有一人走了进来，是霍云舅舅李竟的好友，名叫张赦。霍云与他关系也很好，当即把他迎了进来。张赦见霍云神色仓皇，便问他出了什么事，霍云便告诉了他隐情，张赦替他出主意道："现在丞相与平恩侯擅权用事，可请太夫人赶快去告诉上官太后，诛了这两人，翦去天子羽翼，天子势单力薄，只要上官太后一道诏书，就可将他废去了。"霍云欣然受教，张赦也马上告辞。

没想到隔墙有耳，霍家的马夫大略听到了几个人说的话。刚好长安亭长张章和马夫认识，闲得无聊来找朋友玩，马夫留他住下。夜里一觉醒来，张章听到几个马夫在卧聊。他假装睡着，侧耳细听，谈论的正是张赦白天的计谋。

张章十分吃惊，但更多的还是惊喜，因为他终于盼到出头之日了。等马夫谈完，都去睡觉，他也做起了"富贵梦"。

翌日一早，张章就与马夫匆匆别过，写了一书径向北阙走去。

宣帝很快看到了张章的上书，想了想便交给廷尉查办，廷尉让执金吾去抓捕张赦等人。不久宣帝又下令停止抓捕。

霍家人知道阴谋被泄露了，更加惊慌，又聚在一起商议。霍山说："'县官'顾着太后，所以不愿追究。但我们已被怀疑，而且外面关于毒死许后的事传言日盛，就是他宽容，也难保别人不揭发，一旦发作，定要族诛。我们不如来个先发制人！"于是通知霍家几个女婿，让他们一同起事。

这时李竟与诸侯王私相往来，犯了罪被抓。案子与霍氏有关联，于是有诏令让霍云和霍山免官在家。

霍家越发失势，只有霍禹一个人还入朝办事，但其他官员对他已经不如从前尊敬了。偏偏宣帝又当面责问他几件事，如霍家女子去长信宫为什么不按礼节来，霍家家奴冯子都等为何不守法等等，问得霍禹冷汗直流，只好勉强脱下帽子谢罪。

这些信息让霍家人也惊慌失措起来，成了惊弓之鸟。霍显梦到霍光对他说："你可知道儿子被抓起来了吗？"霍禹也在夜里被车马声惊醒，醒后才知是梦魇。

地节四年（公元前66年）春，宣帝找到了外祖母王媪，以及舅舅王无故和王武，当即称王媪为博平君，封王无故为平昌侯，王武为乐昌侯。许家和史家之外，又多了王家贵戚，霍家更加相形见绌，整个霍府愁云笼罩。这一切，自然令霍家人坐立不安。霍禹、霍山等人，甚为恐惧。《汉书》记载，他们梦见"井水溢流庭下"，"灶居树上"，家里老鼠"暴多"，与人相触，以尾画地，"鸮数鸣殿前树上"，"第门自坏"，等等。显然，都是凶象。

霍山十分怨恨魏相，想抓住他"擅减宗庙祭品"的把柄弹劾他。霍禹霍云说这只能整魏相，不能保家。于是，霍家决定冒险。他们又想了一个计策，想让上官太后邀请博平君饮酒，再召入丞相、平恩侯等人，让范明友、邓广汉引兵抓了他们处斩，再趁机废去宣帝，立霍禹为天子。

计划还没来得及实施，宣帝又颁诏，让霍云去担任玄菟太守，让任宣担任代郡太守。接连又发现了霍山以前的罪恶，是擅写秘书，应该判罪。

霍显想替儿子赎罪，愿献城西宅第和良马千匹，很久没有批复。

张章又探听到霍禹等人的逆谋，去期门（官名）董忠那里告发。董忠转告左曹杨恽，杨恽又转达给侍中金安上。金安上是金日磾的儿子，刚得到皇帝宠信，立即奏报宣帝，并与侍中史高同时献议，请求禁止霍氏家族出入宫廷。侍中金赏是金日磾的次子，曾娶霍光的女儿为妻，一听到这个消息，慌忙奏报要和霍家女儿离婚。

宣帝到了这个时候，便不再容忍霍家，立即派出朝使，把霍氏家族所有人全部捉拿查办。范明友最先得到风声，快马驰到霍山霍云家报告。霍山与霍云胆战心惊，正准备设法摆布，就有家奴抢跑进来报告："太夫人的住宅已被役吏包围了！"

霍山知道无法免罪，服毒自尽，霍云与范明友也相继服毒，等到捕快来的时候，都已经毒发身亡。于是便把霍家的妻妾子弟抓走了，霍显母子也被抓到狱中，很快审讯出真相，霍禹被腰斩，霍显也被杀，霍家所有的子女，以及女婿、孙女婿，全部处死。甚至连近戚疏亲，也都连坐，诛杀不下千家。冯敬也被杀死，与霍显到地府相会去了。霍皇后被废，徙居昭台宫。只有金赏已经和妻子离婚，幸免株连。

接着是封赏一帮除逆有功的功臣：金安上被封为都成侯，杨恽被封为平通侯，董忠被封为高昌侯，侍中史高被封为乐陵侯，张章也被封为博成侯。

还有茂陵人徐福之前见霍氏奢侈狂妄，曾三次上书要求宣帝裁撤霍家子弟，宣帝留中不发，只是批答了“闻知”二字。等到霍氏家族灭亡，一帮功臣受到封赏，却没有赏赐徐福，便有人替他不平，上书给宣帝。宣帝看了来书，心里仍旧不以为然，但令左右取十匹帛赏给徐福，后来总算召他为郎。

对霍光的评价

霍家和宣帝的矛盾，起自于那次骖乘，宣帝阴蓄已久，所以逆谋一发，就把霍家一下拍死。但霍光忠心耿耿辅政二十多年，还是为汉室立下大功的。宣帝能当皇帝，虽然是由丙吉倡议，也终究是由霍光拍板才把他迎入。他对汉室总体来说还算是比较忠诚的，世上没有绝对的忠诚。他辅佐昭宣二帝，权倾内外，却没有像后来的王莽那样篡位。

尤其是托孤四大臣中的三人相继死去，霍光独揽大权，他手下也有一帮拥护者，说不定也有人暗示过他，但他却始终没有动这个念头。因为他明白天下人心还在刘氏，手下很多人追随的前提是他对刘氏的忠诚，客观上不会允许存在霍家篡位的条件。霍光是个小心谨慎的人，他只能安于极致人臣之位，不能胡思乱想。他也知道很多人都暗地里觊觎他霍家遮天的权势，故而他行事还是比较低调的。

有人说，霍光之忠，并不是对皇帝之忠，甚至不是对江山之忠，而仅仅是对一己之忠，对权力之忠。这话也有些偏颇，霍光坚决地执行了汉武帝临终遗诏的基本精神，实行“与民休息”的政策，使西汉王朝由社会动荡不安进入到“昭宣中兴”，为西汉的进一步发展奠定了基础，这还不算“忠”吗？从这一点来看，霍光专政，对西汉王朝确有不容抹杀的历史功勋。霍家被诛灭后，宣帝并没有抹杀霍光的功勋，在麒麟阁设置的功臣画像里，霍光一直都被汉宣帝恭敬地列在第一位，称霍光“功德茂盛，功如萧相国”。从这点来看，实事求是的宣帝真的无愧于“一代明君”的称号。

但霍光挟私匿奸，贪恋权力，打击异己，以权谋私，称其为“难得的贤明无私的忠臣”未免过誉。他最大的失败是没有把妻儿管教好，导致妻儿放纵不法，最终害了整个家族。从一件事就可看出他的家教不严：霍光的儿子霍禹与张安世的长子张千秋都是中郎将，一起随范明友出击乌桓。等到得胜回朝，进见霍光，霍光问张千秋战略与地形，张千秋有条有理地说了出来，一点也没有遗忘；霍光又问自己的儿子，霍禹都不记得了，只说“都有文书记录”。霍光叹息道：“霍家要衰弱了，张家一定会兴旺啊！”

霍光一生所犯的最大的错误，就是帮妻子隐瞒毒死许后的事情，虽然这件事在他生前没有被揭发，但即使他死后，这件事也彻底毁了他在宣帝心目中忠诚的形象，为宣帝所不能容忍，结果遭到灭族惨报，让他绝祀。霍皇后被打入冷宫后，宣帝还不解恨，十二年后又迫令她自杀。

霍光威震四海、自以为光宗耀祖之时，也给霍家埋下了祸根。另有史家评价：“骄奢则不逊，不逊必侮上。侮上者，逆道也。在人之右，众必害之。”

潜伏的刺客

这一年，宣帝去昭帝陵庙秋祭。走到半路，前队旄头骑士的佩剑忽然出鞘，剑柄坠地，倒插在泥中，寒光闪烁的剑锋朝上，导致御马惊跃起来，不敢前进。

宣帝心里一惊，忙召郎官梁邱贺来占卜。梁邱贺是琅琊人，曾跟随太中大夫京房学易学。京房去担任齐郡太守，宣帝求京房的门人，得了梁邱贺，让他当郎官，留侍左右。梁邱贺一番演卦后，说有人谋反，车驾不宜前行。

宣帝于是派有司代祭，命车驾回宫。有司到庙中搜查，果然抓获了刺客任章。他是任宣的儿子，任宣因是霍家党羽而被诛杀，任章曾担任公车丞，事发后逃往渭城。后来想为父报仇，又混入都中，趁着宣帝出祠，扮成郎官，执戟立在庙门外，意图行刺。

任章被抓住后自然被斩首。宣帝升任梁邱贺为太中大夫给事中，以后便更加谨慎了。

芳草报春晖

宣帝为了立后的问题，犹豫了一两年，结果他宠爱的几个妃嫔都没有被立为后，而是立了一个他不是十分宠爱并没有生子的王婕妤为后，主要是从长远考虑为了保全储君，怕有孩子的宠妃当了皇后后会像霍氏那样。

王婕妤被册为皇后，宣帝仍不宠爱她，但把太子奭交给她抚养，只是给她挂个虚名，其他宠妃都把这事当作笑谈。王皇后却是性情温和，毫不相争，所以和其他宠妃相安无事。宣帝也正是看中了她这一点。

宣帝六年，追尊史皇孙为皇考，特立寝庙，免除高祖功臣三十六家赋役，令子孙世奉祭祀，赐天下吏爵二级，民一级，女子百户牛酒，鳏寡孤独高年粟帛。又颁诏大赦天下，减少赋税，减轻刑罚。

宣帝登基六七年来，勤政息民，选拔能干的官吏治理天下。他最信任的两名大员，一个是卫将军张安世，一个是丞相魏相。

诛灭霍家，魏相参议有功，不需细述。张安世一直小心谨慎，什么事都奉诏遵行，没有参与到铲除霍氏的事件中。他有个孙女名叫张敬，曾嫁给霍家，和霍家是亲戚关系，到了霍氏族诛，他怕连坐，紧张不安，焦虑得形容憔悴，身体衰弱。宣帝知道了这个情况，特赦他的孙女，没有被株连，张安世这才放下心来，办事更加谨慎了。

张安世的哥哥张贺，这时已经病殁，宣帝追念他的旧恩，问张安世才知道张贺的儿子也死了，只留下一个孙子，才六岁，取名叫张霸。

张贺在世时，曾把张安世的三儿子张彭祖过继过来抚养。张彭祖小时候曾和宣帝一起读书。宣帝询问清楚底细后，先封张彭祖为关内侯。张安世入朝辞谢，宣帝说:“我是为了张贺，与将军无关。”张安世才退下。

宣帝又想追封张贺为恩德侯，并置守冢二百家。张安世又上表辞谢，并且请求减守冢人家至三十户，宣帝总算答应了，亲自确定守冢地点，把墓地设在西斗鸡翁舍。舍旁是宣帝少小时候玩耍的地方,让三十家居住，作为纪念。后来自思这样还不足以报德，又于次年下诏封张贺为阳都侯，赐谥号为哀，让关内侯张彭祖袭爵，拜张贺的孙子张霸为车骑中郎将，赐爵关内侯，食邑三百户。张霸年幼，只给他爵禄，不让他任事。

张安世再次为张彭祖辞禄。他崇尚节俭，都穿黑布衣服，妻子也常自己纺布，家童有七百人，但都让他们参加劳作，勤治产业，积少成多，所以张家比霍家还要富有。但张安世约束子弟非常严格，因此得以传家几代。

宣帝的另一位恩人就是御史大夫丙吉。宣帝对张贺非常感恩，其实丙吉对宣帝的恩情还要大于张贺，只是丙吉为人深厚，绝口不提当年对武帝的恩情，而宣帝由于当时太幼小，对那一段事情茫然无知。所以宣帝只记得有养育之恩的张贺，不知道有救命之恩的丙吉。

刚巧有一名叫则的女子，曾是掖庭的宫婢，抱过襁褓中的宣帝，此时已嫁给一个民夫，丈夫让她上书，陈述自己的功劳，想捞点好处。

宣帝全然忘记了，让掖庭令查实，则女供称御史大夫丙吉知道详情。掖庭令于是带着则女到御史府对质。丙吉见了则女，依稀还能认得，说起以前的事，他道 :“事是不假，但你照看不周，还被我责备呢。现在怎么还好意思称自己有功劳？只有渭城的胡妇和淮阳的赵征卿曾经乳养皇上，她们是真的有功劳啊！”

掖庭令于是回报宣帝，宣帝又召问丙吉，丙吉就把胡赵两妇乳养的情况告诉宣帝。宣帝便下诏寻访两位妇人，不久传回消息说两位妇人都去世了，于是子孙都得到了厚赏。则女也算有微劳，宣帝也赏赐了她，并把她召入细问，则女于是详述丙吉的事，宣帝这时才知道丙吉对他有大恩，封丙吉为博阳侯，食邑一千三百户。并将许史两家子弟以及一帮旧亲戚，一起封了侯。就连少时的朋友及郡狱中曾经的工役，也都各给赏赐。

宣帝的故事告诉我们一个道理：戒急隐忍，才能笑到最后。当年韩信能忍胯下之辱，终于练成战无不胜的大将军，可惜后来他没有继续隐忍下去，变得浮躁而急功近利起来，所以最终以悲剧收场。“艰难困苦，玉汝以成”。忍耐着、坚持着，当列车穿过黑暗与苦难的长长隧道之后，刘询终于发现，苦难成就了他人生辉煌的篇章！

39. 汉宣中兴循吏多

伯乐识良驹，贤君用良臣。天下多一个循吏，则可保全数万生灵。在封建社会，这全赖有选拔循良之人的皇帝，皇帝清明，就会良吏辈出，天下就治理得好。

霍光死后，宣帝命张安世为大司马车骑将军，张安世小心谨慎，事事不敢专擅，都禀报宣帝裁定，宣帝到这时才得以亲政，励精图治起来，每五天开一次大会，和百官商讨治国良策，兴利除弊。宣帝出身凄苦，深知民情，他曾对大臣们说："百姓安居乐业，田里没有愁恨声，全靠政策平稳，判案公平，得人而治，朕想国家根本，系之于民生，民生大要，系之于二千石，二千石如果不得民心，怎么能辅佐朕治国呢？"他急需一批治世能臣，目的是重塑西汉政府公信力，使人们重新认同西汉朝廷，增强西汉政府统治的合理性。

胶东相王成比较有循声，听说他召集流民约有八万多人，宣帝便下诏褒扬，称他劳而不怠，赐爵关内侯。这是封赏循吏的第一次，后来王成病死了，有人说他虚报户口，不实在，宣帝也没有追问，只要吏治有名，就会下诏奖励，于是天下闻风，循吏辈出。

人才辈出的中兴盛世

宣帝报答了自己的恩人，又挑选了一批能干的官吏。提升北海太守朱邑为大司农，渤海太守龚遂为水衡都尉，东海太守尹翁归为右扶风，颍川太守黄霸、胶东相张敞先后担任京兆尹。

清正廉洁的大司农朱邑

朱邑字仲卿，庐江人，年轻时当过桐乡啬夫，为官廉洁公平，性情淳厚不苛刻，官民对他都很悦服。后来担任北海太守，政绩非常卓著，宣帝又提拔他为大司农。他对别人求他的私事一概拒绝不办，朝臣都很敬畏他。他所得俸禄和赏赐，都用来周济亲戚，家无余财，自己生活很是节俭。他担任大司农第五年得了重病，临终前对儿子说："我曾经在桐乡为官，百姓都很爱戴我。你一定要把我的遗骸葬到桐乡！"儿子遵从父命，等他死后把他葬在桐乡，百姓们为他起冢立祠，祭祀不绝。

会理"乱绳"的水衡都尉龚遂

龚遂字少卿，平阳（今山东省邹城市平阳寺）人，之前受了昌邑王刘贺的牵连，遭受髡刑，罚为城旦。宣帝即位后，正值渤海闹饥荒，盗贼蜂起，郡守以下的官员都不能治理。丞相御史便极力推荐龚遂去渤海治理。

宣帝便召见他，只见他七十多岁，老态龙钟，而且身材本来矮小，看上去越发弓腰驼背。宣帝不禁有点失望。但已经召来了，不得不问他："渤海荒乱，朕很忧虑，你将如何处置盗贼？"

龚遂答道："海滨辽远，未经教化，百姓为饥寒所迫，又无良吏抚慰，不得已流为盗贼。今天陛下是想让臣去剿呢？还是让臣去抚呢？"

宣帝道："朕今天选用贤良，就是想让你们去安抚百姓，并非一意主剿。"

龚遂胸有成竹地说："臣听说治乱民就像治乱绳，不应过急，须慢慢清理才能治平。陛下既有意抚民，让臣去治理，臣希望丞相、御史，不要用文法拘束臣，臣要一切便宜从事，方可有成。”宣帝点首允诺，并赐他百金，令他立即就任。

龚遂草草收拾行装，便去渤海境内。郡吏派兵去迎接，他全部让兵士回去。自己坐着一辆车到了郡衙，他把各县衙的捕吏全部解散回家，宣布所有操持田器的百姓都是良民，官吏不去过问他们，只有持兵械的才是盗贼。盗贼听到这个命令，都闻风解散了。

接着龚遂又开仓赈民，并把原先的官员去暴留良，让他们安抚百姓。人民大悦，情愿安居乐业，不愿以身试法，于是全郡都安定下来。

渤海民风向来奢侈浮躁，偷抢盛行，不勤于耕作。龚遂用俭约引导人民，劝他们农桑种植，民间有持刀带剑的，都令他们卖剑买牛，卖刀买犊，并且对他们说：“你们都是好民，为何带刀佩剑呢？”百姓渐渐地都遵从他，努力成为良民。三四年后，狱中诉讼减少了，人民变得富裕了。

宣帝嘉奖他的政绩，召他回都。他临走时，渤海的官民把他恭送出境，抹着眼泪看着车驾远去。

有个议曹王生愿意跟他一起走，王生有嗜酒的习惯，别人劝龚遂不要带他走，龚遂不忍心拒绝他，便同意他跟从。从渤海到长安，王生一直在喝酒，不说话。等入了都门，见龚遂下车，忙抢先几步，走上来对龚遂大声说：“大人请留步，我有话要说。”

龚遂回过头看着王生，只见他满脸醉意，不知他要说什么。只听他道：“皇上如果问公，公不要讲自己的政绩，而要说是圣上德化，不是臣的功劳，请不要忘了。”龚遂点头答应了。

等见了宣帝，问他治理的情况，他便把王生教给他的话回答宣帝。宣帝不禁微笑道：“是谁教你这些套话来回答朕？”

龚遂见宣帝明察秋毫，不敢隐瞒，便直言相告说：“这是议曹教臣的，臣还不知此道呢！”宣帝又问了他几句，便让他退下了，暗想龚遂年纪已老，不能进任公卿，于是命他为水衡都尉，并授王生为水衡丞。不久龚遂就病逝了。

敢惩办土豪恶霸的右扶风尹翁归

尹翁归字子兄，祖辈都居住在平阳（今山西临汾），后来迁到杜陵（今陕西西安市东南）。他少年丧父，由叔叔抚养大，先当了狱吏，学习文法，爱好击剑。适逢田延年任河东太守，到平阳视察，检阅吏役时，让文官站在东边，武官站在西边，尹翁归却站在原地不动，说："尹翁归文武兼备，愿听驱使！"其他人都认为他很愣，但他却引起了田延年的注意。让他过去，问他一些吏事，尹翁归对答如流。于是田延年便把他带了回去。他判决案件，每次都毫不留情，判决得很好，田延年更加器重他，让他担任吏尉。后来田延年调到朝中，尹翁归也跟着调任为都内令，后来又当上了东海太守。

尹翁归去东海赴任前去找廷尉于定国，问他东海的民风。于定国是东海人，父亲于公曾担任郡曹，判案公正，百姓拥戴他，专门为他建立生祠，号为于公祠。于定国为人谦和儒雅，很有同情心，判案经常从轻，与张汤、杜周等人截然相反，当时流传着一句话说："张释之为廷尉，天下无冤民；于定国为廷尉，民自以为不冤。"于定国喜欢喝酒，虽多不乱，喝得越多，判断越明，霍光生前很器重他。宣帝见刑狱烦冗严苛，便想减少刑罚，特升水衡都尉于定国为廷尉，让他决狱断案。

这次见尹翁归上门找他，他本来想让尹翁归把自己两个儿子带去，混个一官半职，但相互谈了很久，都没有开得了口。送走尹翁归后，于定国对两个儿子说："他是当今的贤吏，不便以私相托；而且你们两人也不能任事，我所以不好启齿！"其实，于定国不好开口，证明了他也是贤吏。

尹翁归到了东海，悉心查访，把官民的情况全部记录下来，然后到各县巡行，劝善惩恶。郯县有个土豪名叫许仲孙，横行乡里，好几任太守，屡次抓他都抓不到，尹翁归亲自督促捕快把他抓住，审出很多罪恶后把他处死。于是官民都不敢再违法，东海得到大治。宣帝又调尹翁归为右扶风，尹翁归到任后，仍按照东海的办法，并且访查任用廉平的官员。访查民间疾苦，听说土豪恶霸，立即命县吏捉拿，按照法律惩罚。

敢于直谏献言的谏大夫夏侯胜

原长信少府夏侯胜和原丞相长史黄霸二人入狱还是本始二年的事，那时宣帝下诏追念武帝，要增加庙乐，令群臣商讨。群臣都说按照诏旨执行。

夏侯胜却反对说："孝武皇帝虽然曾征服蛮夷，开拓疆土，但死伤了无数士卒，耗尽了财力，德泽不足及人，不宜增加庙乐。"

此语一出，群臣哗然，大家都对夏侯胜说："这是诏书圣旨，怎么能够违背呢？"

夏侯胜昂然道："诏书也不是都可行的，全靠人臣直言补充，难道阿谀顺旨便算是尽忠吗？"

群臣听了，都责怪夏侯胜不肯奉诏，联合奏劾他，说他毁谤先帝，罪在不道。只有黄霸不肯署名，于是他又被群臣劾奏，请求与夏侯胜一同坐罪，宣帝命将二人逮捕入狱。

群臣于是请求尊武帝庙为世宗庙，并且提出武帝在世时巡行过的四十九个郡国都要立庙，别立庙乐，号为盛德文始五行舞，世世祭飨，与高祖、太宗庙祀相同，宣帝都批准了，下令照办。

夏侯胜和黄霸两人被关在一起，相互攀谈，倒也不寂寞，黄霸（字次公）是阳夏人，从小学习法律，后来当上了河南郡丞，宽和待民。宣帝继位后，召他为廷尉，兼丞相长史，这时被捕入狱，亲友都替他忧虑，他却很淡定，乘着狱中清闲向夏侯胜请教经学，夏侯胜对他说："我们犯了罪，都快死了，你怎么还要学经？"黄霸答道："朝闻道，夕死可矣，更何况我们还不一定就死呢！"于是夏侯胜便整天给他讲授《尚书》。

出狱后，夏侯胜被任命为谏大夫，黄霸出任扬州刺史，夏侯胜这时已经年老了，平时质朴少话，有时和宣帝谈话，会误称宣帝为君，或误喊别人表字（在古代，皇帝面前提到大臣的名字是不能叫字的），但宣帝毫不计较，对他很信任。

夏侯胜从朝中回去吃饭时，把皇帝和他的对话告诉同僚。这事被宣帝知道了，便责怪他泄露谈话内容。夏侯胜从容地说："陛下所言甚善，臣万分钦佩，所以在外称扬。唐尧为古时圣君，言论传颂至今，陛下的言论又何妨让人传颂呢？”

宣帝不禁很受用地点头，于是朝廷每次议论大事，必召夏侯胜列席。宣帝常喊他为先生，并对他说：“先生尽管直言，不要再想着以前的事，朕已知道先生正直了！”

夏侯胜便经常献言，多被采用，后来又让他担任长沙少府，升为太子太傅，九十岁才去世。上官太后念着师恩，赐钱二百万，素服五日。宣帝也特赐给他墓地，让他陪葬平陵（昭帝墓）。

细心务实的颍川太守黄霸

黄霸出任扬州刺史三年，政绩卓著，后来调任他为颍川太守，宣帝特赐车中高盖，以示嘉奖不同。

黄霸到了颍川，让邮亭乡官都养殖鸡和猪，赡养贫困户和鳏寡者。然后颁布条规，让百姓按章办事。

有一次他派一个老成的属吏去办一件秘密的事，途中微服私行，不敢在驿舍食宿，每次都在市中路摊上买饭菜，在野外吃。一次正在野地里吃饭，忽然有一只乌鸦飞下来，把他的肉啄走了，属吏抢之不及，只好自认倒霉。等到事情办完，黄霸对他说：“这次我知道你的辛苦了！乌鸦都不留情，把你吃的肉给抢走了。”属吏闻言大惊，还怀疑黄霸派人跟踪他，于是不敢有半分隐瞒，将调查案件的实情和盘说出。

其实黄霸并没有派人跟踪，只是平时在署衙任凭官民来说事。有乡民向他诉说途中见闻，随口说出他看到乌鸦抢肉的事，黄霸记在心中，属吏给他回报的时候，他借题发挥，属吏此后办事不敢隐瞒真相。

有时鳏寡孤独死了没钱安葬，由乡吏上报，黄霸立即批发出去，说哪里有大木可以做棺材，哪里猪子可以用于宰祭，乡吏按他说的去取，果然有，更加佩服他细心务实。境内的奸猾听说他来了都纷纷躲避，盗贼越来越少，狱讼也减少了。许县有一名县丞，年老耳聋，是督邮太守的属吏。太守想把他免官，向黄霸报告。黄霸对他说：“许县丞是廉吏，虽年老耳聋，还能按礼节起拜，你们正应该从旁帮助他，不要冷落了贤吏！”太守只好退去。

有人问老朽无用，为何还要留住他？黄霸答道："县中若老是换长吏，免不得送旧迎新，多需费用。而且一些狡诈的官员会从中舞弊，盗取财物。即使换一个新官，也未必真能贤明。治理之道，只有去掉最差的，何必经常更换呢？"自此所有的属吏都求少犯错误，黄霸也不轻易更换他们，上下级关系都处理得很好。

严延年死后，黄霸升任御史大夫。

御史大夫一缺，本来由萧望之就任。但他自恃才高，经常戏辱丞相丙吉，丙吉年纪已老，不愿和他计较。萧望之还不收敛，又奏称民穷多盗，错在三公失职，这话其实是不点名地批评丙吉。宣帝这时才知道萧望之好忌妒、很刻薄，特派侍中金安上责问他，萧望之免冠回答，说话大多支吾其词。丞相司直繇延寿向来看不惯萧望之，这时也乘机举报他的私事，萧望之便被降官为太子太傅。黄霸应召入京，当了御史大夫。

一年后，丙吉病殁，黄霸代为丞相。黄霸妻子是一个巫师的女儿。黄霸年轻时当阳夏游徼，与一个相士同车出游，路旁遇到一个少女，相士看了她多时，说她将来一定显贵。黄霸还没娶妻，听了这话，便去打听这个女子的情况，请人说媒。女子的父亲本来微贱，很高兴就答应了，立即将女儿嫁给黄霸为妻。

弄巧成拙的京兆尹赵广汉

赵广汉是涿郡人，历任守尹，不畏豪强，人民安居乐业。后来当了京兆尹，因私怨杀了邑人荣畜，被人告发。赵广汉的案子归丞相御史查办，还没定案，赵广汉却刺探丞相魏相的家事，阴谋抵制。

可巧丞相府中有一个丫鬟自杀了，赵广汉怀疑是丞相夫人逼她自杀的，于是等丞相去宗庙祭祀的时候，特派中郎赵奉寿去讥讽魏相，想让魏相知道自己有过，不敢追究荣畜的案子。

魏相偏偏不肯听从，查案更加急迫。赵广汉无奈之下，就想劾奏魏相，他先去请教太史，问近来星象有无变化。太史回答说今年的天象，有大臣要被诛杀。赵广汉闻言大喜，以为这要应在丞相身上，于是便放大了胆，上告魏相逼杀婢女。当下就得到了复诏，令京兆尹查办。

赵广汉正好大出风头，领着一帮衙役闯进相府。正好魏相不在府中，门吏无法阻止，只好由他使威。他坐在堂上，传唤魏夫人讯问，魏夫人十分吃惊。赵广汉仗着有诏命在手，胁迫魏夫人下跪，问她为什么要杀婢女。

魏夫人极口否认，双方争执了一番，赵广汉不便用刑，只好另召相府的奴婢挨个审讯，也没有得到实供。赵广汉怕魏相回来，便把十几个奴婢都带回府衙。

魏夫人遭到这一番屈辱，当然不甘心，等魏相回府，边哭边说。魏相也容忍不住，立即写了一封奏牍，大概说妻子没有杀婢女，婢女是因过错自尽，赵广汉自己犯法不肯伏法，反而要胁迫臣，请陛下明察。

呈递上去后，宣帝很快将原书发交廷尉，命令彻底查清。

廷尉于定国经过一番调查，查得魏相家的婢女却是因为负罪被逐，自己想不开，在外面自缢而死。与赵广汉所说的不一样。

司直萧望之这时也劾奏赵广汉摧辱大臣，意图劫制，悖逆不道。

宣帝正依重魏相，自然更是对赵广汉不满，当即把他褫职治罪，再经廷尉复核，又得到赵广汉滥杀无辜、断狱失实等罪状，把他处以腰斩。

赵广汉弄巧成拙，偷鸡不成蚀把米。定罪之后，赵广汉也后悔自己晚节不保，但已经来不及了。京兆的百姓都哭泣呼号着请朝廷不要杀他，宣帝主意已定，不肯收回成命，于是皂吏把百姓驱散，把赵广汉正法市曹。

京兆尹一职是最难做的官，赵广汉死后，调入彭城太守接任，不到几个月，就失职罢官。又将颍川太守黄霸调任京兆尹。

黄霸本是一个有能力的官，到任后，也曾访察民情，小心办公。但都中豪贵紧盯着他不放，专门抓他小辫子，接连告发他：一是不先上报就招募百姓修筑驰道；二是征发骑兵到北军但马少士多不相应。这两件事都破坏了规定，被弹劾耽误了朝廷征集财物以解决军用的大事，接连被减损俸禄。

幸亏宣帝知道黄霸廉明，不忍心夺他官职，于是又让他又回到原任。改选他人接替京兆尹，仅一年间就调了好几个官员，最后选了胶东相张敞到京兆，才算控制住局面。

为妻画眉的京兆尹张敞

张敞字子高，平阳人，迁居茂陵，由甘泉仓长调任太仆丞。昌邑王刘贺入宫即位时，滥用私人，张敞曾力谏过他，但没有听从。刘贺被废去后，张敞的谏牍被宣帝看到了，因此专门提升他为太中大夫。接着又出任山阳太守，名声很好。

张敞在山阳任上觉得十分闲暇，后来听说渤海和胶东人民十分贫苦，都流为盗贼。渤海已派龚遂出守。张敞便上书主动要求去胶东治理，宣帝便调任他为胶东相，赐三十金。

胶东是景帝儿子刘寄的封土，传到曾孙刘音，少不更事，他的母亲王氏就喜欢游猎，政务日益松弛。

张敞到任后的第一件事就是悬赏缉盗。盗贼如果自相抓捕斩获的，一概免去以前的罪恶；吏役捕盗有功的，都能够升官。一番雷厉风行的严打，果然盗贼息声，治安稳定。张敞又谏阻王太后游猎，王太后听了他的建议，从此深居简出，不再浪游。这些政绩宣帝都知道了，刚好几任京兆尹都不称职，于是宣帝调他担任京兆尹。

张敞来到京兆，听说境内偷盗很多，百姓为此很苦恼。他私下察访，查出几个盗首，竟然都是鲜衣美食，家资丰厚，乡民都不知他们是盗首，反而称他们是忠厚长者。

张敞不动声色，只是派人分头把他们招来，和他们进行秘密谈话，把他们犯的所有案子，都抖搂出来，几个盗首都大惊失色。张敞微笑道："你们不要怕，如果能改过自新，把其他窃贼全部捉拿，就可赎罪。"几个盗首都磕头道："我们愿意遵从大人！不过今天你召我们来这里，一定会被其他盗贼怀疑，请你封我们一个官，才能让他们中计。"张敞很爽快地答应了，当即给他们每人封了一个官。

几个盗首便想了一个计策，说是自己当官了，在家设宴，把盗贼们都邀请过来庆贺。群盗不知是计，一起来祝贺，等大众喝得酩酊大醉的时候，一群捕快冲了进来，来了个一网打尽。到了衙门审问，群盗还想抵赖，张敞瞪着眼睛道："你们看看你们衣服后面，都有记号，还想抵赖吗？"群盗回头看自己的背后，果然不知什么时候都被涂上了红色记号，于是只好乖乖认罪。张敞按罪轻重，分别加以惩罚，境内少了很多盗贼，安宁了不少。

张敞生性好动，不拘小节，经常轻衣绔扇地骑马去章台（长安市名）游玩。有时早上起来没事，还为妻子画眉，在京城里传为艳谈。一些豪贵又作为话柄劾奏他，说他有失体统。宣帝问张敞这件事，他直截了当地答道："夫妇之间的私情比画眉还要亲密，臣还不止为老婆画眉呢！"宣帝也一笑而过。但这种琐事，还是影响了他的形象，朝廷觉得他举止轻浮，不应列为公卿，所以张敞当了八九年京兆尹都没有提升，他也无所谓，只是安于本职而已。

急流勇退的太子老师叔侄

当时太子奭有两个老师：太子太傅疏广与少傅疏受，他们是叔侄关系。

疏广号仲翁，疏受字公子，家住在兰陵（今山东省临沂市兰陵县），都通经术，叔叔以博士晋升，侄子以贤良当选。当时太子奭还很幼小，他的外祖父平恩侯许广汉请宣帝让他的弟弟许舜监护太子。

宣帝征求疏广的意见，疏广说："太子是国家的储君，关系重大，陛下应慎择师友，精心辅翼，不宜专用外戚，而且让许舜来监护，天下人还以为陛下在谋私呢！"宣帝点头认可，等疏广退下后，又把疏广的话告诉丞相魏相，魏相也佩服疏广的见识。宣帝于是更加器重疏广，几次赏赐他。

太子入宫朝谒，疏广走在前面，疏受跟随在后，随时矫正太子，不让他逾法。

叔侄俩在任五年，太子奭到了十二岁，已经通晓《论语》《孝经》。疏广对疏受说："我听说知足的人才不受辱，现在我们官至二千石，该是功成身退的时候了。现在不走，以后一定会后悔，不如我们叔侄同归故里，享受人生吧！"

疏受赞同叔叔的想法，于是叔侄俩一起请了病假。宣帝给了三个月假，转眼三个月过去了，两人又称病重，请求放他们回家。宣帝不得已准奏，加赐二十金。太子奭单独赠五十金。

两人出都时，满朝的公卿大臣和老朋友都到东都门外设宴为他们饯行。两人喝了很多杯酒，谢别而去。路上的行人见送行的车马有数百辆，不禁感叹道："贤哉二大夫！"

叔侄俩到了兰陵，又设酒宴邀请族党亲邻，连日聚饮，赏赐的黄金花费了不少，疏广还让卖金供应酒馔，毫不吝惜。

大约过了一年多，子孙们见黄金快花光了，很是着急，于是私下托族中的父老劝疏广节省。

疏广叹息道："我难道真是老糊涂，不为子孙着想？但我家本来就有薄产，只要子孙勤劳耕作，已经足够自给自足，如果添置产业，不但无益，恐怕还有害处，子孙如果贤能，留给他们财产只能让他们失去志向，子孙如果不贤，留给他们财产反而导致他们骄奢淫逸。所以我何苦把金子留给他们，贻祸子孙呢？何况金子是皇上赐给我们养老的，我拿它与亲朋聚饮，共同享受皇恩不好吗，为什么要无端吝啬呢？"

父老听了，都觉得他看得透，说得对。他的子孙也不再劝阻他，而是用自己勤劳的双手谋生去了。

被冤杀的四贤臣

所谓人非圣贤，孰能无过。皇帝也是人，再圣明，也有犯浑的时候。

五凤五年宣帝又改元甘露。从神爵元年到甘露元年的八年间，汉廷没有什么大的变端，最大的新闻就是杀死了司隶校尉盖宽饶、左冯翊韩延寿、河南太守严延年、故平通侯杨恽四人。这四人罪不当诛，死得可惜，只能怪宣帝刑罚失当。

盖宽饶：宁死不肯受辱

盖宽饶字次公，魏郡人，刚直清正，敢于纳谏，不避权贵。

宣帝刚喜欢用刑法，又引入宦官弘恭、石显，令典中书。盖宽饶上书反对，写了很多不赞同宣帝举措的话，宣帝一怒之下，便将原奏发下，令有司议罪。执金吾承旨弹劾他，说他大逆不道。只有谏大夫郑昌说他为人耿直，希望宣帝能原谅他。宣帝不肯听从，要把盖宽饶拿下入狱。盖宽饶不肯受辱，刚走到殿下，就拔出佩刀挥颈自刎了。

韩延寿：告诫儿子永不当官

韩延寿字长公，由燕地迁居杜陵，历任颍川、东海诸郡的太守，教人民礼义，对待下属很宽容。左冯翊、萧望之升任御史大夫后，韩延寿调任左冯翊。韩延寿视察民情，遇到有两兄弟在争一块田，各执一词，韩延寿不批评他们，而是自责道："我身为郡长，不能宣明教化，反而让你们兄弟骨肉相争，都是我的错！"说至这里泪流满面，兄弟两人也感到很惭愧，相互推让，不敢再争吵了。韩延寿就任三年，郡中非常安定，声誉比萧望之还要好，萧望之十分忌妒他。

刚好萧望之的属下到东郡调查案件，说韩延寿在东郡任内曾虚耗官钱千余万，萧望之便用这件事劾奏他。这事被韩延寿听说了，也将萧望之当左冯翊时亏空官钱百余万的事抖出来，作为抵制。

萧望之当时就上奏说是韩延寿要挟他，请求为他申冤。宣帝正信任萧望之，自然不向着韩延寿，派去查办的官员自然也逢迎宣帝，只说萧望之被诬陷，韩延寿有罪，并且查出韩延寿校阅骑兵的时候，车服越制，骄侈不法等事情。宣帝竟下令将韩延寿处死，令他到渭城受刑，路上都被哭着来送行的百姓堵塞了。韩延寿的三个儿子都到法场活祭父亲。韩延寿嘱咐道："你们当以我为戒，从此后再也不要为官！"三个儿子哭着答应父亲，等父亲死后，都辞去郎官的职务回家了。

杨恽：史上最早的"文字狱"

杨恽是前丞相杨敞的儿子，他生平疏财仗义，廉洁无私，《汉书》记载，他只有一个缺点："恽伐其行治，又性刻害，好发人阴伏，同位有忤已圪，必欲害之，以其能高人。"他喜欢说人过失，挖人隐私，很是刻薄。

当初，杨恽只是左曹这样一个小官，公元前66年，他知道了霍家人要造反的消息，便通过金安上向宣帝告了密。霍家被皇帝削平后，杨恽因告密有功，升为中郎将，封平通侯。

但后人都认为杨恽这样做太不厚道，原因是杨敞之前在霍光手下办事，受到厚爱，一路提拔他当了丞相。现在杨敞的儿子出来告发大恩人，是一件很不道德的事。即使霍家触犯了国法，也轮不到你杨恽来告密，这是一种忘恩负义的行为。所以对于杨恽封侯，很多人都不齿。

在封侯后，杨恽的小日子是过得很滋润，但别人却对他有了戒心，一旦有人被打小报告，大家都会怀疑是杨恽干的。“由是多怨于朝廷”，很多人都对他有意见。

宣帝的太仆戴长乐好吹牛，他是宣帝在民间时认识的兄弟，宣帝即位后，便提拔了他。有一次，戴长乐受宣帝祭礼宗庙，回来对下属吹牛：“皇帝当面召见我，我做皇帝祭祀的助手，连金日磾都亲自为我赶车。”不久，有人告发了戴长乐，廷尉把他关进了监狱。戴长乐怀疑是杨恽让人告了他的密。在狱中，戴长乐也上书揭发杨恽的罪行。

据戴长乐告发信所写，高昌侯的车狂奔撞到了北掖门，杨恽便跟富平侯张延寿说：“之前有马狂奔触殿门，门柱断了，马死了，随后，昭帝就驾崩了。”那么，这次发生什么事呢？杨恽没有说，只说了一句话：“今复如此，天时，非人力也。”

戴长乐的告密信可谓是切中了要害。他是在告诉宣帝，杨恽是在诅咒您早登极乐呢。

戴长乐还举了杨恽的一件事：“杨恽曾看过古代帝王的画像，他却不看皇上您和尧舜的，而只是盯着桀纣的画像说什么‘天子经过这里的时候，应该问问他们有什么过失，应该从中吸取教训才是’的话。”然后是自己的阐释，“这不是明显在骂皇帝您是昏君吗？”

汉宣帝看了这封告密信后，自然很恼火。廷尉于定国经过查证，杨恽决不抵赖，供认不讳。宣帝把他废为平民，戴长乐并没有因为告密而得到奖赏，被逐出朝廷。

杨恽失位在家，并没有闲着，而是“居家治商，以财自娱”。按理而言，被废退后的臣子应该低调一点，杨恽却不这样，他用经商赚来的钱大肆招徕才学之士，俨然把自己的家变成了一个会员俱乐部。他的朋友孙会宗写信劝他闭门思过，不宜置产业，不宜多和宾客交往。

杨恽心血来潮，回信写下了史上有名的《报孙会宗书》，他先是在信中夸耀自己的显赫世家，然后是废为平民后的生活，最后，他狂傲地说，古代有个叫段干木的不肯做官，我要效仿他。

这篇文章还没有传出去，他的侄子杨谭读到了，对他说："西河太守建平杜侯以前也犯过罪，现在又起用为御史大夫，你的罪比他小，过去又有功于朝廷，皇帝一定会重新起用你的。"

杨恽不屑地说："有功有什么用？这种皇帝，我再不想为他出力了！"

五凤四年孟夏发生了日食现象，忽然有一个叫拜成的驺吏（养马的小官）告杨恽不守法，不肯悔过，日食告变，错误就在这个人。宣帝命廷尉查办，得到了杨恽给孙会宗的回信。

宣帝看了信后，只见满纸怨言，尤其读到"夫人情所不能止者，圣人弗禁，故君父至尊亲，送其终也，有时而既。臣之得罪已三年矣。田家作苦，岁时伏腊，斗酒自劳。家本秦也，能为秦声。妇，赵女也，雅善鼓瑟。奴婢歌者数人，酒后耳热，仰天拊缶而呼乌乌。其诗曰：'田彼南山，芜秽不治，种一顷豆，落而为箕。人生行乐耳，须富贵何时！'是日也，拂衣而喜，奋袖低昂，顿足起舞，诚淫荒度。不知其不可也"这一段时，宣帝大怒，下令逮捕杨恽。

杨恽在信中的意思是：我已经被贬官三年，就仿佛是我给我死去的老子守了三年孝一样。按礼制，我已经尽孝道了。现在对你也算是尽了忠道。从此以后，咱们就是井水不犯河水。尤其让宣帝不能容忍的是，杨恽居然把宣帝和死掉的父亲相提并论，这不是在贬低和诅咒皇帝吗？

廷尉定了杨恽大逆不道之罪，宣帝立即批令腰斩，把他全家眷属充戍到酒泉，又将杨恽在朝中的亲友全部免官。杨恽成败皆源于告密。

杨恽从小崇拜外祖父，爱好读史书，杨恽一生中主要的贡献，是出版了《史记》，为中国历史研究留下了根据。据史家研究，杨恽之狱，是史上最早的"文字狱"。

京兆尹张敞也被株连，还没有免职。张敞让属吏絮舜查看案件，絮舜竟然不去干事，并对家人说："五日京兆，还想办什么案情？"

这事传到张敞耳中，他召入絮舜，责备他玩法误公，要砍他的头。絮舜还要呼冤，张敞拍案道："你不是说我是五日京兆吗？我先杀了你再说。"于是絮舜被斩首。

絮舜的家人到朝中鸣冤。宣帝认为张敞已确定是杨恽的党羽，还敢滥杀属吏，实在是可恨，立即夺了他的官，免为庶人。张敞缴还印绶，惧罪逃走了。不久京兆就乱象纷呈，治安混乱，冀州还出现了大盗，宣帝又专门下旨再召张敞为冀州刺史。

严延年：被母斥责的"屠伯"

严延年被劾官逃回老家，后来又遇赦复出，连任涿郡、河南太守，锄强扶弱，专喜欢罗织地方土豪的罪名，然后把他们全部诛杀。河南的官民都非常惧怕他，给他起了个绰号叫作"屠伯"。

严延年是东海人，当河南太守后，派人去老家接母亲过来。严母到了洛阳，看见路旁有很多囚犯押赴刑场处决，不禁大惊。走到都亭，便命车停住，不肯进府。

严延年等了很久见母亲都没来，便自己去都亭接母亲，母亲拒绝去他那里。严延年莫名其妙，十分吃惊，只好长跪在驿舍门外请母亲明示。

好多时母亲才开门，他忙起身进去行礼，但听母怒声呵斥他道："你有幸能当郡守，管辖地方千里，没听说你施行仁爱，而是专门崇尚刑威，难道为民父母，能这么残酷吗？"严延年听了连忙磕头谢罪，并请母亲登车回府，亲自为母亲驾车。

到了府中后，一过春节，母亲便要回家。严延年再三挽留，母亲愤然道："你可知人命关天，不容妄杀？现在你这样滥刑，老天不会放过你！我没想到到了老年，还看到壮子受诛，我今天走了，回去为你扫墓罢了！"说完便登车自去。

严延年送走母亲，心想母亲太多虑了，仍然不肯宽待人民。

当时黄霸在严延年的邻郡担任颍川太守，严延年一向看不起他，偏偏黄霸的名望比他高。颍川境内年年丰收，黄霸奏称凤凰停在颍川境内鸣叫，得到宣帝褒赏。

严延年心里更加不服，刚好河南发生了蝗灾，府丞狐义视察回来报告严延年。严延年问颍川有没有发现蝗虫？狐义回答说没有，严延年冷笑道："难道都被凤凰吃光了吗？"

狐义又汇报司农中丞耿寿昌实行平仓法，谷贱时增价籴人，谷贵时减价粜出，很是便民。严延年又讥笑道："丞相御史不知道做这件事吗？那把位置让给他算了。耿寿昌虽然想利民，但也不该擅自实行新法。"

狐义连碰两个钉子，不再说话，退出后暗想严延年脾气乖张，跟着他混肯定没有好下场。然后又为自己卜了一卦，得了一个凶兆，看来是凶多吉少，不如入都告发，死了还能留个好名声。于是怅然登程，来到长安，劾奏严延年十大罪状，把奏章封好，呈递上去，便服毒自尽。

宣帝将原奏交给御史丞，调查后证实狐义自杀的实情，立即报告。宣帝再派官员到河南察访，查得狐义所奏并没有诬陷他。于是依案定罪，定了严延年诽谤的罪名，诛死严延年。

严母回到家中后，就告诉族人，说严延年不久必死，族人还似信非信，此时才知她有先见之明。严母有五个儿子，都是高官，严延年是老大，次子彭祖，官至太子太傅，其他几个儿子都是二千石，东海人称严母为"万石严妪"。

中兴令主的功与过

宣帝起于贫困，因此执政后也非常务实，信赏必罚，史称为"中兴令主"。但他也有三大失误：重用外戚，滥杀名臣，任用宦官，在列车前行的轨道上埋下了一枚可动汉家根基的重磅地雷。

二疏走后，卫将军大司马张安世病逝，赐谥号为敬。许史王三家子弟都因为是外戚而得宠升官。谏大夫王吉以前曾和龚遂一起受髡刑，后来宣帝召他入朝。外戚的权力越来越大，王吉怕这成为后患，已有些忍耐不住。再加上宣帝清闲时也想模仿武帝，到甘泉宫祭祀，又到河东祀后土祠，还听信方士的讹言，添置神庙，费用巨大。王吉便上书进谏，请宣帝选拔贤士，不要用私亲，去除奢侈，崇尚节俭，不要相信淫邪。每一句话都切中时弊，但宣帝却不采纳他的意见。王吉便告病回乡。王吉年轻时在长安住过一段日子，东边的邻居家有棵大枣树，枝叶茂盛，长到了王吉家,他的妻子便顺便摘了枣子给王吉吃。王吉以为是在市中买的，也就安心地吃了。后来得知是妻子擅自摘的邻居家的枣，非常愤怒，要与妻子离婚，还把妻子撵回家去。东边的邻居听说王吉为了区区几粒枣子要休妻，很过意不去，便想把枣树砍去，免得伤邻里感情。后来经过邻里出来调解，劝王吉召回妻子，东边的邻居才没有砍枣树。

迷信鬼神，但知错早回头

宣帝依然迷信鬼神。益州刺史王襄举荐蜀人王褒，说他才能出众，宣帝当即召见他,令他作“圣主得贤臣”颂。王褒很快就写好了,辞藻华丽，只是篇末有“雍容垂拱，永永万年，不必眇然绝俗”等话，当时宣帝正在求仙,看了这些话不是很高兴,但已经召他到来,便暂令他待诏金马门。

王褒有心上进，忙变计迎合，又续写了几首颂，颂扬圣德，这才博得宣帝欢心，提升他为谏大夫。刚好有方士说益州有金马、碧鸡二宝，是神仙使者，可以求到。宣帝便让王褒去致祭，王褒刚好趁机衣锦还乡。其实金马和碧鸡是两座山的名字，只是一座山像马，一座山像鸡，因此得名，两座山上有很多神祠而已，并不是什么宝物。王褒应命去致祭，逐个神祠拜祷,没看到有什么金马出现,碧鸡飞翔,他却在途中中了暑气,一命呜呼。益州刺史报告宣帝，宣帝很是悼惜，渐渐醒悟这不过是方士的谎言。京兆尹张敞又奏入一本，极称方士狡诈，不能相信，宣帝于是遣散方士，不再迷信鬼神了。宣帝回头得还早，可见他还是比较清明的。

尊重功臣，不容忍异己

宣帝又先后列出十一个功臣，让画工在未央宫麒麟阁上画像。这十一名功臣是：

大司马大将军博陆侯霍氏；卫将军富平侯张安世；车骑将军龙頟侯韩增；后将军营平侯赵充国；丞相高平侯魏相；丞相博阳侯丙吉；御史

大夫建平侯杜延年；宗正阳城侯刘德；少府梁丘贺；太子太傅萧望之；典属国苏武。

这十一个人中，只有萧望之还活着。其中第一个人没有写姓名，但大家一看就知道是霍光，霍家虽灭，宣帝还追念霍光的旧功，不忍心写他的名字。关于苏武为什么放在最后，宣帝有两点考虑，一是他的儿子苏元因为牵连到上官桀的案子而被诛杀，苏武当时也被免官。后来宣帝即位仍起用苏武为典属国，并将苏武在匈奴生的儿子接回来，拜为郎官。神爵二年，苏武逝世。二是故意把他放在最后，因为苏武中外闻名，要让外国人看了之后，觉得像苏武这样有名的人都不能排在前面，说明中国的人才多，更加不敢轻视中国了！

武帝的六个儿子，只有广陵王刘胥还在世。他傲慢乖戾，曾想谋变，可惜兵力单薄，一直不敢发作。

到了五凤四年，刘胥忽然被人揭发阴谋，说他嘱令女巫诅咒朝廷。

宣帝派人调查，情况属实。便要求刘胥交出女巫，他竟然把女巫杀了灭口。

廷臣联名上奏，请求将刘胥明正典刑。宣帝还没有下诏，刘胥知道自己不能幸免，已经自缢身亡。于是宣帝除国为郡。

苦心调剂，扶持接班人

宣帝立次子刘钦为淮阳王，三儿子刘嚣为楚王，四儿子刘宇为东平王。还剩下小儿子刘宽因为年龄尚幼，不便加封。这几个儿子中，宣帝最喜欢淮阳王刘钦，一半是因为刘钦的母亲张婕妤色艺兼优，于是爱母及子；一半是由于刘钦聪慧好学，喜欢读经书法律，颇有才干，与太子奭的优柔懦弱大不相同。宣帝曾赞叹道："淮阳王真是我的儿子啊！"

他曾想用淮阳王取代太子奭，只是以前答应过情深意合的许皇后，因此最终没有背弃。为了让太子奭将来能够顺利执政，防止兄弟相争，宣帝于甘露元年，煞费苦心地任命韦玄成为淮阳中尉。

韦玄成是故相扶阳侯韦贤的小儿子，韦贤年老才当官，生有四个儿子，长子韦方山，已经早逝，次子韦弘，三子韦舜，韦玄成排行老四。韦弘曾担任太常丞，犯了罪而入狱。韦贤病终后，门生博士义倩等矫托韦贤遗命，让韦玄成袭爵。韦玄成刚担任大河都尉，回来奔丧，得知这个消息，想自己有两个哥哥，不能越封。于是假装痴癫而退让。但义倩等已将伪命上奏，宣帝派丞相御史传召韦玄成入朝拜爵，韦玄成仍然装疯不理。

丞相御史早就看出韦玄成是在装傻，上奏宣帝。幸亏有一个侍郎，是韦玄成的故人，怕他抗命得罪，急忙从旁帮他开脱："圣主贵重礼让，应该优待韦玄成，不要让他屈志！"宣帝于是知道韦玄成的好意，仍使丞相御史带韦玄成入朝。韦玄成没办法，只好应召入朝，宣帝当面慰谕，迫令他袭爵，韦玄成不能再推让，这才拜受。不久宣帝让他担任河南太守，并将韦弘释放，让他当泰山都尉。未几，又召韦玄成入都担任未央卫尉，又调任太常；后来因与原平通侯杨恽交情深厚，受到牵连。杨恽被杀后，因为连坐，免官回家，但列侯的爵位仍在。一次，他以列侯身份陪祀惠帝祠庙时，因清晨天雨路滑，他未驾驷马之车而骑马前往，被认为有罪，削除封国，降为关内侯。他对此感到极为痛心，觉得对不住祖宗。

不久又起用他为淮阳中尉——原来是宣帝为太子奭起见，特令退让有礼的韦玄成辅导淮阳王刘钦，让他当作榜样，省得将来窥窃神器，酿成兄弟争端，这正是宣帝防微杜渐，苦心调剂的方法。

越年改元黄龙（公元前49年）。还没到年底，宣帝忽然生起病来，这年冬天，宣帝病情加重，诏命侍中乐陵侯史高为大司马，兼车骑将军；太子太傅萧望之为前将军；少傅周堪为光禄大夫，受遗辅政。不久宣帝驾崩，享年四十三岁，总计在位二十五年，改元七次。

太子奭继位，奉葬先帝梓宫，尊为杜陵，庙号中宗，上谥号曰孝宣皇帝。谥法为：圣善周闻曰宣。史称汉宣帝"政教明，法令行，边境安，四夷清，单于款塞，天下殷富，百姓康乐，其治过于太宗（汉文帝）之时"。

昭宣时期，经过三十八年的休养生息，不仅缓和了武帝晚年以来不断激化的社会矛盾，平息了严重的社会危机，而且在一定程度上恢复和发展了生产，恢复了国家实力，加强了中央集权的统治，从而避免了重蹈亡秦覆辙的厄运，使西汉王朝又由乱到治，由弱变强，出现了"昭宣中兴"的局面。

11 车厢

温 柔 杀 手

40. 帝国的危机

虎父生犬子，说的就是宣帝和元帝父子。

本来宣帝临终前，已给元帝安排好了辅政大臣，第一位是外戚侍中、乐陵侯史高，另两位是太子太傅萧望之和太子少傅周堪，并提升史高为大司马车骑将军，萧望之为前将军、光禄勋，周堪为光禄大夫，三人并领尚书事。史高是宣帝祖母史良娣的侄孙，宣帝幼年时养在史家，与史高关系亲密。萧望之、周堪都是元帝的师傅，是当代名儒，深谙政事。

就如星光闪烁的夜空，突然来了一团乌云——另有两个宦官乘机混进了列车头等座，一个是中书令弘恭，一个是仆射石显。自从霍家灭亡，宣帝怕政出权门，特召两个太监侍直，让他们掌管奏牍的出入。两个太监小忠小信，很得主人欢心，因此逐渐提拔。宣帝还算英明，虽然任用两个太监，但终究不让他们专政。元帝的英明不如父亲，不知从哪里得到一套歪理，认为“中人无外党，精专可信任”，即作为一个宦官，没有子女和家室之累，一定会集中精力干好工作，他们才是可以信任的人。看来他是早就忘记秦朝赵高的教训了。在外戚、儒臣、宦官三种势力中，元帝最终选择了依赖宦官。结果两个太监就得以横行宫廷，他们知道元帝好欺负，就想结纳外援，盗取大权。元帝优柔寡断，最终纵容了宦官，同时也受制于宦官和外戚，容易被骗还不醒悟。司马光的评价一语中的：

“甚矣，孝元之为君，易欺而难悟也。”后人一味埋怨王莽篡权，导致西汉灭亡，其实是不对的，西汉王朝的掘墓人正是大汉自产的皇子皇孙——元帝、成帝之流，他们身上有一张共同的标签——“昏君”。

“儒学热”背后的隐患

太子奭继位，史称汉元帝。尊王皇后为皇太后。越年改易正朔，号为初元元年。

刘奭雅重儒术，当他还是太子时，见父皇重用法家人物，动不动就用刑罚惩治下属，大臣杨恽、盖宽饶等仅仅因为“辞语有讥刺”就被杀害，执法过于严峻苛刻，曾在入朝时乘间进言让他多用儒生，不要崇尚刑法。

宣帝不禁生气地说：“汉家自有制度，向来王霸杂行，怎能专用德教呢？而且迂腐的儒生不合时宜，徒乱人意，怎能委任他们？”太子奭见父亲发怒，不敢再说话。

后来宣帝长叹道：“乱我家法的人一定是这小子！”差点没让淮南王取代他的储君之位。从这件事不但可以看出元帝的柔仁，还可看出他是个很有个性和思想的人，骨子里比较固执，做事不听劝。

元帝从小就接受良好的教育，具有深厚的经学理论功底。即位后，他决定放弃“霸术”，实行“德教”。发布的各项政令以及诏书，多引经为据。元帝经常问大臣的话就是“经义上是怎么做的”。他要求大臣执法必须按经术的意思办事，如果大臣奏议上的语言不符合经义，就会受到严厉批评。

孔子第十三世孙孔霸“上书求奉孔子祭祀”，元帝立即答应，并以皇帝名义奉祀孔子，孔霸被封为关内侯，赐食邑八百户，号褒成君，给事中，加赐二百金，府第一所。孔霸去世，元帝两次穿素服去吊祭，赐给东园秘器钱帛，赠予列侯礼安葬，谥号“烈君”。

初元二年（公元前47年），起用师傅萧望之，赐爵关内侯，食邑八百户。夏侯胜死后，“赐冢茔，葬平陵。太后赐钱二万万，为胜素服五日，以报师傅之恩，儒者以为荣”。元帝的做法使得“尊师重教”蔚然成风。同时元帝还以儒家标准选官用人，大幅度增加太学博士弟子数量，由宣帝时的二百人，激增至千人。对这些博士弟子，每年按甲、乙、丙三科考试，考试合格者,即可授以相应的官职。于是,当时社会上流传着这样的话:“遗子黄金满籯(竹笼),不如一经。”读书应试,成为当时草根入仕的主要途径。自武帝“罢黜百家,表彰六经”以来,直到元帝,社会上才真正掀起了“儒学热”。

然而，对此《汉书》却评价元帝：“而上牵制文义，优游不断，孝宣之业衰焉。”本来，以儒家仁义之道为治国指导思想，为汉王朝选送了大批人才，使得动荡的社会又暂时平静下来，应该是一件振兴大汉的好事，然而，这为何竟成了西汉走向灭亡的铺路石呢？通过后面的故事我分析原因主要有三：

一是“好儒”导致国家缺少“刚正之士”。元帝广用儒生，大家都变成温和保守的鸽派，多了一批纸上谈兵的理论学者，在国家遇到风险时，缺少挺身而出、敢于担当的勇士。

二是考取功名的应试制度，让许多人思想趋于功利。许多人读经即为做官，当官以后，不想着如何尽忠守职，只想着保住自己的乌纱帽。

三是学习好不代表能力强。当时的情况是能治者不能为官，为官者不能为治。书呆子占据要位，只会打官腔，政府的办事效率也大大降低，同时还给社会带来了严重的消极影响。

辅政班子的内斗

大司马史高职务最高，但却没有一点才略，所有国家大事都由萧望之和周堪两人决定，元帝也格外宠信他们。

萧望之又推荐刘更生为给事中，让他与侍中金敞共事。金敞是金安上的儿子，正直敢谏，有伯父金日磾的遗风；刘更生是前宗正刘德的儿子，也是楚元王刘交的玄孙，他敏捷能文，曾担任谏大夫。两人献计献策，提出意见建议，很有裨益。

史高刚开始还因为自己才疏学浅，虚心退让。后来自己的虚荣心膨胀了，见自己有位无权，又见到萧望之、周堪两人有刘更生和金敞相助，既忌妒又不甘心，因此渐渐和两人产生了矛盾，准备另求党羽。于是恭弘和石显两人和史高同气相求，一拍即合。石显尤为刁钻狡猾，经常到史高府第密谋参议。史高唯言是听，于是和萧望之、周堪等经常发生一些小摩擦。

儒臣失策

萧望之等察明隐情，忙向元帝进言，请求罢免中书宦官，理由就是“上法不近刑人”的古训，元帝没有批准。弘恭和石显也与史高计划，准备将刘更生先调走。刚好宗正缺人，史高便上奏，请求把刘更生调去任职。元帝不知他葫芦里卖的药，当即照准。

萧望之暗暗着急，忙搜罗几个名儒茂材，举为谏官。

会稽人郑朋一心想着进步，便去巴结萧望之，乘间上书告发史高派人到处征索贿赂，还举报了许史两家子弟种种放纵的事情。

宣帝把书拿给周堪看，周堪说郑朋谠直，令他待诏金马门。

郑朋得寸进尺，又致书萧望之，推他为周召管晏，自愿投效，萧望之便请他见面，郑朋满口谀辞，天花乱坠，把萧望之忽悠得很开心。

郑朋走后，萧望之又转了一个念头，怕郑朋口是心非，于是派人察访他，果然劣迹多端。萧望之认清了他的真面目，于是告知周堪不宜引荐此人。

郑朋天天盼着升官发财，但等了很久都没有音信，又去萧、周二人府上拜见，结果都被谢绝了。郑朋大为失望，干脆变计转投许史门下。

许史两家正恨他切骨，怎么会容他？郑朋忙捏造谎言道：“之前是周堪、刘更生教我这样做的，现在才知道大错特错，我情愿为你效力赎罪。”许史两家信以为真，让他当了自己的爪牙。

侍中许章把郑朋推荐给元帝，元帝便召见了他。郑朋第一次见元帝，自然不能多说话，很快就出来了。他却对许史家人说："我已面劾前将军，小过有五,大罪有一,不知皇上肯不肯听我的话。"许史家人听了格外高兴。

宦官弄权

还有一个待诏的华龙，也被周堪斥责，然后转投许史门下，与郑朋同流合污，辗转攀缘结交到了弘恭和石显。弘恭和石显于是嗾使二人劾奏萧望之、周堪、刘更生，说他们排挤许史两家，有意构陷他们。趁着萧望之休假的时候呈书上去。

元帝看了便交给弘恭和石显调查。弘恭和石显便奉命查讯萧望之，萧望之自然不肯承认。弘恭和石显当即回报，说萧望之等私结朋党，诋毁贵戚，专擅权势，为臣不忠，请求交给廷尉查办。

元帝答了一个"可"字。弘恭和石显立即传旨抓捕萧望之、周堪、刘更生入狱。

三人被抓了好几天，元帝都不知道。直到有事想询问周堪和刘更生，派内侍去召见，内侍回答说二人都入狱了，元帝大吃一惊道："谁敢把他们抓到狱中？"

弘恭和石显在一旁忙跪答道："前日陛下准奏，方敢遵行。"

元帝生气地说："你们只说交给廷尉，并没说下狱，怎么能随便抓他们？"

弘恭和石显忙磕头谢罪。元帝又说道："速让他们出狱任事！"

两人应命退出，匆匆来到大司马府中，见了史高，和他密议多时，定出一个办法，由史高承认下去。翌晨史高入见元帝道："陛下即位不久，还没做出什么业绩，就让师傅入狱。如果他们没有罪，仍让他们出狱供职，显见得举动粗率，反而会让别人议论。臣意还是将他们免官，才不至于出尔反尔！"元帝听了，觉得言之有理，竟下诏免了三人官职，贬为庶人，让他们出狱。郑朋也因此受到赏赐，擢任黄门郎。

一个月后，陇西地震，城郭被毁，伤亡无数，连太上皇庙（即太公庙）也被震塌。接着太史又奏称客星出现，侵入昴宿及养舌星，元帝十分惊惶。过了几天，又传来地震警报，元帝后悔自己之前罢免师傅，触怒了上苍。因此又封萧望之为关内侯，食邑六百户，位次将军。又召周堪、刘更生入朝，准备拜他俩为谏大夫。

弘恭和石显见三人又被起用，很是着慌，忙向元帝面奏说不宜再起用周刘二人，而把自己过失显示给别人，元帝默然不答。

两人更是着急，又说就是要用周刘，也只可让他们当中郎，不应该升为谏大夫。元帝又被他们忽悠了，只让周堪、刘更生担任中郎。接着又想起萧望之精通经术，可以让他当丞相。弘恭、石显和许史两家听说了这个消息，急得像热锅上的蚂蚁，日夕不安，想尽一切办法阻止。

老师冤死

刘更生怕萧望之遭小人构陷，也想着上书陈明，但怕有同党的嫌疑，于是专门托外亲代他上奏，称地震星变都是弘恭、石显等小人所致，现在应该罢免弘恭、石显，进用萧望之等人，才可返灾为祥。

这书呈上去后，很快被弘恭和石显知道了，两人猜测是刘更生干的，便面奏元帝，请求把上书的人究治。

元帝便让追究上书的人，上书的人经过一通威吓，供出这事是刘更生主使的，刘更生弄巧成拙，结果导致坐罪，免为庶人。

萧望之听说刘更生得祸，也怕自己受到株连，于是让儿子萧伋上书，说上次无辜遭黜，要求申明。

元帝让群臣讨论，群臣都阿附权势，称萧望之不知自省，反而让儿子上书诉冤，失大臣体，应照不敬论罪，捕他入狱。

元帝见群臣不支持萧望之，沉吟良久道：“太傅性格刚强，怎肯入狱呢？”

弘恭和石显在一旁说：“萧望之只是犯了言语上的小罪，不会想不开的。”元帝同意了，让谒者去召萧望之。

石显借此扬威，派执金吾的车马围住萧望之府第，萧望之突然遭到如此变故，便想自杀。

他的妻子劝他静待消息。刚好他的门生朱云来看他，萧望之让他替自己做出决定。

朱云是鲁人，向来注重气节，竟然直接回答萧望之说与其下狱受辱，不如自决。

萧望之仰天长叹道："我曾备位宰相，年过六十了，还要再入牢狱，有何面目再活在世上？"便叫朱云速取毒酒来，朱云即将鸩酒取给他，萧望之一仰头喝尽了，很快毒发身亡。

谒者返报元帝，元帝正要进膳，听得萧望之死讯，饭也不吃了，流涕道："我原知望之不肯入狱，现在果然如此！可惜啊！"说到这里，又把弘恭和石显召入，责怪他们逼死萧望之。两人假装惊慌，免冠磕头。

元帝见两人这样，心又软了下来，不忍加罪他们，只将两人喝退。传诏让萧伋袭爵关内侯。又提升周堪为光禄勋，并让周堪的弟子张猛为给事中。

弘恭和石显又想谋害周堪师徒，还没来得及下手，弘恭就病死了。石显代弘恭为中书令，依然专权。

贤士帮凶

石显听说萧望之死后，舆论都替他不平，便想出一条计策，结交一位经术名家，掩盖之前的错误。

原来元帝即位后曾征召王吉和贡禹二人入都，王吉不幸在路上去世，贡禹进见元帝后被拜为谏大夫，后来又升为光禄大夫。

朝臣们因为贡禹人品好，学问高，都很尊重他，石显也知道贡禹洁身自爱，与萧望之情性不同，也愿意和他交往，亲自去拜见他。石显还屡次在元帝面前赞扬贡禹。后来御史大夫陈万年出缺，石显便推荐他继任，贡禹得以列入公卿。他自然感念石显，所以每次上书只劝元帝省官减役，慎教明刑，对于宦官外戚的关系却绝口不提。

贡禹此时已经八十多岁，只做了几个月的御史大夫便病逝了。元帝另用长信少府薛广德继任。

初元五年冬改元永光，元帝出郊泰畤。礼毕准备留在那里射猎，薛广德进谏道："关东连年遇灾，人民困苦，流离四方。陛下还听丝竹，出来游猎，臣意以为不可！何况士卒暴露，随行劳倦，还请陛下即日回宫，与民同忧乐，天下幸甚！"元帝听从了他的话回宫。

这年秋天，元帝又去祭宗庙，向便门出发，准备乘楼船。薛广德忙拦住乘舆，免冠磕头道："陛下可以过桥，不宜乘船！"

元帝传谕道："大夫可戴冠。"

薛广德道："陛下若不听臣，臣当自刎，把颈血染污车轮，陛下恐怕难以入庙了。"

元帝莫名其妙，很不高兴。一旁的光禄大夫张猛急忙上前解释道："臣听说主圣臣直，乘船危险，过桥安全，圣主不乘危，御史大夫的话应该听从。"

元帝这才醒悟，对左右说："告诉人应该这样。"于是令广德起来，命令从桥上经过，一趟来回都很安全，薛广德因直声而闻名于朝廷。

从元帝即位开始，一直水旱连年，言官多归咎于大臣。车骑将军史高、丞相于定国与薛广德同时辞职。元帝各赐车马金帛，批准他们回家。

元帝又召用韦玄成为御史大夫，不久又擢升为丞相，袭父爵为扶阳侯。玄成父子，俱以儒生拜相，光耀门楣。韦玄成当丞相后，正直持重不如他的父亲，但文采比父亲好，而且遇事谦虚礼让，不与权臣争权，所以朝廷政局比较稳定。御史大夫一缺则由右扶风郑弘担任，郑弘也温和安静，与人无争。

一错再错

唯独光禄勋周堪和弟子张猛刚正不阿，经常为石显所忌。刘更生此时已经失官，又怕周堪等遭害，忍不住又写了一篇奏折呈上，大约有数千言，遍举了经传中的灾异变迁，作为警诫，要元帝去邪崇正，趋吉避凶。

石显看了这封书，知道是在指斥自己，越想越恨。转而想到刘更生无权无势，不必怕他，现在先将周堪师徒除去，再作计较。

于是石显约同许史子弟伺机行动。正值夏令天寒，日青无光，石显与许史子弟内外进谗，说周堪和张猛擅权用事，招致天变。元帝正信任周堪，不肯听信他们。

谁知周堪风头太盛，许多人都忌妒他，很多大臣也接连呈入奏章劾奏两人，弄得元帝心里也没了主意。

落井下石

长安令杨兴具有小才，被元帝宠信，入见元帝时曾说周堪忠直可用。元帝以为杨兴一定会帮周堪说话，便召他来问道："朝臣们多说光禄勋有过失，究竟是什么原因？"

杨兴生性刁猾，听元帝这么问，还以为元帝要罢黜周堪，当即回答道："光禄勋周堪不但朝廷难容，就是让他退居乡里，也未必为众所容。臣见上次朝臣劾奏周堪，说他与刘更生等图谋不轨，罪应加诛。臣认为周堪曾做过陛下的少傅，所以独认为不宜诛周堪，为国家养恩，并不是真推重周堪之德！"

元帝喟然道："你说的也是，但他没有大罪，怎么加诛，现在到底应该怎么处置？"

杨兴答道："臣认为可封他为关内侯，食邑三百户，不要让他干政，陛下既能够报答师恩，又能安抚朝中大臣，一举两得。"元帝点了点头，等杨兴告退，暗想杨兴也斥责周堪，难道周堪真的不尽职吗？

正在怀疑，忽然又由城门校尉诸葛丰拜本进来，也是纠劾周堪和张猛，说二人不讲诚信，无以服人。

元帝不禁懊恨起来，竟然亲自写诏书，传谕御史道："诸葛丰之前在朝中几次夸赞周堪和张猛，现在反而纠劾两人，实在是自相矛盾。诸葛丰之前担任司隶校尉，不去修法度，而专门以苛暴获得虚威。朕不忍心抓他，让他担任城门校尉。他不反思自己，反而埋怨周堪和张猛，还没有证据地举报他们，肆意诋毁二人，不顾自己前面说过的话，这实在是大不信。朕可怜诸葛丰年事已高，不忍心加刑，将其免为庶人！"

不知道的人都以为诸葛丰也像杨兴那样刁滑，其实他落井下石是另有原因。元帝初年，诸葛丰由侍御史进任司隶校尉，秉性刚直，不畏权贵，持节抓捕奸邪，纠举不法。长安吏民都很敬畏他。当时有个侍中许章，自恃自己是外戚，结党横行，有门下客被诸葛丰抓捕，案情牵连到许章，诸葛丰于是想劾奏许章。凑巧途中与许章相遇，便想把他抓起来，举节对他说："请停车！"许章心虚情急，自然不肯停下，忙叫车夫加速驰到宫门，车夫加鞭急赶，诸葛丰追赶不上，许章便驰入宫门，进见元帝，只说诸葛丰想擅自抓捕大臣。元帝正想召诸葛丰问明，适值诸葛丰上奏，历数许章罪状，元帝认为诸葛丰专擅无礼，不支持他，命收回诸葛丰持节，把诸葛丰降职为城门校尉。诸葛丰很是气愤，指望着周堪、张猛替他申冤，好几天没有音信。又写书给二人陈述冤情，不见答复。于是恨上加恨，想到自己平时经常称赞周堪、张猛，现在这两人却落井下石，于是写书弹劾二人。

结果诸葛丰为了心里的一点私愤，误了自己也误了别人，元帝既削夺诸葛丰的官，索性将周堪、张猛，也左迁出去，令周堪为河东太守，张猛为槐里令。

求福得祸

周堪、张猛被贬后，石显权力更大，气焰嚣张，怙恶横行。

当时有个待诏贾捐之，是贾谊的曾孙，多次说石显的劣迹，因此待诏了好几年，都没有当上官。

永光元年，珠崖郡发生叛乱，朝廷发兵征讨，很久都没有成功。珠崖郡在南越海内，由很多岛屿组成。自从武帝平定南越，设为郡县，当地人叛服无常，朝廷几次劳兵征讨。

元帝准备大举南征，一举把它平定。贾捐之却上书谏阻道："臣听说秦朝劳师远攻，外强中干，终于导致内部溃乱。武帝征伐四夷，赋役繁重，盗贼四起。前事可鉴，不能重蹈覆辙。现在关东饥荒，百姓多卖妻鬻子，官府都禁止不了，这是国家最忧虑的事。像珠崖郡那么遥远，不妨弃置它。希望陛下专心顾及根本，抚恤关东为是。"

元帝让群臣讨论这个建议，群臣大多赞成，元帝于是下诏放弃了珠崖郡，不再过问。

贾捐之的建议虽然被采纳，但仍然没得到一个官，郁闷得都不想再待下去了。他又听说长安令杨兴刚得到皇上宠信，便想托他介绍。于是立即投刺拜见，往来了几次后，杨兴见贾捐之口才敏捷，文采风流，而且是贾谊的后人，对他十分欣赏。

刚好京兆尹出缺，贾捐之乘机对杨兴说："君兰（杨兴表字）很有管

“如果不是不贤，何至于会危乱？”

京房点点头，进一步说道：“照此看来，用贤必治，用不贤便乱。幽王和厉王为什么不另求贤人，而是专门任用不贤，自甘危乱呢？”

元帝笑道：“乱世人主，往往用人不明。否则自古到今，有什么危亡主子呢？”

京房说道：“齐桓公与秦二世也曾讥笑幽厉二王，偏偏一个任用竖刁，一个信任赵高，终致国家大乱，他们为什么不将幽厉二王为戒，早些觉悟呢？”

“这不是明主不能见到，齐桓公和秦二世，原算不得明君。”

京房已是明显在斥石显，但元帝还在泛泛而谈，没有觉悟。京房当即免冠磕头道：“春秋二百四十年间，迭出灾异，原是垂戒将来。现在陛下即位数年，天变不断，与春秋相似，究竟现在是盛世还是乱世？”

元帝道：“现在也是极乱！”

京房直说道：“现在确实任用了什么人？”

元帝道：“我想现今任事诸人，当不致如乱世的不贤。”

京房又道：“后世看今世，也如今世视古时，还请陛下三思！”

元帝沉吟半晌道：“今日有何人足以致乱？”

京房回答道：“陛下圣明，应自知晓。”

元帝道：“我确实不知，如果知道了为什么还会用他。”

京房想说又不敢说，不说又忍不住，只得说是元帝平日最亲信的、经常参与秘议的近臣。

元帝接口道：“我知道了！”

京房于是起身退出，满望着元帝从此醒悟，罢免石显等人。哪知石显等丝毫没有摇动，反而将京房徙为魏郡太守。京房知道自己被石显等人所忌恨，心里十分忧惧，只请求不要隶属于刺史，仍可以奏事，元帝倒也答应了，京房便出都而去。

才过了一个多月，都中就发出缇骑逮捕京房下狱，是被京房的岳父张博的案情所牵连。

张博是淮阳王刘钦的舅舅，刘钦是元帝的庶兄。张博曾向京房学习《易经》，后来把女儿嫁给他。京房每次入朝诏对，回来后一定会把情况详细地告诉张博。

张博没有心机，口无遮拦，又将宫中隐情转报给淮阳王，并对淮阳王说朝无贤臣，灾异屡见，天子已有意求贤，请王自求入朝，辅助主上等话。

刘钦竟被他所惑，为张博代为赔偿欠债二百万。张博又敦促他，谎称已经送钱给石显，托他从中说妥，花费五百金，刘钦便如数给了张博。

没想到这事传到石显耳朵里，当即告发他，张博兄弟三人都被抓进狱中，连京房也被株连入都定罪，罪名为翁婿通谋，诽谤政治，误导诸侯王，狡猾不道，应该一并弃市。

御史大夫郑弘与京房关系好，京房之前曾把对元帝说幽厉二王的事告诉他，他也大表赞成。所以京房弃市后，郑弘也连坐免官，黜为庶人。元帝进任匡衡为御史大夫。唯淮阳王刘钦只是传诏诘责，由刘钦上表谢罪就算了。

第二年，韦玄成病死，御史大夫匡衡按例升任丞相，另用繁延寿为御史大夫。

匡衡虽然正直，但见石显权势巩固，也不敢与他作对，只得顺风敲锣，做个好好先生。

石显有个姐姐，想嫁给郎中甘延寿为妻，甘延寿却看不起石显，不愿与她结婚，婉言谢绝。石显便怀恨在心，建昭三年，甘延寿担任西域都护骑都尉，与副校尉陈汤出使西域，攻打斩杀了郅支单于，把他的首级传到长安。朝臣多为甘陈二人请封。石显会同丞相匡衡一起阻止二人封侯。

不久御史大夫繁延寿逝世，朝臣大多举荐大鸿胪冯野王，称他人品和能力第一。冯野王是冯奉世子，由左冯翊升任大鸿胪。

石显与冯氏有嫌，自然也仇视冯野王，对元帝说："现在九卿中，原来没人能比得上冯野王，可惜他是冯昭仪的亲哥哥，臣怕天下后世怀疑陛下偏私，任人唯亲啊！"

元帝听了觉得有理，于是另任太子少傅张谭为御史大夫。

石显专门以狡黠取宠，这次排挤冯野王，让元帝不知不觉就入了套，他还害怕被别人攻击，特向元帝密奏道："宫中有所征发，不论早晚，如夜间宫门早早关了，来不及呈入，请陛下准令开门。”元帝不知有诈，便批准了。

石显于是都在夜里出取物件，故意延挨，等到宫门关了，才传诏开门，几乎成了惯例，果然有人劾奏石显矫诏开门。

元帝付诸一笑，将原书拿给石显看，石显忙跪下流着眼泪道：“陛下过于宠信小臣，专门委以重任，许多人都因忌妒而陷害臣，幸好陛下圣明，不予严惩。以后愿仍归旧职，专门在后宫扫除，免得他人看不惯，臣死也无遗恨了！”

元帝听了，又怜悯起他来，好言抚慰。后来遇有劾奏石显的奏章，都置之不理。石显越发得宠，更加肆无忌惮。他的一帮党羽牢梁、五鹿充宗等，也倚靠他而得宠，气焰嚣张。

41. 倔强的温柔

《汉书·元帝纪》开篇便点出了元帝的形象和性格："壮大，柔仁好儒。"结尾又一次评价他"然宽弘尽下，出于恭俭，号令温雅，有古之风烈"。他是一个身材高大，性格温柔的皇帝。并且多才多艺，能写一手漂亮的篆书，至于弹琴鼓瑟、吹箫度曲、辨音协律等等，无不穷极其妙。

元帝的温柔中又带着倔强，他深爱的司马良娣死后，他便不再见其他姬妾。其实，本章要讲述的人，都貌似温柔，但骨子里却表现出倔强、固执、执着的因子：王政君温婉贤淑，但她的皇后生涯是冷清孤独的，自从她生下刘骜，很少被刘奭召幸，她却从不争宠弄权；还有善于事人的傅昭仪，挺身当熊的冯昭仪，远嫁塞外的王昭君，她们的红颜柔情下，都隐藏着傲骨，只是彼此的结局不同而已。

多情郎的婚姻

红黄的落叶，如蝴蝶般在辉煌壮丽的汉宫飘舞。

她脸像雪一样白，依在刘奭身上看着窗外那些飞舞的精灵，秋水般的眸子里满是不舍。她胸口起伏着，每说一句话都是那么吃力："奭哥哥，还记得我们以前那些日子吗？以前我们就是在这样美的景色里，你鼓瑟，妾跳舞，不管发生什么，都不会将我们分开……"抬手间，却已无力再抚摸他的脸。

刘奭抓住她的手，像是要竭力攥住生命中最宝贵的珍宝，泪水不知不觉从英俊的脸庞滚落。他的心很痛，因为与心爱的人耳边细语越来越是一种奢望了。

死亡，是这般让人无奈与心痛。还想再多一点时间爱她、宠她，哪怕再多一秒。

"奭哥哥，再给我吹一曲，那曲……"

刘奭将她的手轻轻举起，放在了脸颊上，拿出一支箫，放在唇边，吹奏起来。箫声不再是悠扬，更多的是忧伤。

"奭哥哥，我多想再为你跳一支舞啊！"司马良娣幸福地躺在太子怀里，努力想再看他一眼，但是黑暗已渐渐袭来。

刘奭的视线已一片模糊，脸上冰冷，心痛得想要叫出来。

司马良娣，元帝最心爱的女人，就这样离他而去，他不禁万念俱灰。他记得司马良娣曾泪如雨下地对他说："妾死不是天意，而是其他那些良娣、良人们嫉妒我，诅咒我！"

太子奭非常悲愤，迁怒于其他姬妾，不愿再和她们相见。宣帝见太子已经十七八岁了还没得子，这回为了良娣一人，动真格地谢绝姬妾，急得热汗直冒，嘱咐王皇后物色几个宫女等太子入朝时赐给她。

等太子奭入见时，王皇后就将选好的五个"家人子"（无职号的低等宫女）叫出来，让她们站在那里，暗中让女官问太子喜欢哪一个。

太子奭心里只想着司马良娣，不想选其他人，但也不敢违了圣意，勉强瞅了一眼，随口答道："这五人中确有一人可取。"

女官忙问是哪个，太子又默然不答。

刚好五人中有一个靠太子最近的女子，穿着绛色花边的大掖衣，露出如花般的笑容，显得十分醒目。女官便以为太子看中了她，当即向皇后禀报，王皇后就把绛衣女子送到太子宫。此女子就是王政君，一个和西汉王朝灭亡有着千丝万缕联系的女人。她的宿命就是改变西汉列车方向。因此要详述一下她的家族背景和身世：

王家本姓田，东周时，先祖田完为齐国卿大夫。后来田氏代齐，做了国君，传至齐王田建这一代被秦始皇所灭。后来项羽又封田建的孙子田安为济北王。汉高祖建国，田安被削夺王爵，齐地人称为“王家”，从此，田安后世子孙便以“王”为姓氏。田安是王政君的五世高祖。

田安的孙子王遂在汉朝文景之际，住在东平陵（今山东济南东）。后来，王遂生子王贺，汉武帝时任绣衣御史，王贺又生王禁、王弘，王禁就是王政君的生父。

王贺被免职后，又与同乡大户终氏结怨。终氏是济南望族，出了年少有为的谏大夫终军。王贺不愿忍气吞声，举家迁到魏郡元城（今河北大名东）委粟里，在里中任三老，当地人都很尊重他。当时县里有位叫建公的老者说：“当年春秋之世，沙麓暴崩，晋史就曾卜过一卦说：‘沙麓之崩，实因阴为阳雄，土火相乘。这预示着六百四十五年后，当有圣女兴世，大概会应验在齐田家！’现在，王家迁来，正居住在当年沙麓之地，时间也相符，恐怕八十年后，王家真有贵女出世而兴天下了。”

王政君有八个兄弟，四个姐妹。据《汉书》记载，王政君的母亲李氏怀孕时，就曾“梦月入其怀”，宣帝本始三年（公元前 71 年），王政君出生，后人们说她是“太阴之精，沙麓之灵”，称之为“圣女”。此时，她的父亲王禁只担任小小廷尉史一职，他是个不修边幅，喜好酒色的人，娶了很多妾。李氏是正室，除生了女儿王政君外，还有两个儿子，一个名叫王凤，排行老大，一个名叫刘崇，排行第四。此外还有王谭、王曼、王商、王立、王根和王逢时，共计六个儿子，都是庶出。李氏性格好妒忌，几次与王禁反目，最终两人离婚，李氏改嫁河内人（今河南武陟西南）苟宾为妻。

王政君渐渐长大，十几岁时就很温婉贤淑。王禁就帮她找人家，未婚夫和她一订婚就死了。后来赵王想娶王政君为姬，刚送了聘礼，又病亡了。

王禁大为诧异，专门请相士南宫大有为王政君看相，南宫大有说此女必贵，一定不要小看她。

王禁于是也不急着给女儿找人家了，教她读书弹琴，政君灵敏好学，很快就学有所成。到了十八岁，便奉了父命入侍后宫，做了“家人子”。没想到却阴差阳错地被选入太子东宫。

她入了东宫，好多天不见召幸。一天，太子奭悲伤稍稍减轻，偶然到内殿，刚好与王政君相遇，见她态度幽娴，修秾合度，立即对她产生了好感，当晚就让她侍寝。

说也奇怪，太子之前有十几个姬妾，七八年都没有生出一个儿子，偏偏王政君和太子一夜激情后就怀上了。

甘露三年（公元前52年）秋季，太子宫内甲观画堂忽然传来婴儿的啼哭声，宫人立即报告宣帝，王政君生了个大胖小子。宣帝大喜，给孙子取名叫刘骜，“骜”即指千里马。一满月就让乳母抱去相见。抚摸着孙子的脑袋，称他为太孙。宣帝经常把孙子带在身边，不让他离开视线一会儿。

无奈爷孙缘浅，只两年宣帝就驾崩了。太子仰承父亲的意思，一即位就准备立刘骜为太子。子以母贵，王政君被立为皇后。立后一年，便立方才四岁的刘骜为太子。王政君虽然贵为皇后，却“无宠”，元帝并不爱她。

元帝封王禁为阳平侯，又分派诸王就国。淮阳王刘钦、楚王刘嚣、东平王刘宇从长安启程，到各自的封地去。宣帝的小儿子刘竟还小，但封为清河王，仍留在都中。

新侣来相伴

随着时间流逝，刘奭旧时的悲伤渐渐忘却，尤其做了皇帝后，妃嫔远远多于做太子时的姬妾。很快又有两个妃嫔得到刘奭的宠幸，这两人就是傅婕妤和冯婕妤。

傅婕妤是河南温县人，早年丧父，母亲又改嫁，她流离入都，得以侍奉上官太后，善伺意旨，进为才人。上官太后把她赐给元帝。她是个温柔美丽、善解人意的女人，并且“为人有材略，善事人”，也就是说，很有心思，善于处理人际关系，每当宫中有什么祭祀活动，她都以酒酹地，祝每一个人都平平安安。所以很快便深得元帝欢心，宫女们因为她待遇有恩，都很感激她。

几年后她生下一女一男，女儿为平都公主；男孩名叫刘康，永光三年，封为济阳王，傅婕妤得以进号昭仪。元帝对她母子两人非常怜爱，甚至皇后和太子也比不上。

匡衡曾上书规谏，劝元帝辨明嫡庶，不要喜新厌旧。元帝便让匡衡当太子太傅，但依旧宠爱傅昭仪母子。

傅昭仪外，便是冯婕妤最得宠。冯婕妤的家世与傅昭仪贵贱不同，她的父亲是光禄大夫冯奉世。

冯婕妤是冯奉世的长女，纳入后宫后，为元帝生了一个儿子名叫刘兴，被拜为婕妤，和傅昭仪一样受宠。

永光六年，改元建昭。到了冬季，元帝病体痊愈，心情大好，便带着后宫妃嫔到长杨宫打猎，文武百官也都随行。

到了猎场，元帝和后宫美人在场外高坐，文官都远远地站立，武官多去射猎，约莫有三五个时辰，捕获了许多飞禽走兽，都来到御前报功。元帝非常高兴，传谕嘉奖。

到了午后，元帝余兴未尽，便到虎圈前面，观看斗兽，傅昭仪、冯婕妤等都随在身后。

那虎圈中的各种野兽，本来是各归各自的栅栏，现在把栅栏打开，让它们汇集到一起，各种野兽见种类不同，互相发出威胁抵触，并打斗撕咬，一时间钢牙利爪交碰，咆哮怒吼四起，十分紧张刺激。

正目眩神驰的时候，忽有一只野熊跳出虎圈，竟向御座扑来。御座外面有护槛拦住，野熊把两只前爪向槛上攀去，准备翻越过来，吓得御座旁边的妃嫔宫女魂飞魄散，尖叫着向后逃窜。

傅昭仪也逃命要紧，飞迈着脚步，乱曳着翠裾，跌跌撞撞往别处跑去。

武士们持着武器吵吵嚷嚷地上前挡击野熊。元帝一个人坐在御座上很是着慌，正准备起身退去，只见一个女子挡在他身前。元帝定睛一瞧，正是冯婕妤，她挺起胸张开两手，当熊挺立，并且徐步倒退着引熊。

元帝大惊，忙叫她避开，幸好武士们围上前很快把熊格死了。

元帝问冯婕妤："野熊来了，人人都在惊避，你怎么还上前去引它？"

冯婕妤答道："妾听说猛兽抓人，得人而止。妾怕熊伤及陛下，所以情愿以身当熊，免得陛下受惊。"

元帝听了，又是感动又是赞叹。这时妃嫔们都已经反身聚集过来，听了冯婕妤的话，多半惊服。只有傅昭仪心里酸酸的，很是惭愧，由愧生妒，从此与冯婕妤有了隔阂。

回宫后元帝就拜冯婕妤为昭仪，封她的儿子刘兴为信都王。昭仪的名位，是元帝新设立的，比皇后仅差一级，之前只有一个傅昭仪，至此有两个昭仪，势均力敌，差不多如武帝时的"避面尹邢"了。

中书令石显见冯昭仪得宠，冯奉世父子又并列公卿，便准备趁势逢迎，特将冯野王的弟弟谒者冯逡在元帝面前夸赞了一番，推荐任用他。

元帝当下便召见冯逡，想将他提升为侍中。没想到冯逡见了元帝，却极力说石显专权误国，触怒了元帝，斥令他退下，把他降为郎官。石显听了非常快意，但与冯氏便从此有仇了，把从前的援引之情变作排挤之恨。

冯家多出忠臣，可惜没有遇到明君，这也让冯家未来的命运变得扑朔迷离起来。

昭君出塞

得知郅支单于被诛，呼韩邪单于又是高兴又是畏惧。竟宁元年（公元前33年，建昭五年以后改元竟宁）正月，呼韩邪单于请求入朝，来到长安请求和亲。元帝也想羁縻呼韩邪，慨然允诺。

元帝暗想：前代的和亲都是取宗室子女充作公主嫁给单于，现在呼韩邪已经投降，只需从后宫女子中未曾召幸的随便选择一个嫁给他了事。主意已定，便命人取来宫女图，展览一周，随意提起御笔，点选一人，命有司置办妆奁，挑选吉日，把画上点中的宫女赐给呼韩邪。

很快吉日到了，那位赐给呼韩邪的宫女到御座前辞行。元帝慵懒地看了一眼，不觉怔住了——眼前的不是宫女，简直就是仙女。只见她云鬓低垂，粉颊绯红，身材娉婷，竟是一个倾国倾城的绝世佳人。殿上所有人都被她的美艳吸引住了，目不转睛地看着她那张含着无限嗔怨的脸庞，不敢呼吸。

她袅袅地下拜，如莺般道："臣女王嫱见驾！"

元帝好一会儿才回过神来，忍不住问道："你从何时入宫？"

王嫱于是回答了详细的入宫时间。元帝一想，她入宫好几年了，为什么从没见过？可惜了这样一个绝世美人，竟让胡人白捡了一个便宜。

王嫱不为庸人屈

元帝本想将她留住，但又怕失信于外人，而且会被臣民议论，给他贴上"好色皇帝"的标签。只好强作镇定，从国家大计、民族大义角度嘱咐了她几句话，等她起身出去，元帝拂袖入宫，再去查阅宫女图，十分中仅得两三分，一看就是草草描成，毫无生气。接着他又把已经召幸的宫人，和图画比较一番，觉得画工精美，比本人还要胜过几分，不由怒气上冲，大喝道："可恨的画工，故意毁损丽容。如果不是作弊，定有其他原因！"当即传令有司调查画工是谁。

有司很快查出了画工正是杜陵人毛延寿，他是当时著名画家，擅长写生。汉家规定：被选中入宫的秀女按例还须经画工摹绘，然后呈给皇上御览，挑中后才能被召幸。

毛延寿生性贪婪，经常向宫女索贿，宫女希望自己入宫见宠，大都倾囊贿赂他。毛延寿便在画笔上做文章，把长相一般的女人画成美人。

王嫱（字昭君）是南郡秭归（今湖北省兴山县）人王穰的女儿，丽质天成。当时被选入宫中，她不懂这些"潜规则"，而且她天生傲骨，也不肯去贿赂画工，因此毛延寿索贿不获，对她怀恨在心，故意把花容玉貌画成了泥塑木雕一般。元帝但凭画选幸，怎知宫中有如此美人？直到把王昭君点选给呼韩邪，才在朝堂上和她见面，追悔不及。

案子很快查清了，画工毛延寿等五人同日弃市，一时京城画工几乎绝迹。

呼韩邪得了这样的美人，也觉得汉朝真诚相待，于是向元帝上书愿意代为守卫边防，免得中国劳师。

元帝让大臣们讨论，大臣们都以为可行，唯独郎中侯应熟习边防的事情，极力说塞北的边防，万不可撤，反复陈述利害。元帝也豁然醒悟过来，于是令车骑将军许嘉传谕，说中国边防不是专门抵御外患，实际是防止盗贼出塞，寇掠外人，所以感谢单于一番好意。

呼韩邪单于这才作罢，入朝辞行，带了王昭君出塞。元帝认为这次政治联姻可使“边陲长无兵革之事”，特意把年号改为“竟宁”，意即边境安宁之意。呼韩邪单于封王昭君为“宁胡阏氏”，“宁胡”意即“匈奴得到昭君，国家就安宁了”。从此，长达一百五十年的汉匈战争，犹如一曲雄壮的交响乐，随着昭君出塞画上了一个完美的休止符。

一年多后王昭君生了一个儿子，名叫伊屠牙斯。后来呼韩邪单于病死，长子雕陶莫皋继立，号为复株絫若鞮单于，按照胡俗又娶王昭君为妻。王昭君又为他生了两个女儿，长女叫须卜居次，次女叫当于居次（须卜、当于皆夫家氏族）。王昭君后来老死塞外，墓上草色独青，与他处黄草不同，世人称为“青冢”。

史丹力为太子争

呼韩邪走后，元帝心里怅然若失，念念不忘王昭君，很快便生了病，而且病情越来越重，他在尚书来看望的时候，几次询问景帝立胶东王（即汉武帝）的故事。

尚书等都知道元帝的意思，但却都是含糊其辞，支吾作答。

原来元帝有三个儿子，他最钟爱定陶王刘康，刘康是傅昭仪所生，先封济阳，后来又徙封山阳及定陶。刘康很有文艺天赋，尤其有音乐天赋，与他老爹才能相同。元帝能自己谱曲，创作新歌。他曾在殿上摆着鼙鼓，连续将铜丸抛掷在鼓上，形成旋律节奏，和在鼓上敲击一样，其他人都做不到。刘康也会这手绝技，元帝赞不绝口，经常与左右自豪地谈到这件事。

驸马都尉史丹是前大司马史高的长子，经常伴驾随侍在元帝身旁，听元帝称赞定陶王，便上前直陈道：“陛下常夸定陶王多才，臣愚以为最有才的还是聪敏好学的皇太子；如果徒以丝竹鼓鼙为能，那黄门鼓吹郎陈惠、李微都比匡衡要强，怎么不让他们当丞相呢！”元帝听了不禁哑然失笑。

不久元帝的少弟中山王刘竟病逝。元帝在初元二年才封他为王，因为年幼一直没有就国，留在都中居住，与太子刘骜是同学，关系很亲密。元帝带着太子一起去吊丧。

元帝抚着棺材流泪，非常悲伤，太子骜却没有悲容，元帝生气地说：“天下有临丧不哀，可以仰承宗庙，为民父母的吗？”说完又转头看着左右，见史丹在一旁，便诘问道：“你说太子多才，现在怎么样？”

史丹忙免冠磕头谢罪道：“臣见陛下悲伤过度，因此告诫太子不要再哭泣，免得增加陛下伤感，臣罪当死！”

史丹的急智既为太子辩护，又为自己表忠，可算得一箭双雕。元帝被他骗过，对太子的怒气不由也消了。

到了元帝病入膏肓的时候，定陶王刘康与生母傅昭仪朝夕进来侍候。

傅昭仪是个很有心计的女人，凭着她的甜言蜜语，哄元帝改易太子，让刘康成为储君。元帝被她迷惑了，因此想援胶东王的故例。史丹得知后，又听说傅昭仪母子不在寝宫，竟然到元帝床前，跪伏在青蒲上不停地叩头。

青蒲是青色画地，接近御床，按规定只有皇后可以登上去。史丹急不暇顾，也只管过去不停地磕头，碰得地板“嘭嘭”直响，元帝听到声音不由睁开眼看，见是史丹，便惊讶地问他原因。

史丹哭泣着道：“太子位居嫡长，册立好几年了，天下莫不归心，今天有流言说要换太子，如果陛下真有这个意思，满朝公卿必然以死相争，臣愿先死，为群臣带头！”

元帝向来很听信史丹的话，现在他知道太子不可动摇，喟然长叹道：“我本无此意，常念皇后勤慎，先帝又素爱太子，我怎好有违？现在我病日渐加重，恐怕起不来了，愿你们善辅太子，不要辜负我！”史丹哭泣着答应了。

几天后元帝驾崩，享年四十三岁，在位十六年，曾四次改元。奉葬于渭陵，庙号孝元皇帝。

对于昭君出塞的故事，古今文人留下了无数咏叹之作，大都持惋惜、忧伤的态度，历来都归咎于毛延寿，说他行径卑劣，误了昭君的青春，害得王昭君背井离乡，远嫁异域。只有王安石在他的《明妃曲》中算是为毛延寿平了反："归来却怪丹青手，入眼平生几曾有？意态由来画不成，当时枉杀毛延寿。"老王意思说耽误昭君的，元帝更有不可推卸的责任，也颇有道理。

42. 王者的魅惑

皇帝是列车上最自由的人，因为他的权力没有任何限制；皇帝又是列车上最不自由的人，因为他要时刻守护他的权利。普天之下有多少精英人物在日夜垂涎、惦记、觊觎着大位，他必须时刻保持清醒和警惕，为了捍卫自己的权力不受侵犯，皇帝要瞪大双眼明察秋毫，粉碎对皇权的任何威胁和阴谋。

其实，皇帝最需提防的是自己。纵观历史，大多数朝代败亡的原因都和两个字相关联：酒、色。

在中国古代昏君的排行榜上，成帝可是赫赫有名，至少在西汉十二帝中名列第一。历史上对他的定评是"耽于酒色"。他纵情声色，淫欲无度，不理朝政，最后竟死在温柔乡中。成帝统治时期，政治腐败，大地主、大官僚兼并土地，导致铜车起义等农民起义爆发，汉朝从此衰落。

元帝让宦官专权，成帝让外戚专政。如果说元帝是脑梗阻，让西汉王朝面临危机，那么成帝就是癌症，他让西汉王朝病入膏肓，给西汉王朝致命一击。从这个意义上说，元帝和成帝都是西汉王朝的温柔杀手，同时，他们又培养起一大批王朝的杀手。

送走宦官迎来外戚

成帝即位时，上官太皇太后早已逝世，皇太后王氏还在，所以尊她为太皇太后，母后王政君为皇太后，封舅舅阳平侯王凤为大司马大将军，领尚书事。

第二年改元建始。成帝居丧期间，朝政都委任王凤处理。从此王氏家族时来运转了。

成帝在位期间着手办了几件大事：

首先，成功铲除石显为首的宦官势力

王凤常听说石显奸刁，于是奏请成帝，把他调任长信太仆，夺去了他的重权。

丞相匡衡、御史大夫张谭之前都曾阿附石显，这次见石显失势了，又开始敲顺风锣，劾奏他及其党羽五鹿充宗等人的种种罪恶。很快石显被免官，勒令回籍，石显忧愤登程，病死在途中。五鹿充宗被贬为玄菟太守，御史中丞伊嘉也被贬为雁门都尉，牢梁和陈顺一起被罢免，朝野人人称快。

匡衡和张谭以为将石显等劾去，就可以掩盖前愆，从此无忧，谁知王尊对他们的行为很生气，劾奏他们称丞相、御史之前知道石显奸恶，并没有纠弹，反而与他们党合。现在石显罪状暴露，便投机取巧地弹劾他，有失大臣之体，应该论罪。

成帝看了此奏，也知两人不对，但刚刚即位，不好直接处理三公，便将奏章搁置不理。匡衡得知这件事，慌忙上书谢罪，请求上缴丞相乐安侯印绶，成帝下诏慰留他，仍将印绶赐还，并贬王尊为高陵令，顾全匡衡的面子，匡衡始照旧行事。

但朝臣们大多为王尊扼腕叹息，指斥匡衡不对。

王尊是涿郡高阳（今河北高阳县）人，幼年丧父，依靠伯叔为生，伯叔家境也很贫苦，让他牧羊。王尊便一边牧羊一边读书，后来充任郡中的小吏，迁补为书佐，郡守很欣赏他的才能，专门为他保荐，王尊于

是以直言充选，提升为虢县令。几次迁调，就任益州刺史，他曾巡视属邑，来到邛郲山，山前有个九折阪，不容易通过。从前王吉曾担任益州刺史，走到这里，慨然长叹道："我继承先人的身体，应当完整地接受完整地归还，为何出行老是遇到险路呢？"当下辞官自去。王尊想起王吉的遗事，独使车夫向前疾赶，并对车夫道："这不是王吉的畏途吗？王吉是孝子，王尊是忠臣，各行其志罢了。"

王尊在任两年，又奉调为东平相。东平王刘宇是元帝的兄弟，少年骄纵，不守法度。元帝知道王尊忠直敢为，专门将他迁调过去。王尊犯颜敢谏，不畏权威，刘宇喜欢微行，王尊就嘱令厩长不准为他驾马。刘宇心里很不高兴，但也无可奈何。一天王尊入廷拜见刘宇，刘宇虽然和他有隔阂，但也不得不让他就座。王尊也窥透了刘宇的意思，对刘宇说："臣奉诏来辅佐大王，所有人都替我悲哀，臣听说大王向来有勇名，也感到自危，现在就职好多天了，没见大王的勇威，不过是自恃贵宠而已，才知道大王无勇，像我这样才算是真勇呢！"刘宇听了他这番突兀的话，不禁变了脸色，想把他杀了，又怕得罪了朝廷。眉头一皱，心生一计。于是强装笑脸对他说："相君既自称有勇，腰上的佩刀一定不一般，何妨给我看看？"王尊知道他不怀好意，对刘宇身边的侍臣道："你们可为我拔刀，呈给大王看！"说着，两手高举，让侍臣拔刀。刘宇本来想设计陷害他，说他拔刀行刺，现在见王尊反应敏捷，也不禁佩服他。于是命左右准备酒席，和他宴饮，尽欢而散。

刘宇的母亲东平太后只有这一个儿子，非常宠爱他，听说王尊把儿子管得很严，替儿子不平，非常恼怒，当即上书朝廷，劾奏王尊说他倨傲无礼，妾母子事事受制，怕很快就要被他逼死了。

元帝览奏，见她情词迫切，便将王尊免官。成帝即位后，王凤久慕王尊大名，因此召他为军中司马，奏补司隶校尉。没想到却因为劾奏匡衡和张谭，又被贬官，几个月后，王尊托病回家。

其次，为王氏专权拉开序幕

成帝对待母亲这边的亲戚格外从优，让大将军王凤秉政后，又封舅舅王崇为安成侯，王谭、王商、王立、王根、王逢时，都赐爵关内侯。王凤与王崇都是太后同母弟弟，王谭以下都是太后庶弟，所以受封较轻。虽然这几人没有功勋，却都受到封爵，大臣们也都不敢多说。

四月间，天降黄雾，咫尺距离都看不清人，成帝让大臣们尽管谈过失，不要隐瞒。谏大夫杨兴和博士驷胜等，都上书说是阴盛侵阳，才会有这样的天变。从前高祖立约，非功臣不得封侯，今太后诸弟，无功封侯，为历朝外戚所没有，应加裁损等语。

王凤见了这篇奏章，立即上书辞职。成帝不肯批准，下诏挽留他。

接下来的几个月，又有许多灾异现象，如六月有青蝇飞集未央宫殿，绕满廷臣的座次；八月又有两个月亮同时在早晨出现在东方；九月的一天夜里出现流星雨，长四五丈，蜿蜒如蛇形，穿入紫宫。朝臣们大多归咎于王氏外戚，但成帝不理这些说法。

成帝又让王凤等迎回太后的生母李氏，李氏很久以前已与太后父亲王禁离婚，改嫁苟氏，并生了一个儿子，名叫苟参。太后想援田蚡的故例，封苟参为列侯。成帝没有同意，说苟参受封不是正当的，但让他担任侍中水衡都尉。此外王氏子弟，除了七侯外，无论长幼全部授予官禄。

元帝因为母后被毒死，所以特选车骑将军平恩侯许嘉的女儿为太子妃。许妃秀外慧中，博通史事，还擅长书法，太子对他非常满意，两人整日里卿卿我我，说不尽的恩爱。

元帝让中常侍与黄门郎去探问两口儿的情意，都回报说非常欢洽，元帝听了很欣慰，笑着对左右说："你们可以敬酒庆贺我！"左右忙奉觞祝寿，齐呼万岁。

过了一年多，许妃生下一个儿子，阖宫欢庆。哪知孩子很快就夭折了。成帝登基后，建始二年三月，册立许妃为皇后，专宠如故。

车骑将军平恩侯许嘉即是孝宣许皇后的弟弟，又是成帝的岳父，有着双重亲谊，而且辅政好多年了，他在成帝心目中的地位不如王凤。成帝怕他牵制王凤，借口说将军担子很重，不能让将军太操劳，把他大司马车骑将军的印绶收了回去。赐他二百金，以特进侯回家（汉朝制度凡是有功德的列侯，赐号特进，位在三公以下）。许嘉回家一年多后逝世，谥号曰恭。

许后依旧被成帝宠爱，后宫虽然有好几个婕妤，但成帝很少召见她们。许后后来又生了一个女儿，不久又夭折了，从此便不再生育。太后与王凤见成帝没有子嗣，非常忧虑，成帝却无所谓，每天退朝后仍到中宫去和许后在一起。

女人都是自私的。许后虽然不是妒妇，但要想让成帝的爱情转移到其他妃嫔身上，自然不愿意。

建始三年十二月朔，发生了日食，太阳像一弯鱼钩。夜间又发生了地震，未央宫也有震感。成帝非常不安，第二天便下诏，让大臣们谈论时政的过失。

杜钦和太常丞谷永都说是因为后宫专宠，阻碍继嗣。成帝知道他们是在指斥许后，所以置之不理。

丞相匡衡曾上疏劝成帝，让他远离女色，学习经术，成帝不听，现在见出现灾异，则要求让位，成帝也不同意。

刚好匡衡的儿子越骑校尉匡昌醉酒杀人，被抓入狱。越骑官的属下和匡昌的弟弟密谋，想劫匡昌出狱，不幸泄露了计谋，被有司告发，有诏要求从严查办。

匡衡听到消息大惊，忙光着脚入朝，免冠谢罪。成帝还给他面子，让他照常冠履，匡衡谢恩退下。

没想到司隶校尉王骏等又劾奏匡衡封邑逾界，擅盗田地，罪在不道，应该罢官定罪。

匡衡于是被褫职，贬为庶人，其他罪行免于究治。

左将军王商接替了匡衡，被拜为丞相；少府尹忠为御史大夫。

建始四年正月，亳邑（今河南偃师县西南）发现四颗陨石，肥累（今河北晋市西）发现两颗陨石，成帝命罢免中书宦官，专门设置尚书员五人（汉制尚书有四，至此更增一人）。四月孟夏，天降雨雪。

成帝又诏令直言敢谏的人士到白虎殿对策。

很多人都议论纷纷，说天变是因为王凤专权，王氏兄弟势盛所致。但一班对策人士都不敢明言，只是说些模棱两可的话。

太常丞谷永和武库令杜钦更是趋炎附势，力为王氏洗刷，并且嫁祸到许后身上。两人果然揣摩到了成帝意图，都升了官，谷永升为光禄大夫。

谷永字子云，长安人，是前卫司马谷吉的儿子。他由阳城侯刘庆忌荐人，庆忌是故宗正刘德的孙子。

杜钦字子夏，一只眼睛患了盲症，在家饱读诗书，无心当官。王凤听说他的才名，把他招罗到幕下。杜钦感谢王凤提拔，自然阿附王凤。

同时还有郎官杜邺，字也为子夏，学成当官致仕，时人因两人都叫杜子夏，不好区别，于是称杜钦为“盲杜子夏”。杜钦恨人说他的病，于是改制了一个小冠，每次出去都戴在头上，游行于都市，于是人们都改称杜邺为大冠杜子夏，杜钦为小冠杜子夏。

杜钦、谷永成功地离间了成帝和许后之间的感情，构成了夫妻间的嫌隙！

三是治理黄河水患

黄河之患，是历代君主的心头之忧。汉朝开国后，黄河溃决了好几次。文帝时酸枣（今河南延津西南）决口，金堤（西汉时汉东郡、魏郡、平原郡黄河石堤号为金堤）溃泛，武帝时顿丘（今河南清丰西南）、濮阳决口，元封二年，曾派数万人堵塞瓠子河，修筑宣房宫，后来馆陶县（今属河北）决堤，分为屯氏河，从东北入海，不再堵塞。元帝永光五年，屯氏河淤塞不通，河水泛滥，清河郡属灵县鸣犊口变作汪洋。

当时冯昭仪的哥哥冯逡担任清河都尉，请求疏通屯氏河。元帝让群臣会议研究，因为所需费用巨大，所以没有施行。

建昭四年秋天，瓢泼大雨一连下了十几天，馆陶县及东郡金堤段又决堤了，湮没四郡三十二县，田间水深三丈，毁坏官亭民居四万多所。各郡守飞书上报，御史大夫尹忠还不当一回事，说损失有限，灾情没有什么大碍。成帝下诏斥责他，说他不知道忧民，将要严惩。尹忠向来迂腐，见了这道严诏，竟然惶急自尽。

成帝急派大司农调拨钱粮赈济灾民，又征集河南漕船五百艘赶赴灾区救援灾民。不久天晴了，水也退了，灾民们又回到了家乡。

成帝为了长远之计,决定堵塞决口。杜钦保荐犍为（今四川乐山境内）人王延世为河堤使者监工筑堤。王延世原是个有经验的老河工，他就任后就巡视河滨，估量决口，命人用竹篾为络，长四丈，大九围，中间堆放小石块，由两船夹载，下到水中，再用泥石筑为屏障，用了三十六天时间把堤坝筑成。这时正值冬尽春来，成帝乘机改元，号为河平。提升王延世为光禄大夫，赐爵关内侯。

直臣王尊辞官回家后，王凤又荐举他为谏大夫，担任京辅都尉，履行京兆尹的职责。当时终南山有个巨盗叫傰宗，纠集一批强盗四处抢掠，为害百姓。校尉傅刚奉命去剿了一年多，也没有成功。王尊上任后，很快把盗贼肃清了，王凤便正式提拔他为京兆尹。他在任三年，威信很高。但权贵都不喜欢他，嗾使御史大夫张忠出头弹劾他，说王尊暴虐不改，不适合列入九卿，王尊于是又被罢免，吏民争相为他呼冤。湖县三老乘公车上书，竭力为王尊辩护清白，于是朝廷又起用王尊为徐州刺史，接着又迁调为东郡太守。

东郡地在黄河岸边，全靠金堤捍卫。王尊到了东郡几个月后，接到报告称黄河泛滥，并且冲突金堤，他忙跨马去视察。

到了堤边，只见水势湍急，奔腾澎湃，金堤危在旦夕。他忙督令民夫搬运土石加固。谁知水势非常迅猛，所有掷下的土石都被狂流卷去，不久连堤身也被冲出了几个窟窿。

王尊见危堤难保，急切间也无法可施，只有虔诚地率吏民祈祷河神。他先让人宰杀白马投入河中。自己则高捧着圭璧，恭恭敬敬地站在堤上，让巫师代他读祝文祷告，大意是情愿拼身填堤，保全一方百姓。

等到祝文焚烧，祭礼告成，干脆叫手下搭起帐篷，住在大堤上，听天由命。

数十万吏民争相向王尊叩头，请他回府。他始终不肯离开，兀自坐在堤上不动。

俄而水势大涨，恶浪排山倒海地袭来，离堤面不过两三尺，堤上的泥土纷纷坠落，眼见得危险在即。吏民们惊慌失措，都四处逃命去了，只有王尊仍然坐在那里，纹丝不动，他身旁站着一个主簿，不敢劝他回去，独自低着头哭泣，准备和王尊共存亡。

那水势腾跃了几回，甚至一度拍到堤岸上，但最终竟然退了回去。水流渐渐平静了，大堤没有被冲垮。吏民们听说水退了，也都回来了，王尊又指示他们趁隙修堵，最终加固了堤坝。

白马三老朱英等作为百姓代表，奏称太守王尊身当水冲，不避艰险，至诚感神，最终让河平浪退，转危为安。

成帝诏令有司复查，情况属实，于是加王尊秩中二千石，赐二百金。不久王尊在任上病逝，吏民争相为他立祠，每年都祭奠他。他也算是汉朝循吏。

利用外戚抑制朝臣

河平二年，成帝又封几个舅舅为列侯：王谭为平阿侯，王商为成都侯，王立为红阳侯，王根为曲阳侯，王逢时为高平侯。五人同日受封，世称“五侯”。总计王禁的八个儿子，除了王曼早逝，其余七子都被封侯。

这年夏天，楚国下了一场冰雹，冰雹有斧头那么大，毁坏了很多田舍。

成帝便召刘向问原因，刘向此时被起用为光禄大夫，他见王氏专权，便借书进谏。成帝最终没有听从他的意见，抑制王氏。

王凤排挤丞相王商

丞相王商虽然也是外戚，但与大将军王凤相比势力大不相同。两人之间有矛盾，王凤恨不得将王商除去。这个王商与王凤的弟弟同名异人。他是宣帝舅舅乐昌侯王武的儿子，王武死后袭爵为侯，居丧时非常悲哀，而且自愿谦让把财产分给异母兄弟。他的孝义传遍朝廷，大臣们都荐举他，得以进任为侍中中郎将。元帝时已升任为右将军，成帝又调任他为左将军，对他非常尊敬。不过成帝虽然优待他，毕竟不如王凤亲。

早在建始三年，王凤就看王商不爽了。那年秋天忽然遭遇淫雨连绵，一直下了四十几日还没有放晴。长安百姓忽然哄传大水要来了，纷纷逃难，结果发生了踩踏事件，伤亡多人。

这消息传入宫中，成帝忙召群臣商议避水办法，王凤道："如果水势泛滥，陛下可和两宫太后乘船暂避，所有宫中后妃随驾行走，令都中吏民登城避水，应该没有问题。"

当时还是左将军的王商认为政治和平，不会有水灾，认为这一定是谣言，不可盲从，如果再让百姓登城，更加添乱。他派人到城中视察，让百姓不要妄动。

一直等到天色已晚也没有大水到来，才知这只是谣传，成帝觉得王商很有见识，更加器重他，而王凤却觉得很惭愧。

不久呼韩邪单于病死了，他的儿子复株絫若鞮单于继立，特派右皋林王伊邪莫演入朝进贡方物。

伊邪莫演自称愿意投降汉朝，不愿意回国，朝臣多半说同意他受降。

唯独谷永和杜钦两人说单于称臣有二心，现在不能接受伊邪莫演，导致和单于产生矛盾，成帝于是让伊邪莫演回去。

复株絫若鞮单于听到这个消息，虽然没将伊邪莫演免职，但心中却感谢汉朝，因此于河平四年亲自入朝拜谢。

成帝在御殿见了他，与他谈了话，便命左右引导他出朝。单于出朝门后遇到丞相王商，忙上前行礼。王商身高八尺多，高大魁梧，仪容端肃，也向单于作揖，慰问了一番。单于抬着头看他，见他很有威严的样子，不由得倒退了几步，然后便告辞了。

有人把这件事告诉成帝，成帝叹道："这才不愧为汉相呢！"

这话被王凤听到了，更加忌妒他。

适值琅琊郡内连出了十几件灾异的事情，王商派属吏去查办，琅琊太守杨彤与王凤是儿女亲家，王凤怕亲家公受到牵连，忙向王商说情道："灾异是天事，不是人力所能挽回，杨彤很有才干，希望你不要追究他！"

王商竟然没有听从他，奏劾杨彤没有尽好职责，导致天谴，请求把他罢官。成帝没有同意。

王凤恨王商不留情面，于是便想报复他。一时抓不到王商的过失，只说他私生活不检点，让人上书告发他。成帝看了，暗想事关暧昧，又无确证，于是搁置不提。但王凤却去力争，一定要彻底查究，成帝于是令司隶校尉查办。

王商得知消息也很着慌，想起前时王太后曾想选自己的女儿充备后宫，当日因为女儿生了疾病，不方便答应，现在女儿的病已痊愈，不如把她纳入后宫作为内援。可巧后宫侍女李平新被成帝宠爱，拜为婕妤，正好托她进言，代为说合。

正值暮春日食，大中大夫张匡上书说错误在近臣，请求召对。成帝让左将军史丹问张匡，张匡说："王商曾奸淫父婢，并与小姨子淫乱，之前告发王商的都是实情，现在正奉诏查办王商，他胆敢心怀怨恨，托后宫纳他女儿，谋求植入内援，居心叵测。臣怕黄歇、吕不韦的故事今日又要发生了，应该赶快将王商免官，依法严惩，这样才能对上挽回天变，对下防止人谋，请将军代为启奏，不要迟疑！"

史丹立即将张匡的话转达给成帝，成帝向来器重王商，知道张匡的话不确切，下诏不问。

王凤又入宫固争，成帝性格庸柔，不能坚持下来，只好派侍臣去收了王商丞相的印绶。

王商把印绶交出去，悔愤交加，一时血脉贲张，哇的一口鲜血吐了出来，病倒在床，接着又不断吐血，不到三日便一命呜呼。朝廷给他谥号曰戾。

接着，王商所有在朝为官的子弟都被贬官。一班趋附王凤的官员，还上书要求夺去王商的世封。成帝总算有些主见，不肯批准，仍许王商长子王安嗣爵乐安侯。

成帝又超拜张禹为丞相，封他为安昌侯。张禹字子文，河内轵县人，以精通经术而著名。成帝当太子时，曾向他学习《论语》，所以特别宠信他，赐爵关内侯，授官光禄大夫给事中，令他与王凤一起办尚书的事。

逼死王章，挤走冯野王

第二年改元阳朔，定陶王刘康入朝，成帝见兄弟来了很高兴，留他伴驾，早晚都在一起。王凤怕他参入政权，便设法牵制他，请求成帝让他回国。但成帝却偏偏把他留住，自思先帝在的时候，常想立定陶王为太子，现在皇子未生，他日兄终弟及，也无不可。

哪知过了两个月，又遇上日食，王凤乘机上书，说日食由阴盛导致，定陶王久留京师有违正道，所以老天垂戒他，应该速令他回国。成帝不得已让他回去，王凤这才快意起来。

让王凤没想到的是，唯独京兆尹王章竟然把日食的事归罪于他。成帝便召王章入对。王章侃侃而谈，说灾异迭现是因为大将军专政，有三件事可以证明：

一是大将军把天变归咎于定陶王，想孤立天子，而自己专权，以方便他的私心，怎么能算忠臣？

二是前丞相王商守正不阿，被王凤陷害，忧愤而死。

三是王凤的小姨子张美人，曾经已经嫁人，但借口可以生儿子，纳入后宫，以公谋私。

王章说，这三件事都是大事，陛下都亲眼所见，其余的就更可想而知了。所以应该让王凤回家养老，选忠贤代替他。那样就会吉祥了。

成帝笑问王章："那你说谁是忠贤，可以辅佐朕？"

王章回答道："琅琊太守冯野王。"成帝点头，王章便趋退。

这一席话很快传到王凤耳中，王凤勃然大怒，痛骂王章负义忘恩。还是盲杜足智多谋，劝王凤暂时隐忍，附耳对他说了几句话，王凤怒气便消了，按照他说的去做。

王章（字仲卿）是泰山郡钜平县人，宣帝时已为谏大夫。元帝初年，升为左曹中郎将，斥责中书令石显，遭石显陷害而免官。成帝又起用他为谏大夫，调任司隶校尉。王凤也想笼络名臣，特举荐他为京兆尹。

王章从小家贫，到长安游学，只有一个妻子跟着他。一天他患了重病，困卧在用乱麻编成的牛衣中，怕自己快要死了，与妻子诀别，眼泪流个不停，他的妻子不禁发怒道："仲卿，你太没志气了！满朝公卿有谁比你优秀，生个病乃是人生常事，哭什么哭，做出这副样子来真让人看不起。"

王章被她一激，精神陡然振作起来，病也渐渐好了。"牛衣对泣"这个成语便流传下来，形容夫妻共守贫穷，或寒士贫居困厄的凄凉之态。

他当了京兆尹，虽然是王凤推荐，但心中却不服王凤。等到王商罢相，定陶王回国，更觉得忍无可忍，于是写了一封奏牍。

他的妻子劝他道:“人要知足,你不记得‘牛衣对泣’时的模样了吗?”

王章毅然决然地说:“这不是你们女人所能明白的，你不要阻止我!”于是第二天便把奏牍呈了上去。

没想到祸事也跟着来了。

王凤深恨王章，听了杜钦计策上书辞职，暗中则到太后那里诉苦喊冤。

太后终日流泪，不肯进食，累得成帝左右为难，只得安慰王凤，仍让他任事。

王太后还不肯罢休，定要加罪王章，成帝于是叫尚书出头，劾奏王章党附冯野王，并说张美人到宫中来动机不纯，这不是他应该说的话。

奏章早上呈入，缇骑晚上就出动，立即把王章逮捕下狱。廷尉逢迎旨意，把他判成大逆之罪，王章知道自己不能幸免，在狱中自尽。

他的妻子和子女八人也连坐下狱，就关在王章隔壁。有个女儿年龄才十二岁，夜里起来恸哭道:“前几天，狱吏点数囚犯，我听到他数到九，今夜只数到八,一定是我父亲性格刚暴，已经去世啦。”翌日问明狱吏，果然是王章已死。

后来成帝把王章家属充戍到岭南合浦,家产籍没充公。合浦出产明珠，王章的妻子以采珠为业，积蓄了许多钱财，后来遇赦回乡，得以安度余生。

冯野王在琅琊任内听说王章推荐自己得罪，怕受到牵连，立即上书称病告假。成帝批准了他。三个月后假期到了，冯野王仍旧续假，成帝又批准了他，于是他带着妻子回家就医。

王凤却唆使御史中丞劾奏冯野王敢擅自回家，罪名是不敬，将他免官。

依附外戚只为享乐

不久御史大夫张忠病逝，王凤又引荐堂弟王音为御史大夫。王凤的几个兄弟，一门五侯，煊赫绝伦，争相比着奢华，四方贿赂，陆续不绝，门下食客很多。

光禄大夫刘向，上书劝谏成帝疏远外戚。成帝知道刘向忠诚，当下召他入见，对他长叹道："你先不要说了，让我好好想想！"

但成帝始终犹豫不决，过了一年，王凤忽然得病，而且十分危急，成帝亲自去看望他，执着他的手垂泪道："你如果有不测，当使平阿侯嗣位。"

王凤在床上叩首道："臣弟王谭虽和我是至亲，但行为骄奢，不如御史大夫王音为人谨慎，臣敢誓死担保。"成帝点首答应，又安慰他了几句，便回宫了。

王凤保举堂弟，不推荐亲弟弟，实际是因为王谭平时倨傲，不听他的话，而王音对他百依百顺，与王凤好像父子一般。不久王凤逝世，成帝便依王凤遗言，命王音代替王凤的职务，加封安阳侯。另使王谭位列特进，掌管城门的兵。王谭没有得到实权，未免与王音有矛盾。但王音却小心谨慎。

成帝得以自由用人，提升少府王骏为京兆尹。王骏是前谏大夫王吉的儿子，他很有才干，担任京兆尹后，治理得很好，与以前的赵广汉、张敞、王尊、王章齐名，都城的人称誉道："前有赵张，后有三王。"

宠爱班姬

由于大臣们经常把天变和灾异归咎到许后身上，再加上许后年近三十，花容渐损，成帝便移情其他妃妾，新宠爱了一个班婕妤。

班婕妤是越骑校尉班况的女儿，美丽聪明。成帝曾游览后庭，想和她一同乘辇，班婕妤推让道："妾看古时的图画，圣帝贤王都有名臣在侧，没听说和女人同游，传到三代末主，才有女人相陪。今天陛下想与妾同辇，差不多与三代末主相似，妾不敢奉命！"成帝听说，却也称善，于是便不让她同辇。

王太后听了班婕妤的话很欣喜，极口称赞道："古有樊姬（樊姬是楚庄王夫人，曾谏阻庄王游猎），今有班婕妤！"

班婕妤被宠幸了好几年，都不生育。成帝还爱上了她的侍女李平，班婕妤便让她侍寝，成帝也封她婕妤，赐姓卫。此外还有王凤所进的张美人。成帝普施雨露，始终不获一麟儿。

情迷张放

侍中张放是张安世的玄孙，世袭侯爵，娶许后的妹妹为妻。他英俊潇洒，温柔风趣，成帝喜欢上了他，爱他胜过妃嫔，让他担任中郎将，监管长乐宫屯兵，得以在幕府办公，待遇像将军一样。

张放知道成帝喜欢游玩，便乘势怂恿，引导他微服私行。成帝去试了一次，先嘱咐期门郎在宫外候着，自己轻衣小帽，与张放出宫，乘小车，骑快马，带着期门郎等来往于市巷，非常逍遥自在。从前成帝行动都由王凤管束，现在王音但求无过，从不敢过问成帝行踪。

成帝出去了一次，感觉非常畅快，便有了第二次、第三次。每逢闲暇，必与张放一起去都市或郊野游玩，斗鸡走狗，随意寻欢，所有甘泉宫、长杨宫、五柞宫等，都去游览了一圈，守宫的人查问他们，张放没有什么忌讳，成帝则谎称是富平侯的家人。

这年又改易年号为鸿嘉元年。丞相张禹告老还乡，成帝用御史大夫薛宣为相，封高阳侯。薛宣（字赣君）是东海郯（今山东郯城）人，几次担任守令，后来迁官为左冯翊。光禄大夫谷永称他精通经术，为人文雅，能断国事，成帝便召他为少府，提升为御史大夫，后来代替张禹为相。

第二年三月，博士行大射礼，有飞雉聚集到庭中，在殿里叫唤了一阵，接着又飞绕未央宫承明殿，以及将军丞相御史等府。车骑将军王音便乘此上书谏阻成帝微行。成帝游兴正浓，怎么肯中止？仍然照常行动。

侍中班伯是班婕妤的胞弟，入宫进见成帝，刚好碰到成帝与张放等在宫里宴饮，笑语不绝。

班伯拜见完了，站在那里也不说话，目不转睛地盯着右边的屏风。成帝喊他入宴，他口中答应着，两眼却仍然注视着屏风上的画。

成帝忙顺着他的目光看去，只见屏上没有什么怪异，只是上面是一幅古迹《商纣王与妲己夜饮图》。

成帝知道了班伯的用意，故意问："这幅图告诫世人什么？"

班伯答道："告诫人们不要沉湎于酒色，因为酒色惹祸！"

成帝叹道："我很久不见班生，今天又听他直话直说了！"张放等听了成帝的话，也怕他不高兴，只好借口更衣，悻悻地走出去。成帝也让撤了宴席，一番酒兴就这样被班伯打断了。

成帝去看望王太后，太后端详着他，流着泪说："皇帝近来面色瘦黑，也要知道自己保养自己，不要沉湎酒色。班侍中秉性忠直，须从优待遇，使他辅佐皇帝。富平侯可让他就国，不要再留他了！"成帝听了，只好应声而退。到了自己宫中，还不舍得将张放派出去。

丞相薛宣、御史大夫翟方进都由王商授意，联名奏劾张放，成帝不得已将他贬为北地都尉。过了几个月，又召为侍中。

王商告诉王太后，太后愤怒地责备成帝，成帝没办法，再让张放去担任天水属国都尉。张放临行前，与成帝哭着告别。张放走后，成帝经常赐玺书去慰劳问候他。

后来张放母亲生病了，他回来探母，等到母亲病好了，成帝把他调任河东都尉；不久又召为侍中，到身边继续缠绵。

那时丞相薛宣因为太皇太后告崩，丧事办得草率而被夺职，免为庶人。翟方进升任丞相，封高陵侯。御史大夫一缺，由光禄勋孔光担任。

翟方进（字子威）是汝南上蔡人，以精通经术而得官，性格狭隘，有点小心眼。当了丞相后把以前和他有点小矛盾的大臣都贬去，如给事中陈咸，卫尉逢信，后将军朱博，钜鹿太守孙闳等。陈咸不久忧愤而死。翟方进也有敢说敢当、不畏权贵的一面，他曾弹劾红阳侯王立，说他奸邪乱政。他担任丞相第一件事就是劾奏张放不应该召用。成帝上怕太后，下惧群臣，只好赐张放五百万缗钱，派他就国，直到成帝驾崩，也没有再召见他，后来张放也得病死了。

优待外戚

还是张放带着成帝微服私游的时候，一天，成帝经过一座花园，见园中有高台耸出，台下还有山，与宫中白虎殿相似，不禁十分诧异，问从吏道：“这是谁家的花园？”

从吏回答说是曲阳侯王根家的。

成帝立即拉长了脸，气呼呼地回宫，命令召入车骑将军王音，严词诘责道：“我上回到成都侯的府第，见他家里挖了河，穿城引水，还有豪华的行船，已觉得奢侈逾制，不合臣礼。现在曲阳侯又造山筑台，模仿白虎殿，越来越不合情理了。这样下去，成何体统！”说得王音哑口无言，忙免冠谢罪。

成帝拂袖而去，王音忙起身退出，去告诉王商和王根。王商和王根听了也吓得发怔，想要自施黥劓之刑，到太后那里谢罪。但又受不了疼痛，而且很没面子，今后怎么见人，正在踌躇未定的时候，又有人过来报告：“尚书传诏诘问司隶校尉和京兆尹，责他纵容五侯，不知举发，现在都入宫谢罪去了。”王商与王根急得冒汗，接着又有人送来策书交给王音。王音浏览了一下，只见上面写着：“外家日强，宫廷日弱，不得不按律施行。将军可召集列侯，令待府舍！”王音也不觉大惊失色，详问朝使，又听说成帝让尚书查文帝诛薄昭的故事，更是惊得瞠目结舌，神色仓皇。

王商与王根则像筛糠一般抖个不停，等朝使走后，还是王音比较有主意，先派人去请求太后帮助求情，同时邀王商、王立、王根一起去请罪，听候发落。

王音席藁待罪，王商、王立、王根身上都背着斧锧，俯伏在阙下。大约过了一两个时辰，内廷传出诏旨，批准赦罪勿诛。原来是纸老虎吓唬人的，四人才磕头谢恩，欢跃而去。成帝将几个舅舅小小地敲打一番，又照常去微行。

成帝格外优待外戚，王谭死后，便令王商接他的职务。不久王音逝世了，又进王商为大司马卫将军，让王商的弟弟王立掌管城门兵。

王商因为成帝沉迷酒色，淫荒无度，也很替他忧虑，曾入见王太后，请求她当面劝诫成帝。太后也训告过成帝几次，王商也在一旁劝说。无奈成帝流连忘返，最终也没改正。

12车厢
引 狼 入 室

43. 画皮传说

《聊斋志异》中,《画皮》故事结尾,蒲松龄借异史氏抛出他的警世寓言:“愚哉世人!明明妖也,而以为美。迷哉愚人!明明忠也,而以为妄。然爱人之色而渔之,妻亦将食人之唾而甘之矣。天道好还,但愚而迷者不悟耳。可哀也夫!”

蒲公有对伦理道德的批判,也有“知人知面不知心”的寓意,让人们明辨忠奸,戒色止淫。

人在世上走,总是会受到很多诱惑,蒲松龄只是把这个诱惑用了一个很形象的故事来表现,其实“画皮”在现实生活中无处不在,故事中的“画皮”和它相比只能算是小儿科,生活中的诱惑不会像故事中的“画皮”那样一眼洞穿,生活中的“厉鬼”也不会面目狰狞,或许还是女的美貌,男的忠厚,不但普通百姓,即使明君贤臣,能抵御诱惑,识得真面目的也很少。更何况那些未经世事,在温室中长大的小皇帝?西汉的衰亡,不等到哀帝和平帝,从成帝就已经开始了。不能识别画皮并不能怪画皮的厉鬼,关键是自己,最大的敌人是自己,自己面对诱惑没有鉴别力、免疫力和抵抗力,甚至连基本的道德底线和责任担当也抛诸脑后,最终落入别人布好的陷阱,身败名裂,国破家亡。

美人版·色相的陷阱

天象预警，群臣纳谏，作为昏君中的“行货”，成帝始终不承认自己的过失，对忠臣的劝告怒目而视，对酒色的诱惑却无比热衷，导致身边忠直之士一个个离他而去。

直臣远去

永始二年二月，出现了几次流星雨，还有陨石，又出现日食等自然天象。谷永担任凉州刺史，入朝汇报工作，成帝让尚书询问谷永意见，王商乘机让谷永劝谏成帝，谷永有恃无恐，将成帝的过失一一指出，力请他改正。

成帝大怒，立即命侍御史把谷永抓捕下狱，王商一听到消息急忙就让谷永出都回凉州去。谷永匆匆上路，侍御史派人去追赶他，已经来不及了，便回去复命。

成帝的怒火也渐渐消了，不再追究他，但仍然像从前那样荒淫。

永始四年孟秋，又发生了日食，第二年改号元延，元旦那天是阴天，而且发生了日食；到了孟夏没有云却听到雷声，有流星随着日光向东南飞去，四面如雨，从早上出现，到黄昏才消失；到了秋天，更是天象迭变，东边天空出现了古人视为大不祥的彗星。成帝也十分惊心，只好遍召群臣，使他们详陈得失。

刘向已经调任中垒校尉，他始终是归咎外戚。谷永刚调任北地太守，始终是归咎后宫。这两件事在成帝眼中，早已看过几次，都不能照办，只好一拖再拖。

不久王商病逝，大司马的位置按例应该让王立继任。但王立因把南郡的数百顷田卖给县官，从中牟利，被丞相司直孙宝告发，成帝便不任用他，超迁王根为大司马骠骑将军。

王根与故安昌侯张禹一直不和。成帝却对张禹非常好，经常赏赐他，遇到国家大事还向他咨询。

张禹也倚老卖老，恃宠而骄，置下四百多顷田地，住上了豪宅，仍旧贪心不足，要为自己身后寻一块宝地。刚好平陵（平陵是昭帝陵）附近有一块肥牛亭地，最合他的意，便上书乞求恩赐。

成帝准备答应他，王根忙入朝谏阻，说肥牛亭与平陵毗连，是寝庙衣冠出入的要道，不能拨给他，应该另赐别的地方。成帝不听，竟将肥牛亭地赐给了张禹。

王根更加妒恨，屡次说张禹的短处，偏偏成帝暗自疑忌王根，每次王根说张禹坏话，成帝就派使者质问王根。

刘向等人几次斥责王氏，成帝要和张禹商量，而张禹却生了病，成帝便亲自去他家中问候病情。张禹在床上叩谢，让少子进谒成帝。成帝温言慰问他，张禹老泪纵横地欷歔道："老臣衰朽，死不足惜，膝下四男一女，三子俱蒙恩得官，女儿远嫁张掖太守萧咸，老臣平日爱女胜过爱子，只怕老臣临死都不得见女儿一面啊！"

成帝道："这有何难！我这就把萧咸调回来。"张禹不能起身，让少子代为拜谢。

张禹接着又想替少子求官，话难说出口，只是两眼注视着少子，作沉吟状。成帝看了便明白他的心思，当面授少子为黄门郎给事中。

张禹心中只有这两件事，都办成了，满心欢喜。忙让小儿子谢恩，自己又强争着要起来拜谢，成帝忙叫他不必多礼，起身回宫后立即调萧咸为弘农太守。

很快张禹的病好了，成帝又到他家中，张禹出门迎谒。成帝问候他之后，屏去左右，从袖中取出几篇奏牍交给他看，只见上面都是劾奏王氏专权的，不由犹豫起来。自思王氏毕竟是成帝近亲，自己年老子弱，又何必与王氏结怨，而且前些日子为了葬地一事，还与王根有了隔阂，不如替他回护，以德报怨，让他自己去想。

于是对成帝说："春秋二百四十年间，日食三十几次，地震五次，有人说主诸侯相杀，有人说主夷狄内侵，其实天道微妙，人不可知。孔子圣人都不说神怪，贤如子贡也猜不透天道，何况是这些浅见的儒生呢？陛下勤修政事，老天自然有眼，现在一些肤浅的人，妄言惑众，请陛下不要轻信！”说着就把奏牍还给成帝。

成帝听了他的话，辞别而去，王氏因此得以安然无恙。这事传到王根耳中，王根果然觉得张禹不错，领了他的人情，化干戈为玉帛，去张禹家中感谢他，两人聊得十分投机，其他的王氏子弟也都和张禹有了往来，联为至好。

唯独朱云因为陈咸的事被罚为城旦，役满后回家，听说张禹袒护王氏，朋比为奸，不禁又激起一腔热血，愤然求见成帝。

在朝堂上，朱云行过拜跪礼，便朗声道："满朝公卿，上不能匡主，下不能泽民，无非是尸位素餐，毫不中用！孔子所谓鄙夫事君，患得患失。真是无所不在，臣愿请陛下赐上方斩马剑，断佞臣一人头，警诫群臣！"

成帝听他出言十分生猛莽撞，很不高兴，当即喝问道："谁是佞臣？"

朱云直答道："安昌侯张禹！"

"小臣居然以下谤上，廷辱师傅，这还得了？"成帝大怒道，"你罪在不赦，应该立即拿下！"

御史奉命，忙过来拉他出殿，朱云死死地攀着殿槛，偏不肯走，御史便使出吃奶的劲拖他，彼此角力较劲，用力过猛，竟然将殿槛折断。

朱云高声喊道："臣即使跟从龙逄、比干同游地下，也心甘情愿！但不知圣朝成为何朝？"这句话说完，终于被御史拉出去。

群臣被朱云当廷讥讽了一通，都很不是滋味。只有左将军辛庆忌忙免冠到御座前，解去印绶，叩头力谏道："小臣朱云狂妄耿直是出了名的，请陛下大度包容他！"

成帝正在气头上，不肯听他的劝，直到辛庆忌把头磕出血来，才回心转意，命将朱云赦免。

后来有司维修殿槛，成帝亲自叮嘱道："不必换新的，但从坏处修补，留下折痕嘉勉直臣！"从这一点看成帝还是不错的。朱云回家后，不再当官，常乘着牛车闲游，七十多岁在家中寿终。

燕子飞来

一天成帝游玩，偶然到阳阿公主家，宴饮时公主召集了几个歌女助兴。

忽然一阵令人通身酥软的歌声伴随一阵香风传来，一个女子如仙女下降人间，她像只轻灵的燕子般穿梭在一众女子中，柳腰时而慢摇，时而狂摆，舞姿轻盈优美，相貌美艳妖冶，在众美之间特别显眼。

成帝见过无数美女，就是没见过这一款的，一双眼不由紧紧地黏在她飞舞的裙裾上，很快就被她迷上了。

宴毕起身，成帝便向公主要这个歌姬一同入宫，公主自然答应。成帝于是带着歌姬回宫。

春宵苦短，芙蓉帐里，成帝抱着玉体，凝视着美人，美人弱不胜娇，也用那双秋水般的眸子看着他，目光中诉说着万种柔情。成帝越看越爱，越爱越怜，当即下旨拜她为婕妤。大汉后宫名册上从此多了一个古今闻名的芳名：赵飞燕。

赵飞燕原姓冯，母亲是江都王的孙女姑苏郡主，曾嫁中尉赵曼为妻，私下与舍人冯大力的儿子冯万金私通,生了一对孪生女。分娩后不便留养，把两个女婴弃之郊外，三天不死，又收回去抚养。长女名叫宜主，次女名叫合德。

几年后赵曼病逝，二女被送回冯家，又过了好几年，冯万金又死了，冯家中落，两姐妹无家可依，便流寓到长安，投入阳阿公主府上学习歌舞。

赵宜主身材袅娜，舞姿蹁跹，像只轻盈的燕子，人称“飞燕”。赵合德肌肤莹泽，丰满细腻，与她姐姐一瘦一肥，都是绝世美女。

赵飞燕入宫受到成帝专宠，赵合德还在阳阿公主家中。成帝得知了这件事，忙命舍人吕延福用百宝凤舆去迎接她。

赵合德却扭捏作态,说必须奉姐姐的命令才敢入宫。吕延福回宫复命，成帝不敢硬逼，很是体贴美人心意，想她怕遭到姐姐忌妒，于是想方设法博得赵飞燕的欢心。

成帝先赐飞燕许多珍奇，专门腾出一所别宫，装饰得非常华丽，名为远条馆，让她居住。然后让飞燕带进宫的贴身宫人樊嫕做飞燕的思想工作，借口说没有皇嗣，正好将合德接进宫里。

赵飞燕终于答应了，成帝立即派宫人接回合德。成帝见了合德，但见她鬓若层云，眉若远山，脸若朝霞，肌若晚雪，怀疑她是仙子下凡，果然名不虚传，成帝的七魂六魄早被她摄了去。

所有的侍卫也不禁目荡心迷，失声赞美。只有披香博士淖方成，站在成帝背后，冷笑道：“这是祸水，将来定要亡国了！”“女人是祸水”之说，便从此流传下来。

成帝幸合德后，比她姐姐另有一种风味，因赐号为“温柔乡”。拥着她叹道：“我当死在这‘温柔乡’，不愿像武帝那样求‘白云乡’了！”

几天后，合德也拜为婕好。

飞燕、合德两姐妹轮流侍寝，连夜承欢，六宫粉黛都不值成帝一顾，只好自悲薄命。唯独许皇后，从前与成帝相亲相爱，此时孤枕难眠，很不甘心。她有个姐姐名叫许谒，是平安侯王章的妻子，王章是宣帝王皇后的哥哥，王舜的儿子。闲暇的时候进宫见皇后，许后和她谈心，她也替许后忧愁。便暗中代许后请巫婆祷祝，设坛祈禳。

这事被赵家姐妹知道了。赵飞燕心里暗喜，她早想抓住机会夺嫡了，于是立刻告发许后，并把诅咒宫廷的罪名加在许后身上，同时牵连到班婕好。

成帝十分气愤，再加上王太后要求严办，于是立即把许谒抓了起来，定成死罪，即日处斩，同时收回许后印绶，废处昭台宫。

接着又传讯班婕好，班婕好从容地说道：“妾闻生死有命，富贵在天，做好事还没有得福，做坏事还有什么指望？如果鬼神有知，怎会听信谗言？即使再无知，诅咒又有什么好处，妾不但不敢这么做，也不屑这么做！”成帝听她说得这么坦诚，颇为感动，于是命班婕好退下，不再追究。

班婕好虽然被免罪，自思有赵氏姐妹从中谗构，将来难免被诬陷，不如想个方法保全自身。于是请求到长信宫去供奉太后，成帝便批准了。

许后被废，成帝准备择日册立赵飞燕，但王太后因她出身微贱不同意。成帝不敢专擅，便找了太后姐姐的儿子卫尉淳于长去做说客，口齿伶俐的淳于长几次便打动了太后的心，太后便答应了。

成帝于是改鸿嘉五年为永始元年，先封赵飞燕义父赵临为成阳侯，然后册后。赵临是阳阿公主的家令，赵飞燕到公主家因为和他同姓，拜为义父，所以赵临无功受封。

谏大夫刘辅却不合时宜地上书抗议，成帝大为恼火，当即让侍御史抓捕刘辅到掖庭秘狱，本来必死无疑，幸亏大将军辛庆忌、右将军廉褒、光禄勋史丹、太中大夫谷永联名保救，才把刘辅转交到诏狱，减罪一等，释为鬼薪（秦汉时的一种徒刑，因最初为宗庙采薪而得名。鬼薪从事官府杂役、手工业生产劳动以及其他各种重体力劳动等）。从此无人再敢谏阻，于是立婕妤赵飞燕为皇后，进赵合德为昭仪。一对姐妹花同时得宠。

成帝又专门派人在太液池中建造了一艘大舟，带着赵飞燕登舟游玩，让她歌舞，又让侍郎冯无方吹笙，自己则亲自拿着文犀簪轻击玉杯，为她打节拍。

舟行到中流，忽然刮起了大风，吹得赵飞燕险些儿飞去。成帝急令冯无方救护飞燕，冯无方将笙放下，两手握住飞燕脚。飞燕本来就爱冯无方，由他紧握，索性凌风狂舞，边舞边唱。不一会儿风势渐弱，飞燕也渐渐停下了舞蹈。后人说飞燕能作掌上舞，便是从此而来。

回宫后成帝厚赐冯无方，并许他出入中宫，取悦赵飞燕。赵飞燕本来就水性杨花，成帝却好像又聋又瞎，任由她淫荡胡来。她得陇望蜀，又喜欢上了年轻英俊的侍郎庆安世，庆安世擅长弹琴，她便借唱歌弹琴为名，趁着成帝和合德在一起，与庆安世眉挑目逗，留宿远条馆。

赵飞燕又因为自己连年不育，便查找多子的侍郎宫奴，诱惑他们与她同寝。又怕被成帝知道，便另辟一间密室，借口供神祷子，任何人都不得擅入。其实是密藏少年，恣意纵淫。

赵合德受封为昭仪，成帝让她住进昭阳宫，中庭都涂成红色，殿上都刷了髹漆，用黄金为栏杆，白玉为台阶，壁间的横木嵌入蓝田璧玉，再用明珠翠羽作装饰。一切构造，都很精致玲珑，时尚美观，富有创意。所陈设的家具帷幔等，都是世间罕有的珍品，最艳丽奢华的是百宝床、九龙帐、象牙簟、绿熊席，熏染上异香，睡上去后身体也有香味。

合德的性格和她姐姐一样淫荡，只是成帝正宠爱她，所以稍加收敛。

赵飞燕的远条馆中藏着数十名男妾，恣意寻欢，巴不得成帝不来。即使成帝来了，也是虚与应付。

成帝觉得飞燕没有合德温柔体贴，所以经常到昭阳宫去。一天夜里，成帝与合德闲聊，说到她的姐姐，有不满意的意思。合德早就知道飞燕的秘密，她怕被成帝发觉，连忙替姐姐解说："姐姐向来性格刚强，容易招怨，保不住有人背地里乱嚼她的舌根，如果陛下听信别人的诬陷，赵氏将无遗种了！"说至这里，不禁哭了起来。

成帝慌忙取出罗巾，替她拭泪，并好言劝慰她，发誓一定不会误信蜚言。

后来有几个人得知飞燕奸情，出来告状，都被处斩。赵飞燕于是更加有恃无恐了。她感激妹妹替他回护，专门推荐了一个宫奴燕赤凤。

燕赤凤高大壮实，身体却很轻盈善跃，能跃过几重楼阁，飞燕与他交欢，又推荐给合德。合德领了她的好意，趁成帝到远条馆时，便约燕赤凤欢爱。燕赤凤便往来于两宫之间。

只是远条馆与昭阳宫相隔太远，合德怕燕赤凤往来不便，于是请求成帝另筑一室与远条馆相连。成帝自然听从，令工役赶造，几个月后建成了，名为少嫔馆。合德便搬了进去，于是两处消息灵通，燕赤凤的踪迹，随成帝为转移。

赵氏姊妹被成帝宠幸了好几年，也不生一男半女，于是他便去召幸其他宫人，希望生个儿子。

光禄大夫刘向几次上书劝谏成帝轻色重德，修身齐家。成帝虽然称善，但自己却丝毫不改。

元延三年春月，岷山崩裂，土石坠落到江中，水道被堵了三天。

刘向接报，私下叹息道："从前周岐山崩，三川干竭，幽王就亡了国，岐山是周朝龙兴之地，所以它主亡周，现在汉家起自蜀郡，蜀地山崩便是亡汉的预兆！况且前年东井（即井宿，二十八宿之一）出现彗星，看来是乱亡不远了！"

成帝还像以前一样花天酒地，年龄已过四十，还没有生下一个儿子，心里也有些着急。赵家姊妹嫉妒成性，自己喜欢纳男妾，却不许成帝私幸宫女。

成帝鬼鬼祟祟地召宫婢曹晓的女儿曹宫，曹宫竟然怀了孕，后生下一个男孩。成帝听了很是心欢，特派六个宫女服侍曹宫。没想到被赵合德察觉，矫诏把曹宫关进掖庭狱，迫令她自尽，把她所生的婴儿也立即处死，连六个宫女都被勒死了。成帝怕着合德，不敢救护，坐看曹宫母子毙命。

还有一个许美人，住居上林涿沐馆中，也生了一个男孩。成帝让中黄门靳严把医生和奶妈送到涿沐馆，叫许美人静心调养。

成帝又怕被赵合德听说，犹豫了好几天，才打定主意，不如先告诉她，求她留些情面，希望许美人母子免遭毒手。

当下到少嫔馆中，先与合德温存一番，引得合德开心起来，才将许美人生儿子的事支支吾吾说了出来。话还没说完，合德就拉长了脸，生气地指着成帝说："常骗我说从中宫来，如果在中宫，许美人怎么会生孩子？好好！你就去立许美人为皇后吧！"只见她一边说一边哭，并且用手捣胸，用头撞柱子，闹得一塌糊涂。侍婢将她扶到床上，她又从床上滚下来，口口声声闹着要回去。

成帝呆如木偶，好一会儿才开口说："好意告诉你，怎么这么难说话，令我不解！"

合德只是一味哭闹，并不回答他。天色已晚，宫人搬入夜膳，合德也不肯进食，成帝也只好坐在一旁，好言劝她。合德带着哭腔道："陛下怎么不吃饭？陛下常发誓不负约，今天要怎么说？"

成帝道："我原是依着前约，不立许氏，天下无人出于赵氏之上，你尽可放心好了！"合德方才止住哭泣，又经侍女从旁相劝，勉强坐下来吃了几粒米。成帝也胡乱吃了一些，便让人把菜肴撤去。

之后成帝每天都住在少嫔馆中。几天后，成帝竟诏令中黄门靳严向许美人索交婴儿，用苇条编了一个箧，把婴儿放在里面送到少嫔馆，由成帝与合德私下察看，不让其他人在旁边。

好一会儿才命人进去把苇箧拿出来，嘱令侍女交给掖庭狱丞籍武，让他埋葬到偏僻的地方，不要让人知道。籍武于是在狱楼下挖了一个坑，把死婴埋了。

二王入都

元延四年（公元前9年）正月，中山王刘兴和定陶王刘欣同时入朝。

刘兴是成帝的少弟，是冯昭仪所生，从信都王移封中山王。这次入都他只带了太傅一人。

刘欣是定陶王刘康的嗣子。刘康中年病殁，正妻张氏没生孩子，只有妾丁姬生了刘欣，由祖母傅昭仪抚养成人，得以袭封父爵。傅昭仪很早就当上了王太后，是个有心机的女人，听说成帝没有子嗣，就想把自己的孙子承继过去，因此乘刘欣入朝，自己也跟着同行，并让傅相、中尉都跟随入都。

二王一起入见成帝。成帝见刘欣年少俊逸，十分高兴，便找话题问他："你为什么带这么多官吏？"

刘欣从容回答道："诸侯王入朝，按照法规要带二千石随行，臣想傅相、中尉都是二千石，所以让他们同来。"

成帝又问："你平日都学习了哪些经书？"刘欣回答学《诗》。成帝随意提问《诗》经中的几章让他背诵，刘欣很流利地背了出来，一点都没有遗漏。还能讲解大义，成帝连声称善。

接着又回头问刘兴道："你怎么只带太傅一人？"刘兴支支吾吾回答不出。

成帝又问他学习了哪些经书，刘兴回答《尚书》。成帝也抽他背诵几篇，他却断断续续地答了几句，一半已经忘记。

成帝看他三十多岁还这样迟钝，反应还不如十六七岁的少年。觉得索然寡味，当即挥令他退下。刘欣则跟随他同行。

成帝回到宫中，刚好刘欣的祖母傅昭仪也来相见，成帝慰问她路途辛苦，并且夸她孙儿聪明，赞不绝口。

傅昭仪谦虚了一番，并说自己这次入朝，一来是向圣上问安，二是怕刘欣失礼，随时教导他。成帝也感谢她的厚意，让他们留在宫中好好玩几天。

傅昭仪这次来的主要任务其实就是公关，她已拜见过王太后，又到赵皇后和赵昭仪那里问候。又嘱咐孙子刘欣逐一拜见，丝毫也不缺礼，并让他去问候大司马王根，随身带了许多金帛珍玩，四处周旋，八面玲珑。于是众人都称刘欣多才，能够成为帝嗣。

成帝也有这个意思，但盼着飞燕和合德生儿子。于是只为刘欣举行了冠礼，便派他回定陶，傅昭仪自然也跟着回去。赵家姊妹设宴殷勤地送他们，席间傅昭仪又婉言请托，大家都彼此会意。傅昭仪这次入都虽然花费了很多钱财，但政治上的收获却很大。

刘欣回国的时候，刘兴早几天就回去了。

又过了一年，赵氏姊妹仍然不育，于是相互怂恿成帝立定陶王刘欣为太子。王根也上书申请，成帝于是决意立刘欣，改元绥和，让执金吾任宏担任大鸿胪持节召刘欣入京。傅昭仪和丁姬一起送刘欣到都城。

御史大夫孔光却上书请立中山王，成帝不从，贬孔光为廷尉，但加封中山王食邑三万户，刘兴的舅舅谏大夫冯参为宜乡侯。同日立刘欣为皇太子，入住东宫。又想刘欣已过继，不便承祀共王刘康（刘康谥号为共），于是另立楚孝王的孙子刘景为定陶王，让他继承刘康遗祀。傅昭仪与丁姬留在定陶，不得随刘欣入宫。

傅昭仪很郁闷，于是求王太后准许她与太子相见。王太后和成帝商量，成帝说道：“太子入承大统，不应再顾私亲。”

王太后道：“太子从小就全靠傅昭仪养大，好像乳母一般，让她见太子，也没关系。”成帝难违母意，只好准令傅昭仪入见太子。但丁姬不能见太子。

暖男版·虚伪的博弈

擅长画皮的不只是美女，还有丑男。论起王莽的“皮相”，那自然不会像董贤那样和“姿色”二字搭边，《汉书》记载王莽“侈口蹷逊，露眼赤精，大声而嘶”，即大嘴叉、短下巴、金鱼眼、红眼珠、大嗓门兼声音嘶哑。

王莽的撒手锏就是一张虚伪的皮加上一颗勃勃的野心。他的虚伪就体现在他的谦虚状态上。虚伪和谦虚很多时候并非泾渭分明，区别二者最简单的方法就是：谦虚过头，就是虚伪。

第一张皮

王莽（字巨君）是王曼的次子，父亲去世时，王莽刚刚四岁。那时候，王家还没有发迹，出门连马车都没有。后来，姑姑王政君被选为宫女，又成了太子妃，王家也没有得到多少好处。直到王莽十四岁时，王政君成了皇太后，王家才突然显赫起来，五个叔叔同日封侯。由于父亲早死，王莽家并没有享受到封侯的待遇，只是得到了太后的一笔定期补助。姑姑和叔叔们忙于扶植私党，揽权纳贿，大兴土木，几乎把这对孤儿寡母给忘了，王莽母子的日子相当清苦。

好强的寡母节衣缩食，把儿子送到名儒陈参门下，学习《礼经》。家境的贫困让王莽变得早熟，自尊的伤害使他变得敏感。王莽勤学好问，生活简朴，衣服穿得像寒士一样。他对母亲非常孝顺，对待寡嫂也很殷勤体贴，至于侍奉伯叔，交结朋友，更是极其周到。当时五侯的子弟，都在炫富，相互之间还攀比谁更侈靡，唯独王莽不夸耀富贵，崇尚恭俭，博取了孝悌忠信的盛名。

不管怎么说，我认为王莽早年的恭俭孝顺出自天性，并非伪装。而系统的儒家教育，无疑引导王莽强化自己性格中的这些品质，王莽的做法终于被位高权重的叔叔们知道了。

成帝阳朔三年（公元前22年），大司马王凤病危。王莽赶到王凤府上，早晚侍候，“亲尝药，乱首垢面，不解衣带连月”，尽心竭力。

重病使王凤感到了从来没有过的虚弱和无助，他没有想到是这个平时没怎么关照过的侄子给了自己最需要的亲情。自己平日里提携备至的子侄，都养尊处优，探望他总是礼节性的，一会儿就匆匆离去，谁能吃得了这样的苦。王凤非常怜爱他，甚至还为自己以前对王莽的忽视深感愧疚。到弥留的时候，还极口称赞他，当面托付太后和成帝。成帝便让王莽担任黄门郎，又提升为射声校尉。

王莽给当时污浊的官场带来了一缕清新空气。王莽一点也不因身为外戚而有任何骄气，对任何人都谦恭有礼。王氏子弟大都不学无术，而王莽却精通典籍、学问出众；王氏子弟争相揽权纳贿，王莽却清廉自守、一尘不染；别人处理政务难免掺杂私心，王莽却不偏不倚、处事至公。他俸禄不多，却经常倾囊资助别人。他倾其所有，把长兄的遗腹子的婚事办得隆重盛大。侄子婚礼那天，正好王莽的母亲身体不适，在婚筵上，王莽屡次离席，进入后堂。客人们不解其故，询问仆人，才知道是王莽不放心母亲的病体，去服侍母亲用药了。

他买了一个漂亮的女子，放在家中。就在大家猜疑王莽也好色之际，王莽却公布了答案，原来，这个女子是他为朋友朱博买的。朱博政绩卓异，可惜一直没有儿子，王莽是为了帮助朋友延续后代。大家提起王莽，有口皆碑，就连太皇太后也对王莽不禁刮目相看，她没想到这个曾经几乎被自己遗忘了的侄子居然拥有这样的影响力。

这一年王莽二十四岁，他的心智却完全达到了成熟的年纪，谦恭和气的外表下隐藏着一颗儒家式的雄心。可是由于洁身自好，不结交权贵，不请托送礼，又过了整整六年，王莽官位升迁得很慢。但王莽是个善于戒急隐忍的人。

成帝永始元年（公元前 16 年），他的叔父王商上书称王莽恭俭有礼，要求将自己食邑分给他。这实际是为王莽讨封。有人带头，朝廷的名臣也都上奏章举荐他，成帝于是又进封他为新都侯，授官光禄大夫侍中。王莽变得更加谦虚低调，折节下交，所得的俸禄都送给宾客，家无余财，因此名声比几个叔父还要高，声望日隆。

太后和皇帝都庆幸选对了人。官场如海，王莽变得越来越有心机了。

孔光遭贬后，改任京兆尹何武为御史大夫。何武（字君公）是蜀郡郫县（今四川郫县）人，向来奉公守法，颇有政声。他担任御史大夫后，上书说世事烦琐，他才干不行，让他职兼三公，不免耽误。成帝仍然让王根担任大司马，去除了骠骑将军的官衔，命何武为大司空，封汜乡侯，去除御史大夫官衔，俸禄都和丞相一样，与丞相并称三公。

不久王根生病免职，一时缺人接替，于是暂时缓议。

王莽却想接任王根的位置，只怕被淳于长夺去，于是到王根那里打小报告，说淳于长见叔父病免，常有喜色，自己吹嘘说一定可以代任，而且还加油添醋说了很多坏话。

王根非常恼怒，让王莽去禀报王太后。淳于长本是王太后的外甥，上次赵飞燕当皇后全靠他出力疏通，因赵飞燕为此感念不忘，曾劝成帝封他为侯爵，成帝便封他为定陵侯。

淳于长连得王太后、皇后两大内援，势倾朝野。成帝经常赏赐他，再加上诸侯王逢年过节时的馈送，积累了亿万家资，广蓄娇妻美妾，恣意行淫。

刚好龙頟侯韩宝的妻子许氏是废后许氏的胞妹，丧夫寡居，姿色未衰，淳于长借吊唁为名，几次勾引她，许氏见他有权有势，尊荣无比，情愿委身于他，甘做小妾。淳于长竟纳她为妾。

她去长定宫探望胞妹废后许氏，许氏和她谈心，说出了自己的苦寂，还想再当婕妤。于是取出自己从前的积蓄，让妹妹转送给淳于长，托他到成帝面前说情，力求挽回。

淳于长明知这件事不好开口，但却见财起意，于是满口答应将乘机去请求成帝立她为左皇后，让许妾转告她。废后许氏信以为真，早晚盼望，有时召妹妹过来问情况，让她催促淳于长。淳于长反而觉得十分厌烦，故意让许妾去安慰她，还接连致书给许妾，内容有很多是揶揄许后的。许后为了自己的需求，只好含羞忍气。

没想到这事竟被王莽知道了，他忙向王根报告，又去告诉王太后，加油添醋说了一番。惹得太后怒火窜起，让王莽转告成帝。

成帝心里还很看重淳于长，不想治他罪，只遣令他就国。淳于长吃了一惊，自思无法挽回，不得已收拾行装准备登程。

忽然王立的长子王融来向他索求车马，他以为淳于长既然走了，也不能把车骑都带过去，不如送给自己。淳于长与王融本是中表弟兄，当时也答应了。但还想留在都中，于是屏开其他人与他密谈，请他转求他父亲代为斡旋，并取出许多珍宝送给王融。

王融一力担承下来，回去就告诉了父亲。

王立之前不能提升辅政，怀疑淳于长暗中打他小报告，经常在成帝面前说他坏话。这时见了淳于长送的珍宝，竟然化恨为爱，忙入宫去见成帝，替淳于长诉冤。

成帝起了疑心，默然不答，等王立退出，竟命有司彻底查究。

有司明察暗访，察出王融私受淳于长贿赂，便要派人捉拿王融。

王立这时才悔恨起来，抱怨王融自己去惹祸，连累家门。王融无词可辩，自知闯了大祸，不如自尽，当即服毒毙命。等役吏到了王融家，见王融已死，便去回报。成帝越想越怀疑，索性把淳于长抓捕入狱，反复审讯，淳于长受不住严刑拷问，把自己的所作所为和盘托出，被定了大逆的罪名，死在狱中。妻妾和儿子都充戍到合浦（今属广西）。

成帝又让廷尉孔光持鸩酒到长定宫，赐给废后许氏自尽。可怜许后在位十四年，听了两个姐姐的鬼话，先失去了位置，又丧了性命。

红阳侯王史丹立被勒令就国。

王莽告发奸情有功，由王根推荐让他代位，于是王莽如愿以偿，被拜为大司马。

第二张皮

登上了一人之下，万人之上的权利宝座，王莽看着天下的混乱和流离失所的百姓，他信心满怀地要施展他自己的抱负，用《周礼》和《论语》之义来治理天下，振兴大汉。

他首先希望以自己为表率，扭转社会奢靡的风气。他很珍惜自己的位置，很重视自己的名誉，于是开始包装塑造自己的形象，专门聘请远近名士作为幕僚。他要求政府工作人员刹住浪费之风，他把所得到的赏赐全部分给宾佐，自己格外节俭，吃穿都和平民相同。

不久王莽母亲生病了，公卿列侯都派夫人到他府上探望，都穿着锦缎华服，戴着名贵珠宝，也借着这次机会争相展示自己。王莽的妻子王氏负责在门外迎接，她是故相宜春侯王诉的曾孙女。只见她穿着粗布短裙，各位女宾还以为她是仆妇，后来看她在堂上形容镇定，来去穿梭忙碌，私下一打听，才知道她竟是大司马夫人，都不禁诧异起来。

王莽妻子接待女宾分外周到，唯独所提供的茶点，很是普通寻常。

众夫人回家后都说大司马家俭约过人。王莽听到众人这么说，心中暗喜，自己的作秀成功了。

接着，王莽又动员政府通过了“限田令”，禁止豪强大户占有过多土地。上任第二年，王莽又以王太后的名义，宣布把王家的所有土地，除了坟园之外，全部捐给贫民，以此带头推动“限田令”的实施。这几把火烧得非常漂亮，一时间，王莽为首的政府获得了极高的支持率，整个下层社会欢欣鼓舞，以为天下大治的时候终于就要到了。

翟方进当了九年宰相，绥和二年（公元前7年）仲春，天象突然出现异常，火星闯入二十八宿之一的心宿，天下人纷纷谣传天象违反常理，是灾祸的征兆，当时一个名叫贲丽的郎官，擅长观测星相，说这个责任应该由大臣承担。成帝赐文书斥责他，说他为相十年，灾害不断，人民受饥，盗贼众多，官民相残，审理的案件一年比一年多，你没能好好辅佐我，反而听信谣言，上书请求增加赋税，增加人民负担，你没有一颗忠诚的心，却要占据显赫的高位，这不是很恶劣吗？最终逼迫翟方进自尽。

翟方进死后，丞相缺人，成帝还是觉得廷尉孔光为人谦虚谨慎，可以让他担任丞相。因此先提升他为左将军，再准备择日拜他为丞相。

当时梁王刘立和楚王刘衍入朝，准备第二天早上辞行。刘立是梁王刘揖的七世孙。刘衍是宣帝的孙子，楚王刘嚣的儿子。

成帝午后无事，便去了少嫔馆，当夜就在那里留宿。翌日天色大亮，赵合德先起来，成帝从床上坐了起来，刚把袜带系好，忽然一下子扑倒在床上。赵合德不知道怎么回事，忙上前呼叫他，但却没有回应，再用手微按他脉搏，已经没有一丝气息，不由神色慌张，急命内侍宣召御医。

等到医官来的时候，成帝身子已经僵了，御医也没有回天之术。

太后接报，急忙来到少嫔馆，抚着成帝冰冷的尸体号啕大哭。接着，皇后赵飞燕等陆续来到，都围着尸体大哭。

众人劝她们止哀，太后召入三公商量办理大丧事宜，独缺丞相。王莽这时禀告说丞相已经选定孔光接任，于是又复召孔光进见，就在灵前拜他为丞相，封博山侯。

孔光拜谢后，立即与王莽等料理大丧。

消息传出，朝野大为震惊，议论纷纷。民间传言，说成帝夜宿赵昭仪的昭阳宫，因酒后纵欲过度引起虚脱，中风而死，故归罪于赵昭仪，说是她的风情万种使皇帝做了风流鬼。王政君对赵氏姐妹在宫中的骄横早就看不顺眼，在这个关头，对儿子的死岂能袖手旁观！于是，她立即下诏给大司马王莽并丞相、大司空等人："皇帝暴崩，众议哗然，传言甚多，掖庭令等人供职后宫，燕寝都由他们侍候，可着令与御史、丞相、廷尉合议，推问皇帝起居发病详情，以正视听。"

王莽接到诏旨，马上从严查究，接连派属吏到少嫔馆调查，详细审问赵合德。

赵合德虽然没有毒死成帝，但自思自己以前的所作所为，想瞒也瞒不住，早晚要被查出来，而且连累姐弟。沉吟良久，觉得除了死以外，别无他法，于是召集贴身侍婢，各给赏赐，叮嘱她们守紧口风，不要泄露以前的事，然后自己便服毒自尽。

成帝在位二十六年，改元七次，寿终四十五岁。本来身强体壮，身材魁梧，最终因为酒色过度，驾崩后葬于延陵。

第三张皮

太子刘欣进宫即位，史称哀帝。尊王太后为太皇太后，赵皇后为太后。

太皇太后王政君喜欢别人奉承，为人寡断，傅昭仪谋立孙子的时候，常到长信宫殷勤的伺候她，还有丁姬也竭力奉承她，孝敬有加，因此哀帝即位后，太皇太后便让傅昭仪和丁姬两人，十天到未央宫一次，与哀帝相见。又询问丞相孔光和大司马何武，定陶太后应该住在哪个宫。

孔光考虑到傅昭仪权略过人，如果让她入住宫中，将来一定会干预政事，挟制新皇帝。所以复议上去，请求另外择地建筑宫殿。

何武不知孔光的意思，建议不如让傅太后在北宫居住，省得破费。

太皇太后依了何武的话，于是让哀帝下诏迎接定陶太后入住北宫。

傅昭仪当天便搬了进去，丁姬也跟随进去。北宫有紫房复道与未央宫相通，傅昭仪得以自由往来于两宫之间，她几次向哀帝要求要封尊号，并封外家亲属。哀帝刚刚即位，不敢自作主张，所以犹豫不决。

高昌侯董宏得到消息，便想乘机迎合，上书引秦庄襄王的故事，说庄襄王原本是夏氏所生，过继给华阳夫人；即位以后，两母并称太后，现在应该以此为例，尊定陶共王后为帝太后。

哀帝得书，正想根据他的说法下诏，大司马王莽和左将军史丹就联名劾奏董宏，说皇太后名号至尊，独一无二；董宏引用亡秦的做法来蛊惑圣上，应该以大不道论罪。

哀帝无话可说，只好免董宏为庶人。傅昭仪闻信大怒，立即到未央宫当面责备哀帝，一定要速上尊号。

哀帝无奈，去告诉太皇太后，太皇太后批准了他的请求，于是尊定陶共王为共皇，定陶太后傅氏为定陶共皇太后，共皇妃丁姬为定陶共皇后。

傅太后是河内温县（今河南温县西南）人，早年丧父，母亲又改嫁，没有亲兄弟，只有三个堂弟，分别叫傅晏、傅喜和傅商。哀帝为定陶王时，傅太后想亲上加亲，特取傅晏的女儿为哀帝妃，现在便立傅氏为皇后，封傅晏为孔乡侯。又追封傅太后的父亲为崇祖侯，丁皇后的父亲为褒德侯。

丁皇后有两个哥哥，长兄丁忠已经去世，他的儿子丁满便受封平周侯，二哥丁明被封为阳安侯。

哀帝自己的外家都加了封，为了一碗水端平，只好将赵皇太后的弟弟赵钦，晋封为新城侯，赵钦哥哥的儿子赵䜣封为成阳侯。王赵丁傅四家子弟，都封侯拜爵，显贵一时。

太皇太后设宴未央宫，准备邀请傅太后、赵太后、丁皇后等人欢聚一堂。

在摆座位的时候，太皇太后坐在正中，没有什么异义。第二位轮着傅太后，即由内者令（官名）在正座旁设了座位。此外赵太后、丁皇后等辈分较低，都坐在两旁。

位次刚定下，忽来了一位贵官，巡视一周，便怒视着内者令道："上面怎么设有两个座位？"

内者令答道："正中是太皇太后，旁边定陶傅太后。"

话刚说完，那贵官就吼了起来："定陶太后是藩妾，怎么能与至尊并坐？快给我移下来！"

内者令不敢违慢，只好把座位移到左边。

这位贵官正是王莽。

不久太皇太后和赵太后、丁皇后等都来就席，哀帝也带着傅皇后入宴。只有傅太后没来，当下派人去北宫催请，好几次都被拒绝。原来早有人把座位调整的事报告傅太后，所以她不肯来。

太皇太后等不到她，便让大家开始宴饮，酒宴很丰盛，但因傅太后负气不来，导致氛围冷淡，很快就散席了。

傅太后余怒未平，又逼哀帝撵逐王莽。哀帝还没有下诏，王莽得知风声，主动申请辞职。哀帝当即批准，赐他五百金，安车驷马送他回府，仍能够朔望朝请，待遇和三公相同。

王莽免职后，众人都看好傅喜，他已任右将军，人品端正，志操廉洁，傅家子弟算他最有清名。

但傅太后却因为他经常有谏诤，和自己不协调，不想让他辅政，于是进左将军史丹为大司马，封高乐侯。傅喜便托病辞官，缴还右将军印绶，有诏赐他百金，令他食光禄大夫俸禄，回家养病。

大司空何武和尚书令唐林都上书挽留傅喜，说他行义修洁，忠诚忧国，不应该无故遣归，让众人失望。

哀帝也知道傅喜贤良，但为祖母所制，只好以后再作打算。

王莽以退为进，很是高明，他虽一时失了官，但却得到了好名声。公卿大夫都替王莽不平，说他持正不阿，进退以义，有古大臣之风。王莽命人移座位，看似兢兢业业讲究嫡庶之分，言之成理，但窥其私意，这冒险一搏，仍然是为自己计划，大臣们不知不觉就中了王莽圈套。

44. 谄谀的蛊

列车驶到一个朝代的末世，谄谀的风气总是尤为盛行。

九月庚申日，忽然发生了大地震，从京师至北方郡国的三十余处，城郭多被震坍，压死四百多人。哀帝因灾异过大，下诏询问群臣，待诏李寻上书奏对，说灾异是因为皇帝没有修道，志操不如刚即位之时，劝他不要听信小人谗言，防止后宫女人乱政，抑制外戚大臣。

原来哀帝即位之初，也想排除以前的弊端，崇尚节俭，反对奢侈。曾罢除乐府官和官织绮绣，废除任子令（汉制规定凡二千石以上的官员任职满三年，可以让自己的一个子弟担任郎官）。废除“诽谤诋欺法”，让官人回家，免除官奴婢，增加小官员的俸禄，天下都很期待哀帝的治理。但是傅太后从中干涉朝政，称尊号，植私亲，闹个不休，让哀帝不能做主，很多政策都虎头蛇尾，只半年就渐渐地懈怠松弛了。

李寻就是借灾变来劝谏哀帝，指斥傅太后的。哀帝知道他忠直，提升他为黄门侍郎，但要防着太后，裁抑外家，实在是力不从心。这时朝臣已分为两派，一派是排斥傅氏，不让她干政；一派是阿附傅氏，专门奉承她。

权力欲很强的女人

傅太后天天想着揽权，见有反对的大臣，马上就把他驱除。大司空氾乡侯何武为人正直，不肯阿谀，傅太后很不高兴，令人私下调查他的过失。刚好何武有后母在家中，去迎接她不来，立即被近臣举劾，斥责何武不孝，难以胜任三公。哀帝也想更换大臣，于是令何武免官就国，调大司马史丹为大司空。

史丹（字仲公）是琅琊东武县人，年轻时跟匡衡学诗，被举为孝廉，几次超升，曾担任哀帝的太子太傅。他担任大司空后，也与傅氏一拍不合，前后上了十几篇奏章，说哀帝滥封丁傅两家。

哀帝知道他说得很对，但迫于丁傅两后压力，也无可奈何。

傅太后堂侄叫傅迁，担任侍中，人品奸邪，名声很差，哀帝便将他免职回乡。没想到傅太后出来干涉，硬要哀帝把他官复原职。哀帝没办法，只好再将他留下来。

丞相孔光和史丹入朝面奏，说皇上出尔反尔，以后还凭什么取信天下？仍请求将傅迁遣回。哀帝有苦说不出，只能装聋作哑，傅迁仍然担任侍中。

大臣们纷纷乘机阿附迎合

司隶校尉（专门负责纠察京师百官与京畿治安状况的官员，外戚、亲王也要受其监察）解光见王莽被免职，丁傅当权，看出了哀帝想抑制王氏的意图，忙劾奏曲阳侯王根及王根哥哥王商的儿子成都侯王况。奏章上说了王根三条罪状：

一是贪赃巨万，纵横不法，奢华无度，在府第中筑造了高出于市的土山。游猎时，带的仆从都穿着盔甲，持弓弩，陈步兵，住在离宫。让下面的官员接待他，征发百姓修路，百姓都很怨苦。

二是心怀奸邪，想揽朝政，推荐自己亲近的官员主簿张业为尚书，瞒上欺下，内塞王路，外交藩臣。把自己的亲戚安排要职。

三是先帝驾崩，王根不悲哀，之前想要山陵不成，又公然邀请掖庭的女乐：殷严和王飞君等人，置酒歌舞，不讲臣子之义。

还有王况，幸运地袭爵当了列侯侍中，不想着报恩，也聘娶故掖庭贵人为妻，没有人臣礼，大不敬不道。应该按律惩治，让其他大臣以他们为戒！

哀帝自即位后，也因为王氏势力强盛，想加以抑损，好收回主权，亲抓大政。既将王莽免官，又得到解光弹劾王根，很合他的意思。但以大不敬不道的罪名定王根的罪，又嫌太重了，而且也觉得不给太皇太后留情面，于是只派王根就国，黜免王况为庶人。

不久解光又上奏王政君，这份上奏一公开，立即在朝廷引起轩然大波。

原来掖庭狱丞籍武见赵合德几次杀皇子，很不忍心，曾和掖庭令吾丘遵密商，准备告发赵合德。但后来又想自己官卑职小，告了也没什么用，反而惹祸上身。吾丘遵不久病逝，籍武更是孤掌难鸣。到了哀帝嗣位，赵合德自杀，籍武便把以前的秘密说了出来，传到解光耳中，解光早想扳倒赵家外戚，让傅太后独享尊荣。于是上书劾奏赵昭仪曾辣手害死成帝的两个嗣子，不但中宫女史曹宫等莫名冤死，此外后宫只要有宫人怀孕，都被赵昭仪用药堕胎。赵昭仪畏罪自杀，没有受到惩罚，而她的家属还在享受富贵，国法何在？应该把赵氏家属追究正法。

王政君既哀痛皇孙之死，使国统绝嗣，又恨赵氏姐妹施媚固宠，害死了儿子，有意依法严办，但她也有后顾之忧，担心深究会使成帝的私生活暴露于天下，有碍其形象。郎官耿育的上疏也表达了这一观点：“复校省内，暴露私燕，诬污先帝倾惑之过，成结宠妾妒媚之诛，甚失贤圣明见之明，逆负先帝忧国之意……不然，空使谤议上及山陵，下流后世，远闻百蛮，近布海内，甚非先帝托后之意也。”这一番话，使王政君的内心充满了矛盾。

正是在这样的背景下，即位的汉哀帝只把赵飞燕的弟弟新成侯赵钦、侄子成阳侯赵䜣废为庶人，将其家人贬往辽西郡（今辽宁义县西），而没有再追究赵飞燕的责任。哀帝本人也因赵飞燕有助其继位之德，不想再予深究，遂不了了之。

这时朝廷已经改元，号为建平元年，三公中缺少一人，朝臣大多推荐光禄大夫傅喜，于是哀帝拜傅喜为大司马，封高武侯。

郎中令冷褒和黄门郎段犹见傅喜位列三公，傅氏势力益盛，便趁机逢迎，上书说共皇太后与共皇后，不应该再加定陶二字，所有车马衣服，都应该称皇，并应为共皇在京师立庙。

哀帝将原奏出示，让群臣讨论是否能执行。大臣们都随口赞成，唯独大司空史丹首先出来反对，说哀帝已经继承了成帝的宗庙，就不能再奉定陶共皇入庙，这不合礼。

丞相孔光极力赞同史丹的话，就连大司马傅喜也认为他说得对。但傅太后及傅晏、傅商等人，都恨史丹和孔光、傅喜，想方设法要把他们除去。

第一个先从史丹下手，寻得史丹上书的草稿，让属吏私下抄写几份，传给外人看，当即弹劾他不敬。傅太后带着很无辜且受伤的眼神迫令哀帝下诏，免去史丹官职，削夺侯封。

给事中申咸和博士炔钦联名上奏，称史丹正直忠心，不可能泄露草稿，这事错在簿书，与史丹无关，如果把他贬黜，恐怕会失去人心。谁知他二人却因此被贬秩二等。

尚书令唐林看不下去，又上奏称史丹的错误很小，但受罚太重，大臣们都说应该恢复史丹的爵邑，愿陛下看在师傅的分上加恩。哀帝于是又赐史丹关内侯，食邑三百户。

傅昭仪重拳出击排除异己

傅太后除去史丹，又要排斥孔光。她想到孔光以前曾请立中山王刘兴为皇嗣，刘兴已经病死，他的母亲冯昭仪还在。从前为了“当熊”一事，对她心有余恨，一直没有报复，现已大权在手，不但要内除孔丞相，还要外除冯昭仪。

刘兴的王妃冯氏是他舅舅宜乡侯冯参的女儿，生下两个女儿，没有子嗣。刘兴便另纳了一个卫姬，生了一个儿子，名叫刘箕子，刘兴死后他承袭为王。

箕子年幼多病，医家号为肝厥症，时而发作，每次发作都手足痉挛，指甲都变青了，连嘴唇也变成紫色。冯昭仪只有这一个孙子，非常怜爱他，见他病根不断，医药也治不好他，只好祈祷求神。

哀帝听说箕子有病，特派中郎谒者张由带着医生去为他诊治。到了中山，冯昭仪依礼接待他们，一点也不怠慢。

张由一直有疯病，留在那里几天，见医生治疗不愈，不由烦躁起来，旧病复发，一两日后竟命从人收拾行装，匆匆回朝复命。

哀帝问他箕子是否痊愈，他回答还没痊愈。

哀帝十分恼怒，喝令他退出，回头又派尚书责问他为什么这么快就回来。张由十分害怕，疯病吓好了一大半，暗想自己病得糊涂，无端速回，如果没有什么理由，一定会坐罪。事到如今，宁可我负人，不让人负我！于是便捏造谎言，说冯太后私下令巫师诅咒皇上和傅太后，事关机密，所以匆匆回报。

尚书听了口供，慌忙入宫报告。傅太后一听就怒不可遏，急召御史丁玄入见，嘱咐他一番，叫他速去中山查办。

丁玄是共皇后丁氏的侄子，与傅氏互相勾结。他一到中山就将宫中吏役，以及冯氏子弟共一百多人抓捕入狱。由他自己逐日提讯，好几天都没有一点头绪，没法上奏。

傅太后望穿秋水，不见回音，再派中谒者史立与丞相长史大鸿胪丞同往审讯。

史立星夜登程疾驰到中山，先与丁玄晤谈。丁玄因没得到供词，只皱着眉头叹气。史立却暗暗高兴。当天就把案卷提齐，升堂审讯，一班案犯挨个听审，一齐呼冤。史立不分青红皂白，一律用严刑拷问，连毙数人，还没得到供词。他也不禁为难起来。

忽然他一拍脑门，又心生一计，令所有人都退下，独将男巫刘吾提入，用了种种恫吓威胁和欺骗的手段，教他把事情推到冯昭仪身上，供称诅咒是实。刘吾在威逼利诱面前招出“供词”。

史立得了刘吾的供词，再将冯昭仪的妹妹冯习和寡弟妹君之提到堂上，硬说她与冯昭仪通谋，冯习见他含血喷人，一腔怒火燃起，不禁开口骂他。史立也动了怒，喝令左右用刑，笞杖交下，冯习经受不起，当堂毙命。

史立见冯习被活活打死了，也觉得着慌，因为她是冯昭仪的妹妹，不是普通百姓。当下命人把君之带回狱中。

想了很久，又想到一计，于是派人召入医生徐遂成密谈。

第二天升堂，张由便带着徐遂成出来作证，徐遂成按照史立之前的嘱托诬供道："冯习与君之曾私下对我说：'武帝有名医修氏，医好帝疾，赏赐不过二千万。现在听说主上多病，你在京师一定也去给皇上医治，就是把皇上治愈，也不能封侯，不如药死皇上，让中山王当皇帝，你一定可以封侯了！'"史立听他说完，假装不信，徐遂成磕头如蒜捣，指天发誓绝非诬陷。

史立觉得有词可借，唤出冯昭仪，当面责问她，冯昭仪自然不认，与史立对辩。史立冷笑道："从前你挺身当熊，自甘拚死，是那么勇敢，今日怎么如此胆怯呢！"

冯昭仪听了，立时醒悟，于是不屑与他辩论，愤然回宫。对身边侍者道："当熊的事是前朝的事了，而且是宫中的话，史立怎么会知道？这定是宫中有人诬陷我，我知道了！"当天冯昭仪就服毒自尽了。

史立早将冯昭仪等人诅咒谋逆的事情，谎言上报，有司即请诛冯昭仪。

哀帝还不忍心，只下诏废她为庶人，徙居云阳宫，那知史立第二次奏报又到，说冯昭仪已死。哀帝以冯昭仪自尽是在未废前，仍命用王太后礼安葬。同时召冯参到廷尉对簿。

冯参曾是黄门郎，宿卫十几年，严肃有威信，以前王氏五侯也怕他，后来以王舅封侯。这回无辜被陷害，不肯受辱，仰天叹道："冯家父子兄弟都备高位，现在我已封侯，却遭恶名，死不足惜，只恨到地下对不住先人！"说毕，拔剑自刎。弟妇君之与冯习的丈夫、孩子都被株连，或自尽，或被杀，共死十七人。冯王妃被免为庶人，与冯氏宗族迁回老家。

司隶校尉孙宝目睹案情冤枉，心里很是不平，于是奏请复审。傅太后正在快意，偏遇上孙宝来干涉，十分恼火，便令哀帝下诏，将孙宝抓捕入狱。

尚书令唐林上书力争，也被贬为敦煌鱼泽障侯。

傅喜虽是傅太后的堂弟，但却情理难安，便与光禄大夫龚胜一起进谏，请求将孙宝复职。哀帝于是转告傅太后，傅太后还不肯答应。经哀帝一再求情，才勉强允许，孙宝才得以官复原职。

张由首先告发有功，得封关内侯，史立提升为宫中太仆。人们背地里都嘲骂这两人，谗陷取荣，伤天害理，二人还得意扬扬，自认为得计。直到哀帝崩后，由孔光追劾二人罪行，夺官充戍，贬居到合浦。但冯氏的冤狱却一直没有申雪，冯昭仪不得追封，毕竟已到乱世，黑白混淆了。

逢迎拍马者的下场

哀帝专门提升京兆尹朱博为大司空。从前朱博救了陈咸，声名远播，陈咸又起用为大将军长史，将朱博推荐上去，王凤很赏识他，先后委任他为栎阳、长安等县令，又升迁为冀州刺史、琅琊太守，他擅长用权术驾驭吏民，属下对他都很畏服。

后来他又当上了光禄大夫，再调任廷尉，他怕被属吏欺骗，故意召集属吏，取出累年积案，自己再重新判断，多与原判相符。属吏见他明察秋毫，都不敢欺骗他，一年后被提升为后将军，因为连坐红阳侯王立的案子，免官回乡。

哀帝又征用他为光禄大夫，让他担任京兆尹。刚好傅氏专权，想联络几个廷臣作党羽，于是由孔乡侯傅晏与朱博往来，结为知交。史丹罢免后，便推荐朱博为大司空。

位置变了，人性也会改变。刚正讲义气的朱博变得专重私情，不务大体，所以一不留神居然成了傅家走狗。从此他是位置越高，声名越减。

傅太后制造了“中山冤案”报了宿仇，又想驱除孔光，连傅喜也不放过，于是与傅晏密谋。傅晏便邀同朱博先后进谗，说尽孔光和傅喜坏话。建平二年三月，傅喜被免职就国。四月免去孔光丞相职务，贬为庶人。朱博曾奏请罢免三公官，仍然按照先朝旧制，改置御史大夫，于是哀帝撤销大司空位置，让朱博担任御史大夫，另拜丁明为大司马卫将军。不久又升朱博为丞相，晋封阳乡侯，任用少府赵玄为御史大夫。

朱博为了报答傅氏知遇之恩，上书请求上傅丁两太后尊号，除去定陶二字。哀帝于是下诏尊傅共皇太后为帝太太后，居住在水信宫。丁共皇后为帝太后，居住在中安宫。并在京师设立共皇庙，所有定陶二字都删去。于是宫中有四个太后，各置少府太仆，级别都是中二千石，傅太后喜如所望。

傅太后名位提高了，人也跟着骄傲起来，有时谈到太皇太后，竟然直呼老妪。太皇太后性格向来温和，不和她计较。赵太后势孤失援，也去奉承傅太后，往往去永信宫问候，长信宫却去得少了。

朱博与赵玄又接连上奏，请恢复前高昌侯董宏的封爵，说董宏第一个提议封帝太太后尊号，结果却被王莽、史丹所劾奏，王莽、史丹不想着遵从大义，胆敢贬抑至尊，那是非常不忠不孝，应将王莽、史丹夺爵。

哀帝当即批准，黜史丹为庶人，令王莽出都就国。只有谏大夫杨宣上书，说："先帝择贤嗣继位，原想陛下承奉东宫。现在太皇太后七十岁了，屡经忧伤，命令亲属引退。陛下试着登高远望，对着先帝陵庙，能不怀惭愧吗？"

一席话说得哀帝也愧疚起来，于是又封王商的儿子刘邑为成都侯。

遍地都是造反的民众，朝廷内外权斗此起彼伏，帝国一派末路景象。哀帝也在苦苦思索帝国的前途何在。待诏黄门夏贺良不知从哪里得到了一个齐国邪教分子甘忠可的遗书，吹嘘自己能知天文，并说他能够挽救汉帝国的命运，哀帝鬼使神差地相信了。夏贺良上书说："汉朝要经历中衰，改朝换代已经在所难免。刘家要想继续做皇帝，就必须再接受一次天命。必须改纪元、换国号，才能逃过此劫。"

很快，哀帝下了紧急诏书："汉朝建国二百余年，气数已衰。但皇天庇佑，又给了我们刘氏一次再受天命的机会。朕无德无能，岂敢抗拒！现在宣布改元更号。建平二年改作太初元年，朕自此以后不再是汉朝皇帝，而是'陈圣刘太平皇帝'。"

哪知吉祥未至，噩耗先来，帝太后丁氏得病，不到一个月就去世了。哀帝本来身体就不好，带病临丧，忙碌了几天，感到身体更加虚弱不适，竟然病倒了。御医多方调治，才渐渐痊愈，躺在床上的几天，他想着夏贺良的话都不灵验，于是派人调查他的履历。

结果调查到他实际上是一个骗子，没什么本事，只会妖言惑众，还有一本甘忠可的遗书作为秘本骗人。甘忠可是个邪教头目，光禄大夫刘向曾经斥责他罔上惑民，奏请逮捕他，后来死在监狱里。刘向在哀帝初年去世，夏贺良也乘隙出头。刚好长安令郭昌和他是同学，于是替他转托解光和李寻，代为举荐。夏贺良便得以待诏黄门。

哀帝的调查，夏贺良自然不知，他不知死活又上奏说丞相、御史不懂天道，不足以胜任，应该改用解光、李寻辅政。

结果自己找死不说，又连累两个人。哀帝愈加动怒，罢免改元易号的事，立即抓捕夏贺良，判成死罪，并将解光、李寻谪徙到敦煌郡。

也许，哀帝认为自己病情的加重和篡改社稷这一"不忠不孝"之举有关，在接下来的一年多的时间里，他把全国各地被废弃掉的七百多座刘氏神祠又都重建了起来。在这短短的一年里，他对着上苍和这些神祠，祷告了三万七千多次。

年轻的新皇帝显然对之前他下的那份诏书可能会带来的严重后果估计不足。那份诏书的影响之恶劣，简直难以想象——这是汉帝国皇帝首次主动承认自己气数已尽。至于那个"陈圣刘太平"，又引发了这样的流言："陈国人是舜帝的后代，王氏则是陈国人的后裔。汉朝刘氏是尧帝的后裔，尧传位给舜。这个国号意味着王氏将要取代刘氏！"

往生的祖宗可以祷告祈求原谅，然而民众的禁忌之口一旦打开，却再也难以封闭。正是从夏贺良事件开始，汉帝国的儒生和百姓开始悄悄讨论"汉家天下气数已尽"。换言之，哀帝为日后王莽的和平受禅免费送上了一张非常关键的优惠券。帝国队伍的人心就这样被哀帝带散了。

傅太后削弱了王赵两个外家势力，独揽国权，很是快慰。只有从弟傅喜，始终不肯阿顺她，她便决定把爵邑夺去。于是立即嘱令孔乡侯傅晏和丞相朱博商量，要他追劾傅喜，夺去他的侯封。

朱博欣然领命，待傅晏走后，立即邀御史大夫赵玄到来，请他联名劾奏傅喜。赵玄犹豫地说："事情都过去了，似乎不宜再提。"

朱博不高兴地说："我已答应许孔乡侯了。你怕死，我却不怕死！"

赵玄见他色厉词刚，只好唯命是从。

朱傅怕单劾奏傅喜，反而让哀帝疑心，索性将汜乡侯何武也牵入到案子中。奏称何武、傅喜之前身居高位，无益于治道，不应当封他们为爵，请免他们为庶人。

这道奏疏呈进去，总以为与奏报史丹和王莽一样，很快就会批准，没想到复诏还没等到，尚书令却奉密旨召入赵玄彻底讯问。

赵玄一开始还含糊其辞，后来尚书说明哀帝的意思，已知是傅晏唆使，教他自己担责。赵玄性格比较忠厚，不会狡辩，于是将傅晏嘱使朱博，朱傅强迫他联名的事都详细说了一遍。

尚书回报哀帝后，哀帝立即下诏，减赵玄死罪三等，削傅晏封邑四分之一，让谒者持节召朱博进掖庭狱。朱博这时才知自己铸成了大错，无法卸责，于是取出鸩酒，当着谒者的面一饮而尽，命丧黄泉。

哀帝也有谄谀对象

哀帝进光禄勋平当为御史大夫，不久又升任他为丞相。平当（字子思）是梁国下邑（今安徽砀山）人。居平陵（今陕西西安西北），以经学晋升，官至骑都尉。哀帝让他去管理河堤。平当曾上奏说按经治水，只宜疏导，不能堵塞，要广泛征集疏河的能人共同施工，才能成功，哀帝便同意了。

当时有个待诏贾让详细陈述了上中下三策。上策是顺河故道去疏通，中策是凿河支流分水，下策是随河筑堤控防，当时的人都叹为名言。平当主张用中策，河患减少了。

平当被拜为丞相时，正是建平二年冬季，汉制冬月不封侯，所以只赐爵关内侯。第二年平当就患了病，哀帝召他入朝，想要加封他，平当称病不能起床。家人请平当强行起来受印，为子孙打算，平当喟然道："我得居大位，若起来接受侯印，还卧在床上死了，死后都有罪。你们劝我为子孙考虑，哪知我不受侯封，正是为子孙考虑呢？"

暮春时节，平当逝世，哀帝提升御史大夫王嘉为丞相，封为新甫侯。王嘉（字公仲）与平当是同乡，也以学经当了郎官。几次提升竟登相位。他才上任几个月，又出了一场重案，差不多与中山案情相同。

建平三年，无盐县中出了两件怪事。一是危山上的土忽然自己翻了过来，压在草上，地面平坦得像马路（驰道）；二是瓠山中有一块高九尺六寸的大石立了起来，比原址移开一丈。这两个现象其实是正常的地壳运动，古人不知，传为异闻，哗动四方。

无盐属于东平管辖，东平王刘云得知这件事，认为是神仙干的，便准备了祭具带着王后去瓠山，向那块大石祀祷。祭完回宫后，又在宫里仿照瓠山的形状筑了一座土山，上面立着石像，用黄草捆着，视为神物，随时祈祷。刘云的父亲是东平王刘宇（宣帝的儿子，受封历三十三年），刘宇逝世后刘云袭封。

这消息传入都中，又有两个像张由和史立那样想乘机升官发财的人，一个是叫息夫躬的河阳（今河南孟州市）人，一个是叫孙宠的长安人。

息夫躬与傅晏是同乡，素来相识，他粗通文墨，便入都待诏。孙宠做过汝南太守，因为犯错误而免官，流寓京都。两人便成为待诏的朋友。待诏就是留住都中，听候录用的意思。两人都眼巴巴地盼着得到一个官，好多天都没有被选拔的消息，非常郁闷。

这时得到东平王祭石的消息，息夫躬认为机会来了，私下对孙宠笑道："我们从此可以封侯了！"

孙宠不以为然地说："你是想当官想疯了吧？"

息夫躬诡秘一笑："我可没疯。老实告诉你，现在可是有一个绝好的机会。"

孙宠还不肯相信，息夫躬和他耳语了一番，孙宠脸上才露出佩服的笑容，并愿意与他同谋。息夫躬于是撰成奏疏，托中郎右师谭转交给中常侍宋弘代他呈入。

哀帝看到奏章上写着：无盐有大石自立，一些居心不良的大臣附会往事，说以前泰山石立，孝宣皇帝便得宠而兴。东平王刘云因此有了非分之想，与王后日夜祭拜，诅咒皇上。王后的舅舅伍弘，以医术幸进宫门。

臣担心霍显的阴谋又要再现，荆轲的谋变又要发生。一旦祸事发生，后果不堪设想!

这荆轲、霍显两句话很是厉害，就是再英明的君主也要被他蛊惑，何况哀帝庸弱，又连年多病，因此看了很是惊心，当即令有司去严办。结果很多人被屈打成招，说东平王和王后阴谋篡位。

案情复奏上去，哀帝下诏废刘云为庶人，徙居房陵。王后与王舅伍弘一并处死。

廷尉梁相急忙谏阻，说案情还不见得确实，应该派公卿复审。尚书令鞠谭、仆射宗伯凤都和梁相意见一样。哪知哀帝不但不听，反而说三人意存观望，不知嫉恶讨贼，与东平王同罪，都被削职为民。

后来刘云悲愤自尽。息夫躬得以提升为光禄大夫,孙宠升为南阳太守。还有宋弘和右师谭也都升了官。

哀帝刘欣的心中有一个人分量很重，为了这个幸臣不但可以断袖，更可以杀人，他这次刚好要借着这个案子加封，此人就是云阳人董贤。他是御史董恭的儿子，他当太子舍人的时候才十五六岁。宫中侍臣都说他年少无知，不让他办事，因此哀帝只知道他的名字，没有见过他。

哀帝即位后，董贤当了郎官，又混了一两年。这天正值董贤报时，站在殿下，哀帝从殿中看见他，还以为是个美貌的宫女扮成男儿模样。当即召入殿中问他姓名，董贤回答后，哀帝不禁醒悟道:“你就是舍人董贤？”

一下子对他有了好感，当面授他为黄门郎，让他在自己身边伺候。董贤温柔害羞，哀帝很快就爱上了他。

董恭这时已是云中侯，哀帝把他召为霸陵令，升为光禄大夫。

董贤一个月三次升迁，竟升为驸马都尉侍中，出则为哀帝骖乘，入则和哀帝共榻。一天，哀帝一觉醒来，准备起身，没想到衣袖却被在自己身边睡得正香的董贤压住了，哀帝不忍心惊动他，竟然从床头拔出佩刀，将衣袖割断，轻轻地起身而去。

哀帝身体不好，董贤也不回家，要求留在身边伺候。哀帝听说他已有妻室，便嘱咐他回去欢聚，说了三四次董贤也不听。哀帝过意不去，于是特创了新例，让他的妻子加入宫籍，允许她进宫值班。

董贤又把自己的妹妹也介绍给哀帝，哀帝拜她为昭仪。皇后的宫殿称为椒房，而董贤妹妹住的宫殿，哀帝特赐号为椒风，以示与皇后名号相联。

哀帝见董贤的妻子十分貌美，不禁垂涎，董贤便让自己的妻子也伺候哀帝，和他轮流值宿。哀帝给他的赏赐，不可胜计。不久又提升他的父亲为少府，赐爵关内侯。甚至连董贤的岳父也当上了将作大臣，董贤的妻弟也当上了执金吾。

哀帝还替董贤建筑豪宅，地址就选在北阙附近，建得和宫殿一样，又赐东园秘器，命人在自己的万年陵旁另修了一个墓冢，让董贤像后妃一样能够生死陪伴。

只是董贤无功，一时不能封侯赐爵。拖延了一两年，刚好东平大案发作，告发者都平地受封。侍中傅嘉奉承哀帝，请求将董贤的姓名加入告发案内，好封他为侯。

这正合哀帝私意，于是把宋弘除去，把董贤的名字加入。说他也曾经告逆，应该与息夫躬、孙宠同获封赏，并封关内侯。又怕傅太后怪罪，于是将傅太后最小的堂弟傅商封为汝昌侯。

哀帝的做法让大臣们议论纷纷。尚书仆射郑崇入朝进谏道："从前成帝并封五侯，天象骤变。而今傅商无功封侯，破坏祖制，臣愿用性命相拼！"说着，竟把诏书案一把抢过去，不让哀帝下诏。诏书案是放诏书的小短儿，案足只有三寸长。

郑崇是平陵人，由前大司马傅喜荐入，抗直敢言。每次进见都穿着革履，发出"笃笃"的声响，哀帝没见到他面，一听到这种响声，就笑着对左右道："这是郑尚书的脚步声，想是又来陈言了！"

每次提出建议，哀帝大多依他。就是这次他鲁莽谏阻，哀帝也想算了，但傅太后听说情况后，愤怒地向哀帝道："你身为天子，反而受制于一个小臣吗？"哀帝被她一激，便决定封傅商为侯。

傅太后的母亲曾改嫁魏郡的郑翁，生了一个儿子名郑恽，郑恽又生了儿子郑业，这次也封为信阳侯，追郑恽为信阳节侯。

郑崇生性憨直，见阻谏无用，却不肯就此缄口，他见董贤宠荣过盛，又去谏诤。哀帝最爱董贤，这下可真生气了。

尚书令赵昌专喜拍马屁，他与郑崇一直不和，于是乘机诋毁他，诬陷他和宗族交往，恐怕有奸谋。哀帝召郑崇责问道：“你门庭若市，为什么偏要禁止我？”

郑崇慨然道：“臣门如市，臣心如水，愿听查究！”

郑崇的回答让哀帝大为恼火，便让他下狱。狱吏一意迎合皇上，严刑拷打，郑崇皮开肉绽，却抵死不肯招供。

司隶孙宝知道郑崇被赵昌诬陷，上书保救他，说郑崇受到严刑都快死了，都没有招出一个字，世人都替郑崇呼冤。听说赵昌与郑崇有矛盾，才诬陷他，请将赵昌一并查办，以释众人的疑惑。

哀帝竟批斥他附下罔上，把他免为庶人。不久，郑崇死在狱中。

哀帝又想加封董贤，先上傅太后尊号，称为皇太太后，买动祖母欢心。再令孔乡侯傅晏带着封董贤的诏书，拿给丞相、御史看。

丞相王嘉为了东平冤狱，尚觉得不平，只是他当时刚刚拜为丞相，不好力争，因此睁一只眼闭一只眼。此时见诏书上又提到董贤告逆有功，不由恼怒起来，于是与御史大夫贾延一起极力阻止，哀帝不得已拖延了几个月。后来再也等不下去，毅然下诏封董贤为高安侯，孙宠为方阳侯，息夫躬为宜陵侯。

息夫躬生性狡诈阴险，一朝得到宠荣，便屡次进见哀帝，倾力诋毁公卿大臣。朝臣都怕他的势焰，对他侧目而视。

谏大夫鲍宣慷慨进谏，劝哀帝不要私养外亲和幸臣董贤，还有孙宠、息夫躬之流都是奸邪，应该赶紧罢黜。召用故人司马傅喜，故大司空何武、史丹，故丞相孔光，故左将军彭宣共辅国政，才能国家太平。说得十分恳切，哀帝因为他是当代名儒，所以对他格外宽容，只把原书束之高阁，不理睬他罢了。

鲍宣（表字子都）是渤海高城（今河北盐山东南）人。家境清苦，少年时跟随桓氏学经。老师家有个女儿叫桓少君，许配给他为妻。结婚时桓少君打扮得十分华贵，鲍宣很不高兴，对桓少君道：“你家富裕，衣饰华美；我很贫穷，受不起你！”

桓少君答道："我父亲平日器重你，就是因为你品德好，讲诚信，所以把我嫁给你。我一定听你的！"桓少君于是把盛装卸去，改穿布衣短裙，与鲍宣一起驾着鹿车回家了。鲍宣家中只有一个老母亲，桓少君对她非常孝顺，乡亲们都称她为贤妇。

后来鲍宣被举为孝廉，入朝当了郎官，大司马王商很赏识他，推荐他为议郎，大司空何武又推荐他为谏大夫。

息夫躬又上书说近年灾异迭现，恐怕要有祸乱发生，应该派大将军巡边，斩一个郡守，立威应变。

哀帝便召问丞相王嘉，王嘉当然奏阻，哀帝只信息夫躬，不听王嘉的话。

哀帝于建平四年冬季定议改元，次年元日改称元寿元年，下诏进傅晏为大司马卫将军，丁明为大司马骠骑将军。两大将军同日当选，哀帝想派他们其中一位出巡，结果当天下午又发生了日全食，哀帝十分惶恐，不得不下诏求批评。

丞相王嘉又将董贤劾奏一本，哀帝心中很是不快。

丹阳人杜邺以方正被推举，他说册拜时即逢日食，是阳为阴掩的灾象。这是由于外戚手握重权导致的。这一点倒是让哀帝对丁傅两家起了疑心。

接着关东的百姓不知从哪里听来的谣言，说是去见西王母，有的持着稻秆，有的拿着麻秆，辗转相传，人越来越多，有几个蓬头赤脚，翻越城墙，有几个乘车跨马，发蹄疾驰，越过郡国二十几处直抵京师。官员们禁止不住，只好由他们瞎闹。无知的百姓们又多聚会歌舞，祭祀西王母。当时都城里的人，都借这件事谀颂太皇太后王氏，把她比作西王母，说她长寿无疆。谁知傅皇太太后却突然病倒在床，一个月后便去世了。

傅皇太太后去世后，哀帝又不禁想起孔光，特派公车征召。等孔光入朝，便问他日食的原因，孔光也说是阴盛阳衰。哀帝这才相信，拜他为光禄大夫。董贤也乘机进言，将日食归咎于傅氏。于是哀帝下诏，收回傅晏印绶，罢官归第。

丞相王嘉和御史贾延又上书历数息夫躬和孙宠的罪恶，息夫躬和孙宠已经失援，也没人帮他们，于是即日就奉诏免官就国。

息夫躬只好带着老母和妻子仓皇上路，走到宜陵，在邱亭寄宿。当地的匪徒见他行装累累，不禁暗暗垂涎，夜间便去打探。吓得息夫躬胆战心惊。

刚好有河内掾吏贾惠路过，与息夫躬是同乡，到亭里问候他，见他神色慌张，问明情况，便教他折取东南的桑枝，教给他一套咒语，每夜向北斗七星诵咒，可以消弭强盗。

息夫躬信以为真，当夜就按照他的话做，夜夜诵咒，像疯子一般。这时有人上书告发，说他诅咒朝廷。

于是哀帝派人把他抓了起来，投入洛阳狱中。问官提他审讯，但见他仰天大呼，喊着喊着便倒在地上。官员上前查看，只见他耳鼻口中都流出血来，原来他竟然扼喉自尽了。

息夫躬自杀更加证实了他诅咒属实，不敢剖辩，因此官员再去讯问他母亲，他的母亲白发苍苍，已经很老了，被问官一威吓，身子抖个不停。问官越发怀疑，迫令她招供，说是母子同谋，大逆不道，应该判处死刑。息夫躬的妻子被充戍到合浦。后来哀帝驾崩后，孙宠和右师谭也被有司劾奏，追究东平冤狱，夺爵充戍，都死于合浦郡中。这就叫作天道好还。

鲍宣又请求起用何武、史丹、彭宣、傅喜，并派董贤就国。哀帝派鲍宣为司隶校尉，征召何武、彭宣。但对至爱董圣卿（董贤字圣卿）不但不肯遣去，还伪托皇太太后遗命加封食邑二千户。

丞相王嘉封还诏书，力斥董贤巧言惑君，不可亲近，并说皇上还没有继嗣，应该想着自求多福，不要轻身肆志，不念高祖勤苦。

这几句话对哀帝刺激很大，如同针砭入骨。哀帝对王嘉更是恨之入骨，想求他的过失，想到中山案中，梁相、鞠谭、宗伯凤三人都免了罪，只有王嘉为他们保荐，行迹貌似欺君。于是召王嘉到尚书处责问，王嘉只得免冠谢罪。

没想到光禄大夫孔光觊觎相位，想把王嘉除掉。竟邀同左将军公孙禄、右将军王安、光禄勋马宫等联名劾奏他，斥他罔上不道，请交给廷尉究治。

光禄大夫龚胜认为王嘉担任宰相后，很多事都废了，应该受到处罚，但如果为了保荐梁相等人，就定他罔上不道的罪名，不足以示天下。

哀帝立即听从了孔光等人的意见，召王嘉到廷尉狱中。

当时相府的掾属都劝王嘉不如自裁，替他和了药送到他面前。王嘉不肯吞服，有个主簿哭着说："将相不应对狱官陈冤，旧例如此，望君侯自己引决！"王嘉摇头不答。

内使在门口催促他到狱中去。主簿又向王嘉进药，王嘉把杯子扔在地上道："丞相位列三公，失职负国，应该服刑于都市，让众人引以为戒，怎么能像娘们儿一样服药寻死呢？"说着，便上缴出丞相新甫侯印绶，乘了内使的小车去了廷尉。

内使将印绶拿着报告哀帝，哀帝还以为王嘉一定自尽了，听说到廷尉诏狱，更加气愤，立即命将军以下直到二千石，一同追究。

王嘉不堪凌辱，仰天叹道："我幸得担任宰相，不能进贤人，退不肖之人，以至于负国，死有余辜！"

众人问他贤人和不肖人的名字，王嘉回答道："孔光、何武是贤人，董贤父子是不肖之人！我不能进孔光何武，退董贤父子，罪原该死，死亦无恨！"将军以下的大臣，听他这么说，也不能定他罪，二十几天后，王嘉在狱中呕血绝命。一世聪明的王嘉，至死也没想到，他临终时说的贤人就是设计陷害他的人。

哀帝听了王嘉的遗言，拜孔光为丞相，起用何武为前将军，彭宣为御史大夫。

彭宣（字子佩）是淮阳人，精通经学，由前丞相张禹推荐为博士，几次任郡守，后来入朝担任大司农、光禄勋、右将军。哀帝本调他为左将军，但要把位置留给丁傅子弟，便将他策免，赐爵关内侯，让他回乡。这次入朝赴任后不久，哀帝又罢去御史大夫贾延，让他继任。

一天孔光视察园陵，他的从吏在驰道中乱跑，违反了规定，被司隶鲍宣看到了，喝令手下抓住相府从吏，并把车马没收充公。

孔光认为鲍宣不给面子，让自己受了屈辱，与同僚谈到这件事很是怨愤。有人奉承丞相，把这事报告哀帝。哀帝正信任孔光，便命令御史中丞查办。

御史让人抓捕鲍宣的手下，却吃了闭门羹。当下奏报哀帝，劾鲍宣闭门抗命，大不敬不道。哀帝不问是非曲直，立即命人抓鲍宣下狱。

博士弟子王咸等都说鲍宣奉公执法，有什么大罪？当即在太学中竖起长幡，号召大众道："如果想救鲍司隶，请集中到这个幡下面！"学生们听了这话，都争先聚集到幡下，霎时聚集了一千多号人。学生们趁着孔光入朝，拦在车前，要他救免鲍宣。孔光见这么多学生，不便驳斥，只好假装同意，答应入朝奏请，一定让鲍司隶无恙。

学生们于是让开道，让孔光过去。孔光入了朝堂，怎肯为鲍宣说话？学生们又守在殿外上书，为鲍宣讼冤。哀帝只许贷鲍宣死罪，罚受髡刑，流放到上党郡（今山西省东南部长子县西南）。鲍宣见上党适合农牧，盗贼又少，于是将家属也带到上党定居。

孔光报了私怨，非常快意。此后只要能博得哀帝欢心，无命不从。

哀帝一直想让董贤当上大官，刚好大司马丁明同情王嘉，哀帝知道了，便将他免官，准备让董贤代任。董贤故意推辞，哀帝于是进升光禄大夫薛赏为大司马，薛赏受职才几日，忽然暴亡了，于是哀帝令董贤担任大司马。

当时董贤才二十二岁，竟然超列三公，掌握兵权，真是汉朝开国以来没有过的。董贤的父亲董恭提升为光禄大夫，级别为中二千石，弟弟董宽信为驸马都尉，董氏亲属都晋升要职。从前丁傅两家外戚，虽然贵显，但还没有董家迅速。

从前孔光为御史大夫，董恭为光属吏，现在董贤与孔光并列三公。哀帝故意叫董贤拜访孔光，看孔光如何对待董贤。

只见孔光整肃衣冠，出门恭迎。见董贤的车到了门前，忙引身倒退。等董贤到了中门，他又避到门侧，直等董贤下车后，才把他引入厅内，低头便拜。拜毕起身，请董贤上坐，自己在下座陪着，好像卑职迎见长官，一点都不敢乱礼。

等董贤起座告辞时，孔光又恭恭敬敬地送他至门外，等他的车驾远去，才回到府中。

董贤很是高兴，回报哀帝。哀帝大喜，马上拜孔光哥哥的两个儿子为谏大夫常侍，孔光的儿子孔放已经就职侍郎，所以不另授。孔光喜出望外，认为自己做得很值。

当时外戚王氏失势，只有平阿侯王谭的儿子王去疾还在当侍中，他的弟弟王闳为中常侍，王闳的岳父是中郎将萧咸，萧咸是故将军萧望之的儿子。

董恭一向仰慕萧咸的名望，想娶萧咸的女儿为儿媳，特托王闳为媒去说合。王闳不好推辞，只好去萧咸家里说明，萧咸慌忙摇手，口中连说不敢当。又屏去左右，私下对王闳道："董贤为大司马，册文中有'允执其中'一语，这是尧传舜的禅位文，并非三公故事，朝中的老臣，无不惊奇！我女儿怎能与董公兄弟相配？麻烦你好好为我推辞了吧！"

"允执其中"亦为"允执厥中"，出自《尚书·大禹谟》："人心惟危，道心惟微。惟精惟一，允执厥中。"这十六字是上古时期有道明君大舜传禹王的修心之法，意思是人心是危险难测的，道心是幽微难明的，只有自己一心一意，精诚恳切地秉行中正之道，才能治理好国家。

王闳想起上次的策文中果然有这句话，难道皇上真想把汉室江山让给董贤，越想越奇，又好笑又好气。当下仍到董恭家回报，替萧家谦逊地回绝，只说不敢高攀。

董恭还以为萧家故作谦辞，再向王闳申说，王闳咬定前言，语气十分坚决。董恭拉下脸叹道："我家怎么负了天下？被人怕成这样？"

过了几天，哀帝在麒麟殿设宴，召董贤父子亲属及一班皇亲国戚共同宴叙。王闳也在一旁侍饮，酒至半酣，哀帝笑看着董贤道："我想学尧禅舜，可好吗？"董贤一听这话，很是高兴，但一时也不知如何回答。

这时忽然有人上前进言道："天下是高皇帝的天下，不是陛下所私有。陛下上承宗庙，应该传授子孙，世世相继，天子怎么能说戏言！"哀帝听说，抬头一看，原来是王闳，当下默然不悦，让王闳回去，不要他侍宴。

左右都为王闳担心，怕他因此得罪。太皇太后王氏听说这件事，替王闳说情，哀帝于是又召王闳入侍。王闳却不肯就此罢休，又上书劝谏。说以前孝文皇帝幸邓通，不过让他当中大夫；武皇帝喜欢韩嫣，只是赏赐他而已，都没有让他们担任大位。现在大司马卫将军董贤无功于汉朝，又不是亲戚，更没有闻名于世的名望高行，全家都得以荣升高位，赏赐空竭国库，天下舆论都很不赞同。我怕陛下将来遭到世人讥笑，董贤有小人不知进退之祸，不足以给后世做榜样。

哀帝看了奏书很不高兴，但王闳是太皇太后的从子，只好宽容对待他，之前“法尧禅舜”的话也不再提了。

匈奴单于囊知牙斯和乌孙大昆弥伊秩靡入朝。囊知牙斯是复株絫若鞮单于的少弟，复株絫若鞮死得早，他传位给弟弟且糜胥，且糜胥又传位给弟弟且莫车，且莫车再传位给弟弟囊知牙斯，号为乌珠留若鞮单于。国势衰弱，因此几代单于都臣服汉朝。

参见完毕，哀帝传旨赐宴，廷臣都在旁边侍饮。囊知牙斯年少好奇，他左右顾盼，蓦然看见廷臣中有一个唇红齿白、秀丽过人的青年，座位居然在群臣之首，不禁十分诧异，于是向译员指问道：“这位大员是谁？”

译员还没来得及回答，已经被哀帝看到了，便命译员回答说：“这就是大司马董贤，年方逾冠，德才兼备，是我朝的大贤臣。”囊知牙斯一听这话，忙出席起来祝贺汉朝得了贤臣，哀帝很是高兴。宴会结束，赏赐囊知牙斯比乌孙王还要丰厚。

董贤当了大司马，不像从前那样可以早晚留在宫中侍候哀帝，所以公事一结束，就回家休息。这天他刚回家，到了门口，只听一声怪响，门竟然倒了。董贤吓了一跳，自思豪宅是请大匠新建的，非常坚固，这门怎么会突然倒塌？又让人检修豪宅，心里非常不安。

次日有诏书颁出，是修复三公职衔，董贤仍然担任大司马。改称丞相为大司徒，令孔光任职。调任御史大夫彭宣为大司空，封长平侯。

这诏与董贤没什么关系，董贤自然毫不关心。又过了一两个月，仍然没什么变动，董贤已把那大门倒坏的怪事淡忘了。

谁知内报传来，哀帝病重不起了，董贤急忙神色慌张地入宫看望，只见哀帝躺在床上，形容憔悴委顿，一时也不好细问，只是请了安。哀帝也不想多说话，嘴里呻吟着，好像很痛苦的样子。董贤也觉得情况不妙，暗自祈祷着哀帝尽快康复。

他留在宫中侍候了几天，哀帝病势日渐加重，于元寿二年（公元前1年）六月中驾崩，年方二十六岁，在位六年。

45. 偷心的贼

王政君一生历经七朝，是最长寿的皇后之一，凭借着自己的淡然处世之道，坐上了大汉王朝女人羡慕的皇后宝座。

王政君不见得是最美的，可是她心地却是那么善良，柔弱，认为自己的本事再大也是靠着皇帝，所以这个女人从没有和皇帝有过什么不愉快的事情，就是有了也不轻易地吐露出来。丈夫元帝不喜欢她，一直都是沉浸在旧爱司马良娣的回忆里。但是公公宣帝十分喜欢她，因为这个媳妇不但贤惠，而且生下了皇长孙。取名的时候，希望这个孙子可以像千里马一样奔驰。可惜王政君根本驾驭不了这匹野马，信马由缰任他胡为。这个儿子不听话，母子间经常意见不一致。一个女人就这样一路走下去，靠着自己娘家人来稳固自己的地位。外戚专政从此成了汉朝的弊病，就如一棵大树上来了一群蛀虫，王氏子弟以“五侯”为首，在皇太后王政君的羽翼下，声色犬马，纵情自乐，并大置宅第，规模宏大，数里之间相望不断。他们广占民田，盘剥百姓，弄得朝政腐败，民怨载道。“百姓贫，盗贼多，吏不良，风俗薄”，人至相食，在今天山东、河南、四川等地相继爆发了农民起义和铁官徒起义。王政君对此睁一只眼闭一只眼，任由汉朝逐渐衰落。

成帝处在皇太后及其家族的操纵下，从此不再关心朝政，一心沉迷于荒淫腐朽的生活。傅、丁两家开始得势后，王政君为了避免与其发生冲突，一直保持忍让和克制。甚至傅太后常常不礼貌地直接称她"妪"，王政君也不当面发作。

接下来的哀帝是西汉皇帝中最不争气的一个。上任之后，他所做的第一件事就是大封外戚，祖母傅太后和母亲丁后两家的亲戚一股脑拥进朝廷，傅、丁两家大都是治国的草包，他们的到来像是暴发户一般，刚刚进入长安就忙着建豪宅、买仆人、比排场，继而便迫不及待地钩心斗角，卖官鬻爵，贪污腐败。一时间，整个朝廷鸡飞狗跳，乌烟瘴气。这个时候，人们才又想起王氏外戚的好处，王家虽然骄奢，但毕竟大都是有能力的人，在他们的控制下，朝廷的运转基本还是正常的。

此时，西汉政治危机日益加剧，土地兼并，百姓流离失所。哀帝本人，生活更加荒淫无度。当时人称天下百姓有七亡而无一得，有七死而无一生，农民起义不断爆发。昏庸的哀帝为了扭转汉朝中衰的局面，竟荒唐地用改易年号等办法来自欺欺人。建平四年（公元前3年）春，天下大旱，饥民纷纷拥向关中就食，"或夜持火上屋，击鼓号呼相惊恐"，西汉王朝已是江河日下。

为了缓和社会矛盾，王政君建议哀帝颁布法令，限制占田与广蓄奴婢。但哀帝自己带头破坏规定，一次就赐给幸臣董贤良田二千顷，法令实际上是一纸空文。王政君诏令王氏娘家人：家中田地，除了祖上坟茔地外，其余都要分给贫民。虽然这只是一种姿态，却使王政君获得了慈善国母的美誉。

引狼入室

王莽静观长安城内风云变幻。这时，他家里发生了一件意外之事。他的二儿子王获失手打死了家中一个奴仆。当时的豪贵之家，每家都有几百名家奴。家奴是可以像牛马那样在市场上公开买卖的，没有人把他们当人看，失手打死了，官府罚几个钱了事。

王莽却不这样看。王莽做出了一个决定：命令王获自杀以赎罪。

王莽的妻子终日以泪洗面，儿子女儿都在王莽面前连日长跪，为王获求情。但王莽不但是一个父亲，更是一个政治家，他的心灵是痛苦的，心灵的外壳却是铁石的。几天后，王获还是自杀了。

王莽的大义灭亲，准确地击中人们感情中最脆弱的部分，震动了整个社会，人们感动着，不觉生出敬仰之情，这是圣人才能做出的事啊。

哀帝元寿元年（公元前2年）正月初一，发生日食。哀帝惊恐不已，下诏让大臣们献策。大臣们纷纷上书说这是上天对王莽遇到的不公正待遇的反应。鉴于舆论的压力，哀帝只好以侍候王政君的名义让王莽重返京师。

第二年，哀帝死后，傅皇后及董昭仪等到寝宫哭泣，董贤就如失去情夫的寡妇一般，也在寝门外号恸不休。王政君立即入宫，抚尸举哀，哀毕立即收取御玺，掌握了象征最高权力的传国玉玺后，她启用王莽，委以军政大权。但她做梦都没想到的是，家贼难防，自己一手提拔的年轻侄儿王莽却是一个怀着虎狼之心的人。

王莽带着诡笑，疾驰入宫，根本不屑和董贤相见，直接拜见王政君，首先就说董贤无功无德，不合尸位。太皇太后王政君此时很是慌乱，见王莽来了，像是看到了救星，对他说的话都点头称是。王莽借助太皇太后的权力魔杖，急如闪电般地出手了。

第一招：逼死董贤

王莽于是托王政君的意旨，命尚书劾奏董贤不亲自医药，当即禁止董贤出入宫殿，又没收了他的印绶，让他免职回家。

董贤万分惆怅回到家中，心想王莽如此辣手，一定会报复前嫌，自己走投无路，不如图个自尽，免得受罪。于是立即与妻子说明意见，两人对哭一场，先后自杀。

董贤家人知道有大祸临门，不敢报丧，于是将董贤夫妇连夜埋葬了。王莽听说这件事，怀疑他诈死，又命有司开棺验尸，尸体自然是真的。但因为他棺用朱漆，棺殓用珠璧，又说他僭越王制，把董贤的尸体拖出来，剥去衣饰，用草包裹，胡乱埋在狱中。

王莽又劾董恭骄恣不法，董宽信淫逸无能，一并夺职，迁往合浦。把董家家产都抄没充公。

董贤平时厚待属吏朱诩。朱诩不忘恩情，买了棺材和寿衣，到狱中收了董贤尸体，再为他改葬。王莽大为不悦，找了一个罪名把他杀了。

第二招：把傅、丁二氏赶出长安

大司徒孔光及时献谀，当即邀同百官推举王莽为大司马。

前将军何武、后将军公孙禄都说政权不能委托给外戚，互相举荐对方。王政君决意任用王莽，拜王莽为大司马，领尚书事。

王莽得以专政后，就与王政君商议迎立中山王箕子为嗣。箕子是哀帝的从弟，是刘兴的儿子。刘兴的母亲冯婕妤死后，箕子幸运地没被连坐，仍袭王位。当下派车骑将军王舜持节去迎接他。王舜是王音的儿子，王莽的堂弟，王政君一直很喜爱他，所以让他去迎主立功。

王舜奉命去后，宫中无主，王政君又老了，一切政令全由王莽独断专行。王莽旧话重提，诏示有关部门："前皇太后（赵飞燕）与昭仪俱侍帷幄，姊弟专宠锢寝，执贼乱之谋，残灭继嗣以危宗庙，悖天犯祖，无为天下母之义，贬皇太后为孝成皇后，徙居北宫。"

王莽立即将皇太后赵氏贬为孝成皇后，逼令皇后傅氏徙居桂宫。

赵太后的罪状是与妹妹赵昭仪专宠横行，残灭继嗣；傅后的罪状是纵容她父亲傅晏骄恣不道，没有谏阻。罪名宣布后，没有一个人敢反对。王莽索性追贬傅太后为定陶共王母，丁太后为丁姬，所有丁傅两家子弟，一律免官回家。傅晏罪名最大，与妻儿一起流放合浦。

唯独表扬前大司马傅喜，召他入都，位居特进，让他能够朝请。接着又废傅太后、赵皇后为庶人，二后都愤慨自杀。

如果说赵太后生前淫恶，傅太后专擅过甚，应该受到惩罚，而丁姬和傅皇后从不干政，更没有过失，就是傅晏擅权，也是哀帝造成，和傅皇后没有任何关系，王莽不分青红皂白，一概把她们贬黜。而且王莽是汉朝大臣，无论是丁姬还是傅后，都不应该被贬，即使赵飞燕和傅昭仪再有罪恶，也轮不到王莽论罪。

那王莽为什么能擅贬皇后，而无人过问呢？

自然幕后有后台支持他这么做。这个人就是王政君，她之前受够了傅赵二后的气，虽然表面上隐忍，心里却不可忍，现在王莽的提议都正合她的心意，她只是借王莽之手为自己泄愤。谁知王莽在她的纵容下连贬四后，个人野心越来越膨胀，早已不把任何人放在眼中，包括王政君。

第三招：植入亲党

王莽为所欲为，唯独见孔光当了三朝丞相，被王政君所敬重，不得不假装尊敬。再说孔光阿谀他，也是他目前所需要的。于是特地推荐孔光的女婿甄邯为侍中，兼奉车都尉。

朝中的官员，只要是和王莽不和的，王莽立即罗织罪名，让甄邯带着草案给孔光看。孔光不敢不依他的意思举劾，王莽再持着孔光的奏章，转告王政君，无不得到批准。

于是何武、公孙禄坐实了互相标榜的罪名，一并免官，令何武就国。

董宏的儿子董武，嗣爵高昌侯，也受到父亲案件的牵连被剥夺侯爵。

关内侯张由、史太仆史立等，被牵连进中山冯太后的冤案，削职为民，充戍合浦。

红阳侯王立是王莽的叔父，成帝时派他就国，哀帝时召回京师，王莽很忌讳他，又令孔光劾奏他之前的罪状，仍遣他就国。王政君亲弟只有王立一人，不愿准奏。王莽又从旁撺掇，说不应该专顾私亲，王政君无奈，只好命王立回国。

王莽于是引进王舜、王邑、王商的儿子作为自己的心腹，甄邯、甄丰负责纠弹，平晏、平当的儿子办机要的事，刘歆、刘向的儿子负责写材料，孙建为爪牙。布置周密，一呼百应，平时王莽想干什么，只需微露辞色，党羽立即按照他的意思列入奏章。

王政君有所褒奖，王莽便假意推让，磕头哭着推辞。其实是瞒上欺下，口是心非，一切为自己的私心服务。

大司空彭宣见王莽挟权自大，不愿在朝中任职，于是上书请求回家休养。王莽恨他无端求退，去告诉太后，把他免官，令他去长平封邑。彭宣到长平住了四年，寿极而终。

傅喜也觉得孤立可危，请求还国，王莽准许他回去。

第四招：选立中山孝王之子

王莽又进左将军王崇为大司空，王崇是王吉的孙子，与王太后的母弟王崇同名异人，被封为扶平侯。

很快中山王箕子入都，由王莽召集百官，奉王政君诏命拥立他登基，改名为衎，史称平帝。年龄只有九岁，不能亲政，由王政君临朝，王莽为首辅。奉葬哀帝于义陵，谥孝哀皇帝。

大司徒孔光看王莽势头迅猛，心里也非常忧惧，上书求乞骸骨。很快有诏书徙他为平帝太傅，兼给事中，掌管宿卫，负责保卫宫禁。这下，所有的政治大权都落在王莽手中。

费尽心机

四件拨乱反正的大事做罢，整个大汉天下欢声雷动，王莽赢得了全国人民的信任。人们都认为大汉王朝在王莽的领导下，要迈入一个全新的时代。王莽想自己权势虽越来越大，但以前都是些小动作，还没有什么功德，必须想一个好法子，扩大自己影响力，笼络人心。

加封"安汉公"

王莽踌躇了几天，终于想了一个办法。他暗中让人到益州，嘱令地方官吏买通塞外蛮人，让他假称自己是越裳氏，进献白雉。地方官当即照办。

平帝元始元年（公元1年）正月，塞外蛮人入都，说自己是越裳氏，因为瞻仰天朝，特奉白雉上贡。

王莽立即奏报王政君，将白雉放到宗庙里。从前周成王时代，越裳氏也来朝进献过白雉，王莽想借此比周公，所以想出这个法子。

果然群臣都领会了王莽意图，纷纷奏称王莽德及四夷，不让周公旦。并说周公旦辅周有功，故称周公，今大司马安定汉朝，应加称“安汉公”，增封食邑。王政君当即批准，王莽自然要装腔作势一番，故意上表固辞，只说“臣与孔光、王舜、甄丰、甄邯等人共同定策迎立中山王，今请将孔光等都立功，臣王莽不敢独自沐恩”。

王政君得了王莽的奏书，不禁迟疑起来。甄丰、甄邯等急忙上书，说王莽功最大，不应让他落在人后。

王政君于是让王莽不要推辞。王莽再三谦逊，一定要把功让给孔光等人，并且称病不起。

王政君因此封孔光为太师，王舜为太保，甄丰为少傅，甄邯为承安侯，然后再颁诏召王莽入朝受赏。

王莽还是托病不至。

群臣再次申请封王莽，于是当日便有诏，令王莽为太傅，赐号“安汉公”，加封食邑二万八千户。

王莽这才开始出受官爵名号，但将封邑让还。他为东平王刘云申冤平反，让他的儿子刘开明为东平王。又立中山王刘宇的孙子、桃乡侯的儿子刘成都为中山王。王莽不搞裙带关系，不封王氏子孙，而是尊崇皇族，依《周礼》精神，封宣帝的子孙三十六人为列侯。此举一下子赢得了皇族的拥护。此外王侯的子孙都得以继立，承袭官爵，皇族因罪被废的，允许回复属籍，官吏年老致仕的，仍给旧俸的三分之一，赡养终身，下至庶民鳏寡，全部都有抚恤。

如此种种恩惠，都由王莽提议施行，朝野上下对他交口称颂，都说是安汉公的仁慈，把老太后和小皇帝二人，一概抹杀，彻底架空。

王莽又暗示公卿，奏称太皇太后春秋已高，不应该亲自过问小事，此后除了封爵的事向她请示，其他事都归安汉公裁决。王政君又同意了，于是朝野上下只知道有王莽，不知道有汉天子了。

但当时也有一班朝臣在私下议论，说平帝继承大统，他的生母卫姬没有得到加封，这很不应该。王莽怕蹈丁傅覆辙，担心卫姬一进宫，又要引进外戚干预国政。但如果不加封卫姬，又不能堵住众口，于是派少傅甄丰持册到中山，封卫姬为中山孝王后，平帝的舅舅卫宝、卫玄，爵关内侯，但规定他们仍然留居中山，不得来京。

扶风功曹申屠刚直言道："嗣皇帝还小，让他和至亲分离，有伤慈孝，现在应该迎入中山太后，让她居住在别宫，让嗣皇帝能够经常见到母亲，并召冯卫二族（平帝祖母冯婕妤，所以称冯卫二族）选入执戟，亲自担任皇帝的宿卫，免得生出其他隐患。"

这几句话是王莽最不愿人提及的，王莽心里驳斥，但自己不好出面提出，特请王政君下诏，斥责申屠刚僻经妄说，违背大义，立即把他遣回乡里。这是"恩归自己，怨归太后"的做法，申屠刚被黜归，再也没有人敢多言了。

边炒作自己边打击异己

第二年二月，黄支国献入犀牛，廷臣都非常惊异，说黄支国在南海中，距离京师三万里，从来没有朝贡，现在特献犀牛，一定又是安汉公的威德。

正要上书献谀，又接得越嶲郡奏报，说有黄龙出游江中。

太师孔光和新任大司徒马宫，以及甄丰、甄邯等人，准备上表称瑞，归德于王莽。

有人对《汉书·王莽传》中说四方进献"祥瑞"是王莽暗示地方官搞的阴谋这一说法持有疑义，说这是缺乏根据的臆测，认为更可能是各地的地方官主动策划，这从一个侧面反映了王莽执政得到地方官员们的拥护。

但当时并不是所有人都支持王莽的，大司农孙宝就提出了质疑："周公是上圣，召公是大贤，他们还有缺点被指出来，而今无论遇到什么事，都异口同声称好，难道现在的人真胜过周公和召公了吗？"众人听了，都变了脸色，甄邯于是暂时罢议。

王莽心中很仇视孙宝，不肯放过他，当下嘱咐党羽，私下里查找孙宝的过失。刚好孙宝派人迎接老母，以及妻子等几人，老母在途中忽然犯了老病，于是折回弟弟家里养病，只派妻子入都。司直陈崇查到这件事，立即呈入弹章，斥责孙宝宠妻忘母。王莽立即告知王政君，将孙宝免官。

大司空王崇不愿与这群小人共事，称病乞归。很快就有诏书批准了，令王崇解职，改用甄丰为大司空。

接着光禄大夫龚胜、太中大夫邴汉都辞官归乡。

龚胜是楚人，节操品行都很好。同郡人龚舍和他关系好，龚胜曾推荐他为谏大夫，龚舍不肯就征，再召拜光禄大夫，仍然不去。回乡后他以鲁诗教授学生，六十八岁去世，时人称为“两龚”。

邴汉是琅琊人，为人也很清正。他哥哥的儿子邴曼容，也很有志气和修养，当官不肯过六百石，稍有不合，就辞官了，名望和邴汉一样高。

王莽还想借他表明自己的恩德，用很好的礼节送龚胜和邴汉回乡。两人都知道王莽的奸巧，表面上道谢，两袖清风，飘然而去，摆脱了名利缰绳的束缚。

盛夏大旱，又发生了蝗灾，王莽不能把这个视作祥瑞，只好派官员勘查灾情，准备赈灾。很快他把这件灾难变成了有利于他的事：他奏请王政君，减衣缩食，表率万民。自己也带头戒杀除荤，连日吃素，而且还出钱百万，献田三十顷救灾。

满朝公卿于是都慷慨解囊，先后共有二百三十人赈灾。但第一个发起的，自然算安汉公，灾民们都称颂王莽的功德，王莽又借着天灾，得了大名，化坏事为好事。

不久天下雨了，群臣联名上疏，请王政君照常服食，又盛称安汉公修德禳灾，感动天心，果然降下了甘霖。

匈奴使者来朝，王莽问王昭君两个女儿的情况。来使回答说都已嫁人了，一切都好。

王莽乘机说：“王昭君是我朝遣嫁的，应该让她两个女儿回来省亲，烦请你把这话转告单于！”来使奉命而去。

过了一个多月，匈奴单于囊知牙斯依着王莽的意思，派王昭君的长女须卜居次回汉宫拜见。关吏飞章入报，王莽闻信大悦，令地方官好生接待，又派妥员护送来京。

须卜居次到了京师，王莽便禀报王政君，让她召见。王政君听了十分开心，立即传见须卜居次，须卜居次虽然穿着番装，但由于遗传基因，面貌很像王昭君，楚楚动人。

她也懂得几句汉语和基本礼节，王政君喜笑颜开，令她坐在身旁，问了许多话，然后赐给她衣饰等物，让她留住在宫中。王莽的一帮人又说得天花乱坠，说安汉公能让胡人悦服，遣女入侍。就连王政君也说王莽的德望能波及远方。王莽又因此而得计。

一年很快过去，须卜居次离家时间长了，很是想念故乡，于是恳请回乡。王政君同意了，临行时又给她很丰厚的赏赐。

为平帝择婚其实是为嫁女

十二岁的平帝，对一切事物充满了好奇，他看到混血儿须卜居次很是稀奇，所以每次看到她，都目不转睛地看着她。

王莽又趁着机会，转告王政君，说应该为平帝择婚，王政君没有异议。王莽便采取古礼，说天子应娶十二女，才能多生儿子，子多好继嗣。当下命有司选取良家女子。

几天后，有司便选了十几个女子，造册呈了进去。王莽先行阅示，见有司所选的女子，都来自豪阀名家，有一半是王氏女儿，连自己女儿的名字也在里面。

王莽心里很是窃喜，但他带着名册面奏王政君时却说："臣本无德，女儿也无才，不配入选，应该把名字去掉。"

王政君听了不知王莽是什么用意，想了半天，估计他是不想让外家为后。于是下诏把王氏女都不能选入。

谁知王莽的本意，正是想让自己的女儿当皇后。只是因为名册中有很多王氏女子，他怕自己女儿竞争不过其他女子。没想到王政君误解了他的意思，把王氏女全部给除名了。

王莽正在忧虑，已有许多朝臣争相上书，请求立安汉公的女儿为皇后，称安汉公功高德重，现在立皇后，为什么不选安汉公的女儿，反而去另选其他家的女子？

说得王政君不能不从，只好重新又选定了王莽的女儿。

王莽便又故作推辞，王政君已经决意，王莽便说选他的女儿为皇后，按照古制还要另选十一人进行挑选。群臣又相率上议说不必另选。

王莽还假惺惺地不直接答应，提了两点要求：一是要求派官员看验他女儿体貌，是否具备皇后的标准；二是让相士算生辰八字，卜定吉凶。

王政君便派长府宗正尚书令等去看王莽的女儿，很快他们就回来复命，都把王莽女儿夸成了仙女下凡，说是再也没有比她适合当皇后的了。

大司徒、大司空则奉命去宗庙算卦，很快太卜又奏称卜得了吉兆，两人是金水旺相，父母得位，国家兴盛。

王莽这才商议聘礼的事，遵照以前娶皇后的故例，共计黄金两万，钱两万万缗。王莽仍然请求另选十一个女子一起参加陪选，等到选好了，自己只受聘礼四千万缗，还把四千万内腾出三千三百万缗，分给陪选的女子各家，每家得三百万缗。

群臣再奏称皇后受聘只收受了七百万缗，与陪选女子相差不多，应该补加给安汉公。王政君于是又补加给王莽两千三百万缗，加上王莽留下的七百万缗，共计三千万缗。

王莽又腾出一千万分给九族。

群臣更寻出古时的礼数，说古时皇后的父亲受封百里，现在应该把新野的两万五千六百顷田地加封给安汉公，王莽慌忙固辞，于是不复加封。其实王莽的意思远远不止这么多。

聘礼下了，太史便择定了婚期，定在次年仲春吉日。王莽家得了消息，便忙着准备嫁妆。

狗血事件留下好名声

这一天晚上，王莽家有一个门吏出门，看到有一个人站在门口，刚打了一个照面，那人就慌忙跑了。门吏认识这个人，是王莽长子王宇的妻舅吕宽，平时经常往来，今天为什么鬼鬼祟祟的逢人就躲？这其中一定有蹊跷。正在怀疑，忽然闻到有一阵血腥气，觉得很是奇怪，忙转身入门，取了灯笼来照看，只见门上血水淋漓，连地上也都湿了，不由毛骨悚然，急忙去报告王莽。

王莽一听，很是惊怒，连夜派人缉捕吕宽。第二天就把人抓到了，经过仔细盘问得知是他的儿子王宇唆使的。

之前王莽迎入平帝，只封平帝母亲卫姬为中山王后，不许她入都。卫后只有这一个儿子，分离后很是想念，于是上书请求入都，但王莽不同意。王宇却不支持他父亲，怕将来平帝长大一定怨恨，不如预先谋划。当下与老师吴章和大舅子吕宽私下商议。

吴章想了多时，对王宇说："论理应由你进谏；但我也知道你父亲很执拗，现在只有一个法子，你父亲向来迷信，我们夜间用血洒门，让你父亲暗中生疑，向我说起，我才好进言，劝他迎入卫后。"

吕宽赞成道："此计甚妙，就这么办。"王宇也连声称善，于是让吕宽天黑后干这件事，没想到刚洒了血，就被门吏撞了个正着。

诡计被戳穿，吕宽把罪过都往王宇身上推，他想王宇是王莽的儿子，一定会被王莽饶恕。王莽立刻将王宇召入，问由何人主谋。王宇说是由老师吴章教的，王莽便把王宇绑起来，交到狱中，连王宇的妻子吕焉也一同连坐。

第二天便逼王宇自杀，吕焉怀孕了，才得了缓刑，又把吴章抓住，到市曹斩首。

吴章是平陵人，精通《尚书》，入朝为博士。他有一千多名学生背着书箱跟着老师到长安游学，王莽把他们视为恶党，下令把他们都抓了起来，学生们大多抵赖，不肯承认自己是吴章的弟子，只有大司徒掾属云敞承认他是吴章的学生，并且为吴章收尸埋葬。

人们因此都称赞云敞，就连王莽的堂弟王舜，也说云敞义薄云天，堪比栾布。

王莽专喜欢沽名钓誉，听说云敞被人们所称赞，倒也不敢加罪。

只有甄邯等在王政君面前极力称赞王莽大义灭亲。王政君下诏道："公居周公之位，行管蔡之诛，不以亲亲害尊尊，朕甚嘉之！"

这道诏书更加激动了王莽的狠心，一不做二不休，索性杀尽卫氏亲属，只留下平帝母亲卫后一人。

还有元帝的妹妹敬武公主，曾是高阳侯薛宣继妻，薛宣死后留居京师，多次说王莽专擅不臣。王莽查到她的儿子薛况与吕宽是朋友，便将他母子株连，迫令敬武公主自尽，判处薛况死刑。

此外如王莽的叔父红阳侯王立及堂弟平阿侯王仁（王谭的长子）、乐昌侯王安（王商的儿子），与王莽关系不好，王莽假传王政君诏旨，一并赐死。

又用“与卫氏通谋”的罪名杀死了故将军何武、前司隶鲍宣、护羌校尉辛通、函谷都尉辛遵、水衡都尉辛茂、南郡太守辛伯等人。

住在长安的北海人逢萌怅然对友人说：“三纲已绝，若再不去，祸将及身！”说完，就脱冠悬挂到东城，领着全家匆匆出都避祸去了。

王莽阴险毒辣、矫揉造作的嘴脸慢慢露了出来。

巨蟒吞象

为了更牢固地掌握手中权力，王莽更加注重在王政君眼中树立自己的美好形象，可谓用心良苦。王莽把所受的额外聘金，又取出千万送给王政君，包括下面的宫娥彩女也都人人有份。王莽又请求尊王政君的姐姐王君侠为广恩君，妹妹王君力为广惠君，王君弟为广施君，三人都给汤沐邑。一帮妇人女子得了好处，都大喜过望，于是内外一致，无不说王莽为第一好人。

王莽还考虑到老太太一个人独处深宫，一定很无聊，如果让她出游，她一定很高兴。于是请王政君四时出巡，访贫问苦。

这一招果然很合王政君的意，老太太带着皇后及一帮列侯乘辇巡游。王莽令有司准备了钱帛牛酒，随辇出发，到处查问孤儿鳏寡，按照情况赏赐，那些穷苦百姓，磕头谢恩，欢呼万岁。不但大大满足了老太太的虚荣心，一路上还能游山玩水，沿途美景和空气都是深宫里所没有的，搞得王政君心情大好，对大侄子的工作效率非常满意，更加信任他了。

王政君还有一个弄儿，生了病住在外面，王莽亲自去探视，弄儿非常感激，等到病愈了，便去告诉王政君。王政君觉得大侄子真是面面周到，她感到很自豪，就是自己的亲生儿子也没有这么孝顺啊！没想到大侄子是个披着人皮的狼，想要夺她的家产！

步步为营

王莽既取悦了王政君，还想笼络天下士人。元始三年，王莽主持重订了车服制度，全国人民的着装、住房、器用按等级得到了整齐划一的规定。王莽根据德政精神，下令对老人、儿童不加刑罚，妇女非重罪不得逮捕，并且按《礼记》的记载，专门提议设立古时曾有过的明堂辟雍灵台，实行周朝制度，并修建学舍万间，招罗天下俊才。同时还立乐经，增加博士员，考核选拔士人，不埋没贤能的人。这一切都为他的个人计划奠定了基础。

元始四年春二月，平帝大婚。

大司徒马宫、大司空甄丰等奉着乘舆法驾，到安汉公府第恭迎皇后。王莽让女儿出来接受皇后玺绶，登上乘舆入宫。

典礼官领着十三岁的小皇帝与和他年龄相仿的王女成婚。婚礼结束，便颁诏大赦，三公以下，一律加赏。

太保王舜召集官民八千多人申请加封安汉公王莽。

经过有司复议，研究决定仍将王莽所推让的新野田地作为赏赐，采集伊尹、周公的称号，命王莽为宰衡，位居上公。赐王莽母亲太夫人号为功显君，王莽儿子王安为褒新侯，王临为赏都侯，赠加皇后聘金三千七百万。王政君当即批准，亲临前殿授策封拜。

王莽率着两个儿子入朝，磕头辞让，不敢受赏。等趋退后，又上奏称只愿接受母亲功显君称号，其他的都不受。

太师孔光忙及时出来谀媚王莽，向王政君面奏道："安汉公功德绝伦，所议的封赏还不足以酬功，公虽谦抑退让，朝廷总该隆重封赏，不要让他固辞！"

王政君又依言告诉王莽，王莽仍磕着头流着鼻涕眼泪坚决辞赏。

王政君再召问孔光，孔光回答说新野的田地也许可以听他的让还，功显君名号只及一人；褒新和赏都两国，不过三千户，并非重赏；增加给皇后的聘金只是尊重皇后，与安汉公无关。所以应该再派大员诚恳地劝他接受，不许他推让。

王政君于是再命大司徒马宫、大司空甄丰，持节去劝王莽，王莽这才拜受。

群臣又纷纷上书，说周公摄政七年，制度才定下来，现在伟大的安汉公辅政四年，就功德圆满了，应该让他升为宰衡，位置在诸侯王之上。

王政君被忽悠得云里雾里，立即便同意了。群臣又讨论用大汉的最高礼仪：九锡隆礼来封王莽。

王莽心想九锡封典，乃是异数，自从辅政以来，虽然运动四方夷狄，南献白雉、犀牛，北遣女子入侍，但东西两方还没有进贡。于是又派心腹带着金帛，贿通东夷西羌，东献方物，西献鲜水海（即青海）。

允谷、盐池等地，王莽特增设了西海郡（今青海湖），派官员去治理。那里一片荒芜，于是令罪犯徙到那里居住，迫令他们开垦和畜牧。每年充发多则数万人，少也有上千人，罪犯不够则把边境的居民迁过去，百姓便渐渐有怨言了。

第二年孔光病死，马宫代任丞相，马宫比孔光还会献谀，促成九锡礼仪。并且私下嘱咐官民，陆续上书请求加赏安汉公，仅一个多月，上书人数就达到四十八万七千余名。据后来学者研究，西汉末年，全国人口不过数千万。其中绝大部分是文盲，识字者不过数百万。而在长安附近，能够上书的知识分子加起来也不会比四十八万多多少。这就是说，几乎所有有能力上书的普通百姓，都参与了这次运动，这说明王莽的支持率很高。在高层官员中，支持给王莽加九锡的公卿大臣九百零二人，几乎占了全部。

王政君见朝野上下都恭维王莽，于是决定实行九锡封典。九锡为古代皇帝赐给有殊勋的诸侯、大臣九种礼器：一锡衣服，二锡车马，三锡弓矢，四锡斧钺，五锡秬鬯（古代祭祀用的酒），六锡命圭，七锡朱户，八锡纳陛，九锡虎贲。

这是最厚重的赏赐，由王政君在御殿亲自颁赏。王莽安然拜受，没有再推辞。王政君又将楚王的旧邸赐给王莽。王莽立即令人修筑，整刷一新，又改造祖庙，和宫殿规模一样。

这时王莽之前派出去的八名采风使回朝复命，采风使主要负责观风问俗。他们都窥透王莽的本意，出去游览一周，瞎诌成了几句歌功颂德的歌谣诗赋来回报，王莽都说他们有功，尽给他们封侯。

采风使和各郡国傅相、四方守令都分别进行了叙谈，嘱使他们上报各地出现的符瑞和吉祥。

大家都答应了，唯独广平相班稚不肯遵行；琅琊太守公孙闳反而奏报灾荒。

大司空甄丰便劾奏公孙闳捏造事实，班稚不执行命令，都定了不道的罪名，王莽把两人抓捕到京城，准备斩首。还是王政君有些慈心，与王莽谈到这件事，说班稚是班婕妤的弟弟，是贤妃家属，应该关照。王莽于是将班稚放了回去，公孙闳论了死罪。

王莽又号召全国人民积极打造“六个新风貌”，要求做到“市无二价、官无狱讼、邑无盗贼、野无饥民、道不拾遗、男女异路”，有违法者，处以象刑。“象刑”出自《尚书》，凡受刑的人都按律更衣，游行市曹，作为他人之戒。

铲除障碍

王莽干的很多事情都自相矛盾，一会儿行仁，一会儿逞威。之前吕宽事起，杀了儿子和弟弟，并陷害叔父，还有无数人无辜连坐，已经暴露出了他残忍的本性。

元始五年夏季，王莽又想挖掘丁傅两后的坟墓，王政君不肯听从。王莽愤然力争道：“傅氏丁氏下葬的时候，连皇太太后、帝太后的玺绶也一起陪葬了，现在已经下旨加贬了她们，如果不把玺绶取出来销毁，怎么执行法规？而且傅氏更适合徙葬到定陶，这才足以正名。”王政君也只有答应的份，但不准换棺材，并且必须备椁作冢，用太牢祭祀。

王莽没应声，退出后立即命有司督工挖掘二后坟茔。

傅太后葬在渭陵（即元帝陵），筑的土很高，工役费了很大力气才开掘进去，突然听到一声巨响，土崩石裂，数百人被压在下面，其余的人都吓得逃了回来。

丁姬葬在共皇园，工役们刚掘通椁门，忽然有火光烟焰射出。工役们都吓得屁滚尿流地躲避，监工官忙命令救火，众人手忙脚乱地用水乱浇，等到火被灭了，椁中的器物已都被毁了，只有棺木完好无损。

有人把两处的怪事报告王莽，王莽一点都不害怕，反称二后生前骄僭，触怒了老天，所以丁姬在棺中还遭火焚。而且两处棺木都称作梓宫，衣服用珠玉做成，不是藩妾所适合。王莽之前只准备取玺绶，现在发生了这两件事，更觉得应该把棺木换了，并将丁姬改葬在媵妾墓旁，这样才顺天合理。

王政君信以为真，又许可了，于是把两副棺材都挖了出来，棺椁中的臭气传了好几里。吏役们只好塞着鼻子，取出玺绶珠宝，把尸骨移到另外的棺材中草草埋葬。

后来传说丁皇后的棺材上突然飞来几千只燕子，都衔泥投在棺材上，惹得工役也被感动，倾力修建得非常坚固。王莽怕众人私下议论，令在二后的墓上都种植满荆棘，作为丑恶的榜样垂诫后人。

太师马宫之前曾建议给傅太后尊谥号，这时见王莽追究前案，心里十分不安，因此上书自我批评，请求辞职回乡。王莽因为马宫事事阿顺，无心追究他，结果他胆子太小，自己来请罪，一时也没法挽留他，只好让王政君下诏，免去他的官职，以侯爵回乡。

这些事情，平帝都没有参加讨论。他已经十四岁，渐渐懂事了，听说王莽挖掘迁徙二后坟墓，也觉很不平。因为王莽杀尽了他舅舅全家，只剩下母亲一人，还不许相见，如此刻毒，实在是无法容忍，所以与王莽见面，脸上经常带着怒容，背地里也有怨言。宫中侍役大多是王莽的耳目，很快就有人报告王莽。

王莽想皇帝小小年纪就怨他，将来长大了还了得？何况汉朝江山已掌握在自己手中，唯一顾虑的就是自己的女儿嫁给了平帝，但将来让她改嫁也容易，不如先发制人，把皇帝除去。

主意已定，等到这年腊日（汉以大寒后戌日为腊，并不是除夕）进献椒酒的时候，暗中投了慢性毒药，平帝喝了毒酒，夜间就开始发作，喊着肚子疼，一直在床上辗转呻吟，翌日宫中传出消息，平帝病得很重，医治也不见效果。

王莽心中窃喜，黄鼠狼给鸡拜年，假意入宫探望，露作一副愁眉苦脸的模样。等退出后，又令词臣写成一篇祝文，情愿以身代替平帝，立即到泰畤祷告。再将祝文藏到金縢里，故意嘱咐群臣不要多说。

“金縢藏策”是周公故事，周公因为武王有病，愿甘代死，现在王莽也这么做，真是周公重生。哪知他自己就是杀人凶手。

平帝腹痛了几天后驾崩。活了十四岁，名义上在位五年。

王莽参加了平帝大丧，假装悲号。尊谥号为孝平皇帝，奉葬康陵，命官员丧服三年。

王莽知道自己是已知天命之年的老人，若无意外他绝活不过尚未成年的平帝，于是干脆把平帝谋害了，但“百密一疏”，他犯了一个很致命的错误。他大可以效法吕后直接把平帝废了，然而他觉得这么做不彻底，最终的选择为后人讨伐他提供了一个绝佳口实。这和项羽当年杀了楚怀王犯了同样的错误，也一样愚蠢。

王莽称“摄皇帝”

王政君召集群臣会议立储，因为平帝无嗣，而元帝的支裔也都绝了，只有宣帝曾孙五人为王（淮阳王縯，中山王成都，楚王纡，信都王景，东平王开明），以及列侯四十八人。

群臣准备在五王和列侯中推立一人，唯独王莽厉声道：“五王和列侯，都是大行皇帝的兄弟，不能相继为后，应该在宣帝玄孙中选立。”

群臣听了，都不敢出声。王莽借口卜相大吉，便在宣帝二十三个玄孙中，选出最小的玄孙，年仅两岁，名叫刘婴，他的父亲广戚侯刘显是楚王刘嚣的曾孙。

群臣都不敢抗议，全体赞成。

先是泉陵侯刘庆提议说应该让安汉公摄政，就如周公相成王的故事。这个提议还没施行，前辉光谢嚣又奏称，武功县长孟通打井得到一块白石头，上面有红色的字，写着：“告安汉公莽为皇帝。”

前辉光属于长安，王莽曾改官名及十二州郡县的划界，把长安分为前辉光和后承烈二郡。谢嚣是王莽举荐的，因此立即揣摩迎合，捏造符命。

王莽急令王舜转告王政君，王政君惊怒交加地说：“此诬罔天下，不可施行！”

王舜道：“事已至此，也没有办法。王莽只是想摄政，镇服天下，没有其他意思。”

王政君不得已下诏说玄孙还在襁褓中，根据前辉光谢嚣奏报丹石之瑞，应该让安汉公像周公那样摄政。以武功县为安汉公采地，名曰汉光邑。

群臣接到诏书，商定礼仪，让王莽穿皇帝的衮冕，南面受朝，出入用警跸，一切都用天子制度，并称为假皇帝，臣民称为摄皇帝。安汉公自称曰“予”。朝见王政君和皇帝皇后仍自称臣。

到了正月便改号为居摄元年。王莽戴着冕旒，穿着衮衣，坐着銮驾，前呼后拥到南郊祭祀，然后到东郊迎春，又赴明堂行大射礼，亲养三老五更（五更是指老人能知五行更替之事，周制尝设三老五更，故王莽特仿效），然后回宫。

直到暮春，才立宣帝玄孙刘婴为皇太子，号为孺子。尊平帝的皇后为皇太后，让王舜为太傅左辅，甄丰为太阿右拂，甄邯为太保后承。这些特别的官名，都是王莽创造出来的。

孝元皇后王政君既没有傅太后的骄恣，又没有赵氏姊妹的荒淫，可称得上是一代贤后。但她过于宠信王莽，让他罔上行私，窃得国柄，她的失误在于愚柔，结果应了那句“被人卖了还在帮别人数钱”的话。王莽知道元后好忽悠，所以一次次设局欺骗她，把她掌握在股掌之中。

13车厢

君臣之道

46. 帝国第一高风险职业（上）

中国宰相制度起源于春秋、战国时期，战国末期，韩、赵、魏、燕、齐等国称宰相为“相”或“相国”，楚国称宰相为“令尹”。秦国以左、右庶长为丞相，例如《史记·商鞅列传》：商鞅为秦左庶长“相秦十年”。秦武王二年，“初置丞相，樗里疾、甘茂为左、右丞相”。这时的丞相除拥有行政权力外，还包括军事权。例如秦昭襄王时，穰侯魏冉数次为相，领兵出征在外，权倾一时。丞相并不必须出征打仗，应侯范雎、文信侯吕不韦先后为相，他们都不曾出征打仗，但是权倾朝野。秦王为了推崇某一丞相，另授“相国”称号，昭襄王二十四年以魏冉为相国，庄襄王以吕不韦为相国，秦王政初年，仍以吕不韦为相国。相国与丞相职责一样，一旦设立相国，便不再设左、右丞相。

秦始皇统一六国以后，以丞相、太尉、御史大夫为三公。丞相协助皇帝处理天下庶务，太尉为全国最高军事长官，御史大夫掌监察并且作为丞相的当然继承者。

汉承秦制。《汉书·百官公卿表》载：“相国、丞相，皆秦官，金印紫绶，掌丞天子助理万机。秦有左右，高帝即位，置一丞相，十一年更名相国，绿绶。孝惠、高后置左右丞相，文帝一年复置一丞相。有两长史，秩千石。哀帝元寿二年更名大司徒。武帝元狩五年初置司直，秩比二千石，掌佐丞相举不法。”

丞相辅佐皇帝，总揽庶政，总领百僚，集决策、司法、行政各项大权于一身，有权任免官吏、考课吏治，甚至诛杀犯官；直接参与朝廷决策、制定法律政令。丞相看似一人之下万人之上，但这却是个高危职业，伴君如伴虎，搞不好还有生命危险，可以说时刻都是“高空踩钢丝”的状态。

不折腾的好好丞相

西汉的首位丞相萧何，也是刘邦最亲密的战友，始终忠心耿耿，但却一直被刘邦所猜忌。萧何几次经历危机，甚至因为上书要求把上苑的空地分给百姓耕种，而被刘邦抓了起来受了几个月的牢狱之苦，出狱后萧何便变得更加小心翼翼，只求明哲保身。

惠帝时期的一年秋天，萧何病重，惠帝亲自去看他，只见萧何骨瘦如柴，坐卧都需要人扶，惠帝唏嘘问道：“谁能接替丞相？”

萧何说：“知臣莫如君！”

惠帝想起先帝遗嘱，便问：“曹参可好吗？”

萧何道：“陛下所见甚是，臣死而无憾了。”

惠帝又安慰了他几句，便回宫去了。几天后，萧何病逝，谥为文终侯，萧何的儿子萧禄袭封酂侯。

萧何一生勤谨，以俭持家，从来不放纵自己，购买田宅都选在穷乡僻壤，房屋毁坏了，也不让修建。他经常对家人说：“子孙应该像我一样俭约，如果不贤，也省得被豪强掠夺。”

曹参身为丞相，政治上“萧规曹随”，实行无为政治。之前他在齐国担任丞相九年，治理有方，齐地百姓安居乐业。接到朝廷让他入都为相的诏书后，和后任交接政务，嘱托后任说：“你以后要留意狱市，不要轻易打扰。”

后任问：“一国的政治，除此之外，都是小事吗？”

曹参又说：“也不是这样，不过狱市人多而杂，还是要以宽容为主，管得太严会闹事，这就是庸人自扰了。”

曹参入都为相后，朝臣们私下议论，说萧何和曹参都是沛县小吏出身，本来交情很好，但曹参有战功，封赏反而不如萧何，因此两人有些误解。现在曹参当了丞相，一定会记起过去的矛盾，把萧何的做法都否定，官场上也将有一番大的调整。可过了好些天，一点动静也没有，还贴出文告，说是凡用人行政，一概照前相国的规定办理。官员们便都不再担心，夸曹参大度。曹参不动声色，暗中考察，几个月后才识别官员，把不称职的官员免职，另选优秀的人接任。

接着他便不理政务，天天饮酒。有几个幕僚想找他谈论政事，却被他拉去喝酒，一醉方休，就是不谈正事。于是上行下效，他的属下也都整天喝酒聚会，喝高了还又唱又跳，声音传出去好远。有几个手下，实在听不下去了。以为曹参不知道情况，便有意请他到后园游玩，曹参到后园见了喝酒喧闹的场面，也不责怪，反而让手下取来酒肴，也在园中找个地方坐下，又喝又唱，大家都引以为奇。

曹参不但不去禁酒，而且手下办事，出了一些小错误也替他们掩护，属下很是感动，但朝中大臣却将曹参平时的行为奏明惠帝。

惠帝起了疑心，刚好曹参的儿子曹窋在惠帝身边担任太中大夫，惠帝便让他回家问他父亲：“高祖刚抛下群臣，皇帝又年少，全靠相国维持大局，相国怎么只知道饮酒，而无所事事，这怎么能治平天下？看看他怎么回答。”

曹窋正要走，惠帝又叮嘱他不要说是他让问的。

曹窋回到家中见了父亲，便把惠帝的话问了，只是不说是惠帝教的。曹参拂袖起身道：“你懂什么，敢来多嘴？”说着便取过座旁戒尺，打了曹窋二百下，令他去侍奉皇上，不准再回来。

曹窋无缘无故挨了一顿竹板，郁闷地回到宫里禀报惠帝，惠帝听说了更是疑惑，第二天上朝的时候，便问曹参道：“你为什么责罚曹窋，是我让他问你的。”

曹参忙免冠跪伏在地上磕头谢罪，然后抬起头来问惠帝道：“陛下的圣明英武，能比得过高祖吗？”

惠帝说：“朕怎么敢和先帝比？”

曹参又问：“陛下考察我的才干，比得过萧何吗？”

惠帝说：“好像不如萧相国。”

曹参说：“陛下所见甚明，从前高祖统一天下，和萧丞相制定法令，规模都很完备，现在陛下当皇帝，大臣们能够守法，干好本职，遵循以前的规章办事，没有过失，就很不错了，难道还想胜出一筹吗？”

惠帝想想也是，便说：“我知道了，你退下吧！”曹参便拜谢退出，仍然照常行事。

曹参奉行的做法就是三个字“不折腾”，百姓刚刚经过大乱，只想过安定的日子，朝廷没有什么改革，官府没有什么征徭，就算是天下太平、百姓安居乐业了，所以曹参当丞相两三年都没有一项新政策出台，却得到了人民的称颂，当时民间传颂说：“萧何执政就像画一，曹参接替守而不失，天下清净人民安宁。”萧何、曹参被后世称为贤相。

吕后立诸吕为王时，丞相王陵极力抗议，吕后十分棘手，只好迁他为“帝太傅”，继承王陵的右丞相陈平迫于吕后压力，凡事唯唯。

好在这都是陈平的暂时隐忍之计，后来他抓准机会，联合周勃一起铲除了诸吕势力，迎回代王刘恒当了皇帝。文帝自然感激他俩，于是命周勃为右丞相，罢去审食其左丞相，调陈平接任。周勃、陈平作为元勋尊崇无比。在态度谦和的文帝手下当丞相可是一件舒服的差事，可惜陈平只当了一年丞相就病逝了。

文帝三年，文帝用灌婴为相接替周勃。第二年，灌婴病逝，文帝让御史大夫张苍担任丞相。

张苍是阳武县（今河南省原阳县）富宁集乡张大夫寨村人。他生于战国末年（公元前256年），曾在荀子的门下学习，与李斯、韩非等人是同门师兄弟。在秦朝时曾经当过御史。刘邦起义，他归顺了刘邦，西汉王朝建立之后，他先后担任过代相、赵相等官职。因为他帮助刘邦清除燕王臧荼叛乱有功，被汉高祖晋封为北平侯，以后又迁升为计相、主计。张苍非常博学，很有学问，是一位数学家，他在历法、算学方面取得了很大的成就，他校正《九章算术》，制定历法，也是我国历史上主张废除肉刑的一位古代科学家。《九章算术》总共收集二百四十六个数学问题。这些算法要比欧洲同类算法早一千五百多年，对世界数学发展产生过重要影响。

张苍对于曾经救过自己性命的王陵感恩戴德。王陵就是安国侯。等到张苍当了高官之后，经常把王陵当作父亲一般侍奉。王陵死后，张苍已经是丞相了，但是每逢五天一休假的时候，总是先拜见王陵夫人，献上美食之后，才敢回家。

张苍担任丞相十几年之后，鲁国有个人叫公孙臣，他上书给皇帝，说汉朝属于上德旺盛时期，其征兆是不久将要有黄龙出现。皇帝下诏把此议交给张苍审鉴，张苍认为并非这样，把这件事扔在了一边。但是后来黄龙果然出现在天水郡的成纪县，于是文帝就把公孙臣召到了朝廷，并任命他为博士，让他负责草拟顺应土德的历法制度。同时，改定元年。丞相张苍也就因此自行引退，推说年老多病，不再上朝。张苍曾保举某人作中侯官，但这个人利用不正当手段大搞谋求自己私利的事，皇帝以此责备张苍，张苍就告病退职了。这时张苍的年龄已经很老了，嘴里没有牙齿，只能靠吃人奶度日，让一些女人当他的乳母。他的妻妾众多，达百人左右，凡是曾经怀孕生育过的他就不再亲近。前后算起来，张苍总共做了十五年的丞相才去职，在孝景帝前元五年（公元前 152 年）时去世，谥号为文侯，享寿一百零几岁，是一位长寿老人。

逆龙鳞的刺头丞相

张苍病退后，文帝选择了关内侯申屠嘉担任丞相。申屠嘉是梁地人。他以一个能拉强弓硬弩的武士身份，跟随刘邦攻打项羽，因军功升任一个叫作队率的小官。后来跟随刘邦攻打黥布叛军时,升任都尉。在惠帝时，升任淮阳郡守。文帝元年（公元前 179 年），选拔那些曾经跟随高祖南征北战，现年俸在二千石的官员，一律都封关内侯的爵位，得封此爵的共二十四人，而申屠嘉得到五百户的食邑。

申屠嘉为人廉洁正直，在家里不接受私事拜访。他看不惯邓通恃宠目无丞相，把邓通召到丞相府一顿责骂，并要杀他，邓通吓得磕头，头上碰得鲜血直流。后来还是文帝派使者拿着皇帝的节旄召邓通进宫，并且向丞相求情，申屠嘉才放了邓通。回到宫中之后，文帝让他以后不要再冲撞丞相。

申屠嘉担任丞相五年之后，文帝去世，景帝即位。景帝二年（公元前155年），晁错担任内史，因为受皇帝宠爱，地位很高，权力也很大，许多法令制度他都奏请皇帝变更。同时还讨论如何用贬谪处罚的方式来削弱诸侯的权力。而丞相申屠嘉也有感于自己所说的话不被采用，因此忌恨晁错。晁错担任内史，内史府大门本来是由东边通出宫外的，使他进出有许多不便，这样，他就自作主张开凿一道墙门向南通出。而所凿开的墙，正是太上皇宗庙的外墙，申屠嘉听说之后，就想借晁错擅自凿开宗庙围墙为门这一理由，把他治罪法办。

没想到景帝却支持晁错，退朝之后，申屠嘉对长史说："我非常后悔没有先杀了晁错，却先报告皇帝，结果反被晁错给欺骗了。"回到相府之后，因气愤吐血而死，谥号为节侯。

哀帝时，生性忠直，敢犯颜直谏的王嘉随后接替平当任丞相。哀帝宠幸董贤，肆意加官封爵，赏赐无数，他反复力谏，以至封还哀帝封董贤食邑二千户的诏书。孔光瞄着相位，乘机陷害王嘉，哀帝将王嘉下狱。他仰天哀叹："我王嘉执政，不能进贤退不肖，死了也不能饶恕！"遂绝食二十余天，呕血而卒。

不作为的平庸丞相

自从申屠嘉死去之后，景帝时开封夷侯陶青、桃侯刘舍先后担任丞相之职。之后又有柏至侯许昌、平棘侯薛泽、武强侯庄青翟、高陵侯赵周等人相继为丞相，他们都是世袭的列侯，平庸无能，谨小慎微，当丞相只不过是滥竽充数而已。没有一个人是以贡献杰出、功名显赫而著称于世的。

开封夷侯陶青是高祖功臣陶舍之子，汉景帝开始以他为御史大夫。他当丞相后做的最大的一件事就是和廷尉张欧、中尉嘉（主管京城治安的武官）联名上了一份弹劾晁错的奏章，说晁错提出由景帝亲征、自己留守长安以及作战初期可以放弃一些地方的主张，是“无臣子之礼，大逆无道”，罪当腰斩，并杀他全家。景帝为了求得一时苟安，竟然完全不顾师生之情、君臣之情、改革的亲密战友之谊，批准了这份奏折，杀了晁错。

公元前150年，景帝罢免陶青，以周亚夫为丞相。周亚夫当了三年丞相，也因外戚构陷，而渐渐失去景帝信任，称病辞官。后来因为他儿子偷买禁物，受到牵连，被抓入狱，绝食而亡。

才能平庸的刘舍接替周亚夫担任丞相，干得最大的一件事就是迎合景帝改官名。

卫绾驾车技术很好，性格寡言敦厚，谨守职守。从他的身上，我们可以看到汉初黄老政治的一些具体情形。黄老政治，一方面要求以刑法来加强统治，同时也要以法术驾驭臣下，在这种政治局面下，为臣之道，就是要慎守职位，而不可积极奋进，变易革新。卫绾深谙此道，从不在皇帝面前表露自己。他在汉文帝时任郎中令，太子刘启设宴请他，但他对文帝的继位问题还没有充分的了解，害怕别人说他投靠新主，所以执意不去。等到文帝死去，景帝有一次驾临上林苑，命令中郎将卫绾和自己共乘一辆车，回来后问卫绾：“知道你为什么能和我同乘一车吗？”卫绾说：“我从一个小小的车士幸运地因立功逐渐升为中郎将，我自己不知道这是什么缘故。”景帝又问：“我做太子时召请你参加宴饮，你不肯来，为什么呢？”回答说：“臣该死，那时实在生病了！”景帝赐给他一把剑。卫绾说：“先皇帝曾经赐给我总共六把剑，我不敢再接受陛下的赏赐。”景帝说：“剑是人们所喜爱之物，往往用来送人或交换他物，难道你能保存到现在吗？”卫绾说：“全都还在。”景帝派人去取那六把剑，宝剑完好地在剑套中，不曾使用过。景帝认为他品行方正，对自己忠诚没有杂念，就任命他做了河间王刘德的太傅。吴楚七国之乱时，皇帝任命卫绾做了将军，因率领河间王的军队攻打吴楚叛军有功，任命他做了中尉。过了三年，因为战功，在景帝前元六年（公元前151年）受封为建陵侯。他无时无刻不在注意检点自己的行迹，唯恐皇帝对他产生怀疑。

对于下属或同级之人，卫绾亦颇具收束、笼络之术。他为郎中令，属下出了差错而受到皇帝的谴责，他常常代人受过；与将官们一起征战立功，他亦常常归功于他人。因此，他既能受到皇帝的信任，也能得到下属官吏的拥护。景帝废黜栗太子刘荣，杀了太子的舅父等人。景帝认为卫绾是忠厚的人，不忍心让他治理这件大案，就赐他休假回家。而让郅都逮捕审理栗氏族人。处理完这件案子，景帝任命胶东王刘彻做了太子，征召卫绾做太子太傅。又过较长时候，升迁为御史大夫。过了五年，代替桃侯刘舍做了丞相，在朝廷上只奏报职分内的事情。然而从他最初做官起直到他位列丞相，终究没有什么可称道或指责之处。皇帝认为他敦厚，可以辅佐少主，对他很尊重宠爱，赏赐的东西很多。

卫绾谨慎小心，目的是保护自己。他任丞相，只起上传下达之作用，“朝奏事如职所奏”，对于朝政大事，他却往往粗略不问。景帝病重临终前，作为丞相应代理朝政大事，并处理得当，而恰在其时，被处理下狱的官员多为无辜，这说明他的能力有限。景帝死，武帝即位。建元年间，因景帝卧病时，各官署的许多囚犯多是无辜受冤屈的人，他身为丞相，未能尽职尽责，被免去丞相官职。后来卫绾去世，儿子卫信承袭了建陵侯的爵位。

文帝、景帝都是谦让的皇帝，对于丞相的决定不轻易否决，丞相的权力到此达到一个高峰。

卫绾被罢免后，武帝改用窦婴为丞相。

窦婴这次也是捡了个便宜，以前景帝认为他自高自大，气量狭小，举止轻浮，不适合当丞相，武帝对窦婴其实也不满意，用他其实是为了下一步重用田蚡。所以武帝接着又专门任命田蚡为太尉。太尉这个职务，以前时设时废，只有周勃父子都当过太尉，后来他们升为丞相后，这个官位就废除了，武帝再设这个官，完全是为田蚡专设的。

田蚡曾学过历史，但才识很一般，他的特长是做事机灵，口才敏捷。自从封为武安侯，他也感到自己的能力危机，于是广招宾客，让他们替他出谋划策，每次上朝，都能滔滔不绝发表一番有见地的议论。武帝被他迷惑了，还以为他才能出众，要重用他。

建元二年，御史大夫赵绾请武帝不要把政事奏知窦太后，窦太后大怒，令罢逐赵绾、王臧等，免去丞相、太尉之职，用柏至侯许昌为丞相，武疆侯庄青翟为御史大夫。魏其、武安仅保留侯爷身份。柏至侯许昌是汉高祖功臣柏至侯许温之孙，他因为是窦太后所任命的，所以执行窦太后的黄老治国政策，并事事都听从太后的指示，没什么作为。到了建元六年，窦太后崩，丞相许昌、太尉庄青翟因“坐丧事不办”，即举办丧事不力，而被武帝免职。任武安侯田蚡为丞相，取消太尉之职，以大司农韩安国为御史大夫，天下名士及诸侯都依附武安侯。

武安侯田蚡是孝景后同母弟。当初做太尉被免职后，由于自己是太后（景帝皇后）的弟弟、皇帝的舅舅，所以，每天拜见他的官员比以往还多（昔日拜见窦婴的也都转过来拜见他了）。等到许昌被免，他便顺利坐上丞相的位置。做了丞相后，田蚡愈发骄横，建造的住宅比任何大臣的都好，家中金子、古玉、美女、犬马、珍贵玩物多得数不清。在迫害灌夫、窦婴之后，他便病了，躺在床上大声喊着：“我认罪，我认罪！”找会巫术看鬼的人来看，见魏其侯窦婴、灌夫在他两旁站着，准备杀他。三月，田蚡便病死了。

后来，淮南王刘安谋反败亡，武帝得知田蚡曾经接受过刘安的钱财，生气地说道：“若武安侯还活着，我一定把他灭族。”

田蚡还有一个极大的罪过。元光三年春（公元前 132 年），黄河改道南流，沿途十六郡泛滥成灾，百姓流离失所。武帝虽然派人征发十万士兵堵住了缺口，可是堵好后又被冲开。田蚡因为自己的食邑没有受灾的危险，便说：“长江黄河决堤都是天意，不用耗费人力去堵塞，堵塞未必符合天意。”于是此后很长时间武帝都没有派人处理黄河决口。直到二十多年后的元封二年，武帝才派人将决口处堵好，又疏通渠道使得黄河重新回到了夏禹治水时的旧道，梁、楚之地才重新恢复安宁。此一罪，足够田蚡灭族几次了。

田蚡死后，武帝命御史大夫韩安国行丞相事，不过韩安国很不幸运，从车上摔了下来受了重伤，武帝只好将他病免，让薛泽做了丞相。平棘侯薛泽是高祖功臣广平侯薛欧的孙子，他从元关四年起开始做丞相，到了元朔五年被免职，几年的时间里，没有什么作为，比起那些自杀或被斩首的丞相，薛泽算是幸运的了。司马迁在《史记·张丞相列传》中说："及今上时，柏至侯许昌、平棘侯薛泽、武强侯庄青翟、高陵侯赵周等为丞相。皆以列侯继嗣，娖娖廉谨，为丞相备员而已，无所能发功名有著于后世者。"

元鼎五年秋天，丞相赵周犯罪被罢免。武帝决定让家世声望极高和历来有忠诚名声的石庆接任，下诏说："先帝十分尊重万石君，他的子孙也有孝行。因此，朕任命御史大夫石庆为丞相，册封为牧丘侯。"当时，朝廷正在南边征讨南越、东越，在东边攻打朝鲜，在北边驱逐匈奴，在西边讨伐大宛，国家处在多事之秋。武帝也忙着巡查全国，修复古代的神庙，到名山祭祀天地，鼓励礼乐。结果国库空虚，国家财政吃紧，桑弘羊等人开辟财源，而王温舒那样的官吏推行严苛的法律。这些人做到了九卿官，交替当权。因此，国家的大事不由丞相来决定，丞相成了摆设。石庆是石奋（万石君）之子，曾经担任太仆。一次，他为天子驾车外出。天子问他总共有几匹马驾车。石庆用马鞭逐个数完以后，举起手说："六匹。"在万石君的子孙之中，石庆是最随便的一个，但还是这样地认真。后来，他调任齐国的丞相，全齐国的人都仰慕他们家的品行，因此，他不用下什么命令齐国就太平了。此后，齐国人还为他建立了祠庙以示敬仰，这就是石相祠。

元封四年，关东地区遭灾，出现了两百万流民，其中没有户籍的人就有四十万。公卿大臣们私下议论此事，打算请求天子把这些流民迁徙到边疆地区，以示惩戒。武帝认为，丞相年老、谨慎，不会参加这样的议论，就赐丞相休假回家，然后，派人查究御史大夫以下议论上奏的人，竟敢扰乱皇帝视听，干扰皇帝决断。石庆很惭愧，认为自己不能胜任职守，便上书说："臣有幸位居丞相，但才能低下，没有办法来辅佐天子治理国家，致使国库空虚，百姓流离失所。臣的罪过滔天，理应被处死，而天子不忍心惩罚我。因此，臣上书告老还乡，以便为贤能之人让出道路。"天子看过奏章以后，回复说："粮仓已经空虚，贫苦的百姓已经流散，而丞相却想请求朝廷迁移他们，给国家造成动摇、危害之后，丞相再辞去职位，你想要把国家的危难推给谁呢？"石庆反而受到天子的责备，他十分惭愧，又重新开始处理政事。

石庆在职九年，没有发表什么匡正时弊的言论。好不容易有一次，他打算请求惩办天子亲近的大臣所忠、咸宣，但是没能让他们服罪，自己反而因此获罪，后来只能出钱赎罪。太初二年，石庆去世，朝廷赐他谥号为恬侯。平日里，石庆十分喜爱他的二儿子石德。于是，武帝便让石德继承了石庆的爵位。后来，石德担任太常，犯法应被处死，家里出钱给他赎了罪，被贬为平民。石庆担任丞相时，石家子孙中，官至二千石的就有十三人。而石庆死后，这些人一个个犯了法而遭到罢免，石家孝敬、严谨的家风便逐渐地衰落了。

爱学习的励志丞相

公孙弘少时很贫寒，曾当过猪倌，后来发奋学习，竟然当上了丞相。千百年来，他的经历成了一个励志传奇，人们对他"非学无以广才，非志无以成学"的精神推崇备至。

在朝廷议事，他常提出要点，陈明情况，供皇帝自己取舍，从不固执己见和违逆圣意，武帝非常喜欢他这种驯良守礼之德，认为他口行敦厚，善于言辞，有文采，熟悉法令与各种公务，便升任他为左内史（京畿地方长官，掌治京师）。当时，朝廷方通西南夷，又东置沧海郡（在今朝鲜），北筑朔方城（在今内蒙古杭锦旗北）。公孙弘认为，这样做是"敝中国以奉无用之地"。劳民伤财，得不偿失，屡次谏言停办，武帝不采纳，并领朱买臣等人去砭责公孙弘，当面陈说设朔方郡的好处，一一摆明十条理由。公孙弘无理反驳，心亏词穷，无一言相济，忙低首悔过，改言谢罪说："我是山东的乡鄙之人，见识短浅，实在不知道设朔方郡的好处，经众位陈明其利害关系，我已明白了。敬望朝廷停止经营西南夷与沧海郡，专力经营朔方郡。”皇帝恩准了他的请示。公孙弘向上奏事不准时从不自辩，史称其“习文法吏事，而又缘饰以儒术”，因而能深得武帝之心，但他为人矫饰善变，善于察言观色，而且气量狭小，外宽内深。

公孙弘在学术上并无所长，但在汉武帝“罢黜百家，独尊儒术”实施过程中作用巨大。其中最为重要的作用是，公孙弘于汉武帝元朔五年(公元前124年)，提出并拟定了为“五经博士”设弟子员的措施，以及为在职官员制定了以儒家经学、礼义为标准的升官办法和补官条件。为“五经博士”设弟子的措施是一整套的关于儒家经学教育和选拔国家官员的方案，其中包括教育方针、选拔条件、学习和考核方法、修业期满后的分配等一整套措施，内容大致可归纳为如下四个要点：

1. 办好中央官学，而后推广于地方。

2. 规定为博士官设置正式弟子五十人。由太常择民十八岁以上，仪状端正者充任博士弟子，免除他们所担负的国家徭役赋税。

3. 设旁听生。由郡国、县道邑推荐“好文学，敬长上，肃政教，顺乡里，出入不悖”的优秀青年，经郡守、王相审查属实后送报太常，成为旁听生。旁听生没有定员。

4. 定期的考核及任用制度。规定满一年后举行考试，如能通一经以上的，就补文学掌故缺，特别优秀的可以做郎中。才智下等及不能通一经者，令其退学。

以儒家经学、礼义为标准的升官办法及补官条件，则主要是以“通一艺（经）以上”、“先用诵多者”为准，其中品级高的可任左右内史、太行卒史，品级低的也可任郡太守卒史或边郡太守卒史。以上两个方案，获得武帝的批准。上述制度具有极其深广的历史作用及影响：一、它标志着儒学统治思想的确立；二、它标志着儒家经学“国学”地位的确立；三、它标志着中国封建时代文官制度的确立；四、它标志着中国封建时代中央学校（太学）制度的开始；五、它标志着中国古代博士制度从秦制“通古今”的顾问官，变成了汉制的“教弟子”的教育官，并且完全由儒家学者所垄断。

元狩元年（公元前122年），淮南王、衡山王造反，朝廷严察两王党徒。公孙弘认识到自己在相位，未能辅佐君主治理国家，现在有王造反，自己难脱不称职之责。当时公孙弘正染病在身，于是上书皇帝，请求辞掉丞相，归还侯印，退位让贤，武帝作《报公孙弘书》答之，没有应允。过了一段时日，公孙弘病渐好转，再度入朝办理政务，元狩二年（公元前121年）三月，弘以八十高龄卒于相位。

宣帝时，丞相杨敞的下两任丞相蔡义和韦贤都是学者型人物。蔡义精通《诗经》，昭帝诏求能为诗者，召见蔡义说诗，甚悦之，擢为光禄大夫给事中，进授昭帝诗。累迁光禄大夫、少府、御史大夫等职。元平元年（公元前74年）任丞相，封阳平侯，曾以定策安邦功受重赏。

韦贤是鲁国邹（今邹城东南）人，生性淳朴，对于名利看得很淡，一心一意专注于读书，因此学识非常渊博，兼通《礼》《尚书》等经，并以教授《诗经》著名。当时的人都称他为邹鲁大儒。昭帝曾拜他为师，请他教授《诗经》。韦贤担任了五年丞相后，在宣帝地节三年（公元前67年）以老病为由上书请求退休。宣帝觉得他年事已高，不可以太劳累，就准他辞职，赏给他百金。几年后，韦贤去世，谥节侯。

永光二年（公元前42年）春，韦玄成接替于定国担任丞相。他在受到贬黜的十年之后，终于继承了父亲韦贤曾担任的丞相职位，恢复了扶阳侯的封国，在当时荣耀极了。由于父子二人都是以通晓儒经官至丞相的，所以邹鲁一带流传的谚语说："留给子孙满箱黄金，不如传给一部儒经。"韦玄成担任七年丞相，于建昭三年（公元前36年）去世。他在坚守正道和老成稳重方面赶不上父亲韦贤，但他的文章风采却超过了他的父亲。韦玄成年轻时继承父业，通晓儒经。他在士人面前特别谦虚恭敬，出门遇上所认识的人步行，总是叫跟随的人下车，用车送所认识的人。对于贫穷和地位低下的人，他更加尊敬。由于他的好名声一天天流传，加上他通晓儒家经典，便由常侍骑被提拔为谏大夫，改任大河郡（今山东省东平县东）都尉。他父亲韦贤死后，韦玄成装疯让爵于兄。朝廷都称颂他节操高尚。宣帝拜他为河南太守。

后来，宣帝为了教育他的次子淮阳王刘钦，便征召韦玄成，任命他为淮阳国（都城在今河南省淮阳县）中尉。当时，刘钦年幼，尚未前往封国，韦玄成遂接受诏命，参加了石渠阁会议。石渠阁会议是由宣帝亲自主持召集的一次学术会议。西汉自武帝“罢黜百家，独尊儒术”以来，儒家学说成为统治思想。宣帝为了进一步统一儒家学说，加强思想统治，下诏让韦玄成跟太子太傅萧望之及刘向、薛广德、施雠、梁丘临、林尊、周堪、张山拊等精通“五经”的著名儒生，在长安城内未央宫北的石渠阁讲论“五经”异同，由宣帝亲自评判裁定。这在儒学发展史上，具有重要意义。

下一任丞相匡衡也是学经的典范，匡衡（字稚圭）是东海郡承县（属今枣庄市）人。他从小勤奋好学，但家里穷买不起蜡烛照明。邻家有灯烛，但光亮照不到他家，匡衡就把墙壁凿了一个洞引来邻家的光亮，让光亮照在书上来读。这就是典故“凿壁偷光”的由来。同乡有个叫文不识的大户，家中有很多书。匡衡就到他家去做雇工，又不要报酬。主人感到很奇怪，问他为什么这样，他说：“我想读遍你家所有的书。”主人听了，深为感叹，就把书借给他读。后来他又拜当时的博士学习《诗经》。由于勤奋学习，他对《诗经》的理解十分独特透彻，当时儒学之士曾传有“匡说《诗》，解人颐”之语，是说听匡衡解说《诗经》，能使人眉头舒展，心情舒畅，可见匡衡对《诗经》理解之深。

但匡衡的仕途在一开始却并不平坦。根据汉朝规定，博士弟子掌握“六经”中的一经，即可通过考试获得官职，考试得甲科者，可为郎中，得乙科者为太子舍人，得丙科者只能补文学掌故。匡衡九次考试，才中了丙科，被补为太原郡的文学卒史。但匡衡对《诗经》理解之深，已为当时经学家们所推重，当时身为太子的元帝也对其深有好感。元帝即位后，任用匡衡为郎中，迁为博士，给事中。这时，京城长安一带发生日食、地震等灾变，匡衡乘机上书规劝元帝。匡衡的奏书得到元帝的赞赏，匡衡因此迁为光禄大夫、太子少傅。

匡衡勤奋好学，终凭一己之力，位极人臣，是青年学习的楷模。他的一生也有三大失误：一是外斥异己。他曾对功臣陈汤以及众多功臣进行打压。二是阿附宦官。元帝后期，宦官石显结党营私，把持朝政，匡衡也阿附他。成帝即位后，匡衡又见机转了风向，上疏弹劾石显及其党羽。朝中大臣有人认为匡衡身为辅政大臣，早年不及时揭发，却阿谀曲从，没有尽到责任，对他提出弹劾。匡衡也自感惭愧，一再请求辞职。三是贪赃枉法。元帝封其为安乐侯，其侯国食封土地本为三十一万亩，匡衡利用郡图之误，非法扩大食封土地四万多亩，成帝时，司隶校尉骏等告其“专地盗土”，被免为庶人。

无善终的悲催丞相

武帝大权独揽，在他执政期间，最难干的工作恐怕就是丞相了。活干得多，武帝怀疑专权，要被拿下；不干活，武帝说你怠工，照样被拿下。尤其是老丞相公孙弘过世之后，汉武帝先后任命了七位丞相，其中得到善终的只有石庆和田千秋二人，其他的五位，三位在牢狱中自杀（李蔡，赵周，庄青翟），一位被处死刑（公孙贺），还有一位被灭族（刘屈氂）。表面位高权重的丞相，在汉武帝执政时代，却真正成了高危行业。

御史大夫李蔡接替公孙弘升任丞相之职，陇西成纪（今秦安县西北）人，李广堂弟。文帝后元十四年（公元前 166 年），匈奴入侵萧关（今环县）时，李蔡随堂兄李广参加汉军，两人同为汉文帝的侍从，后任武骑常侍。到了景帝初年，李蔡已有军功赐二千石禄。在武帝即位后的元朔五年（公元前 124 年），李蔡任轻骑将军。后与卫青一同出兵朔方击败匈奴右贤王。右贤王乘夜幕遁逃，汉军捉得几十个匈奴士兵，俘获了民众一万五千余人。李蔡在这次战役中立下了显赫战功，被武帝封为安乐侯，从此弃武从政。不久升任御史大夫，位列三公，银印青绶。他当丞相的四五年间政绩卓著，尤以协助武帝治吏、改币、统禁盐铁等项大计中成就最大。元狩五年（公元前 118 年），李蔡因私自侵占景帝陵园前路旁一块空地而被问罪，应送交法吏查办，李蔡不愿受审对质而自杀，他的封国被废除，终年七十岁。

庄青翟接替李蔡，当了三年丞相，碌碌无为，遭到精明强干的张汤的嫉妒，准备借“园陵盗案”把他扳倒，三长史得知这件事，忙报告庄青翟，准备先发制人。张汤自杀后，武帝追悔莫及，命人抓捕三长史，一并抵罪，三人都在市曹斩首。丞相庄青翟也连坐下狱，服毒自尽。武帝另用太子太傅赵周为丞相，石庆为御史大夫。

太初二年（公元前103年），武帝命公孙贺代石庆为丞相，可公孙贺却一点也高兴不起来，他看到石庆之前三任丞相以莫须有之罪被处死，就连一向谨慎的石庆也屡次被武帝斥责，最后连病带怕死在家里，他知道在武帝手下当丞相日子不好过。因此他以首叩地，痛哭流涕地恳求武帝："臣生长在边远的地方，出身低微，又因长期在军队中任职，才能低下，实在不敢当丞相这个职务。"武帝虽然被他的忠诚感动得流泪，但未接受他的请求，命令手下人"扶起丞相"。公孙贺再三推辞，长跪不起。汉武帝无奈起身拂袖而去，公孙贺迫不得已，只得接受相印。出宫后，有同僚问他："拜相是多么荣耀的事情，您为什么非要推辞呢？"他说："武帝太贤明了，我任丞相一定会有不称职之处，一旦出现纰漏，必遭横祸"。

公孙贺（字子叔）是北地义渠（今宁县）人。他的祖先是匈奴人，祖父公孙昆邪，景帝时为陇西太守，率军平定吴楚七国之乱有功，封平曲侯，著书十余篇传世。曾七任将军，两次封侯，官拜丞相，在汉与匈奴的战争中，率军参加了三次重大战役，战功显著。

公孙贺少年时代即从军征战，屡立战功，颇得武帝赏识。武帝即位后，将他由太子舍人擢为太仆，后公孙贺娶卫子夫的姐姐卫君孺为妻，和武帝成了连襟，更得武帝宠信，兼任轻车将军，率军驻扎战略要地马邑。

元光二年（公元前133年），西汉出动三十万大军，由李广、公孙贺带领，埋伏于马邑，企图诱歼匈奴单于，因匈奴单于识破汉军计谋而未能得逞。从此，西汉一改汉初的和亲政策，开始了对匈奴的大规模征伐。

公孙贺此后戎马倥偬，先后参加了河南战役、河西战役、漠北战役，跟随西汉名将卫青横扫匈奴势力，因战功封南窌侯。

可惜他教子无方，儿子公孙敬声不学无术，骄横奢侈，最终因擅自动用军费一千九百万钱，事败后被捕下狱。时值武帝下诏通缉阳陵大侠朱世安，公孙贺为赎儿子之罪，请求皇帝让他追捕，武帝允诺。公孙贺历经艰辛，将朱世安捕获移送朝廷，其子之罪将以赦免。孰料朱世安怀恨在心，他在狱中上书朝廷，揭露公孙敬声与武帝女儿阳石公主私通，且在皇帝专用驰道上埋藏木人以诅咒皇帝等事件。武帝闻知，龙颜震怒，立即下诏逮捕公孙贺入狱。征和二年正月，长安城中大雪纷飞，寒气袭人，公孙贺父子冻饿交迫死于狱中。其家族亦被满门抄斩。

公孙贺死后，刘屈氂因为是汉室宗亲的缘故（刘屈氂是武帝庶兄中山靖王刘胜之子），以涿郡太守的身份任左丞相，封彭侯。同年秋，太子刘据因被巫师江充所谮，派人杀了江充，刘据又发兵入丞相府，刘屈氂亡其印慌忙逃跑。武帝对此很不满，让他平乱。刘据与刘屈氂两兵交战，大战五日。死者数万，最后以刘据军败而告终。第二年，贰师将军李广利将兵出击匈奴，刘屈氂和李广利是儿女亲家，于是送他到了渭桥，李广利希望刘屈氂请武帝立昌邑王为太子，昌邑王是李广利妹妹李夫人的儿子。刘屈氂答应了。这时候，武帝严令治巫蛊，“内者令郭穰告丞相夫人以丞相数有谴，使巫祠社，祝诅主上，有恶言，及与贰师共祷祠，欲令昌邑王为帝”，有司调查，判为大逆不道，于是武帝下诏用厨车载刘屈氂游街，然后在东市斩腰，妻子被斩首在华阳街。

卫太子刘据被江充诬陷败亡之后，高寝郎田千秋上书武帝替太子鸣冤正名。几个月后，刘屈氂因罪被斩，他便当了丞相，封为富民侯。田千秋为人朴实敦厚，做了丞相也很安分，处境倒是比他几位前任安全得多了。他见武帝一连数年追查太子谋反事件，株连特别多，大臣们都很恐惧，便与御史中两千石的大夫们一起上请武帝“施恩惠，缓刑罚，玩听音乐，养志和神”，为天下也不要过分忧愁。武帝认为他说得很对，便下诏说“远近为蛊，朕愧之甚”，并感谢丞相和大夫们认真负责，也不再追究太子案了。过了一年，武帝病死。田千秋辅佐幼帝接着做丞相，一共做了十二年，老死在任期中。因为他年老，皇帝善待他，朝见的时候允许他坐小车进宫殿，所以被称作“车丞相”，连名字都被人称作是“车千秋”了。

武帝通过抬升侍中等侍从郎官的地位，转移丞相实权，又频繁黜杀丞相，任命地位低微的人为丞相，缩短丞相的任期，使丞相不可能坐大结党，丞相的权力骤减。用暴力方式杀丞相令后继者凡事只求唯唯。武帝又使内朝官代行某些外朝的职责，皇帝的尚书台也承担了部分相权。

47. 帝国第一高风险职业（下）

武帝末年，霍光以大司马、大将军辅政，他与金日磾、上官桀共领尚书事，说明中央决策已经离不开尚书台的支持。霍光与张安世定议废昌邑王，《资治通鉴·汉纪·孝昭皇帝下》："光、安世既定议，乃使田延年报丞相杨敞。敞惊惧，不知所言，汗出浃背，徒唯唯而已。"堂堂汉朝丞相竟"汗出浃背"，说明这时丞相已经"备位而矣"。西汉后期，武帝时出现的大司马、大将军取代丞相通过尚书台承担起行政职责，元帝时丞相改称"司徒"，汉初以来的丞相负责制名存实亡。

有政声的贤良丞相

宣帝为了扳倒霍家，而让对皇室忠心的魏相担任丞相。魏相治郡有方，深得民心。在任茂陵令时，御史大夫桑弘羊的亲戚坑骗乡里，鱼肉百姓。魏相辨明真伪，不畏权贵，将其收捕治罪，并杀于街市示众，从此，茂陵大治。在河南太守任上，他整顿吏治，考核实效，禁止奸邪，当时豪强无不畏服。因政绩突出，后被征为谏议大夫。魏相匡扶正义，遏制外戚势力，为西汉的强盛做出了贡献。宣帝即位后，征魏相为大司农，后升为御史大夫。他积极向皇帝建议，下诏罢免了企图篡权的霍禹、霍云、霍山三人的侯位。魏相被任命丞相后，整顿吏治，抑制豪强，选贤任能，平昭冤狱，并要求各地官吏省诸用，宽赋税，奖励百姓开荒种田，积粮解困。从此，汉朝的实力大大增强。魏相还熟谙兵法，为确立西汉在西域的统治地位立下了功劳。元康年间（公元前65—公元前61年），匈奴不断派兵扰乱边关，由于魏相的建议，皇帝未动用武力而使匈奴归服。魏相为人严毅，刚正不阿，与丙吉同心辅政，君臣交泰，人民安乐。视事九年，于汉神爵三年三月丙辰日（公元前59年四月二十日）卒，谥宪侯。

魏相死后，宣帝让他的救命恩人丙吉担任丞相。丙吉为人宽大，喜欢礼让，隐恶扬善，对下属非常关心爱护。他出去视察时，遇到百姓发生口角打斗，都不去过问，但是看到一头牛在喘息，却要让人问清牛走了多少路。有人讥讽丙吉不抓大事抓小事，丙吉回答说："民斗是京兆尹管的事，不关宰相的事。牛喘息说明天要热了，现在时节才是春天，牛如果没有远行，为什么会喘息呢？三公一定要明察阴阳时节的变换。"旁人听了才知道他持大体。

丙吉病殁，宣帝让黄霸担任丞相。黄霸治郡有政声，却不是相才，所以一切措施，都不如魏相和丙吉。一日有一只小鸟飞到相府，那鸟儿长得像雉，黄霸从来没见过这种鸟，便怀疑它是神雀，于是想上书称瑞。后来听说是张敞家飞来的，这才作罢。但这事已被众人知道，当作笑谈。不久黄霸又推荐侍中史高当太尉，遭到宣帝驳斥，说："太尉这个官职已经废除了很久，史高是朕身边近臣，朕比你了解他，何劳丞相举荐？"说得黄霸满面羞惭，免冠谢罪，于是再也不敢奏请其他事了。黄霸当丞相时，已晋封建成侯，任职五年后得到善终，谥号和丙吉相同，都是一个"定"字。

廷尉于定国调任御史大夫，接着又接替黄霸为丞相。于定国的父亲于公曾担任郡曹，判案公正，百姓拥戴他，专门为他建立生祠，号为于公祠。于定国为人谦和儒雅，很有同情心，判案经常从轻，与张汤、杜周等人截然相反。

三年后，宣帝驾崩，元帝即位，元帝很敬重于定国。当时陈万年任御史大夫，和于定国共事八年，关系一直很好。后来贡禹代替陈万年为御史大夫，和于定国政见多有不和，由于于定国比较明了熟悉政事，所以在许多问题上元帝往往认同于定国的意见。然而，元帝刚即位不久，关东连年遭受灾害，百姓流离失所，大批涌入关内，有人上书皇上把责任推到主管大臣身上。元帝于是多次召见丞相、御史进宫受诏，逐条用职事责备他们，说："地方上那些狡诈不忠的官吏害怕因捕拿盗贼不力而遭受责罚，任意怀疑加害良民，甚至使无辜之人冤屈而死，有的官吏发现盗贼后，不立即去追捕，却反而拘禁丢失财物的人家，使得后来百姓再受到盗贼的劫掠也不敢向官府报告，因此使得灾祸和恶劣风气逐渐滋长扩展。老百姓多有冤抑，州郡官吏却不加处理解决，不断有上书鸣冤的人来到京城。由于二千石的官员选举的下属官吏名不符实，因此，令长丞尉诸官在位者多不称职。农田遭受灾害，官吏不肯减免其赋税，反而催收其租，以致百姓穷困加重。关东流民饥寒交迫，疾病流行，朕已下诏令官吏转拨漕粮，打开仓廪，拿出库藏之物，救济灾民，向灾民们赐发了御寒冬衣，这些措施维持到春天犹恐不足。现在丞相、御史你们打算怎样弥补这些过错呢？你们都要认真列举情状，陈述我的过失。"于定国于是上书谢罪。

永光元年（公元前43年），春天降霜，夏季寒冷，太阳暗而无光，元帝又下诏分条责备说："一个从东部来的郎官说那里的老百姓因灾荒，父子不能相保。这些情况丞相、御史你们这些主管大臣为什么隐瞒不报呢？难道是从东部来的那位官员夸大其词？两方面反映的情况为什么有这样大的差异？我希望了解实情。今年的收成还尚难预料，一旦有水旱之灾，后果很让人担心。公卿大臣你们有什么可以防患于未然的办法？请各位以实相告，不要有什么隐讳。"于定国见此诏书，内心惶恐害怕，于是上书引咎自责，并归还侯印，乞求告老还乡。元帝还想挽留他，于定国又上书说病情加重，坚决要求辞官归乡，元帝便赐给他四匹马拉的可以坐乘的车、六十金，罢官归家。又过了几年，于定国七十多岁时逝世，谥号安侯。当初于定国的父亲于公在世时，他家乡的闾门坏了，同乡的父老要一起修理闾门，于公对他们说："把闾门稍微扩建得高大些，使其能通过四匹马拉的高盖车。我管理诉讼之事积了很多阴德，从未制造过冤案，因此我的子孙必定有兴旺发达的。"后来于定国果然官至丞相，儿子于永也官至御史大夫，并封侯传世。

王商代替匡衡出任丞相，王商原籍涿郡蠡吾（今河北博野西南），后迁居杜陵。他属于外戚家族，他的姑姑王翁须是宣帝生母。王商父亲王武因为是宣帝的舅舅因此被封为平昌侯。王商在少年时便出任太子中庶子，作为太子的表叔而负责处理东宫事宜，王商在这段时间由于为人正派忠厚，且颇有威严而被人称颂。后来其父王武去世，王商继承了平昌侯的爵位。在父丧期间，王商的表现极为哀恸，父丧后分家产时，又对异母的兄弟们非常慷慨，这都为王商赢得了好口碑。不久朝中大臣便推荐王商入朝为官，出任诸曹、侍中、中郎将等官职。元帝即位后，又升为右将军，光禄大夫。元帝十分宠爱次子山阳王（汉成帝即位后迁定陶王）刘康，太子地位受到了严重威胁，王商竭力庇护太子刘骜的地位，刘骜日后能够顺利即位王商功不可没。成帝即位后，对王商极为敬重，擢升他为左将军。但此时成帝更加倚重自己的舅舅大司马大将军王凤，王凤专权横行，王商平日议论中多次对其表示不满，王凤听说后心生怨恨。后来王凤命人搜罗王商的"罪证"，迫害王商。成帝虽然心中十分敬重王商，但迫于王凤的压力而并没有坚持保护王商，最终王商被免除丞相之职，他悲愤交加，免职后吐血三天而亡。

与虚伪的张禹相比，他的继任者薛宣（字赣君，东海郯城人）是一个才华超群，作风正派的人，以其大度亲和的处世原则，明文习法，详熟国家各项典章制度而高居丞相职位，在百姓中享有崇高的威望。

薛宣年轻时曾任廷尉书佐、都船狱史、县丞、乐浪都尉丞等地方小官。后经人赏识举荐，担任宛句（今山东菏泽）县令、长安令等父母官，因治理有方而被朝廷任命为御史中丞。成帝即位后任命他为临淮太守，政绩卓著，正好陈留郡有大盗贼破坏扰乱秩序，皇上调任薛宣为陈留太守，强盗被平息，官吏百姓都很敬重他。官至左冯翊（相当于郡太守之职），成为当时为数不多的封疆大吏。

当初高陵令杨湛贪婪狡诈，毫不恭顺，掌握郡里长官的短处，先前俸禄为二千石的官员屡次考查都无法追究他。到薛宣任职时，官员们来到府署来拜见，薛宣安排酒饭和他们对坐而食，招待非常周到。随即暗中查证他们的受贿证据，把他们的老底子都摸清了。薛宣看到杨湛有改变态度的诚意，于是亲手写了信札，分条陈述他获取的赃物，密封后送给杨湛说：“百姓像简牒上所写的那样逐条揭发您，又考虑到十金之法很重，不忍心揭露您。所以用亲笔密信来告诉您，想要您自己考虑进退，可能您在以后还有再抬头的机会。如果没有这些事，再密封归还这封信，让我能够替您证实清白。”杨湛自己知道非法所得的贿赂和信上所记录的相符合，而薛宣言辞温和，没有伤害自己的意图。杨湛立即解下印绶付给属吏，写信感谢薛宣，始终没有怨恨不满的话。

薛宣量才用人。步阳县北部盗匪活动十分猖獗，县令薛恭是本县著名孝子，想以孝义来治理政务，结果政绩平平。而粟邑县是个地处山区的小县，民风淳朴。薛宣就将薛恭和粟邑县令尹赏对调，以发挥两人各自的特点，达到两县皆治的目的。后来薛宣送文书慰勉他们说：“从前孟公绰作赵魏的家臣很优秀，却不适合当滕国、薛国的大夫，所以有的人依靠德行而显达，有的人凭借功劳而被举荐，君子进身的道路不同，希望你们尽力从事自己的职务，成就功勋事业。”薛宣得知郡中官民的罪名，就招来该县的长吏并告知他，让他自己实行处罚。告诉他说：“府里不自己揭发检举的原因是不想替代县里来治理，夺走令长的贤名。”长吏没有一个不又欢喜又害怕，摘下帽子拜谢薛宣，并接受训诫。薛宣为人注重仪容威严端正，进退举止文雅大方，性情缜密有智谋，他经常思考怎么去考察官吏，寻求便利安逸的办法。他提倡节俭，下至钱财笔砚，都有计划，使之便于使用而节省花费。官吏和百姓都称赞他，郡中很太平。

薛宣赏罚分明，办事一丝不苟。他认为一个人的能力大小，具体表现在政绩的大小上。他的儿子薛惠任彭城令时，桥梁、邮亭不修不立，他便认为儿子能力不足，很不满意。薛宣严于律己，但很关心部下。有一次官府官员按规定休假，所有官员都回家了，只有贼曹（州郡设置的属官）张扶继续加班工作。薛宣对他说：“该休息时就按规定休假，虽然公事要办理，但个人家里的事也要办理。利用法定假日和妻子儿女、邻居亲友在一起欢聚，也是必要的。”张扶听从他的意见，全家人感情融洽。

薛宣被任命为御史大夫几个月后，取代张禹为丞相，封高阳侯。邛成太后（宣帝王皇后）病死，薛宣对太后的丧事操办得过于节俭，引起成帝不满，被以任丞相六年而治政不力的罪名免职。哀帝即位后，因受儿子薛况犯法牵连，薛宣被贬为平民，回到故乡郯城，在家中去世。

哀帝时，平当接替朱博担任丞相，可惜只任职几个月就死了。平当祖籍下邑，由于他的祖父身家百万，是个富翁，被汉武帝迁移到了关中，定居在平陵。平当自幼喜欢读书，拜师经学家林尊。平当为人宽厚，做事仔细，讲究秩序，年轻时就因为精通经学被拜为博士，每逢天降灾异，他就负责根据经学原理说明皇帝的政务得失，文辞虽然比不上萧望之、匡衡，但大同小异，不失天人感应的基本原理。

当时丞相韦玄成请求罢黜汉高祖刘邦长陵的庙园，以腾出土地发展生产。但是平当不赞同，他认为保护汉高祖长陵是一种象征，是告诉人们皇帝坚持以孝治天下。元帝同意了平当的主张，恢复了汉高祖刘邦长陵的庙园。

不久，全国发生灾害，人们流离失所，元帝派平当到幽州安抚流民。平当首先举荐了一批兢兢业业的官员，让他们尽量安排好流民的生活，然后要求开禁渤海盐池，扩大就业，让流民从业煮盐，卖盐买粮，生活自给，重建了社会秩序。在派出的十一个使者中，平当的业绩最好，被提拔为丞相司直。后因犯法降职为朔方刺史，不久又征召入朝，任太中大夫给事中，累官长信少府、大鸿胪、光禄勋。

成帝的时候，有一件麻烦事，那就是成帝陵寝的兴建。先是兴建延陵，花费巨大，迟迟不能竣工，放弃了，又另起炉灶，开始兴建昌陵，更加劳民伤财，同样迟迟不能竣工。卫尉淳于长认为昌陵根本不可能竣工了，平当认为已经动工这么长时间了，应该一鼓作气完成。成帝最终还是放弃了昌陵，又去继续兴建延陵，而且认为淳于长的建议很正确，要给他封侯。平当是个做事的人，对这种朝三暮四的决策忍无可忍，上书元帝认为淳于长不能封侯，结果淳于长该封侯照旧封侯，平当自己被贬官成了巨鹿太守。

成帝死后，哀帝继位。他和平当比较合得来，把平当提拔为御史大夫、丞相。平当被拜为丞相时，正是建平二年冬季，汉制冬月不封侯，所以只赐爵关内侯。第二年平当就患了病，哀帝召他入朝，想要加封他，平当称病不能起床。家人请平当强行起来受印，为子孙打算，平当喟然道："我得居大位，若起来接受侯印，还卧在床上死了，死后都有罪。你们劝我为子孙考虑，哪知我不受侯封，正是为子孙考虑啊！"一个多月后，平当就去世了。

善揣摩的谄谀丞相

成帝的时候，社会矛盾尖锐，贫富分化严重，西汉统治已经江河日下了。安昌侯张禹以皇帝老师的身份出任丞相六年，一点建树都没有，甚至一个好的建议都没提出来。但成帝对张禹是极为敬重，封他为列侯，食邑一千户，两次赏赐百金。张禹见王凤专权，心内很不安，几次称病请求回家。成帝几次慰留他，他不敢再拒绝，只好明哲保身，迁延度日。鸿嘉元年张禹总算告老还乡，成帝用御史大夫薛宣为相，但朝中有事，成帝亲自上门请教，张禹生病，汉成帝亲自在床下跪拜，张禹说女儿嫁得远了，汉成帝立刻命人把张禹的女婿女儿调回身旁，张禹用眼睛看看自己没当官的小儿子，汉成帝立马把他拜为黄门郎给事中，张禹要一块地作为自家坟地，汉成帝命令地方官拆迁官府的建筑给张禹腾地，连皇帝的舅舅大将军王根都看不过去了，说这是祭祀先代帝王的通道，找块别的土地给张禹吧，汉成帝不听，最终把这块地送给了张禹。

这是为什么呢？

首先，成帝是个依赖性很强的软骨头。他严重缺乏自信，偌大一个国家放在他手里，感到压力极大。成帝时期真正的掌权人实际上是皇太后王政君，王政君不懂治国安邦的大政方针，为人宽容善良，成帝这个叛逆小青年很不爱听她话，只能另去找个依赖对象。

其次，张禹别的不行，但是善于揣摩人心。张禹小的时候喜欢看算卦的，蹲在那里一看半天，而且能说出一套理论。成帝时期，灾异数见，人们纷纷指言外戚王氏专权，汉成帝亲自临门，屏退左右，咨询张禹，张禹看到自己年老体衰，儿子们又没有才华，他力主灾异只是自然现象，和外戚王氏无关，结果王根等人大为感动，纷纷上门致谢。这都是江湖老手才能做出来的。

实际上张禹这人非常虚伪，他根本就不是一个德高之士，更不是一个正义之人。张禹有两个有出息的学生，一个是彭宣，一个是戴崇，彭宣为人耿直，戴崇做人机智。张禹待戴崇如家人，歌舞管弦，妇女杂坐，通宵达旦，他对彭宣却敬而远之，讲经论道，日晏一食，吃完走人。张禹本人生活非常奢侈，占据四百顷肥沃土地，拥有无数金银财宝，常调管弦为乐，日拥美女如云。但张禹很善于揣摩皇帝心意，他专门根据皇帝所提的问题，编著了一本书《论语章句》，张禹居然把自己的书运作成了通行本，天下学子人手一册。张禹做出一副关心国家大事的样子，如果出现灾异，他就会选择良辰吉日，斋戒三天，正襟危坐，净手起卦，整得还挺隆重，如果卦象吉祥，就赶紧禀报皇帝，如果卦象不吉，就沉默不言。

爱整人的儒生丞相

薛宣的继任者是儒生出身的丞相翟方进。西汉王朝二百一十年，真正以儒生出身担任丞相的，有武帝时代的公孙弘，昭帝时代的蔡义，元帝时期的韦贤、韦玄成、匡衡，成帝时期的张禹、翟方进、孔光，哀帝时期的平当，平帝时期的马宫，王莽新朝时期的平晏。他们这些儒生丞相，几乎都是皇帝的老师，同时，这些儒生丞相又几乎都是各门儒家经典学说的领军人物。比如，公孙弘是《公羊春秋》学派的领军人物，蔡义是《韩诗》的领军人物，韦贤和韦玄成是《礼》《尚书》和《诗》的领军人物，匡衡是《诗》的领军人物，平当是《论语》的领军人物，翟方进是《春秋》的领军人物，孔光是《尚书》的领军人物，马宫是严氏《春秋》的领军人物。这些学派的领军大师，均以自己的师门学派在朝廷中形成了自己的政治党羽。

由于元帝公开和大张旗鼓地崇儒，因此，大批齐鲁儒生不但进京做官，而且，儒生丞相大量增加。这些儒生丞相最大的特点是他们普遍喜欢搞意识形态斗争，却又大多疏于治国实干。这样，就在元帝以降把汉王朝迅速推向了一个“罢黜百家，独尊儒术”的以礼文治国的政治历史时期，但是，儒生丞相们的疏于政事却又将天下陷入了一个越来越贫困和动乱的历史岁月。

西汉王朝被后世史家单独称为“儒宗”的有三人，一是汉初的奉常和惠帝的老师叔孙通，一是武帝时的言官董仲舒，一是成帝时期的丞相翟方进。

翟方进（字子威）是汝南上蔡人。翟方进又是属于中国历史上的那类“十年寒窗无人问，一举成名天下知”的读书人楷模。他和秦朝丞相李斯是同乡，不足二百年的时间里，上蔡一地两朝便出了两个位极人臣的丞相，上蔡县的人都引以为傲。然而令人痛惜的是，虽然二人朝代不一、各事其主，但有一点却让他们殊途同归，最终的结局都是死于非命。翟方进幼年丧母，家境贫贱，父亲虽然经过苦读书成了郡文学，但是，在翟方进十二岁那年去世了，他只好和继母相依为命。后来年龄稍长，就辍学到太守府中当了名跑差小吏。但是，由于翟方进生性太迟钝，所以，经常被衙门中的椽史打骂欺辱。翟方进很苦闷自卑。一次他去找一个叫蔡公的有学问的老人询问。没想到，蔡公见了翟方进以后就说：“小吏有封侯骨，当以经术进，努力为诸生学问。”（《汉书·翟方进传》）意思就是：你不是凡人，长有封侯骨，今后应该在经术这方面进取，努力去研究诸子的学问，必有大成。蔡公的一番话让翟方进大喜过望。他本来就厌倦小吏生活，这次便下定决心，托病辞去工作，决定到京师学习。翟方进的继母非常支持他，虽然翟方进并不是自己的亲生儿子，但她向来视翟方进为己出。听说儿子要远行，她决定和儿子一同赴京。母子俩来到京师，翟方进入学进读，而继母则以织布纳鞋来补贴家用。就这样，娘儿俩艰难度日，一晃过了十多年，翟方进苦学上进，终于熬出了头，成了京师有名的经学老师，身边的学生也越来越多，二十三岁时被任用为光禄勋属官的议郎。“议郎”这个职务就算是皇帝近臣了，也很容易放任外官。

当时京师有一个老儒清河（今河北省清河县）人胡常，和翟方进一样研究经术。他出道要比翟方进早得多，但名声却比不上这个后起之秀。胡常心里很嫉妒他，常在私下对翟方进说长道短，恶意中伤。翟方进知道后，并不以为然，反而在胡常讲经授课时，让他的弟子去听课，认真记录，问辩难疑。如是者久之，胡常才知翟方进这样做是出于对自己的尊重和谦让，心中十分羞愧。从此之后，凡与士大夫来往常常情不自禁地称颂翟方进，俩人成了好朋友。

可惜翟方进的名声和人品并没有这么一如既往地保持下去，让他千古留名的是他在官场的虚浮和整人害人的劣迹。

后来，翟方进任朔方郡刺史，他很注重宣传，干出一分成就，就以十分的功夫去宣扬，反复上奏朝廷，这样，他不久就升任丞相司直了。丞相司直是丞相的高级幕僚，权力非常大。之后，他所干的第一件事就是核奏之前与他有过节的司隶校尉陈庆。有一次，翟方进随同皇帝去甘泉宫，途中，他的车马走入了当时国家有明令禁止驶入的“驰道”中，当时规定“驰道”是国家专门用以皇帝祭祀和军事急报使用的专道，一般人都不得使用，即使是太子在得到皇帝批准之前，也不能够自作主张地使用。但翟方进急于追赶皇帝车队，他的车队就驾驶进了“驰道”中。司隶校尉陈庆是专门负责监察国家官员失职犯禁事情的，所以，翟方进的车队就被陈庆的下属抓了个正着，并没收了翟方进的车马。这就让翟方进结仇陈庆，他一直伺机报复。一次，陈庆在与主管国家司法的廷尉范延寿闲谈时，说自己过去当皇帝秘书的尚书时，曾经因为一次忘记而将一份奏章耽误了一个月之久。这件事传到翟方进耳朵里，他急忙借机报复，上奏皇帝说陈庆过去担任尚书，利用职权对皇帝大不敬，还弄权皇帝，认为陈庆有罪未伏诛，却无恐惧之心，有损圣德等等，如此上纲上线的大罪名，使得陈庆立即就被撤职了。

翟方进以儒家的意识形态标准去陷害他人，并不是一次两次，而是屡屡如此，所以，史家对翟方进有个意味深长的评价："方进知能有余，兼通文法吏事，以儒雅缘饬法律，号为通明相。"（《汉书·翟方进传》）这意思是说，当时的翟方进是个熟读儒家和司法经典学说，并以这样的词句标准动辄就对别人扣帽子和打棍子的人，人们不知道怎么评价他才好，于是，就送了他个"通明相"的绰号。

紧接着，翟方进又开始陷害另外一个司隶校尉涓勋。涓勋担任司隶校尉之后，一直没有去拜谒当朝丞相和御史大夫，但是，涓勋与光禄勋辛庆忌的私交又很好，并且，有一次，他看见成都侯王商的车队过来，还特意下车静立以待王商的车队走过。翟方进就抓住此事弹劾涓勋，指出："涓勋不遵礼仪，轻慢宰相，低视上卿，诎节失度，邪谄无常，色厉内荏，有失国体，扰乱朝廷礼仪秩序。"请求免去涓勋司隶校尉职位。

翟方进运用《春秋》经典得心应手，但是，《春秋》不是被他拿来治理国家和搞团结和谐的，而是被他拿来打别人的棍子和扣别人帽子的武器。当时，太中大夫平当指责翟方进为人为官都不正派，还像特务一般的探听陈庆和别人的私语，然后又打别人小报告。然后，这翟方进又以小人之心公然陷害公正廉明的涓勋。但成帝还是支持翟方进，认为方进所列举的皆符合律科，涓勋触逆礼仪正法，贬为昌陵令。翟方进在一年之间，连奏免两位司隶校尉，朝廷百官因此惧怕他。丞相薛宣却很器重他，时常告诫掾史："小心侍奉司直翟方进，他不久一定做丞相。"

当时在昌陵建立皇家陵墓，贵戚近臣子弟很多人独断专营，从中渔利，翟方进部署掾史立案审查，反复验问，追缴赃款数千万钱。皇上认为其才能堪任公卿，让他做京兆尹。他搏击豪强，京师权贵畏之。居京兆尹三年，永始二年（公元前15年），方进任御史大夫，数月之后，因为在做京兆尹时办理丧事，骚扰百姓而降职任执金吾。二十多天后，丞相薛宣被免职，相位空缺，群臣大多推举翟方进任宰相，成帝也很器重他的才能，于是提拔翟方进任丞相，封高陵侯。翟方进的后母还在，翟方进对她供养甚厚。到后母病故，埋葬后母三十六日后，即除丧服，办理政务。

中国热衷于动辄就搞揭发和打小报告的鼻祖，应该算翟方进。《汉书·翟方进传》几乎就是一部列数翟方进充当疯狗咬人的劣迹传记。在翟方进担任高官期间，倒在他嘴下的人分别有陈咸、朱博、销育、逢信、孙闳等人，甚至连成帝的舅舅红阳侯王立也差点就被翟方进收拾掉了。

之前选拔御史大夫，陈咸、逢信和翟方进都属于被推举人选，皇帝征求高官们对这三人的意见，大家都赞誉陈咸而指责翟方进，这样，翟方进就对陈咸记仇了。翟方进当了丞相后，恨不得将陈咸和逢信二人置于死地而后快。当时，匡衡、王商和翟方进都在陷害功臣陈汤，由于陈咸二人与陈汤交好，这样，在陈汤遭遇陷害被驱逐到敦煌边地去充军后，翟方进用莫须有的罪名把陈咸也给陷害撤职了。

当时，翟方进家乡的河南一带有许多大湖泊。人民居住在这些湖泊周围，生活得非常惬意。成帝时代，由于暴雨原因，这些湖泊中的湖水就漫溢出了堤岸对湖泊周边地区造成了一定程度的水灾。其实，湖泊出现这样的情况是很正常的，只要湖泊周边地区的老百姓做好防洪准备就行了。结果，丞相翟方进和御史大夫孔光来视察，竟然下了一个极端馊的政令：干脆把这湖泊堤岸挖开，将湖水全部放走，认为这样，不但今后省了修建堤岸的费用，还可以填湖造田，多弄出不少良田。

结果直接破坏自然环境，一系列严重的生态灾难接踵而来，破堤造出来的那些"良田"经常干旱，老百姓也失却了湖泊的滋养。当地老百姓非常怨恨翟方进，还编了一首儿歌去骂他："坏陂谁？翟子威。饭我豆食羹芋魁。反乎覆，陂当复。谁云者？两黄鹄。"

翟方进与成帝的表兄弟淳于长关系亲密。淳于长犯事后，翟方进也在被审查之列。成帝原谅了翟方进。翟方进感到惭愧，上表谢罪，自请辞官。成帝答复说："定陵侯已认罪伏法，你尽管同他有过交往，不曾听过，朝过夕改，君子称赞，你还有什么疑虑呢？应该专心一意，不要懈怠，就医吃药，保重身体。"翟方进恢复职务之后为了将功折罪，他竟然又连续参本上奏弹劾了二十余个大臣。

绥和二年（公元前 7 年）仲春，翟方进的下属丞相议曹李寻上书丞相，说是灾祸将至，君侯难免当灾，应该立即与全府官属商议趋吉避凶的良策。

翟方进看了书很是惶惑，不知所措。果然不到数日，郎官贲丽便奏报天象告变，急需移祸大臣。

成帝听了，立召翟方进入朝，责备他当丞相好几年，不能调和阴阳，导致有种种灾异，让他自裁。翟方进深受打击，回至相府他心里还希望能有生路可寻，没有立即自决，谁知过了一夜，成帝又让朝使带着策书严加责备他，并且赐他十石上尊酒，养牛一头，叫他自裁。这是汉朝故例，牛酒赐给大臣，意思就是赐死。翟方进只好取出鸩酒喝下，很快便毒发身亡。随后成帝还托言丞相暴亡，厚加抚恤，特赐乘舆秘器，并且亲自去吊丧。后来翟方进还是被王莽军队掘墓焚尸了，这主要是因为他的儿子翟义起兵挟汉朝宗室刘信造反王莽所造成的。

翟方进死后，丞相缺人，成帝还是觉得廷尉孔光为人谦虚谨慎，可以让他担任丞相。因此先提升他为左将军，已经刻好了侯印和写好了拜他为相的策书，再准备择日拜他为丞相。这天早上成帝突然死去，就在成帝暴死的当夜，葬礼之前，拜授孔光丞相、博山侯的大印。

孔光（字子夏）是孔子第十四代孙。他的父亲孔霸钻研《尚书》，是元帝的老师。孔霸待人谦逊礼让，不喜好权势，元帝几次想让他担任宰相，都被他推辞了。元帝更加尊敬孔霸，赏赐也更加丰厚。等到孔霸逝世后，元帝身着丧服两次亲临哀悼，赐束园的秘器、金钱和丝帛，并按照列侯的礼仪策赠，谥号烈君。

孔霸有四子，长子名福，袭爵关内侯。次子孔捷、三子孔喜，都担任校尉等官员。孔光是孔霸最小的儿子，对经学尤其精通，不到二十岁就被推举为议郎。几次提升为光禄勋，管理枢机十几年，遵守法度，从来不发表自己的意见或在廷上争论。所有宫中的事情，对自己的兄弟妻子也不轻易谈及。有人问孔光，长乐宫的温室中，栽种着什么树？孔光默然不语，用其他话作答。孔光看似持重缜密，实在是借此保身，博取虚名罢了。后来孔光从光禄勋升任御史大夫。

孔光长期掌管尚书事务，制定法律制度，号称精细平和。这时，定陵侯淳于长犯了大逆不道之罪被杀了，他的几个小妾在他犯事前就离开了他，并重新嫁人，丞相翟方进、大司空何武认为应该株连他的小妾。

孔光却认为“夫妇之间是相互之间有情义就结合，没有情义的话就分离。淳于长自己不知道要犯下大逆不道的罪，就抛弃了小妾，夫妻之间的情义已绝，如果还要认为她们是淳于长的妻子，来杀掉她们，名义上不正当，因此不应当牵连判罪”。皇上下诏书，认同孔光的意见正确。

哀帝初即位，孔光因为在成帝时商议皇位继承人支持中山王，后来又几次违背傅太后的旨意，因此傅太后联结大司空朱博等人共同诬陷孔光，哀帝下诏罢免了孔光。

孔光退归乡里之后，闭门自守。朱博代替孔光担任丞相，都说丞相不好当，以刚直仗义而著称的朱博却变得谄谀起来，几个月后，就因按照傅太后的指使妄奏政事，犯罪自杀了。平当接替朱博担任丞相，几个月后就死了。王嘉随后接任丞相，几次进谏，忤逆了皇上的旨意。短短的时间内频繁地更换了三个丞相，舆论都认为这几个丞相都赶不上孔光。哀帝不觉又惦念起孔光。

适逢元寿元年正月十五发生了日食，十几天后傅太后去世。哀帝便征召孔光到公车官署，询问有关日食的事情。孔光的回答很合哀帝的意思，于是赏赐孔光束帛，拜他为光禄大夫，俸禄中二千石，任给事中，官位仅次于丞相。两个月后又重新担任丞相，重新受封博山侯。孔光当了丞相后打击异已，把鲍宣流放到上党，又为了讨哀帝欢心而拍董贤马屁，哀帝很是高兴，认为以前免去孔光的官职，并不是孔光犯了罪，而是身边的近臣诋毁诬陷他，于是又免去傅嘉的官职。

第二年，评定三公的官位，孔光改为担任大司徒。适逢哀帝逝世，孔光及时献谀，当即邀同百官推举王莽为大司马。太皇太后决定以新都侯王莽为大司马，选立中山王为皇帝，即平帝。平帝年纪很小，由太后执掌朝政，太后把政事委托给王莽。哀帝时，罢免了王氏，因此太后和王莽对丁、傅、董贤一派权臣很怨恨。王莽认为孔光是前朝丞相、名儒，为世人所仰慕，太后也敬重他，总是按礼节接待。凡是要打击政敌，总是要孔光帮助起草文件，按照太后的旨意，要孔光写好奏上。凡是与太后有仇的，即使是极小的仇恨，也是睚眦必报，没有不杀的。王莽的权势日益强大，孔光内心很惶恐，于是上书告老退职。王莽便对太后说：“皇上年纪很小，应该给他安排一个老师。”便任命孔光为皇上的太傅，官位为四辅，给事中，负责宿卫供养，在宫禁之中办公，负责供给衣服、车马和食物。第二年，孔光升任太师，王莽担任太傅。孔光经常称病，在朝廷不敢与王莽并位。皇上下诏王莽在每月初一、十五上朝，并让王莽统率城门卫兵。孔光又指使群臣上奏，颂扬王莽的功德，平帝加给王莽宰衡称号，位于诸侯王之上，统率百官。第二年，孔光病死，马宫代任丞相。

孔光两次担任御史大夫、丞相，一次担任大司徒、太傅、太师，历事三代皇帝，位居辅助大臣的高位，前后共十七年，享年七十岁，在元始五年逝世。王莽对太后说，让九卿策书赠给太师博山侯印绶，赐给马车、棺材、金钱、杂帛。由少府供设帷帐，派谏大夫持符节同接待宾客的谒者两人负责丧事，博士负责丧葬礼仪。太后也派遣中谒者手持符节前来吊唁。公卿百官共同吊唁送葬。用丧车及副丧车各一乘装载，皇帝羽林卫军及许多儒生，合计共四百人。送葬的车子有一万多辆，所到之处，路人都放声痛哭，等车队走完后哭声才止。用五百名兵士掘穴下棺，坟墓隆起，同大将军王凤的葬礼一样，赠谥号简烈侯。

当初，孔光以丞相的职位受封，后来又加封，共有食邑一万一千户。孔光在重病期间，上书退还七千户，并退还皇上赐给的宅第一所。孔光的儿子孔放继承爵位。王莽篡夺皇位后，任命孔光哥哥的儿子孔永为大司马，封侯。兄弟的儿子做官做到卿大夫职位的有四五人。当初，孔光的父亲孔霸在初元元年受封为关内侯食邑。孔霸上书请求供奉、祭祀孔子，元帝下诏书说：“我的尊师，褒成君关内侯孔霸以受封的食邑八百户来祭孔子。”因此孔霸把长子孔福的户籍迁回到鲁地，以供奉祭祀孔子。孔霸死后，儿子孔福继位。孔福死后，儿子孔房继位。孔房死后，儿子孔莽继位。在元始元年，皇上封周公、孔子的后代为列侯，食邑各二千户。孔莽后又封为褒成侯，后来为避讳王莽，改名为孔均。

马宫（字游卿）是东海戚县人，研治严氏《春秋》，以大儒的身份担任大司徒，他比孔光还会献谀，促成给王莽加封九锡礼仪。哀帝时，马宫同丞相、御史大夫商议皇上祖母傅太后的谥号问题，到元始年间，王莽把傅太后的陵墓迁回定陶，按照平民的礼仪埋葬，并追究从前商议葬礼之事的人的罪名。马宫因为同王莽交谊深厚，唯独他没有被追究，但马宫却做贼心虚，上书向皇上认罪，并请求告老退职。王莽本来无心追究他，没想到他自己来请罪，一时也没法挽留他，只好让太皇太后下诏，免去他的官职，以侯爵回乡。王莽篡夺皇位后，任命马宫为太子师，死在任上。

平当之子平晏是五经博士，因精通经义而官至大司徒，被封为防乡侯。王莽篡位后，与王舜、刘歆、哀章成为王莽新四辅之一，位就新公、太傅，后被免去官职，病死。自汉朝建立以来，只有韦贤和平当两家父子皆官至宰相之位。

《汉书 · 匡张孔马传》最后评价说：从孝武帝重视儒学，以公孙弘为儒相之后，蔡义、韦贤、玄成、匡衡、张禹、翟方进、孔光、平当、马宫以及平当的儿子平晏，都以大儒的身份担任宰相职务，穿戴着儒者服装，宣讲先王的言论，博学宽容，品行厚重，值得称赏。但是都为保全俸禄官位，而蒙受了阿谀奉承的讥讽。他们都按照古人直道行事的准则处世，怎么能胜任职责呢？

元帝以后宦官的权势得以控制，但却出现了导致汉王朝衰亡的外戚干政现象，它萌芽于武帝末年，形成于昭、宣时期。外戚政治是皇权的畸形发展，如果遇到武帝、宣帝那样干练的皇帝，还能控制，而不少后继皇帝却很懦弱，他们完全依赖外戚或者宦官维持统治。宣帝以后，大司马这一崇衔逐渐成为实职，权高于丞相，执掌全国政务。成帝改丞相为“大司徒”，御史大夫为“大司空”，将“大司马”正式列入三公行列。《汉书 · 王莽传》载：元帝皇后王政君一家“父及兄弟皆以元、成世封侯，居位辅政，家凡九侯、五大司马”。这样的局势发展到王莽最终取代汉室。一次又一次的斗争，到头来是一次又一次的动乱，而让天下人羡慕的丞相们则纷纷成为权力斗争的殉葬品。

48. 友谊炼金术

真正的友谊像金子一样宝贵，想得到它，是需要用烈火铸炼的。关于西汉列车上的友谊，我们首先从朋友关系交恶的事例讲起。

友谊变质而引发的战争

有人说：真正的友谊是不存在的。因为人和人交往都是有目的的，有政治的、经济的、各种利益的目的。列车上友谊导致的悲剧比比皆是，很多人成了友谊的受害者；很多来自朋友的伤害，往往比来自敌人或对手的伤害更重更痛。

陈胜、吴广大泽乡揭竿而起，可算是亲密战友，两人称王之后，由于资格相当而互相猜忌。当吴广的手下田臧杀了吴广，并把人头送给陈胜时，陈胜竟然十分快意，也不派人调查，就封田臧为上将军。革命尚未成功，心胸却如此狭窄，难怪他最终也被自己的车夫杀害。

张耳、陈余两人情同父子，誓同生死，时人都说他们是刎颈之交。巨鹿一战，陈余有自己的考虑，拥有数万大军，却不肯救赵王和张耳，两人产生了隔阂和猜疑，关系就此决裂。陈余和张耳的关系没有经受住艰难曲折和风险考验，最终从“牢不可破”变成了“势不两立”，成了战场上的生死对手，两人都想把双方置之死地而后快，陈余最终被张耳砍了头颅，为“刎颈之交”做出了最具讽刺意味的注脚。

刘邦、项羽开始是战略盟友关系，灭了秦朝后转变成敌我关系，鸿门宴也成了给朋友下套的代名词。

西汉首任丞相萧何，做得最出名的事就是诱杀朋友韩信，直到现在人们还用“成也萧何败也萧何”的成语形容朋友间的反目。至少在诱杀韩信这件事上，萧何扮演了奸人的角色。刘汉天下有一半以上是韩信打下来的，这个明摆的功劳萧何应该明了。但在刘邦暗示、吕后操刀的情况下，萧何却主动助纣为虐、承担了请君入瓮的重任。萧何助杀韩信，当然是为了赢得主子信任以保住官位，但深层次的原因，则是要与这匹自己挑选的、已经失宠的千里马划清界限。自保是每个人的本能，但为了自保去害人就有失厚道了。萧何通过助杀韩信，获得了刘邦夫妇对他的加倍恩宠，可谓出卖朋友的典范。

通过以上事例我们得到一个道理：结交朋友宜精不宜多，贵在识别真伪善恶，择善而从。我再讲一个因为交友不慎而引发的故事。

同病相怜的朋友

武帝时期，窦婴失去相位，看到田蚡风光得势，不由生出了许多感叹。以前他当大将军时，田蚡不过是个郎官，经常到他门下跪拜求见，态度十分诚恳，后来窦婴当了丞相，田蚡当太尉，官职相差不大，田蚡也能放低身段，不和他争权，一切政事都让他主持。

谁知道世易时移，窦婴回家养老，而田蚡当了丞相，此后就再也不来往了，田蚡看到他也装作不认识，连一帮亲戚僚友也都变了态度，不再拜访他，而是争相到田蚡门下逢迎，所以窦婴很是气愤不平。

只有故太仆灌夫对窦婴态度不改，一如既往地和他交好，窦婴把他视为知己。

灌夫是颍川人，家境富裕，喜欢和黑帮大款交朋友，食客常有数十人。灌夫出去当官后，那些宗族宾客都倚官仗势，鱼肉乡里，颍川人怨声载道，编了一首童谣讽刺灌家："颍水清，灌氏宁；颍水浊，灌氏族。"灌夫自从吴楚之战后，回朝当了中郎将，调任代相，武帝即位后任他为太仆，有一天和长乐卫尉窦甫喝酒，不知为什么事争了起来，大打出手。窦甫是窦太后的兄弟，自然不肯罢休，于是到宫里告状。武帝看灌夫忠直，忙把他调出去担任燕相，灌夫却没有好好珍惜机会，仍旧好酒使气，与众人不和，结果导致犯法免官，仍回到长安居住。他和窦婴同病相怜，所以成为至交。

一天灌夫路过相府，他想自己与田蚡本来就认识，现在田蚡当了丞相，见面少了，自己不妨去拜访他一下。打定主意，灌夫便敲门求见，门吏进去报告，田蚡刚好在家，照常把他迎进来，问灌夫最近在家都做些什么，灌夫说自己不过经常到魏其侯家喝酒聊天。

田蚡随口说："好久没见魏其侯了，下次喝酒可要叫上我。"

田蚡一句场面话，灌夫却当了真，高兴地说："丞相能屈尊到魏其侯家，那真是太好了。我马上替丞相转告魏其侯，让他准备酒宴，希望您明天就光临，一定不要失约！"田蚡只好答应下来，灌夫便告辞出府，匆匆去通知窦婴。

窦婴听说田蚡明天要来拜访他，不得不安排盛宴招待，于是和妻子加紧准备，让厨师购买牛羊，连夜宰杀，让仆人打扫房间，足足忙了一夜，都没睡好觉。

第二天一早就让门役留心等候，不一会儿灌夫也来了，和窦婴一起等待贵宾。树影越来越短，太阳已经升到中天，也不见田蚡来，窦婴焦急地对灌夫说："难道丞相忘了吗？"

灌夫急得汗珠直冒，生气地说："哪有这个道理，我去迎他。"

说完便乘车往相府驰去，一问门吏才知道田蚡还没有起床，勉强耐着性子在厅里坐等，半天才见田蚡缓步出来，灌夫忙起身上前说："丞相昨天答应到魏其侯家，魏其侯夫妇忙了一夜，安排酒席恭候你，盼望多时了！"

田蚡本来就不想去，这时只好搪塞道："昨晚喝多了，把这事都给忘了，今天我和你一起去便是了！"于是吩咐手下备车马，自己又进了内室，一直拖到日影西斜，才出来叫灌夫一起出发。

那时没手机、电话等通信工具，窦婴一家望眼欲穿，总算把田大丞相给盼来了，忙引入大厅，开筵饮酒，灌夫窝了一天火，感到身体很不舒服，喝了几杯闷酒便离座起舞，舒活筋骨。一会儿跳完了，又对田蚡说："丞相会跳吗？"

田蚡假装没听到，灌夫一连问了几句，田蚡也不搭理他，灌夫索性坐到田蚡身旁，说话讽刺他，窦婴见他话中带刺，怕他得罪田蚡，忙过来扶他，说他喝醉了，令人扶他去休息。

等灌夫出去，窦婴又替灌夫道歉，田蚡却不动声色，谈笑自若，一直喝到半夜才兴尽而回。

这次宴会没多久，田蚡便让门下宾客籍福找窦婴，请求他让出城南的一块田。这块田是窦家的宝地，非常肥沃，他怎么肯让给田蚡？当场就气愤地对籍福说："老朽虽然没用，但丞相也不应该擅夺人田吧？"

籍福还没答话，灌夫刚好走进来，听了这件事，竟然把他指摘了一顿。幸亏籍福比较宽容大度，没有把这事告诉田蚡，只是劝田蚡说："魏其侯年纪大了，时日不多，丞相忍耐几天，自然唾手可得，又何必和他多费口舌呢？"田蚡也认为是这样，于是不再提这件事。

不过还是有人为了讨好田蚡，把窦婴、灌夫说的话原原本本告诉了他。田蚡怒道："窦婴的儿子曾杀了人，应该判死罪，亏我救他一命，现在向他要一块田还这么抠吗？况且这事和灌夫有什么关系，要他多嘴，我才不稀罕这块田呢，看他们两人能活多久！"

于是先上书劾奏灌夫，说他家属横行颍川，要求惩治他。武帝答复说："这是你丞相分内的事，又何必奏请呢？"田蚡得了御旨，便准备去抓捕灌夫的家属。

但灌夫也抓住了田蚡见不得光的事作把柄。原来田蚡当太尉时，淮南王刘安入朝，田蚡到坝上迎接他，悄悄地对他说："皇上还没有太子，将来帝位应该属于大王，大王是高皇帝的孙子，又有贤德之名，如果不是大王即位，还有谁更合适呢？"刘安听了很高兴，送了很丰厚的财物给田蚡，并请田蚡随时留意，两人还订了密约。

田蚡听说灌夫要拿这件事告发他，自然不敢去抓捕田蚡家属，于是便有和事佬出来调停，双方这才作罢。

酒宴上的闹剧

元光四年，田蚡取燕王刘嘉的女儿为夫人，王太后颁诏让列侯宗室都去贺喜。

窦婴便拉着灌夫一起去，灌夫推辞说："我几次得罪他，最近又和他结了仇，我不去。"

窦婴劝灌夫说："以前的事过去就过去了，何况丞相现在大喜，你正可趁这个机会和他修好，否则他怀疑你负气，仍旧留着隐恨呢！"灌夫这才勉强答应和窦婴一起去。

丞相府上车马喧嚣，热闹非凡。两人一起到了大厅，田蚡忙过来相迎，请他们入席。

等到宴席开始，田蚡首先敬客人，依次敬过来，宾客们都避席行礼，一趟敬完了，接着又由宾客给田蚡敬酒，也是依次轮流敬。等到窦婴去敬酒，只有老友避席，其余的人都膝席。（汉代人席地而坐，膝席就是跪在席上表示敬意，但没有避席谦恭。）

灌夫见宾客们对窦婴不够尊重，很是势利，心里替他不平，等到他敬酒的时候，田蚡也膝席相答，并对灌夫说："不能喝满杯！"

灌夫调笑道："丞相可是当今贵人，一定要喝完这杯酒！"

田蚡不听他的，勉强喝了一半。灌夫也不便强求，便去敬其他宾客，依次敬到临汝侯灌贤，灌贤正和程不识附耳说话，没有避席，灌夫心里本来有气，这时便发作起来，张口讥讽道："平时把程不识说得一钱不值，现在长者敬酒，你倒装出一副娘们儿样，嘀嘀咕咕咬耳朵吗？"

灌贤还没来得及说话，田蚡在一旁插话道："程不识和李广曾经是东西宫卫尉，今天你当众诋毁程将军，也不为李将军留些余地，真是欺人太甚！"

田蚡这几句话明似在主持公道，暗是在挑拨。因为灌夫平时很敬重李广，所以把程李二人并提，让他和两人结怨。

灌夫是个霹雳火爆脾气，一点就着。听了田蚡的话，立即怒睁着双眼发火道：“今天就是砍头穿胸我也不怕！我管他什么程将军、李将军呢！”

这几句话正入了田蚡的套，他坐着不说话。

一些宾客见灌夫耍酒疯，大煞风景，便借口更衣，陆续散去。窦婴见灌夫惹祸，慌忙挥手示意他出去。

灌夫刚走出去，田蚡懊恼地对众人说：“这都是我平时骄纵了灌夫，反而导致他得罪在座的各位，今天不能不稍加惩戒了！”说完便令人去叫住灌夫，不准他出门。

灌夫被牵了回来，籍福走过去劝解，让灌夫给田蚡道歉，灌夫正在气头上，怎么肯屈服？籍福便强行按他的脖子，强迫他下拜，灌夫动了怒，竟然一把把籍福推开了。

田蚡这时再也忍耐不住，命人把灌夫捆起来，让他住到传舍。宾客们见事情闹僵了，不便再留，都散了，窦婴也只好回去。

田蚡招来长史道：“今天奉王太后之命宴请，灌夫敢来闹事，这是违诏不敬，应该论罪！”长史便去办理上奏的事。

田蚡索性把陈年旧账都翻出来，派人捉拿灌夫的宗族，全都定了死罪。他把灌夫关在狱中，派人严加看管，切断他与外界的联系，灌夫这时想揭发田蚡也办不到了，只好束手待毙。

失败的救赎

窦婴很后悔邀灌夫去赴宴，现在害得他入狱，他便想去救他。窦婴的妻子在一旁劝他道：“灌将军得罪丞相就是得罪太后，你怎么救得了他呢？”

窦婴摇头叹道：“我的侯爵由我得来，又何妨由我失去？我怎能独生，而让灌夫独死？”于是写了一封书呈入朝廷。

很快武帝便传令进见，窦婴向武帝叙述了事情的经过，并说灌婴酒后胡来，确实有罪，但罪不至死。武帝点头，还赐给他饭吃，并对他说：“明天到东朝辩明就行了。”窦婴拜谢而出。

武帝所说的东朝就是长乐宫，王太后住在那里，田蚡是王太后兄弟，武帝顾及这层关系，也不敢专断，所以会集大臣廷辩。

东朝百官肃立，武帝坐在殿中的御塌上。窦婴先出班发言，说灌夫曾立过大功，只是醉酒失态，触犯了丞相，丞相本来就和他有隔阂，就公报私仇诬告他。

田蚡则说灌夫纵容家属，私交豪猾之徒，居心不轨，应该治罪。

两人辩论多时，窦婴口才不如田蚡，最后被逼急了，便说田蚡骄奢无度，贻误国家。

田蚡忙辩解道："幸运的是天下太平，我深蒙皇恩，能够享受荣华富贵，哪像你们两个，整天招聚豪猾，秘密会议，做些见不得人的勾当，就盼着国家动乱，还一心想邀大功，这方面我确实不如你们。"

武帝见双方辩论不休，便让群臣评理，大臣们多面面相觑，不敢发言。只有御史大夫韩安国启奏道："魏其侯说灌夫在战场上英勇杀敌，立下大功，确实称得上壮士，现在也没什么大恶，只是为了一杯酒而争论，不可扯上其他罪名诛杀功臣，这说得也有道理。丞相说灌夫沟通奸猾，虐待小民，家资上万，横行乡里，怕将来尾大不掉，说得也对。究竟怎么处置，还请皇上定夺！"

武帝不说话，接着又有主爵都尉汲黯和内史郑当时陆续发表看法，都为窦婴辩护，请武帝原谅灌夫。田蚡立即怒视二人，汲黯向来刚直，不肯改口；郑当时胆子小，因此语气变得支吾起来。

武帝也知道田蚡没理，只是碍着太后面子，不便责怪田蚡，所以向郑当时发火道："你平时倒是很能谈论魏其侯、武安侯的长短，今天廷论，倒局促得像第一次驾车的马驹，究竟想干什么？我把你一并斩了才好！"

郑当时见武帝发怒，更是吓得浑身发抖，缩作一团。其他大臣也瞠目结舌，不敢发言，省得惹祸上身，武帝起身生气地哼了一声，拂袖走了，群臣随后也都散去。

田蚡缓步走出宫门，见韩安国还在前面，便叫他同乘一辆车，并对他说："长孺（韩安国表字），你应该与我一起对付那个老秃翁，怎么模棱两可呢？"

韩安国沉吟了一会儿才说道："你为什么不自谦一下？魏其侯既揭你

的短，你应该脱下帽子，解掉印绶，向皇上道歉说‘臣承蒙皇上信任，待罪宰相，惭愧不能胜任，魏其侯说得很对，臣愿免职’，你这样说，皇上肯定高兴你能谦让，一定会慰留你，魏其侯也会惭愧得要死。现在人家揭你短，你也揭人家短，好像乡下老妇女吵架，这不是有失大体，自取其辱吗？”

田蚡听了，也觉得自己性急，于是向韩安国道歉说：“刚才争辩时急不择词，没想到这么说，你不要怪我啊！”

回家后，田蚡回想廷辩的情形，估计自己未必能胜，便暗中去宫里找王太后出来做主，推倒窦婴。

王太后早就留意这件事，听说廷辩时很多人袒护窦婴，已经不快，田蚡又派人向他诉说，更是火冒三丈。适逢武帝来看她用膳，太后把筷子一扔，对武帝说：“我还在人世，他们就欺负我弟弟，等我百年之后，恐怕都要成为鱼肉了。”

武帝忙解释说：“田、窦都是外戚，所以才须廷辩。否则我早把事情解决了。”

王太后怒气未平，武帝只好劝她先吃饭，说是一定会重惩窦婴。

后来，郎中令石建也向武帝详细汇报了田、窦的事实，武帝早就知道这些情况，只是因为太后要竭力保护田蚡，所以只好从权办理。让御史询问窦婴，责怪他说的不是事实，把他拘留在司空署中。这时他是泥菩萨过江，自身难保，怎能再去营救灌夫？

没几天又听说有司给灌夫定了族诛的罪，窦婴更加恐慌，忽然想起景帝临终前，曾授给他一道遗诏，说是“事有不便，可面见皇帝申辩”。

这是他最后一根救命稻草，于是他立即把景帝遗诏中的话写到奏章里，想面见武帝申冤。他的儿子到狱中看望他，他把奏章给儿子，儿子便去办理，当天就上奏，武帝看了奏章，便命尚书查找遗诏。尚书去找了一遍，回报说查无实据，只有窦婴家臣封藏着一封诏书，应该是窦婴捏造的。

那时皇帝遗诏，一般是皇宫存一份，所托付的大臣封藏一份。现在宫里却没有查到遗诏，可能有三个原因：一是窦婴为了见武帝而捏造的；

二是景帝只是弥留之际随便说说，只有窦婴把它当回事，而宫里却根本没有存根；三是御史被田蚡买通，销毁诏书，陷害窦婴。

从第一个原因看，窦婴说出遗诏的事是为了救灌夫，而伪造诏书是欺君之罪，要杀头的，他不会冒这个险把自己也搭进去。

从第二个原因看，景帝随便说说也有可能，但要么没有诏书，要么都是一式两份，盖上大印，不可能只有窦婴家里一份诏书而宫里没有存根。当时窦婴位高权重，很受景帝宠信，他也不是傻子，把没有依据的诏书藏在家里，即使宫里办理遗漏了，也不可能不被发现。古时对皇帝遗诏的核查保存是相当严格的。

从第三个原因看，可行性不大，因为这个代价太大，以田蚡的谨小慎微，他不会冒杀头的危险去办这件事，况且有太后帮他，他尽可以让窦婴去见武帝，而不会走这着险棋把自己也给搭进去。更何况御史也不傻，这种两个外戚相争的事，他谁也不好帮，只会打太极，最终还是看皇帝脸色行事。

所以我认为，诏书丢失的真正原因是武帝的意思，是武帝让御史把诏书留中不发，他已没必要再见窦婴，更不想听他替灌夫辩解。于是他便将灌夫处死，并族诛，算是向太后母舅有一个交代，准备再过一两个月，到来年春天大赦的时候，就把窦婴释放出来。

窦婴听说尚书劾奏他矫诏，知道自己把事情越弄越糟，还不如假称中风，绝食自尽。后来又听说武帝没有批准尚书的奏章，看来还有一线生机，于是又饮食如常。

这时田蚡才真的出手了。他暗中制造谣言，诬陷窦婴在狱中怨愤，诋毁圣上，还编了许多诽谤的话语，传到武帝耳朵里，武帝勃然大怒，下令将窦婴斩首。这时是十二月晦日。

田蚡把反对他的人扳倒，志得意满，得意扬扬，真是一人之下，万人之上了。

可好景不长，元光五年春天，田蚡在府中突然中风，晕倒在地，就再也没有醒来。家人又是求医，又是祈祷，始终无效。武帝也亲自来看望他，还让相士去看风水。外面纷纷传言，说是窦婴和灌夫两个冤死鬼来索他的命，王太后也后悔不已。几天后，田蚡去世，武帝任命平棘侯薛泽为丞相。

真诚之火炼出友谊之金

士为知己者死

刘邦得了天下后，诛杀功臣。彭越被吕后斩首，诛三族，并把他的尸体剁成肉酱，分别赐给诸侯。过了几天，忽然有人穿着素服，带着祭品，向着彭越人头哭拜，很快便被卫兵抓住，送到刘邦那里，刘邦怒喝道："你是什么人，敢来哭彭越？"

那人正色道："臣是梁大夫栾布。"

刘邦很是恼火，道："你难道没看到诏书吗？我看你一定是彭越的同党，我要把你烹了。"大殿上摆了汤镬，卫士一听，忙抓住栾布，就要向汤镬中扔。

栾布看着刘邦说："请容我说句话，死也没什么遗恨了。"刘邦便叫他说。

栾布道："陛下以前困在彭城，败走荥阳、成皋之间，项王带领强兵向西进逼，如果不是彭王在梁地帮助汉军抵御楚军，项王早就入关了。还有垓下一战，彭王不去援助援助，项王也不会那么快就灭亡，现在天下已定，彭王受封，怎么不想传于万世？上次陛下征梁兵，刚好彭王有病没去，就怀疑他谋反，杀了彭王，灭了族，甚至把他剁成肉酱，恐怕以后功臣都会人人自危，不反也被逼反了。彭王死了，我本来是他的部下，现在敢违抗命令来祭拜，就是拼着一死来的。"这一番慷慨陈词，让刘邦也感到惭愧，忙命手下卫士放下栾布，为他松绑，并授他为都尉。

栾布是梁人，家境贫寒，流落到齐国当客栈杂役，后来被人卖到燕地当奴隶，再替主人报仇，燕将臧荼任命他为都尉。当时彭越是臧荼手下大将，后来臧荼起兵叛汉，败亡后，栾布也被抓住，梁王彭越将他赎出，让他当梁大夫。彭越被捕时，栾布刚好出使齐国，回来后听说彭越被杀了，于是赶到洛阳，拼着身家性命在彭越人头下祭拜。

临危才见真交情

元帝年间，接连又兴起一场冤狱，这是石显一手做成的。坐罪的是御史中丞陈咸与槐里令朱云。

陈咸（字子康）是前御史大夫陈万年的儿子。陈万年喜欢结交权贵，但陈咸与他父亲不同，十八岁入补郎官，便抗直敢言。陈万年怕他招祸，经常夜半找他谈心，教他宽厚和平。陈咸在床前站着，听了很久，全与自己的想法不合，但又不便反对，只好一只耳朵进一只耳朵出，不觉打起瞌睡来，打一个盹把头碰到屏风，发出震响，陈万年不禁怒起，要下床取杖揍儿子。

陈咸跪在地上磕头道："儿已聆听严训，无非是教儿谄媚罢了！"

这句话说出来，陈万年气得无词可驳，只得把他喝退，上床睡觉，不再和他说话。

不久陈万年病故，陈咸还像以前那样刚直，元帝也很器重他的才能，几次提升他，一直升到御史中丞。

萧望之的门生朱云与陈咸意气相投，结为好友，两人有时聊天，就怒斥石显等人。

这天五鹿充宗开会讲经，仗着权阉石显给他撑腰，没人敢违抗他，信口开河，夸夸其谈。朱云却进来与他辩论，驳得五鹿充宗垂头丧气，怅然退去。

后来都中有歌谣道："五鹿啊五鹿，朱云折其角。"于是朱云就出名了，连元帝也听说了，专门召见他，拜为博士，不久出任杜陵令，接着又调任槐里令。

朱云见石显专权，而丞相韦玄成等也趋炎附势，心想不如先劾奏韦玄成，然后再弹劾石显，于是拜本进去，说韦玄成怯懦无能，不胜相位。

一个小小的县令，想去扳倒宰相，真是蚂蚁撼大树。韦玄成知道了，便和他结下了冤仇。不久朱云因为其他事杀了人，被人告发，说他滥杀无辜。元帝问韦玄成的意见，韦玄成见报复的机会送上门来，怎能不利用好？便回答说朱云为政多暴，与民不善。

刚好陈咸在一旁听到这些话，不由替朱云着急，回家后便写了一封密书通报朱云。朱云也很惊慌，回书托陈咸设法帮他，陈咸便替朱云拟了一份奏稿寄给他，朱云依底稿写了一份，当天就呈了进去，请求交给御史中丞查办。这实在不是好办法。

这份奏章却被五鹿充宗看见了，想报讲经被驳的羞辱，当即告诉了石显，批复交给丞相究治。陈咸见计划不成，又通告朱云，朱云便跑入都门，与陈咸面商救急的计策。事情越弄越糟。

丞相韦玄成派官员调查朱云，不见他人，又派人四处寻找，最后得知他在陈咸家中，当下劾陈咸泄露朝中言语，并且窝藏罪人，应该一起抓捕，下狱论罪。

元帝准奏，令廷尉把两人拘捕，入狱拷问。陈咸不肯直供，受了好几次刑，忍不住呻吟出来。忽然有狱卒过来说有医生来看他，陈咸抬头一瞧，并不是医生，而是好友朱博。他像看到了自己亲人一般想向他诉苦，朱博忙举手示意他别说话，假装诊视他的伤情，让狱卒去取茶水，然后乘间问明他的情况。

朱博（字子元）是杜陵人，慷慨讲义气，喜欢与人交往，历任县吏郡曹，又当过京兆府督邮。听说陈咸得罪入狱，便改名换姓，潜到廷尉府中探听消息。他买通了狱卒，假扮成医生，到狱中询问情况，然后去求见廷尉为陈咸作证，说陈咸是受冤枉的。

廷尉不相信他，笞了他几百下，朱博终咬定之前的话，极口呼冤。几人运气还算好，韦玄成刚好得了一场大病，在床上躺了好长时间，他也愿放宽刑罚，陈咸才得以免死，受了髡刑，罚为城旦。朱云也被释放出狱，削职为民。但如果不是朱博热心救友，恐怕没这么容易搞定，这才能称得上是患难至交！

在朋友需要帮助的时候帮一把，尤其是在朋友遇到困难挫折的时候，不离不弃地支持。正所谓：患难见知己，烈火炼真金。

49. 下一站英雄：安知非仆

长安东城仁义巷，车水马龙，很自然地形成了一个热闹的市集，许多小摊小贩沿街叫卖，其中有个卖烧饼的汉子正声气洪亮地吆喝，他每天天不亮就推着车来了，靠卖烧饼为生。

这天，他突然听到有人在叫自己的名字："王盛，王盛！快回家去，有一群官人来找你呢！"

王盛回头一看，慌慌张张跑来的人是自己的邻居。官人找自己有什么事呢？自己老老实实做生意，从没犯什么王法啊！他来不及细想，也顾不上推自己的车，让旁边的小贩帮忙照看，就跟着邻居向家中跑去。

家门口早就围了一大群人，还有不少穿着衙门衣服的官人，他不知自己犯了什么错，不觉腿就先软了，上前就要给那些官人叩头。没想到早有人过来把他扶住，那些官人动作比他还快，纷纷跪倒在他面前，给他作揖，口中连呼："参见大人！"王盛被眼前的这一切惊得不知所措，接下来的一切就像是在做白日梦。他稀里糊涂被推上一辆马车，后面跟着长长的车队往皇宫驶去。后来人们才知道，上天把王盛的名字写进符命里，让他辅佐新皇帝王莽，他现在已经是"崇新公"了。

真是运气来了挡不住，但这件事蔡东攀却用一个很不屑的俗语来形容王盛：天落馒头狗造化。卖烧饼的王盛无才无德又无功，就这样被推到了历史列车的头等车厢。王盛是个凡人，如果不是机缘巧合，他只能默无声息地淹没在历史的潮流中。即使这样，他也和英雄沾不上边，历史不可糊弄，这说明一个荒唐可笑的朝代到来了。正是这个荒唐可笑的朝代，在孕育着华夏史上又一次大“地震”，随之而生的必有一批名垂千古的英雄。

摄皇帝成真皇帝

要说那个卖烧饼的王盛怎么进的宫，还得从一个铜匮说起。

初始元年（公元 8 年）的一个黄昏，一个方士模样的人来到高帝庙中，交给守吏一个铜匮，然后匆匆离去。铜匮上署着两个签，一个署天帝行玺金匮图，一个署赤帝玺邦传与皇帝金策书。

守庙官忙去报告王莽，王莽秘密地让人打开铜匮看里面写的话，原来是上天和刘邦的神灵写给王莽的信，说他是真命天子，要他即位，改朝换代，新朝的名字，就叫作“新”。刘邦还在信上向他推荐了十一个人，说这些人是新朝的辅佐大臣，要王莽重用他们。这佐命十一人，一王舜，二平晏，三刘歆，四哀章，五甄邯，六王寻，七王邑，八甄丰，九王兴，十孙建，十一王盛。王莽也知道这是捏造的，但他正要有人这么做，他才好篡权。

初始元年十二月朔，王莽率群臣到高祖庙拜受“金匮神禅”，又回报拜见王政君，说了一派胡话，王政君想诘驳他，他已退了出去。

接着王莽就改穿天子冠裳，大摇大摆地走到未央宫前殿登座。王莽喜笑颜开，立即命人写好诏旨，堂皇颁布，定国号新，改十二月朔日为始建国元年正月朔日，服色旗帜都用黄色，牺牲用白色。此诏一出，群臣立刻匍匐在地，争呼新皇帝“万岁”，如山呼海啸，瞬间席卷了整个皇宫。

讨伐王莽

王莽称“摄皇帝”才过了一个月，就有安众侯刘崇起兵讨伐他。

刘崇是长沙定王刘发的六世孙，刘发是景帝的儿子。听说王莽为假皇帝，于是与相张绍商议说：“王莽一定危及刘氏，天下都知道王莽奸诈，不敢发难，我应当为宗族倡义，号召天下，同诛奸贼！”

张绍很是赞成，刘崇也不顾利害，只率着部下一百多人进攻宛城。宛城有几千守兵，任刘崇如何忠勇，也是鸡蛋碰石头，刘崇和张绍都死于乱军中。

刘崇的族父刘嘉、张绍的堂弟张竦没有被杀死，怕王莽追究，便入朝谢罪。王莽想笼络人心，下诏特赦了他们。

群臣乘机上奏，说刘崇谋逆是因为安汉公权力太小，现在应该给他重权，才能镇抚天下。

王政君一想，王莽已经摄政，还有什么权力可加？又召王舜等入问，王舜等说应该除去“臣”字，朝见时也称假皇帝。王政君已不能制王莽，只好由他称呼。

不久东郡又有义兵起义讨逆，为首的是郡守翟义。

翟义（字文仲）是故丞相翟方进的儿子，为官正直，他看王莽势将篡汉，义愤填膺，于是谋划起义。

他有个十八岁的外甥叫陈丰，有胆有识，翟义便和他商议：“新都侯王莽摄天子位，故意选择幼主，号为孺子，将来一定想篡汉。现在宗室衰弱，外无强藩，没人敢抗争国难，我们父子受国家厚恩，义当为国讨贼，你的意思怎样？”

陈丰也是热血沸腾，慨然答应。

翟义又约了东郡都尉刘宇、严乡侯刘信，及刘信的弟弟刘璜共同起事。翟义自称大司马柱天将军，推立刘信为天子。

刘信是东平王刘云的儿子，东平一案，人人都替刘云喊冤，所以将他推戴，以便号召。

当下传檄郡国，说王莽鸩杀平帝，摄天子位，欲灭汉室，现在天子已立，应该一起来替天行道等等。远近义士，见他名正言顺，都慨然相从。翟义从东郡起兵，走到山阳的时候，已经得了十多万人。

警报传到长安，王莽很是心惊，寝食难安。慌忙召集党羽，商讨迎敌，拜轻车都尉孙建为奋武将军，成都侯王邑为虎牙将军，明义侯王骏为强弩将军，城门校尉王况为震威将军，忠孝侯刘宏为奋冲将军，震羌侯窦况为奋威将军，尽发关东兵甲，分路进击。

这时又有三辅土豪赵朋、霍鸿等与翟义相应，趁着都中空虚，竟来攻打长安。

王莽远近受敌，更加着慌，急令卫尉王级为虎贲将军，大鸿胪阎迁为折冲将军，率兵御敌。

赵朋、霍鸿手下有十几万兵士，到处放火，连在未央宫前殿都可以看见火光。

王莽又派甄邯为大将军，让他在高庙受钺，统率天下兵马，屯守在城外。

王舜和甄丰昼夜在殿中巡行。王莽抱着孺子婴到郊庙日夜祷告，并对群臣道："昔日周公辅相成王，管蔡挟禄父叛周，今天翟义也挟刘信作乱，古时大圣人尚忧此变，何况王莽本来是个平庸的人，怎么能当此变乱？"

群臣都应声道："不经此变，如何得彰显圣德呢？"

王莽又仿《周书》作大诰颁示天下，表明将来会把政权还给孺子。

这招果然很有效果，军士更加效力，七将军在陈留会师，与翟义大战一场，先斩刘璜，后获翟义，只有刘信逃脱。翟义在市曹被磔死（一种分裂尸体的酷刑）。

七将军回师向西，移攻三辅。赵朋、霍鸿勉强支持过了年，最终也兵败身亡。

王莽连得捷报，万分喜慰，当即大封诸将，颁爵五等。

索取玉玺

王莽想着即日篡位，适值母亲功显君得病，只好在家侍奉，假装孝道。一直拖延到秋季，功显君死去。

王莽不便守孝，只说自己要摄政，继承汉后，但令长孙王宗主丧素服三年。

广饶侯刘京、车骑将军千人（官名）扈云、太保属吏臧鸿先后上书，竞相报告符瑞。

刘京说齐郡临淄县亭长辛当梦见天使对他说："摄皇帝应该当真皇帝，如若不信，但看亭中发现新井，便是确证。"辛当一早起来到亭中看，果然有一口新井，深有百尺。

扈云说巴郡有石牛出现，上有丹文。

臧鸿说扶风雍石也出现了文字。

石牛和雍石一起送到朝中呈验，虽然明是造假，但王莽欣然迎纳，还要再加几句话，奏报王政君，说雍石上共有八个字，乃是"天告帝符，献者封侯"。看来天意难违，此后令天下奏事，不必称摄，并改居摄三年为初始元年，上应天命。

王政君已看出王莽奸诈百出，但此时大权已全部落在王莽手中，不能不听他的。

期门郎张充对汉朝很讲忠义，密邀同志五人欲刺杀王莽，改立楚王刘纡为帝。不幸密谋泄露，全部被杀死。

真是想要什么就来什么。梓潼人哀章，私下制造了一个铜匮，穿着黄衣黄冠，扮成方士把铜匮送到高帝庙。为王莽称帝的最后一步搬了一块垫脚石。王莽以"金匮神禅"的理由称帝。王莽回到宫里，自己也为自己这么顺利地当上天子而感到庆幸，美中不足的是传国御玺还在王政君手中，应该向她索取。

于是召王舜进来，嘱咐他几句话，让他照办。

王舜从王莽那里出来，直接去了长乐宫，拜见了王政君，便说明来意：要她交出玉玺。

王政君骂王舜道："天下还有像你们父子兄弟这样的吗？受了汉朝厚恩还没报答，反而敢助人篡夺，我看将来猪狗都不吃你们的肉。王莽既然当了什么新皇帝，尽可以自己去制新玉玺，还要这亡国玺何用？我是汉家老寡妇，快要入土的人了，要和这玉玺葬在一起，你不要妄想！"说着，老泪纵横，失声痛哭。一旁的侍女也都哭成了泪人。

王舜只是低头不说话，过了一会儿，他抬起头来说：“事已至此，臣等无可挽回；若王莽一定想得到玉玺，太后岂能始终不给？”

王政君沉吟半晌，从身上取出玉玺，狠命地摔在地上，闭着眼老泪纵横，恨声道：“我老了，快死啦，看你们兄弟将来能不灭族？”

王舜也不答言，拾起玉玺就匆匆出去了。

王莽见王舜取来的玉玺缺了一角，知道是被王政君掷碎。此时，王莽捧着玉玺露出贪婪的目光仔细地端详着，得意的表情和二百一十年前的刘邦一样。二百一十年前，刘邦的军队首先来到灞上，剑戟森森地列队等候，秦朝群臣百官纷纷出降，只当了四十六天的秦王子婴既不能战，也不能守。只好素车白马（丧服），以绳系颈自杀，捧着传国玉玺，流泪出城，跪在道旁请降……

王莽得到玉玺，十分高兴，他在未央宫为王政君特设酒筵，带领文武百官大肆庆贺。接着就按照“金匮策书”上由无赖哀章随笔捏造的名单封拜功臣。哀章也被封为国将美新公。其中还有两个名字，王兴和王盛，在满朝官员中查无此人，这是哀章胡编的，哀章自然不敢坦白，只是背地里窃笑。王莽便派人到处查访，无论贫富贵贱，只要与金匮中姓名相符。结果找到了一个城门令史叫王兴，还有一个卖大饼的人叫王盛，当即召他俩入朝，赐给衣冠，拜为将军。两个人像做梦一般。

怨锁深宫

新莽代汉，制度尚古，对汉朝制度全部改弦更张。已是风烛残年的王政君，依然居住在昔日宫中，仍念念不忘自己是汉朝的太后。她命令自己宫中所有的人都穿着汉朝旧服色，依然按汉家的规矩来安排生活。此时，她依旧沉浸在对往日岁月的追忆中。

王莽听了冠军（河南省南阳境内）人张永的意见，改称王政君为“新室文母太皇太后”，不久假装与孺子婴泣别，封他为定安公，其实是把他废了，把大鸿胪府改为定安公第，设官员监守。所有乳母仆人都不得与孺子婴说话，一经哺乳，就把他锢置在墙壁中。号孝平皇后为定安太后。这两个女人，一个是姑母，一个是女儿，所以仍得留居深宫。

王政君默然无语，没有表示推脱。但是，她内心却愈来愈难以承受那无法言喻的伤痛。王莽深知王政君心怀怨恨，为求媚于她，可谓“无不为”，还经常去看望她，但是，他的努力并没有达到预期的效果，王政君更加郁郁寡欢了。

为了让王政君更符合新室文母太皇太后的身份，王莽拆毁了元帝的庙，另建新庙，并特意在元帝庙的旧址上为她修了生祠。因为王政君尚健在，不便称庙，就称为长寿宫。有一天，王莽特地在长寿宫为王政君设下酒宴。王政君见元帝庙已被拆毁，不禁垂泪哽泣：“这里是汉家宗庙，皆有神灵，为什么竟平白无故地毁坏！假若鬼神无知，修庙何用？若是地下有知，我本汉家妃妾，岂能辱先帝庙堂来饮酒高会！”她私下对随从说：“王莽如此侮慢神灵，岂能得天佑助！”宴会不欢而散。王政君却愈加愁闷，镇日里不见笑颜。汉制令侍中诸官，都穿黑貂，王莽则下令改穿黄貂。唯独元后宫中的侍御仍穿黑貂，而且不从新莽正朔，每次还是过汉家的节日。

始建国五年（公元13年）二月，王政君带着无尽的哀怨与悔恨离开了人世，终年八十四岁。新朝皇帝王莽宣布为她服丧三年，并将她葬于元帝渭陵（位于今陕西西安北）陵城的司马门内。王莽在这两座相距一百一十四丈的陵冢之间，又挖掘了一条沟壑，以示新室文母与汉家元帝的绝缘。也许，这种若即若离、藕断丝连的安葬方式，正是在西汉和新莽两个朝代为皇太后的王政君不得不接受的结局。王政君历经汉朝七世，最终自己成了列车上掌管手阀却从不拉阀的人，任凭列车被人开到岔道，眼睁睁西汉王朝灭亡了。这一切，对于上善若水的王政君来说，是一个悲剧。

乌托邦成沙上塔

王莽是西汉列车上争议最大的人物。班固曾站在汉王朝的正朔立场论定王莽是“不仁而有佞邪之材”的“乱臣贼子”。有人又用王莽当政后的种种做法为其翻案，说他是汉代历史上有作为、有贡献的人。比如胡适在二十世纪二十年代就说：“王莽受了一千九百年的冤枉，至今还没有公平的论定。他的贵本家王安石虽受一时的唾骂，却早已有人替他申冤了。然而王莽确是一个大政治家，他的魄力和手腕远在王安石之上。我近来仔细研究《王莽传》和《食货志》及《周礼》，才知道王莽一班人确是社会主义者。”这两种论断仁者见仁智者见智，但有两点却是不可否认的：王莽是唯一一个将儒家理论全盘运用到政治、运用到国家治理上的皇帝；他是唯一一个当了全中国的皇帝而不被历史承认的皇帝，他的朝代自然也不被后人承认。

王莽当政后，王莽立夫人王氏为皇后（即王盛的女儿），生有四个儿子，长子王宇被王莽逼死，次子王获无故杀奴，也由王莽迫使他自杀；三子王安向来放荡，王莽不喜欢他；于是立四子王临为太子。他自称为黄帝虞舜后裔，尊黄帝为初祖，虞舜为始祖，把汉室诸侯王三十二人贬爵为公，列侯一百八十一人贬爵为子。

王莽的乌托邦

接着，他进行了一系列大刀阔斧的改革，命令全部以《周礼》为根据改制，后人因此说他是托古改制。他的改革看起来很美，但每一项都落实不下去，或者落实一段时间就遭到人民抵制。

一是改革官制。按照周礼的要求，将传说的上古官制拿来和汉朝官制结合，就成了新朝的官制。中央设置了四辅、四将、三公、九卿和六监。地方上则将天下分为九州，一百二十五郡。州设州牧，郡的长官按照爵位的不同分为卒正、连率和大尹，县则设县宰。但是改了官名，却没有确定俸禄，往往有官无俸。后来王莽又进行封侯，封了好几千个诸侯，只用菁茅和四色土作为颁赏，也没有指定封地，让这些“诸侯”都居住在都城。

王莽还恢复上古地名，并按古书的记载，把太守改名叫大尹，都尉改名叫太尉，县令改名叫县宰，御史改名叫执法，长安改名叫常安，未央宫改名叫寿成室。

不可行原因：本来人们就对新官名很不适应，一段时间后，等大家渐渐熟悉了，王莽又下诏更改官名，大家不胜其烦。

二是进行土地改革。颁布“王田令”，天下的土地，一律改称王田。恢复了上古的井田制，均分天下土地。禁止土地买卖，凡家中土地超过九百亩的，要将多余土地分给族人，以前没有土地的，可按一夫一妻一百亩的标准分配；多占土地的人家，不管是富豪巨室还是普通百姓，立刻要无条件交出土地，分给贫民。

不可行原因：首先说说“井田制”。中国远古原始公社制解体后，夏、商、周（西周与东周）三代奴隶制社会，主要经济制度是分封劳役制。天子把土地分封给各诸侯，各受封国诸侯除自己直接占有一部分土地和臣民外，其余再分封给自己的大夫和士。各级贵族对受封地都只有享用权而无私有权，不准出卖，即所谓“田里不鬻”。国家控制和经营这些土地的方法就是“井田制”。奴隶主把土地划分成九个方块，因像“井”字形，所以叫作井田制。百亩（指周亩，相当于现在的三十亩）为一田，九田为一井，一井的中间那一田为公田，收成归政府，四周的八田分给八户农民私有，收成归个人。一井上的八户农民必须先耕种好公田，然后才能到自己的一田上去耕作，这样就等于交给政府九分之一的实物税。当时之所以这样低的赋税，主要是为了保护农民的生产积极性，发展农业经济。井田制落实之初是很好的，《诗经》中的很多西周农事诗，都记录了“公田”的丰收景象，后来由于周王室的腐败衰微，治理力不从心，人们便只关心自己的私田，而不管公田了。到了东周，由于以铁制农具和牛耕为代表的先进生产力的出现，原有的生产关系已经不能适应社会经济发展的要求了。农奴们把助耕公田当作负担，“民不肯尽力于公田”，“公田不治”。《诗经·齐风·甫田》云：“无田甫田，维莠骄骄”，“无田甫田，维莠桀桀”。“甫田”就是大田。这几句诗的意思是：不要耕种那甫田，莠草长得又高又密，不要耕种那甫田，莠草长得像木桩一样。“井田制”产权不清晰、责任不清晰，违背产权制度，导致国家税收的流失，从而难以维持，最终走向了崩溃。鲁国在公元前594年已经实行“初税亩”

政策，正式宣布废除井田制，合法地承认公田和私田的私有权，而一律取税。公元前七世纪，管仲相齐，实行“相地衰征”，就是根据土地的多少和田质好坏征收赋税，代替了劳役制和贡赋。这实际上承认了井田和新开垦的耕地归各家私有。到公元前350年，商鞅在秦国进行重大田制改革，废井田，开阡陌，给各家各户按新的更大的面积规划耕地，授田之后，不再重新分配，长期归其耕作，当时人们称此为“制辕田”。商鞅变法后，秦国废除了井田制，允许平民自由买卖土地。土地可以自由买卖，就进一步承认了土地私有。

西汉以来，很多朝臣都认为土地私有是产生土地兼并、贫富悬殊和社会不安的根源，经学大师董仲舒就说过，如今的大汉天下出现了一种危险现象，就是“富者田连阡陌，贫者无立锥之地”，并且认为产生这种现象的原因就是商鞅变法废除了井田制，允许土地私有。但董仲舒没有提出恢复“井田制”，他提出一个折中方案：“限民名田”——限制人民占田超过一定数量。王莽的改革比董仲舒的设想更大胆，不仅要“限田”，而且要恢复西周井田制。井田制由于不合时宜而退出历史舞台，要恢复它无异于痴人说梦。而且王莽的改革规定所有土地均为国有，每个男丁的土地不能超过一百亩，想扩大点生产，却不能买地。王田制规定九百亩为一井，多出的土地不能多占，便荒置在那里，税收还要百姓承担，一时怨声载道。

三是人权改革。颁布“私属令”，禁止奴隶买卖。“天地之性人为贵”，人的生命是天地间最尊贵的。买卖人口是“悖天心、逆人伦”的罪恶行径，必须立刻停止。原有的奴隶，一律恢复自由民的身份。一道令下，三百六十多万奴隶获得了解放。

不可行原因：想雇几个人做长工就算犯法，要流放。贵族们自然都反对。

四是由政府垄断经营盐、酒、冶铁和铸钱。王莽下令建立国家银行，贫苦百姓可以申请国家贷款，年息为十分之一，想通过这样的措施杜绝高利贷对百姓的盘剥。

不可行原因：这个制度一直无法落实，尤其是后来王莽连年挑起战事，入不敷出，只有课重税于民间：盐税、酒税、铁税、山泽采办税、赊贷税、铜冶税等多如牛毛。贫民无法谋生，富人也朝不保夕。有一年，全国发生蝗、旱灾，饥荒四起，王莽下令让百姓煮草根以代粮。

五是改革币制。王莽决定对货币进行改革，他完全停止使用汉朝的五铢钱，启用新钱。从公元 7 至 14 年，连续四次改革币制。他附会“周钱有子母相权”，大量发行不足值的“大钱”。他以“辅刘延期”的神秘理由发行“契刀”和“错刀”，又以“废刘而兴王”的同样理由，废除契刀、错刀和汉五铢钱。最荒诞的是他以金、银、龟、贝、铜五种币材，发行了六种名称、二十八个品级的钱币，在他的货币体系中，有大钱，有壮钱，还有幼钱、幺钱、小钱。他给钱币组织了一个家庭，排了辈分。布的家族关系更复杂，有幺布、幼布、厚布、差布、中布、壮布、弟布、次布、大布。按照上古的制度，乌龟壳、贝壳也都成了货币。此外，还有货布、货泉、契刀、错刀、宝货。一个大布值十个小布，一个小布值两个大钱，一个大钱值五十个小钱。一个乌龟壳值十个贝壳，一个贝壳值半个大布。一个错刀值十个契刀，一个契刀值十个大钱。一个货布值两个半货泉……

不可行原因：换算极为繁复，老百姓大多没文化，自然更算不清，搞不好就算错了，做赔本买卖，出现了“有钱不好使”的现象，私下里还是用汉朝的五铢钱交易，被抓住了，就要被流放，罪名是“扰乱币值罪”。

王莽屡改钱币，都是以小易大，废旧币而不予兑换，收缴黄金“而不与值”，利用王权，任意发行钱币和规定币值，不取信于民，“其货不行”，且造成币制混乱，盗铸成风，触法犯禁者不可胜数。在货币问题上集中暴露了王莽对经济问题的无知和他的专恣的性格。他荒唐的货币改制，给了他的政权以致命的打击。

六是从皇帝到百官，都实行浮动工资制。如果天下丰收，皇帝就享用全额生活费，如果出现天灾，或者治理不当，就按比例扣减生活费。百官的工资也根据百姓的生活水平浮动。百姓丰衣足食，工资就高；百姓饿肚子，官员也要跟着饿。王莽励行惩贪。他下诏清查所有官吏的家产，发现贪污者，没收所有财产的五分之四，用来补充国家财政经费。他建立举报制度，举报查实，立予重奖。王莽在长安城中心建了一个王路门，在门下坐了四个人，叫谏大夫，面向四个方向，听取四方百姓对政府的意见。

王莽执政时间不长，改革颇多。但结果只有一个：天下大乱，百姓受苦不堪。

贵族们原本希望王莽做皇帝，自己的利益能够扩大，没想到这些政策让他们的根本利益都受到了侵害，谁没有怨言？拥护王莽的主要力量立刻都站到了对立面。而王莽这时早就不是当初那个谦虚有礼的王莽，他变得固执暴戾，对于他制定的政策，谁不执行，就把谁抓起来，不管是皇亲国戚还是名公巨卿。于是“农商失业，食货俱废，民人至涕泣于市道”。及买卖田宅奴婢、铸钱，自诸侯卿大夫至于庶民，抵罪者不可胜数。罪不致死者被罚为官奴，不长时间内，二十多万人从上层社会成员沦为官府奴隶。全国各条道路上，都络绎不绝地走着一队队的罪犯，监狱几乎满员。其情形，竟和秦朝末年有些相似了。可是剩下的人还是拒绝交出土地，奴隶买卖还是屡禁不绝。

挑衅各国，激怒外夷

王莽认为：蛮夷之国，名字也必须低贱，这样才符合上古礼制。他把匈奴单于改名为“降奴服于”，把高句丽改为“下句丽”。他派五威将帅王骏和右帅陈饶去匈奴，要求单于乌珠留若提交出汉玺，改换新朝玺印，上面刻着：新匈奴单于章。单于当时没留心，也就换了。回去拿着新印观摩，突然想到：“按照汉朝的制度，诸侯王以下的印绶，才称为章。现在岂不是把我降了等级，与中国的大臣一样了？”于是第二天又找到陈饶，说自己不愿接受新章，要求归还旧玺。陈饶把原玺取出来，已经成了几块碎片，原来他为了防止单于变计，一要回汉玺就把它劈成了几瓣。单于受了忽悠，十分恼怒，等到莽将南归，便出兵入寇朔方。

王莽又把匈奴国土分为十五部，命令呼韩邪的子孙十五人当单于，结果没人肯来听封。王莽又派人带着财宝出塞，四处买通呼韩邪的子孙。最终居住离中国最近的匈奴右犁汗王咸动了心，和儿子助登来见王莽使者，于是拜咸为孝单于，助登为顺单于，给了一笔丰厚的赏赐。父子俩准备回去，但王莽使者却不同意两人一起回去，只准咸一人走，把他儿子给截留了，顺单于被送到长安。这件事被乌珠留单于知道了，怒不可遏，很快纵兵入塞，边疆一时烽烟四起。

警报到了长安，王莽选出十二部统将，命令他们分头募兵三十万人，各带三百日粮草，分道进击匈奴。诏书下来，可苦了老百姓，本来已经穷困潦倒，自然不愿当兵，又怕输粮。地方官只好刑压势逼，大抓壮丁，结果运输的舟子船夫又不够用了。征兵征饷的事拖了很多天都没办成，很多老百姓却被逼得走投无路做了盗贼。王莽这时已陷入疯魔，不管民间怨气，又派出中郎绣衣去各地执法，严格督促地方官，于是法令更加严苛，天下更乱。匈奴边患日甚一日，边疆地区的人畜都被抢走了，很多边民也被杀害了，尸骸满地，朔漠一空。王莽扣留了顺单于，本想牵制孝单于，没想到他得到消息说孝单于已向乌珠留单于谢罪，被贬为于粟置支侯，又命他入寇中国，将功赎罪。王莽一怒之下，立即将顺单于斩首市曹。

塞北边患还没平定，西夷又起兵叛乱。原来王莽派出的五威将帅同样要贬西夷钩町王邯为侯，邯自然不服，与五威将帅发生了口角，五威将帅便到王莽那儿打小报告，王莽便让牂牁大尹周钦诱杀了邯。邯的弟弟承便大举倾国之兵，为兄报仇，杀了周钦，又联合附近诸州郡拒守。

王莽没想到西夷也这么厉害，忙派冯茂为平蛮将军，讨伐钩町。没想到其他部落也纷纷叛乱。不久西域各国也都叛了新朝，车师先投降了匈奴。有个戊己校尉名叫刁护，他派手下陈良、终带扼守要害，防止匈奴入寇，没想到陈良竟然将刁护刺杀了，带着两千多人投降匈奴。王莽得知消息，气得胡子直翘，他派使者到“下句丽”，要求“下句丽”发兵夹攻匈奴，没想到“下句丽”拒绝了王莽使者，也叛乱了。于是东西南北各边疆都乱成了一锅粥。

疯子的沙上塔

王莽像列车上突然出现的疯子，沉醉在自己的幻想中，狂热地改革，兴高采烈地建着沙上之塔。他的本本主义根本不符合本国国情。但这还不是最致命的，最致命的是用强硬和高压手段推行不符合民意的改革，结果改革变成了暴政，必然激起众怒。于是，在各地豪强大户的鼓动下，人民揭竿而起。大新王朝一下子岌岌可危了。

公元 17 年，山东吕母起义，很快发展成为数万人。同年，河南南阳王匡、王凤发动绿林军起义。王莽数次派兵围剿，效果不大。公元 18 年，山东人樊崇发动了赤眉军起义。

王莽并不在意。他认为顺利即位，充分说明了上天对他的信任。他请来一个据说能通神的术士，术士望天祷告半天，说造一个“威斗”就可以克住反叛势力。王莽命人以五色药石与铜合金，铸造了一个长二尺五寸，状如北斗一样的威斗，从此，这个威斗与王莽形影不离。每次出行，都有一个司命背负威斗在他车驾的前面行走。在宫中，也必须时刻有一个司命秉威斗站立在他身边。这个威斗的把随着时辰变化不断旋转方向，王莽的座位也就时时随着转动。这个威斗其实做执迷不悟的王莽的倒计时牌更合适。

经师们又想出了一个新办法：颁布新历法。王莽命令太史令推算出三万六千年的历法，决定每六年改元一次，据说这样就可以使“群盗销解”。可是，新历并没有发挥作用，起义的烈火越烧越旺。

与此同时，王莽的疯狂还延伸到家里。称帝后，他还剩两个儿子：老三王安、老四王临。王安是个傻子，神志不清。太子王临的儿子王宗，老是和大臣们私下往来走动，嘀嘀咕咕，王莽就怀疑他，派人秘密调查，查出来吓一跳，居然是要谋反。王莽怒不可遏，立即赐王宗自尽，王临也被废为义阳王，被赶出京城。傻子王安也跟着受连累，被贬为新迁王，赶出京城。王临被赶走后，给他母亲写信说：“皇上对子孙太严酷了，前些年大哥、二哥都在三十岁那年被杀，估计我也活不过三十岁了。”正好就在他三十岁那年，王莽查出来王临在侍奉母亲的时候，和母亲的一个丫头原碧私通，而这个丫头也曾经跟王莽私通。事情败露后，王莽给王临送去毒药，逼他自杀，又把原碧和审理原碧的官员全部处死，掩人耳目。王莽的老婆王夫人为此把眼睛哭瞎了。王莽杀子杀孙，家里愁云惨雾，自己也成了真正的孤家寡人。

丑小鸭成白天鹅

有一个看上去老实巴交的年轻农民正在南阳白水乡（即春陵封地，今湖北省枣阳市）种田。

这人名叫刘秀（表字文叔），身高七尺三寸，美髯眉，大口隆准。

据说他的家世可不一般，他是汉景帝七世孙，为长沙定王刘发嫡派，从前景帝生长沙定王刘发，刘发生春陵节侯刘买，刘买生郁林太守刘外，刘外生钜鹿都尉刘回，刘回生南顿令刘钦。刘钦娶湖阳樊重的女儿为妻，生下三子，长子名刘縯，次子名刘仲，三子名刘秀。

九岁时父亲去世，寄居在叔父刘良家。长兄刘縯（表字伯升）胸怀大志，喜欢与侠士交往，常笑弟弟是个农民。

刘秀受到哥哥的揶揄，也觉得务农不是长久之计，于是入都求学，拜中大夫许子威为师，学习《尚书》，后来因为交不起学费便回家了。

他有一个姐姐，已嫁给新野人邓晨，经常往来。一天姐夫邀请他到穰人蔡少公家做客，适值宾朋满座，叙谈朝事，邓晨与刘秀都是后生，蔡少公便招呼他们坐在末席。

蔡少公一直在学习图谶，对众人谈到谶语道："将来刘秀当为天子！"

座中有一人起问道："莫非就是国师刘秀么？"原来王莽手下的大臣刘歆，也尝究心谶纬，依着谶文，故意改名为秀。蔡少公还没来得及回答，但听末座上有人笑了起来，接着说一句话道："安知非仆？"众人闻声看去，说话的人是刘秀，都不禁哄堂大笑。

宛人李守擅长看星象，能知预言，曾私下对儿子李通说："刘氏不久当兴，李氏必将为辅。"

新莽地皇三年（公元22年），新市兵窜入南阳，平林人陈牧和廖湛，也聚众千余人，起应王匡和王凤，号称平林兵，闹得南阳境内鸡犬不宁。李通的堂弟李轶便向李通说道："今日四方扰乱，想是汉室当兴，南阳宗室，只有伯升兄弟，泛爱容众，可与共谋大事，请哥哥不要失去这个机会！”

李通欣然道：“我也是这个意思。”

刘秀来宛地（今河南南阳）卖谷子，李通与李轶便和他商议起义，刘秀并不推辞，立即与他们订约，回去告诉哥哥刘縯。

刘縯是个热血青年，自从王莽篡位后，常怀不平，暗中散尽家财结交豪杰，召集了大约百余人，与他们计议道：“王莽暴虐，海内分崩，现在又连年大旱，兵革四起，这是天亡逆莽的时候，我们正好举事，起复高祖旧业，平定万世！”众豪杰统拍手赞成，于是分头去游说亲友，招募士卒，自发组织春陵的子弟，准备起义。

当时很多人都说这是造反的重罪，吓得纷纷躲避。忽然看见一个英武的青年，披绛衣，戴大冠，威风凛凛地走了过来，仔细一看，正是刘秀，不由惊讶道：“他是出了名的老实人，怎么会这般装束，难道也要起事吗？”

于是众人便也跟着参军，共得子弟七八千人，刘縯自称柱天都部。刘秀年方二十八岁，助兄起义。

列车汽笛长鸣，穿过山林、隧道和迷雾，正用王莽改变不了的力量，向着下一站——春陵站出发，去接那个叫刘秀的青年。

后　　记

按照哲学说法：国家是经济上占据统治地位的阶级进行阶级统治的工具，而这件工具在时间中运用和发展，就成了历史。我认为：历史就是一列呼啸奔驰的列车，只是它一路开去，不可回头。很多人都想坐进头等舱驾驭历史列车，但历史列车前进的方向却不以个人的意志为转移，不管你是天下至尊的帝王，还是万人仰慕的英雄，历史列车行驶有它自己的规律。本书历史列车分十三车厢，行驶时间是公元前209年陈胜吴广起义到公元22年刘縯、刘秀兄弟在舂陵乡起兵，主要讲述了共二百三十一年间十二个皇帝的故事。

选择写西汉这段历史，源于我对华夏文化的深厚感情。尤其是西汉，武帝实现了中国历史上的第一次真正意义上的大一统。西汉还是中国历史上诗歌、绘画、音乐、哲学、文学和撰史方面空前繁荣的时期。华夏的王道文化和天下观在西汉得到了空前的发展，天下形成了对中国的认同。中华民族的精髓，毋庸置疑是在西汉孕育出来的，可以说它影响了此后中国两千年的全部历史。

我在十几载军旅生涯中，利用点滴时间读史，因此本书吸收了《史记》《汉书》等书的精华，并用现代人的理念来解读，用立体的文字来讲述，让枯燥纷乱、错综复杂的历史事件变得通俗易懂，妙趣横生。需要特别声明的是：由于我才识有限，仅一介草根，读史书也很囫囵肤浅，因此对其中的历史问题，不做貌似玄乎的考证，也不做歇斯底里的争论，只是摆出自己的一家之言。千百年来，中国总在提倡“百花齐放、百家争鸣”，但“万马齐喑、文化专制”的闹剧总在上演，我在无锡军营写好这本书后，想到了曾发生在这片温柔水乡的“掌掴著史者事件”，不禁胆战，想着如果有机会去卖书，一定要随身配个头盔及一盒红花油。

孟子说：“尽信书，则不如无书。”我并不认为专家学者、泰斗权威们的考证就是绝对的历史真相。即使司马迁也不敢保证《史记》中记载的全部都是真相，《汉书》中就同一历史事件也常有与《史记》不一样甚至截然相反的观点。因此建议读者还是要善于独立思考问题，对与本书不一样的见解，不必纠结，也无须动怒。两千年前的事，还是仁者见仁智者见智的好。本书不做沉重的历史研究，只想在快节奏、高强度的现代社会，给读者带来一次愉悦的心灵旅程。

我写此书之时，正是人生彷徨之际。本书不求阳春白雪高大上，只欲下里巴人能糊墙。一杯浊酒，销尽万古愁；一本史书，尝遍世间味；一趟列车，看过万般景。这也算是一次说走就走的旅行吧。

身处逆境，读史可以让人不沉沦；走错了路，读史可以让人找到方向；心情不好，读史可以让人变得阳光。

以史为方，可以疗伤。史为解药良方，甚好！

二〇一二年春于无锡一营指挥连指导员宿舍构思创作

二〇一三年一月三十一日下午16：00于无锡梅园营区完成

二〇一四年七月二十八日修订于随部驶往西部演习的列车上